卡夫卡小说全集

变形记

DIE VERWANDLUNG—Erzählungen

张荣昌 译

上海译文出版社

译本序

这卷《变形记》主要根据德国保尔·拉贝编纂的《卡夫卡中短篇小说全集》（费舍尔出版社，1969年版）译出，共87则中短篇小说，其中包括卡夫卡在世时发表过的44篇，其余40多篇作者生前未发表的短篇作品大部分都见诸于八本所谓“八开本笔记本”和其他笔记本，以及散文篇什中。但拉贝的这部“中短篇全集”其实并不算全，译者这次又从上述各种笔记本和散页文字中译出10余篇，以便读者对卡夫卡的短篇小说创作风格有更全面的了解。需要说明的是，《布雷齐亚观飞机》译自马克斯·布罗德所著《卡夫卡传》中的“附录”。严格地说，这是一篇游记，但它是一篇卡夫卡早期重要的作品，故收录在本卷中。而《一次战斗纪实》和《乡村婚礼筹备》则从汉斯—盖尔德·科赫所编费舍尔出版社1994年出版的《卡夫卡全集》（12卷）第五卷《一次战斗纪实》和第六卷《中国长城建造时》译出。这个1994年版本，即所谓的“校勘本”和其他笔记本，以及散页篇什中原来的样子分十二卷加以刊印，所以其中一些作品，因未经编纂就和别的版本有所不同，于是，本书中《一次战斗纪实》和《乡村婚礼筹备》便分别有了A、B和A、B、C稿，这种形式在其他众多“卡夫卡小说集”或“小说选”中译本里，还是从未有过的，因此本书亦为目前我国最全的“卡夫卡中短篇小说集”；它对我们了解kafukaesque独特的艺术魅力和探索卡夫卡创作思想的形成轨迹和脉络，是有极大帮助的。

卡夫卡的第一批作品（第一辑《观察》中的一些短篇）是一些简单的内心独白，作者只是表达了自己的印象和感觉。从1912年的《判决》开始，卡夫卡的创作开始进入成熟期和旺盛期。卡夫卡本人既没有完成，也没有编辑他的大部分作品。他的三大部长篇小说《失踪者》、《诉讼》和《城堡》全都是未完成作品，由他的挚友马克思·布罗德编辑出版，只有那些生前发表的作品才是他所完成的惟一达到正常故事篇幅的叙述文字。

不少评论家认为，卡夫卡的作品可称之为“由隐喻伪装起来的精神自传”，这是不无道理的。在1914年8月6日的日记中，卡夫卡特别提到这一点。他认为自己想表达“梦幻式的内心生活”的意识已经阻碍了他所有其他兴趣和才华，成为惟一能使他得到充分满足的品性。确实，卡夫卡作品的梦幻性给每一位读者留下了深刻印象，谜一样的暗示是这些作品最显著的特点，它们就像梦一样逼着人们去作出解释，但又不提供答案，而且绝不是梦的简单复制。若是孤立地看卡夫卡的作品，卡夫卡的任何一篇作品都会使读者困惑不解，但是如果把它们联系起来看，并考虑到他个人的状况，那么那些形象的性质和含义就清楚了。个别作品就会变成同一个主题——作者的内心自传——的各种变形，成为这个主题发展过程中的一个阶梯。

评论家们普遍认为，卡夫卡成熟作品有三个明显的发展阶段。在他成熟后的第一阶段（1912—1914），主人公压制自己的内心真实，但真实却灾难性地爆发出来——谴责、判决并毁灭他，产生了卡夫卡最具戏剧性、最流行的关于罚与死的极富感染力的小说——《判决》、《变形记》、《诉讼》以及部分《在流放地》，而《失踪者》则是“天真的”、“乌托邦”的相对物。第二阶段（1914—1917）从《在流放地》开始以及后来收集在《乡村医生》里的一些寓言式小故事，其中包括《在法的大门前》和《致某科学院的报告》等。在这个阶段，卡夫卡以超脱的观点来观察和思考自我与真实之间的那种荒谬脱节。最后的阶段也是卡夫卡最伟大和最深刻的阶段，它包括《饥饿艺术家》这个集子里的四篇小说，未完成的中篇小说《一条狗的研究》和《地洞》以及未完成的长篇小说《城堡》。这个阶段的最重要的三部作品——《饥饿艺术家》、《女歌手约瑟芬或耗子似的听众》和《城堡》充分展现了卡夫卡的“惩罚性幻想作品”的典型特征。

《判决》是卡夫卡在形式上趋于成熟的转折点和“突破口”，他视之为自己第一个惩罚性幻想作品。主人公格奥尔格·本德曼试图与父亲抗争，战胜父亲，但终归失败，并因此受到骇人的惩罚。父亲的谴责证实了格奥尔格的全部意识是罪过和自欺的。这一谴责捣毁了他错误的自我估价。通过被捣毁的表层，这一谴责达到并暴露了格奥尔格隐藏起来的孩子般的自我。他急于服从并且执行了父亲判决的死刑，从而再度成为从前的他，内在的分裂消失了，和谐重又复归。

《变形记》中妹妹的判决和《判决》中父亲的判决是一致的，不过更加明确，它是全家和生命本身通过妹妹之口的判决。两个故事都以主人公表示真心同意去死而结束，两位主人公都通过死成为真正的儿子和真正的自己。

在《在流放地》中，卡夫卡把前面两篇惩罚性幻想作品中暗藏的思想系统化了。行刑机器在六个小时的肉体折磨和虐待后取得了对死的赞同，这正是家庭的判决在卡夫卡前面两个主人公身上产生的效果。父亲的判决和家庭的一致同意发展成了刑法制度，发明和使用行刑机器的老司令官成了《判决》、《变形记》中具体的父亲和《诉讼》及其后来作品中抽象的法和集团的无名权威之间的一个明显的中间环节。流放地是卡夫卡从经验的家庭扩展到后期作品所关注的社会、国家、人类这个过程中迈出的第一步。

《乡村医生》以召唤医生看病的夜半铃声开始，可是他的马却已经死于奔命，他无法出诊。在无可奈何中他无意识地走到已被忘却的猪圈前，放出了粗鄙的马夫和一队“非尘世的马”，还放任马夫占有了使女；和他口头上的抗议相反，医生实际上是把使女留给了马夫，作为马夫帮忙的代价。

粗鄙的马夫对小说主人公乡村医生起着决定命运的作用。医生从未留意这个使女，一旦她引起了他的欲望，马夫便跨出医生弃而不用的猪圈，企图占有她。所以，马夫其实是医生已被忘却的意识底层的盘踞者，他体现着医生的弃而不用的性欲。两幢房子形象地代表了医生生存方式的两个相反的方面。在他自己的房子里，在他自我的房子里，他放弃了情欲满足的可能；在另一所房子，在病人的房子里，他献身艺术，对付人类先天的创伤。主人公的矛盾心理在于他在哪一边也得不到满足。在家里，他把使女牺牲给使命；在目的地，他后悔付出的代价。医生的分裂状态和优柔寡断在其绝境中变成了纯形象。我们看到他在两幢房子之间无目的地来回奔波，这中间的距离已经变得无穷大，他又无法停留在任何一边。

《乡村医生》是一篇赋予了象征含义的、深层内心、幻化的产物，是一篇具有现代特征的神话。本篇是卡夫卡本人最珍惜的少数作品之一。

在第二阶段末期，卡夫卡以《致某科学院的报告》中描绘的牢笼形象总结了一卷寓言集。《饥饿艺术家》是他最后一卷小说集的标题小说，其中牢笼的形象再次出现。这两个故事以两种大相径庭的方式处理牢笼的主题： 猿被捉住后不能忍受牢笼生活，它就放弃自我而变成别的什么；饥饿艺术家则正好相反，他自愿钻进牢笼，呆在那里，表现他的真正的自我。

饥饿艺术家想让人们承认他为独一无二的艺术家，可是公众先是误解他，后来又怠慢他，不理会他。从主人公的角度来看小说，我们会谴责公众的麻木不仁、庸俗残酷。可是如果我们把《饥饿艺术家》理解成一个控诉公众的故事，那么卡夫卡的原文会证明我们是错的，因为饥饿艺术家在弥留之际公开告知世人，说他不值得受到赞赏，他只是个畸形人，找不到他可吃的食物，因此除了忍饥挨饿，别无他法——饥饿艺术家公开了自己的骗局。

动物主题在卡夫卡的作品中显然占有重要地位。很少有哪个作家像卡夫卡这样写了这么多的动物小说的：《致某科学院的报告》是一只变成人的猴子做的，一个人在《变形记》里成了一只甲虫，《一条狗的研究》、《女歌手约瑟芬或耗子似的听众》、《地洞》以及大量的未完稿，都通过一种动物的生活提出了人的问题。

有的评论家甚至认为，《致某科学院的报告》中的这只猿，不管它所代表的是什么，由于饮了杜松子酒变成了基督徒，并受到了主持仪式的神父的欢迎。照此说法，这篇小说的主题就是“皈依”了。

在《一条狗的研究》中，卡夫卡的这条狗能进行哲学思考，它研究狗社会的情况，并提出了种种看法，探索了“狗的规律”。卡夫卡在《一条狗的研究》里进入了一个动物的意识，以便试图抓住人类的“觉醒时刻”：对最终目的产生巨大疑问的时刻。

艺术或思想的孤独及孤独的文化只会产生苦恼和无穷的焦虑：《地洞》中的鼹鼠（或獾）在它的地洞里也有这种焦虑。它向一种未知的危险，向它周围无穷的一切发动了一场殊死的战斗，它永远在挖掘新的地道，在这个没有尽头的迷宫里，它一方面始终感到自己不安全，另一方面却又狂热地相信在危险的情况下它最后的避难所，即在地洞中央的土堡是牢不可破的——这就是我们还没有脱离的这种动物性。小说描绘了封闭的、合乎逻辑而又被限制的世界。它最初的灵感来自一封致米莱娜的信中所阐述的这个比喻：“总之，人在不断地重挖新的地道，人，这只老鼹鼠。”

由于标题中暗示的动物神话，《女歌手约瑟芬或耗子似的听众》如同《变形记》，从一开始就出现怪诞。这篇后期小说在手法上比《变形记》更为大胆，其故事哀而不怨，讲的是一个英勇、傲慢、又被刺痛了的人。约瑟芬把自己视为耗子似的百姓中独一无二的有艺术性的歌唱家。如果我们把目光移向布拉格的萨伏伊咖啡馆，我们看到一个用伊地语演出的犹太人剧团，1910 年至 1911 年间卡夫卡曾经被这样一个剧团吸引，观看了克卢格夫人和契西克夫人的演出。这种剧团的肃静的观众就是耗子似的听众。《女歌手约瑟芬或耗子似的听众》的成功在于人物的塑造，卡夫卡的大多数主人公都着迷于受难，约瑟芬却以艺术的名义顽强而有尊严地抵制温和而坚定的群众权威。

艺术上完美的“神话式故事”《中国长城建造时》、《猎人格拉胡斯》和《布鲁姆费尔德，一个上了年纪的单身汉》也应该受到特别关注。

如果说巴别塔的建造表现了人类的反抗精神：以自身的力量上天，与上帝匹敌，那么中国的长城则正好相反，是一道始终存在缺口的围墙，因为它是分段建造的。这些未完工的墙面是否定和怀疑在生活里打开的黑色缺口的形象，建造围墙将使人的生活自我封闭。

《猎人格拉胡斯》是一篇不寻常的作品，猎人在黑森林里杀了一头羚羊，他否认自己有犯罪的可能，于是只好埋怨船夫，说他的死亡船从来不曾驶往一个更美好的天地，所以他“老是奔走不停”，永远不能安定。这种永无休止的可怕的运动乃是个人对命运的反抗。难道卡夫卡不是也像猎人格拉胡斯一样，同样无法克服本人理智的永无休止的运动吗?

《布鲁姆费尔德，一个上了年纪的单身汉》不属于“直接神话式”一类的故事，它和另外一大批故事相似，其中的神话采取了日常生活的形式，这种“非直接神话式”的故事允许有纯神话故事中所不可能有的尽情嘲讽。对球的描写详尽而细致，每个细节都同时符合它们物理的和人性的方面。故事以“间接自由格”叙述，也就是不从讲故事人的角度出发，而是从故事中行动和经验的人出发，但同时又使用第三人称，这就形成了双重透视：读者与布鲁姆费尔德合二为一，可同时又能客观地看待事情，这就好像读者同时以自己的和布鲁姆费尔德的眼光来看世界。这个上了年纪的单身汉在故事中貌似主角，其实真正的主角是以各种方式统治着世界的习俗；一种无名的力量在拿我们做实验，布鲁姆费尔德本人就是这种实验的一部分。

说不尽的卡夫卡。对卡夫卡其人及其作品的诠释与评论实在已经有很多很多，值得欣慰的是，在经过我国翻译工作者半个多世纪的努力之后，上海译文出版社这次推出的卡夫卡小说全集（《失踪者·诉讼》、《城堡》、《变形记——卡夫卡中短篇小说集》）终于完美地把一个比较全面、正确的卡夫卡呈献在我国广大读者面前。

译　者

二〇一一年岁末识于

北京大学燕北园

目　录

第一辑　生前问世之作

第二辑　散落发表、未被作者本人收入集子里的短篇小说

第三辑　短篇小说遗作

第一辑

生前问世之作

1. 观　察[①]

公路上的孩子们[②]

我听到马车驶过花园栅栏，有时我也从微微晃动的树叶缝隙中看到它们。在炎热的夏日，车辐和车辕的木头发出的嘎吱声尤为强烈！干活的人从田间归来，发出阵阵笑声，实在让人心烦。

我坐在小秋千上，在我们家花园的林木间休息。

栅栏外面行人车辆络绎不绝。这会儿孩子们正奔跑过去；粮车载着坐在禾把上及围坐四周的男人和女人们，遮住了花坛上的阳光；傍晚时分，我看见一位先生拄着手杖缓步走来，几个少女臂挽着臂向他走过去，一边向他问候一边走进路旁的草地。

紧接着鸟儿们四散飞起，我用目光追随着它们，看着它们一同飞向空中，直到不再相信是它们在向上飞，而是我在向下坠落，并因头晕而紧紧抓住秋千绳子稍稍荡了起来。随即我便荡得更快了；微风习习，天气显得更凉了。此时飞鸟已消失，空中出现了闪烁的星星。

我就着烛光吃晚饭。我常常把双臂搁在桌上，我已经累了，啃着我的黄油面包。网眼很大的窗帘被暖风吹得鼓鼓的，有时外面的过路人似乎想要看清楚我并要跟我搭话，便用双手抓住窗帘。这时，通常蜡烛很快就会被风吹灭，聚拢来的蚊子会在烛火的黑烟中飞舞一阵子。如果有人从窗外向我打听什么，我就会遥望群山或空中似的那样瞅着他，而他仿佛也并不十分在意得到什么回答。

如果随后有人翻过窗台进来说话，而还有一些人都已经在房前了，我就叹着气站起来。

“哦，你为什么这样叹气？ 究竟出什么事了？ 是一桩特别的、无法弥补的祸事吗？ 我们再也无法恢复元气了吗？ 一切果真都完了吗？”

什么也没完。我们跑到屋前。“谢天谢地，你们终于来了！”——“你总是迟到！”——“怎么是我迟到呀？”——“就是你，你不想参加，就呆在家里好啦。”——“不能宽恕！”——“什么？ 不能宽恕！ 你怎么这样说话？”

我们一头扎进暮色中。没有白天和黑夜。一会儿我们背心上的钮扣像牙齿一样彼此碰撞，一会儿我们保持固定不变的距离跑着，口干舌燥，像热带动物。我们像古代战争中身穿盔甲的骑兵，踏着沉重的步伐，高高地跳起，并肩冲下短短的小巷，两腿猛一使劲冲上了公路。个别人走进公路两旁的沟渠，他们刚一消失在阴暗的斜坡前，就已经像陌生人那样站立在上面田间小路上往下看了。

“下来！”——“先上来！”——“好让你们把我们扔下来，我们才不干呢，我们还不至于这么傻。”——“你们是在说，你们都是胆小鬼吧。来吧，尽管来好啦！”——“真的？ 你们！ 正是你们要把我们扔下去？ 瞧你们这副模样！”

我们发起冲锋，胸口被人猛推一把，倒在了路边沟渠的草丛中，这是自愿摔倒的。一切都是同样的暖和，我们在草丛中既不感到热也不感到冷，我们只感到累。

如果我们向右侧翻身，把手放在耳朵下面，那么就会很容易睡着。

---

①这一组共18篇，写作时间在1903—1911年间，属于卡夫卡早期的试作，但它们已在不同程度上初露了卡夫卡特色的端倪。这是卡夫卡最早出版的一本小册子，初版于1912年11月，这也是他的创作进入最盛期的前奏。

②这是作者《一次战斗纪实》的第三章，约写于1903—1904年。

我们虽然想抬起下巴，再次振作起来，可这样做只会掉进更深的沟里。要是横着伸出胳臂，斜侧蹬一下双腿，想一跃而起，那么我们肯定又会跌入一条更深的沟里。我们决不会就此罢休。

至于最终如何在这条沟里使劲伸直四肢，特别是把膝盖放平，好好睡上一觉，这一点我们几乎还没想过，我们像得了病似的仰面躺着，直想哭。当一个男孩两肘贴着腰部，黑色鞋底掠过我们头顶，从斜坡跳上公路时，我们眨了一下眼睛。

我们见月亮已升至半空，有一辆邮车在月光下驶过。四处微风吹拂，在沟渠里我们也感觉到了它；近处的树林沙沙作响。这时你是不再怎么在乎独自呆着的。

“你们在哪儿？”——“到这儿来！”——“大家集合！”——“你躲什么，别胡闹啦！”——“你们不知道邮车已经过去了吗？”——“不知道！ 已经过去了吗？”——“当然，你睡着的时候它就过去了。”——“我睡着了？ 不会有这种事吧！”——“别说啦，这从你现在这副模样就看得出来。”——“你这是什么话。”——“来吧！”

我们跑拢到一起，有些人手拉着手，脑袋却不能足够高地昂起，因为现在是走下坡路。有人大声呼喊印第安人的战斗口号，我们的双腿以前所未有的速度飞跑起来，风托着我们的腰身跃起。什么也阻挡不住我们；我们就这样跑着，在超越别人时我们竟然还能抱着双臂，不慌不忙地环视四周。

跑到山涧小桥上时，我们停住了脚步；而跑过了桥的人又跑了回来。桥下，流水拍击着溪石和树根。天色似乎不是很晚，怎不见有人跳到桥栏杆上呢，没有什么理由嘛。

远处，树丛后面驶出一列火车，车厢里所有的灯都亮着，窗玻璃肯定都放了下来。我们中间有人哼起了流行小调，可是我们大家全都想唱。我们唱的速度比火车行驶的快，我们挥动胳臂，因为声音不够响亮。我们心情舒畅，唱着歌挤成一团。一个人把自己的声音混入别人的歌声中，就仿佛被一个鱼钩钩住了。

我们就这样唱着，身后是树林，歌声传进远处旅客们的耳朵。树林里的成年人还没睡，母亲们为夜晚来临铺好了床。

到时候了。我吻了吻我身边的人，只是和另外三个靠近我的人握了握手，随后走上了回家的路。在他们不再能看见我的第一个十字路口处，我拐了个弯，在田间小路上又跑进了树林。我向南边那座城市跑去，关于这座城市我们村里有这样的说法：

“那儿的人啊！　你们想想，他们不睡觉！”

“为什么不睡觉？”

“因为他们不疲倦。”

“为什么不疲倦呢？”

“因为他们是傻子。”

“傻子不会疲倦吗？”

“傻子怎么会疲倦呢！”

揭穿一个骗子①

晚上 10 点左右，我终于和一个我从前只匆匆见过一面，这次他却

---

① 本文约写于 1911 年。作者在 1912 年 8 月 8 日的日记中称：“骗子一文完成得还算满意。”

意外和我结伴同行、并拉着我在大街小巷转悠了两个小时之久的人，来到那幢华丽的宅子前，我应邀进这宅子去参加一个聚会。

“好啦！”我边说边拍了一巴掌，表示现在无论如何也必须分手了。不太明确的辞别尝试我已经作了几次。我已经精疲力竭了。

“您马上就要上去？”他问。我听到他嘴里发出一个像牙齿在互相撞击的声音。

“是的。”

我可是受人邀请的，我一碰见他就跟他说到此事。但我是受人邀请到上面去，而不是被邀站在这大门口，和眼前这个人面对面站着互相打量。我早就想进屋了，可是现在还得和他默不作声地站在一起，仿佛我们决心要在这块地方久留似的。此时，四周的房屋也随即归于这一片沉寂之中，就连它们上空的黑暗以及点点星辰也都沉默不语了。近处有人在散步，但只闻其脚步声，却看不到人影——我们不想猜度他们往哪儿走，风儿呼叫着不停地从对面街道上刮过，某个关着窗户的房间里传出留声机的声音——在这片静谧中它们都清晰可辨，仿佛这一向且永远都是这些房屋的所有物似的。

我的陪同者以自己的名义——在微微一笑后——并且也以我的名义表示顺从，顺着墙向上伸出右臂并闭上眼睛把脸贴在右臂上。

然而，这微笑我没完全看完，因为羞耻心突然把我的脸旋转开去。原来从这一微笑中我已经认出，这是一个骗子，如此而已。而我则已经在这座城市里待了几个月了，曾以为完全了解这些骗子，了解他们如何在夜晚从小巷里伸出双手，像旅店老板那样向我们迎来，了解他们如何在这广告柱——我们就站在它的附近——的四周，像在玩捉迷藏似的闲荡，并在柱子后面至少用一只眼睛窥探，了解他们如何在十字路口趁我们害怕时突然出现在我们面前的人行道边上！ 我十分了解他们，他们是我在这些小酒店里结识的第一批熟人，多亏了他们我才初次见识到一种不屈不挠，现在我很难设想人世间可以没有它，我已经开始在内心深处感觉到它了。即便你早已逃离他们，即便早就不再有什么东西可以攫取，他们还是在你的面前。他们不坐下，他们不倒下，而是用即便来自远处却仍还总是有说服力的目光盯着你！ 他们的招数始终都是同样的：他们挡住我们的去路，尽量分开双腿；力图阻止我们去我们要去的地方；为我们准备好了符合他们心意的住所以顶替我们的住所；而当我们心中凝聚已久的感情终于猛然爆发的时候，他们就把它当作拥抱接受，他们就脸朝前扑过去接受这拥抱。

这一次我在与此人长久共处后才认清了这些故技。我使劲搓手，力图设法挽回脸面。

而我的这位同伴却仍像先前那样靠在这里，还一直认为自己是个骗子，对自己的命运的心满意足使他的光滑的面颊泛起红晕。

“认清了！”我一边说一边还轻轻拍了拍他的肩膀。然后我急忙上楼，楼上接待室里仆人们那无端忠诚的脸像一件意想不到的美好礼物那样令我感到高兴。有人拿走我的大衣，掸掉我靴子上的尘土时，我挨个儿一一打量他们。

然后我舒了口气，挺直身子走进客厅。

突然去散步①

如果你晚上最终决定呆在家里，并已穿上便服，且晚饭后已坐在点

① 该作见之于作者 1912 年 1 月 5 日的日记，付印时略事加工。

着灯的桌旁，做了那件事或那项通常在其结束后就睡觉的游戏；如果外面天气不好，那么呆在家里便是理所当然的事了；如果你已经在桌旁一动不动地坐了那么久，而现在想离开，那么势必会令人吃惊；如果楼梯间也已经是漆黑一片，而且房门已关上；如果你不顾这一切仍突感不快而站起来，换衣服，迅速穿上外出穿的衣服，说是得出去一趟，简短告别之后也这样做了，以为因关住所门时动作或轻或重或多或少，会惹人恼怒；如果你又来到街上，你的四肢，它们用特别轻快灵活的动作回报你为它们弄到的这种已经是出乎意料的自由；如果你通过这一个决定感觉到了凝聚在心中的一切决断能力；如果你比通常更为意味深长地认识到，你有超出需要的力量，完全可以轻而易举地促成并承受最快的变化；如果你就这样沿着长长的街道跑下去——那么今晚你就完全走出你的家庭，你的正在转向空洞无物的家庭，而你自己则一拍后腿，坚定地恢复了你自己的本来面目。

一切还会增强的，如果你在这很晚的时刻去拜访一位朋友，去看看他的情况可好。

决　断[①]

挣脱一种恶劣的处境，想必勉强使使劲也是容易做到的。我猛地从椅子上站起，绕着桌子走，活动活动头和脖子，眨巴一下眼睛，绷紧眼睛四周的肌肉。我压制每一种情感，热烈欢迎甲，如果他现在会来的话；我在我的房间里友好地容忍乙；不顾疼痛和辛劳也要大口大口地把

① 本篇原出作者1919年2月5日的日记，出版时作了些改动。

丙说的话全部吸收进自己的肚里。

然而，尽管这样可行，整个事情容易的和艰难的，也会因每一个避免不了的错误而停滞不前，而我则将不得不在圈子里转回去。

所以，最好的办法依旧是：忍受一切，采取一堆重物那样的态度，在觉得自己正在被吹走时不让自己受引诱迈出不必要的一步，用严肃的目光望着别人，不感到后悔，简言之，用自己的手压下生活中幽灵般剩下的东西，这就是说，扩展最后的、坟墓般的宁静，不让它以外的任何别的事物存在。

这种状况下的一个典型动作便是：小手指头捋眉毛。

山 地 远 足[①]

“我不知道，”我悄然说，“我就是不知道嘛。如果没有人来，那就是没有人来。我没有伤害过什么人，没有什么人伤害过我，可是没有什么人愿意帮助我。这全然是微不足道的人。可是这不是这么回事。只是没有人帮助我而已——不然的话就完全没有什么人是好人啦。我会很愿意——为什么不呢——和一个全然是微不足道的人的旅行团作一次远足。当然是到山区去，不然去哪儿呢？瞧这些微不足道的人如何互相拥挤，这些众多横伸出去的和挽在一起的胳臂，这些众多的脚，由短促的步子分开的脚！不言而喻，大家全都穿着燕尾服。我们就这么凑合着走着，风从我们和我们的手足间的缝隙吹过。嗓子在山里自由啦！真奇怪，我们竟没有唱歌。”

---

① 该作约写于1903—1904年之间，原为《一次战斗纪实》中的片断。

单身汉的不幸[①]

永远当个单身汉，老了要与人共度一个晚上，就不顾尊严请求接纳；有了病就猫在床角，接连好几个礼拜凝视空落落的房间；总是在家门前分手；从没在自己妻子身旁挤上楼梯；在自己的房间里只有通向别人住所的几扇侧门；用一只手把自己的晚餐托到家里；不得不惊奇地注视别人的孩子，并且还不可以不断地说："我没有一个孩子。"按青年时代的回忆中的一两个单身汉的样子练自己的举手投足和声音笑貌：看来情况似乎相当的糟糕。

情况会是这样的，只不过就是今天和以后人们实际上自己也会站在那儿，带着一副身躯和一颗实实在在的脑袋，就是说也有一个额头，并用手拍这额头。

商　人[②]

可能会有几个人同情我，但我对此毫无感觉。我的小商店让我忧心忡忡，搞得我的前额和太阳穴疼痛不已，却不让我看到有心满意足的一天，因为我做的是小本生意。

我得提前几个小时作好一些安排，让勤杂工保持清醒头脑，提防会出现的差错，在本季节里预测下一个季节的热门货，而这些货不是在我的这个圈子里时行的，而是那些不好交往的乡下人需要的。

---

①本篇原名《入睡之前》，最初见于作者 1911 年 11 月 14 日的日记。
②本篇约写于 1907 年，首次发表在《许培里昂》1908 年第 1 期上。

我的钱在别人手里，而他们的情况我是无法弄清楚的；他们可能遭到的不测，我预料不到，所以我怎能抵御得了呢！ 也许他们花钱大手大脚了，在一家酒店的花园里举行招待会；另一些人在逃亡美国途中到这个招待会上来待上一小会儿。

每逢工作日晚上店门关上，我突然发现自己有几个钟点可以不必为我的商店永无尽头的需要做任何事时，我在早晨预先远远送出的激动情绪便像一股回潮袭上我心头，在我心中激荡不已，并把我漫无目的地拽走。

可是，我却根本无法利用这种心情，只能回家，因为我的脸和双手脏兮兮的，满是汗水，衣服污渍斑斑，沾满了尘土，头戴工作帽，脚蹬一双被板条箱钉子划破了的靴子。再则，我就像在波浪上那样行走，把双手的手指头弹得格格响，并不时抚摸那些朝我迎面走来的孩童的头发。

路途很短。我很快便到了家；我打开电梯门，走了进去。

我发现，我现在突然独自一人了。其他人，另外那些不得不爬楼梯的人，这时他们有点儿累了，不得不呼哧呼哧地等候着，等到有人来开住所的门，这期间他们有理由生气和急躁。现在走进穿堂，把帽子挂在那儿，直到穿过过道，经过几扇玻璃门，进入他们自己的房间后，他们这才独处了。

而我马上就独自一个人在电梯里了，我挺着两条腿，两眼对着那面狭长的镜子。电梯开始上升时，我说：

“安静点，往后退一下，你们要到树阴里去，到窗帘后面去，到有拱顶的凉亭里去吗？”

我龇牙咧嘴地说。楼梯扶手像下泻的水那样在毛玻璃后面滑落下去。

“你们飞走吧；但愿你们这些我从未见过的翅膀，把你们送进乡间山谷，或送往巴黎，如果你们觉得需要去那儿的话。

“可是，你们要好好凭窗眺望这美景，看那些队列从所有三条街上走出来，互不避让，杂乱行进，并让那块空地又在它们的最后几排间形成。挥动手帕吧，惊恐吧，受感动吧，称赞那位从一旁驶过的美丽女士吧。

“在木桥上越过这小溪，向洗澡戏水的孩子点头示意，对远处装甲战舰上千百个水兵的欢呼声惊叹不已。

“尽管跟踪那个不显眼的人吧，如果你们已经把他推到大门的通道上，你们就抢劫他，然后每个人把双手插在裤兜里，目送他伤心地走进左边的街道。

“分散着骑马奔驰而来的警察勒住马，把你们赶回去，随他们去吧，空落落的街道将会使他们感到不幸，这我知道。我求你们成双搭对地慢慢绕过街角，飞越过这些地方。”

随后我出了电梯，我让电梯下去，摁响了门铃，女用人开了门，我和她打了招呼。

心不在焉地向外眺望[①]

在这迅速来临的春日里，我们将做些什么呢？ 今天早晨天空灰蒙蒙的，可是如果你现在走到窗口，那么你就会感到惊异，并把面颊贴在窗户把手上。

可以看到，下面夕阳的光芒照在小女孩的脸上，她边行走边向四下

① 本篇约作于 1907 年，初次发表在《许培里昂》1908 年第 1 期上。

里张望；同时可以看到，小女孩脸上有那个在她身后快步走过来的男人的阴影。

后来那个男人从一旁走了过去，孩子的脸完全明亮了。

回 家 的 路①

请看雷雨过后空气的说服力有多大。我的功绩向我显现并在制服我，尽管我并不抗拒。

我迈步行走，我的速度是临街这一面的、这条街的、这个市区的速度。我有理由对所有的敲门、敲桌子负责，对全部祝酒词，对在他们的床上的，在新建筑物脚手架上的，在黑胡同里贴着房屋墙根的，在妓院沙发床上的一对对情侣负责。

我对照未来估量我的过去，却觉得两者都极好，没法说谁比谁更好，只有很是惠顾我的天意的不公我必须谴责。

只是在我走进我的房间时，我才有点儿若有所思，可是在上楼梯时我并没有发现什么值得思考的事情。这帮不了我多大的忙：我把窗户完全打开，花园里仍在弹奏音乐。

过 路 人②

如果夜晚在一条胡同里散步，看到一个男子，老远就可看见——

① 本篇成稿与首次发表的年代与上篇同。
② 本篇成稿与首次发表的年代与上篇同。

因为我们眼前这条胡同向上伸展，并且现在正是满月——他向我们跑过来，那我们不会去抓住他，即使他身体虚弱、衣衫褴褛，即使有人在追他并大声喊叫，而我们将让他继续往前跑。

因为现在是黑夜，即使我们也无法确认，这条胡同在满月的情况下是向上伸展的，这不是我们的过错；再说了，这两个人进行追捕也许是闹着玩的，也许两人追捕第三人，也许第一个人无辜受到追捕，也许第二个人想谋杀，于是我们就会成为谋杀的同案犯，也许这两个人彼此并不相识，也许每个人只是各自要跑回家去睡觉，也许他们都是梦游者，也许第一个人有武器。

最后，我们不是累了吗，我们不是喝了这么多的酒了吗？ 我们感到高兴，因为那第二个人我们再也看不见啦。

乘　客①

我站在电车的车厢里，对我在这个世界上，在这座城市里，在我的家庭中的地位完全没有把握。可我也不能随意说出，我能在随便哪一方面提出什么要求。我根本不能为此作辩护： 我站在这个车厢里，抓住这个吊环把手，让这辆车拉着我；人们避让这辆电车或默默行走或在橱窗前驻足。——没有人要求我这样做，不过这无所谓。

电车驶近一个车站，一个姑娘走近台阶，准备下车。她的身形清晰地映入我的眼帘，仿佛我曾触摸过她似的。她穿一身黑衣，裙褶几乎纹丝不动，紧身衬衫有一个白色细网花边领子，她左手平放

① 本篇作于1908年前，1908年3月发表在《许培里昂》上。

在车厢的内壁上，右手持着的伞支在从上往下数的第二个梯级上。她的脸是棕色的，鼻子有点儿塌，鼻尖儿又圆又宽。她有一头浓密的棕色头发，一小绺细发在右鬓角上随风飘动。她的小耳朵紧贴在脸上，由于我离得很近，所以能清楚地看到她的右耳廓的整个背面和耳根处的那个阴影。

当时我不禁自问：她怎么会不对自己感到惊讶，怎么会闭紧嘴巴，不说一句这样的话呢？

衣　服[①]

每逢我看到带有许多褶裥、镶边和挂饰的衣服，看到它们俊俏地穿在俊俏的身体上，我就会想：它们不会长久保持这种状况的，它们会生褶儿，不再可能被熨平，会积上尘土，而尘土在装饰物里积得厚厚的，再也清除不掉；我想：谁也不会愿意让自己显得可悲和可笑，每天一早穿上、晚上脱下这同一件贵重衣服。

然而，我却看到一些姑娘，她们确实俊俏，并显露出多种多样诱人的肌肉和骨节、绷紧的皮肤和浓密的秀发，可她们却天天穿这一身朴素的化装舞会服装，总是用同一双手掌捧住同一张脸并用她们的镜子照出这张脸。

只是有时在晚上，当她们参加聚会很晚回来时，这些衣服在镜子里才显得破旧、臃肿，满是尘土，它们已被所有人看过，几乎不能再穿了。

---

① 本篇约写于1903—1904年间，原为《一次战斗纪实》中的一段。出版前先后在《许培里昂》1908年第1期和《波希米亚报》1910年3月27日上发表。

拒　绝[①]

如果我遇到一位漂亮姑娘，请求她说："劳驾，跟我来吧，"而她却默默走了过去，那么她这是在说：

"你不是赫赫有名的公爵，不是魁梧的美国人，有着印第安人的身材，长着一双炯炯有神的眼睛，天生一种被草地空气和流经草地的河流按摩过的皮肤，你没有见过我也不知道在何处的大海，并在那儿航行过。所以，对不起，我，一个漂亮姑娘，为什么要跟你走？"

"可你忘了，没有汽车颠簸着载着你摇摇晃晃地穿过这条小街；我没看见穿紧身衣服的绅士们当你的随从，他们呈精确的半圆形跟在你身后，嘴里还喃喃地为你说着祝福的话语；你的双乳被紧身胸衣装束得不错，可是你的大腿和臀部却为那种节欲生活付出了代价；你穿一件有细条子褶裥的塔夫绸连衣裙，去年秋天它曾给我们每个人带来欢乐，可是你偶尔微笑——这是身体上致命的风险。"

"是呀，我们俩说的都对，为了让我们清楚地意识到这一点，我们还是，对不对呀，大家各自回家去吧。"

为男骑手们考虑[②]

要是考虑一下的话，你就不会受引诱，想在一场赛马中当第一名。

---

① 本篇约写于 1906 年，与以上数篇一样，曾无题首先发表于《许培里昂》1908 年第 1 期。

② 本文首次发表于《波希米亚报》1910 年 3 月 27 日。

被承认为一个国家的最佳骑手，这荣誉在乐队开始奏乐时太让你欣喜若狂了，可是第二天早晨你会后悔莫及。

对手们诡计多端，相当有影响力的人的嫉妒一定会在狭窄的夹道欢迎行列里令我们感到痛心，我们如今正穿过这个行列向那个开阔地骑行，而在那片开阔地上很快就空荡荡只剩下几个被胜过的骑手，他们气馁地朝地平线的边缘驰去。

我们的许多朋友急忙去兑奖，他们只是从远处兑奖处的窗口扭过头来向我们欢呼；可是最好的朋友却根本没把赌注押在我们的马上，因为他们担心，他们若是赌输了，他们就会生我们的气，可是现在我们的马是第一名，他们却什么也没赢到，我们从一旁经过时，他们就会转过脸去，情愿顺着看台望过去。

后面的竞争对手们，稳坐在马鞍上，试图回顾他们所遭到的不幸和他们不知怎么受到的冤屈；他们打起精神，似乎一场新的比赛，在这场儿戏之后马上便会隆重地展开。

许多女士觉得这位优胜者滑稽可笑，因为他自高自大，却不知道如何应付接连不断的握手、祝贺、鞠躬和遥祝，而失败者们则紧闭双唇，漫不经心地拍打着他们那通常都在嘶鸣的马儿的脖子。

这时，乌云密布的天空终于下起了雨。

临街的窗户[1]

谁孤独地生活着而有时又想跟外界有点接触，谁因为昼夜、气

---

① 本篇的写作约在1906—1909年之间。

候、工作环境等的变化而想即刻看到任何一只他能依傍的胳臂——那么，没有一扇临街的窗户，他是坚持不了多久的。而如果他的情况是这样的，他根本不寻求什么，只是作为疲倦的人，目光在人群和天空间上下移动，走到窗口，而且并不情愿地微微垂下头，那么，下面的马就会把他拽进它们身后的车子和喧哗之中，从而最终把他拽向人间的和睦。

想当印第安人[①]

如果我是一个印第安人，我就会立刻准备骑上疾驰的马，飞奔起来，在颤动的大地上不停地急促抖动，直到我放松马刺，因为没有马刺，直到我松开缰绳，因为没有缰绳；刚看到眼前的田野是一片收割过的田地，就已经没有马头和马颈了。

树[②]

因为我们就像雪中的树干。表面上看，它们平放着，只要轻轻一推就可以把它们推开。不，这是办不到的，因为它们牢牢地和土地联结在一起。可是你瞧，甚至这也只是表面现象。

---

①本文作于1912年夏季前，1912年首次发表在《观察》集中。
②本篇写于1903—1904年间，见《一次战斗纪实》。

不　幸①

当已经到了忍无可忍的地步时——那是十一月的一个傍晚——我像在一条赛马跑道上那样在我的房间狭长的地毯上奔走着，看到有灯光照射的街道而大吃一惊，又转过身去，并在房间的深处，在镜子里又得到了一个新的目标，不禁大声叫了起来，不过只是为了听听这叫喊声而已，这叫喊声没有任何反响，也没有任何东西使它失去喊叫的力量，它响起来，没有平衡力量，即使它沉寂了也不会消失，这时墙上开出来一扇门，开得十分急促，因为急促是必要的，连下面石子路上拉马车的马也像战场上变野了的马那样，顾不上饮水，站立了起来。

一个孩子像小幽灵似的从还没点灯的昏暗楼道里钻出来，并踮着脚尖站住，站在一块微微晃动的地板上。在房间的昏暗光线下眼睛顿时有些发花，孩子想迅速用双手捂住脸，却不意向窗口瞥了一眼，便平静了下来，孩子看到十字形窗棂前街灯袅袅上升的雾气最终笼罩在了黑暗中。孩子在开着的房门前站直，用右胳膊肘顶着房间的墙壁，让外面进来的气流在脚踝四周，也顺着脖子和太阳穴吹拂。

我朝那边看了看，然后说了声“你好”，就从炉前护热板上拿过我的上衣，因为我不想这样半裸着站在那儿。我张着嘴待了一会儿，好让激动情绪从嘴巴离我而去。我嘴里有股苦涩味，脸上眼睫毛颤动，一句话，我最不需要的，恰恰是这一意料中的来访了。

这孩子仍靠墙站在原地，右手支在墙上，面颊绯红，对这堵颗粒粗的刷成白色的墙怎么也看不够，并一个劲儿在墙上擦指尖。我说：“您真的要找我？　没有搞错吧？　在这幢大楼里很容易搞错。我叫某某，

① 本篇写于1910年11月6日之前不久，是卡夫卡第二本笔记本的开篇。

住在四楼。我是您要找的人吗？”

“安静，安静！”孩子回过头来说，“一切全都没错。”

“那您就进来吧，我想关门了。”

“这门我刚才已关上。您别费心了。您尽管放心好啦。”

“您别说什么费心不费心的。在这一层住着许多人，当然全都是我的熟人；大多数人正下班回来；如果他们听到有人在房间里讲话，就会以为他们有权打开房门，查看一下发生什么事了。这里就是这样的。这些人干完了一天的工作；在这暂时的晚间自由时间里他们会听命于谁呀。而且这一点您也是知道的嘛。您让我把门关上吧。”

“哎，怎么啦？ 您这是干吗？ 我没意见，全楼的人都可以进来。我还是要再说一遍：我已经把门关上了，难道您以为，只有您才会关门吗？ 我甚至已经用钥匙把门锁上了。”

“那就好。我没有别的要求。其实您根本用不着用钥匙锁门。既然您已经在这儿了，那就随意吧。您是我的客人。您可以完全信任我。您随便坐吧，不用害怕。我既不会强迫您留下，也不会硬要您走人。这话还得我说吗？ 您这么不了解我？”

“不是。这话您确实没有必要说的。而且，这话您根本就不应该说。我是个孩子；干吗对我这么客气呀？”

“情况没这么严重。当然，一个孩子。可是您老大不小了吧。您已经完全长大成人。假如您是一个女孩子的话，就不能这样随随便便把您自己和我一起关在一个房间里啦。”

“我们不必为此事担忧。我只不过是想说：我很了解您，这一点对我起不了什么保护作用，这仅仅是可以使您不必煞费苦心对我撒谎。但是，尽管如此，您还是恭维我。您拉倒吧，我要说您还是拉倒吧。况且我并不是随时随地都了解您，更甭说在这么昏暗的光线下了。您还是把灯打开吧。不，还是别开灯的好。反正我会记住的：您已经威胁过我。”

“什么？我威胁过您？您可别这么说。我很高兴您终于来这儿了。我说‘终于’，因为现在天色已经这么晚。我不明白，您为什么来得这么晚。可能是我一高兴说话就前言不搭后语，而您也就恰恰这样来理解我的话了。我是这样说话了，这一点我一百个承认，是呀，我威胁您了，您愿意怎么说就怎么说吧。——可是我们别吵啦，天哪！——可是您怎么能相信这种事呢？您怎么能这样伤害我的感情？好不容易盼着您在这里稍待片刻，您为什么要竭尽全力扫我兴呢？一个陌生人也会比您更和气的。”

“这个我相信；这不是聪明之举。一个陌生人可能会迎合您，而我却天生就跟您这么亲近。这一点您也是知道的，那么干吗忧伤呀？您说吧，您想要花招，那我马上就走人。”

“真的吗？这样的话您也敢对我说？您有点儿太放肆了。到底您是在我的房间里。您像发了疯似的在我的墙上擦您的手指头。我的房间，我的墙壁！此外，您说的话滑稽可笑，不只是狂妄。您说，您的天性迫使您和我以这样的方式说话。真的吗？您的天性迫使您？您这天性真是不错。您的天性就是我的天性，那么如果我生来就对您友好，您也不可以对我采取另外的态度。”

“这叫友好吗？”

“我说的是从前。”

“您知道，我以后会怎么样？”

“我什么也不知道。”

我向床头柜走过去，点着了那上面的蜡烛。在那个时候我房间里既没有煤气也没有电灯。然后我还在桌旁坐了一会儿，直到我对此也感到厌倦，我就穿上披风，从沙发榻上拿起帽子并吹灭了蜡烛。在往外走的时候我被椅子腿绊了一下。

在楼梯上我碰到一位住在同一层的房客。

“又要出门啊，您这个家伙？”他问，双腿分别踩在两个台阶上。

“我该怎么办？”我说，“我的房间里来了一个鬼了。”

“您这样说话，您一定又遇上什么不如意的事啦。”

“您在开玩笑。但是您记住，一个鬼就是一个鬼。”

“完全正确。可是如果我根本就不相信有鬼呢？”

“哟，难道您以为我信鬼吗？ 可是我不信，这对我有什么用吗？”

“很简单。如果真有一个鬼到您这儿来，您就大可不必恐惧嘛。”

“是的，可是这是次要的恐惧。真正的恐惧是对出现鬼怪的原因的恐惧。这种恐惧不会消失。我简直浑身上下充满了这种恐惧。”

由于紧张我开始搜索我的一个个口袋。

“可是既然对鬼怪本身不感到恐惧，那您原本可以不慌不忙地打听打听它出现的原因的嘛！”

“您显然还从未和鬼怪说过话。您从它们的嘴里是永远得不到一个明确的答复的。总是来回绕弯子。这些鬼怪似乎比我们更怀疑它们的存在，考虑到它们的羸弱这倒也不足为奇。”

“可是我听说，人们可以喂养它们。”

“您倒是消息灵通得很。这是可以的。可是谁会这样干呀？”

“为什么不呀？ 譬如这是一个女鬼的话。”他边说边跃上上面的台阶。

“啊，原来如此，”我说，“可是即便这样也不值得去做。”

我想了想。我的这位熟人已经跑到上面去了，为了还能看见我，他不得不在楼梯间的一个拱顶下躬身向前。“但是，尽管如此，”我喊道，“如果您在上面夺走我的鬼，那我们就一刀两断，永远一刀两断。”

“哎呀，刚才只是开个玩笑嘛，”说罢，他把头缩了回去。

“那就好，”我说，现在原本可以安心地去散步了。可是我觉得实在太孤独，便上楼睡觉了。

2. 判　决[①]

——献给费莉丝·鲍尔小姐

这是春季里一个最美好的星期天上午。格奥尔格·本德曼，一个年轻商人，正坐在二楼自己的房间里，他的住所是沿河一长溜构造简易的低矮房屋中的一座，这些房屋几乎只是在高度和颜色上有所区别。他刚给一个居住在国外的青年时代的朋友写完一封信，漫不经心地将信装进信封，然后双肘撑在书桌上，凝望窗外的小河、桥和对岸淡绿的小山冈。

他寻思着这位朋友如何由于不满自己在国内的前程，几年前简直可以说是逃亡到了俄国。现在他在彼得堡经营一家商店，开始时买卖兴旺，但之后很长时间生意似乎十分清淡，于是朋友回国的次数也越来越少，而且每次回来总要这样抱怨。他就这样在异国他乡惨淡经营。外国式的络腮胡子难以完全遮盖住他那张从孩提时代起我就熟悉的脸庞。他脸色蜡黄，看来好像得了什么病，而且，病情正在发展。据他说，他和那儿的侨民没有什么联系，和当地俄国人家庭也几乎没有什么来往并且准备就这样独身一辈子了。

对于这样一个显然已经误入歧途、令人惋惜而又让人爱莫能助的人，在信里该写些什么呢。或许应该劝他回国，把生计迁移到这儿来，恢复所有旧日亲友间的友好关系——这方面不存在什么障碍——此外还要信赖朋友们的帮助？ 然而这岂不就意味着，人们同时较委婉、因此也就更让人伤心地告诉他，他迄今的一切尝试都已经失败；他应该最终放弃这些尝试；他必须回来，让大家瞪着大眼瞧他这个回头的浪子；

只有他的朋友们才明白一些事理，而他却是个老小孩，就是得听从事业有成的、留在国内的朋友们的话。而且他蒙受的所有这种种烦恼就一定会有什么意义吗？ 也许根本就没法劝说他回国——他自己说的，他已经不了解家乡的情况——所以，尽管如此，他还是留在他国异乡，虽然他会因这些建议而感到苦恼并因此而和朋友们更加疏远了一层。但是如果他真的听从了这个劝告，并在国内——当然不是由于别人有意，而是由于种种事实——受到压抑，如果他适应不了他的朋友们，而没有他们，自己又找不到头绪，如果他会羞愧难言，如果他现在确实没有家乡和朋友了，那么他如他现在这样留在外国，这对他来说岂不是更好？ 在这样的情况下还能设想他在国内确实会使事业有所进展吗？

鉴于这些原因，如果还想要和他继续保持通信联系，就不能像对一个即便是远在天涯的熟人那样毫无顾忌地把什么话都原原本本地告诉他。这位朋友已经三年多没回国了，并且很勉强地用俄国政治局势不稳来作解释，照此说法，一个小商人哪怕外出一小会儿都是不容许的，可是成千上万个俄罗斯人却安闲地在世界各地奔走。但是在这三年里，恰恰对于格奥尔格来说发生了许多变化。对于格奥尔格的母亲的去世的噩耗——母亲大约两年前去世，打那以后格奥尔格就和老父亲一起过日子——这位朋友分明还是听说了的，并在一封来信中表示了哀悼，但言词干巴，其原因恐怕只能是：身居异乡的他对此类悲痛已无法产生同感共鸣。不过自那时起格奥尔格便更加坚毅果敢地处理一切事务，也包括他的商务。也许母亲在世时父亲在经营上独断专行，阻碍了他真

① 本篇于1912年9月22日晚10时至翌日晨6时“一气呵成”，1913年首次发表在由马克斯·布罗德主编、莱比锡库尔特·沃尔夫出版社出版的创作年鉴《阿卡迪亚》上。这是卡夫卡的创作进入成熟期和旺盛阶段的第一个成果，也是他创作生涯中自己颇为得意的五六个短篇作品之一。费莉丝·鲍尔是卡夫卡第一个未婚妻。

正按自己意志行事的能力；也许是自母亲去世后父亲虽然还在商行里工作，但已经比较淡泊，不再事必躬亲；也许是幸运的偶然事件起到了——甚至很可能是这样——重要得多的作用；但是，不管怎么说，在这两年里商行有了意想不到的发展，帮工不得不增加了一倍，营业额增加了五倍，往后的买卖无疑会更加兴隆。

可格奥尔格的这位朋友却对这种变化一无所知。先前，最后一次也许就在那封吊唁信里，他曾想劝说格奥尔格移居俄国，并详细阐述了格奥尔格在彼得堡设分号的前景。他所列举的数字同格奥尔格现在所经营的范围相比简直微不足道。可是格奥尔格一直不愿意把自己商业上的成就写信告诉这位朋友，假如他现在再回过头来这样做，这确实会让人觉得奇怪的。

所以格奥尔格在给这位朋友的信中始终仅限于写些无关紧要的、一如人们在安闲的星期天独自遐想时杂乱地堆积在记忆中的琐事。他不希望别的，只希望别扰乱了这位朋友的心绪，让他保持自己在出国后的长时间里所形成的、勉强接受了的对故乡的印象。于是，就发生了这样的事：格奥尔格在三封间隔相当长的信中，三次把一个无关紧要的男人和一个同样无关紧要的女人订婚的事告诉了他的朋友，直至后来这位朋友居然完全违背格奥尔格的本意，关注起这一奇特现象。

但是，格奥尔格却宁可在信中告诉他这类事情，而不愿承认自己在一个月前同一位名叫弗丽达·勃兰登菲尔德的富家小姐订了婚。他常常和自己的未婚妻谈到这位朋友以及他和这位朋友保持着的这种特殊的通信关系。“那么他根本不会来参加我们的婚礼了，”她说，“可是我有权认识你所有的朋友。”“我不想打扰他，”格奥尔格回答说，“正确理解我的意思，他可能会来，至少我认为他可能会来，但他会感到勉强，自尊心受到伤害，也许他会嫉妒我，并且一定会不满可又没有能力消除这种不满，于是又孤独地返回。孤独——你知道这是什么吗？”“那么，难道他不会通过别的途径获悉我们结婚的事吗？”“这个我当然无法阻止，但是凭他这种生活方式这不太可能。”“既然你有这样的朋友，格奥尔格，你就根本不应该订婚的。”“是呀，这是我们俩的过错；不过即便现在我也不改初衷。”她在他的亲吻下尽管气喘吁吁，却还是说道：“不管怎样，这还是让我感到伤心。”这时，他真的以为，如果他把这一切写信告诉他的朋友，也不会有什么麻烦。“我就是这样的人，他也正应该这样来接受真实的我，”他暗自思忖，“我无法把自己剪裁成另一个人，一个也许比真实的我更适合和他的这种友谊的人。”

他果然在这个星期天上午写的长信中用这样的话把已经订婚的事告诉了他的朋友：“我把最好的消息留到最后。我已经和一位名叫弗丽达·勃兰登菲尔德的小姐订了婚，她出身富家，在你出国以后很久才迁居到这里，所以你可能不认识她。将来还会有机会告诉你有关我未婚妻的详细情况，今天我只想告诉你，我很幸福，你我相互关系中只在这一点上有了一些变化：现在我将不再是你的一个普普通通的朋友，而是一个幸福的朋友了。此外，我的未婚妻，她嘱我向你致以亲切的问候，她不久还会自己给你写信，她也将成为你的真诚的朋友，这对于一个单身汉来说不会是完全没有意义的。我知道，你事务繁忙抽不开身来看望我们，可是我的婚礼难道不正好是一个可以扫除一切障碍的好机会吗？不过，不管怎么样，你还是不要瞻前顾后，你尽管按你自己的意愿行事好啦。”

格奥尔格手里拿着这封信，脸对着窗户，在书桌前坐了很久。一个过路的熟人从小巷里跟他打招呼，他好不容易才勉强报之以一丝呆滞的微笑。

他终于把信塞进口袋并走出自己的房间，横越过一条小过道，走进他父亲的房间，他已经有好几个月没来过这儿了。平时也没有这个必要，因为他常在商号里和父亲见面，他们同时在一个餐厅用午餐，晚上虽然各干各的，可是除非格奥尔格一如常有的那样去会朋友或如现在这样去看望他的未婚妻，他们通常还会在共用的起居室里小坐片刻，各人读自己的报纸。

格奥尔格感到非常惊讶，甚至在这个晴朗的上午父亲的房间还这么黑暗。原来是矗立在小庭院对面的那堵高墙投下了这样一个阴影。父亲坐在靠窗的一个角落里，这里装饰着已故母亲的各种纪念物；他正在读报，他把报纸举在眼前的一侧，试图以此弥补某种视力上的毛病。桌上放着剩余的早餐，这早餐似乎没吃掉多少。

“啊，格奥尔格！”父亲边说边立刻向他走过去。走动时他的厚睡衣敞开，下摆在他四周飘动——“我的父亲还一直是个魁伟的人，”格奥尔格心中暗想。

“这里实在是太黑了，”格奥尔格然后说道。

“是呀，是黑，”父亲回答。

“这窗户你也关上啦？”

“我宁可让它这样关着。”

“外面已经很暖和了，”格奥尔格说，像在接着方才的话茬说的，说罢他坐了下来。

父亲收拾早餐的杯盘，将它们放在一只柜上。

“其实我只是想告诉你，”格奥尔格接着说，茫然地望着老人的一举一动，“我向彼得堡宣布我订婚的事，”说着，他把信从口袋里抽出一点儿，然后又放了回去。

“为什么向彼得堡？”父亲问。

“告诉我的朋友，”说着，格奥尔格搜寻父亲的目光。——“在商行里他可完全是另外一副样子，”他想，“瞧他现在叉开腿坐在这里，双臂交叉在胸前。”

“是呀。告诉你的朋友，”父亲提高声调说。

“你是知道的，父亲，我起先并不想把我订婚的事告诉他。主要是考虑到他的情况，并不是由于别的什么原因。你知道，他是个难相处的人。我寻思，他完全有可能从别的方面得知我订婚的消息，尽管他离群索居这几乎不可能——这个我无法阻止，但是他反正决不会从我本人这儿知道这件事。”

“这么说你现在已经改变主意了？”父亲问，把大张的报纸放到窗台上，把眼镜放在报纸上，用手捂住眼镜。

“是的，现在我又考虑过了这件事。我寻思，如果他是我的好朋友，那么我的幸运的订婚对他来说也是一件高兴的事。所以，我不再犹豫，一定要把这事通知他。可是在我发信之前先要把这件事告诉你。”

“格奥尔格，”父亲边说边撇了一下没有牙齿的嘴，“你听着！ 你为这件事来找我，要来和我商量。你这样做毫无疑问是值得赞许的。但是现在如果你不把全部事情的真相告诉我，那么这等于什么也没说，甚至比什么也没说更恶劣，我不想搅起不宜在这里谈及的事情。自从我们的可敬的母亲去世以来已经发生了某些不得体的事情。也许是时候了，也该谈谈这些事情了，也许这时候来得比我们想象的早。商行里有些事我没觉察，这些事也许没向我隐瞒——我现在根本不愿意作这样的猜测：这些事情向我隐瞒了。我已经精力不济，我的记忆力在逐渐衰退，对所有这许许多多的事情我都识别不了啦。这首先是自然规律，其次是我们可爱的母亲的去世对我的打击比对你的要大得多。——但是既然我们正在谈论这件事，谈论这封信，那么，我求你，格奥尔格，你不要欺骗我。这是小事一桩，不足挂齿的，所以你不要欺骗我。你在彼得堡真有这样一个朋友？”

格奥尔格神情尴尬地站起来。“我们别去管我的那些朋友了。一千个朋友也抵不上我的父亲。你知道吗，我是怎样想的？ 你太不注意保重你自己了。可是年岁不饶人。商行里没有你我是不行的，这一点你心里很清楚，但是如果这商行会危及到你的身体健康，那我明天就一劳永逸关了这家商行。这样不行。我们必须按另一种生活方式安排你的饮食起居。但要彻底变一变。你坐在这黑屋子里，在起居室里你就会有充足的阳光。你每顿早餐都吃得很少，不好好增加营养。你坐着时关着窗户，而新鲜空气会对你大有好处的。不，我的父亲，我要去请医生，我们都要遵照医生的嘱咐行事。房间我们要换一换，你搬到前面那个房间去，我搬到这儿来。这对你来说不会有什么变化，一切都一起搬过去。但是办这一切事需慢慢来，现在你上床躺一会儿吧，你无论如何要歇一会儿。来吧，我帮你脱衣服，你将会看到，我会做这种事。要不你现在马上就到前面那个房间里去，你就暂且躺在我的床上。再者说了，这也是很合乎情理的嘛。”

格奥尔格紧挨他父亲站着，父亲白发蓬乱的脑袋低垂到胸前。

“格奥尔格，”父亲小声说，身体一动也不动。

格奥尔格立刻在父亲身旁跪了下来，他看到父亲疲惫的脸上一对瞳孔从眼角直勾勾地望着他。

“你没有朋友在彼得堡。你一向就是个爱开玩笑的人，即便对我你也不克制自己。你怎么会恰恰在那儿有一个朋友！ 这我根本没法相信。”

“你再好好想一想吧，父亲，”格奥尔格说，将父亲从椅子上扶起来，趁他相当虚弱地站在那儿时给他脱掉睡衣，“离上次我的朋友来拜访我们，到现在已快三年了。我还记得，当初你并不怎么特别喜欢他。我至少两次在你面前不认他，虽然他恰恰就坐在我房间里。我完全可以理解你对他的反感，我的朋友有一些怪癖。可是后来你就和他相处得很好了。你听他谈话，点着头，还提问，当时我还为此感到自豪呢。如果你想一想，你一定会回忆起来。他当时谈了一些俄国革命的令人难以置信的故事。譬如有一次，他为了营业上的事来到基辅，遇上群众骚动，他看见一个教士站在一个阳台上往自己的手心里刻了一个粗粗的血淋淋的十字，举起这只手并向人群呼唤。后来你自己有时就复述过这个故事。”

说话间格奥尔格已经又扶父亲坐下，并且小心地给他脱掉穿在亚麻布衬裤外面的针织卫生裤和袜子。当看到父亲的不太清洁的内衣时，他责怪自己没照顾好父亲。注意让父亲勤换内衣，这本来就应该也是他的职责。他还没有开口同未婚妻商量过，他们准备怎样安置父亲将来的生活，因为他们已在心里暗暗假定父亲将独自留在这所老宅子里。可是现在他当机立断，决心要把父亲接进他未来的新居。现在看来几乎就好像，只要仔细看一看这光景，搬进新居再去照顾父亲可能就为时已经太晚了。

他把父亲抱到床上。当他在向床前走这几步路的时候发觉父亲在他的怀里玩弄他的表链，一种可怕的感觉袭上他的心头。他一时无法把父亲放到床上，因为他牢牢抓住了这条表链。

但是他刚躺上床，一切似乎都好了。他自己盖上被子，然后还把被子高高盖过了肩膀。他用并非不友好的眼光仰望着格奥尔格。

“你已经想起他了，是不是？”格奥尔格边问边向他点点头表示鼓励。

“现在我盖严实了吗？”父亲问，好像他无法看到双脚是否也盖住了。

“你躺在床上感到舒服些了吧，”格奥尔格一边说，一边把被子给他掖了掖。

“我盖严实了吗？”父亲再次问道，似乎特别注意听回答。

“你放心吧，你盖严实了。”

“不！”父亲嚷嚷，简直是自己对问题作了回答；他用力将被子掀开，刹那间被子全散开来，他直挺挺地站立在床上。他只用一只手轻轻撑住天花板。“你要给我盖被子，这我知道，我的好小子，可是我还没有完全被盖上。即使这是最后一点力气，但对付你绰绰有余。我当然认识你的朋友。他简直就是个合我心意的儿子。所以这些年来你也就一直欺骗他。否则还能为什么？ 你以为，我没有为他哭泣过吗？ 所以你把自己关在你的办公室里，谁也不许打扰，经理忙着呢——只是为了你可以往俄国写你那些满纸谎言的信。但是幸亏父亲用不着别人来赐教，就可以看透儿子的心思。你现在认为，你已经胜过他了，你可以一屁股坐到他身上，而他则动弹不了，于是我的儿子大人就决定要结婚了！”

格奥尔格抬头向父亲这一副骇人的模样望去。这位彼得堡朋友，父亲突然如此清楚地了解他，这位朋友从未像现在这样感动了他。他看到他落魄在辽阔的俄罗斯。他看见他站在被抢劫一空的商店前面。他恰好还在破损的货架、捣碎的商品和坍塌的煤气管之间站着。他为什么非要去这么遥远的地方！

“你看着我！”父亲喊道，几乎心不在焉的格奥尔格奔向床前，但在中途又停住了。

“因为她撩起了裙子，”父亲开始用柔顺的声音说话，“因为她这样撩起了裙子，这个恶心的蠢丫头，”为了做出那种样子，他高高地撩起了自己的衬衫，让人看到战争年代留在他大腿上的伤疤，“因为她几次三番、如此这般地撩起裙子，所以你就迷上了她，为了可以痛痛快快地在她身上满足你自己的欲念，你竟亵渎了我们对母亲的怀念，出卖了这位朋友，把你的父亲塞到床上，让他动弹不得。可是他能动弹，难道不是吗？”

说罢他放下撑着天花板的手站着，将两只脚踢来踢去。他因洞察秋毫而面露喜色。

格奥尔格站在一个角落里，尽量远离父亲。很久以前他就已经下定决心，要非常仔细地观察一切，也好不至于受到间接的、从后面来的、从上面来的袭击。现在他又回忆起这个早已被忘记的决心，他忘记它，就像忘记怎样把一根短线穿过一个针眼。

“但是这位朋友没有被出卖！”父亲喊道，他的来回晃动的食指加强着语气。“我是他在这里的代表。”

“演戏！”格奥尔格忍不住喊了出来，但立刻认识到闯下了祸，并为时已晚地——两眼已发直——咬住了舌头，他疼得弯下了身子。

“是呀，我当然演了戏啦！ 演戏！ 说得好！ 还会给老鳏夫父亲什么别的安慰？ 说吧——为了作出回答的这一时刻你就算还是我的活着的儿子吧——我还有什么，在我的后面房间里，受到不忠实的员工的迫害，已经老朽不堪？ 而我的儿子则欢快地走遍世界，做成一笔笔我早已准备好了的买卖，在他父亲面前摆出一副正人君子的深沉面孔！你以为，我不曾爱过你这个我亲生的儿子吗？”

“现在他要向前弯下身子，”格奥尔格想道，“要是他摔倒，摔坏了身子怎么办！”这句话在他脑海一闪而过。

父亲向前弯下身，但没摔倒。由于格奥尔格没有如他预料的那样走近过去，他就又伸直了身子。

“待在你那儿别动，我不需要你！ 你在想，你还有力量走过来，只因为你不愿意过来才站在那里不动。你别搞错了！ 我始终还一直比你强壮有力得多。单凭我一个人我也许不得不退缩，但是你的母亲把她的力量给了我，我已经和你的朋友紧密联合起来，你的顾客名单也都在我这儿的口袋里！”

“衬衫上都有口袋！”格奥尔格心中暗想并认为，父亲可以用这句话使他在全世界出丑。他只是在一刹那间想到这一点，因为他不断地忘记一切事。

“挽着你的未婚妻的胳臂，朝我走过来吧！ 我把她从你身边扫掉，而你还莫明其妙呢！”

格奥尔格做了一个鬼脸，仿佛他不信似的。父亲只是朝格奥尔格待着的角落点点头，表示他一定会说到做到。

“今天你真使我非常快活，你跑来问我，要不要把你订婚的消息写信告诉你的朋友。他什么都知道了，你这个傻小子，他什么都知道了！我一直在给他写信，因为你忘了拿走我的笔。因此他这几年就一直没来我们这儿，他什么都知道，比你自己还清楚一百倍呢，他左手拿着你的信，连读也不读就揉成了一团，右手则拿着我的信，读了又读！”

他兴奋得把手臂举过头顶挥动。“他什么都知道，比你清楚一千倍！”他喊道。

“一万倍！”格奥尔格说，本来是想嘲笑父亲，但是话还没出口就有了一种十分严肃认真的声调。

“这些年来我一直注意着，等你来问这个问题！ 你以为，我关心别的什么事吗？ 你以为，我在看报纸吗？ 瞧！”说着，他扔给格奥尔格一张报纸，这是被他不知用什么办法顺手带到床上的。一张旧报纸，它的名字格奥尔格已然完全不知道。

“你打定主意之前，犹豫的时间可真不短啊！ 先得等你母亲死了，不让她经历你的大喜的日子，朋友在他的俄国潦倒不堪，三年前他就已经完了，至于我，你看得见的，我的情况怎么样。你有眼睛会看得见的！”

“这么说你一直在暗中监视我！”格奥尔格喊道。

父亲同情地随声附和说：“你从前可能就想说这话。现在这么说可就完全不合适了。”

接着他又大声说：“现在你才知道，除了你以外世界上还有什么，直到如今你只知道你自己！ 从根本的意义上来说你是一个无辜的孩子，但是从更根本的意义上来说你是个恶鬼般的人！ ——所以你听着：我现在判你投河自尽！”

格奥尔格觉得自己被赶出了房间，父亲在他身后倒在床上的声音还一直在他耳边回响。他急忙冲下楼梯，仿佛那不是一级级台阶，而是一块倾斜的平面。他出其不意地撞上了正走上楼来收拾房间的女佣。“我主耶稣！”女佣喊道，并用围裙遮住自己的脸，可是格奥尔格已经走远。他快步跃出大门，穿过马路，向河边跑去。他像一个饿极了的人抓住食物那样抓住了桥上的栏杆。他悬空吊着，就像一个优秀体操运动员；在他年轻的时候，他父母曾因他有此特长而感到自豪。他那双越来越无力的手还紧紧抓着栏杆呢，这时他从栏杆之间看见驶来了一辆公共汽车，它的噪声可以很容易盖过他落水的声音。于是，他低声喊道：“亲爱的父母亲，我可一直是爱着你们的。”说完他就一松手坠了下去。

这时候正好有一长串车辆从桥上驶过。

3. 变 形 记[①]

一

一天早晨，格里高尔·萨姆沙从不安的睡梦中醒来，发现自己躺在床上变成了一只巨大的甲虫。他仰卧着，那坚硬得像铁甲一般的背贴着床，他稍稍一抬头，便看见自己那穹顶似的棕色肚子分成了好多块弧形的硬片，被子在肚子尖上几乎待不住了，眼看就要完全滑落下来。比起偌大的身躯来，他那许多条腿真是细得可怜，都在他眼前无可奈何地舞动着。

“我出了什么事啦？”他想。这可不是梦。他的房间，一间略嫌小了些、地地道道的人住的房间静卧在四堵熟悉的墙壁之间。在摊放着衣料样品的桌子上方——萨姆沙是旅行推销员——挂着那幅画，这是他最近从一本画报上剪下来并装在了一只漂亮的镀金镜框里的。画上画的是一位戴毛皮帽子、围毛皮围巾的贵妇人，她挺直身子坐着，把一只套没了她整个前臂的厚重皮手筒递给看画的人。

格里高尔接着又朝窗口望去，那阴暗的天气——人们听得见雨点敲打在窗格子铁皮上的声音——使他的心情变得十分忧郁。“还是再睡一会儿，把这一切晦气事统统忘掉吧。”他想，但是这件事却完全办不到，因为他习惯侧向右边睡，可是在目前这种状况下竟无法使自己摆出这个姿势来。不管他怎么使劲扑向右边，总是又摆回到仰卧姿势。他试了大约一百次，闭上眼睛，好不必看见那些拼命挣扎的腿，后来他开始在腰部感觉到一种还从未感受过的隐痛，这时他才不得不罢休。

“啊，天哪，”他想，“我挑上了一个多么累人的差事！ 长年累月到处奔波。在外面跑买卖比坐办公室做生意辛苦多了。再加上还有经常出门的那种烦恼，担心各次火车的倒换，不定时的、劣质的饮食，而萍水相逢的人也总是些泛泛之交，不可能有深厚的交情，永远不会变成知己朋友。让这一切都见鬼去吧！”他觉得肚子上有点痒痒，便仰卧着慢慢向床头挪过去，好让自己头抬起来更容易些；看清了发痒的地方，那儿布满了白色小斑点，他不明白这是怎么回事；想用一条腿去搔一搔，可是立刻又把腿缩了回来，因为这一碰引起他浑身一阵寒战。

他又滑下来回复到原来的姿势。“这么早起床，”他想，“简直把人弄得痴痴呆呆的了。人必须要有足够的睡眠。别的推销员生活得像后宫里的贵妇。譬如每逢我上午回旅店领取已到达的订货单时，这帮老爷才在吃早饭。我若是对老板来这一手，我立刻就会被解雇。不过话说回来，谁知道被解雇对我来说是否就不是一件很好的事呢。我若不是为了我父母亲的缘故而克制自己的话，早就辞职不干了，我就会走到老板面前，把我的意见一古脑儿全告诉他，他非从斜面桌上掉下来不可！ 他坐到那张斜面桌上，居高临下地同职员说话，而由于他重听人家就不得不走到他跟前来，这也真可以说是一种奇特的工作方式了。嗯，希望还没有完全破灭；只要等我积攒好了钱，还清父母欠他的债——也许还要五六年吧，我就一定把这件事办了。那时候我就会时来运转。不过眼下我必须起床，因为火车五点钟开。”

---

①这是卡夫卡短篇小说的代表作。从作者当时致其未婚妻费莉丝 · 鲍尔的信中可以看出，该作写于1912年11月中下旬至12月上旬，卡夫卡曾想以《儿子们》为题，将它与《判决》、《司炉》结集出版，未果。后于1915年发表在勒奈 · 布克尔编辑的《白色书页》上，同年由莱比锡库尔特 · 沃尔夫出版社出版了单行本。作者曾为此书的封面设计致函这家出版社：“封面上可千万别画上那只昆虫啊！”最后，封面上的图像画的是一个孤苦的青年哭泣着走出家门。

他看了看那边柜子上滴滴嗒嗒响着的闹钟。“天哪！”他想。六点半，指针正在悠悠然向前移动，甚至过了六点半了，都快六点三刻了。闹钟难道没有响过吗？ 从床上可以看到闹钟明明是拨到四点钟的；它一定已经闹过了。是闹过了，可是这可能吗，睡得那么安稳竟没听见这使家具受到震动的响声？ 嗯，安稳，他睡得可并不安稳，但是也许睡得更沉。可是现在他该怎么办？ 下一班车七点钟开，要搭这一班车他就得拼命赶，可是货样还没包装好，他自己则觉得精神甚是不佳。而且即使他赶上这班车，他也是免不了要受到老板的一顿训斥，因为公司听差曾等候他上那班五点钟开的火车并早已就他的误车作过汇报了。他是老板的一条走狗，没有骨气和理智。那么请病假如何呢？ 这可是令人极其难堪、极其可疑的，因为他工作五年了还从来没有病过。老板一定会带着医疗保险组织的医生来，会责备父母养了这么一个懒儿子并凭借着那位医生断然驳回一切抗辩，在这位医生看来他压根儿就是个完全健康，却好吃懒做的人。再说，在今天这种情况下医生的话就那么完全没有道理吗？ 除了有一种在长时间的睡眠之后确实是不必要的困倦之外，格里高尔觉得自己身体很健康，甚至有一种特别强烈的饥饿感。

他飞快地考虑着这一切，还是未能下定决心离开这张床——闹钟恰好打响六点三刻，这时有人小心翼翼敲他床头的房门。“格里高尔，”有人喊——是母亲在喊，“现在六点三刻。你不想出门了？”好和蔼的声音！ 格里高尔听到自己的回答声时大吃一惊，这分明是他从前的声音，但这个声音中却搀和着一种从下面发出来的、无法压制下去的痛苦的叽喳声，这叽喳声简直是只在最初一瞬间让那句话保持清晰可听，随后便彻底毁坏了那句话的余音，以致人们竟不知道，是否听真切了。格里高尔本想回答得详细些并把一切解释清楚，可是在这样的情形下他只得简单地说：“是，是，谢谢母亲，我这就起床。”隔着木头门外面大概觉察不出格里高尔声音中的变化，因为一听到这句话母亲便放下心来，踢踢踏踏地走了。但是这场简短的谈话却使其余的家里人都注意到格里高尔现在还令人失望地在家里，而这时父亲则已经敲响了侧边的一扇门，敲得很轻，不过用的却是拳头。“格里高尔！ 格里高尔！”他喊，“你怎么啦？”过了一小会儿他又用更低沉的声音催促道：“格里高尔！ 格里高尔！”而在另一扇侧门旁边妹妹却轻声责怪道：“格里高尔？ 你不舒服吗？ 你需要什么东西吗？”格里高尔向两边回答说：“我马上就好了。”并努力以小心翼翼的发音以及在各个词儿之间加上长长的休止来使他的声音失去一切异乎寻常的色彩。父亲也走回去吃他的早饭了，妹妹却悄声说：“格里高尔，开开门，我求你了。”可是他却根本不想去开门，而是暗自庆幸自己由于经常旅行而养成的这种小心谨慎的习惯，即便在家里他晚上也是要锁上门睡觉的。

首先他想静悄悄地、不受打扰地起床，穿衣，最要紧的是吃早饭，然后才考虑下一步的行动，因为他分明觉察到，躺在床上他是不会考虑出什么名堂来的。他记得在床上曾经常感受过某种也许是由于睡姿不好而造成的轻微的疼痛，及至起床时才知道这种疼痛纯属子虚乌有，现在他急于想知道，他今天的幻觉将会怎样渐渐消逝。声音的变化无非是一种重感冒、一种推销员职业病的前兆而已，对此他没有丝毫的怀疑。

要掀掉被子很容易：他只需把身上稍稍一抬，它自己就掉下来了。可是下一步就难了，特别是因为他的身子宽得出奇。他本来用胳臂和手就可以坐起来；可是他现在没有胳臂和手，却只有这众多的小腿，它们一刻不停地向四面八方挥动，而且他竟无法控制住它们。他想屈起其中的一条腿，这条腿总是先伸得笔直；他终于如愿以偿把这条腿屈起来了，这时所有其余的小腿便像散了架，痛苦不堪地乱颤乱动。“可别无所事事地待在床上。”格里高尔暗自思忖。

他想先让下身离床，可是他尚未见过、也想象不出是什么模样的这个下身却实在太笨重；挪动起来十分迟缓；当他最后几乎发了狂，用尽全力、不顾一切向前冲去时，却选择错了方向，重重地撞在床腿的下端，一阵彻骨的痛楚使他明白，眼下他身上最敏感的部位也许恰好正是他的下身。

所以，他便试图先让上身离床，小心翼翼地把头转向床沿，这也轻易地做到了。尽管他身宽体重，他的躯体却终于慢慢地跟着头部转动起来。可是等到他终于将头部悬在床沿外边时，又害怕起来，不敢再以这样的方式继续向前移动，因为如果他终于让自己这样掉下去，脑袋不摔破那才叫怪呢，正是现在他千万不可以失去知觉；他还是待在床上吧。

但是，当他付出同样的辛劳后又气喘吁吁像先前那样这般躺着，并又看到自己的细腿也许更厉害地在相互挣扎，想不出有什么办法可以平息这种乱颤乱动时，他又心想，他不能老是在床上待着，即便希望微乎其微，也要不惜一切代价使自己脱离这张床，这才是最明智的做法。可是他同时也没有忘记提醒自己，三思而后行比一味蛮干强得多。这当儿，他竭力凝神把目光投向那扇窗户，但是遗憾的是，甚至连这条狭街的对面也都裹在浓雾中，这一片晨雾实在难以让人产生信心和乐观的情绪。“已经七点了，”方才闹钟响时他暗自思忖，“已经七点了，可是雾一直还这么重。”他带着轻微的呼吸静静地躺了片刻，仿佛他也许期盼着这充分的寂静会使那种真实的、理所当然的境况回归似的。

但是随后他又心想：“七点一刻以前我无论如何也要完全离开这张床。到那时候公司里也会有人来询问我的情况的，因为公司七点前开门。”于是他开始设法完全有节奏地将自己的整个身子从床上摆荡出去。倘若他以这样的方式让自己从床上掉下去，着地时尽量昂起脑袋，估计脑袋还不至于会受伤。后背似乎坚硬；跌在地毯上后背大概不会出什么事。他最担心的还是那必然会引起的巨大响声，这响声一定会在一扇扇门后即使不引起恐惧也会引起焦虑。可是这件事做起来得有点胆量。

当格里高尔已经将半个身子探到床外的时候——这种新方法与其说是一种艰苦的劳动，还不如说是一种游戏，他永远只需要一阵一阵地摆荡——忽然想起，如果有人来帮他一把，这一切将是何等的简单方便。两个身强力壮的人——他想到了他的父亲和那个使女——就足够了；他们只需要把胳臂伸到他那拱起的背下，这么一托把他从床上托起来，托着这个重物弯下腰去，然后只需小心翼翼耐心等待着他在地板上翻过身来，但愿细腿们一触到地便能发挥作用。那么，姑且不管所有的门都是锁着的，他是否真的应该叫人来帮忙呢？ 尽管处境非常困难，想到这一层，他禁不住透出一丝微笑。

他已经到了使出更大的力气摆荡几乎保持不了的平衡的地步，很快他就要不得不最终采取决定性的步骤了，因为再过五分钟便是七点一刻——正在这时候，寓所大门的门铃响了起来。“是公司里派什么人来了。”他暗自思忖，几乎惊呆了，而他的细腿们却一个劲儿舞动得更猛烈了。四周保持着片刻的寂静。“他们不开门。”格里高尔心里在想，怀抱着某种无谓的希望。但是随后使女自然就一如既往踏着坚定的步子到门口开门去了。格里高尔只需听见来访者的第一声招呼便立刻知道这是谁——是秘书主任亲自出马了。为什么只有格里高尔生就这个命，要给这样一家公司当差，只要有一点小小的差池，马上就会招来最大的怀疑？ 难道所有员工统统都是无赖，难道他们当中没有一个忠诚、顺从的人，这个人即便只是在早晨占用公司两三个小时就于心不安得滑稽可笑，简直都下不了床了？ 若是派个学徒来问问真的不顶事——假若压根儿有必要这么刨根问底问个不休的话——秘书主任就非得亲自出马，就非得由此而向无辜的全家人表示，这件可疑的事情只能委托秘书主任这样的行家来调查吗？ 与其说是由于做出了一个正确的决断，还不如说是由于格里高尔想到这些事内心十分激动，他用尽全力一跃下了床。响起了一声响亮的撞击声，但并不是什么了不起的闹声。地毯把跌落的声音减弱了几分，后背也比他想象的更富有弹性，这声并不十分惊动人的闷响便是这么产生出来的。只有那脑袋他没有足够小心地将其翘起，撞在地板上了；他扭动脑袋，痛苦而愤懑地将它在地毯上蹭了蹭。

“那里面有什么东西掉下来了。”秘书主任在左边邻室里说。格里高尔试着设想，类似今天他身上发生的事会不会有朝一日也让秘书主任碰上；其实人们必须承认这种可能性是存在的。可是像是对这个问题做出了粗暴的回答似的，现在秘书主任在隔壁房间里坚定地走了几步，让他那双漆皮靴发出咯吱咯吱的响声。妹妹从右边的邻室里用耳语向格里高尔通报消息：“格里高尔，秘书主任来了。”“我知道了。”格里高尔嘟哝道；但是他没敢将嗓门提高到足以让妹妹听见的程度。

“格里高尔，”这时父亲从左边邻室里说道，“秘书主任先生来了，他要知道为什么你没乘早班火车走。我们不知道我们该对他说什么。再者，他也想亲自和你谈谈。所以请你开开门吧。他度量大，对房间里凌乱不会见怪的。”“早上好，萨姆沙先生！”秘书主任和蔼地招呼道。“他身体不舒服。”母亲对秘书主任说，而父亲则还在门旁说：“他身体不舒服，您相信我吧，秘书主任先生。要不然格里高尔怎么会误了一班火车！ 这孩子脑袋瓜子里一心只想着公事。他晚上从来不出门，连我瞧着都快要生气了；现在他已经在城里待了八天了，可是每天晚上他都守在家里。他和我们一起坐在桌旁，默默读报或研究火车时刻表。如果他用钢丝锯干点活儿，这对他来说就已经是一种消遣了。譬如他就用两三个晚上雕刻了一只小镜框；您会感到惊讶的，它雕刻得非常漂亮，就挂在这房间里；等格里高尔一开门，您马上就会看到它。您的光临真叫我高兴，秘书主任先生；光靠我们简直没法让他开门；他固执极了；他一定是身体不舒服了，尽管他早晨矢口否认。”“我马上就来，”格里高尔慢条斯理地说，可是却寸步也没移动，生怕漏听了交谈中的一句话。“太太，我也想不出有什么别的原因，”秘书主任说，“但愿不是什么了不起的病。可是话也得说回来，我们买卖人——你可以说是晦气也可以说是福气——出于生意经往往只好不把这种小毛小病当一回儿事。”“秘书主任先生现在可以进去看你了吗？”不耐烦的父亲又敲门问道。“不行，”格里高尔说。左边邻室里顿时出现一片令人难堪的寂静，右边邻室里妹妹开始啜泣起来。

妹妹为什么不到其他人那儿去呢？ 她大概现在才起床，根本还没开始穿衣吧。那么她为什么哭呢？ 因为他不起床，不让秘书主任进来；因为他有丢掉这份差使的危险；因为随后老板就又要向父母亲逼债吗？ 眼下这不都是瞎操心嘛。格里高尔还在这里，丝毫也不想离开他的家人嘛。眼下他好好地躺在这儿的地毯上，哪个知道他目前状况的人都不会当真要求他让秘书主任进来的。可是格里高尔总不会由于这个小小的失礼行为马上就被开除吧，以后很容易就可以找个借口把它掩饰过去的嘛。格里高尔觉得现在他们与其抹鼻子流眼泪苦苦哀求，还不如别来打扰他的好。但是正是这种捉摸不定的情况令其他人感到苦恼，证明着他们的态度无可厚非。

“萨姆沙先生，”秘书主任提高嗓门说，“您这是怎么回事？ 您把您自己关在房间里，光是回答‘是’和‘不是’，不必要地引起您父母极大的忧虑，还以一种简直是闻所未闻的方式疏忽了——我只是捎带提一句——您的公务职守。我现在以您父母和您经理的名义和您说话，并正式要求您立刻做出明确的解释。我感到惊讶，我感到惊讶。我原以为您是个文文静静、明达事理的人，可是现在您似乎突然要耍怪脾气了。虽然今天早晨经理向我暗示了您不露面的原因——他提到了最近委托您收取的那笔现款，但是我确实几乎以我的名誉向他担保这根本不可能。可是如今我在这里看到您执拗得简直不可思议，我完全失去了任何兴致，丝毫也不想替您去说项了。您在公司里的地位绝不是最牢固的。这些话我本来想私下里对您说的，但是既然您在这里白白糟蹋我的时间，我就不知道，为什么令尊和令堂就不可以也一起听听呢。近来您的成绩令人很不满意；现在虽然不是做生意的旺季，这一点我们承认；但是不做生意的季节是根本不存在的，萨姆沙先生，是不允许存在的。”

“可是秘书主任先生，”格里高尔气愤地说，一激动便忘记了一切，“我马上，我这就来开门。我有点不舒服，头晕，起不了床了。我现在还躺在床上呢。但是现在我已经又有了精神了。我正在下床。请稍等片刻！ 情况还不像我想象的那么好。可是我已经恢复健康了。一个人怎么会突然患上这种病！ 昨天晚上我还好好的，我父母亲是知道的嘛，或许不如说，昨天晚上我就已经有所预感。想必人们已经看出我有点不对头了。我为什么没向公司告病假！ 我总以为，这病用不着请假，待在家里我也能挺过去的。秘书主任先生！ 请您体谅我的父母！您现在对我所作的种种指责都是没有根据的；有关这方面的问题人们一句话也没对我说过。也许您还没看到我已经寄出的最近一批订单吧。再者，我就乘八点钟的火车上路，这几个小时的休息使我精力充沛起来了。您别耽误时间了吧，秘书主任先生；我本人马上就上班，劳您大驾，把这一点告诉经理并代我向经理问好！”

就在格里高尔急促发出这一席话、几乎不知道自己讲了些什么的当儿，分明是由于有了床上的那些锻炼，他已经轻易地渐渐接近那只柜子，现在正试图靠着它使自己直立起来。他果真想开门，果真想露面并和秘书主任谈话；他很想知道，那些现在如此渴望见到他的人一旦看见他时会说些什么。如果他们给吓住了，那么格里高尔就不再有什么责任，就可以心安理得。但是如果他们对这一切泰然处之，那么他也就没有什么理由要大惊小怪，只要抓紧时间就真的可以在八点钟赶到火车站。起先他从光滑的柜上滑落下来几次，但是他最后猛一使劲终于站直了起来：对于下身的疼痛他一点儿也不在意了，虽然它火辣辣地作痛。他向着近处一把椅子的靠背倒下，他用自己的细腿紧紧抓住靠背的边缘。这一下他却也控制住了自己的身体，并且沉默不语，因为现在他可以倾听秘书主任讲话了。

“你们也哪怕听懂了一句话了吗？”秘书主任问父母亲，“他不是在拿我们寻开心吧？”“天哪，”母亲已经带着哭声在喊，“他也许得了重病了，我们还在折磨他。葛蕾特！　葛蕾特！”随后她便嚷嚷。“母亲？”妹妹从另一边叫喊。她们隔着格里高尔的房间对嚷起来。“现在你赶快去找医生。格里高尔病了。快去请医生。你听见格里高尔现在的讲话声了吗？”“那是一种牲畜的声音，”葛蕾特说，比起母亲的叫喊来声音显得格外的轻。“安娜！　安娜！”父亲通过门厅朝厨房里喊并拍着巴掌，“马上找个锁匠来！”话音未落，那两个女孩子便奔跑着穿过门厅，只听见裙子发出飕飕的响声——妹妹怎么会这么快穿上衣服的，并猛一把拉开寓所大门？　人们根本没听见关门声；她们大概让大门敞开着了，哪家出了什么大不幸的事大门往往都是这么敞开着的。

可是格里高尔的心境却平静得多了。人们虽然再也听不懂他的话了，尽管他自己觉得他的话说得相当清楚，比从前清楚，也许是因为耳朵习惯了吧。可是人们总算相信他并不是完全没病，并准备帮助他了。

采取这些初步措施时的那种信心和沉着令他感到欣慰。他觉得自己又被纳入到人类的圈子里，虽然其实不太清楚医生和锁匠是什么人，却希望这两个人取得了不起的、惊人的成绩。为了使自己在即将到来的重要谈话中声音尽可能清晰些，他稍微清了清嗓子，当然竭力压低声音，因为很可能这种咳嗽声听起来就已经不同于人的咳嗽声，这正是他自己都不再敢于决断的事。这当儿，隔壁房间里一片寂静。也许父母正和秘书主任一起坐在桌旁，在悄悄地说话，也许大家都靠在门旁，都在偷听呢。

格里高尔扒着椅子慢慢向门口移动过去，在门口撂下椅子，向房门扑过去，靠着门板直起身来——他的细腿的底部有一些黏性——在那儿休憩片刻，缓过一口气来。但是随后他便开始用嘴巴来转动插在锁孔里的钥匙。遗憾的是，他似乎没有什么真正的牙齿——他用什么来咬住钥匙呢？ 不过他的下颚倒十分结实，足以担当此项任务；在它的帮助下他也果真启动了钥匙，他没有注意到他无疑给自己造成某种伤害，因为一股棕色的液体从他嘴里流出来，淌过钥匙并滴到地上。“你们听，”秘书主任在隔壁房间里说，“他在转动钥匙。”这对格里高尔是一种很大的鼓舞；可是本来大家都应该对他喊，父亲和母亲也应该对他喊：“加油，格里高尔！”他们应该高喊：“永远向前，紧紧顶住锁孔！”以为大家都在全神贯注地注视着他的艰难动作，他竭尽全力，死命咬住钥匙。他随着钥匙的旋转而绕着锁孔舞动；现在还在用嘴使自己的身体保持直立，他按照需要或是吊在钥匙上，或是随后便用自己身体的全部重量又将钥匙压下去。锁终于啪的一声反弹回去，这个清脆的响声简直使格里高尔如梦初醒。他舒了一口气暗自思忖道：“看我没用锁匠吧！”并将脑袋搁在门把上，想将门完全打开。

由于他不得不用这种方式来开门，所以实际上这扇门已经开出相当大的一个缝隙了，而人们却还看不见他的身影。他必须先慢慢绕着一扇门扇旋转，而且得十分小心，如果他不想恰好在进入房间之前重重地仰脸摔到地上去的话。他正在艰难地挪动自己，顾不上注意别的事情，这时他却听见秘书主任大声“哦！”了一声——这声音听起来就像风在呼啸——而他同时也看到，最靠近门口的他怎样用一只手捂住张开的嘴巴并徐徐向后退去，仿佛有一股无形的、均匀作用的力在驱动他们似的。母亲——虽然秘书主任在场，照样披散着一头一夜睡眠后蓬乱森竖的头发站立在那儿——先是合掌望着父亲，随后便向格里高尔走过去两步，然后倒在了地上，衣裙在她四周摊了开来，脸庞垂在胸口，完全隐匿不见了。父亲恶狠狠地捏紧拳头，仿佛他要将格里高尔打回房间里去似的，随即犹豫不定地扫视了一下起居室，接着便用双手捂住眼睛哭了起来，他宽阔的胸膛颤抖着。

格里高尔根本就不到房间里去，而是从里面靠住那半扇关紧的门，所以只有他的半个身子以及那上面那个向一边倾斜的脑袋可以看得见，他正歪着脑袋在张望别人。这当儿，天色明亮得多了，可以清清楚楚地看到街对面那幢长得没有尽头的深灰色建筑的一个分段——那是一座医院——一排隔一定距离安置的窗户贯穿这幢建筑的正面；雨还在下，但是落到地面上的只是一滴滴大的、个别可以看得见的并且全都是零零星星掉下的雨点。桌子上摆着数量极其多的早餐餐具，因为对于格里高尔的父亲来说早餐是一天里最重要的一顿饭，他一边读着各种报刊，一吃就是好几个小时。正对面墙上挂着一幅他服兵役时的照片，当时他是少尉，他的手按在剑上，脸上挂着无忧无虑的笑容，分明是要人家尊敬他的军人风度和制服。门厅的门开着，由于寓所的大门也开着，所以人们可以看到寓所外面的前院和向下的那道楼梯的开头几个梯级。

“唔，”格里高尔说，他分明意识到自己是惟一保持着镇静的人，

“我马上就穿好衣服，包好样品就走。你们愿意，你们愿意让我走吗？唔，秘书主任先生，您会看到，我并不是冥顽不化，我喜欢工作；出差是辛苦的，但是不出差我就没法活。秘书主任先生，您去哪儿？去公司吗？是吗？您会如实报告一切吗？人可能一时没了工作能力，但是随后就会不失时机地回忆起从前的成绩，并想到以后，等消除了障碍，他一定会更兢兢业业地工作。我是非常感激经理先生的，这一点您十分清楚。另一方面，我要为我的父母和妹妹操心。我处境困难，但是我也会重新摆脱困境的。您就不要来给我平白地增添麻烦了。请您在公司里帮我美言两句！人们不喜欢旅行推销员，我知道。人们以为，他大把大把地挣钱，过着逍遥自在的日子。人们没有什么特别的诱因去更好地考虑这种成见嘛。可是您，秘书主任先生，您比公司里别的员工都更了解情况呀，而且甚至，我们私下里说说，比经理本人还更了解情况，他作为东家在作出判断时容易受迷惑，对一个员工产生不好的印象。您也很清楚地知道，旅行推销员几乎整年都不在公司里，很容易成为闲言碎语、飞短流长的牺牲品。对此他防不胜防，因为他对此等事情往往一无所知，待到他精疲力竭作完一次推销旅行，在家里亲身感受到那糟糕的、莫明其妙的后果时他才有所感悟。秘书主任先生，您先别走，您总得对我说一句话吧，向我表明，您认为我的话至少有一小部分是对的！”

可是一听到格里高尔的头几个词儿秘书主任就已经扭过身去，他只是张开嘴唇回头从耸动的肩膀上向格里高尔望去。在格里高尔讲话期间他片刻也没有站定，而是眼睛盯住了格里高尔，向门口溜过去，一步一步地踅过去，仿佛存在着一道不准离开房间的秘密禁令似的。他已经到了门厅，按照他最后一次将脚从起居室抽回时的那个突然的动作来判断，人们一定会以为，他刚才一定是灼伤脚跟了。可是一到门厅他便远远伸出右手指向楼梯，好似那儿有一个超自然的救星在等待着他。

格里高尔明白，如果他不想让自己在公司里的职位受到极大的危害，他就决不可以让这位秘书主任怀着这种心情离去。父母对这一切不甚了然；天长日久，他们已经形成了这样一种信念，以为格里高尔在这家公司里工作，一辈子可以吃穿不愁了，而且现在他们一心只想着眼前的愁苦事，根本无暇顾及将来的事。但是格里高尔顾及到了。必须挽留、安慰、说服秘书主任，并在最后博得他的好感；格里高尔和他一家人的前途全系在这上面呢！ 要是妹妹在这儿就好了！ 她聪明，当格里高尔还心平气和地仰卧着的时候她就已经哭了。秘书主任，这个爱好女人的人，一定会受她的驾驭；她就会关上寓所大门，在前室里劝他不要害怕。可妹妹就是不在，格里高尔只好亲自出马。没有想到他还根本不了解自己眼下的活动能力，也不去想一想，他的话可能——甚至十之八九又不会被人听懂。他离开了那半扇门扇，在门洞里挤过去；想向正可笑地用双手抓住过道楼梯栏杆的秘书主任走去；可是立刻一边寻找着支撑点，一边轻轻一声喊叫跌倒下来，他那众多的细腿着了地。它们刚一着地，他便在这一天早晨第一次感觉到了一种身体上的适意；细腿们踩在实地上了；他高兴地注意到，它们完全听从指挥；它们甚至竭力把他带向他想去的那个方向；他已经以为，最终摆脱一切苦难的时刻已经为期不远。可是就在这同时，就在他摇摇晃晃，由于动作受到遏制，在离他母亲不远处，躺在她正对面的地板上的时候，似乎正完全陷入沉思之中的母亲却霍地跳了起来，远远伸出双臂，叉开十指，大喊："救命，天哪，救命！"她低垂着脑袋，仿佛想把格里高尔看得更真切些似的，可是偏偏又身不由己地向后退去；忘记了她身后摆着那张已摆好餐具的桌子；当她退到桌子近旁时便好似心不在焉地一屁股坐了上去；并且好像丝毫不曾觉察到，咖啡正从她身旁那把已打翻的大咖啡壶里汩汩地往地毯上流。

“母亲，母亲！”格里高尔轻声说着，并抬起头来看着她。一瞬间他把秘书主任完全忘却了；可是他的嘴却忍不住咂起来，因为他看到了淌出来的咖啡。母亲见状再次尖叫起来，逃离开桌子，扑进向她迎面奔来的父亲的怀里。可是格里高尔现在无暇顾及他的父母；秘书主任已经在楼梯上；下巴搁在栏杆上，他还最后一次回头看了看。格里高尔急走几步，想尽快追上他；秘书主任想必有所察觉，因为他一个大步跳过好几级，消失不见了：“嗬！”可是他一边还叫喊，这叫声响彻整个楼梯间。遗憾的是，秘书主任这一逃跑似乎使迄今一直比较镇静的父亲也慌乱了起来，因为他非但自己不去追赶秘书主任，或者起码不妨碍格里高尔去追赶，反倒用右手操起秘书主任的手杖，那根此人连同帽子和外套一起落在椅子上的手杖，用左手从桌子上抓起一大张报纸，一边跺着脚，一边挥动手杖和报纸，要把格里高尔赶回到他的房间里去。格里高尔百般请求也无济于事，他的请求也没有人懂得，不管他多么谦恭地转动脑袋，父亲只是一个劲儿拼命跺脚。那一边，母亲不顾天气凉爽打开了一扇窗户，身子探在了窗外，她把手远伸到窗户外面捂住了自己的脸。胡同和楼梯间之间刮起一阵强劲的穿堂风，窗帘掀起来，桌子上的报纸沙沙响，有几张在地面上翻滚。父亲无情地驱赶并发出嘘嘘声，简直像个狂人。可是格里高尔还根本没练习过后退，所以确实退得很慢。假如格里高尔可以转身的话，他马上就回到他的房间里去了，但是他担心这极费时间的转身会让父亲不耐烦，父亲手中的手杖随时会照准他的后背或头部给以致命的一击。可是最终格里高尔也没有别的办法，因为他惊恐地发现，倒退起来他连方向也掌握不了；就这样，他一面始终不安地侧过头去瞅着父亲，一面开始尽量迅速、而其实却只是很慢地掉转身子。也许父亲觉察到了他的良好意愿，因为他非但不干扰他，甚至还时不时远远地用手杖尖头指点旋转动作。父亲若不发出这种让人无法忍受的嘘嘘声那该有多好！ 格里高尔让这嘘嘘声搞得心慌意乱。他已经几乎完全转过身来了，可是他却始终听着这嘘嘘声，竟晕头转向，又转回去了一些。然而当他最后总算将脑袋挪到门口时，这才发现，原来他的身体太宽，一下子还挤不进去。父亲在目前的心境下自然也绝不会想到应该打开另外半扇门，以便让格里高尔顺利通行。他一心只想着，格里高尔必须尽快回到自己的房间里去。他也绝不会允许格里高尔做那些繁琐的准备动作的，可是为了直起身来并且也许以这种方式从门口走进去，他就必须做好这些准备。现在他反倒大声喧嚷着把格里高尔往前赶，仿佛没有什么障碍似的；这在格里高尔身后听起来已经不再像是单纯一位父亲的声音了；现在确实不是闹着玩的了，于是格里高尔便——不顾一切地——挤进门里去。他身子的一边拱了起来，他斜躺在门口，他的腰部一面完全擦伤了，洁白的门上留下了难看的斑点，不一会儿他就给卡住了，单凭自己竟丝毫也动弹不得，身子一边的细腿们悬在空中颤抖，另一边的则在地上给压得十分疼痛——这时，父亲从后面使劲推了他一把，现在这一把倒确实救了他的性命，他当即便血流如注，远远跌进了他的房间里。房门还在手杖的一击下砰地关上了，随后屋子里终于寂静了下来。

二

直到薄暮时分格里高尔才从像是昏厥的沉睡中醒了过来。其实过不了多久他自己也一定会醒过来的，因为他觉得已经休息好并且也睡够了，然而他觉得，仿佛他是让一阵疾走的脚步声以及一阵小心关上那扇通向门厅的房门的响声吵醒了似的。街上的电灯在天花板上和家具的较高部位稀稀拉拉投下淡淡的光晕，可是下面格里高尔的身旁却是一片黑暗。他慢慢地，仍还笨拙地用自己现在才晓得珍视的触角摸索着向门口挪去，想去看一看，那儿发生了什么事。他的左半身似乎整个儿成了一道长长的、绷得又紧又不舒服的伤疤，他的两排细腿事实上只能瘸着走了。况且，一条细腿在早晨的事件过程中受了重伤——只伤了一条腿，这几乎是一个奇迹，如今毫无生气地耷拉在后面。

到了门边他才发现，究竟是什么把他吸引到那儿去了：那是某种可吃的食物的味道。原来那儿放着一只盛满了甜牛奶的盆子，里面还漂浮着几小片白面包。他高兴得几乎笑了起来，因为他现在比早晨更加饿了，他当即把脑袋浸到牛奶里去，几乎把眼睛也浸没了。但是不一会儿他又失望地把头缩了回来；不单单是因为他那棘手的左半身使他吃起东西来困难重重——只有整个身体一块儿呼哧呼哧喘着气，他才能吃东西，而且他还觉得这牛奶一点儿也不好喝，可牛奶一直是他最喜欢喝的饮料，而且妹妹一定是因此才将它放在那儿的，哟，他几乎是怀着反感地转身撇下那只盆，爬回到房间中央去了。

格里高尔从门缝里看到起居室的煤气灯点亮了，可是往日里父亲惯常在白天这个时间提高嗓门将他的下午出版的报纸读给母亲，有时也读给妹妹听，而现在人们却听不到一点响声。唔，也许妹妹在谈话和信中经常向他谈到的这种读报的习惯最近压根儿就改掉了吧。但是四周围也是一片寂静，虽然寓所里肯定不是空无一人。“一家人过着多么平静的日子啊！”格里高尔暗自思忖，一边呆呆地凝视着这一片黑暗，一边心里感到一种莫大的自豪，因为他能够让父母和妹妹在一幢如此美好的寓所里过上这样一种生活。可是如果现在一切宁静、一切舒适、一切满足都要恐怖地宣告结束的话，情况又会怎么样呢？ 为了使自己不致耽于这样的遐想，格里高尔宁可活动活动，于是便在房间里爬来爬去。

在这漫长的夜晚，有一回一扇边门，还有一回另一扇边门开了一条小缝，后来又迅速关上了；大概是谁要进来，可是又顾虑重重。于是格里高尔便在贴近起居室门边的地方停下，决心设法把那个犹豫不决的来访者带进来，或者至少也要弄清楚此人是谁；但是现在门不再开启，格里高尔白等了。清晨那会儿，所有的门全锁着，大家都想进来见他，现在他打开了一扇门，其余的门显然在这一天里已经打开了，却谁也不来了，而且钥匙也反插在外面。

夜阑人静时起居室的煤气灯才熄灭，这时很容易便可断定，父母和妹妹这么久一直还没睡，因为分明听得见，现在这三个人都在踮着脚尖离去。这下天亮前是不会有人进来看格里高尔了，所以他有充裕的时间可以从容不迫地考虑，现在他该怎样重新安排自己的生活。可是他被迫匍匐在其地板上的这间高大空旷的房间使他感到恐惧，他说不出是什么原因，因为这毕竟是他已经住了五年的房间呀——他做了一个半无意识的转身动作并且不无一种轻微的羞耻感，便急忙爬到长沙发的下面，尽管他的背部有一点受挤压，尽管他再也不能抬起头来，他在那里却顿时感到十分舒服，惟一感到遗憾的，只是他的身体太宽，无法完全藏到躺椅的下面去。

他在那里待了整整一夜，一部分时间他在假寐中度过，而饥饿则一再使他惊醒，另一部分时间却在忧愁和模糊的希望中度过。他左思右想，总是只有一个结论，那就是他目前必须态度冷静，用忍耐和极度的体谅来协助家人克服他在目前的情况下被迫给他们造成的不方便。

一大清早，天还几乎没亮，格里高尔便有了机会来检验他方才所下的决心是否坚定，因为妹妹几乎完全穿好了衣服从门厅那边打开门并表情紧张地向里张望。她没有立刻找到他，但是当她发现他在长沙发下面时——天哪，他总得待在什么地方呀，他总不能从那儿飞走嘛——大吃一惊，以致她竟情不自禁地从外面又砰地把门关上了。可是仿佛她后悔她的举动似的，她马上又打开门，像是来看望一位重病人或者甚至一位陌生人似的踮着脚尖走了进来。格里高尔把头略探出长沙发的边缘并观察她的行动。她会不会看到，他没喝那牛奶，而且并非是因为不饿，她会不会送另一种比较合他口味的食物进来？ 她若不自动这样做，那么他宁可饿死，也不愿去提醒她注意这一情况，尽管他其实迫不及待想从躺椅下钻出来，匍匐在她脚下，求她随便拿点什么好吃的食物来。但是妹妹立刻惊愕地发现那只盆仍还是满的，只是在四周泼洒了一些牛奶，她立即把盆拿起来，不过不是直接用手，而是用一块破布，把它端走了。格里高尔极想知道，她会拿来什么替代的食品，他作出了种种猜测。但是他永远也猜不中，妹妹一片好心实际上正在做着什么事。为了测试他的嗜好，她给他送来品种繁多的食物，全都摊在一张旧报纸上。有不新鲜的、半腐烂的蔬菜；有昨天晚饭吃剩下来的肉骨头，上面蒙着已经变稠板结的白色调味汁；一些葡萄干和杏仁；一块两天前格里高尔已经认为不可食用的乳酪；一个干面包，一个抹了黄油的面包以及一个抹了黄油、放了盐的面包。除了这一切以外，她还放上了那只盆子，往里倒了些清水，这盆子显然是他专用的了。她考虑得很周到，她知道，格里高尔不会当着她的面吃东西的，所以她急忙离去，甚至还转动钥匙，让格里高尔明白，他可以舒适安乐地随意进食。眼看就要吃饭了，格里高尔的细腿们一齐奔走起来。再者，他的伤口多半也已经完全愈合了，他不再觉得有什么不方便，他感到惊讶并想到，一个多月以前他用刀割伤了一点点手指头，前天他还觉得这个伤口相当的痛呢。“难道现在我不那么敏感了？”他一边想，一边就已经贪婪地吮吸起乳酪来了，在所有的食物中，这乳酪立刻就强烈地把他吸引住了。他眼里噙着满意的泪水，迅速地一口又一口地吞吃乳酪、蔬菜和调味汁；那些新鲜的食物他反倒不喜欢吃，连它们的气味他都忍受不了，甚至把他想吃的东西叼到远一点的地方去吃。他吃饱了，正懒洋洋地躺在原处，这时妹妹为了示意让他退回去正慢慢转动钥匙。这使他立刻惊醒了过来，虽然他几乎已经睡着了，于是他又急忙躲到长沙发下面去。但是待在长沙发下面，即便只是妹妹在房间里的短暂的片刻，也需要他作出巨大的自我克制，因为饱餐一顿之后他的身体有点圆鼓起来，他在那儿给挤压得几乎喘不过气来了。他憋闷得透不过气来，用略微凸出来的眼睛在一旁观看，懵然无知的妹妹怎样用一把扫帚不光把吃剩的，而且也把格里高尔根本没有碰过的食物扫成一堆，仿佛这些没碰过的食物也不再可以食用了似的，还看着她怎样急急忙忙将这一切倒进一只桶里，盖上木盖，提着它走了。她刚一转过身去，格里高尔便从长沙发下钻出来，舒展身子，活动肢体。

如今格里高尔就是这样每天获得他的饭食，一次在早晨，就在父母和女仆还在睡觉的时候，第二次是在大家吃完午饭之后，因为这时父母同样也还要睡一会儿，而女仆则让妹妹打发出去办一件什么事。他们当然也不愿意让格里高尔饿死，可是也许他们只想听人说说他吃东西的情形，他们根本不忍心亲自去看一眼吧，也许是妹妹想避免给他们增添哪怕可能只是一种小小的忧伤吧，因为他们实在是够烦心的了。

至于在那第一天上午人们是用什么借口将医生和锁匠又从寓所里打发出去的，格里高尔便不得而知了，因为既然他的话人家听不懂，所以谁也不认为，连妹妹也不认为，他会听懂别人的话，于是乎，每逢妹妹在他房间里，他便总是不得不满足于只是偶或听到她的叹息声和向圣者的祈求声。后来，她对这一切有些习惯了——完全习惯当然永远不可能，因为格里高尔有时听到一句她怀有好意的，或者是可以被解释为怀有好意的话。“今天他倒是吃得很香。”每逢格里高尔把饭菜吃得一干二净，她便会这样说。遇到如今渐渐日益频繁出现的相反的情形时，她通常就几乎总是忧伤地说：“又是什么都没碰。”

虽然格里高尔无法直接获得什么消息，他却从隔壁房间偷听到某些话，他一听到哪儿有说话的声音，便立刻跑到那个房间的房门旁边，把整个身子贴在门上。特别是在头几天，几乎没有哪次谈话不是在一定程度上涉及到他的，即便只是秘密地谈到他。整整两天，一到吃饭的时候就可以听到，全家人在商量该怎么办；但是即便在饭前饭后人们也在谈论这同一个题目，因为总是至少有两个家庭成员待在家里，这大概是由于谁也不想单独待在家里的缘故吧，而且大家也绝不会全都离开这寓所。女仆也在第一天——不完全清楚，对于所发生的事她知道些什么，知道多少——马上就乞求母亲立刻辞退她，而当她一刻钟以后辞别的时候，她眼泪汪汪感谢受到辞退，就像感谢人们在这里为她做了一件大好事那样，并且在没有人要求她这样做的情况下居然发了一个可怕的誓言，说是她决不向任何人泄露哪怕只是一丁点儿的情况。

现在妹妹也得帮着母亲做饭了；其实这也并不很费事，因为人们几乎什么也不吃。格里高尔一再听到，一个人怎样徒劳地劝另一个人吃饭，得到的回答总不外是：“谢谢，我饱了。”或诸如此类的话。饮料大概是什么也不喝的了。妹妹经常问父亲，他想不想喝啤酒，她自告奋勇，说要亲自去买，她见父亲不吭声，为了打消父亲的顾虑她便说她也可以让看门的女人去买，但是这时候父亲终于断然地说了一个“不”字，于是大家就再也不提这件事了。

在第一天，父亲便既向母亲也向妹妹说明了家庭的经济现状和前景。他时不时从桌子旁边站起，拿来一份什么凭据或一本什么备忘记事本，这些东西都放在一只小小的保险箱里，这是五年前他的公司破产时保存下来的。可以听到，他怎样打开那把复杂的锁，拿走寻找的物件后又将其锁上。父亲的这些说明部分是格里高尔遭囚禁以来所听到的第一个令人愉快的消息。他本来以为那家公司没给父亲留下一丁点儿财产，起码是父亲没对他说过任何与此相反的话，而格里高尔则自然也没向他问起过这件事。当初格里高尔一心只想着要竭尽全力，让家里人尽快忘掉父亲事业崩溃使全家沦于绝望的那场大灾难。所以他以不寻常的热情投入工作，几乎是一夜之间便从一个小办事员变成一个旅行推销员，从此自然便有了更多的赚钱的机会，他在工作上的成就立刻便以佣金的形式转化成现金，可以放在家里桌上呈现在惊诧而又喜悦的家人面前。那真是无比美好的时刻，这样美好的时刻以后再也没有出现过，至少没有这般风光地出现过，虽然格里高尔后来挣钱很多，他有能力承担并且也确实承担了全家的开支。家里人也好，格里高尔也罢，大家都习以为常了嘛，人们感激地接过这钱，他乐意交付这钱，可是一种特殊的温暖感却怎么也生不出来了。只有妹妹还令格里高尔感到十分亲近，他秘密盘算着，想在明年送她到音乐学院去学习，她跟格里高尔不一样，她酷爱音乐，拉得一手好小提琴，进音乐学院学习势必要花一大笔钱，他会想别的法子筹措这笔钱的。格里高尔在城里短暂逗留期间，在和妹妹谈话中间就经常提到音乐学院，但是始终只把这当作一个永远无法实现的美梦；这种不着边际的话父母连听都不愿意听；但是格里高尔却念念不忘这件事，打算在圣诞前夜隆重宣布这件事。

就在他挺直身子紧贴在门上倾听的当儿，他在脑海里转悠着这些在他当前的状况下完全是毫无用处的念头。有时他疲惫不堪，实在无法注意倾听，便懒懒地把头靠在门上，但是立刻又将它挺直，因为连他由此而引起的那个小小的响声也让隔壁听见了，这响声竟让所有的人都沉寂了下来。“现在他又在干什么了？”稍过片刻父亲说，这话显然是对着门说的，随后这中断了的谈话才又渐渐恢复。

于是格里高尔充分了解到——因为父亲惯常重复自己说过的话，部分是因为他自己已经很久没接触这些事情了，部分也因为这一切母亲并非听了一遍马上就明白——尽管遭到了种种不幸，还是从旧日的岁月里积攒下了一笔当然是相当微不足道的财产，在这期间没有动用过的利息使这笔财产略微有所增加。但是除此之外，格里高尔每月拿到家里来的钱——他自己只留几个零用钱——没有完全花掉，并且已经攒成一笔小小的资金。格里高尔在他的门后频频点头，对这种意想不到的谨慎和节俭感到喜悦。他原本可以用这些多余的款子再还掉一些父亲欠经理的债务的，他摆脱掉这个职务的那个日子也就可以早早地到来，但是现在看来，父亲作了这样的安排，这无疑好多了。

可是要让一家人靠吃利息过日子，这笔钱还远远不够；这笔钱也许可以维持全家一年，至多两年的生计，没法再多了。所以这只是一笔不可轻易动用、留着以备不时之需的钱；过日子的钱人们还得去挣。而父亲虽然身体健康，但是已经年迈，他已经五年没做什么事，无论如何也不敢相信自己会有什么作为了。在这五年里，在他劳累而无成就的一生中初次享受安逸的这五年里，他发胖了，并且因此而变得动作相当迟钝。年迈的母亲患有气喘病，在家里走动都很困难，每隔一天就要呼吸不畅躺在靠近敞开的窗户旁的沙发上休息，难道还要让她出去挣钱？妹妹十七岁，还是个孩子，她应该安享她迄今为止的这种生活方式，穿得漂漂亮亮，睡得安安稳稳，帮忙做做家务，参加一些不太花钱的娱乐活动，尤其是要拉拉小提琴，难道要妹妹出去挣钱吗？ 只要一谈到这种出去做工挣钱的必要性，格里高尔便放开门，一头扑到门旁那张凉丝丝的沙发上，因为他羞赧和伤心得浑身燥热。

在漫漫长夜里他往往整宵整宵躺在那儿，一刻也不睡，只是一连几小时在皮面上蹭来蹭去。要不他就不辞辛劳将一把椅子推到窗口，然后就爬到窗台上，把背顶住椅子，靠在窗户上，显然是企图回忆从前临窗眺望时的那种自由舒畅的感觉。因为他看哪怕只是稍许远一些的东西确实一天天越来越模糊了；从前他常常诅咒街对面那座医院，因为它老是逼近在他眼前，现在他却压根儿再也看不见它了，倘若他不是分明知道自己住在这条寂静，而完全是在市区的夏洛蒂街，他便会以为窗户外面是一片荒漠，灰蒙蒙的天空与灰蒙蒙的大地浑然成为一体。细心的妹妹只是两次看到椅子放在窗口，她就每次打扫完房间后把那把椅子重新丝毫不差地放回到窗口，甚至从此还让里面那层窗户开着。

若是格里高尔可以和妹妹说话并感谢她为他所做的一切，他也许心里还会好受些；可是现在他却感到很痛苦。妹妹当然试图尽量抹掉整个事件中的那种令人难堪的成分，时间过得越久，她这一点自然也就做得越成功，可是随着时间的推移，这一切格里高尔也看得透彻得多了。她走进房间的那个样子就已经令格里高尔感到惊骇。她刚刚走进房间，便不失时机地急忙将各扇房门关上，可见她平时多么留意，不让任何人看到格里高尔房间里的样子，随即便直奔窗口，仿佛她要窒息了似的猛一把打开窗户，尽管天气还相当寒冷，也要站在窗口停留片刻，作深呼吸。她每天这样奔跑、喧哗惊吓格里高尔两次；整个这段时间里他在长沙发下哆嗦，心里却分明知道，她只要能在一个格里高尔待着的、窗户紧闭的房间里逗留，她是一定不会这样来搅扰他的。

有一回，大概在格里高尔变形一个月以后，其实这时她已经没有理由见到他再吃惊了，她比平时进来得早了一些，恰好看到格里高尔一动不动、模样可怖地站立着向窗外张望。倘若她看到他待在那儿妨碍她立刻开窗所以就不进来了，对此格里高尔倒也就不觉得意外了，可是她不单单是不进来，她甚至还吓得朝后一退并随手关上了门；一个陌生人见了简直会以为格里高尔是埋伏在那里等候她并且想咬她一口呢。格里高尔当然马上就藏到长沙发下面，可是他不得不一直等到中午才看见妹妹重新进来，她似乎比平时烦躁不安得多了。从中他认识到，他的模样还一直让她感到不堪忍受，今后也必定会依然让她感到不堪忍受，还认识到她一定得十分地克制自己，才不致一看到他从长沙发下探出的哪怕只是他全身的那一小部分便逃离而去。为了连这个情景也不让她看见，有一天他用自己的后背——他做这桩活儿花了四个小时——把床单拖到长沙发上，将它铺得完全可以遮住他的身体，妹妹即使弯下腰来也不会看得见他。如果她认为没有必要铺上这条床单，她就会将它撤走，因为对于格里高尔来说这样把自己完全封闭住绝不是什么开心的事，这是明摆着的嘛，可是她却让床单这么铺着，没去动它，当有一次格里高尔用头小心翼翼把床单拱起来一些想看看妹妹对这一新措施有什么反应时，他甚至以为看到了一丝感激的目光。

在头十四天里父母鼓不起勇气进来看他，他经常听到，他们怎样充分赞赏妹妹现在所做的工作，而这以前他们一直是经常对妹妹感到恼火，因为他们一直觉得她是一个没多大用处的女孩子。可是如今，就在妹妹在那儿打扫的当儿，两个人，父亲和母亲，便常常等候在格里高尔的房门口，她一出来就不得不详细讲述房间里的情形，格里高尔吃了些什么，这一回他行为举止怎么样，是否多少有些好转的迹象。母亲倒是相当早地就想来看望格里高尔，但是父亲和妹妹起先举出合乎情理的理由劝阻她，格里高尔十分注意地倾听这些理由，他完全赞同它们。可是后来他们就不得不用强力拖住她了，她在大声叫喊："让我去看看格里高尔，他是我的不幸的儿子呀！ 你们难道不明白我必须去看他吗？"于是格里高尔便想，也许确实还是让母亲进来看看的好，当然不是每天都来，不过也许每星期一次；她各方面都比妹妹懂事多了，妹妹虽然很勇敢，可是毕竟还只是个孩子，说到底也许只是由于少不更事才承担了一项如此艰难的任务吧。

格里高尔看母亲的愿望不久便实现了。考虑到他父母的情况，格里高尔不愿意大白天在窗户附近露面，可是爬行，他在这几平方米的地板上也爬行不了多少，这静卧不动，他在夜晚就已经难以忍受了，不久他便食不甘味，所以为了消遣他便养成了在墙上和天花板上纵横交错来回爬行的习惯。他尤其喜欢倒挂在上面天花板上；这完全不同于在地板上躺着；呼吸起来比较轻松；一阵轻微的震荡贯穿全身；处于格里高尔在那上面的这种几乎是高高兴兴、精神涣散的状态中，可能就会发生这样的情况，他令自己感到惊诧不已地松开细腿，啪的一声掉在地板上。但是现在他当然完全不同于以往地控制住了自己的身体，甚至在这样重重的一跌时也没伤着自己。于是妹妹立即发现了格里高尔为自己找到的这项新的娱乐活动——爬行时他也会在一些地方留下他的黏液的痕迹的，她顿时便想到要尽量为格里高尔在爬行时提供方便，应该将妨碍他爬行的家具，尤其是柜子和写字台搬走。可是她一个人搬不动；请父亲来帮忙她不敢；女用人肯定不会帮她的忙的，因为这个大约十六岁的女孩子虽然自从以前的那位厨娘辞退之后勇敢地坚持下来了，但是请求主人恩准她连续不断地锁住厨房门，只有在人家特意叫她时才将门打开；所以妹妹没有别的办法，只好有一次趁父亲不在时叫母亲来帮忙。母亲也兴冲冲叫喊着过来，到了格里高尔的房门口却闷声不响了。妹妹自然先看了看，房间里是否一切正常；然后她才让母亲进去。这时格里高尔已经急忙将床单拉得更低些，并把它弄出更多的皱褶来，整个儿看起来确实就像一条偶然罩在长沙发上的床单。这一回格里高尔也不从床单下往外窥视了；他放弃了这一回可以见到母亲的希望，只要她来便感到分外高兴了。“来吧，我们看不见他。”妹妹说，她显然拉着母亲的手。于是格里高尔听到，这两个弱女子怎样移动那只无论如何也是沉重的旧柜子，妹妹怎样总是自己拣最重的那部分活儿干，根本不听母亲的告诫，母亲怕她过度劳累。她们搬了很久。大概干了一刻钟以后母亲说，这只柜子还是放在这里别搬走了吧，因为首先它太沉，父亲回来之前她们搬不走，让这只柜子放在房间中央就会每天都阻塞格里高尔的去路，而其次呢，根本就吃不准搬走家具是否称格里高尔的心意。说是她觉得情况恰恰相反；她一看到这空荡荡的墙壁心里简直堵得慌；干吗格里高尔就不会也有这种感觉呢，他早就习惯了这些房间里的家具了嘛，他在空落落的房间里会感到孤独的。“这样不就是，”母亲最后完全轻声地作结论说，她压根儿就几乎是在耳语，仿佛她不知道格里高尔精确的逗留地点，她想避免让他听到哪怕只是话语的声响似的，因为他听不懂她说的话，对此她深信不疑，“这样不就是，好像我们搬走家具是在表示我们放弃一切恢复健康的希望，对他撒手不管了吗？ 我以为，最好我们还是设法让这房间完全保持原样，以便让格里高尔一旦重新回到我们身边来时觉得一切依然如故，就更容易忘掉其间这段时光。”

听到母亲这一席话格里高尔明白了，两个月里没有与人进行任何直接交谈，加上家庭内部的这种单调的生活，这一定完全把他搞糊涂了，因为他居然真的会要求腾清他的房间，对此他无法作出别的解释。难道他真的要让人把这间温暖的、配备着舒适的祖传家具的房间变成一个洞窟，他在这个洞窟里虽然可以向四面八方不受阻拦地爬行，可是同时也得迅速、完全地忘记自己已往的人性？ 他现在的确已经快要忘却了，仅仅是这久已不曾听见的母亲的声音才使他醒悟过来。什么东西也别搬走；一切必须保持原样；家具对他的状况的这些良好作用他不能没有；如果说这些家具妨碍他去作这种毫无意义地来回爬行的话，那么这不是什么坏事，而是一大优点。

但是可惜妹妹持不同看法；她已经并非完全没有道理地养成了在父母面前谈论格里高尔事务时以专家身份出现的习惯，所以现在听了母亲的建议妹妹也有充分的理由坚持不仅搬走她起先独自想到的柜子和写字台，而且也坚持搬走全部家具，只留下那张必不可少的长沙发。促使她提出这一要求的当然不仅仅是孩子气的倔强以及那种在最近如此意想不到和含辛茹苦获得的自信；她也确实观察到格里高尔爬行需要许多地方，而这些家具他却显然根本用不着。但是也许她这个年龄的女孩子们的那种耽于梦想的意识也起了一定的作用，这种意识一有机会便要寻求满足，现在葛蕾特受它诱惑，想让格里高尔的情况激起人们更大的惊恐，然后就可以为他做比迄今更多的事。因为进入一间格里高尔完全独霸的空荡荡的墙壁的房间里去，大概除了葛蕾特以外没有第二个人敢这样做的了。

因此她不让母亲动摇自己的决心，母亲在这间房间里惴惴不安似乎也没有主见，不久便沉默不语，竭尽全力帮助妹妹把柜子搬出去。唔，不得已时这柜子格里高尔可以不要，可是这写字台得留下。妇人们哼哧哼哧推着这柜子刚离开房间，格里高尔便从长沙发下探出脑袋，想看一看，他怎样才能小心谨慎、尽量妥善地干预此事。可是不幸的是，偏偏母亲先回来，葛蕾特则在隔壁房间里抱住那只柜子，独自将它摇来晃去，当然丝毫也搬不动它。可是母亲没看惯他的模样，他会把她吓出病来的，所以格里高尔惊恐万分，急速缩到长沙发的另一端，但是已经无法阻止床单在前面略微晃动。这就已经引起了母亲的注意。她怔住了，静静地站住片刻，随后走回到葛蕾特那边去。

尽管格里高尔一再默默对自己说没有发生什么不寻常的事，不过就是搬动了几件家具罢了，可是他不久不得不承认，妇人们的这阵来回走动，她们的轻声叫喊，家具在地板上的扒抓却像一阵巨大的、从四面八方袭来的喧闹对他产生影响，他拼命把头和腿蜷缩成一团，将身体贴近地面。他不得不承认，这一切他再也忍受不住了。她们搬出他房间里的全部家具；拿走他喜欢的一切东西；那只放弓形细齿锯和别的工具的柜子已经让她们给搬出去了；现在她们正在拧松已经埋紧在地板上的那张写字台，他作为商学院学生，作为市立中学学生，甚至作为国民小学学生就已经在这张写字台上写作业了。这时他确实没有时间去审核这两位妇女所抱有的良好意图了，况且他几乎已经忘记了她们的存在，因为她们由于精疲力竭干活时已是哑然无语，人们只听见她们沉重的脚步声。

于是他就这样突然冲了出来——妇人们正靠在隔壁房间里的写字台上稍事喘息，四次改变行走方向，他的确不知道，他应该先拯救什么，这时他看到此处已是空落落的墙上醒目地挂着那位穿一身毛皮衣服的女士的画像，便急忙爬上去，紧紧地贴在镜框玻璃上，那玻璃粘住他，令他那热烘烘的肚子感到很舒服。至少这幅现在完全让格里高尔遮盖住了的画像如今是谁也拿不走了吧。他把头转向起居室门，以便观看她们如何回来。

她们没有休息很久便回来了；葛蕾特用胳膊揽住母亲，几乎托住了她。“我们现在拿什么呀？”葛蕾特边说边环顾四周。这时她的目光和墙上格里高尔的目光相遇。大概只是由于母亲在场她才保持镇静，向母亲低下头去，以便阻止母亲东张西望，并且未加考虑地说道，声音中却是带着颤抖：“来，我们还是暂且先回到起居室里去吧？”对于格里高尔来说葛蕾特的意图是清楚的，她想把母亲带到安全的地方，然后将他从墙上轰下去。唔，让她来试试看！ 他趴在他的画像上，决不松开它。他还想扑到葛蕾特的脸上去呢。

但是葛蕾特的话反而让母亲感到不安，她走到一边，一眼看见印花墙纸上那个巨大的棕色斑点，她还没来得及回过神来意识到她看到的是格里高尔，便扯开轻微沙哑的嗓门喊道：“啊，天哪，啊，天哪！”随即便好像完全绝望似的张开双臂，一头栽倒在长沙发上，不动弹了。“你，格里高尔！”妹妹举起拳头，目光炯炯地说。这是自变形以来她直接对他说的第一句话。她跑到隔壁房间里去拿某种可以使母亲苏醒过来的香精；格里高尔也想帮忙——还有时间可以去拯救这幅画像；可是他粘紧在玻璃上，不得不使了很大劲才挣脱开来；随后他又跑进隔壁房间，仿佛他像已往那样可以给妹妹出个什么主意似的；可是后来却只得无可奈何地站在她后面；她正在各种各样的小瓶子堆里翻寻着，她一转过身来，便吓了一大跳；一只瓶子掉在地上，摔碎了：一块碎片划破了格里高尔的脸，一种不知什么腐蚀性的药水环绕他四周流过；葛蕾特未敢多加逗留，拿起尽可能多的小瓶子，抱着它们直奔母亲那间房里而去，那门她用脚砰地踢上。如今格里高尔和母亲隔开了，由于他的过错母亲也许濒临死亡边缘；那门他不敢开，他生怕会吓跑了必须待在母亲身边的妹妹；除了等待，他现在没有什么别的事可做；受到了自责和忧愁的压抑，他开始爬行起来，他到处爬，在墙上、家具上和房间天花板上爬，最后在绝望中，他觉得整个房间已经开始绕着他旋转起来，便掉下来摔在那张大桌子的中央。

过了一小会儿工夫，格里高尔软弱无力地躺着，四周一片寂静，也许这是一个好兆头。门铃响了。那女孩当然是把自己锁在厨房里的，所以葛蕾特只好去开门。父亲来了。“出了什么事了？”他张口就问；想必是葛蕾特的那副神态向他泄露了天机。葛蕾特闷声闷气回答，显然她是把脸贴在父亲的胸脯上了：“母亲刚才晕了过去，不过这会儿好些了。格里高尔逃出来了。”“果然不出我所料，”父亲说，“我一直告诉你们的嘛，可是你们女人就是不愿意听。”格里高尔明白，父亲把葛蕾特的过于简短的说明往坏的方面作解释，以为格里高尔犯了什么暴力行为了。所以现在格里高尔必须设法平息父亲的怒气，因为他既没有时间也不可能向他作解释。于是他便躲避到他的房门口，蜷缩在门边，以便让父亲从门厅走进来时立刻可以看到，格里高尔怀有最良好的愿望，一心想着立刻返回自己的房间，没有必要将他驱赶回去，人们只需打开房门，他立刻就会进去的。

可是父亲没有心情注意这种细腻的情感。“啊！”他一进门就喊，声音里仿佛既有愤怒，也有喜悦。格里高尔把头从门上缩回来，抬起它来瞧父亲。他确实没有想象到父亲会是这样，会是他现在站在这儿的这副模样；诚然，最近他只顾得新奇地爬来爬去，竟忘了像从前那样去关心寓所里别处发生的事，其实本应对情况变化有所思想准备的。但是，但是，这还是父亲吗？ 还是这同一个男子吗？ 从前每逢格里高尔动身出差，他便总是疲惫不堪地蒙头躺在床上；晚上回来时他总是身穿睡袍坐在靠背椅里迎候他，压根儿就不太能站起来，而是只抬一抬胳臂表示高兴；在一年里几个星期天以及重大节日全家难得在一起散步时，他在其实已经走得很慢的格里高尔和母亲之间总是还要走得更慢一些，裹着他那件旧大衣，小心翼翼拄着拐杖艰难地向前移动步子，每逢他想说什么话，几乎总是站住脚，让陪同他的人聚拢在自己周围。可是现在他身板挺得相当直。穿一身绷得紧紧的金钮扣蓝制服，这是银行杂役的装扮；一个厚实的双下巴鼓出在上衣硬领外面；浓密的睫毛下一双黑眼睛射出活泼、专注的目光；那一头平时乱蓬蓬的白发梳成了整整齐齐、油光闪亮的分头。他将他那顶绣有金色交织字母，大概是一家银行名号首字母的帽子顺着弧线抛过整个房间扔在长沙发上，将那件长长的制服上衣的下摆往后一甩，双手插在裤袋里，板着面孔朝格里高尔走去。他大概自己也不知道他要干什么；不过他却把脚抬得老高，格里高尔吃惊地看着他那巨大的靴后跟。然而他不多耽搁时间，他从他开始新生活的第一天起便知道，父亲认为对他只宜采取极端严厉的态度。因此他便在父亲前面奔走，父亲站住就停下，只要父亲一走动便又急忙向前奔走。他们就这样在房间里转了几圈，没有做出什么重大的动作来，甚至由于行走速度很慢整个儿这件事就不像是一种追逐。所以格里高尔也暂且待在地板上，尤其是因为他害怕父亲可能会把往墙上或天花板上逃跑看作是特别恶劣的行径。可是格里高尔不得不暗暗对自己说，甚至连这种奔走他也坚持不了多久；因为父亲跨出一步，他就得完成大量的动作。他已经开始感到气喘了，从前他的肺也不太好。他正这样跌跌撞撞地往前冲，为了把全部精力集中在奔走上，眼睛几乎不睁开；他愣怔怔的，除了奔跑根本就想不到还有什么别的法子可以拯救自己；几乎已经忘记自己是可以随便上墙的，这里的墙壁当然都让精雕细镂、布满尖角和花边的家具挡住了。这时，有什么东西轻轻抛出，飞落在紧挨着他身边的地方，在他前面滚动起来。那是一只苹果；立刻又有第二只向他飞来；格里高尔惊吓得站住了；继续奔走是没有用的，因为父亲已下定决心要轰炸他。他用餐具柜上水果盘子里的苹果装满了自己的衣袋，也不好好瞄准，便将苹果一只一只地扔将出来。这些小红苹果像带了电似的在地板上到处滚动，互相磕碰。一只扔得不太用力的苹果轻轻触到了格里高尔的后背，但是没有伤着他便滑了下去。紧接着又飞来的一只简直陷进他的后背去了；格里高尔想挣扎着往前爬，仿佛一换地方这突如其来的、难以置信的疼痛便会消失似的；然而他却觉得自己好像被钉住在原地，便六神无主地瘫倒在地上。他只是在投出最后一瞥时还看到，他的房门被突然用力拍开，母亲抢在尖叫着的妹妹的前头跑了过来，身穿内衣，因为为了在她失去知觉时好让她呼吸舒畅些，妹妹已经把她的衣服解开了，他还看到，母亲随后便向父亲奔去，在奔跑的路上她那已解开的衣裙一件接着一件滑落到地上，绊着衣裙向父亲扑过去，抱住他，紧紧地搂住他——可是这时格里高尔的视力已经衰退——双手抱住父亲的后脑勺请求饶格里高尔一命。

三

格里高尔所遭受的使他吃了一个多月苦头的重创——那只苹果作为可以看得见的纪念品还一直留在他身上，因为没有人敢取走它——好像使父亲也想起了格里高尔尽管具有他目前这种可悲的、令人憎恶的形态，却依然是家庭的一个成员，人们不可以把他当敌人对待，而是应该把吞下并忍受厌恶、彻底忍受厌恶看做是家庭义务的准则。

现在格里高尔由于受了伤，也许永远丧失了灵活行动的能力，眼下他像一个老弱病残，需要用好多分钟才能横贯他的房间——在高处爬行已是不可能，可是他为自己状况的这种恶化还是得到了一种在他看来完全足够的补偿，这就是每到傍晚时分那扇他惯常在一两个小时前便加以严密观察的起居室门便会打开，致使他躺在自己房间里的暗处，不为起居室里的人所看见，但他可以看见全家人坐在照亮的桌子旁边，可以倾听他们的谈话，可以说这是得到全体应允的，所以完全不同于已往。

不过，这不再是昔日那种轻松活泼的闲谈，已往每逢格里高尔在小小的旅店房间里不得不疲惫不堪地钻进潮湿的被窝里时便常常怀着几分渴念想到那样的情景。他们现在往往很沉默。吃罢晚饭后不一会儿父亲便在扶手椅里睡着了；母亲和妹妹相互告诫保持安静；母亲把头低低地俯在灯下，给一家时装店缝制精致的内衣；已经当上了售货员的妹妹在晚上学习速记和法语，将来也许可以谋到一个较好的职位。有时父亲醒过来，仿佛根本不知道自己已睡了一觉了似的，对母亲说："你今天又干了这么多针线活！"说罢立刻又睡着了，母亲和妹妹则神色疲倦地相视一笑。

父亲怀着一种固执，在家里也不肯脱掉他那身制服；睡袍一无用处地挂在衣钩上，而他却穿戴得整整齐齐在座位上打瞌睡，仿佛时刻准备着应差，在这里也等候着上司的吩咐似的。因此，虽然有母亲和妹妹悉心保护，他那身一开始就不是簇新的制服还是渐渐显得脏了起来，格里高尔常常整夜整夜地望着这身沾着层层污渍、闪着经常擦拭的金钮扣亮光的衣服，老人就穿着这身衣服极不舒服却又极安宁地睡觉。

时钟一敲十点，母亲便轻声细语，设法唤醒父亲，随后便劝说父亲上床睡觉，因为这里睡不安稳，父亲六点就要上班，极其需要睡个安稳觉。但是由于自从他当上杂役以来便犯上了这种犟脾气，他总是坚持要在桌子旁边多待一会儿，尽管他通常都会睡着，后来反正得花九牛二虎的力气才能说动他以床换扶手椅。不管母亲和妹妹怎样和声细语劝诫他，催促他，他总要慢慢摇上一刻钟脑袋，闭上双眼，不站起来。母亲扯他的袖管，对着他的耳朵说些奉承拍马的话，妹妹放下功课过来帮助母亲，可是父亲就是不听劝告。他更深地沉陷在他的扶手椅里。直到妇人们抓住他的胳肢窝，他才睁开眼睛，交替着望望母亲和妹妹并惯常说："这就是生活。这就是我的平静的晚年。"于是在这两位妇人的搀扶下，他站起身来，颇费周折，仿佛他对他自己便是极沉重的负担似的，让妇人们一直扶到门口，在那里挥手叫她们回去，独自继续往前走，而母亲和妹妹则急忙分别扔下针线活和笔，追上父亲，以便继续助他一臂之力。

在这个操劳过度、疲倦不堪的家庭里，除了做些必不可少的事以外，谁还有时间去为格里高尔操更多的心呢？ 家庭开支日益紧缩；女仆给辞退了，一个蓬着满头白发、高大瘦削的老妈子一早一晚来干些最粗重的活儿；所有其余的家务活儿都由母亲在干完众多的针线活儿之余承担起来了。甚至从前每逢参加娱乐活动和节日庆典母亲和妹妹欢欢喜喜佩戴的那些各色家庭首饰也变卖掉了，这是格里高尔晚上从大家对各件首饰达到的卖价的议论中得知的。但是最感头痛的事却是，人们无法离开这幢对于眼下的境况来说太大的寓所，因为实在想不出什么迁居格里高尔的招儿来。但是格里高尔分明看出，妨碍迁居的不仅仅是因为顾及到他，因为用一只带几个通气孔的合适的板条箱很容易就可以把他装运走的；阻止家里人搬行的主要原因其实是那种完全绝望的情绪以及他们受到了在整个亲戚和熟人圈里谁也没有遭受过的一种不幸的打击的这个念头。世人要求穷人所做的一切，他们正最大限度地尽力去做，父亲给银行小职员们送早点，母亲含辛茹苦地为陌生人缝内衣，妹妹按照顾客的命令在柜台后面跑来跑去，但是再做更多的事家里人是力不从心了。每逢母亲和妹妹将父亲送上床之后重又返回来，放下手头的活计，靠近在一起，已经是脸颊贴着脸颊地坐着的时候，母亲便指着格里高尔的房间说："葛蕾特，把那儿的门关上。"每逢格里高尔又身处黑暗之中而隔壁妇人们涕泪交流或欲哭无泪地凝视着桌子的时候，格里高尔便觉得背上的伤口好似重新疼痛起来。

夜晚和白昼格里高尔几乎都是无眠地度过的。有时他想到在下一回开门时要完全像从前那样把家里的担子挑起来；经过了长时间之后，他的脑海里又出现了经理和秘书主任，公司伙计和学徒，那个理解十分迟钝的听差，别家商号里的两三个朋友，外省一家客店里的一个侍女，一个可爱的、萍水相逢的女子，一家帽子商店里的一位女出纳员，他严肃认真而过分缓慢地向她求过爱——他们全都和陌生人或已被忘却的人混杂在一起出现，但是他们全都冷冷冰冰，根本不来帮助他和他的家人，他们一消失，他便感到高兴。可是后来他又完全没有心思为他的家人分忧愁了，而是只有对他照料不周而窝了一肚子的火，尽管他想象不出他会喜欢吃什么，他却制订计划，企图进入食物贮藏室，即便不饿，也要把本该属于他的从那儿叼走。妹妹现在再也不考虑怎样才能让格里高尔吃上可口称心的饭食，她总是在早晨和中午去商店上班前急急忙忙用脚往格里高尔的房间里随便推进一点吃的，晚上根本不管这食物是否只是尝了几口，还是——大多数情况下——连碰也没碰一下，她便一挥扫帚将其扫了出去。她现在总是在晚上打扫这间房间，打扫起来简直是快得不能再快了。一条条肮脏的条纹沿墙伸展，到处都是一团团尘土和垃圾。起先，在妹妹到来时格里高尔总待在这类特别引人注目的角落里，算是以这样的位置提出一种指责吧。但是他大概可以在那儿待上几个礼拜，妹妹也不会有所改进的；她分明和他一样看到这污秽的环境了，可是她已经打定主意随它去了。然而她却带着一种在她身上完全是新的、压根儿就已经侵袭了全家的敏感维护着自己的这个打扫格里高尔的房间的特权。有一回母亲彻底打扫了一下格里高尔的房间，其实也不过就是用了几桶水的事儿——这一片湿漉漉的当然也伤害了格里高尔，他摊开身子、懊恼不堪、一动不动地躺在长沙发上，于是母亲却不免像受到惩罚似的十分难过，因为晚上妹妹刚发现格里高尔房间里的变化，便一脸委屈地跑进起居室，不顾母亲举起双手苦苦央求，号啕大哭起来，父母——父亲当然已经从扶手椅里惊起——起先惊讶地、无可奈何地在一旁看着，后来他们也开始按捺不住了，父亲责备右边的母亲没让妹妹去清扫格里高尔的房间；随后便大声呵斥左边的妹妹，说是再也不许她去打扫格里高尔的房间；母亲则试图把激动得不能自制的父亲拉到卧室里去；妹妹啜泣得身子发抖，用自己的小拳头捶打桌子；格里高尔气得嗷嗷直叫唤，因为竟没有人想到要去把门关上，以避免让他看到这副景象听到这场吵闹。

可是，即使妹妹一天上班回来疲惫不堪，懒得像先前那样去照料格里高尔，母亲也大可不必越俎代庖嘛，格里高尔不会受冷落的呀。因为有老妈子在呢。这位老寡妇在其漫长的一生中凭着她那副强壮的骨骼多半已经饱经风霜，不会对格里高尔怀有什么憎恶的。有一回她并非出于好奇，而是纯属偶然地打开了格里高尔的房门，一看到惊诧不已、没受人驱赶便开始来回奔走的格里高尔，便交叉着十指搁在胸前，惊讶地站住了脚。从此她便总是不失时机经常在早、晚稍稍打开房门，匆匆朝里瞥一眼格里高尔。起先她也招呼他往自己身边走拢过来，用她大概自以为是客气友好的话，诸如："过来吧，老屎壳郎！"或者"你们瞧这老屎壳郎！"对于这类话语格里高尔丝毫不予理睬，而是一动不动地待在原地，仿佛房门根本就没有打开似的。别让这老妈子兴致一来就这样无聊地骚扰他呀，应该命令她天天打扫他的房间嘛！ 有一回，是在清晨——一阵急骤的雨点敲打着玻璃窗，也许已经是春天即将来临的一个征兆吧——老妈子又絮絮叨叨啰唆开了，格里高尔好不恼怒，他向她转过身去，像是要进行攻击似的，动作当然迟缓、羸弱无力。可是这位老妈子非但面无惧色，反而高高举起放在门旁的一把椅子，瞧她张大着嘴站在那儿的那副架势，她的企图十分明显，她手里的这把椅子不砸在格里高尔的后背上，她是不会把嘴闭上的。"不再往前走啦？"看到格里高尔又转过身去时她问，这才心平气和地把椅子放回墙角。

格里高尔几乎什么也不吃了。只是当他偶然从已准备好的食物旁边经过时，他才玩儿似的往嘴里送上一口，在嘴里将它衔上几个小时，然后往往又将它吐掉。起先他想，是对他房间里的这种状况感到的悲痛才使他没有胃口吃饭，可是恰恰是对房间里的这些变化他很快就不以为意了。人们已经养成了把别处放不下的东西放到这间房间里来的习惯，这类东西现在多得很，因为他们把寓所里的一个房间租给了三个房客。这样一本正经的先生——三个人全都蓄着大胡子，这是格里高尔有一次从门缝里看到的——非常讲究整洁，不仅他们的房间要整洁，由于他们既然已经住进这儿来了，所以就要求整个寓所，尤其是厨房，都要井然有序。无用的，尤其是肮脏的杂物他们容忍不了。况且绝大部分生活用品他们都是自己带来的。由于这个原因，许多物件就变得多余了，这些东西卖起来虽然不值几个钱，可是他们也不愿意将它们扔掉。所有这些东西都塞进格里高尔的房间里。厨房里的煤灰箱和垃圾箱同样也是如此。只要是眼下用不着的东西，做事总是急急忙忙的老妈子便干脆往格里高尔的房间里一扔了事，幸亏格里高尔往往只看见那件有关的物件和拿住它的那只手。老妈子也许是想什么时候有机会再来拿走这些东西或者一下子把它们一古脑儿全扔出去，可是实际上它们经由她头一回一扔，扔到哪儿便一直一动不动待在那儿了，如果不是格里高尔蜿蜒穿行于这堆破烂货之中，使它们有所移动的话，起先是迫于无奈，因为除此之外没有可以自由爬行的地方，后来却是带着越来越大的乐趣，虽然他在作了这样的行走之后疲倦和伤心得要死，又接连几个小时不能动弹。

由于这几位房客有时也在家里公用的起居室里吃晚饭，所以有些个夜晚起居室门一直都关着，不开门格里高尔根本也无所谓，有几个晚上门开着他也没好好加以利用，而是没让家里人察觉，在他那间房间里最昏暗的角落里一躺了事。可是有一回老妈子让起居室门敞开了一点点。当那几位房客晚上进来，点亮了灯的时候，那扇门依然这么开着。他们坐在桌子的上首，这是从前父亲、母亲和格里高尔坐的地方，展开餐巾，拿起刀叉。母亲端着一碗肉立刻出现在门口，妹妹端一大满盆土豆紧随其后。食物热气腾腾。房客们向摆在他们面前的碗盆俯下身，仿佛他们要在吃食之前检查一下它们似的，个头中等、在另外两位心目中似是权威的那个，果真就在碗里切开一块肉，显然是想断定，肉是否足够熟烂，要不要退回厨房。他满意了，在一旁紧张观看的母亲和妹妹这才舒心地笑了起来。

家人们自己在厨房里吃饭。尽管如此，父亲进厨房之前先到这间房间里来，手里拿着帽子，鞠上那么一躬，绕着桌子转上那么一圈。房客们一齐站起来，嚅动着胡子嘟哝几句。当他们随后单独待在一起时，几乎完全一声不吭地吃着。格里高尔觉得奇怪，他从饭桌上的种种响声中竟一再分辨出他们牙齿的咀嚼声，仿佛这是在向格里高尔表明，吃饭是要用牙齿的，若没有牙齿即便长着最漂亮的嘴巴也是无济于事。“我有食欲，”格里高尔充满忧愁地暗自思忖，“可是不想吃这些东西。像这几位房客这样吃法，我会一命呜呼的！”

恰好在这一天晚上——格里高尔记不得在整个这段时间里曾听到过小提琴声——厨房里响起了小提琴声。房客们已经吃罢晚饭，中等个儿已经拿出来一份报纸，给另外两位每人一张，于是他们往后一靠，一边读报一边抽烟。当小提琴开始奏响时，他们留神倾听，站起来并踮着脚尖走到门厅门口，他们挤成一团站住脚。人们在厨房里准是听到了他们的响声，因为父亲在说：“诸位听了这琴声也许觉得不舒服吧？可以马上不拉的。”“相反，”中等个儿房客说，“小姐不想到我们这儿来，到这儿房间里来演奏吗，这儿宽敞，舒适多了？”“哦，好的。”父亲说，仿佛是他在演奏小提琴似的。房客们回到房间里去，等候着。不一会儿，父亲拿着乐谱架，母亲拿着乐谱，妹妹拿着小提琴走过来。妹妹神情安详地作着演奏的种种准备工作；父母从前从未出租过房间，所以对房客客气得过了头，竟不敢坐在他们自己的扶手椅上；父亲靠在门上，右手插在紧闭着的号衣的两个钮扣间；母亲却得到了一把由一位房客递给她的椅子，坐在边上一个角落里，因为那位房客偶然把椅子放到那里，所以她也就坐在那里了。

妹妹开始演奏；父亲和母亲各自从自己那个方向密切注视着她双手的动作。格里高尔受到琴声吸引，壮起胆向前爬了几步，脑袋已经伸进起居室了。他几乎不感到惊奇，他最近居然很少体谅别人；从前这种对别人的体谅是他引以为自豪的。然而恰恰是现在这个时候他实在是应该藏起来才是，因为由于他房间里到处积满了灰尘，稍稍一动尘土便飞扬开来，他身上也蒙满了灰尘；他爬来爬去，背上和两腰沾着绒毛、发丝和残羹剩饭。他现在对一切都无动于衷，他不会再像从前那样白天要在地毯上擦净几次后背。尽管处于这种状态，他却毫不畏惧，在起居室无污点的地板上向前爬行了几步。

不过倒是谁也没有注意他。家里人的注意力全倾注在小提琴演奏上；而房客们则先是将双手插在裤兜里，站在妹妹乐谱架后面很近的地方，近到他们大家简直都能看见乐谱了，这势必会妨碍妹妹的，随后便窃窃私语低着脑袋退回到窗口，他们也就待在那儿，父亲忧心忡忡地观察着他们的动静。情况确实再明显不过了。他们本以为会听到美妙动听的小提琴曲的，他们失望了，对整个儿这场表演厌倦了，只是出于礼貌才还让人扰乱自己的平静。尤其是从他们从鼻孔和嘴巴向空中吐出雪茄烟雾的那副模样中，可以推断出他们很不耐烦了。然而妹妹却演奏得十分认真，她的脸侧向一边，目光专注而忧伤地追循着一行行乐谱。格里高尔又往前爬了几下，将脑袋紧贴着地面，以便也许能与她的目光相遇。既然音乐如此打动他的心，那么他是一只动物吗？ 他觉得，仿佛获取久盼的不知名的食物的途径正展现在他面前。他决心要一直推进到妹妹跟前，去扯她的衣裙，以此向她暗示，她可以带着她的小提琴到他的房间里来，因为这里谁也不像他那样欣赏她的演奏。他不愿意再让她离开他的房间，至少只要他活着就不愿意；他的恐怖形象他将第一次派上用场；他要同时守卫他的房间的各扇房门，向来犯者怒吼；并且不要妹妹勉勉强强，她应该自觉自愿留在他身边；她可以和他一起坐在长沙发上，向他低垂下耳朵，然后他就要向她透露，他已经打定主意要让她到音乐学院去学习，倘若不是横遭不幸，他早在去年圣诞节——圣诞节已经过了吧？——当众宣布这一计划了，任何反对意见他都将置之不顾。妹妹听到之后就会感动得热泪盈眶，格里高尔就会向着她的肩膀直起身来，去吻她的脖子，打从她在店里上班以来她便一直不系丝带，敞着颈脖。

“萨姆沙先生！”那个中等个儿房客对父亲喊，不再多说一句话地用食指指着慢慢向前移动的格里高尔。小提琴声戛然而止，中等个儿房客先是摇摇头对他的朋友们笑了笑，随后便又朝格里高尔望去。父亲似乎觉得现在最要紧的不是将格里高尔赶走，而是先去安抚房客，尽管这几位房客根本没发火，他们对格里高尔似乎比对小提琴演奏更感兴趣。他急忙向他们奔去，试图用张开的胳臂把他们推到他们的房间里去，同时用他自己的身体挡住他们看格里高尔的视线。现在他们倒真的有点儿恼火了，人们不再知道，这是由于父亲的行为，还是由于他们现在才发现住在隔壁的竟是格里高尔这样的邻居。他们要求父亲作出解释，他们举起双臂，烦躁地捻着自己的胡子，只是缓慢地向他们的房间退去。这当儿，妹妹已经从演奏突然中断后陷入的迷惘中回过神来，在她懒懒散散垂着手握住了一阵小提琴和弓并继续仿佛还在演奏似的看了一阵乐谱之后，一下子迅速打起精神，将提琴搁在呼吸艰难、激烈喘息着、仍在扶手椅里坐着的母亲的怀里，跑进在父亲催促下房客们正迅速向之移近的隔壁房间里。人们看到，床上的被子和褥垫在她那双训练有素的手下飞来腾去，铺叠得整整齐齐。还没等房客们走进房间，她就已铺好床，溜了出来。父亲似乎又犯犟脾气了。他忘了对房客应有的尊敬。他一个劲儿驱赶，直至最后那个中等个儿房客在房门口重重地一跺脚，从而使父亲停住脚步。“我正式宣布，”他说，同时举起手，还对母亲和妹妹扫了一眼，“考虑到这个寓所和家庭里存在着的这种令人厌恶的状况，”——说到这里他往地板上狠狠啐了一口——“我立刻解除我的房间的租约。我在这里已经住了几天，这几天的房租我当然一个子儿也不付，不但不付，我还要考虑，我要不要向您提出什么——您相信我吧——极容易说明理由的要求。”他沉默不语，眼睛直勾勾看着前方，仿佛他在等待着什么似的。他的两位朋友果真立刻插嘴说：“我们也立刻退租。”话音刚落，他便抓住门把手，砰的一声关上了门。

父亲用双手摸索着踉踉跄跄向他的扶手椅走去，一头栽进椅子里；看样子他伸开四肢似乎像平时那样在打瞌睡，但是他那颗晃荡不定的脑袋的猛烈点头表明，他根本不在睡觉。整个这段时间里，格里高尔一直静静地躺在房客们当场发现他的那个地方。对他的计划失败感到的失望，但是也许也是因长期挨饿而造成的身体虚弱，使他无力动弹。他怀着某种明确的预感，担心下一刻大家会向他发泄满腔的怒气，并等待着。就连那把在母亲手指的颤抖下从她怀里掉落下来的小提琴发出的震响，也没使他受到惊吓。

“亲爱的父母，”妹妹边说边用手拍了拍桌子算作引子，“这样下去是不行的。你们也许不明白这个道理，我明白。我不愿意当着这头怪物的面说出我哥哥的名字来，所以只是说：我们必须设法摆脱它。我们照料它，容忍它，我们仁至义尽了嘛，我认为，谁也不会对我们有丝毫的指责。”

“她说得对极了。”父亲自言自语。还一直在气喘吁吁的母亲露出一种癫狂的眼神用手捂住嘴干咳起来。

妹妹急忙奔向母亲，扶住她的额头。父亲似乎听了妹妹的话产生了某些想法，坐直了身子，在吃客们吃饱喝足还未从桌上撤下去的盘子之间把玩着他那顶杂役帽，偶或向安静的格里高尔瞥一眼。

“我们必须设法摆脱它，”妹妹如今是专对父亲说，因为母亲在咳嗽什么也听不见，“它还会要了你们俩的命的，我分明看到了这个结局。如果人们已经不得不在干着这么繁重的工作，像我们大家这样，那么人们就不能还在家里忍受这没完没了的折磨。我也受不了了。”说罢，她号啕大哭起来，眼泪掉在母亲的脸上，她用机械的手势动作擦拭母亲脸上的泪水。

“孩子，”父亲同情地、充分理解地说，“可是我们该怎么办呢？”

妹妹只是耸耸肩膀表示一筹莫展，刚才她还信心十足，现在这一哭反倒没辙了。

“如果他懂我们的话！”父亲半带着询问的口吻说；妹妹哭哭啼啼使劲一挥手，表示这是不可能的。

“如果他懂我们的话，”父亲重复说着，并通过闭上双眼接受妹妹认为这事不可能的信念，“那么倒也许可能和他达成一个协议。可是这……”

“他必须离开这儿，”妹妹喊道，“这是惟一的途径，父亲。你只需抛开以为这是格里高尔这个念头。我们这么久一直相信这一点，这是我们真正的不幸。可是这怎么会是格里高尔呢？ 如果这是格里高尔的话，他早就会认识到，人和这样一只动物是不可能共同生活在一起的，就会自愿跑掉了。我们就没有哥哥，但是能继续生活下去，会缅怀他。可是这只动物现在却在迫害我们，驱赶房客，显然是想占领整幢寓所，让我们露宿街头。你瞧，父亲，”她突然尖叫起来，“他又来了！”在一阵完全令格里高尔不可思议的惊恐中，妹妹甚至离开了母亲，简直是推开了她的扶手椅，仿佛她宁肯牺牲母亲也不愿待在格里高尔身旁似的，并急忙奔到父亲背后，父亲只是由于她的态度才情绪激动起来，也站起身，像是保护妹妹似的在她身前略略举起双臂。

可是格里高尔根本不想吓唬什么人，更不想吓唬妹妹。他只不过是开始转身，想走回到自己的房间里去，不过这动作显得很引人注目，因为由于身上有伤残，在做艰难的转身动作时他不得不用脑袋来帮忙，他多次抬起头来并用头撞击地面。他停下来，环顾四周。他的良好意图似乎让人给看出来了；这只是一种瞬间的惊恐。如今大家都默默而忧伤地望着他。母亲伸出并拢着的双腿，躺在她的扶手椅里，她疲惫不堪地几乎阖上了眼睛；父亲和妹妹并排坐着，妹妹用手搂着父亲的脖子。

“现在我也许可以转过身去了吧！”格里高尔边想边重新开始干了起来。他抑制不住因过度劳累而发出的喘息声，也不得不时不时歇一口气。不过倒也没有人在催他，一切全听凭他自己做主。当他完成了转身动作时，便立刻开始径直往回爬去。他对自己和房间之间的距离之大感到惊异，根本就不明白，他身体这样虚，刚才是怎么几乎不知不觉走完同样这段路的。一心只惦记着赶快爬行，他几乎没注意，现在家里人不说话不吭声不骚扰他。当他已经到达门口时，他才扭过头来，没完全扭转过来，因为他觉得脖子变僵硬了，不过他总算还看到，在身后没有发生任何变化，只有妹妹站了起来。他最后瞥了母亲一眼，母亲完全睡着了。

他刚进入房间，房门就被急速关上，闩上门闩，锁了起来。听到身后这突如其来的嘈杂声，格里高尔大吃一惊，他的细腿顿时都发软了。是妹妹这么迅捷地采取了行动。她早已站直身子等着，然后她灵巧敏捷地向前跨出几步，格里高尔根本没有听见她的脚步声，她一边转动锁眼里的钥匙，一边朝父母喊了声“终于锁上了！”

“现在怎么办？”格里高尔自言自语，在黑暗中环顾了一下四周。不久他便发现，他现在几乎再也动弹不了了。他对此不感到惊异，他反倒觉得，他迄今居然一直能用这些细腿活动，这才是不自然的。此外他感到相当舒适。他虽然感到浑身疼痛，但是他觉得，疼痛仿佛正在渐渐减轻，最终似乎会完全消失。背上那只烂苹果以及四周蒙上了软乎乎的尘土的那个发炎的部位他几乎已经感觉不到。他怀着深情和爱意回忆他的一家人。他认为自己必须离开这里，他的这个意见也许比他妹妹的意见还坚决呢。在钟楼上的钟敲响凌晨三点之前，他便一直处于这种空洞和平和的沉思状态中。窗户外面的朦胧晨曦他还经历着了。然后他的脑袋便不由自主地完全垂下，他的鼻孔呼出了最后一丝微弱的气息。

当清晨老妈子来时——纯粹由于力气大和性子急，不管人们怎么求她别这样，她总是乒乒乓乓摔门，整幢寓所里她一来别人就再也甭想睡安稳觉，她在做这次寻常的短暂访问时起先没发现格里高尔有什么异样。她以为，他故意这么一动不动地躺着，装出一副大受委屈的样子；她相信他具有一切可能具有的理解力。由于她偶然在手里握着那把长扫帚，所以她就试图站在门口用它逗格里高尔发痒。当这么逗还不起作用时，她火了，便使劲捅了捅格里高尔的身体，当她很快便弄清了事情真相，就睁大着眼睛，吹了一声口哨，但没有多耽搁时间，而是一把推开卧室房门，扯着大嗓门朝黑暗中嚷嚷：“你们快来瞧瞧吧，它死了；它躺在那儿，完全没气了！”

萨姆沙夫妇在双人床上坐直身子，先从老妈子带来的惊吓中镇定下来，才慢慢领悟到她说的是怎么一回事。可是随后萨姆沙夫妇便各自急忙下床，萨姆沙先生将毯子往肩上一披，萨姆沙太太只穿睡衣便出来，他们就这样走进格里高尔的房间。这当儿，起居室的门也开了，自从房客们住进来后葛蕾特便一直睡在那儿；她完全穿好了衣服，仿佛她根本就不曾睡觉似的，她那张苍白的脸也似乎证明了这一点。“死了？”萨姆沙太太边说边抬头用询问的目光望着老妈子，虽然一切她都可以自己检验，而且甚至不用检验也可以看得出来。“我是这么认为，”老妈子一边说，一边为了证明自己所说的话还用扫帚把格里高尔的尸体往旁边推移了一大段距离。萨姆沙太太做了一个仿佛想拉住那把扫帚的动作，但没去拉。“唔，”萨姆沙先生说，“现在我们可以感谢上帝了。”他画了一个十字，那三个妇女学他的样。葛蕾特目不转睛望着那尸体说：“你们看，他多瘦呀。这么长时间里他什么东西也没吃。食物拿进去了，又原封不动地拿了出来。”格里高尔的身体果然完全干瘪，人们现在才真正看出这一点，现在这身体不再由细腿们抬高，而且此外也没有任何东西转移视线了。

“来吧，葛蕾特，到我们房间里来一下。”萨姆沙太太挂出一丝忧郁的笑容说，葛蕾特依依地回头看了看那尸体便跟在父母身后走进父母的卧室。老妈子关上门，打开全部窗户。尽管是清晨，清新的空气中却已透着些许暖意。毕竟已经三月底了嘛。

那三位房客从房间走出来，惊讶地寻找他们的早餐；人们把他们忘了。“早餐在哪儿？”那位中等个儿房客阴沉着脸问老妈子。老妈子则把指头放在嘴上，然后匆忙地、一声不响地向房客们示意，要他们到格里高尔的房间里来。他们也来了，随后就双手插进他们那有点儿穿旧了的上衣的口袋，在这间如今已完全明亮的房间里围住格里高尔的尸体站着。

这时卧室房门开启，只见萨姆沙先生身穿他那身号衣走出来，一只胳臂挽着他的妻子，另一只胳臂挽着他的女儿。三个人都有点儿哭肿了眼睛；葛蕾特时不时将脸贴在父亲的胳臂上。

“你们马上离开我的寓所！”萨姆沙先生没有松开妇人们，指着门口说。“您这是什么意思？”中等个儿房客有点迷惑不解地说，脸上挂着甜蜜的笑容。另两位反剪着双手，不断地搓着，像是在愉快地期待着一场激烈争吵，而这场争吵的结局八成将对他们有利。“我的意思我已经说得很明白了。”萨姆沙先生回答，在两位女士的陪伴下径直朝那位房客走去。这位房客先是默默站着，低头望着地板，仿佛这种种事情在他脑子里正在形成一种新的条理。“那我们就走吧。”随后他说，并抬头看着萨姆沙先生，仿佛在一阵突然向他袭来的谦卑中他甚至要为这个决定获得新的批准似的。萨姆沙先生只是睁大着眼睛多次朝他略略点一点头。紧接着这位房客果真跨着大步走进门厅；他的两位朋友垂着安详的双手已经倾听了一阵，现在简直是蹦跳着跟在他后面，仿佛害怕萨姆沙先生会赶在他们前面走进门厅，截断和他们首领的联系似的。三个人在门厅里从衣钩上拿下帽子，从手杖架上拔出手杖，默默鞠一躬，离开了这所房子。怀着一种显然是完全没有理由的不信任，萨姆沙先生带着两个妇人走到外面的过道里；靠在栏杆上，他们看着那三个人虽然缓慢、却不停地顺着长长的楼梯下去，在每一层楼的楼梯间的某一个转弯处消失不见，过了不多一会儿又出现；他们越往下走，萨姆沙一家人对他们的兴趣便消失得越多，而当一个肉铺伙计头上顶着一只筐神态骄傲地迎着他们上楼来，随后高高地从他们头顶上越过去的时候，萨姆沙先生很快便和妇人们一道离开栏杆，大家如释重负般地回到家里。

他们决定利用今天的时间休息和散步；他们不仅理应得到这一工作间歇；他们甚至绝对需要它。于是乎，他们在桌子旁边坐下，写三封请假信，萨姆沙先生写给经理处，萨姆沙太太写给定户，葛蕾特写给店主。他们正写着，老妈子走进来说她要走了，因为她早晨该做的活儿已经做完。三个写信人起先只点点头，没有抬眼看她，只是当老妈子总是还不肯离去时，人们才生气地抬起头来。“嗯？”萨姆沙先生问。老妈子面带微笑站在门口，仿佛她要向全家报告一件大喜事，但是只有当她受到彻底盘问时，她才会把它说出来。她帽子上那根几乎挺直的小鸵鸟羽毛，那根在她整段工作时间里都惹得萨姆沙先生生气的小鸵鸟羽毛，朝四面八方轻轻摇晃。“您究竟有什么事？”萨姆沙太太问，她还最受到老妈子尊敬。“哟，”老妈子回答说，笑眯眯地简直话都说不连贯了，“是这么回事，隔壁那玩意儿该怎么弄走，你们就不必操心了。事情已经办妥了。”萨姆沙太太和葛蕾特向她们的信埋下头去，仿佛她们想继续写信似的；萨姆沙先生发觉老妈子就要开始详细描述一切，便伸出一只手果断地阻住了她。但是由于不让她讲，她便想到自己急着要走，就显出显然受了侮辱的样子说：“那就回头见吧！”怒气冲冲地转过身去，把门甩得乒乓直响，离开了这所房屋。

“晚上就辞退她，”萨姆沙先生说，但是既没有从他妻子那儿也没有从他女儿那儿得到答复，因为老妈子似乎已经又扰乱了她们刚获得的宁静。她们站起身来，走到窗户口并待在那儿，互相搂抱着。萨姆沙先生在扶手椅里向她们转过身去，静静地观察了她们一会儿。然后喊道：“你们来呀。别管那些陈旧的事了吧。你们也稍许关心关心一下我吧。”妇女们立刻听从他的话，急忙走到他跟前，对他爱抚一番，并迅速写完她们的信。

随后三个人便一起离开寓所，他们已有好几个月没这样做了，他们坐电车出城到郊外去。这辆电车里只有他们这几个乘客，温暖的阳光照进了车厢。他们舒舒服服靠在椅背上商谈着未来的前景，结果表明，仔细一考虑，他们的前景一点儿也不坏，因为他们彼此还从未询问过各自的工作，原来这三份差使全都蛮不错，而且特别有发展前途。目前最能改善他们状况的当然是搬一次家；他们想退掉现在这幢还是由格里高尔挑选来的寓所，另租一幢小一些，便宜一些，但是位置更有利，尤其是更实用的寓所。就在他们这么闲谈着的当儿，萨姆沙夫妇一眼看到他们这位心情变得越来越轻松愉快的女儿时几乎同时发现，最近的种种忧患尽管使她的面颊变得苍白，但她还是长成一个美丽、丰满的少女了。默不作声、几乎下意识地交换着会意的目光，他们想到，现在已经到了也为她找一个如意郎君的时候了。当到达目的地时，女儿第一个站起来并舒展她那富有青春魅力的身体时，他们觉得这犹如是对他们新的梦想和良好意愿的一种确认。

4. 在流放地[1]

“这是一台奇特的机器，”军官对考察旅行家说，用一种有几分赞赏的目光瞧了瞧那台他十分熟悉的机器。旅行家似乎只是出于礼貌才接受了司令官的邀请，这司令官是请他来参加一个因不服从和侮辱上级而被判处死刑的士兵的处决。即便在流放地，人们对这一处决的兴趣也并不是很大。至少，在这里这个四周由光秃秃的斜坡所环抱着的小山坳里，除了军官和旅行家以外，只有这位被判决的人，一个头发蓬乱、面容污垢、呆头呆脑、大嘴巴厚嘴唇的人和一名士兵在场，这士兵手里拿着沉重的链条，其末端连接着绑住被判决的人的脚踝和手腕以及脖子的小链子，而这些小链子也由链条相互连接在一起。附带说一句，这位被判决者看上去卑躬屈膝，奴性十足，简直让人觉得，人们似乎完全可以让他在这些斜坡上自由走动，只需在开始处决时一声口哨，吆喝他回来就行。

旅行家对这台机器不怎么感兴趣，露出几乎是明显的漠不关心的神态在被判决者身后来回踱步，而军官则在做着最后的准备工作，时而爬到这台深埋在地里的机器的下面，时而登上一张梯子，检查上端的部件。这本应是可以让一个机工干的活儿，可是军官如今却干得非常起劲，不知是因为他特别欣赏这台机器呢，还是因为出于别的原因不能把这工作托付给别人。“现在一切准备就绪！”他终于喊道，并从梯子上下来。他疲惫不堪，张大着嘴巴呼吸，把两块精致的女用手绢塞在了军服衣领后面。“这样的制服在赤道地区实在是太厚了。”旅行家说，却没有像军官所希望的那样问问机器方面的事。“当然啦，”军官边说边在预先备好的一桶水里洗他那双油腻腻的手，“可是它们意味着祖国，我们不愿意失去祖国。——可是现在您来看看这台机器吧。”他随即补充说，用一块布擦手，同时指了指机器，“到现在为止还一直都是用手干活，但是从现在起这台机器便完全自动运转了。”旅行家点点头，跟着军官。军官试图为出现事故而给自己准备好台阶，他说：“当然会出现故障。虽然我希望，今天将不致如此，不过我们还是得估计到这种可能性。机器应该连续运转十二个小时。不过即使出现故障，也都只是小毛病，立刻就可以修好的。”

“您不坐下吗？”最后他问，一面从一大堆藤椅里抽出一只，端给旅行家；旅行家无法拒绝。于是他就坐在一个坑的边沿；他匆匆往坑里瞥了一眼，这坑不是很深，在坑的一边，挖出的土堆成了一堵墙，另一边摆着这台机器。“我不知道，”军官说，“司令官给您讲解过这台机器没有。”旅行家含含混混地挥了挥手；军官正求之不得，因为现在他可以亲自来讲解这台机器了。“这台机器，”他说，同时抓住一个曲柄，把身子靠在上面，“是我们前任司令官的一项发明。我从最初开始试验时就参与了，一直到最后完成都有我的份。不过发明的这份殊荣还是应该归他一人所有。您听说过我们这位前任司令官了吗？ 没有？ 唔，如果我说整个流放地是他一手创办起来的，这不算言过其实。我们，他的朋友们，在他去世时就已经知道，流放地的这一套机构是一个完整的整体，他的继任者即便脑子里有一千套新计划，起码在许多年里将丝毫也改变不了这一套旧机构。我们的预言也已经应验了，新司令官已经不得不认识到这一点。真可惜。您没见过前任司令官！ ——但是，”军官顿住，“我瞎扯什么呀，他的机器就在这儿摆在我们面前嘛。您看到

① 根据帕斯莱和瓦根巴哈的看法，此篇写于 1914 年 10 月 4 日至 18 日，即与费莉丝婚约第一次破裂以后，1919 年 5 月才由库尔特 · 沃尔夫出版社出版。

了，这机器由三部分组成。随着时间的推移，每一部分都有了一个多少有点大众化的称谓。底下的部分叫床，上面的部分叫制图员，这中间悬着的部分叫耙子。”“耙子？”旅行家问。他没有很专心地听，太阳光在这没有阴影的山坳里显得太强烈了，人们很难集中思想。他越发觉得这位军官值得钦佩。他身穿紧身的、阅兵式的、加着肩章重压的、挂着一道道绶带的军服，十分起劲地做着他的讲解；况且，他一边说着话，一边还拿着一只扳子，时不时拧拧一个螺丝帽。那个士兵似乎与旅行家有着相似的心境。他已经把被判决者的铁链绕在自己的两个手腕上，用一只手拄着他的步枪，让脑袋耷拉在胸前，对一切都不闻不问。旅行家对此并不感到惊奇，因为军官讲的是法语，而法语则无论是士兵还是被判决者肯定都是听不懂的。因此，被判决者却依然努力试图听懂军官讲的话，这便分外引人注目了。他总是以一种迷离恍惚的坚忍把目光投向军官恰好用手指指向的地方，而当军官现在被旅行家用一个问题打断话茬时，他便也如同军官那样眼巴巴望着旅行家。

“是的，叫耙子，”军官说，“这个名字挺合适。针尖状的像耙齿，整个这部分也像耙子一样运作，虽然它只在一个地方移动，而且工作起来合乎艺术规律得多。附带说一句，这一点您马上就会明白的。被判决者躺卧着被放在这儿床上。——我这是想先把这台机器描述一番，然后才让这一套程序自动实施。您就可以更好地了解这套程序啦。制图员部分里有一个齿轮磨损得太厉害了；这齿轮一转动起来，便发出尖锐刺耳的吱吱声；到时候大家几乎听不见对方的说话声；可惜这儿很难弄到备用器件。——喏，这儿是床，我说过了。床上满满地铺了一层棉花；铺棉花有什么用途您一会儿就会明白的。犯人就脸朝下被横放在这层棉花上，当然是脱光了衣服；这是捆绑双手的皮带，这是绑双脚的，这是绑脖子的，这样就可以把他牢牢地捆住。这儿，在床头上，有个毛毡的小口衔，我刚才说过，犯人先是脸朝下躺在这儿，而这小口衔可以轻松自如地调整位置，调整到它恰好塞在这个人的嘴里。它的功能是防止喊叫和咬破舌头。此人当然不得不把毛毡衔在口中，因为要不然他的脖子就会让皮带给勒断。”“这是棉花？”旅行家问道，并向前俯下身。“当然是的，”军官微笑道，“您自己摸摸。”他拉住旅行家的手向床上摸过去：“这是一种用特殊方法处理过的棉花，所以看上去简直不像是棉花；我待会儿再讲它有什么用途。”旅行家已经对这台机器有些兴趣了；他用手放在眼睛上方挡着阳光，顺着这架机器往高处看。这是一台大机器。床和制图员有着同样的周长，看上去像两只黑黢黢的箱子。制图员装在床上方约两米的高处，两者在四角用四根铜棍连接在一起，铜棍在阳光下几乎发出光亮。耙子就悬浮在两只箱子之间的一根钢条上。

军官几乎没有觉察旅行家先前的冷漠，但是对他那现在开始显露出来的兴致却似乎有所感悟了；所以他中止自己的讲解，以便让旅行家有时间可以安安静静地观看。被判决的人模仿着旅行家；由于他无法将手放在眼睛上方，他便眯缝着眼睛向上看去。

“现在这人就躺着了。”旅行家说，往椅背上一靠，跷起了二郎腿。

“是的，”军官说，把帽子朝后推了推并用手摸了摸他那热乎乎的脸，“现在您听着！床和制图员则都有自己的电池组；床需要用电池启动自己，制图员用电池启动耙子。一俟被判决的人被拴紧，床就运动起来。它带着轻微而很急促的痉挛上下左右同时颤动起来。您在疗养所里一定见过类似的器械，只不过就是我们这张床的一切动作都是精确计算好的，这是因为床的动作和耙子的动作必须完全协调一致。判决完全要由这只耙子来执行呢。”

“判的是什么刑？”旅行家问。“您连这个也不知道？”军官咬住嘴唇惊奇地说道，“请原谅，我的讲解也许杂乱无章，我请您多多原谅。因为从前一般都是司令官作讲解，可是新司令官却逃避了这个光荣的义务，然而他对这样一位贵宾”——旅行家试图用双手推却这份荣耀，但是军官坚持用这个措辞——“对这样一位贵宾连我们的判决的样式也不交代一下，这又是一种新创造，这——”一句咒骂的话已经到了他的嘴边，但是他控制住自己，只是说：“人家没把这个情况通知我，这不是我的过错。附带说一句，我倒也是最有资格来讲解我们的各种判决类别，因为我在这里”——他拍拍他的胸前的口袋——“带着前司令官亲笔绘制的各种相关的图样呢。”

“司令官亲笔绘制的图样？”旅行家问，“他把什么都兼于自己一身啦？ 他是士兵、法官、设计者、化学师、制图员？”

“是的。”军官点着头说，露出呆板、若有所思的目光。随后他便审视自己的双手，他觉得这双手不够干净，不能去抓摸图纸。于是他走到水桶边，把手又洗了一遍。然后他掏出一只小皮夹子，说道：“我们的判决听起来并不严厉。我们用耙子将被判决的人触犯的戒律写在他的身体上。譬如这位被判决的人吧，”——军官指指那个人——“我们将在他身上写上： 尊敬你的上司！”

旅行家匆匆瞥了那人一眼；军官指着他的时候，他耷拉下脑袋，似乎正竭尽全部听力，想听出点名堂来。但是他那噘起的厚嘴唇的翕动分明显出他什么也没法听懂。旅行家本来想问许多事，但是一瞥见此人时只问了句：“他知道自己被判了什么刑吗？”“不知道。”军官说罢就想立刻继续做他的讲解。但是旅行家打断他：“他不知道他自己被判了什么刑？”“不知道。”军官又说了一遍，随后他顿住片刻，仿佛是在要求旅行家进一步说明他提这个问题的理由似的，然后就说：“用不着告诉他判他什么刑。他会从自己身上知道的。”旅行家已经不想说什么了，这时他感觉到罪犯正注视着自己；罪犯似乎在问方才所描述的过程他是否能同意。于是，已经靠回到椅背上的旅行家便又往前一探身，又问道：“但是他压根儿被判决了，这个他总是知道的吧？”“连这个也不知道。”军官说，对旅行家笑了笑，似乎在等待他再说出一些不可思议的话来。“不，”旅行家说，并抚摸了一下额头，“这么说来这个人现在也还不知道他是怎样接受辩护的啰？”“他不曾有过给自己辩护的机会。”军官边说边把目光瞥向一边，仿佛他是在对自己说话，不愿意以讲述这些在他看来是不言而喻的事情来羞愧他似的。“可是他总得有机会给自己辩护嘛。”旅行家说道并从椅子上站了起来。

军官看到他对这台机器的讲解有长时间受阻的危险，于是他走到旅行家跟前，挽住他的胳臂，用手指着被判决的人，而那位被判决的人则分明感到注意力显然集中到他的身上，便站得笔直——士兵也拉紧了链条，并且说道：“事情是这样的，尽管我还年轻，我已被任命为这儿的流放地的法官了。这是因为我也曾协助过前任司令官处理各种刑事案件并且也最了解这台机器。我作判决所依据的原则就是罪责永远是无可怀疑的。别的法庭不能遵循这个原则，因为它们是多头领导，而且也还要受高一级法院的监督。这里的情况不是这样，或者说，至少在前任司令官任上情况不是这样的。新司令官当然已表现出有意干预我的审判权的意思，但是迄今为止我都成功地把他挡回去了。我还会继续成功地把他挡回去的。——您要我讲一讲这个案子？ 其实这个案子很简单，和所有的案子一样简单。一个上尉今天早晨告发说，派给他当勤务兵并睡在他的门口的这个人因贪睡而耽误了值勤。因为他的职责是，每小时打钟的时候站起来，到上尉的门口去敬礼。当然不是什么繁重的工作，可是这工作却必不可少，因为无论是守卫他还是伺候他都应该保持精神饱满。昨夜上尉想查看一下，看看这位勤务员是否在履行自己的义务。两点钟敲响的时候他打开房门，发现他正蜷缩成一团在睡觉。他拿来马鞭抽他的脸。这个人没站起来请求原谅，倒反抓住他主子的大腿，摇晃他并喊叫：‘丢掉鞭子，不然我就吃了你。’——情况就是这样的。一个小时前上尉来找我，我记下了他陈述的情况，紧接着就作了这个判决。然后我就让人给这个人套上链条。这一切十分简单。若是我先把这个人叫来审问一番，这只会造成混乱。他就会撒谎；若是我成功地揭穿这些谎言，他就会编造新的谎言，这就没完没了了。但是现在我逮住他了，我不会放过他的。——现在一切都解释清楚了吧？ 可是时间过得真快，应该开始执行判决了，而我还没把这台机器讲解完。”他强使旅行家在椅子里坐下，又走到机器旁边并开了腔：“您可以看到，耙子是和人体的形状相符合的，这里是耙上身的耙子，这里是耙大腿的耙子。耙脑袋的仅仅是这把小小的雕刻刀。您听明白了吗？”他友好地向旅行家俯下身，准备提供最详尽的说明。

旅行家皱着眉头看了看耙子。对司法程序所作的说明并没有让他感到满意。他无论如何总算不得不告诫自己说，这里是一个流放地，特殊的规章制度在这里是必不可少的，人们得尽量采用军事手段。但是此外他也对新司令官寄予一定的希望，他显然，尽管是缓慢地，企图采用一种新的司法程序，而这却是这位头脑狭隘的军官所无法接受的。出于这个思路，旅行家问：“司令官参加处决吗？”“不一定，”军官说，对这个突如其来的问题颇感难堪，他那张和善的面孔扭歪了，“正因为如此我们必须抓紧时间。虽然我感到十分遗憾，但是我还是不得不甚至缩短我的讲解。但是明天，等这台机器又清理干净之后——它会给弄得很脏，这是它的惟一的一个缺陷——我可以作较详细的补充说明。现在就拣最必须的讲吧。——当此人躺在床上，这张床颤动起来的时候，耙子便朝身体降落下来。它自动调节到针尖刚刚接触到身体的位置；位置一调整好，这条钢绳便立刻绷紧成一根钢条。于是游戏便开始了。一个不知底细的人觉察不出各刑罚之间有什么明显的区别。耙子似乎以相同的方式运作。它颤动着将针尖扎入同时也在床上颤动的身体。为了使每个人能看到判决执行情况，耙子是用玻璃做的。把针固定到耙子上去，这曾在技术上有一些困难，但是试验过多次后终于成功地固定住了。我们就是不辞辛劳嘛。现在每个人都可以透过玻璃看到，这段铭文将怎样刻在身体上。您不走近点，来看看这些针？”

旅行家慢慢站起来，走过去并向耙子俯下身。“您看，”军官说，“两种针排列方式多种多样。每根长针挨着一根短针。长针写字，短针喷出水来把血冲洗掉，使字迹永远保持清晰。然后血水就被引进这里的小导槽，最后流进这个主槽，这主槽的排水管一直伸到这个坑里。”军官用手指精确指出血水必定会流经的路线。为了尽量把这个过程表现得直观明白，他用双手在排水管出口处做出接捧血水的样子。这时旅行家抬起头，用手向后摸索着想走回到他那把椅子那儿去。这时，他惊骇地看到，那位被判决的人也和他一样接受了军官的邀请，走近过来观看耙子的构造了。他用链条把那位昏昏欲睡的士兵稍稍往前拽了一拽，也向那玻璃耙子俯下身去。人们看到，他用狐疑不定的目光也在搜寻这两位先生方才观察过的东西，可是因为听不懂讲解，便简直是丈二和尚摸不着头脑。他向这边，又向那边俯下身。他的眼光不时在玻璃上溜来溜去。旅行家想轰他回去，因为他的所作所为很可能是应该受罚的。但是军官用一只手拦住旅行家，用另一只手从土墙上拣起一块土疙瘩就往士兵那边扔去。士兵猛一抖动睁开眼，看到被判决的人竟如此胆大妄为，便撂下步枪，用脚跟使劲抵住地面，把被判决的人往后拖，顿时把他拖倒在地，然后低头望着他，看他怎样缩作一团，他身上的链条怎样发出

“当啷”声。“把他拉起来！”军官嚷道，因为他发现，旅行家太受被判决的人的分心了。旅行家甚至俯下身从耙子上方望过去，根本没在意那耙子，只想弄清楚那个被判决的人出什么事了。“对他小心点！”军官又嚷嚷。他绕过机器跑过去，亲自抓住被判决的人的胳肢窝，在士兵的帮助下把两只脚不住地往下滑溜的他扶了起来。

“现在我全明白了。”等军官又返回到自己身边时旅行家说。“最重要的一点您还不明白，”军官一边抓住旅行家的胳臂一边指着高处说，“那儿制图员部分里有齿轮，它规定耙子的动作，这个齿轮按照判决的图样进行调节。我现在还沿用前任司令官的图样。这就是图样。”——他从皮夹子里掏出几张纸来——“但是可惜我不能把它们交到您的手里，它们是我拥有的财产中之最珍贵者。您坐下，我就隔着这段距离让您看，您会把一切都看得清清楚楚的。”他出示第一张图纸。旅行家本来倒是乐意说几句赞赏的话的，但是他只看见迷宫般的、层层交叉的线条，这些线条密密麻麻布满在纸上，人们费很大劲才能分辨出中间的空白。“您看呀，”军官说。“我看不清。”旅行家说。“这图纸是清楚的嘛。”军官说。“图纸画得很富于艺术性，”旅行家闪烁其词说，“可是我看不明白画的是什么。”“是的，”军官说，哈哈大笑着又把皮夹子收回，“这可不是给小学生临摹的习字本。人们必须长时间地研读它。您最后也一定会看懂它的。这当然不是什么普通的字体。这文字不应该立刻、而是平均在十二个小时以内才将人杀死，并且到了第六个小时才是转折点。必须有许多装饰图案围绕在这段真实的文字的四周，这段实际存在的文字只不过是沿着一条狭窄的带子绕身体走一圈，而身体的其余部分都是用来刻装饰图案的。您现在能正确地判断这耙子和整台机器的价值了吧？——您瞧！”他跃上梯子，转动轮子，向下喊：“注意，靠边站！”话音刚落，一切便运转起来。倘若不是轮子发出吱吱嘎嘎的声音，这情形倒还真是美妙。仿佛军官对这只扰人的轮子感到惊异似的，他伸出拳头威吓那轮子，随后便带着歉意向旅行家伸出胳臂并急急忙忙爬下梯子，以便从下面观看机器运行情况。还有一些情况不正常，这只有他才觉察得出来；他又爬上去，用双手伸进制图员内部，然后，为了更迅速地下去，便不用梯子，而是从一根杆子上滑下去，并且，为了让别人在嘈杂声中听懂自己的话，便扯开嗓门冲着旅行家的耳朵大声喊叫："您明白这运行过程了吗？ 耙子开始写字。等它在此人的背上刻上文字的草稿以后，棉花层便滚动起来并将身体慢慢滚向侧面，以便给耙子腾出新的地方来。这时，已经被划伤了的部位便躺到棉花上，这棉花由于经过特殊处理便立刻止住流血并为进一步加深已刺上的文字做准备。然后这儿耙子边上的这些尖角便在继续滚动身体的时候将棉花从伤口撕下，抛进坑里，于是耙子又可以工作了。耙子就这样越耙越深地耙十二个小时之久。头六个小时里被判决的人几乎与从前一样地活着，他仅仅是受点痛苦。两个小时后拿走口衔，因为此人再也没有力气喊叫了。这里床头的这只电热盆里有热的大米粥，此人若愿意，用舌头从这盆里舔到多少，便能吃到多少。没有哪个人会错过这个机会的。我没见过这样的人，我的阅历是很广的。只是大约在第六个小时，他才失去任何吃东西的欲望。然后我通常就在这里跪下，观察事态的发展。此人很少会吞下最后一口粥的，他只是在嘴里转动它并把它吐进坑里。这时我就得弯下腰，否则他就会啐在我的脸上。可是在这第六个小时上这个人将会变得多么安静呀！ 连最愚笨的人也豁然开朗。这个过程从眼角开始。它从这儿扩张开去。这样一种景象，它简直可以诱惑一个人也一同躺到耙子下面去。这时不再发生什么新的情况，这个人只不过就是开始辨认得出刺在身上的字了，他噘起了嘴仿佛是在倾听。您已经看到了，用眼睛辨认出这些字来，这不是一件容易的事；可是我们这个人用伤口辨认它们。这当然要花费许多工夫；他用了六个小时才完成这项工作。但是随后耙子便完全把他叉起并把他扔进坑里，他便‘啪嗒’一声掉落在血水和棉花上。随后审判就结束了，于是我们，我和士兵，便将他掩埋。”

旅行家侧耳细听这军官讲述，如今双手插在上衣口袋里在一旁观看机器运作。被判决的人也在一边看这机器，但是一点也看不明白。他稍许弯下腰，仔细观看那些摇摇晃晃的针，这时士兵看到军官的一个手势，便从背后用一把短刀划破他的衬衫和裤子，衬衫片和裤子片顿时便从这位被判决的人的身上掉落下来；他想抓住正在掉落下去的衣服，以便遮住自己那赤裸的身体，可是士兵却把他举起来，抖落了他身上残剩的最后几块布片。军官关上机器，就在这如今出现的一片寂静中，这位被判决的人被横着放到耙子下面。链条被解开，皮带却绑紧了；这似乎在最初一瞬间几乎使这位被判决的人感到如释重负呢。这时耙子又往下降了一降，因为这是一个瘦人。当针尖触着他，他打了一个寒战；就在士兵忙乎着绑他的右手的当儿，他下意识地伸出了左手，可是这正是旅行家站立的那个方向。军官不住地从旁边看旅行家，仿佛他要从旅行家脸上看出自己如今至少已经粗略地给他讲解过的这次处决给他留下什么印象。

绑手腕的皮带断了，也许是士兵绷得太紧了吧。士兵要军官过来帮忙，士兵让他看绷断的皮带。军官也就向他那边走过去，转脸对着旅行家说：“这台机器很复杂，时不时会有什么东西绷断或破裂，但是人们却不可以因此受迷惑而动摇了对这台机器的总的评价。附带说一句，皮带的代用品马上就会弄来的，我将使用一条链条，这样一来，右臂振动的灵敏程度自然会受到损害。”他一边拴上链条，一边还说，“维修机器的经费现在大大削减了。在前司令官任上，我可以随意支配一笔专供此项用途的经费。当初这里有一间储藏室，储存着各种各样的备用器件。我承认，我使用起来简直是挥霍浪费得很哩。我这是说从前，不是指现在，现在听新司令官口口声声怎么说吧，他一门心思就只想找寻借口攻击旧机构。现在他亲自掌管机器维修经费，我若派人去领一条新皮带，他们竟要我拿断裂皮带去作证，新皮带十天以后才发下来，而且是劣质货，没多大用处。可是在这期间我没有皮带该怎么操作这机器，这就没人管了。”

旅行家在心里盘算：过多地干预别人的事务，这总是不太好的。他既不是流放地当地人，也不是流放地所属国家的公民。如果他想公开谴责，甚至阻止这一处决，人们就可以对他说：你是外国人，少管闲事。他将无言以对，只好补充说，在这件事上他不明白自己是怎么了，因为他做旅行只是为了多看看，不是来改变别人的司法程序的。可是如今这里的情况却非常具有诱惑力。审判程序的不公正和处决的不人道是明摆着的。谁也不能认为旅行家有什么私心杂念，因为他并不认识这位被判决的人，此人不是他的同国人，是一个丝毫也不引人同情的人。旅行家自己持有高级当局的介绍信，在这里受到了极高的礼遇，而且人家邀请他参观这一处决，这件事本身似乎表明人家要求他对这种审判程序做出评价。而这一点十之八九没错，因为据他现在已再清楚不过地听说的情形，新司令官并不是这一司法程序的支持者，并且对这位军官几乎持敌对态度。

这时旅行家听见军官怒喝一声。他刚刚好不容易把毡口衔塞进被判决的人的嘴里，这位被判决的人便忍不住一阵恶心，闭上眼睛并呕吐起来。军官急忙将他往高处提拉离开口衔，并且想将脑袋朝坑那边旋转过去；但是已经太迟了，呕吐物已经在顺着机器往下流淌。“全是司令官的过错！”军官大声喊叫，并极其冲动地猛烈摇晃前面的铜杆，“给我把机器弄得像猪圈一样脏！”他用颤抖的双手指给旅行家看发生了什么事。“我没有设法用好几个小时的时间向司令官说明，行刑前一天就不应该给饭吃了吗？ 可是新的温和方针却持不同的看法。司令官的女眷们往这个人的嘴巴里塞满糖果，然后才让人把他带走。他一辈子都吃臭鱼，现在得吃糖果！ 不过这倒也罢了，我可以不持什么异议，可是他们为什么不弄一个新的口衔来呢，我已经申请了三个月了。已经有一百多个人在临终前吮吸和咬过这个口衔，人家如今嘴里衔进这个口衔怎么会不恶心呢？”

被判决的人已经垂下脑袋，如今看上去神色平和，士兵忙乎着用被判决的人的衬衫擦机器。军官向旅行家走去，旅行家有所预感地后退一步，但是军官抓住他的手并把他拉到一边。“我想和您推心置腹说几句话，”他说，“我可以这样做吧？”“当然可以。”旅行家说，垂下目光来侧耳倾听。

“这套司法程序以及您现在有机会欣赏到的这种处决方式，如今在我们的流放地已经没有人公开支持了。我是这一处决方式的惟一拥护者，同时也是老司令官遗产的惟一继承人。对于进一步发展这一程序我已经不抱什么指望，我正竭尽我的全力去维持现状。老司令官在世时，流放地充斥着他的忠实信徒。老司令官的那种忠于信念的力量我继承了一部分，但是他的权势我却完全没有。这就难怪追随者们都藏匿起来了，还有许多追随者，但是谁也不承认。如果您今天，在这个行刑的日子，到茶馆去，在那里好好听听，那么您也许只会听到一些模棱两可的话。这些人全都是老司令官的追随者，可是在现任司令官的统治下，在他的那些现行的观点的淫威下，这些人对我完全没有用处。现在我问您，难道这样一项毕生的事业”——他指指这台机器——“就应该毁在这位司令官以及他的那些左右他行动的女人们的手里吗？ 我们可以允许这样的事发生吗？ 哪怕一个人只是作为外国人在我们这个岛上待几天？ 但是现在已经刻不容缓，人们正在策划某种反对我的司法权的阴谋；司令官办公室里已经在开一些不让我参加的会议了；甚至我觉得您今天的来访都是颇能说明整个形势的：他们胆小，派您，派一个外国人来出席。——在往日的时代里处决的场面何等的不一样！ 行刑前一天整个山坳里就已经挤满了人；大家都只是来看热闹；一大清早，司令官便率领太太、小姐们到来；军号声响彻整个流放地；我报告一切都已准备就绪；来宾们——没有哪个高级官员会缺席的——排列在机器周围；这一堆藤椅就是那个时代的可怜巴巴的残留物。机器擦得锃亮，几乎每次行刑时我都得到新的备用器件。在众目睽睽下——全体观众踮着脚尖一直站到那儿的各个山坡上——司令官亲自将被判决者横着放到耙子下面。今天一个普通士兵就可以干的，当初是我的活儿，是审判长的活儿，这活儿使我感到荣幸。接着行刑开始了！ 没有任何噪音扰乱机器的运作。有些人根本不看了，而是闭着眼睛躺在沙地里。大家都知道：现在正在伸张正义。在一片寂静中，人们只听见被判决的人的呻吟声，这呻吟声因口衔而变得沉闷。如今这机器不行了，它榨不出更强劲的呻吟声来，一经口衔抑止更是微弱得听不见。而当初这些写字的针会滴出一种酸液，这种酸液今天不许用了。唔，于是第六个小时来到！ 不可能满足所有人到近处去观看的请求。司令官英明地规定，首先应该顾及孩子们的利益。我因工作需要当然可以始终待在现场。我常常蹲在那儿，左右胳臂搂着两个小孩儿。我们怎样从这张受折磨的脸上看到喜悦幸福的表情啊，我们怎样让我们的面颊沐浴在这终于已经达到并且已经正在消失的正义的光辉之中啊！ 多么美好的时代啊，我的伙计！”军官显然忘记了站在他面前的是谁，他拥抱了旅行家，将脑袋搁在他的肩膀上。旅行家狼狈不堪，不耐烦地从军官的头顶上方望过去。士兵已经清扫完毕，现在又把钵子里的粥倒进盆里。被判决的人似乎已经完全恢复过来，一看见倒粥，便立刻伸出舌头去舐。士兵一再把他推开，因为这粥显然待一会儿才能吃，可是士兵用他那双脏兮兮的手伸进盆里，当着这位贪婪的被判决的人的面捧起粥来就吃，这同样也是很不得体的。

军官很快控制住了自己的情绪。“我刚才并不是想感动您，”他说，“我知道，今天要让人理解那个时代里的事情，这是不可能的。此外，机器还在工作，本身就在起作用。即使它孤零零放在这个山坳里，它本身也照样起作用。最后尸体还一直令人不可思议地飘飘悠悠落进坑里，即使现在不像从前那样还有千百个人像苍蝇一样簇拥在坑的四周。当初我们不得不沿坑筑起一道坚固的栏杆，如今这栏杆早已拆除了。”

旅行家想避开军官的脸面，便漫无目标地向四下里张望。军官以为，他在观看这荒凉的山坳，于是他就抓住旅行家的双手，绕着旅行家旋转，以便捕捉住他的目光，并问道：“您看到这耻辱了吗？”

但是旅行家沉默不语。军官不再纠缠他，让他自在了片刻工夫。军官叉开双腿，两手叉腰，默默站着，垂眼看着地面，然后他露出鼓励的神色对旅行家微微一笑道：“昨天司令官邀请您时我就在您身旁。我听见这邀请了。我了解司令官。我立刻就明白他这邀请是什么目的。虽然他的权势相当大，可以对我下手了，可是他现在还不敢这样做，但是他大概想用您，用一位很受尊敬的外国人的判断来压我。他算计得很周密。今天是您在岛上的第二天，您不认识老司令官，不了解他的想法，您囿于欧洲人的观点，也许您既是一般死刑的坚决反对者，也是这种特殊的机器处决的坚决反对者，况且您将会看到，处决是怎样没有公众参与、凄凄惨惨在一台已有些损坏的机器上进行的——那么，将这一切总括起来（这就是司令官的想法），您认为我的司法程序不对，这不就是极有可能的事了吗？ 而如果您认为这不对，您就不会（我还一直是在用司令官的口吻说话）对此缄默不语，因为您肯定相信您那些久经考验的信念。诚然，您见识过也知道尊重许多民族的许多特性，所以您多半不会像在您自己国内那样竭尽全力来反对这一司法程序。但是，这样的做法司令官根本就不需要。随随便便只是漫不经心点上那么一句就足够了。这句话根本不必符合您的信念，它只需表面上迎合他的愿望。他会使出全部聪明才智盘问您，对此我确信不疑。他的那些太太小姐们将会围着一圈，竖起耳朵来听；您大概就会说‘在我们国家的审判程序不是这样的’，或者‘在我们国家被判决的人在被判刑前是受审问的’，或者‘在我们国家被判刑的人知道自己被判什么刑’，或者‘在我们国家除了死刑以外还有别的刑罚’，或者‘在我们国家只是在中世纪才有酷刑’。这些意见都是正确的，您觉得这些意见都是显而易见的，这都是些无伤大雅的话，它们并不触及我的审判程序。可是司令官会怎样看待这些话呢？ 我看到他，看到这位好司令官，看到他立刻将椅子推向一边，急忙奔到阳台上，我看到他的那些女眷们，看到她们一窝蜂拥着追赶他，我听见他的声音——女士们称他的语声是雷鸣般的吼声——‘唔’，他说，‘西方的一位大考察家，专门考察世界各国的审判程序，刚才曾说，我们的按旧传统建立起来的审判程序是不人道的。在一位如此重要的人物做了这一评价之后，我当然不可能再容忍这种审判程序了。因此从今天起我规定——如此等等。’您想提出异议，您不曾说过他所宣布的东西，您没说我的审判程序不人道，相反，凭借您那深刻的理解力您认为这是最人道的，最符合人的尊严的。您也赞赏这套装置——但是这已经太晚了；您根本到不了阳台上，阳台上已经挤满了女士们；您想让人注意您；您想大声喊叫；可是一只女人的手捂住了您的嘴——于是我和老司令官的事业就完了。”

旅行家只得忍住了笑。这任务竟这么容易。他还以为这有多难呢。他支吾其词地说：“您过高估计了我的影响。司令官看过我的介绍信，他知道我不是审判程序方面的专家。如果我说出什么意见来的话，那么，这不过是我个人自己的看法，不会比任何一个人的意见更重要一些，反正比司令官的意见要无足轻重得多。据我所知，在这个流放地，司令官是掌握着至高无上的权力的。如果他对这一程序的意见已经如您所认为的——如此明确，那么，这个程序的末日自然就已经来临了，何须我不自量力去帮什么忙呢？”

军官已经明白这个道理了吗？ 不，他还没明白。他一个劲儿直摇脑袋，回过头去匆匆瞥了一眼被判决的人和士兵，吓得这两人大吃一惊不再吃粥。他又走到旅行家的跟前，不望着他的脸，而是望着他上衣的什么地方，用比从前更轻的声音说：“您不了解司令官，在他和我们大家看来您可以说是——请您原谅这个措辞——不会伤人的。您的影响，您相信我吧，怎么估计也不嫌过高。当我听说您将独自一人参观行刑时，我感到十分欣慰。司令官的这一安排是冲着我来的，但是现在我却让它为我所用。没有受到叽叽喳喳耳语声和鄙夷目光的分心——这在有众多人员参与行刑时是无法避免的。您听了我的讲解，看了机器，如今正打算观看行刑。对此，您无疑已经有了自己的判断。如果还有什么不清楚的，等您看了行刑您也会明白的。现在我向您提出请求，请您帮我对付司令官吧！”

旅行家不让他继续说下去。“我怎么能干这样的事呢，”他嚷道，“这是完全不可能的。我不会损害您，可是我也帮不了您的忙呀。”

“您帮得了的，”军官说。旅行家怀着几分不安看到军官攥紧了拳头。“您帮得了的！”军官更急切地重复道，“我有一个计划，这计划必须成功。您认为，您的影响力不够。我知道，您有足够的影响力。可是就算您说得对吧，为了维护这一审判程序难道就不该尝试一切手段，甚至也包括这可能是有欠缺的手段吗？ 您听听我的计划。为了实施这个计划首先就得请您今天在流放地尽可能不要流露您对这种审判程序的看法。如果人们不直截了当地问您，您就决不要发表自己的意见。但是您的话必须说得简短而不明确，要让人看出，您不便谈论这个问题，您感到苦恼，倘若要您直言不讳您简直就要破口大骂。我不要求您撒谎，不，我只要您简短回答，譬如'是的，我看了处决了'，或者'是的，我听了全部讲解了'。只说这些，不说别的。人们应该在您身上觉察到精神苦恼，您有足够的理由苦恼的嘛，尽管并不是司令官所理解的那种理由。他当然会完全误解这件事并按自己的理解来解释这件事。这就是我的计划的根据。明天在司令官办公室里将在司令官主持下召开一次全体高层行政官员的大型会议。司令官当然老谋深算，想拿这种会议来大做文章。盖了一个楼座，里面总是坐满了旁观的人。我将被迫参加这些会议，但是我十分反感。现在您无论如何也一定会接到参加会议的邀请的。如果今天您依我的计划行事，邀请必将变成一种迫切的请求。但是万一出于某种无法解释的原因您没有被邀请，那么，您当然就得要求受到邀请，然后您就会收到邀请，这一点是毫无疑问的。于是您明天就会和女士们一起坐在司令官包厢里。他不时抬起头来看您是否在那儿。在讨论了各种琐碎、可笑、只是做样子给听众看的议题之后——通常都是港口建设，翻来覆去都是港口建设！ ——司法程序也会成为谈论的话题。如果司令官不提及或不及时提及这件事，那么，我会设计让他提及这件事的。我会站起来，汇报今天处决的执行情况。三言两语，只做这个汇报。一般不在那儿做这样的汇报，可是我要做。司令官一如往常，面带温和的微笑感谢我，这时，他不再能克制自己，他抓住这个好机会。‘刚才报告了执行处决的情况，’他会这样或类似这样地讲，‘我对这个报告只想补充一点，这就是这位大考察家恰好目击了这次处决。诸位都知道，这位大考察家正在参观我们的流放地，我们深感无比荣幸。我们今天的这个会议也因他的出席而显得更重要了。现在我们是否可以请这位大考察家谈谈，他对我们的传统的行刑方式以及在这之前的审判程序有什么看法呢？’当然是满堂喝彩，全场一致同意，我鼓掌最热烈。司令官向您鞠一躬，说道，‘那么我就以大家的名义请您谈谈吧。’于是您就走到栏杆前。您把双手搭上去让大家都看得见，不然女士们就会抓住您的双手并用指头抚摸它们的。——现在您终于讲话了。我不知道，我将怎样忍受在这之前这些时刻里的紧张心情。您在演说中不必有什么顾忌，您大张旗鼓宣扬真理，您从栏杆上探出身子，您吼叫，对啦，您向司令官大声喊出您的意见，您的坚定不移的意见。但是您也许不愿意这样做，这不符合您的性格，在您的国家里遇到这样的情况人们也许会采取另外一种态度，这也是对的，这样也完全可以的。您根本就不站起来，您只需小声耳语几句，让您下面的官员们听见您说的话，这就够了。您根本不必自己去讲没人参观处决，以及轮子吱吱嘎嘎响，皮带撕裂，口衔让人恶心等。不，这一切都由我来负责，您相信我吧，我的演讲若不把他赶出大厅，那么，它就会迫使他就范，他就不得不承认，老司令官啊，我对你甘拜下风。——这就是我的计划。您愿意帮助我实施这个计划吗？ 您当然愿意的啰，不止是愿意，您必须帮忙。”说罢，军官便抓住旅行家的两条胳臂，望着他的脸直喘粗气。最后这几句话他叫喊得那么响亮，连士兵和被判决的人都注意起来了；虽然他们什么也听不明白，可是他们却中止吃粥，一边咀嚼着一边朝旅行家那边望去。

对于旅行家来说，他要做出的答复一开始就已经是毫无疑问的了，他一生中经历的事太多了，他决不会在这种问题上犹豫不决的。从根本上来说他是诚实的，并不胆小怕事。尽管如此，一看到士兵和被判决的人，他还是犹豫了片刻。但是最后他还是说了他不得不说的："不。"军官眨了好几次眼睛，但是一直盯着他。"您愿意听我解释吗？"旅行家问。军官默默点点头。"我是这一司法程序的一名反对者，"旅行家说，"还在您向我透露心里话之前——这种信任我当然是决不会滥用的——我就已经考虑过，我是否有权利对这一审判程序进行干预以及我的干预是否会有哪怕一丁点儿成功的希望。若要干预我必须先找谁，这一点我是清楚的，当然是找司令官。您让我把事情看得更清楚了，但是并没有加强了我的决心，相反，您那真诚的信念使我伤心，虽然它并不能迷惑我。"

军官保持沉默，向机器转过身去，抓住一根铜杆，然后稍稍往后一仰脸，朝上面的制图员望去，仿佛他在检查是否一切正常。士兵和被判决的人似乎互相交上朋友了。被判决的人给士兵做了一个手势，尽管他被绑得紧紧的做起来十分艰难。士兵向他弯下腰来，被判决的人咬着他的耳朵对他说了些什么，士兵听罢点点头。

旅行家跟在军官后面走过去并说："您还不知道我想干什么。虽然我会把我对这一司法程序的看法告诉司令官，但不是在一次会议上，而是和司令官个别交谈；我也不会在这里待这么久，待到让人来叫我去列席什么会议；我明天早晨就离开这儿，或者至少要登上船。"

看那样子，军官似乎不曾听他说话。"这么说来这司法程序没有让您信服，"他自言自语并微微一笑，就像一位老人笑一个孩子的愚蠢举动并在这微笑的后面保持着自己那独特的、真实的思索神态。

"现在是时候了，"他最后说，并且突然用明亮的眼睛望着旅行家。这眼睛中含着某种要求参与、呼吁参与的神态。

“是什么时候了？”旅行家神色不安地问，但是没有得到答复。

“你自由了，”军官用当地语言对被判决的人说。此人起先还不相信。“唔，你自由了。”军官说。被判决的人的脸上第一次露出了真正的生命的气息。这是真的吗？ 莫非这只是军官一时的念头，他很快就会反悔的呢？ 是这位外国旅行家为他说情使他得到赦免了？ 这是怎么回事？ 他的脸似乎这样在问。不过这种状况延续的时间不长。不管是怎么回事，只要他得到许可，他是愿意真正获得自由的，他开始在耙子许可的范围内尽量晃动自己的身体。

“你挣断我的皮带啦，”军官嚷嚷，“别动！ 我们就来解开皮带。”他向士兵一招手，便和士兵一起干了起来。被判决的人不吭一声暗自微微笑着，一会儿他转脸对着左边的军官，一会儿对着右边的士兵，连旅行家他也没忘记。

“把他拉出来，”军官命令士兵。因为耙子的缘故，在拉人时得多加几分小心。被判决的人由于自己急躁已经在背上划破几个小口子。

但是从现在起军官几乎不再理睬他了。他走到旅行家跟前，又掏出那只小皮夹子，翻阅起来，最后找到了他寻找的那页纸，把它拿给旅行家看。“您念吧，”他说。“我念不了，”旅行家说，“我已经说过了，这些纸上的字我念不了。”“您仔细看看这页纸。”军官一边说一边走到旅行家的身旁，以便和他一起念。当这样做也无济于事时，他便用小手指仿佛决不可以让纸被触着似的高高地从纸的上空划来划去，想用这样的方式来帮助旅行家读。旅行家也颇努力，以便至少在这一点上能为军官效点劳，但是他实在辨认不出来。于是军官便开始拼读这段文字的字母，然后他又连贯起来读了一遍。“‘要公正！’——就是这句话，”他说，“现在您会念了吧？”旅行家俯身凑得如此之近地去看那张纸，以致军官由于害怕会碰着而将纸远远移开。现在旅行家虽然不再说什么，可是很显然，他还一直未能看清这句话。“‘要公正！’——就是这句话。”军官又说了一遍。“也许是吧，”旅行家说，“我相信那上面是写着这句话。”“就这么着吧。”军官说，至少部分得到满足了，便带着那张纸登上梯子。他将那张纸小心翼翼铺平在制图员里，将齿轮似乎完全改装了一番。这是一桩很辛苦的活儿，一定牵动到极小的齿轮。有时候军官的脑袋消失在制图员里了，可见他得多么精细地检查那些齿轮。

旅行家在下面不断地注视着这件工作，他的脖子僵硬了，他的眼睛让从天空泼洒下来的阳光刺得疼痛。士兵和被判决的人只相互关心着对方的事。被判决的人的衬衫和裤子已经被扔进坑里，如今被士兵用刺刀尖挑了出来。衬衫脏得一塌糊涂，被判决的人在水桶里洗衬衫。当他穿上衬衫和裤子时，士兵和被判决的人都忍不住哈哈大笑了起来，因为衣服都从后面割开了。也许是被判决的人认为自己有义务逗士兵开心吧，他身穿切开的衣服在士兵面前转圆圈儿，士兵则蹲在地上，乐不可支地拍打自己的膝头。他们顾及到有先生们在场总算还有所克制。

当军官终于忙完了上面的活儿时，他再次面带微笑地把整台机器的各个部位通盘看了一下。这一回盖上了迄今一直敞开着的制图员的盖，爬下梯子，望了望坑里，然后看了看被判决的人，满意地看到此人已将自己的衣服从坑里拿出来了，然后走到水桶跟前去洗手。此刻，他看到这一桶令人恶心的脏水，他为自己不能洗手而感到伤心，最后只得将双手插进沙子里——这个代用品不能令他满意，可是他只好将就，然后站起来，开始解开他的制服上衣的钮扣。这时，他塞在领子后面的那两块女人手绢首先掉落到他的手里。“这是你的手绢，”他边说边将它们扔给被判决的人。他对旅行家解释说：“女人们送的。”

尽管他脱制服上衣，后来完全脱光身上的衣服时显然十分匆忙，他却依然十分精心地对待每一件衣服，他甚至还特意用手指抚摸了一下制服上的银绦带，把一个缨子抖抖整齐。然而，与这种精心的态度颇不相称的则是，他每处理完一件衣服便立刻不情愿地把这件衣服往坑里猛地一扔。他身上还剩下的最后一个物件是他的短剑和挂剑的皮带。他从鞘里抽出短剑，折断它，然后把短剑碎块、剑鞘和皮带收集到一起，将它们狠狠扔将出去，扔得它们在坑底发出互相碰撞的响声。

现在他赤身裸体地站着。旅行家咬紧嘴唇，一声不吭。他虽然知道将会发生什么事，但是他没有权利去阻止军官的任何行动。如果军官十分依恋的这一审判程序果真眼看就要付诸东流——可能是由于旅行家干预了吧，旅行家觉得就他这方面而言自己是有这个责任的——，那么现在军官的行为就完全正确；旅行家处在他的地位也不会采取别的做法的。

士兵和被判决的人起先一点也不明白是怎么回事，开始时他们连看也不看。被判决的人为能收回手绢而十分欣喜，但是他没能高兴多久，因为士兵猝不及防地一把就把手绢从他手中抢走了。如今被判决的人又试图从士兵的腰带后面——士兵把手绢藏在腰带后面了——将手绢掏摸出来，但是士兵严加防范。他们就这样半开玩笑地你争我夺着。直到军官完全脱光了衣服时，他们才注意起来。尤其是被判决的人似乎已经预感到会出现一个大的突变。已经发生在他身上的事，现在要发生在军官身上了。这么说来也许还会有好戏看呢。多半是这位外国旅行家下达了这个命令了。这是复仇嘛。他自己受苦难没有受到尽头，他报仇却要报个彻底了。他一咧嘴，脸上漾起一丝无声的笑意。

但是军官已经向机器转过身去。如果说他熟悉这台机器，这在从前就已经一清二楚的了，那么，现在看到他怎样操作机器以及机器怎样听从指挥，这简直要让人感到震惊了。他仅仅是将手挨近了一下耙子，这耙子便起伏了多次，直至它调整好了可以接受他的合适位置；他只抓住床的边沿，床已经开始颤动；毡口衔朝他的嘴巴移动过来。人们看到，军官本来不愿意衔住它，但是这种迟疑只延续了一个瞬间，他马上就顺从地衔住了它。一切准备就绪，只有皮带还从两边垂挂下去，但是这些皮带显然是不必要的，军官是用不着用皮带勒紧的。这时，被判决的人发现皮带还松着，按照他的意见不拴紧皮带处决便是不完美，他急忙示意士兵，他们跑过去把军官绑紧。这位军官已经伸出一只脚去踢发动制图员的操纵杆，这时他看到这两个人来了，他便收回脚，让那两个人把自己捆住。可是如今他够不着操纵杆了。士兵和被判决的人都不会找到它的，而旅行家则已下定决心一动也不动。没有必要用操纵杆，因为皮带刚系上，机器就运作起来了；床颤动，针在皮肤上舞动，耙子上下飘移。旅行家已经凝目往那边看了一会儿，这才想起制图员里有一个轮子本该发出“吱嘎”声的；可是现在一切都很寂静，连最轻微的“嗡嗡”声也听不见。

机器寂然无声地运作着，简直引不起任何人的注意。旅行家朝士兵和被判决的人那边望去。被判决的人显得更活跃，机器上的一切都令他感兴趣，他一会儿俯下身，一会儿伸长脖子，他不时地伸出食指，给士兵指点着什么。这使旅行家很为难。他决心一直在这儿待到事情完结，但是这两个人的这副模样他实在忍受不了了。“你们回家去吧，”他说。士兵本来倒也许愿意回去的，可是被判决的人简直觉得这命令是一种刑罚。他合掌恳求允许他留下，当旅行家摇摇头不肯让步时，他甚至跪了下来。旅行家看到，命令在这里是无济于事的，他想过去把这两个人撵走。这时，他听见上面制图员里有一个响声。他抬头望去，是齿轮出故障了吗？ 可是看来像出了点什么别的事。制图员盖慢慢升起来，然后砰然一声完全打开。一个齿轮的尖头显露并升起，不久整个轮子便露了出来，就仿佛有一股什么巨大的力在压紧制图员，压得没有这只轮子待的地方了，这只轮子便旋转到制图员的边沿，掉落下去，直挺挺在沙地上滚了一段路，然后就倒下不动了。与此同时，上面已经升起另一只轮子，紧接着又升起许多只，大轮子、小轮子，几乎没有什么区别的轮子，所有的轮子都是一样的情况。人们总是以为，现在制图员一定已经给掏空了，可是这时又出现一批数量特别众多的轮子，升起来，掉落下去，在沙地上滚动，躺倒在地。被判决的人只顾看这个过程，全然忘记了旅行家的命令，这些齿轮使他心醉神迷，他总想抓住一个并催促士兵来帮他的忙，但同时他又惊恐地把手缩了回去，因为每一只轮子后面立刻又跟来另一只轮子，这只轮子至少会在开始滚动时吓他一跳。

而旅行家则感到非常不安，机器显然要散架了，它那平静的运转是一种假象。他有一种感觉，仿佛他现在必须照应军官似的，因为此人不再能照料自己了。但是齿轮的掉落吸引住了他的全部注意力，他没顾得上注意机器的其余部分；然而现在他在最后一个齿轮脱离制图员之后向耙子俯下身去时，他遇到了一个新的、更严重的意想不到的情况。耙子不写字，它只在扎，床不滚动身体，而是只将身体颤悠悠送到针尖上去。旅行家想干预，可能是打算让整台机器停止运转，这不是军官所希望的那种用刑嘛，这是直接谋杀。他伸出双手。可是这时耙子连同被叉在上面的身体已经在向上升起，这在以往是耙子在第十二个小时的时候才做的事。此时此刻血流如注（没有掺和着水，这一回小水管也失灵了）。如今这最后一个动作也不灵了，身体无法脱离长针被悬在坑的上空。耙子快要恢复其原先的位置了，可是仿佛它自己觉察到自己的负荷还没甩掉似的，它竟待在坑的上空不动了。“快帮忙！”旅行家朝士兵和那边的被判决的人嚷嚷，自己就抓住了军官的双脚。他想在这里拉住脚，让那两个在另一边抱住军官的头，这样就可以将他慢慢从针尖上抬起来。可是那两个人迟迟疑疑不肯过来。被判决的人简直是转过身去了，旅行家不得不走到他们那边，强迫他们向军官头部那边走去。这当儿，他几乎是不由自主地看了看尸体的脸部。这张脸就和活着时的脸一样，看不出什么许诺的灵魂得到拯救的征兆。所有其他人曾在这台机器上所发现过的东西，军官并没有发现。他双唇紧紧挤压在一起，两只眼睛睁开着，露出生命的神态，目光平静而自信。大铁针的针尖穿过其额头。

当旅行家同身后的士兵和被判决的人一道来到流放地的头一批房屋跟前时，士兵指着其中的一所房屋说："这就是茶馆。"

在一所房屋的底层是一个既深又矮、四壁和天花板熏黑的洞穴式房间。对着街道一面的整个门脸全是敞开着的。尽管这座茶馆和除司令部的宫殿式建筑以外全都十分破败的流放地的其余房屋没有多大区别，可是它却给旅行家以一种历史性纪念的印象，他感觉到了从前的时代的威力。他走近过去，由他的陪同者们跟随着，从摆在茶馆前街上空着的桌子之间穿行过去，呼吸着从屋里飘逸出来的阴凉和有霉味的空气。"老头儿就埋葬在这里，"士兵说，"神父们不肯让他在公墓占一席之地。人们一度犹豫不决，不知道该把他葬在何处，最后人们把他葬在这里。这件事军官一定什么也没给您讲过，因为这自然是最令他感到羞愧的事。他甚至曾几次在半夜里试图把老头儿挖出来，但是他每次总是被人撵走。""坟墓在哪儿？"旅行家问，他无法相信士兵的话。两个人，士兵和被判决的人，立刻跑到他前面，伸出手指着坟墓所在的那个地方。他们把旅行家一直带到后壁有客人坐着的几张桌子跟前。这些人大概是码头工人，都是身强力壮、蓄着黑亮的短络腮胡子的男子。所有的人都没穿上衣，他们的衬衫都破了，都是些贫贱、穷苦的普通百姓。当旅行家走近过来时，几个人站起来，闪到墙边，迎面望着他。"这是一个外国人，"旅行家周围的人窃窃私语，"他想看看坟墓。"他们把一张桌子推到一边，这张桌子下面果真有一块墓碑。这是一块普普通通的石头，相当低矮，以便可以隐没在一张桌子的下面。墓碑上有一段用非常小的字母写的铭文，旅行家必须跪下才能看清。铭文是这样的：“老司令官长眠于此。他的现在不能留下名字的追随者们为他建此墓立此碑。有一则预言说是若干年后司令官必将复活并率领他的追随者们从这所房屋出发重新占领流放地。保持信念、耐心等待吧！”当旅行家读着这段铭文并站起来时，他看到周围的人都面带微笑站着，仿佛他们同他一道读了这段铭文，觉得它滑稽可笑并要求他同意他们的意见。旅行家假装没看出这个意思，散发几个硬币给他们，等桌子移到坟墓上方后才离开茶馆，向港口走去。

士兵和被判决的人曾在茶馆里遇上几个熟人，这几个熟人把他们拉住了。可是他们准是很快便挣脱了，因为旅行家刚走到通往小船上去的长长的阶梯的中段，他们便在他后面追上来了。他们大概想在最后一刻迫使他把他们带走。就在旅行家在下面与一位船员商谈摆渡到轮船上去的事宜的当儿，那两位从阶梯上飞奔下来，一声没吭，因为他们是不敢叫嚷的。但是当他们到达下面时，旅行家已经在船上了，船夫也刚刚把船从岸边撑开去。他们本来还是可以跳到船上去的，但是旅行家从船板上拣起一根沉甸甸的打了结的船缆，用这缆绳威吓他们，才吓得他们没敢跳。

5. 乡村医生

新律师[①]

我们有一位新律师，布塞法卢斯博士。从他的外表看，不大会有人想到他曾是马其顿国王亚历山大的战马。不过了解情况的人都觉察到一些蛛丝马迹。而前不久我在露天台阶上亲眼目睹一个非常天真的法院杂役，以赛马场上小主顾的行家眼光惊奇地注视这位律师高抬双腿在大理石楼梯上咯噔咯噔地拾级而上。

总的说来，律师协会同意吸收布塞法卢斯。人们以惊人的洞察力告诉自己，在今天的社会制度下布塞法卢斯处境很困难，所以他，也由于他在世界历史上的重要地位，无论如何应受到关照。今天——这一点谁也不能否认——没有亚历山大大帝。虽然某些人懂得如何杀人；在宴会上隔桌熟练地刺死朋友的事也屡见不鲜；而且许多人认为马其顿太小了，以至于他们咒骂亚历山大的父亲菲力浦二世——但是，没有一个人，没有一个人能挥师印度。当年印度的大门就到达不了，但是它的方向却已由国王的剑指出。今天印度的大门已经完全移往别处，移得更远更高了；没有人指出方向；许多人拿着剑，但仅仅是为了挥舞它们，而要想追随它们的目光却是迷惘的。

因此像布塞法卢斯做过的那样钻研法典也许确实是上策。自由自在，两肋免除了骑马时后腰挤压之苦，远离亚历山大征战的喧嚣，在静静的灯光下，他一页一页翻阅着我们的古老典籍。

乡村医生[②]

我十分窘迫：我必须赶紧上路去看急诊；一个患重病的人在一个十英里外的村子里等我；在我和他之间是广阔的原野，现在正狂风呼啸，大雪纷飞；马车我有一辆，轻便，大轮子，完全就是适合在我们乡村大道上行驶的那类；裹着皮大衣，手里拿着医疗用具包，我已经站在院子里整装待发；但是马，马却没有。我自己的马在头天夜晚，因在这寒风刺骨的冬季劳累过度而死了；我的女用人现在正在村子里四处奔走，想借一匹马来；但是这是没有什么指望的，我知道。而这时雪越积越厚，越来越动弹不得了，我漫无目的地站立着。这时女用人在门口出现，独自一人，摇晃着提灯；当然啦，现在谁会把马借给我出诊用呢？我再次大步跨过庭院；我想不出辙儿；我心不在焉，心烦意乱，便朝多年来一直弃之不用的猪圈破门踢了一脚。门应声开启，门板在门铰链上啪嗒啪嗒来回摆动，像是马身上的热气和气味扑面而来。一盏昏暗的圈灯在圈里的一根绳子上晃动。一个男人，蹲在低矮的木板棚里，露出他那张蓝眼睛的脸。"要我套马吗？"他边问边爬了出来。我不知说什么好，只是弯下腰，想看看，圈里还有什么。女用人站在我身旁，"一个人往往不知道自己家里还有什么存货，"她说，我们俩都笑了。

"嗨，老兄，嗨，大妹子！"马夫喊道，两匹马，强壮、膘肥的大马，腿紧贴着身躯，像骆驼那样低垂着样子好看的头，仅仅是靠着转动

---

①本篇写于1917年2月，见之于《八开本笔记本》第一本，同年7、8月份发表于《马尔斯雅斯》杂志创刊号。

②这篇梦幻性小说也是作者自己最喜爱的短篇之一，估计写于1917年，次年首次发表在莱比锡《新创作》年鉴上，1919年与其他13个短篇集成同名小说集出版。

躯干的力量依次从和它们的身体一般大小的门洞里闪出来。但是它们马上都站直，高高的腿，身上冒着浓重的热气。“去帮帮他，”我说，听话的女用人赶紧跑过去把套车用的马具递给马夫。可是她刚一挨近他，那马夫便抱住她并把自己的脸紧紧贴住她的脸。她尖叫一声，逃回到我的身边；女用人的脸颊上红红地印着两排牙齿印。“你这个畜生，”我愤怒地喊道，“你想挨鞭子？”但是我马上就想到，这是个陌生人；我不知道，他从哪儿来，在别人全都一口回绝的时候他却自动前来帮我摆脱困境。仿佛他知道我的心思似的，他对我的恫吓并不生气，而是一直忙着套马，只向我转过身来一次。“您上车吧，”随后他就说，果不其然：一切准备就绪。我发觉，这样漂亮的马车我还从来没有乘坐过，我高高兴兴地上了车。“不过驾车还是我来驾吧，你不认识路，”我说。“那是当然，”他说，“我根本就不跟您去，我留在罗莎身边。”“不，”罗莎大喊一声，怀着对自己的命运不可避免的正确预感奔跑进屋；我听见门链当啷一声，她挂上了门链；我听见锁碰上的声音；我看到，她先是在过道里，后来又急忙跑过一个个房间关了所有的灯，好让别人发现不了她。“你跟我一起走，”我对马夫说，“要不我就不出诊了，尽管这趟出诊十分紧急。我决不会为了这趟出诊把姑娘当代价给了你。”“驾！”他说，一拍巴掌，马车向前疾驰，就像木头被洪水冲走那样；我还听见我的房屋的门在马车夫冲击下爆裂成碎片的声音，接着我的眼睛和耳朵便被一阵均匀渗入一切感官中的呼啸声所充满。但是连这也只是一刹那间的事，因为，仿佛我的病人的院子就在我的家门口开启似的，我转眼就已经到了那儿了。马匹安安静静站住，雪停了，四周一片月光，病人的父母急忙从屋里奔出来，病人的姐姐紧随其后，人们几乎把我从车里抬下，他们七嘴八舌地嚷嚷，我一句也没听明白。病人房间里的空气简直没法呼吸，没人照管的炉子冒着烟。我会推开窗户的，不过我先要看看病人。瘦弱，不发烧，不冷，不热，木呆呆的眼睛，男孩没穿衬衫就从羽绒被子里坐了起来，搂住我的脖子，对我轻声低语说："大夫，让我死吧。"我朝四下里看了看，没有人听见这句话；父母默不作声向前弓着腰站着，静候我的诊断；姐姐搬来一把椅子让我放手提包。我打开提包，寻找医疗用具；男孩不停地从床上向我摸索过来，想提醒我记住他的请求；我拿起一把小镊子，在烛光下检查了一下又把它放下。"是呀，"我渎神地想，"在这种情况下神明相助，送来短缺的马，因为事情紧急还给添上了一匹，甚至还锦上添花搭上这个马夫——"这时我才又想起罗莎；我怎么办，我怎么救她，我怎么把她从这个马夫身子下面拽出来，跟她隔着十英里远，车前套着的是两匹无法驾驭的马？ 这两匹马，它们现在已经不知用什么方法松开了缰绳；窗户，我也不知道怎么从外面被顶开的；每一匹马都从一扇窗户探进头来，并且不为这一家人的叫喊声所动，注视着病人。"我马上就回去，"我想，好像马在催我上路似的，但是我却听任姐姐替我脱下皮大衣，她以为我热得头昏脑涨了。为我准备好了一杯朗姆酒，老人拍拍我的肩膀，献出他的珍藏美酒表明了这种表示亲近的心意。我摇摇头；老人思维狭隘会让我感到不舒服；仅仅是由于这个原因我拒绝饮酒。母亲站在床边，要我过去；我走过去并在一匹马向天花板高声嘶叫时把头贴在男孩的胸口上，他在我的潮湿胡子下面打战。这就证实了我的看法： 孩子是健康的，血脉有点儿不流畅，让悉心照料的母亲灌了太多的咖啡，但身体健康，最好推他一把让他下床。我不是一个要立志改革世界的人，便让他躺着。我受本区聘用，尽心尽职，简直已经超出能力所及。虽然收入很少，我对穷人还是慷慨解囊，乐于相助。我还得为罗莎操心，而且那男孩也许说得对，我也想死。我在这漫长的冬日里在这儿干些什么呀！ 我的马过劳死了，村子里谁也不把马借给我。我不得不把我的马车从猪圈里拉出来；要不是猪圈里意外有马，那我只好用母猪来拉车了。事情就是这样。我向这一家人点点头。他们一点儿也不知道这些事，即使他们知道，他们也不会相信。开药方是容易的，但是另外与人沟通，这就难了。好了，我的出诊就此结束，人们又一次让我白跑了一趟，对此我已习以为常，全区的人都用夤夜铃声折磨我，但是这一回我也还得搭上罗莎，这个漂亮的姑娘，她在我家呆了好几年，我几乎一直都没注意她——这个牺牲太大，而我就得在我的头脑里用什么应急的法子挖空心思把事情想好，不去责骂这一家人，他们无论如何也没法把罗莎还给我了呀。但是当我关上提包并示意要穿我的皮大衣时，当这一家人站在一起，父亲嗅着他手里的那杯朗姆酒，母亲，可能对我大失所望——是呀，普通老百姓期望什么呀？ ——含着泪咬着嘴唇，而姐姐则挥动着一块满是血污的手帕的时候，我不知怎么的竟做好准备，心想也许就承认这男孩有病吧。我向他走去，他朝我微笑，仿佛我在给他送去最滋补的汤似的——啊，现在两匹马嘶叫了；这嘈杂声一定是老天爷安排来帮助我检查病人的——这会儿我发现：是呀，这男孩是有病。在他的右侧，在腰部，有一个巴掌大的溃烂伤口。玫瑰红色，各处颜色深浅不一，深处色深，向外沿颜色渐浅，呈微小颗粒状，有不均匀凝聚的血，敞开着像一座露天矿。从远处看是这样。从近处看情况更严重。谁看了这种情形会不惊讶地发出唏嘘之声呢？ 蛆虫，和我的小手指一样粗一样长，自身呈玫瑰红色，此外还沾上了血污，正蠕动着带着许多白色小头和许多小脚从伤口深处爬向光亮处。可怜的孩子，你已无可救药啦。我已经发现了你那个大伤口；你腰上的这朵花会要了你的命的。一家人都高高兴兴，他们看到我在忙活着；姐姐把这告诉母亲，母亲告诉父亲，父亲告诉几个客人，这些人踮着脚尖，伸出胳臂平衡着自己的身体正在从开着的屋门的月光中走进来。“你会救我吗？”男孩抽噎着小声问，完全被他伤口里的蠕动的生命弄得失魂落魄了。我这个地区的人都是这样，总是要求医生做不可能做到的事。旧有的信仰他们已经丢失；牧师坐在家里扯碎弥撒法衣，扯碎了一件又一件；可是却要医生用他那只柔弱的手做一切外科手术。唔，随他们的便吧：我不是自告奋勇来的，如果你们为了神圣的目的使用我，我也只好听之任之；我这个老乡村医生，我的女用人已被抢走，我还有什么更好的辙呀！这一家人和村里的长者们，他们都来了，他们给我脱衣服；一个由老师带领的学校合唱队，用极其简单的曲调唱着这样的歌词：

“脱掉他的衣服，他就会治好病，
他治不好病，就把他杀死！
他只是个医生，他只是个医生。”

然后我被脱光衣服，我把手指放在胡须里，低着头冷静地注视着这些人。我镇定自若，强过所有的人，即使这无助于我，我依然是强者，现在他们抓住我的头和双脚并把我抬到床上。他们把我放到朝墙的一面，放到伤口的一侧。然后大家走出房间；房门被关上；歌唱停止；云层遮住月亮；我暖暖和和躺在被窝儿里；马头在窗窟窿里忽隐忽现地晃动。“你知道吗，”我听见有人在我耳边说，“我对你的信任微乎其微。你也只不过是在什么地方被人甩掉的，你不是个独立自主的人。你不帮助我，反倒到垂危病人卧榻上来挤占我的位置。我恨不得挖掉你的眼睛。”“对，”我说，“这是一种耻辱。可是我是医生。我该怎么办？相信我吧，我也为难呀。”“要我满足于这句道歉的话吗？啊，我必须如此，我总是必须满足。我带着一个美妙的伤口来到这世上；这是我的全部装备。”“年轻的朋友，”我说，“你的错误是：你不能通观全局。我，我已经到过远近各处的所有病房，我告诉你：你的伤口并不是那么糟糕。让斧子斜砍两下砍伤的。许多人主动提供自己的身体的一侧并几乎听不见森林里的斧子声，更谈不上斧子会挨近他们了。”“情况真是这样吗，还是你趁我发烧来哄骗我？”“情况真的是这样，你把一个官方医生的这个诺言一同带到那边去吧。”他就带走了它，他安静了下来。但是现在是考虑自救的时候了。马匹还忠实地待在原处。衣服、皮大衣和提包已迅速收拾好；我不想在穿衣服上耽误时间；马儿若像来时那样快，那我简直就是从这张床跳到我的床上啦。一匹马驯顺地从窗口退回去；我把那包东西扔进车里；皮大衣飞得太远，只有一只袖子挂在一个钩子上。够好的了。我跃上马。缰绳松弛，这匹马几乎没同另一匹马套在一起，马车跟在后面晃晃荡荡，皮大衣最后行驶在雪地上。“驾！”我说，可是马车没奔驰起来；我们像老人似的慢慢穿越雪地旷野；在我们身后久久地响着那首新的、但有语言错误的儿歌：“高兴吧，你们这些病人，医生已放在你们的床上！”

我这样永远到不了家；我的兴旺的诊所完了；一个后继者在抢我的生意，但没有用，因为他取代不了我；那讨厌的马夫在我的屋子里胡作非为；罗莎是他的牺牲品；我不愿意再想下去了。赤身裸体，冒着这个最不幸的时代的严寒，乘坐着人间的马车，套着非人间的马，我这个老人四处漂泊。我的皮大衣吊在后面马车上，但是我够不着它，那些手脚灵活的无赖没一个出手帮忙的。受骗了！受骗了！一次听信了夤夜急诊的错误铃声——就永远无法补救啦。

在剧院顶层楼座①

假如马戏场里某个羸弱、有肺疾的女马术家在颠簸晃悠的马背上面对不知疲倦的观众被冷酷无情的老板接连数月之久不停地挥鞭驱赶着绕场奔跑，骑着马呼呼地奔驰，抛着飞吻，扭着腰肢，假如这场表演在乐队和通风机的不停顿的咆哮声中一直延续到天色昏暗之时，还要伴随着时起时落如气锤敲击的鼓掌声浪——那么也许就会有一个年轻的顶层楼座观众急忙沿着长长的楼梯奔下去，穿过一个个楼座，冲进跑马场，在总是配合乐队吹奏的铜号声中大喊一声：停下！

但是由于情况不是这样；一个漂亮女人，白里透红，飞奔进来，在帷幕中间，骄傲的跟班为她拉开这帷幕；马戏班班主，忘情地寻觅着她的目光，对她满怀着深情；小心翼翼地把她抱上那匹灰斑白马，仿佛她是他最心爱的孙女儿似的，如今正要踏上危险的行程；狠不下心来挥动鞭子发出信号；终于控制住自己甩出一响鞭；张大着嘴巴跟在马旁边奔跑；目光犀利地紧盯着女骑手的一次次跳跃；几乎无法理解她的精湛骑术；试图用英语惊呼声发出警告；愤怒地告诫手执铁环的马夫们千万多加小心；在表演空中连翻三个跟头的绝技前高举双手恳求乐队停止演奏；最后将那小人儿从战栗的马背上抱下来，吻她的两个面颊，观众怎么拼命喝彩也不认为过头；而她本人，则被他搀扶着，高高地踮着脚尖，周围尘土飞扬，双臂伸出，向后仰着小脑袋要与马戏团全体人员共享她的幸福——由于情况是这样，这位顶层楼座观众便把脸靠在栏杆上，犹如沉入退场的进行曲中，仿佛沉入了一场噩梦，他不知不觉地哭了。

---

①本篇作于1917年1、2月，1919年首次发表在《乡村医生》中。

往事一页①

好像是在保卫我们的祖国方面许多事被疏忽了。我们迄今一直没有关心这方面的事并致力于我们的工作了，但是最近一段时间里所发生的种种事件令我们感到担忧。

我在皇宫前广场上有一所制鞋工场。我在拂晓刚打开我的店门，便看见所有汇集这里的街道的入口处已有武装人员把守。但是这不是我们的士兵，他们显然是来自北方的游牧民。他们以一种令我不可思议的方式一直进逼至离边境很远的首都。反正他们已经来了，看上去每天早晨会来更多的人。

他们按其天性住宿在露天，因为他们厌恶住宅。他们忙乎着磨剑，削箭矢，练刀骑马。他们把这个寂静的、总是小心翼翼维持得干干净净的广场变成了一座真正的马厩。虽然我们有时试图从我们的店铺里跑出去并至少把肮脏得不堪入目的垃圾运走，但是这样的事越来越稀罕，因为这种努力毫无用处，况且还使我们遭受被烈性马践踏或受鞭打伤害的危险。

和这些游牧民谈话是没法谈的。我们说的语言他们不懂，他们甚至几乎没有一门自己的语言。他们相互之间像穴鸟那样沟通。人们一再听到这种穴鸟的叫喊声。我们的生活方式，我们的种种习俗，他们既感到无法理解，也毫不在意。所以他们也对任何一种手势语表现出拒绝的态度。哪怕你扭歪了下巴并扭脱了手关节，他们也没理解你并将永远不会理解你。他们常常做鬼脸，他们眼睛的眼白转动，他们的嘴角流出白沫，然而他们既不是想以此说明什么，也不是想以此吓唬什么人，他们

---

① 本篇见之于作者《八开本笔记本》第六本，约写于 1917 年 3、4 月，发表于同年 7、8 月《马尔斯雅斯》创刊号。

这样做，因为他们就是这样的人。他们需要什么，他们就拿什么。人们不能说，他们使用暴力。他们伸手拿东西时，人们退到一旁，一切听任他们自便。

他们也拿走了我的不少存货。但是如果我看到肉店老板的遭遇，那么我也就不能抱怨我的命运了。他刚收进他的货物，它们就全都从他手中被抢走，就全都被游牧民们狼吞虎咽地吃掉。他们的马也吃肉，一个骑马者常常躺在他的马的身旁，两者各在一端吃同一块肉。肉店老板心存畏惧，不敢停止进货。但是我们理解这种做法，凑钱支持他。假如这些游牧民得不到肉，谁知道他们会干出些什么事来，即便是他们天天得到肉，谁又会知道，他们将会干出些什么事来。最近肉店老板心想，他起码可以省却屠宰的辛劳并在早晨弄来了一头活牛。这种事他可千万别再干了。我在我的工场的极靠后的地方在地上平躺了足足一个小时，我把我的全部衣服、被子和垫褥统统压在我身上，仅仅是为了可以不听见那头公牛的吼叫；游牧民们从四面八方扑向那头公牛，用牙齿咬下一块块热烘烘的牛肉。外面早就寂静无声了，我才敢走出去；他们像酒徒们围住一只酒桶那样疲倦地躺在公牛遗骸的四周。

我以为我恰恰是在当初那个时候在宫殿的一扇窗口看见了皇帝本人，平时他从来也不到最靠近外面的居室，他总是只在最靠近里面的花园里活动，但是这一回看来他是站在一扇窗户的窗口，低垂着头观看他宫前的情景。

“这怎么得了？”我们大家都在暗中思忖。“这种累赘和痛苦我们还要忍受多久？ 皇宫把他们诱来了，却不懂得如何把他们重新赶走。大门一直关闭着；卫兵们，从前总是身穿节日盛装走进走出，如今呆在有格栅的窗户后面。拯救祖国委托给了我们这些工匠和买卖人了；可是我们胜任不了这样一项任务；我们也从未夸口说自己有这样的能力。这是一种误解，而我们将死于这种误解。”

在法的大门前[①]

在法律的大门前站着一个守门人。一个从乡下来的人走到这个守门人跟前，请求让他进入这法律的大门。可是守门人说，他现在不能让他进去。那人想了想，随后就问，那么以后他是否可以进去。“这是可能的，”守门人说，“但现在不可以进去。”由于法的大门跟通常一样敞开着，守门人又走向一边了，那人便弯下身子从大门向里面张望。当守门人发现这一情况时，他便笑道：“既然你很想进去，你不妨就不顾我的禁令试一试。但是你记住： 我是有权势的。我只是最低级的守门人。但是一个一个大厅的门口都站着守门人，权势一个比一个更强大。那第三个人的模样就连我也都不敢正视一眼。”这样的困难是那个乡下人所不曾料想到的，法的大门应该对每个人并且随时都敞开着的呀，他这样想。但是当他现在仔细打量穿皮大衣的守门人，看着他那个又大又尖的鼻子，那部又长又稀又黑的鞑靼胡子的时候，他便决定还是等一等，等得到允许后再进去。守门人给他一张矮凳，让他在门边坐下。他日复一日、年复一年地坐在那儿。他作了许多要求准许进入的尝试并用自己的请求疲惫守门人。守门人常常盘问他几句，向他询问他家乡的情况以及许多其他方面的情况，但是那都是些如大人物们所提的冷冰冰的问题，而最后他总是又告诉他，他还不能让他进去。那人为作自己的这趟旅行配备了许多物品，他倾其所有，其中不乏很有价值的东西，去贿

---

① 本篇是《诉讼》中的一节，1916 年首次发表，后收入短篇集《乡村医生》。

赂守门人。守门人虽然一一都收下，但每次总是说："我收下它们，只是为了使你不至于认为你耽误了什么事。"在这许多年里那人几乎一刻不停地观察着守门人。他忘记了别的守门人，这第一个守门人似乎是他进入法的大门的惟一障碍。他诅咒这个不幸的偶然事件，在头几年里大声嚷嚷，后来他老了他便只是嘀嘀咕咕。他变得傻里傻气的了，而由于他在多年研究守门人的过程中也已经熟识了他皮领子里的跳蚤，他就也请求跳蚤们助他一臂之力，使守门人改变主意。最后，他的视力减退了，他不知道，他周围的世界真的变暗了呢，还是只是他的眼睛在欺骗他。但是现在他分明在黑暗中看到了一束光亮，它永不熄灭地从法的大门里射出来。他将不久于人世。临死前，整个这段时间里的全部经验在他头脑里会集成一个他迄今还未曾向守门人提出的问题。他向他招手示意，因为他不再能够直起他那僵硬的身体。守门人不得不向他低低地俯下身去，因为他们之间身材高度上的差别已经发生了大大不利于那乡下人的变化。"你现在还要知道什么呀，"守门人问，"你真不知足。""所有的人都在追求法，"那个人说，"在这许多年里除了我以外怎么就没有一个人要求进去的呢。"守门人看出此人已是濒死之躯，为了让他那渐渐消失的听觉还能听清楚，守门人对他大声吼叫："这儿这道门别人谁也进不了，因为它是专为你而开的。现在我去把它关上。"

豺狗和阿拉伯人①

我们夜宿绿洲。旅伴们在睡觉。一个阿拉伯人，身材高大，穿一身

---

① 本篇见之于《八开本笔记本》第一本，约写于 1917 年 2 月，1917 年 10 月初次发表，1919 年收入《乡村医生》。

白衣，从我身旁走过；他已经照料过骆驼，如今正向睡觉地点走去。

我向后一仰躺倒在草地上，我想睡觉。我睡不着，远处传来一只豺狗的哀号。我又坐直身子。刚才还那么远的，现在突然近了。一群豺狗围住我，眨动着闪出微弱金色光芒的、黯淡无神的眼睛，细长的身躯像受到鞭打似的有规律而敏捷地扭动着。有一只从后面过来，仿佛需要我的体温似的钻到我胳臂下紧紧贴住我，然后走到我面前并几乎面对面地对我说："方圆这一带，我是年龄最大的豺狗。我很高兴还能在这里欢迎你。我几乎已经放弃这希望了，因为我们无限长久地等候你，我的母亲曾等候过，她的母亲以及上溯至所有豺狗的始祖的各代豺狗的母亲，它们全都等候过。你相信吧！""这使我感到惊奇，"我说，竟忘了点燃那堆准备用其浓烟熏赶豺狗的柴禾，"听到这样的话我感到很奇怪。我只是偶然从北部高纬地区来到此地，正在作一趟短途旅行。你们豺狗们究竟要干什么？"像是受到了这一也许过分友好的劝说的鼓舞吧，它们缩小对我的包围圈，全都扑哧扑哧急促地呼吸着。"我们知道，"年纪最长者开了腔，"你从北方来，这正是我们的希望之所在。那儿的那种理智，在这儿的阿拉伯人中间是找不到的。从这种冷漠的高傲中，你知道吗，是冒不出什么理智的火花来的。他们杀死动物，吃它们，而腐尸他们是不屑一顾的。""别这么大声说话，"我说，"阿拉伯人就睡在附近。""你确实是个外地人，"这只豺狗说，"否则你就会知道，在世界史上还从来没有一只豺狗怕一个阿拉伯人的。我们应该怕他们吗？ 我们被驱赶到这群人中间来，这真是够不幸的啦。""也许吧，也许吧，"我说，"我不敢妄加评论，这些事情我一窍不通，我觉得这似乎是一场由来已久的争端，也许根子在血统中，也许只有用血才会了结得了。""你很聪明，"老豺狗说，所有的豺狗呼吸更加急促，肺部一起一伏，虽然它们静静地站着，一股苦涩的、暂时只有咬紧牙关才忍受得住的气味从它们张开的嘴里涌出来。“你很聪明，你说的话符合我们的古老的教义。我们取他们的血，这场争端就此结束。”“噢，”我不由自主地大声说，“他们会自卫的，他们会用自己的猎枪将你们成群成群地击毙。”“你误解我们了，”他说，“你按照即使在北方也没消失的人的方式误解我们了。我们不会杀死他们的。否则的话用尽尼罗河的水也洗不干净我们身上的血污的。我们光是看到他们那活生生的躯体就跑掉了，跑进更清洁的空气中，跑进沙漠，跑进因此就是我们的家乡的沙漠。”这时所有的豺狗，包括这期间从远处跑来的许多只，都纷纷将其脑袋垂到前腿之间并用爪子擦脑袋，看上去就好像它们想掩盖一种憎恶，这种憎恶骇人已极，致使我简直恨不得能纵身一跳，逃出它们的包围圈。“你们要干什么？”我问道并想站起来，但是我站不起来，两头年轻的动物已经在后面紧紧咬住了我的外衣和衬衫，我不得不仍然坐着。“它们抓住你的衣服的后襟，”老豺狗一本正经地解释说，“一种对你尊敬的表示。”“让它们放开我，”我一会儿对老豺狗，一会儿对幼畜们喊。“如果你这样要求，”老豺狗说，“它们当然会这样做的。但是请稍等片刻，因为它们按习俗咬得太深，得慢慢地松开牙齿。在此期间你先听听我们的请求。”“你们的这种态度实在叫我无法接受，”我说。“你不要介意我们的笨拙，”他说并第一次求助于它的天然语声的哀叹声调，“我们是可怜的动物，我们只有这一副牙齿；不管我们想做什么事，好事还是坏事，我们都只能用这副牙齿。”“你想干什么？”我稍稍缓和一下口气问。“先生，”他嚷嚷，所有的豺狗嗥叫起来，我觉得这模模糊糊地听起来就像一种抑扬顿挫的音调。“先生，你应该结束这场争端，它使世界不和。你这副长相，正是我们的祖先所描述的可以干这件事的人。我们必须从阿拉伯人那儿得到和平，可以呼吸的空气，由他们弄干净的地平线四周的景色，我们不要听被阿拉伯人刺杀的一头绵羊的哀鸣，让所有的牲畜都平平静静地死去，让我们不受干扰地喝干它们的血，要把它们连骨头在内都弄得干干净净。干净，我们要的无非是干净。”——这时所有的豺狗都哭泣和呜咽，我身后的那两只用它们的脑袋失神地撞击我——“你这高贵的心灵和甜蜜的内脏，你怎么容忍得了在这个世界上有这种事？ 他们的白衣肮脏不堪，他们的黑衣肮脏不堪，他们的胡子可怕至极，一看见他们的眼角我们就要呕吐，他们一抬起胳臂，腋窝下就显出黑漆漆一团。所以，噢，先生，所以，噢，尊贵的先生，用你的无所不能的双手，用你的无所不能的双手拿起这把剪刀剪断他们的咽喉吧。”在他的脑袋摆动之下，一只豺狗叼着一把锈迹斑斑的缝纫小剪刀走了过来。

“终于拿来了剪刀，这场戏也该收场了，”我们商队的阿拉伯人向导大声说，他已顶着风蹑手蹑脚地来到我们身边并挥舞起他那条巨大的鞭子。

所有的豺狗都飞快地退去，但是在不远处它们停住，互相紧挨着蹲在一起，这众多的牲畜这么一动不动地紧挨着，宛如一道鬼火萦绕的狭窄围栏。“这样，先生，你就也看见并听见这场戏了，”阿拉伯人边说边开怀大笑，只是因为他的部落生性矜持才没笑得太放肆。“这么说来，你知道这些畜生想干什么啰？”我问。“当然知道，先生，”他说，“这是众所周知的，只要有阿拉伯人在，这把剪刀就会在沙漠里游荡，并将和我们一起游荡到世界的末日。它被提供给每一个欧洲人去从事这项伟大的事业，每一个欧洲人在它们看来都是合适的人选。这些畜生有一个荒唐的希望，它们是傻瓜，真正的傻瓜。所以我们喜欢它们，这是我们的狗，比你们的漂亮。你看吧，昨夜死了一头骆驼，我让人把它弄到这儿来了。”

四个人抬着这具沉甸甸的骆驼尸体走过来，把它扔在我们面前。它刚一落地，豺狗们便高声嗥叫起来。就像每一只都被绳索不可抗拒地牵引着似的，它们停停歇歇，身体擦着地面挨近过来。它们忘记了阿拉伯人，忘记了仇恨，眼前这具使一切忘却的散发出强烈刺鼻气味的尸体，使它们着了魔。有一只豺狗已经勾住脖子，一口便咬住了动脉。宛如一台毅然决然却毫无希望地想扑灭一场凶猛大火的飞速运转的小水泵，这只豺狗的身体上的每一块肌肉都在原地抽动着，颤动着。刹那间所有的豺狗就已经高高地叠在尸体上干起同样的活儿来了。

这时向导扬起锋利的鞭子劈头盖脸向它们抽去。它们抬起头，半陶醉半眩晕，看着阿拉伯人站在自己面前，现在嘴上尝到了鞭子的滋味，跳着后撤，向后奔跑一段路。可是这时骆驼的血已流成一大摊，向上冒着热气，身体在好几处已被撕成大的裂口。它们经受不住诱惑，它们又来了，向导又举起鞭子，我拉住他的胳臂。“先生，你做得对，”他说，“我们让它们干自己的行当吧，现在也是该动身的时候了。你已经看见它们了。神奇的动物，对不对？ 它们多么仇恨我们！”

视察矿山①

今天级别最高的工程师们到我们底层来了。经理处下达了一项什么任务，要铺设新坑道，工程师们做初步测量来了。这些人多么年轻，可是却已经互相很不一样！ 他们全都自由自在地成长起来了，年纪轻轻便无拘无束地显现出自己清楚而明确的心性。

第一个，黑头发，活泼，两只眼睛骨碌碌向四下里张望。

---

①本篇为短篇集《乡村医生》中的一篇，约成稿于1917年初。

第二个拿着一本笔记本，边走边记，东张西望，做比较，记笔记。

第三个，双手插在上衣兜里，弄得身上紧绷绷的，挺直身子行走；保持着威严；只是在持续不断地咬自己的嘴唇中才显露出焦躁不安的、抑制不住的青春活力。

第四个向第三个做解释，尽管后者没要求他这样做；他比人家个头矮小，像个诱惑者在他旁边行走，食指总是伸在空中，他似乎在喋喋不休地向人家述说此地可以见到的一切事物。

第五个，也许是级别最高的，不要别人相陪；一会儿在前，一会儿在后；大伙儿按他调整自己的步伐；他脸色苍白、身体虚弱；责任压得他双眼黯淡无神；他在思考时常常用手摁住额头。

第六个和第七个走起路来微微弓着腰，脑袋挨着脑袋，胳臂挽着胳臂，亲切交谈着；要不是这儿明显是我们的煤矿和我们的最深坑道中的作业面，那么人们就会以为，这两个瘦骨嶙峋、没有胡子的大鼻子先生是年轻的牧师。其中的一个往往带着猫那样的呼噜声暗自发笑；另一个，同样微笑着，边说着话边用那只空着的手打着节拍。这两位先生必定是对自己的职位很有把握，他们想必年纪轻轻就已经为我们的矿山立下了多大的功绩了呀，他们竟然可以在这里，在做如此重要的视察的时候，在他们的上司面前，如此明目张胆地只沉迷于自己的，或者至少是与当前的任务无关的事务中。抑或竟然会有这样的事：他们虽然嘻嘻哈哈、心不在焉，却把一切重要的事全看在眼里记在心里了？人们简直不敢对这样的先生作出明确的判断。

但是另一方面却又毫无疑问：譬如这第八个就比这两个专心致志得多，甚至比所有其余各位先生也更专心致志。什么他都摸一摸，并且用一个小锤子敲一敲，他一再从口袋里掏出这个小锤子，并一再把它保存在那里。有时他不顾自己身穿讲究的衣服跪在污泥里敲击地面，然后又只是边走边触摸和敲打头顶上方的墙壁或天花板。有一回他直挺挺地躺下并静静地躺在那儿；我们已经以为出什么事了；但是后来他微微一颤动他那颀长的身躯竟一跃而起。原来他又只是作了一次探究而已。我们以为我们了解我们的矿山和它的矿石，但是这位工程师以这样的方式在这里不停地探究着什么，这我们就不明白了。

第九个推着一辆类似儿童车的小车，车里放着测量仪器。极其贵重的仪器，放在厚厚的柔软已极的棉花层里。这辆车本来是应该由仆人来推的，但是信不过他；只得让一个工程师来推，看得出来，他乐意推它。他大概年纪最轻，也许他还根本不懂所有这些仪器，但是他的目光一直停留在这些仪器上，有时他几乎因此而险些把车撞到一堵墙上。

但是还有另一位工程师，他在车旁行走，防此车撞墙。这一位显然彻底了解这些仪器并且似乎是它们的真正的保管者。他时不时地没停住车就拿出仪器的一个构件，仔细观看，旋开或旋紧螺丝，摇摇敲敲，伸出耳朵仔细听听；最后，就在推车人通常站住的当儿，他把那个小小的、在远处几乎看不见的物件小心翼翼重新放进车里。这位工程师有一点儿权势欲，但是也只不过是就这些仪器而言。在车前十步我们就应该按照一个无声的指头信号向一旁避让，即使没有地方可以避让也得避让。

在这两位先生后面行走着那位无所事事的仆人。先生们，一如因知识渊博而理所当然的那样，早已放下任何高傲的架子，而这位仆人却似乎集所有高傲于自己一身了。一只手贴在背上，另一只手在前面抚摩着那件号衣的金纽扣或那质地精细的布，他频频向左右点头，就好像我们曾问候过他，如今他在回礼问候，或者就好像我们问候了，但他居高临下不能加以核实。我们当然不问候他，但人们一看他那副模样确实几乎要认为，当矿山经理办事处的仆人有点儿非同寻常。在他背后我自然禁不住要笑，但是由于即便是一个响雷也不能使他转过身来，所以他依然作为某种不可理解的东西而受到我们的敬重。

今天干的活不会多；间断过于频繁；这样的视察使大家不能专心致志地干活。望着先生们的背影消失在试用坑道的黑暗中，这简直太诱人了。我们这个作业班也快下班了；我们将看不到先生们返回啦。

最近的村庄①

我的祖父常说："人生苦短。现在这在我的记忆中凝聚成为这样：譬如我简直不理解，一个年轻人如何能下定决心骑马去最近的村庄，而不担心——撇开不幸的偶然事件不谈——连寻常人的、幸福生活着的人的一生的时光都远远不够作这样一趟骑行。"

一 道 圣 旨②

皇帝——据说是——给你，单独给你，给你这个可怜的臣仆，给你这个躲避皇帝的光芒标记卑微地逃至遥远的远方的幻影，皇帝在弥留之际恰恰给你下了一道圣旨。他让使者跪在床前，附耳悄声对他下了这道圣旨；他非常重视这道圣旨，他让使者在自己耳边把它复述了一遍。

---

①本篇作于1917年1、2月。最早的标题为《骑马人》，后曾改为《短短的时间》。据说卡夫卡系受老子《道德经》18章中的"鸡犬之声相闻，老死不相往来"的启发而作。1919年发表在《乡村医生》中。

②这是《中国长城建造时》中的一个片断，作者生前将它抽出单独成篇，收入小说集《乡村医生》，写于1917年3、4月间。

他点了点头，以示所说无误。当着给他送终的满朝文武大臣们的面——所有碍事的墙壁已拆除，在宏丽嵬嵬的露天台阶上帝国的巨头们围成一圈伫立着——当着所有这些人的面他打发走了使者。使者立即上路；一个强壮的，一个不知疲倦的人；他一会儿伸出这只胳膊，一会儿伸出那只胳膊，在人群中开路；他一遇到阻力，便一指胸口的太阳标记；他也就顺利前进，谁也不会像他这样顺当的。但是人群众多，他们的住所没有尽头。要是出现空旷的场地，那么他就可以飞奔，不久你就会听见他的拳头响亮敲击你家大门的声音。但事实却不是这样，他白费力气了；他仍一直在奋力穿越内宫的屋舍；他将永远穿越不过去；即便他穿越过去了，这也无济于事；他还得奋力冲下阶梯；即便他冲下阶梯了，这也无济于事；这些庭院还得一一跨过；庭院之后还有第二座环抱宫殿；然后又是庭院和台阶；又是一座宫殿；如此重重叠叠，几千年也走不完；即便他终于冲出最外边的那座大门——但是这是决计不会发生的事情——他面前也才是国都，世界的中心，堆满了全城的沉积物。没有人穿过这里，而且还带着一个死人的旨意。——可是夜幕降临时你却坐在你的窗口并梦想得到这道圣旨。

家长的忧虑[①]

一些人说，Odradek 一词源于斯拉夫语，他们试图据此来证明这个词的形成。另一些人又认为，此词源于德语，只不过是受了斯拉夫语影响而已。两种解释都没把握，这倒是让人有理由得出这样的结论：没

---

① 本篇约写于 1917 年夏，后由作者收入《乡村医生》，于 1919 年出版。

有哪种解释是正确的，用哪种解释也解不开这个词的意义嘛。

假如不是真的有一种叫 Odradek 的有生命之物，自然也就不会有人从事这样的研究了。乍一看它像一只扁平的星状线轴，它似乎真的绷着线；不过这很可能只是一些被撕断的、用旧的、打结接在一起的、但也乱缠在一起的线段，其种类和颜色均各不相同。但是这不只是一个线轴，而是从星的中央伸出一根小横木棒，并且在右角处还有一根小棒接合在这一根上。一边借助这后一根小棒，另一边借助这个星的一个尖角，整个线轴就能像有两条腿似的直立起来。

人们简直要以为，这个形体从前曾有过某种实用的形状，现在仅仅是破碎了而已。可是事情似乎并不是这样的；至少没有什么这样的迹象；哪儿也看不到突出部分或断裂处，可以表明有此类情况；整个物件虽然显得毫无意义，但就它这种样子来说它却是自成一体的。此外，对它也就说不出更详细的情况了，因为 Odradek 特别灵活轻巧，是抓不着的。

他交替着待在阁楼、楼梯间、过道和门厅里。有时候他几个月不露面；他大概迁居到别的人家去了；可是他必然又会回到我们家里来。有时，有人出门，他恰好靠在楼下楼梯栏杆上，于是人们就想和他攀谈。人们当然不向他提出难以回答的问题，而是像对待孩子——他的矮小就会诱使人们这样做——那样对待他。“你叫什么名字呀？”人们问他。“Odradek，”他说。“你住在哪儿？”“居无定所，”他笑了笑说；但这只是一种像是缺肺的人发出的笑声。它听起来就像是落叶发出的沙沙声。谈话通常就此结束。而且连这样的答话也并非总是可以得到的；他常常长时间默不作声，看上去就像是的木头。

我徒劳地思索，他将来会怎么样。他会死吗？ 一切要死亡的东西，以前都曾有过一种目标，一种活动，它在这上面耗尽了自己的精力；这不符合 Odradek 的情况。这么说来他将来还会在我子子孙孙的脚前带着拖在身后的合股线咕噜咕噜地滚下楼梯的啰？ 他显然不伤害任何人；但是他也还会活过我的这种想法却是一种几乎令我感到痛苦的想法。

十一个儿子①

我有十一个儿子。

老大长得其貌不扬，但诚笃而聪明；尽管如此，我并不怎么器重他，虽然我像喜欢所有其他的孩子那样地喜欢他。我觉得他的思想太简单。他既不右看，也不左看，也不远眺。他沿着他那狭窄的思路不停地兜圈子。或者说得更确切些，是在不停地旋转。

老二长得好看，身材修长，体格匀称；他击剑时的那个姿势，看了令人心醉。他也聪明，而且涉世颇深；他见多识广，所以连家乡的风土人情，他都显得比呆在家里不出远门的人更为熟悉。然而这个长处决不应该仅仅归功于他经常出门，这决不是主要的原因，主要的原因是这个孩子身上具有一种别人无法模仿的气质。譬如说吧，有的人想模仿他在空中连续翻滚然后一头扎进水里的跳水动作，那些人都很赏识他。模仿者有勇气、有兴趣地走到跳板的边缘，可是他不从那儿往下跳，而是突然坐下，很抱歉地举起了双臂。——尽管有这种种一切（有一个这样的孩子，我本来就应该感到庆幸的嘛），我和他的关系上却并不是没有

① 本篇约写于 1917 年，1919 年与其他十三篇小说一起集成《乡村医生》出版。据布罗德说，卡夫卡曾说过，《十一个儿子》就是他正在创作的十一个故事，即《乡村医生》集中的十一个短篇。

阴影。他的左眼略小于右眼，而且老是眨巴眨巴的；当然啰，这只不过是一个小小的缺陷，有这个缺陷，他的面孔倒显得比没有这个缺陷更大胆泼辣了，人们只看到他性格中的孤僻高傲，谁也不会介意那只小眨巴眼的。我这个为父的倒是在意的哩。使我感到痛心的当然不是这个身体上的缺陷，我痛心的是某种与他的性格相吻合的恍恍惚惚的神思，是在他血液里游荡的某种毒素，是他在某种程度上的无能，即不能充分发扬只有我才看到的他的那种禀赋。然而，又恰恰正是这一点使他成为我的真正的儿子，因为他的这个毛病同时也就是我们全家人的毛病。只不过是在这个儿子的身上表现得尤为明显罢了。

老三也长得好看，但那不是我所喜欢的那种容貌美。那是歌唱家的容貌美：蜿蜒的嘴唇，迷离恍惚的眼睛，那脑袋，它需要后面有帷幔衬托才会显出其美来；过分拱起的胸脯；那两只说伸出就会突然伸出、说放下马上就放下的手；因为没有腿劲，两条腿晃晃悠悠的。况且他的嗓音并不圆润；能迷惑人于一时；让行家侧耳倾听；但过一会儿便逐渐轻微以至消失了。——虽然一般来说，有种种因素诱使我炫耀炫耀这个儿子的风采，但是我还是把他藏匿了起来；他自己倒也并不强自为之，但这并非因为他了解自己的缺陷，而是出于天真无知。他必定感到跟我们的时代格格不入；仿佛他虽然是我家里的人，但同时还属于另一个他永远丧失了的家庭似的，他经常无精打采的，什么事都提不起他的兴致来。

我的第四个儿子也许是所有的儿子中脾气最随和的。他不愧是一个真正的当代之子，坦率直爽，他和大家都很合得来，人人见了他都不由得要向他点点头。也许是受到了这样普遍赏识的缘故吧，他的性格变得有点儿轻浮，举止有点儿放荡不羁，处事待人有点儿漫不经心。他的某些言论人们时常想加以引用，当然仅仅是某些言论，因为就整体而言，他又是个患着轻浮放荡症的病人。他宛如一个姿势优美地从空中跳下、燕子一样在空中飞翔、可是随后却在荒漠中悲惨地了却一生的人，是个微不足道的人。这样的念头搅得我看见这个孩子便郁悒不欢。

我的第五个儿子可爱又善良，不轻易许诺，一旦许诺就决不食言；很不起眼，在他身边简直会让人感到自己孤零零的；然而倒颇享有一点声望。有人要来问我这是怎么回事，那我简直无以作答。也许在这个喧嚣的世界上最容易显出心地纯洁的人的不同凡响了，而他正是个心地纯洁的人。也许心地太纯洁了，对每个人都很友好。也许太友好了。我承认，有人当着我的面称赞他，我听了心里总觉得不是滋味。称赞像我儿子这样一个显然十分值得称赞的人，这也未免有点太轻巧了嘛。

在所有的儿子当中，我的第六个儿子似乎性情最为忧郁，至少乍一看来，他会给人这样的印象。一个懦弱而又好饶舌的人。所以拿他没有办法。他处在劣势时便陷入莫名的悲伤之中；一旦占了优势，他便用喋喋不休的闲扯来保持这种优势。然而我不否认他有某种会忘掉自我的激情；他常常在大白天梦幻似的苦思冥想。没有病——他身体好着呢——可是有时，尤其是在黄昏，他走起路来踉踉跄跄的，但不用去搀扶他，不会跌倒的。这一现象也许由他身体发育方面的缺陷造成，就他的年龄而言他的个子太高了。这使他的整个形象显得不漂亮，尽管个别部位，例如手和脚长得出奇的好看。此外，他的前额也不好看；皮肤似乎有点儿起皱，骨头也显得有点皱缩。

跟别的儿子相比，第七个儿子和我最亲近了。大家赏识不了他；他那种特殊的诙谐世人都不理解。我并不过高估计他；我知道，他够渺不足道的了；如果世人除了不能赏识他这个毛病以外没有其他的毛病，那他们倒都可谓是白璧无瑕了。可是在家里我却离不开这个儿子。他既带来不宁，也带来对传统观念的敬畏，他把这两种东西，至少在我的感觉来说是如此，糅合成为一个无可争辩的整体。诚然，他自己一点也不知道能拿这个整体派什么用场；他不会去推动未来的车轮前进的；但是他的这种天赋很令人鼓舞，很有希望。我希望他会有孩子，好传宗接代。可惜这个愿望似乎难以实现。他怀着一种自我满足的心情独自一人东逛西荡，并不为女孩子的事操心，不过倒也从来没有心情不愉快的时候。他的这种自我满足的情绪虽然为我所理解，但却不是我所希望的，他周围的人对此当然很不以为然。

我的第八个儿子叫我操心了，我还真说不上这是什么原因。他像个陌生人似的望着我，我却觉得他与自己有着亲密的父子骨肉情谊。时光已经磨平了许多痕迹；而在从前，我一想起他便会突然浑身颤抖起来的。他走他自己的路；断绝了和我的一切来往；他那个硬脑壳，他那个矮小而肌肉发达的身体——只有他那两条腿小时相当单薄，不过可能在这段时间里已经长好了吧——不管去哪儿，他准保都会闯出一条路子来的。我不时想叫他回来，问问他究竟是怎么回事，为什么他这么疏远父亲，他到底想干什么。可是如今他已发展到这个地步，这么多的时光已经消逝，现在也只好听其自然了。我听说他是我的儿子们当中惟一蓄连鬓胡子的；对这么一个身材矮小的人来说，好看当然是好看不了的了。

我的第九个儿子风度翩翩，有着专为女人生就的那种甜蜜的目光。甜蜜得连我这个明明知道只要用一块湿海绵就足以将这奇妙的神采抹掉的人也不时受到诱惑。而这个孩子的特殊之处就在于，他丝毫也不想引诱人；能一辈子躺在沙发上，将他的目光虚掷在天花板上，或者最好是垂下眼皮闭目养神，他也就会心满意足了。他这样美滋滋躺着的时候，他便喜欢谈话，而且谈吐不俗，言简意赅；不过话题却只能限于狭窄的范围内；一越出这个范围，他说起话来便空空洞洞，而由于范围狭窄他又难免要越出范围。人们会示意阻止他讲话的，倘若人们有一线希望，觉得这充满睡意的目光会觉察这手势的话。

我的第十个儿子被认为是个不诚实的人。我不想完全否认这个毛病，也不想完全加以认可。可以肯定的是，谁看见他带着与他那个年龄极不相称的威严神态走过来，看见他身穿纽扣总是紧紧扣住的大礼服，头戴虽旧但却仔细刷过的黑礼帽，面孔呆板毫无表情，下巴略向前伸，眼皮成拱形沉甸甸压住眼睛，两个手指头时不时就要摸摸嘴唇——谁看见他这副模样，谁就会想，这是一个极端虚伪的人。不过，你还是听听他说话吧！ 明智；慎重；简洁；探讨起问题来语言尖刻而生动；与整个世界有着惊人的、自然而又愉快的一致；一种必然会使人挺直脖子、昂起头来的一致。许多人自以为很聪明并因此而厌恶他的外貌，他却用他的言语将这些人强烈地吸引住了。可是也有人并不介意他的外貌，但是却觉得他的话虚伪。我，作为父亲，不想在这里妄加断语，然而我必须承认，后一种评论者无论如何比前一种评论者更值得注意。

我的第十一个儿子身体娇嫩，大概是我所有的儿子中最虚弱的了；但他的虚弱有迷惑力；这就是说，他有时会显得强健而果断，然而即便在这种时候那虚弱也带有某种根本性的意义。但那并不是那种令人感到羞耻的虚弱，而只是在我们这个地球上令人觉得是虚弱的某种特性。譬如鸟儿起飞前的那种状况，那摇晃、那犹豫不定和扑棱翅膀，不也是虚弱吗？ 我儿子所表现出来的就是这类特性。这样的性格当然使父亲感到不高兴；它们显然是以毁灭家庭为其宗旨的。有时他看着我，瞧那眼神仿佛他想对我说："我会带你一起去的，父亲。"于是我想："你这个不孝儿，我才不信你这一套呢。"而他那眼神似乎又在说："那么我就甘心情愿当这个不孝儿吧。"

这就是我的十一个儿子。

杀 兄[①]

现已查明，凶杀案是这样发生的：

一个月光皎洁的夜晚，大约九点左右，凶手施马尔躲在街角，被害人韦泽从他的办公室所在的小巷拐进他所住的小巷必然由这儿经过。

夜晚寒气袭人。但施马尔只穿一件单薄的蓝制服，短上衣没有扣上纽扣。他一点也不觉得冷；他也不停地走动。他的杀人凶器，半似刺刀，半似菜刀，他一直毫不掩饰地紧紧握在手中。对着月光察看刀刃；刀刃闪闪发光；施马尔还嫌不够，他举刀猛砍路面的砖石，砍得火花四迸；他也许感到后悔；为了弥补损失，他弯腰抬起一只脚，像拉提琴那样把刀在靴底上来回摩擦，一边听着刀在靴子上的摩擦声，一边留意着那条决定命运的小巷。

市民帕拉斯就在附近从他所住的三层楼的窗口注视着这一切。为什么任它发生而不加阻止呢？ 探索一个人的本性吧！ 衣领翻起，睡袍用带子系在肥胖的身体上，摇着头，他朝下看。

再过去五幢房子，在他的斜对面，韦泽太太穿着睡衣，披着狐皮大衣，正在朝窗外张望，等待着她那今天比平时晚归的丈夫。

韦泽办公室门上的吊铃终于响了，声音过于响亮，不像门铃，它响彻全城，直达天空，而韦泽，在这个勤奋的夜晚还干活的人，则正从那幢房子走出来，不过这一点在这条小巷里还不为人所见，只是由铃声作了通报而已；不一会儿巷子里就响起了他那沉重的脚步声。

帕拉斯远远地向前探出身去，生怕错过了什么。韦泽太太听到铃声便放了心，把窗户砰的一声关上了。施马尔却跪下去，将身上

---

①本篇约写于1917年2月以前，同年7、8月间发表。

仅裸露在外的脸紧贴在铺石路面上；一切都是冷冰冰的，施马尔却浑身冒热气。

正是在两条街分岔的拐角处，韦泽停下来了，只把手杖伸到那边的巷子里，支撑着自己的身体。一时心血来潮。夜空呈现出一片墨蓝和金黄色，吸引了他。他一无所知地凝望这夜空，他一无所知地掀开帽子抚摩头发；天空没有显示任何征兆警示那即将降临的厄运，万物都停滞在其毫无意义、玄妙莫测的位置上。韦泽向前走去，这本是很合乎情理的，但是他却是朝着施马尔的刀口走去。

“韦泽！”施马尔大喊一声，踮起脚尖，伸出胳臂，猛将刀子砍下，“韦泽！ 朱莉亚白等了！”施马尔对准韦泽的咽喉左一刀右一刀，第三刀深深扎进他的腹部。水耗子，被剖开肚皮时，发出一种类似韦泽这样的声音。

“了结啦，”施马尔边说边把刀，把这多余的、血迹斑斑的累赘朝最近一幢房屋的正面扔去。杀人多快活啊！ 看着别人流血，多么轻松，多么兴奋！ 韦泽，老夜游神，朋友，酒友，你正慢慢渗进阴暗的马路土地。你何不干脆就是一个灌满血的气泡，我只要往上一坐，你就会完全消失。并非一切都会实现，并非一切美梦都会成真，你的沉重的残骸就躺在这里，对任何踢踹充耳不闻啦。你又何必提出这无声的问题?

帕拉斯，心乱如麻、毛骨悚然，站在突然打开的自家双扇门门口。“施马尔！ 施马尔！ 我全看见了，什么也没遗漏。”帕拉斯和施马尔彼此审视着。帕拉斯满脸得意，施马尔木然无言。

韦泽太太夹在一大群人中间急忙跑过来，一张脸因惊吓而变得十分苍老。皮大衣敞开，她扑到韦泽身上，这个穿睡衣的身体属于他，像一座坟墓上的草地那样罩在这一对夫妇身上的皮大衣属于人群。

施马尔，勉强忍住最后一阵恶心，把嘴压在警察的肩上，警察步伐轻盈地把他带走。

梦[1]

约瑟夫 · K 做了一个梦：

一个晴朗的日子，K 想散步。可是他刚迈出两步，就来到了一座公墓。那儿有精巧的、不切实际地迂回曲折的道路，可是他在一条这样的道路上摇摇晃晃地滑行着，仿佛漂浮在一条湍急的河流上。老远他就注意到了一座新堆积起来的坟丘，他想在那座坟旁歇歇脚。这个坟丘简直对他有一种吸引力，他恨不得一下子就能滑到那儿去。但是有时候他又几乎看不见那座坟丘，因为有几面旗帜遮住了他的视线，它们翻卷着，猛力地互相拍击着；虽然看不到旗手，但仿佛听到那儿有一片欢呼声。

就在他尚还把目光投向远方的时候，他突然看到那同一座坟丘就在自己身旁的路边，甚至几乎已经在自己身后。他急忙跳进草丛。由于路在他的跳出去的脚的下面继续飞驰，他一个踉跄，正好跪倒在那座坟丘前。两个男人站在坟后，把一块墓碑举在他们中间；K 刚一出现，他们就把墓碑砸进地里，墓碑便牢牢地竖立在那里。从灌木丛中立刻走出来第三个男人，K 立刻认为这是一位艺术家。他只穿着裤子和一件纽扣没扣好的衬衣；他头上戴着一顶天鹅绒便帽，手里拿着一支普通铅笔，他一边走近过来一边就用它在空中画图像。

---

① 本篇作于 1914 年 12 月。1917 年首次发表在布拉格出版的作品集《犹太人的布拉格》中。

这时他动笔在墓碑上写字；墓碑很高，他根本用不着弯腰，但得探身向前，因为坟丘把他和墓碑隔开，而他又不想踩这坟丘。所以他就踮起脚尖，用左手撑住墓碑石的平面。他以其精湛的技艺，成功地用那支普通的铅笔写下了金色的大字；他写道："这里安息着——"每个字都显得那么清晰和优美，刻得深深的，金光闪闪。当他写过这两句话后，他回头看了看K；而K呢，他想知道铭文的进展情况，他不怎么在意那个人，而是只看着墓碑石。果然那个人又开始继续往下写了，但是他却写不下去，有某种障碍，他放下铅笔，再次向K转过身来。这时K也看着这位艺术家并发现此人非常局促不安，但不能说出局促不安的原因。他先前的那股轻松活泼劲儿完全消失不见。K也因此而局促不安起来；他们彼此无可奈何地交换了一下眼色；存在一种讨厌的误解，谁也消除不了这误解。这时墓地教堂的小钟也不合时宜地响了起来，但是艺术家举起手挥了挥，钟声就停止了。片刻过后它又响起；这一回声音很小，没有怎么要它停，它却立刻中断了；就好像这一回它只想试试自己的音色。K对艺术家的处境感到难过，他哭了起来，抱头呜咽了很久。艺术家等到K平静下来后决定还是要继续写下去，因为他找不到别的出路。他最初的轻轻一笔使K转悲为喜，但是艺术家显然是极其勉强地写出这一笔的；字体也不再那么优美洒脱，尤其是似乎没了金色，笔的走势苍白而缺乏自信，字母只是变得很大。那是一个J[①]，就在这个字母快要写完的时候，艺术家怒气冲冲用一只脚踩进坟丘，踩得泥土四下里往空中飞溅。K终于明白他的意思了；没有时间求他原谅了；他用十个指头刨土，泥土松软很好刨；一切都似乎是事先准备好了的；表面薄薄的一层土只是做做样子。就在它下面一个大洞张开，洞壁陡峭，K

---

①J是Josef（约瑟夫）的开头字母。

被一股平缓的气流在后背上一拧坠入这个洞穴。但是就在他人在下面，脑袋还竖立在脖子上，已经被这深不可测的深渊接纳的时候，上面他的名字用强劲的花体字疾书在那块墓碑上。

他为这景象所陶醉，便醒了过来。

致某科学院的报告①

高贵的科学院的先生们：

诸位要求我向科学院提交一份关于我过去的猿猴生活的报告，我感到十分荣幸。

遗憾的是我无法按此精神满足这一要求。我脱离猴类已近五年，从历书上看这段时间也许很短，但像我所做的，一路过来犹如快马飞奔，无限漫长；一段段路程上有优秀人物、忠告、喝彩和管弦乐陪伴着，但从根本上来说是孤独的，因为所有的陪伴——仍借用形象的语言来说——都在离栅栏很远的地方就停止了。如果我当初固执己见地抱住我的来历不放，囿于青年时期的回忆，那么就不可能取得这一成就。不固执己见恰恰正是我自愿承担的最高信条；我这自由的猴类甘心接受这一约束。但是因此记忆也就越来越淡薄。如果说起初我可以自己决定是否通过天空在地面上方构成的这整座大门返回的话，那么随着我被鞭策向前进化，这扇大门同时变得越来越低矮和窄小；我在人类世界中觉得更舒适和亲近；从我的过去向我吹来、令我背脊战栗的风暴减弱了；

① 这篇寓言小说写于1917年5、6月间，见于《八开本笔记本》第二本，1917年10月发表于《犹太人》杂志，后于1917年收入短篇集《乡村医生》。

今天它仅仅是吹凉我脚后跟的一阵清风而已，而远方的那个窟窿——这阵清风从它那里刮来，我当初从它那儿进来——则已经变得如此之小，以至于我即便有足够的力量和意志一直跑回到那里，我也得剥掉自己身上的一层皮才能穿过那个洞口。坦率地说，虽然我喜欢选用形象的语言表述这些事物；坦率地说，我的先生们，你们的猿猴生活，只要你们经历过这样的事情，对于你们而言不可能比我的猿猴生活对于我而言更遥远。可是在地上行走的人，个个脚后跟发痒；不论是小小的黑猩猩，还是伟大的阿喀琉斯[①]。

但是我也许能够在最狭隘的意义上回答你们的询问，而且我甚至很乐意这样做。我所学习的第一件事是：握手；握手表示坦诚；但愿今天，当我达到我的事业的顶点的时候，除了和诸位初次握手之外，我还能开诚布公地说上几句话。我要说的对于科学院来说将不具有什么实质性的新东西，离人们要求于我的，我无论如何也说不出的相去甚远——不过，不管怎么说，它总算还可以揭示使一只从前的猴子闯入人类世界并在那里安身立命的准则的吧。但是，要不是我对自己十分有把握，要不是我在文明世界所有杂耍舞台上的地位已达到牢不可破的地步，那么连下面这些微不足道的话我也不会说的：

我来自黄金海岸。关于我是怎样被人捕获的，这个我得借助旁人的报告来加以说明。晚上哈根贝克公司的一支狩猎探险队——顺便提一下，打那以后我已经和探险队队长一起喝过好几瓶上好的红葡萄酒——埋伏在岸边丛林中，这时我正和一群同类去饮水。人们开枪，我是惟一被击中的，我身中两枪，一枪打在面颊上，伤得不重，但留下

① 阿喀琉斯：希腊神话中的英雄，童年时曾被母亲捏住脚浸入冥河水中，使他周身刀枪不入，只有脚跟没有沾到冥河水，成了他身上惟一致命的弱点，后来他就因暗箭射中脚跟而死。

一大块再也不长毛的红疤，它使我得了红彼德这个令人反感、毫不恰当、简直可以说是由一只猴子发明的名字，就仿佛我和那只刚死不久、有些名气、受过训练的猴子彼德惟一的区别就是面颊上的这块红疤似的。这是顺便说及。第二枪打在我臀部下方。伤得不轻，使我至今走路还有点儿瘸。最近我在报上读到一篇文章，这是一万个不负责任地拿我大做文章的无聊文人中的一个写的，说是我的猴子本性还没有完全被克服；证据就是，每逢有人来访时我总是喜欢脱下裤子让人看子弹的射入处。这个家伙写字的手指头真该一根一根地给子弹打掉。我，我爱在谁面前脱下裤子就可以在谁面前脱；人们无非是将会在那里看到一块整洁的毛皮和一个一次——让我们在这里为了一个确切的目的选用一个确切的词儿，但这个词儿不应受到曲解——违法的射击留下的伤疤。一切都显而易见，没有什么好隐瞒的，在需要说明真相的时候，每一个具有高尚节操的人都摒弃最文雅的举止。相反，倘若那个文人在客人面前脱下裤子，那情形当然就不一样了，而他没有这样做，我愿说这是理智的表现。但是既然如此，他就也不应该用他那种细腻的感情来管我的闲事。

在那一阵射击之后，我在——从这时开始我逐渐有了自己的记忆——哈根贝克轮船中舱的一只笼子里醒过来。这不是四面有铁栅的那种笼子，而是只有三面是铁栅，一面钉牢在一只木箱上，木箱成了笼子的第四面。整个笼子既矮又窄，既站不直，也坐不下，因此我弯着不住打颤的膝盖半蹲着，而且由于我起初大概不想见任何人，只想呆在黑暗中，所以我就把脸朝着木箱，我的后背被铁栅嵌进肉里。人们认为在最初阶段这般照管野生动物是有好处的，我今天根据我的切身体会无法否认，从人类的角度来看情况确实如此。

可是我当时是生平第一次没有出路；至少往前走走不通，我前面是木箱，木板一块连着一块。虽然木板之间从上到下有一条缝，刚发现时我还懵懵懂懂喜冲冲地吼了一声，可是那条缝小得连尾巴都塞不进去，而且用尽猴子的全部力气也掰不开。

据说我异乎寻常地很少吵闹，这是人们后来告诉我的，人们从中推断出，我不是很快就会死掉，训练起来可以得心应手，如果我能够安然度过第一个危险期的话。我平安度过了这个时期。低声啜泣，痛苦地寻找跳蚤，懒洋洋地舔食椰子，用脑袋撞箱子，看到有人走近就吐舌头——这些就是我在新生活中最初的活动。但是在从事所有这些活动时只有这一个感觉：没有出路。今天我当然只能用人类的语言描述当初猴子的感觉并因此不能把这种感觉描绘正确，但是即使我已不能再现那旧有的猴子真实，至少在我的描述的方向中存在着这种真实性，这是毫无疑问的。我要找到一条出路。

迄今为止我曾有过那么多的出路，如今却一条也没有了。我寸步难行。倘若有人用钉子把我钉住，我的迁徙自由也不会因此而变得更小。这是为什么？你就是抓破脚趾间的肉，也不会找到原因。你就是用后背死劲儿顶铁栅，直到自己差点儿被勒成两半，也不会找到原因。我没有出路，但必须给自己找到一条出路，因为没有出路我就没法活。老是挨着这木箱壁——我就死定了。但是在哈根贝克公司猴子就该挨着木箱壁——那么我就不当猴子好啦。一个清晰而美好的想法，我不知怎么的就在我的肚子里想出来了，因为猴子用肚子思维。

我担心人们不太明白我所说的出路是什么意思。我按其最平常、最完整的意思使用这个词儿。我有意不说自由，我并不是指在各方面都自由自在的这种伟大的感觉。作为猴子我也许了解这种感觉，而且我曾结识过渴望它的人。可是就我而言，不论当时还是现在我都不要求自由。顺便说一句：在人类中间人们太过于频繁地用自由来欺骗自己啦。正如自由可算是最崇高的感情一样，相应的错觉也可算是最崇高的感情。我在杂耍剧场登台演出之前常常看一对艺术家在天花板下表演空中飞人。他们来回摇摆，荡来荡去，他们跳跃，他们相互飘荡进对方怀里，一个用牙齿叼住另一个的头发。“这居然也是人类的自由，”我想，“专横跋扈的动作。”对神圣大自然的莫大嘲讽！ 如果让猴类看到，没有哪幢房屋不会被它们笑塌。

唔，我不要自由。只要一条出路。要是我到了随便哪一个地方，我就不想被一面木箱壁或相似的什么东西拘留住，而是要有一条出路，右边，左边，不管去哪儿，我不提别的要求，哪怕出路只是一种错觉，这要求不高，错觉就不会更大。往前走，一个劲儿往前走，只要不高举双臂，一动不动地紧挨一面箱壁站着。

今天我看清楚了： 倘若不是保持了内心最大程度的平静我是永远也实现不了这个目标的。的确，我能有今天，也许全得归功于我上船后头几天内心感到的那种平静。但是这种平静我又得归功于船上的人们。不管怎么说，他们都是好人。时至今日，我还很乐意回想起当初我半睡半醒时在我耳边回响的他们那沉重的脚步声。他们习惯于不论做什么事都慢。如果一个人想揉眼睛，他就像举一个悬着的杠铃那样举起手来。他们的玩笑粗俗，但真诚。他们的笑声总是混杂着一阵听起来吓人、其实没什么了不起的咳嗽声。他们嘴里总有什么东西要吐，往哪儿吐，这对他们来说是无所谓的。他们总是埋怨我把跳蚤传给他们，但是他们从不因此而真生我的气；他们知道，我的毛皮爱生跳蚤，而跳蚤会跳，他们也就容忍了。他们不当班的时候，有些人有时就围成半圆形坐在我周围；他们不大说话，只是互相叽叽咕咕，伸直四肢在木箱上抽烟斗。只要我有一点动静，他们就拍膝盖，时不时还有人拿一根棍子，我哪不舒服便在那儿给我搔痒。如果今天有人邀请我坐这条船出航，我定会拒绝这一邀请，但是同样可以肯定的是，我在那条船的中舱中将不会只是沉浸于可恨的记忆中。

主要是我在这些人当中获得的平静阻止我有任何逃跑的企图。今天看来，仿佛当时我至少还预感到，如果我想活，我就得找到一条出路，但这条出路不可能通过逃跑来获得。现在我不再知道当时是否有可能逃跑，不过我相信这是可能的，一只猴子总是有可能逃跑的。今天我用牙齿咬开一颗普普通通的核桃都得小心谨慎，但是当初随着时间的推移我准能咬断笼门的锁。我没有那样做。那样做又会有什么好处呢。头刚伸出去，就又会被抓住，被关进一只更糟糕的笼子里，或者我可以偷偷逃到其他动物那儿去，比如钻到我对面的蟒蛇中去，在它们的拥抱中毙命，或者我竟然能溜上甲板，跳入水中，然后在大海上晃荡一会儿，淹死。绝望的挣扎。我当时并不像人那样会算计，但在周围环境的影响下，我的行为好像都是算计好了似的。

我并不算计，但是我从容地观察着。我眼看着这些人走来走去，总是同样的面孔，同样的动作，我常常觉得好像这只是一个人。是这个人或这些人在不受阻挠地行走。一个崇高的目标在我心头渐渐产生。没有人向我许诺，如果我变得和他们一样，铁栅就可以打开。人们是不会作出这种显然无法履行的诺言的。但是如果人们履行诺言，那么诺言也会事后在人们从前曾寻找过它们的地方出现。这些人本身身上没有什么很吸引我的东西。假如我是已提及的那种自由的拥护者，那么我宁愿葬身大海，也不愿选择这些人的目光向我指明的出路。

但是，不管怎么说，我在想到这些事情之前就已观察他们很久，是大量的观察才促使我选择了这个明确的方向。

模仿这些人真是容易得很。吐唾沫我在头几天里就已经会了。后来我们就互相朝对方的脸上吐；区别只在于事后我舔干净我的脸，他们却不。烟斗我很快就抽得像个老手，后来每当我还用拇指按按烟袋锅的时候，整个中舱就会欢呼；只是空烟斗和塞满的烟斗有什么区别，这一点我很久都不明白。

最让我伤脑筋的是烧酒瓶。那种气味叫我难受，我尽力克制自己，但是花了好几个星期我才做到这一点。奇怪的是，人们对待这些内心斗争比对待我的别的什么表现更认真。在我的记忆中我也不区分这些人，但是其中有一个人，这个人老来，独自一人来或和同伴一起来，白天来，黑夜来，什么时候都来；他拿着酒瓶走到我面前并给我授课。他不理解我，他想解开我的生存之谜。他慢慢地拔去瓶塞，然后望着我，看我是否领会；我承认，我总是怀着狂热和急切的心情聚精会神地注视他；在整个地球上没有哪个为人师者找得到这样一个学做人的学生。瓶塞拔去后，他将瓶子举到嘴边，我的目光一直追随他直至他的喉咙；他点点头，对我表示满意，并把酒瓶放到唇边；我，因自己逐渐开窍而欣喜若狂，一边尖叫一边浑身上下乱抓乱挠；他高兴了，把瓶子举到嘴边喝了一口；我，急不可待拼命想模仿他，在笼子里撒了泡尿，这又使他大为满意；这时他就把酒瓶举得离自己远远的，又猛地往上一举，以夸张的姿势示范性地一仰脖子，一口气把酒喝干。我，让过分强烈的渴望弄得疲惫不堪，再也无法跟着做下去并软绵绵地靠在铁栅上，而他则因此而结束了这堂理论课，他摸摸自己的肚子并咧着嘴笑了笑。

现在才开始实际训练。我是不是已经被理论课搞得太累了？ 没错，是太累了。我命该如此。尽管如此，我仍然竭尽全力去接递过来的酒瓶，哆哆嗦嗦地拔去瓶塞；随着拔瓶塞的成功，拔除新的力量渐渐生成；我举起酒瓶，与示范动作已经几乎分毫不差；我把酒瓶放到嘴边，然后——然后厌恶地，厌恶地，尽管瓶子是空的，里面只还有那气味，然后我就厌恶地把它扔到地上。令我老师感到伤心，令我自己更感伤心；扔掉酒瓶后我也不忘记用优美的姿势摸摸肚子和咧着嘴笑，然而这却既宽慰不了他也宽慰不了我。

训练课就这样频频进行。我的老师真了不起：他不生我的气；他有时用燃着的烟斗烫我的毛皮，直到我很难够得着的什么地方开始冒烟，但是随后他又会自己用他那只慈爱的大手把它扑灭；他不生我的气，他认识到，我们站在同一条战线上与猴子的本性作斗争，而我则更任重道远。

可是后来这对他和对我来说是一个多么了不起的胜利啊：一天晚上，在大庭广众之下——也许是一个庆典，留声机唱着，一位军官在人群中踱着步——就在这天晚上，我趁人不注意，拿起一只无意中放在我笼子前的烧酒瓶，在在场人越来越大的关注下合乎规范地拔去瓶塞，将瓶口放到嘴边，毫不迟疑，没有咧嘴，活像个喝酒的行家，眼珠子滴溜溜地转动，咕嘟咕嘟地把酒喝了个精光，不再是由于绝望，而是像艺术家那样把瓶子扔掉；虽说忘了揉肚子，但是由于我没有别的办法，由于我急不可耐，由于我晕晕乎乎，我竟简单明了地喊了声“哈啰”，发出了人的声音，凭着这声呼喊跃入了人类社会并感觉到人们的回音。“听啊，他说话了！”这回音犹如在我的整个汗淋淋的身体上的一个亲吻。

我再说一遍：模仿人类对我并没有什么吸引力，我之所以模仿，是因为我在寻找一条出路，没有什么别的原因。即便那次胜利也还是远远不够的。我很快又失去了那种声音，几个月后它才出现；对烧酒瓶的反感甚至变本加厉。不过我的方向却是一劳永逸地定下来了。

当我在汉堡被交给第一个驯兽人时，我很快就认识到在我面前有两条路：动物园或杂耍剧场。我没有犹豫。我对自己说：要尽力争取进杂耍剧场，这就是出路；动物园只是一只新笼子；你一进去，你就完了。

于是我就学习，我的先生们。啊，当你不得不学习时你就会学习，当你想寻找一条出路时你就会学习；你会不顾一切地学习。你会用鞭子来鞭策自己；稍有反抗你就会撕咬自己。猴子天性飞速地离我而去，致使我的第一位老师自己因此而几乎染上猴性，不久就不得不放下教鞭并被送进一家精神病院。幸亏他不久之后就出院了。

可是我累垮了许多老师，有几个甚至是同时累垮的。后来我对自己的能力有了更大的把握，公众关注我的进步，我的前途开始变得光明灿烂的时候，我就自己聘请老师，让他们坐在五间彼此相接连的房间里，我不停地从这间跳到那间，同时向他们领教。

这些进步！ 知识的光芒从四面八方射进正在开窍的脑子！ 我不否认，这使我感到幸福。但是我也承认，我并没有过高估计这一点，当时没有，现在更不会。我作出了至今举世无双的惊人努力，达到了一个欧洲人的平均文化水平。这本来也许根本没什么了不起的，但是这却仍然有一定意义，因为这帮助我走出牢笼，为我开辟了这条特殊的出路，这条人的出路。德国有句绝妙的俗语： 溜之大吉。我已经这样做了，我已经溜之大吉。我没有别的办法，总是在自由不可选择的前提下。

回顾我的成长道路，总结迄今已达到的目标，我既不怨天尤人，也不心满意足。双手插在裤兜里，酒瓶放在桌子上，我半躺半坐在摇椅里，望着窗外。有客来访，我以得体的方式接待。我的经纪人坐在外屋；我一按铃，他便进来听候我的吩咐。晚上几乎都有演出，我的成功可以说已登峰造极。深夜我从宴会、学术性聚会、社会聚会回家时，会有一只半驯化的小母猩猩在等候我，我按照猿猴方式从她那里享受快乐。白天我不愿见她；她的目光中流露出迷惘的已驯服的动物的那种疯癫神情，这只有我才看得出来，我无法忍受。

总的说来，我无论如何已经达到了我想达到的目标。不要说这不值得费这个劲儿。再者说，我不想作出人的判断，我只是想传播知识，我只是作报告，对你们，高贵的科学院的先生们，我也只是作了一个报告。

6. 饥饿艺术家

最初的忧伤[①]

一位空中飞人表演者——众所周知，这种在大杂耍场高高的拱顶下表现的技艺是人类能完成得了的最艰难的技艺之一——起先只是为了追求完美，后来也出于根深蒂固的习惯，这样安排了自己的生活，就是只要他在同一个场地演出，那么他无论白天还是黑夜就都待在高秋千上。他的全部需求，其实也是非常微不足道的，全都由轮班替换的勤杂工给予满足，他们在下面守着并把上面需要的一切东西放在专门为此设计的容器里拉上去和放下来。这种生活方式倒是没给周围的人造成特别大的困难。只不过就是在演出别的节目的时候这多少有点儿碍事，因为他待在上面无处藏身，尽管他在这样的时刻通常都保持安静，但观众中时不时有人向他误投来一瞥。然而经理们原谅了他这一点，因为他是一位杰出的、不可替代的艺术家。人们当然也认识到，他并非故意要待在高秋千上，其实他是只有这样才能使自己处于经常练功的状态，只有这样才能使自己的技艺保持完美。

而且待在上面也有益于健康，而如果在较暖和的季节里杂耍场拱顶四周的侧窗一一打开，阳光带着新鲜的空气照进这昏暗的场地，那么那儿甚至美不胜收。不过嘛，他的人际交往受到了限止，只是偶或有一个表演体操的同行从绳梯上往上爬到他身边，于是他们俩就坐在秋千上，

---

① 本篇约写于1921年秋末至1922年初，1924年与其他三篇一起由作者收入《饥饿艺术家》出版。

一左一右靠在系秋千的绳索上聊天，或者是建筑工人修理屋顶，通过一扇开着的窗户和他交谈几句，或者是消防队员检查顶层楼座的应急照明装置，向他呼喊几句充满敬意、但很少听得懂的话。在其他情况下，他四周静悄悄的；只是偶或有某个职员在下午误入这空荡荡的马戏场，他会若有所思地仰视这目力几乎达不到的高处，这位空中飞人表演者在练功或休息的那个地方，不过这位艺术家是不会知道有人在观察他的。

如果没有那些令他十分讨厌的、但又不得不进行的从一地到另一地的旅行的话，这位空中飞人表演者原本是可以这样过着不受扰乱的生活的。虽然马戏团经理人想方设法使空中飞人表演者免受任何不必要的痛苦：在城里行驶时就使用赛车，尽可能在夜晚或清晨以最高速度疾驰穿过空无一人的街道，可是这对于空中飞人表演者来说还是太慢，满足不了他的渴望；在火车里包了一整节车厢，空中飞人表演者就在车厢里搁置行李的网架上度过旅途时间，这虽然只略微符合他平时的生活方式，但也聊胜于无；在下一个巡回演出地点，早在他到达之前，剧场里秋千就已经准备就绪，所有通向演出场地的门也已大大敞开，所有的过道畅通无阻——然而当空中飞人表演者将脚踏上绳梯并在一转眼间终于又高高地悬在他的秋千架上时，这始终都是经理一生中最美好的时刻。

尽管经理已经成功地组织了许多次旅行，但每一次新的旅行总是又令他难堪，因为这些旅行，撇开所有别的麻烦不谈，它们对空中飞人表演者的神经不管怎么说都是有损害的。

有一回他们又这样在一起旅行，空中飞人表演者躺在行李架上想入非非，经理靠在对面窗口角落里读一本书，空中飞人表演者小声跟他说话。经理立刻洗耳恭听。空中飞人表演者咬紧着嘴唇说，迄今一直是一个秋千，现在他表演时必须有两个，两个相对着。经理立刻表示同意。

但是空中飞人表演者，就好像他想表明在这个问题上经理同意或不同意都无关紧要似的，他说他今后无论如何再也不只在一个秋千上表演了。想到也许会发生这样的事情，他似乎感到毛骨悚然。经理迟疑着和观察着，他再次表示自己完全同意，说是两个秋千比一个好，从别的方面来说这个新设施也是有好处的，它会使表演更加丰富多彩。这时空中飞人表演者突然哭了起来。经理大为惊骇地一跃而起并问到底出了什么事了；由于得不到回答，他便登上椅子，抚摩他并把他的脸贴在自己的脸上，以致他也满脸都是空中飞人表演者的泪水。但是在问了许多问题和说了许多奉承话后空中飞人表演者才呜咽着说："手里只有这一根吊杠——叫我怎么活呀！"这下经理就比较容易安慰他了；他答应马上从下一站就为了第二个秋千的事给下一个巡回演出地点拍电报；责备自己让空中飞人表演者这么长久地只在一个秋千上表演，并感谢他、热情夸奖他使自己终于注意到了这个错误。经理就这样使空中飞人表演者慢慢平静了下来，他又可以走回到自己的角落里去了。但是他自己内心没有平静下来，他怀着深深的忧虑偷偷地从书的上端观察空中飞人表演者。这样的一些想法一旦开始折磨他，它们还会有完全停止的时候吗？它们不会危及生存吗？经理确实以为看到，在继哭泣之后的看似平静的睡眠中，空中飞人表演者那平滑的儿童额头上现在显现出了最初的皱纹。

小 妇 人[①]

这是一个小妇人。生来就相当苗条的她，却还紧紧地束腰。我看到

---

①本篇写于 1923 年，后由作者自己收入他最后一个短篇集《饥饿艺术家》；其原稿被保存在牛津大学。

她总是穿同一件连衣裙，它用浅黄带灰色的、有几分木色的布料做成，稍许饰有流苏或同样颜色的纽扣状垂悬物；她一直不戴帽子，她那无光泽的淡黄色头发平滑而且并非不整齐，但非常松散地扎在一起。她虽然束腰，动作却很灵活，她当然炫耀这种灵活，喜欢两手叉腰，猛地把上身转向一侧。至于她的手给我留下的印象，我只能这样描述：我还未曾见到过像她这样五个指头分得这么开的手；然而从解剖学上看，她的手并没有什么奇特之处，这是一只完全正常的手。

如今这个小妇人对我很不满意，她总是找我的碴儿，我总是让她受冤屈，我无时无刻不惹她生气。如果人们能把生命分成若干极小的部分并对每一个细小部分分别进行评价的话，那么我的生命的每一个细小部分都会使她恼火。我常常在想，我怎么会这么惹她生气的；也许是我身上的一切与她的审美观、她的正义感、她的习惯、她的传统、她的希望背道而驰吧，是有这样秉性相悖的人的，但是她干吗因此而感到如此烦恼呢？我们之间根本不存在什么关系会迫使她因我而受烦恼的呀。她只需下定决心把我看作完全陌生的人，我也确实是这样一个陌生人嘛，这样一种决定我不会反对的，我会非常欢迎，她只需下定决心忘记我从来不曾强加给她、也不会强加给她的我的存在——那么一切苦恼显然就都会烟消云散。我完全不计及我自己，不计及她的态度自然也令我感到难堪，我不计较这些，因为我清楚地认识到，和她的苦恼相比，所有这些难堪都不足挂齿。不过我也完全清楚地意识到，这不是因关爱而生的苦恼；她丝毫也没有要端正我的行为的意思，况且她在我身上找的碴儿也全都不具备那种可以妨碍我进步的性质。但是她同样也不关心我的进步，她不关心别的，只关心她的个人利益，即报复我给她造成的苦恼和我将来可能会给她带来的痛苦。有一次我曾试图向她指出，如何才能最好地结束这种持续不断的不愉快，可是我恰恰因此而火冒三丈，后来我就再也不作这种尝试。

说起来我也负有某种责任，因为尽管我不熟悉这位小妇人，因为尽管我们之间存在的惟一的关系是我给她带来的不快，或者更确切地说，是她让我给她带来的不快，她显然因这种不愉快也在身体上遭受到痛苦：这一点对我来说却也许并不是无关紧要的。我不时听到消息，最近这种消息在增多：她又一次在早晨脸色苍白，睡眠不足，受头痛折磨并且几乎干不了什么活了；她因此而使她的家人担心，人们反复探究她这种状况的原因，迄今仍然不得要领。只有我知道原因，这就是这旧有的和始终都是新近的不快。不过我倒是并不分担她的家人们的忧愁；她是强壮和坚韧的；谁能够这样生气，想必也能够承受得住气恼的后果；我甚至怀疑她——至少部分地——装出受苦的样子，仅仅是为了以这样的方式把世人的怀疑引向我。她太骄傲了，不屑于公开说出，我如何因我的存在而折磨她；若是为了我的缘故而向别人呼吁，那么她就会觉得这是对她自身的一种贬低；只是出于反感，出于一种不休止的、永远驱动着她的反感，她才在琢磨我；也还要把这件不干不净的事情公之于众，她实在羞于启齿。可是对这件她不断受到其压力的事完全保持沉默，她也于心不甘。所以她就凭她女人的精明试图寻求一条中间道路；她想默不作声地，只通过一种隐蔽的苦恼的外在标记把这件事送交公众法庭。也许她甚至希望，一旦公众把目光完全对准我，那么一种公众对我的普遍的不快便会油然而生并用它那强有力的手段比她的相对软弱的个人不快有力和迅速得多地最终完全把我搞定；但是随后她将会退出，舒一口气，不再理睬我。唔，要是这果真是她希望的，那她就搞错了。公众不会承担她的角色；公众决不会这样无休无止地对我横挑鼻子竖挑眼，即使公众极其仔细地观察我。我不是像她认为的那样是个没有用的人；我不想炫耀自己，尤其是不想在这件事情上自吹自擂；我谈不上特别有用，但肯定也不是废物；只是对她来说，在她的几乎闪烁着白光的眼里看来我是这么一个人，别人谁也不会信她的这种说法的。那么在这方面我就完全可以放心了吗？ 不，放心不了；因为如果人们真的知道我因我的行为简直使她得了病了，而一些好事者，那些最卖力的消息传递者则眼看就快要洞察此事，或者他们至少装出正在洞察此事的样子，这时世人就会来，会向我提出这样的问题： 我究竟为什么要用我的恶劣行径来折磨这位可怜的小妇人，我是不是打算要把她逼入死地以及我什么时候终于会理智起来并生出纯朴的人的同情心停止这样做——如果世人这样问我，我将难以回答他们。难道我应该承认，我并不非常相信那些病征？ 难道我应该因此而引起这一不愉快的印象：我为了摆脱一种罪责而指控别人并且甚至以如此不文雅的方式？ 我能公开说出来吗，说是我，即使我相信她真的有病，我也不会有丝毫的同情心，因为我完全不熟悉这个女人，我们之间存在的关系只是由她建立的，只是在她那方面存在的。我不想说，人们不会相信我的话；其实是人们既不会相信我，也不会不相信我；人们根本就不会进入谈论这件事这样一种境地；人们只会把我关于一位体弱多病的妇女所作的回答记录下来，这对我将不怎么有利。不管我作出什么回答，我都会受到无能世人的顽强干扰，他们没有能力在这样一种情况下不让人怀疑有一种爱情关系存在，虽然明摆着的不存在这样一种关系，虽然明摆着的假如存在这种关系，那么这种关系就会起因于我，因为我确实不管怎么说是会有能力去欣赏这个小妇人的无可辩驳的判断力和不疲倦的推断力的，如果我不是就会恰恰不断受到她的这些优点的惩罚的话。但是在她那方面无论如何也不存在一种对我友好的关系的丝毫迹象；在这一点上她是坦率和真诚的；我最后的希望就建立在这一点上；即使让人相信有这样一种与我的关系会符合她的作战计划，她也决不会克制不住自己做出这种事情来的。可是在这方面完全麻木的公众会坚持自己的看法并跟我作对。

所以我其实没有别的办法，只好在世人干预之前及时改弦更张，不指望可以消除——这是无法想象的——，但稍许缓和一下小妇人的不快。我确实常常反躬自问，我目前的状况是否就令我感到如此满意，以致我根本不想改变它了；是否这竟是不可能做到的事：对我的做法作出某些改变，即使我不是确信其必要才这样做，而是仅仅为了安抚这位妇人。我曾真诚地这样尝试过，不无辛劳和谨慎，这甚至符合我的心意，这几乎使我感到开心；个别的变化出现了，有目共睹，我不必促使妇人注意它们，她比我更早地觉察到所有这类变化，她已经在我的行为举止上觉察到这种意图的流露；但是由于命运的安排我没能获得成功。这怎么会呀？她对我的不满，如我现在已经认识到的，是一种原则上的不满；什么也消除不了她的这种不满，即便是除掉了我，也消除不掉这种不满；听到我自杀的消息时她大概会大发雷霆之怒的。现在我无法想象，她，这个感觉敏锐的妇人会跟我一样认识不到这一点，会既认识不到她的努力毫无希望，也认识不到我的无辜、我无论如何也没有能力满足她的要求。她肯定认识到了，但是作为富有斗争性的人，她因热中于斗争而忘记了这一点，而我的不幸的本性，这本性我不能另选别的，因为它是我天生的，我的这种本性就在于，我要低声告诉怒不可遏的人一个警告。用这样的方式我们当然永远无法互相理解。譬如我一再在清晨心情愉快地走出家门并看见那张因我而苦恼的面孔；那怏怏不乐地撅起的嘴巴；那审视的、并在审视前就已经知道结果的目光，那上下打量我、哪怕极其仓促也决不会放过任何细节的目光；那苦涩的钻入少女般面颊的微笑；那哀怨的仰望天空；那为巩固自己的地位的两手叉腰，以及然后愤愤然那脸色变白和身子发抖。

最近我就这件事向一位朋友作了一些暗示，这是我破天荒第一次这样做，对此我自己都感到惊讶；我只是顺便提及，轻描淡写，用几句话一带而过，我淡化了整个事件的意义，虽然从表面上看这意义对我来说很小很小。奇怪的是，这位朋友居然没有把这当作耳旁风，反倒小题大做认为事情很重要，并且不理会我的解释，一味固执己见。不过还有更奇怪的呢，尽管上述种种他竟还会在一个关键点上低估了这件事，因为他郑重其事地建议我出外旅行几天。没有哪个建议比这更不明事理的了；事情虽然简单，只要仔细观察观察，谁都能看清它们，但是事情也没有简单到我一出走一切或者哪怕只是最重要的事情就会井然有序了的地步呀。相反，我反倒要避免外出；如果说我压根儿要执行什么计划的话，那无论如何也应该是这样的计划：把事情限制在它那迄今为止的、窄小的、还没有让外界介入的范围内，也就是平心静气地待在我现在待着的地方，并且不允许出现大的、由这件事引发的、引人注目的变化，其中也包括不和任何人谈及此事，但是之所以要这样做，并不是因为这是一个什么危险的秘密，而是因为这是一件微不足道的、纯属个人的并且无论如何也是容易承受的事，并且还因为这件事也应该继续保持这种性质。在这一点上朋友的意见倒不无益处，它们没有教给我什么新东西，但坚定了我的基本看法。

一如在更加仔细地思考时情况所表明的，随着时间的推移事态似乎已发生了的变化并不是事情本身的变化，而仅仅是我对这件事情的看法的变化，这是因为这种看法一方面变得更平静，更坚定了，另一方面却也在无法经受得住的不断震撼的影响下——尽管它们也还是很轻微的——呈现出某种紧张不安的形态。

我对这事变得更加冷静，我自以为认识到，一种判决，尽管有时似乎即将来临，但毕竟还不会到来；人们容易——特别是在年轻的时候——倾向于大大过高估计判决到来的速度。每逢我的小女法官，一看见我就变得软弱无力，向一旁躺倒在椅子里，用一只手抓住椅子靠背，用另一只手摆弄她的紧身胸衣，愤怒和绝望的眼泪从她的双颊上滚落下来，我总是在想，判决已经作出了，我马上就会被传唤，出庭答辩。但是没有任何判决，没有任何答辩，女人容易心情恶劣，世人没有时间去注意所有的事件。在所有这些年里究竟发生了什么事？ 无非是反复发生了这样的事件而已，时而强烈一些，时而微弱一些，事件的总的数量更大了。还有就是，人们会在附近闲荡并乐意进行干预，如果他们找到这样的机会的话；但是他们找不到这样的机会，迄今为止他们只依靠自己的嗅觉，光是嗅觉虽然足以使其拥有者忙个不停，但它对别的事情并不适用。但是归根到底事情总是这样的，总是有这些游手好闲和无所事事的人，他们总是以某种极其精明的方式，最喜欢通过亲戚关系，为自己的接近辩解，他们总是暗中窥探，他们的鼻子总是嗅觉灵敏，但是凡此种种的结果仅仅是，他们还总是站在那儿。全部区别在于，我渐渐认出了他们，区分出他们的面孔；从前我曾认为，他们渐渐从四面八方碰到一起，事情的规模扩大了并且将会自动迫使作出判决；今天我自以为知道了，这一切自古以来就存在，跟判决的临近很少有或根本没有关系。至于判决本身，为什么我用这么一个庄重的词儿给它命名呢？ 如果有一天——肯定不是明天和后天，也许永远没有这一天——公众关心起这件我将一再声明不归他们管的事情，那么我虽然在这场诉讼程序中不会不受到伤害，但是下述情况是一定会被考虑到的： 我对公众来说并不陌生，向来受到公众瞩目，可靠并值得信赖；所以这个后来冒出来的受苦的小妇人，顺便说及，不是我而是另一个人也许早已认出她是个鬼难缠并在公众面前把她踩在脚下，这个妇人充其量也只能对我的声誉造成一丁点损害，而我在公众的心目中则早已是他们的值得尊敬的一员了。这就是当前的事态，我无须为此感到不安。

随着年龄的增长我变得有些不安了：这与此事本来的意义毫不相干；不断地惹得某个人气恼，人们实在是受不了了，尽管人们知道这种气恼毫无道理；人们惶恐不安，人们开始——在一定程度上只是在身体上——急切地等候判决，即使人们理智地不是很相信判决会来临。但是这部分也只是一种老龄现象；青年人穿什么都合适；不美的细节消失在青年人用之不尽的力量源泉之中；一个人在少年时代可能曾经有过虎视眈眈的目光，人们并不见怪，人们甚至根本就没看见，连他自己也没觉察，但是，给老年人留下的，是剩余，每一种残余都是必要的，没有哪种残余会更新，每一种残余都受到观察，而一个衰老的人的虎视眈眈目光则是一种明明白白虎视眈眈的目光，是不难确定它的。不过这里也并不是真的、实实在在的把事情弄糟了嘛。

总之不管我从什么角度观察此事，情况都一再表明而且我坚持这样认为：即使我用手只是轻轻地遮盖这件小事，我还是可以不受世人干扰很久很久地继续平静地过我迄今的生活的，不管这妇人怎么怒不可遏。

饥饿艺术家①

在最近的几十年里，大家对饥饿表演者的兴趣大大减低了。从前自导自演举办这种大型演出活动，收入是很可观的，今天这种演出活动完全举办不了了。那是另一种时代。当时饥饿表演者风靡全城；在饥饿表

① 该篇写于 1922 年春，发表于同年 10 月《新观察》，为作者自己所珍视的几个短篇小说之一。1924 年他曾以此为书名，与其他三个短篇结集出版。可惜该集出版时，作者已辞世。

演期间，人们的热情与日俱增；人人都想每天至少看饥饿表演者一次；表演期行将结束的最后几天里有些买了长期票的人成天蹲在小铁栅笼子前；就是夜间也有人来观看，在火把照耀下别有一番情趣；在风和日丽的日子，笼子被抬到露天场地，于是就可以特别让孩子们来看饥饿表演者；他对于成年人来说常常只是一种乐子，他们赶时髦取个乐，可是孩子们却惊讶得目瞪口呆，为了安全起见互相手牵着手，观看他如何脸色苍白，身穿黑色紧身衣，瘦骨嶙峋，连一把椅子也不屑一顾地坐在撒上去的干草堆上，一会儿有礼貌地点点头，强作笑容回答问题，一会儿把胳臂伸出栅栏，让人摸摸他有多瘦，但随后又完全陷入沉思，不理睬任何人，连对他来说十分重要的、笼子里的惟一家具时钟的打点声他也充耳不闻，而只是呆呆地望着前方出神，双眼几乎紧闭，有时端起一只小杯子喝一口水，润一润嘴唇。

除了来来去去的观众以外，也有常驻的、由观众推选出来的看守人员，说来也怪，这些人一般都是肉铺师傅，他们总是三个人一班，任务是日夜看住这位饥饿表演者，防止他以任何方式偷偷进食。但是这只是一种形式而已，是为了使观众放心而采取的一种措施，因为知道内情的人心里明白，饥饿表演者在表演期间决不会，在任何情况下也不会，甚至有人强迫也不会哪怕只吃一丁点儿东西；他的艺术荣誉感禁止他这样做。当然啦，并不是每一个看守人员都能明白这一点，有时就有这样的夜班看守，他们看守得很松，故意聚在一个远处的角落里并在那里专心致志地打牌，显然是有意给饥饿表演者机会弄点点心吃，依他们看来他会拿出点偷偷储藏着的食品来吃的。没有什么比这样的看守更让饥饿表演者感到痛苦的了；他们使他变得忧郁沮丧；他们使他表演饥饿异常困难；有时他强打精神，在他们值班期间尽其体力之所能唱起歌来，以向这些人表明，他们居然怀疑他，这真是大大地冤枉他了。然而这无济于事；他们也就只是赞叹他手段高明，能一边唱歌一边吃东西。受他欢迎得多的是这样的看守人员：他们紧挨着笼子坐下来，嫌厅里的夜间照明昏暗，还用演出经理发给他们的手电筒照射他。这刺眼的光根本不妨碍他，睡觉他反正是睡不了的，稍稍打个盹儿他总是能的，不管在什么光线下，不管在什么时刻，在挤满人的、吵吵嚷嚷的大厅里也能。他很乐意和这样的看守在一起度过这不眠之夜；他乐意逗弄他们，给他们讲自己漂泊生涯中的故事，然后又听他们讲，这一切都只是为了让他们醒着，为了能够一再向他们表明，他在笼子里什么吃的东西也没有，他在忍饥挨饿，他们之中没有人能做到这一点。然而当早晨来临，他掏腰包让人给他们送来丰盛的早餐，他们以健康人的旺盛食欲在辛辛苦苦熬了一个通宵后狼吞虎咽地吃了起来，每逢这种时候他总是最高兴了。虽然甚至有些人想把这顿早餐视为不得体地对看守施加影响，但是这样说未免太过分；每逢有人问这些人，他们愿不愿意只为了这任务的缘故没有这顿早餐也去值夜班，他们便总是溜之大吉，然而他们仍然满腹狐疑。

不过这却已经是与饥饿根本不可分开的种种怀疑中的一种。谁也不能不间歇地当看守在饥饿表演者身边度过所有这些个日日夜夜，也就是说没有人能够凭自己的观察得知，饥饿表演者是否确实持续不断地、毫无差错地忍受饥饿了；只有饥饿表演者自己能够知道这件事，同时也只有他自己对忍受的饥饿是否感到十分满意。可是他却由于另外一个原因而从未感到满意；也许他根本就不是因为饥饿而如此消瘦不堪，以致某些人非常遗憾地只得不去看这些表演，因为他们不忍心看到他这副模样，而是他仅仅是因为对自己不满才如此消瘦不堪的。也就是说只有他知道，忍受饥饿是多么容易，这是连行家也不会知道的。这是世界上最容易的事情。他对此也不讳言，但是人们不相信他的话，在最好的情况下认为他谦虚，但通常认为这是自我吹嘘，或者甚至认为他是一个江湖骗子，对于这样一个骗子来说忍受饥饿当然是件容易的事，因为他有一套使忍受饥饿轻松好受的办法嘛，而他则居然也还有脸半推半就地承认这一点。这一切他都不得不忍受，经年累月地也渐渐对此习以为常了，但是这种不满却一直在啃啮着他的心，他还从来没有，没有在哪次表演饥饿期满后——这一证明人们一定可以给他开具——自觉自愿离开笼子的。经理规定饥饿表演的最高期限是四十天，他决不让饥饿表演超过这个期限，即使在世界有名的大城市里也不例外，这样做是有充分的理由的。根据经验人们可以通过逐步升级的广告攻势不断激发一座城市的兴趣大约四十天之久，但是随后观众就疲了，参观的人会急剧下降；在这方面城乡之间自然略有差别，但是四十天是最高期限，这条规则普遍适用。然后在第四十天上，插满鲜花的笼子的门就开了，观众兴高采烈，挤满了半圆形的露天大剧场，军乐队高奏乐曲，两个医生走进笼子，对饥饿表演者进行必要的检测，通过扩音器当众宣布结果；最后过来两位年轻的女士，为自己经抽签被选中而喜气洋洋，她们要扶着饥饿表演者从笼子里走下那几级台阶，阶前有一张小桌，上面摆好了精心选做的病号饭。在这种时候饥饿表演者总是加以拒绝。虽然他还是自愿地把自己的皮包骨手臂搁在向他欠下身去的女士们那伸出来准备搀扶的手上，但是站他可是就不愿意站起来了。现在刚满四十天，为什么就要停止表演呢？ 他本来还可以长久，无限长久地坚持下去的；为什么现在要停止表演，现在他正达到最佳状态，甚至连最佳状态还没达到呢？ 只要他继续表演下去，他就不仅能成为空前伟大的饥饿表演者，这一点他可能已经实现，而且他也还可以超越自我进入难以想象的境界，因为他觉得自己忍受饥饿的能力没有止境，人们为什么要剥夺他的这种荣誉呢？ 为什么这群假装十分钦佩他的人对他如此缺乏耐心；他受得了，还可以继续表演下去，为什么他们不想坚持了呢？ 而且他也累了，坐在草堆上好好的，可现在他得支起自己那又高又细的身躯并走过去吃饭，而对于吃，他只要一想到就要恶心，只是碍于两位女士的情面他才好不容易勉强忍住了。他仰头看了看表面上和蔼可亲、骨子里却十分残忍的两位女士的眼睛，摇了摇那过分沉重地压在他细弱脖子上的脑袋。但是随后便发生了一直会发生的事。经理走过来，默默无言地——音乐使他无法说话——把双臂举到饥饿表演者的头顶上，好像他在邀请上苍看一看这里草堆上他的作品，看一看这个值得怜悯的殉道者，饥饿表演者确实是个殉道者，只不过是在完全不同的意义上的；抓住饥饿表演者的细腰，他做出过分小心翼翼的动作想以此让人相信，他抱住的是一个多么碰不起的物件；并把他交给——并非没有暗中将他微微一摇动，致使饥饿表演者的双腿和上身不由自主地摆动起来——那两位此时脸已煞白的女士。于是饥饿表演者就任人摆布；脑袋耷拉在胸前，就好像它一滚到了那儿就莫明其妙地停住不动了；身体虚弱不堪；双腿出于保存自己的本能互相夹得紧紧并在一起，但擦着地面，好像那不是真实的地面，它们现在才在寻找真实的地面；他的身体的全部重量，当然是很轻的重量，都由其中一个女士来承受，她四顾求援，气喘吁吁地——她不曾想到这件光荣差事竟是这样——先是尽量伸长脖子，这样至少可以使自己的脸不致碰上饥饿表演者，但是随后，由于这一点她并没有做到，而且她那位较为幸运的女伴不来帮她的忙，而是只肯战战兢兢地托着饥饿表演者的手，托着这副小骨头架子往前走，在哄堂大笑声中哇的一声哭了起来并只得由一个早已站着待命的勤杂工接替。随后送来了吃的，经理给在饥饿表演近乎昏厥的半睡眠状态中的饥饿表演者喂了一点儿，同时说些开心的闲话，以便分散大家对饥饿表演者身体状况的注意力；然后还举杯为观众说了一句祝酒词，这句祝酒词据说是饥饿表演者低声告诉经理的；乐队起劲地奏乐助兴，人们各自散去，没有人有理由对所见到的感到不满，没有人，只有饥饿表演者，总是只有他。

他就这样生活了许多个年头，每隔一定时间都有短时期的间歇，表面上光彩照人，受到世人的尊敬，但是，尽管如此，他的心情通常都是忧郁的，而且还越来越忧郁，因为没有一个人能够认真体察他的心情。人们该怎样安慰他呀？ 他还有什么可企求的？ 一旦有一个好心肠的人，对他表示怜悯并想向他说明，他的忧伤可能是由于忍受饥饿引起的，那么，尤其是如果表演饥饿已经表演得相当久了，就可能会发生这样的事： 饥饿表演者报之以一阵暴怒并令人们大为惊骇地像一头动物那样猛烈摇晃起栅栏来。但是遇到这种情况演出经理自有一种他喜欢采用的惩治办法。他当众为饥饿表演者开脱，承认只有忍受饥饿引起的、吃饱了的人并非轻易理解得了的易激动性才可以为饥饿表演者的态度开脱；随后话锋一转也谈起同样需要作出解释的饥饿表演者的这一论断来： 他表演饥饿的时间还能比现在长久得多；称赞这种勃勃雄心，这种善良的意愿，这种伟大的自我克制，说是这些东西肯定也包含在这一论断中了；但是随后就出示一些同时也供出售的照片从而轻而易举地驳斥了这一论断，因为人们在照片上看到饥饿表演者在表演饥饿的第四十天上躺在床上，虚弱得奄奄一息。这种饥饿表演者虽然司空见惯、但却一再使他伤心丧气的歪曲真相的做法实在让他难以忍受。这明明是饥饿表演提前收场的结果，人家却把它解释为饥饿表演之所以结束的原因！ 为反对这种愚昧行为，反对这个愚昧的世界而斗争，这是不可能的。他还是一再真心诚意地抓住栅栏如饥似渴地听经理讲话，但是照片一出现他便总是松开栅栏，叹着气坐回到草堆上，受到抚慰的观众就又可以走过来看他了。

每逢这样的场面的目击者们几年后回顾这件往事，他们便往往不理解自己当年的行为。因为在这期间出现了那个已提及的剧变，这几乎是突然发生的，可能有更深层次的原因，可是谁有兴趣去找到这些原因呢；总之，有一天这位备受宠爱的饥饿表演者发现自己被追求享乐的观众抛弃了，他们宁愿纷纷涌向别的演出场所。经理带着他又一次跑遍半个欧洲，以便看看是否什么地方还保留着这种昔日的爱好；一切枉然，像是有一种默契似的简直到处都形成了一种厌弃饥饿表演的倾向。当然，冰冻三尺非一日之寒，人们现在事后想起了某些当时在成功的光晕中没有受到足够重视、没有受到足够压制的预兆，事到如今要采取什么对策却为时已晚。虽然饥饿表演重新风行的时代肯定还会到来，但这对于活着的人无济于事。现在饥饿表演者该怎么办？ 这个人，这个曾接受过成百上千人欢呼的人，总不能屈尊到小集市的陋堂俗台去演出吧，而要改行干别的职业呢，则饥饿表演者不仅显得年岁太大，而且主要是他对饥饿表演这一行爱得发狂，岂肯放弃。所以他就告别了经理，这位一种无与伦比的人生道路上的同志，让一个大马戏团招聘了去；为了保护自己的自尊心，合同条款他看都没看一眼。

一个大马戏团，它有许多人、动物、器械，它们需要不断淘汰更新，不论什么人材，这样的马戏团随时都需要，一个饥饿表演者也要，当然要求要相应降低一些。 此外，在这种特殊情况下，受聘的不仅是饥饿表演者本人，而且也还有他当年的鼎鼎大名呢。 凭着这门并不随着年龄增长而减色的技艺的这种特点，人们甚至都不能说，一个期满退役、技艺巅峰期已过的表演者想躲到马戏团来谋一个闲差，相反，这位饥饿表演者信誓旦旦地保证，说是他，这一点完全可信，说是他的表演饥饿的本领不减当年，他甚至断言，说是如果人们遂他的心意，这一点人们二话没说便答应了他，那么其实现在他才会真正让世人为之震惊呢。 饥饿表演者一激动忘掉了时代气氛，对他的这番言论在行的人听了也不过就是一笑置之而已。

但是饥饿表演者毕竟也没有失去观察现实状况的能力并很自然地接受了这种做法：人们没有把他及其笼子作为精彩节目摆放在表演场地的中央，而是安置在场外兽场附近一个人们过往频繁的地方。笼子周围贴满了大幅海报，告诉人们那里可以看到什么。每逢观众在演出的休息时间涌向兽场去看兽畜时，都几乎免不了要从饥饿表演者身旁走过并在那里停住一会儿，人们原本也许会在他那儿多待一会儿的，可是在狭窄的通道里，在去急盼看到的兽场的路上中途停滞、不明就里的后涌来的人却使人无法好好多看一会儿。这也就是为什么饥饿表演者对这些参观时刻，对这些他当然当作自己的人生目的而加以期盼的参观时刻也又感到害怕的原因。最初他急不可待地盼着演出休息时间；他曾欣喜地盼望着这蜂拥而来的人群，但他很快就看出——即使是最顽固的、几乎是有意识的自我欺骗也敌不过这些经验——，这些人就其本意而言大多数无例外地都是来看兽畜的。不过这种远远看去的景象始终还是最美的。因为每当他们来到他这里，他周围便响起一片不断新形成的各派别的叫骂声，其中一派——这些人不久便令饥饿表演者更难堪——想要好好看看他，倒不是想看懂什么，而是一时心血来潮和赌气；而另一派呢，他们起先只是要看兽场。这大批人群一过，就来了一些姗姗来迟者，而这些人，只有他们有兴趣，是不会再有人不让他们站着的呀，而这些人却偏偏大步流星匆匆而过，几乎连瞥也不瞥他一眼，好及时去看兽畜。这决不是什么常有的幸运事儿：一个家长领着他的孩子们过来，用手指指着饥饿表演者详细讲解，这里是怎么一回事，讲到早年的岁月，当初他看过类似的、但盛况无与伦比的演出，而孩子们呢，由于他们缺乏学历和生活阅历，虽然总还是理解不了——他们懂得什么叫饥饿吗？——但是在他们炯炯发光探寻着的双眸里却流露出那属于未来的、更为仁慈的新时代的东西。也许，饥饿表演者后来有时暗自思忖，假如他待的地方不是离兽场这么近，情况就会好些。且不说兽场散发出的气味、夜间牲畜的吵闹、给猛兽过往运送生肉、喂食时的叫喊声十分伤害和持续不断地压抑他，单就这种位置而言，它使观众太容易做出选择了。可是去向马戏团经理陈述意见，他可不敢；他毕竟得感谢这些兽类招徕了那么多的观众，其中时不时也有个把人专为他而来，而如果提醒人家注意还有他这么一个人存在，从而也使人想到他严格地说来只是通往兽场路上的一个障碍物，那么谁知道人家还会把他塞到哪里去。

当然不过是一个小障碍而已，一个变得越来越小的障碍。在如今居然还想要人关注一个饥饿表演者，对这种咄咄怪事人们习以为常，这种习以为常的态度等于是对他作出了判决。让他去就其所能进行饥饿表演吧，他这样做了，但是什么也救不了他，人们从他身旁走过。试一试向谁讲讲饥饿表演吧！ 你不感到饥饿，别人也就无法让你明白什么叫饥饿。漂亮的海报给弄脏了，看不清楚了，人们把它们撕了下来，没有人想到要换上新的；记载饥饿表演天数的布告牌，起先是每天都要仔细更换数字的，如今早已没有人去更换了，每天总是那个数字，因为过了头几周后记的人自己对这项简单的工作感到腻烦了；就这样，饥饿表演者虽然一如从前梦想过的那样继续表演下去，而且像他当年预言过的那样，他表演起来毫不费劲，但是没有人记天数，连饥饿表演者自己也不知道，他的成绩已经有多大，他的心情变得很沉重。如果有一天来了一个游手好闲的人，把布告牌上的旧数字奚落一番并说这是蒙骗人，那么这就是冷漠和天生的恶意所能编造出来的在这种意义上的最愚蠢的谎言，因为不是饥饿表演者在骗人，他诚实地工作着，但是世人骗取了他的工钱。

又过了许多天，连这也有了一个结局。有一天一个看管人发现了这只笼子，他问勤杂工们，为什么人们将这里这只好端端的铺着腐草的笼子弃之不用；谁也不知道这是怎么回事，直到有一个人看到了记数字的牌子才想起了饥饿表演者。人们用竿儿挑起腐草，发现饥饿表现者在里面。“你还一直在表演饥饿?”看管人问，“你到底什么时候才停止呀?”“诸位请原谅，”饥饿表演者细声细气地说；只有耳朵贴着栅栏的看管人才听得懂他的话。“当然，”看管人一边回答，一边用手指摸了摸自己的额头，以此向勤杂工们暗示饥饿表演者的状况不妙，“我们原谅你。”“我以前一直希望你们赞赏我的饥饿表演，”饥饿表演者说。“我们也是赞赏的呀，”看管人迁就着说。“但是你们现在不应该赞赏，”饥饿表演者说。“嗯，那我们就不赞赏好啦，”看管人说，“我们究竟为什么不该赞赏呢?”“因为我必须绝食，我没有别的办法，”饥饿表演者说。“那就怪啦，”看管人说，“怎见得你就没有别的办法了呢?”“因为我，”饥饿表演者一边说，一边把小脑袋稍稍抬起一点，用要亲吻似的撮尖的嘴唇径直对着看管人的耳朵说，惟恐对方漏听了一个字，“因为我找不到合我口味的食物。假如我找到这样的食物，请相信我，我就不会引起轰动，我就会跟你和所有的人一样吃得饱饱的。”这是他最后的几句话，但在他那瞳孔已扩散的眼睛里流露出这坚定的、即使不再是骄傲的信念：他在继续表演饥饿。

“现在收拾收拾吧！”看管人说，人们把饥饿表演者连同烂草一起给埋了。而笼子里则放进去了一只小豹。即使感觉最迟钝的人看到这头野兽在这只废弃了这么久的笼子里来回打滚也会感到赏心悦目。小豹什么也不缺。看守们没费多大周折就给它送来了合它口味的食物；似乎连失去自由也没使它感到惆怅；这个高贵的身体装备着一切必需之物，不仅有利爪，似乎也随身带着自由；这自由似乎就在满口牙齿中的什么地方；生命的欢乐伴随着如此强烈的吼声从它那张开的大口中发出，观众要顶住这吼叫声实在不是一件容易的事。但是观众们克制住自己，挤在笼子周围，舍不得离去。

女歌手约瑟芬或耗子似的听众①

我们的女歌手叫约瑟芬。没有听过她歌唱的人，就不知道歌唱的魅力。没有人不被她的歌唱吸引，这一点由于我们这一代人总的说来不喜欢音乐而更值得称道。宁静平和是我们最喜爱的音乐；我们的生活是艰难的，即使我们有朝一日尝试着摆脱了日常生活的忧虑，我们就再也不能使自己升华，获得如音乐这种远离我们日常生活的东西。不过我们对此并不感到十分惋惜；我们根本不会发展到这种地步；我们认为某种实用的狡黠，我们自然也十分迫切需要的这种狡黠是我们的最大优点，我们惯常对一切都这样狡黠一笑、泰然处之，即使我们有朝一日——但这种事不会发生——会渴望得到来自音乐的幸福。只有约瑟芬是个例外；她热爱音乐并且也善于传授音乐；她是独一无二的；随着她的去世音乐就会从我们的生活中消失，谁知道会消失多久。

我曾常常考虑，这种音乐究竟是怎么一回事。我们完全没有音乐天赋，我们怎么会理解约瑟芬的歌唱，或者，由于约瑟芬不承认我们理解，我们怎么会至少自以为理解约瑟芬的歌唱。最简单的答案恐怕就是：这种歌唱太美了，就连最迟钝的感官也受不了它的诱惑。但是这

---

①这是卡夫卡的最后一篇作品，写于 1924 年 3 月，即他去世（6 月 3 日）前的三个月，最初发表在同年 4 月 20 日的《布拉格日报》复活节增刊上，后与另三篇小说集成一册，题为《饥饿艺术家》，同年在柏林出版。

种回答并不令人满意。假如真是这样的话，那么我们在听到这种歌唱时想必在最初并且始终都会觉得它不同凡响，会觉得，从这个喉咙里发出的是我们从未听到过的，而且我们也根本没有可能听过这歌声，只有这个约瑟芬才能使我们听懂它，任何旁人都无能为力。然而在我看来，恰恰是这种看法一点儿也不合乎实际情况，我没有这种感觉，也没有发现别人有类似这样的感觉。在知心朋友圈里我们互相坦率地承认，约瑟芬的歌唱作为歌唱来说没有丝毫特别之处。

这压根儿是歌唱吗？ 我们缺乏音乐天赋，可我们有歌唱的传统呀。在古代我们这个民族就有歌唱，传说里讲到这事，甚至还有歌保存下来，今天当然再也没有什么人会唱这些歌了。所以对什么是歌唱的一种想象我们是有的，而约瑟芬的艺术其实并不符合这种想象。这压根儿是歌唱吗？ 这会不会也许只是一种口哨？ 吹口哨我们当然都熟悉，这是我们这个民族固有的艺术技巧，或者更确切地说，根本不是什么技巧，而是一种独特的生活表现形式。我们大家都吹口哨，但是谁也没有想到要把这冒充为艺术，我们吹口哨时没有注意到这一点，是的，没有察觉到这一点，我们之中甚至有许多人，他们根本不知道吹口哨是我们的特点之一。那么假如这是真的，约瑟芬真的不是歌唱，而只是吹口哨，也许甚至像我至少觉得的那样几乎没超出寻常吹口哨的范围——她也许连一般吹口哨的力气都没有，而一般普通的挖土工人倒能一边干活一边毫不费劲地吹上一整天口哨——假如这一切都是真的，那么约瑟芬的所谓的艺术家气质虽然会被驳倒，但是这样一来也就更需要解开她为何有巨大影响这个谜了。

可是她发出的声音确实并非仅仅是吹口哨。倘若你站到离她相当远的地方侧耳倾听，或者说得更贴切些，倘若你在这方面接受检验，就是说倘若约瑟芬在别的歌手中间歌唱，而你给自己定下了任务，要听出她的声音来，那么你一定什么也听不出来，只会听出一种平常的、顶多由于纤细或柔弱而稍显突出的口哨声。但是如果你站在她面前，那么这就不仅仅是一种口哨声。要了解她的艺术，就必须不仅听见她唱，还必须看见她唱。即使这只是我们日常吹出的口哨，这里也已经先是有了这种特殊性：某人郑重其事地走过去，不为任何别的事，只为了做这件平平常常的事。敲开一个核桃确实不是什么艺术，所以也就没有人敢于召集观众，在他们面前表演敲核桃，以此来为他们解闷。要是他还是这么做了并且如愿以偿，那么这就不可能单纯是敲核桃了。抑或这是敲核桃，可是结果却表明，我们忽视了这门艺术，因为我们从前完全精通它，而现如今却只有这个敲核桃新手才向我们展示了这门艺术的真正诀窍，如果他敲起来有点儿不如我们之中的大多数人熟练，效果甚至还会更好呢。

也许这种情况与约瑟芬的歌唱有相似之处；我们欣赏她身上的这种若在我们身上我们根本不欣赏的东西；而且在后面这一点上她和我们的看法完全一致。有一次我正巧在场，亲眼看到某人提醒她——这当然是常有的事——注意全民族普遍都在吹口哨，而且人家这样提醒时态度是很谦虚的，可是约瑟芬却受不了了。像她当初流露出的那种狂妄自大的微笑，我还没有见到过呢；她，一个外表上其实无比娇柔的女子，即使在我们这个不乏这类妇女形象的民族里也显得特别娇柔，她当初看来简直好像粗俗；顺便说及，她生性非常敏感，也可能马上自己就感觉到这一点并有所收敛。不管怎么说，反正她矢口否认她的艺术和吹口哨之间有任何关联。对于持相反看法的人，她只报之以蔑视，也许还有隐秘不说的憎恨。这不是寻常的虚荣心，因为这一反对派——我也差不多属于这一派——钦佩她的程度肯定不亚于大多数人，但是约瑟芬不只是想要受到钦佩，而且也完全要人家以她规定的方式钦佩她，单纯的钦佩她一点儿也不在乎。如果你坐在她面前，你就会理解她；只有在远处你才会持反对意见；如果你坐在她面前，你就知道：她在这里吹的不是口哨。

由于吹口哨是我们的下意识的习惯之一，所以人们就会认为，在约瑟芬的听众中也会发出口哨声；她的艺术会使我们愉快，而如果我们愉快了，我们就吹口哨；但她的听众不吹口哨，他们像耗子一样一声不响，就好像是我们已经分享到了所盼望的宁静，至少是我们自己的口哨声会妨碍我们得到的这种宁静，所以我们沉默不语。使我们心醉神迷的是她的歌唱呢，或者莫非竟是那纤细柔弱声音四周的肃穆宁静？有一次发生了这样的事：某个傻乎乎的小女孩在约瑟芬歌唱时也天真烂漫地吹起了口哨。噢，这完全就是我们听到约瑟芬吹的那种；那儿前面，是那尽管很熟练、但却始终还是怯生生的口哨声，而这里在观众中则是这出神的、童声童气的口哨声；说明这区别，简直是不可能的事；但是我们立刻用一片嘘声和唿哨声压制住了这个捣乱者，尽管其实根本没有必要这样做，因为不这样她肯定也会因害怕和羞愧而恨不得钻进地缝，而约瑟芬则扬扬得意地吹起口哨、忘乎所以地伸出双臂并把脖子伸长到极致。

而且她一向都是这样，每一件小事，每一个偶然事件，每一次倔头倔脑，正厅前排座位里的一声喀嚓，一声格格咬牙，一次灯光故障，她认为都适宜于提高她的歌唱的效果；在她看来她是在为聋子演唱嘛；热情和喝彩声并不短缺，但是对如她所以为的那种真正的知音她早已不指望了。于是乎，所有的干扰都很合她的心意；一切外来的与她的歌唱的纯洁性对立的东西，一切稍加斗争，甚至不经斗争，仅仅通过对比就能战而胜之的东西，这一切有助于唤醒大众，虽然不能教会他们理解，但能教会他们肃然起敬。

小事都尚且这样为她效劳，大事就更不用说了。我们的生活很不安定，每天都有意想不到的事，令人担惊受怕的事，有希望和惊恐，所以单个的人不可能忍受这一切，如果他不是每时每刻、不论白天还是黑夜都有志同道合的人的支持的话。但是即便这样事情也往往还是相当困难；有时连成百上千个人的肩膀也会让本来只该由一个人承受的重担压得颤颤巍巍。这时约瑟芬便认为自己的时机到了。她已经站在那儿，这个柔弱的人儿，尤其是胸脯以下抖动得怕人，那样子，就好像她把自己的全部力量都凝聚在歌唱上了，就好像每一份力量，几乎是每一滴生机都已经从她身上的不是直接为歌唱服务的一切之中抽走了，就好像她被剥夺了一切，被出卖了，只受到善良的神灵的保护了，就好像在她如此忘情地沉浸在歌唱中的时候一丝冷风吹过就会把她杀死。但是恰恰在目睹此情此景时我们这些所谓的对手却往往在心里嘀咕："她连吹口哨都不会；她不得不付出极大的努力，却不是为了歌唱——歌唱我仍就免谈吧——而是为了勉强吹出几声流行全国的口哨声来。"我们就是这样看的，然而这，如上所述，却是一种虽说不可避免、但又转瞬即逝的印象。我们也就已经沉浸在大众的感情里，他们暖暖和和，身子挨着身子，屏息谛听。

为了把我们这个几乎总是处在运动之中的、为了往往不很明确的目标东串西奔的民族的这一大群聚集在自己的周围，约瑟芬通常没有别的辙儿，只得后仰着小脑袋，半张着嘴巴，摆出那种表示她要唱歌了的姿势。只要愿意，她都能这样做，不必是很远都可以看见的地方，任何一个偏僻的、一时兴起选中的角落同样可以很好地派上用场。她要唱歌的消息马上就传开了，大批的听众很快就会蜂拥而来。噢，不过有时会有障碍，约瑟芬喜欢恰恰在动荡不安的时刻歌唱，这时我们为种种忧虑和困苦所迫而奔波在许多地方，人们实在没有办法如约瑟芬希望的那样很快聚集到一处，这一会她就拿腔作势地也许在那儿站了好久也没有足够数量的听众到场——于是她当然就会怒气冲冲，于是她就会跺脚，破口大骂，她甚至会咬人。但是就连这样一种态度也无损于她的名声；人们非但不遏制她的那些过分要求，反而竭力满足它们；人们派出信差把听众招来；这件事是瞒着她做的；人们看到周围的道路上有岗哨，向来者招手示意，要他们加快步伐；这一切一直这样进行下去，直至最后勉强凑齐了一定数量的听众。

什么促使这个民族为约瑟芬如此卖命？ 比起约瑟芬的歌唱算不算歌唱这个与之相关的问题来，这个问题不见得更容易回答一些。假如譬如可以断言这个民族因这歌唱而无条件顺从约瑟芬，那么人们不妨就可以取消这个问题并把它完全和第二个问题合在一起。但是情况恰恰不是这样；我们这个民族几乎不知道什么叫无条件顺从；这个民族，它遇事都喜欢耍点小聪明，喜欢儿童般地轻轻说话，喜欢扯些确实无害的、只是为了活动嘴皮子的闲话，一个这样的民族无论如何也不会无条件顺从的，这一点约瑟芬分明也感觉到了，这就是她扯足了她那虚弱的嗓音所竭力反对的。

只是人们在作这样的一般性的评论时自然不可走得太远，这个民族是顺从约瑟芬的，只不过不是无条件的，譬如它恐怕没有能力去嘲笑约瑟芬。人们可以暗自承认： 约瑟芬身上有某些引人发笑的东西，笑本来就一直与我们有缘；尽管我们的生活中有种种不尽如人意的事，轻轻一笑在我们这儿简直可以说一直都是司空见惯的；但是对约瑟芬我们不嘲笑。有时候我有这样的印象： 这个民族这样来理解它与约瑟芬的关系，就是说，她，这个脆弱的、需要小心呵护的、自有某种出众之处的、依她看以歌唱出众的人已经托付给了它，因此它必须照料她；个人的原因谁也不清楚，只有事实似乎是肯定无疑的。但是对托付给了一个人的，人们不嘲笑；嘲笑这个，就是玩忽职守；我们之中最恶毒的人对约瑟芬所作的最恶毒的攻击，就是他们有时竟说："我们一看见约瑟芬就笑不起来了。"

这个民族就这样以一个父亲的样子为约瑟芬说话：这个父亲关爱着一个——人们不太清楚是为了请求什么还是要求什么——向他伸出自己小手的孩子。人们会以为，我们这个民族不适宜于履行这种做父亲的职责，但是其实不然，起码在这件事情上它堪称楷模地履行着自己的职责；在这方面这个民族作为整体有能力做到的，个别人不可能做到。当然啦，民族和个人之间的力量差别是如此之巨大，以致这个民族只要把这个被保护者拉到自己温暖的身边，他也就受到充分的保护了。不过对约瑟芬人们却不敢讲这些事情。"我对你们的保护不屑一顾，"她会说。"对，对，你不屑一顾，"我们心中暗想。此外，她反抗的时候，根本就不是什么反驳，这完全是一派孩子气和孩子式的感谢，做父亲的是决不会把这放在心上的。

可是随之而来的还有别的问题，它难以用这种民族与约瑟芬之间的关系来解释。因为约瑟芬持相反的看法，她认为，是她在保护这个民族，据说她的歌唱可以把我们从恶劣的政治或经济境况中解救出来，它恰恰就可以办成这件事，如果它不消除不幸，那么它至少给我们以力量去承受这不幸。她没有用这样的方式，也没有用别的方式把这说出来，她根本就很少说话，她是个喋喋不休的人群中的沉默寡言者，但是她的眼睛闪出这样的光，从她闭着的嘴上——在我们这儿只有少数人能闭着嘴，她能这样——可以看出这层意思。每当坏消息传来——在有些日子里这种消息接二连三传来，其中有假的和半真半假的——，她就立即起立，平时她总是疲惫地想坐在地上，这时她一跃而起，伸长脖子，看守好她的那一大群，一如暴风雨来临前的牧羊人。诚然，孩子们也会以他们那种粗野和冲动的方式提出类似的要求，但是约瑟芬的要求不像孩子们的那样毫无根据。当然啦，她不拯救我们，不给我们力量，装扮成这个民族的救星是件容易的事，这个民族饱经苦难，不善自保，决断迅速，视死如归，在这不断耳濡目染它的蛮勇氛围中只是表面上显得腼腆胆怯，此外不但繁殖力强，还有冒险精神——我是说，事后以这个民族的救星自居是件容易的事，这个民族还一直以某种方式自己拯救自己，哪怕要作出令历史研究者——一般来说我们完全忽视历史研究——心惊胆战的牺牲。可是这却是真的：我们恰恰在危急时刻比平时更加专心地倾听约瑟芬的声音。我们面临的种种危险使我们变得更安静，更谦恭，更听从约瑟芬的发号施令；我们喜欢聚会，我们喜欢挤在一起，尤其是因为这是由于一个与折磨人的主要事情相去甚远的因由而发生的事；这情形，就好像我们在战斗前还迅速——是呀，迅速是必要的，这一点约瑟芬常常忘记——共饮一杯和平酒。这与其说是一场歌唱演出，还不如说是一个民众集会，而且是一个除了前面的轻微口哨声以外四下里一片寂静的集会；这一时刻太严肃了，谁也不想闲聊。

这样一种关系如今当然可能根本不能令约瑟芬感到满意。尽管她有着种种神经质的不愉快的感觉，有着这种因她那从未得到澄清的地位而充满她心头的不愉快感觉，她却还是受到自己的自我意识的迷惑而看不到某些事情，人们不用费多大劲就可令她忽略更多的东西，一群谄媚者本着这种精神，就是说其实是本着一种普遍有用的精神一直在活动着，——但是只是不引人注意地在一个群众集会的角落里顺便唱唱歌，她是肯定不会为此奉献出自己的歌唱的，尽管这其实根本不是什么微不足道的事。

但是她也不必这样做，因为她的艺术是不会不引人注意的。尽管我们从根本上来说关心着完全不同的事情，场内的寂静决不仅仅是为了歌唱的缘故，某些人根本不抬头，而是把脸埋进同伴的皮外衣里，而约瑟芬则似乎在那台上白费力气，然而还是有一些她的口哨声——这是不可否认的——不可避免地也传到我们这儿。这种在责成所有其他人沉默时响起的口哨声，它几乎像一个民族的信息传给个人；约瑟芬在艰难的抉择中所发出的这种低微口哨声几乎就像我们这个民族在乱哄哄的敌对世界中过着的贫穷生活。约瑟芬挺住了，这种微不足道的声音，这种微不足道的成就挺住了，并开辟了通往我们的道路，一想到这一点，心里就感到舒适。一个真正的歌唱艺术家，有朝一日我们中间一旦出现这样一个的话，在这样的时代我们肯定会忍受不了的，我们会一致拒绝这样一场荒谬绝伦的演出。但愿约瑟芬受到保护不会取得这样的认识：我们听她歌唱的这一事实是一种反对她的歌唱的表现。这一点她大概也猜到了，否则她干吗竭力否认我们在听她歌唱，但是她一再歌唱，她一再对这一猜测不予理会。

不过此外她也还总会得到一种安慰：我们在某种程度上也确实在听她歌唱，很可能就像听一个歌唱艺术家那样。她达到了一个歌唱艺术家徒劳地在我们这儿力求达到的、只有恰恰她那有欠缺的演唱方法才有幸获得的效果。这大概主要与我们的生活方式有关。

我们这个民族没有青年时代，勉强有一个短促的童年时代。虽然一再有要求，要人们保证儿童得到一种特殊的自由，一种特殊的爱护，保证他们有权得到一点儿无忧无虑，一点儿嬉闹玩耍，一点儿游戏，要人们承认这种权利并促使这权利得以实现。这样的要求一提出来，几乎人人都赞成，没有什么东西比这更应得到赞成的了，但是在我们的现实生活中也没有什么可以少获得一点承认的东西了，人们赞成这些要求，人们本着它们的精神作一些尝试，但是很快一切又还是老样子。我们的生活就是这个样子，一个孩子，刚会走几步路，刚能稍稍辨别一下环境，就得像成年人那样照料自己。我们出于经济上的考虑而不得不分散居住，这些居住地太辽阔，我们的敌人太多，到处给我们制造的危险太无法估量——我们无法使孩子们避开生存斗争，我们若是这样做了，这就会是他们的提前死亡。在这些可悲的原因以外自然还有一个突出的原因：我们这个部族繁殖力强。一代——每一代都数量众多——排挤另一代，儿童没有时间当儿童。别的民族的儿童受到小心呵护，那里建立了供小孩儿们读书的学校，那里每天有儿童们从这些学校里涌出来，他们是民族的未来，可是在长时间里从那里日复一日出来的都是同一批儿童。我们没有学校，但是在最短的间隔时间里从我们的民族中便涌现出一群又一群不见尽头的我们的孩子，在他们还不会吹口哨时兴高采烈地发出咝咝声或尖叫声，在他们还不会跑的时候，他们打滚，或者凭借压力继续滚动，在他们还看不见什么的时候，他们摸索着磕磕碰碰穿行在一个群体中，我们的孩子！ 不像在那些学校里都是同一批孩子，不，总是，一再是新的，无休无止，没有尽头，一个孩子刚一出现，就不再是孩子，在他的后面马上又挤满了数目众多、急急匆匆、难以分辨的新的孩子的脸，因幸福而面色红润。当然啦，不管这有多美，不管别的族类多么有理由因此而羡慕我们，我们还就是无法给我们的孩子们一个真正的童年。这自有其后续效应。某种永不消失的、消除不了的孩子气贯穿我们这个族类；恰恰与我们的最大优点，与完全可靠的、注重实际的理性形成了矛盾，我们的行为有时愚蠢已极，那样子，就像孩子做事愚蠢，毫无意义，花钱大手大脚，慷慨大方，轻率莽撞，而且这一切常常是为了开一个小小的玩笑。如果说我们因此而得到的快乐再也不可能是十足的孩子气的快乐的话，那么一些这种孩子气快乐的成分肯定还是在其中存在着的。约瑟芬也向来从我们这个族类的这种孩子气中获得好处。

但是我们这个民族不仅有孩子气，它在某种程度上还未老先衰，我们的童年和老年的情况跟别的族类不一样。我们没有青年时代，我们一下子就变为成年，我们的成年阶段太长，某种厌倦和绝望情绪从这时起便在我们这个民族的总体上十分坚韧和满怀希望的性格中留下明显痕迹。我们缺乏音乐天赋也许与此有关联；我们太老不宜搞音乐，音乐的激情与亢奋与我们的老成持重很不合拍，我们神色疲倦地表示拒绝它；我们退而吹口哨；时不时吹几声，这对我们来说是恰当的做法。谁知道，我们当中有没有音乐天才；即使有，我们这个族类的性格也一定会把这种才干扼杀在它得到发展之前。而约瑟芬则可以随她的心愿吹口哨或唱歌，随她怎么说都行，这不妨碍我们，这符合我们的心意，这个我们经受得住；万一其中含有一些音乐成分的话，这也是已经减少到微乎其微的了；某种音乐传统得到维护，但是这丝毫也不会加重我们的负担。

但是约瑟芬给这个具有这样心绪的民族还带来更多的东西。在她的音乐会上，尤其是在危急的时期，只还有那些黄口小儿对这位女歌手感兴趣，只有他们惊讶地观看，她怎样撮起嘴唇，从小巧玲珑的门牙缝里喷出气来，在欣赏她自己发出的声音的过程中渐渐倒地并利用这种倒地的机会，以激励自己去获取新的、她越来越无法理解的成绩，但是那固有的大多数听众却已经——这是显而易见的——自顾自地沉思起来了。这个民族在这里的战斗之间的短暂间歇里做着梦，这情形，就仿佛每一个个体的肢体松动了，仿佛心神不定者可以尽情地在民族的温暖的大床上伸展一下身子了。约瑟芬的口哨声不时传入这些梦中；她称之为珠落玉盘，我们称之为声如裂帛；但是，不管怎么说，这里是吹这口哨的恰当场合，别的什么场合都不行，譬如音乐就几乎不会有这样的机缘。这口哨声里有某种可怜的短促童年的东西，有某种失去的、再也不会重新找到的幸福，但是其中也有某种日常的现实生活，有今日生活中小小的、不可理解但存在着的和不可抑制的欢乐情绪。而这一切确实不是用高亢的声调，而是以轻柔的、耳语般的、亲切的、有时有点沙哑的声音表达出来的。这自然是一种口哨声。怎么会不是呢？ 口哨是我们这个民族的语言，可是某些同类终生吹口哨却不知道这一点，但在这里吹口哨却摆脱了日常生活的桎梏并且也使我们得到了短暂的解脱。当然啦，这种演出我们不愿意错过。

但是从这里到约瑟芬所断言的她在这样的时期给我们新的力量云云，却还有一段很长的路程。当然是对一般公众而言，对约瑟芬的谄媚者来说又另当别论。“怎么会不是这样呢？”——他们厚颜无耻地说——“对观众，尤其是冒着迫在眉睫的危险，还能作别的解释吗？这种情形有时甚至已经妨碍了采取充分而及时的措施来防备危机。”唔，后面这句话不幸倒是说对了，然而并不能给约瑟芬增添光彩，尤其是如果我们补充说明这样一个情况的话：每逢我们的集会突然遭到敌人冲击，我们的若干同类不得不因此而丧命，约瑟芬，这个罪魁祸首，对了，也许是她用她的口哨声引来了敌人，她却总是有最安全的藏身之地，总是在她的追随者的保护下头一个悄悄地飞快溜之大吉。但是这一点本来也是大家都知道的，约瑟芬下一次任意在某地某时演唱时他们却还是又急急忙忙赶去。从中可以推断出：约瑟芬几乎是不受法律管束的，她可以为所欲为，即使这会危及全部落；她所做的一切事都会得到宽恕。假如情况是这样的话，那么约瑟芬的要求也就完全可以理解了，是呀，我们在某种程度上就可以把这个民族会给她的这种自由，把这件异乎寻常的、不给任何别人的、其实是违背法律的礼物看作为一种承认：这个民族如她断言的那样不理解她，软弱无能地赞叹她的艺术，觉得自己不配欣赏它，企图以一种近乎绝望的努力来补偿它给约瑟芬造成的这种痛苦，并且一如她的艺术超出了它的理解能力那样，也把约瑟芬其人及其愿望都置于它的管辖之外。噢，这当然是完全不对的，也许这个民族的个别成员会轻易向约瑟芬屈服，但是正如这个民族决不会无条件地向谁投降那样，它也不会向她屈膝投降的。

很久以来，大概从她开始艺术生涯的那天起，约瑟芬就力争要大家顾及她的歌唱免去她的一切工作；要大家让她不必为每日的生计操心，也不必去参加与我们的生存竞争有关的一切活动并把这——十之八九——转嫁到整个民族身上。一个愣头愣脑者——也确有这样的同类——就会单单从这一要求的独特中，从能想得出这样一个要求的精神状态中推断出这一要求内在的合理性。但是我们的民族得出了另外的结论，心平气和地拒绝了她的要求。它也并不费力去反驳她列举的理由。譬如约瑟芬指出，紧张的劳作有害于她的嗓子，虽说劳作时花的力气比歌唱时小多了，但毕竟会使她在演唱之后得不到足够的休息，为下一次演唱养精蓄锐，说是她不得不在演唱时竭尽全力，但是，尽管如此，在这种情况下却还是从来也达不到最佳状态。大家倾听她的陈述，权当耳旁风。这个很容易受感动的民族有时会根本不为所动。有时拒绝得如此斩钉截铁，甚至连约瑟芬都惊呆了，她似乎顺从了，该干什么就干什么，尽其所能地唱好，但这一切好景不长，接着她又抖擞起精神重新投入战斗——看来她在这方面有着无穷的力量呢。

现在清楚了，约瑟芬并不是真正在谋求她所严格要求的东西。她是明智的，她不是不爱劳动，不爱劳动在我们这儿是根本没听说过的，即使批准了她的要求她也肯定不会过一种和从前不一样的生活，劳动根本不会妨碍她歌唱，当然她的歌唱也不会变得更美——所以她追求的，仅仅是公开的、明确的、经历了各个时代而仍然存在的、远远超出一切迄今已知先例的对她的艺术的承认。但是几乎一切别的东西她似乎都可以得到，惟独这个她却硬是得不到。也许她原本就应该一开始就把进攻引向另一个方向，也许她现在自己认识到这个错误了，但是她现在没法走回头路了，走回头路就意味着对自己不忠实，现在她不得不和这个要求共进退。

倘若她如她所说的那样确实有敌人，那么她的敌人满可以开开心心地袖手旁观这场斗争。但是她没有敌人，即使某些同类不时对她有异议，这场斗争也不会让谁感到开心。之所以不会，就因为民族在这里表现出一种冷冰冰的法官的态度，平时在我们这儿这是极其罕见的。即使谁会在这种情况下同意这种态度，只要一想到这个民族有朝一日也可能会对他自己采取相似的态度，他也就一点儿也高兴不起来了。拒绝也好，要求也罢，问题都不在于事情本身，而是在于这个民族竟会以这副铁石心肠来对待这个民族的一员，考虑到以往这个民族慈父般慈爱地，甚至比慈父还更慈爱地，简直是低声下气地关怀这个成员，这就更显其冷漠无情。

这里如果不是民族而是一个个人：人们可能会以为，这个人在整个这段时间里在有人不断强烈要求最终结束这种迁就的时候迁就了约瑟芬；人们会以为，他怀着不管怎么说迁就也一定会有其正确限度的这个坚定信念迁就得太多太多；是的，他的迁就超出了必要的范围，仅仅是为了加快这件事情的进程，仅仅是，为了纵容约瑟芬和促使她不断提出新的愿望，直到她然后真的提出这个最后的要求；这时他便理所当然地、由于早已有所准备所以就当机立断地采取了这彻底拒绝的态度。唔，实际情况肯定完全不是这样的，这个民族不需要这样的诡计，而且它对约瑟芬的敬仰也是真诚的和久经考验的，而约瑟芬的要求却又是如此强烈，以致每一个不拘束的孩子都会把结果预先告诉她；但是，尽管如此，在约瑟芬对这件事情的看法中可能也含有这样的猜测的成分，这样的猜测给这个遭拒绝的人的痛苦添上了一种苦涩。

但是尽管她有这样一些猜测，她却没因此而被斗争吓住。最近斗争甚至更激烈了；如果说迄今她只是通过言语进行这场斗争的话，那么现在她开始使用别的手段，这些手段依她看更有效，在我们看来则对她本人更危险。

有些人认为，约瑟芬之所以变得如此咄咄逼人，是因为她感到自己正在衰老，声音显得虚弱无力，所以她觉得进行最后这场争取得到承认的斗争已是刻不容缓。我不认为是这样。如果真是这样的话，约瑟芬就不是约瑟芬啦。对她来说没有衰老这一说，她的嗓音也不会虚弱无力。如果她要求什么，那么这并非由外部事物促成，而是内在的合乎逻辑考虑使然。她伸手抓取最高的桂冠，并非因为此刻它恰恰挂得低了一点儿，而是因为它是最高的；若是她有这个权力，她还会把它挂得更高。

对外界困难的这种蔑视当然并不妨碍她使用最有失体面的手段。她认为她的权力是不容置疑的；至于她是如何得到这权力的，这有什么关系呢；尤其是由于在展示在她眼前的这个世界上恰恰是体面的手段必定不灵。也许她甚至因此而把争取自己的权力的斗争从歌唱的领域转移到了另一个她并不珍视的领域。她的追随者们已经把她的一些言论广为传播，据称她感到自己完全有能力这样唱歌：使这个民族的各个阶层直至最隐蔽的反对派都觉得这是一种真正的乐趣，不是声称一直在约瑟芬的歌唱中感到这种乐趣的这种民族所以为的真正的乐趣，而是约瑟芬所要求的那种乐趣。但是，她补充说，由于她不能伪造高尚，也不能迎合低俗，所以一切只好照旧。至于她为摆脱劳动而作的斗争，情况就不一样了，虽然这也是一种为争取自己的歌唱而进行的斗争，但是在这里她并不直接用珍贵的歌唱武器进行斗争，所以她使用的任何手段都是相当有效的。

譬如流传着这样的谣言：如果不对约瑟芬让步，她就要少唱花腔。我对花腔一窍不通，从她的歌唱中从未听出什么花腔。但是约瑟芬要减少花腔，暂时不是取消，而仅仅是减少。据说她曾把她的威胁付诸实施，而我却听不出与她从前的演出相比有什么不同。整个民族一如既往地听了她的歌唱，并没有，并没有对花腔发表什么意见，对约瑟芬的要求所持的态度也没有变。顺便说及，约瑟芬不仅在其形体上，而且不可否认也在其思想上有时颇有种不俗之处。譬如在那场演出之后，仿佛她的关于花腔的决定对民族太严厉或太突然了，她当众宣布，下一次她将重新完全唱花腔。但是在下一场音乐会之后她又改变主意，说什么花腔高音彻底结束了，在作出一个对约瑟芬有利的决定之前它们不会回来了。唔，这个民族对所有这些声明、决定和决定的改变一概充耳不闻，就像一个成年人心不在焉地把一个孩子的絮叨当耳旁风那样，基本上态度友好，但，但一句话也没听进去。

但是约瑟芬不让步。譬如她最近声称，她干活时碰伤了脚，她难以站着唱歌了，现在她甚至不得不缩短演唱时间。尽管她一瘸一拐地行走并且让她的追随者们搀扶着，但谁也不相信她真的受了伤。就算我们承认她的纤小的身体特别敏感，但我们毕竟是个勤劳的民族，约瑟芬也是其中的一员；但是如果我们擦破了一点皮就要一瘸一拐地走，那么整个民族根本就都要没完没了地一瘸一拐了。但是尽管她装得像一个瘸子那样，尽管她比往常更频仍地向公众展示自己的这种令人怜悯的状况，这个民族还是像从前那样感激和兴高采烈地听她歌唱，它并不因为缩短时间而大惊小怪。

由于她不能老是瘸着走，所以她又想出别的点子来，她借口身心疲倦，情绪不佳，身体虚弱。现在除了音乐会以外，我们还有戏可瞧了。我们看到约瑟芬身后她的那些追随者们，他们请求她、恳求她唱歌。她很乐意唱，但是她唱不了。人们安慰她，一个劲儿给她说好话，几乎把她抬到已经事先找好的要她唱歌的地方。她终于眼泪汪汪地让步了，但是当她要开始唱的时候，明显虚弱无力，双臂没像往常那样伸出，而是有气无力地耷拉在身边，这不免让人觉得这两条胳臂也许太短了点——正当她想要这样开始唱歌的时候，哎，又不行了，脑袋恼怒地猛地一动宣告了这一点，她在我们眼前晕倒。但是随后她又挣扎着站起来唱歌，我觉得，这次跟以往没有多大区别，要是有人听觉灵敏，善于分辨音调的极为细微的差别，也许会从中听出一点儿不寻常的激情来，不过这种激情只会对事情有好处。最后她甚至不像先前那样疲倦了，她迈着坚定的步伐——如果人们可以这样称呼她那短步急走——离去，拒绝追随者们的任何帮助，用冷冷的目光审视着必恭必敬地给她让路的群众。

这是不久前的情况，但是最近的情况却是：在大家期待着她歌唱的时候，她消失不见了。不但追随者们找她，许多人都帮忙寻找，全都白费力气；约瑟芬不见了，她不愿意唱了，她甚至都不愿意让人家来请她唱，这一回她彻底离开我们了。

奇怪，这个聪明人，她多么失策，竟会失策得让人以为她根本不算计，而是只会继续受她的命运驱使，在我们这个世界上她的命运只会成为一个非常悲惨的命运。她自己放弃歌唱，她自己毁掉了她通过征服民心而获得的权力，她怎么能够获得这种权力的，她很不了解这些民心的呀。她躲起来，不唱了，但这民族，从容不迫，没有明显的失望情绪，盛气凌人，四平八稳，它简直是只会馈赠，从来不会接受馈赠，也不会接受约瑟芬的馈赠，虽然表面上看来不是这样。这个民族继续走自己的路。

但是约瑟芬的情况一定愈来愈坏。不久她就要吹出最后一声口哨并就此沉默下来。她是我们这个民族永恒的历史中一个小插曲，这个民族将弥补这个损失。对我们来说这将不是一件容易的事；集会怎么可以完全沉默无声地进行？不过话说回来了，不是有约瑟芬在时这些集会也沉默无声的吗？她的真正的口哨声比可能回忆得起来的响亮和生动得多吗？难道还在她活着的时候这就已经不止是一种单纯的回忆了吗？难道这个民族不是慧眼有识，之所以如此高看约瑟芬的歌唱，正是因为这种风格的歌唱是永恒的吗？

所以我们也许根本就不会因短缺了许多东西而感到不幸，而约瑟芬，摆脱了尘世的烦恼，这种依她看来出类拔萃的人都会受到的烦恼，而约瑟芬却渐渐消失在我们这个民族的数不清的英雄行列中，由于我们不搞历史，不久便升华解脱，像她的所有的同伙那样被遗忘。

第二辑

散落发表、未被作者本人收入集子里的短篇小说

1. 和祈祷者的谈话

（已收入第三辑《一次战斗纪实》，从略）

2. 和醉汉的谈话

（已收入第三辑《一次战斗纪实》，从略）

3. 巨大的噪声

我坐在我的房间里，坐在整个住宅噪声的大本营里。我听到所有的门乒乓作响，由于它们的噪声，我才得以避免听到在它们之间走动的人们的脚步声，我还听到厨房里炉门啪的一声关上。父亲一连冲开我房间的几道门，拖曳着长睡衣穿过我的房间，在刮隔壁房间里的炉灰。瓦丽问，她穿过穿堂一字一句嚷嚷着问，父亲的帽子是否已擦过。一阵想讨好我的嘘声还引来了一个回答的喊叫声音。住宅门被人按着门把手渐渐打开，并发出噪声，像是来自患有黏膜炎的喉咙，然后伴随着一阵一个女人声音的歌声继续开启并终于在男人沉重地猛一推之下关上了，这碰撞声听起来最最肆无忌惮了。父亲走了，现在在两只金丝雀的叫声的带领下，那较柔和、较分散、较无可救药的噪声开始。从前我就已经想到这一点，如今一听见金丝雀叫声我又重新想起： 我要不要把门打开一条小缝，像蛇一样爬进隔壁房间并这样趴在地上请求我的姐妹们和她们的保姆保持安静。

4. 骑 桶 人[①]

煤都烧完了；煤桶空了；煤铲没有用了；炉子散发出凉气；房间里寒气袭人；窗外树木僵立在严霜中；天空，一面阻挡意欲向它求助的人的银盾。我必须有煤；我不可以冻死；我背后是冷酷无情的炉子，我面前是同样冷酷无情的天空，因此我必须赶紧在其间骑行出去，并在居中向煤店老板求助。可是他对我通常的请求已经麻木不仁；我必须一五一十地向他说明我已没有一星半点煤屑，因此他对我来说简直就是天空中的太阳。我这回去就得像要饭的，饿得奄奄一息眼看就要倒毙在门口，所以主人家的厨娘才决定把最后剩下的一点咖啡灌到我口中；煤店老板虽然大为光火，但在“不可杀人！”[②]这一诫的教导下同样也必定会把满满一铲煤抛进我的煤桶。

我的出行方式就一定会决定事情的成败，因此我就骑桶去。作为骑桶者，手放在上面的桶把手上，放在这最简单的辔头上，我艰难地从楼梯上滚下去；但是一到楼下我的桶就升起来，妙哉，妙哉；骆驼，趴在地上，在驮工的棍下抖动着身子站立起来也不会比此来得更美妙。我以均匀的小跑速度穿过已结冰的小巷；我常常被提升至二层楼那么高，我从未下降到屋门那么低。我在异常高的高处飘浮在煤店老板地窖拱顶前，他正在下面伏在他的小桌上写东西；为了把过多的热气散出去，他已经打开了门。

“煤店老板！”我用因寒冷而变得瓮声瓮气的嗓音喊道，这声音裹在气息的烟云里了，“求你啦，煤店老板，给我一点儿煤吧。我的桶已经空空如也，我都能骑在桶上啦。行行好吧。我一有钱，就会给你的。”

老板把手放在耳边。“我没听错吧？”他扭过头去问在炉边长凳上织毛衣的妻子，“我没听错吧，有顾客。”

“我什么也没听见，”妻子说，呼吸平静地织着毛衣，背对着炉子舒舒服服地烤着火。

“噢，是呀，”我喊道，“是我；一个老主顾；从不拖欠，只是眼下没钱。”

“老婆，”老板说，“是的，是有人；我还不至于会听错；一定是一个老主顾，一个很老的老主顾，他知道怎样来打动我的心。”

“你怎么啦，老公？”妻子说，她把手里的活计压在胸前，稍息片刻，“什么人也没有，巷子里空空的，我们的顾客全都已经备好了煤；我们可以停业歇几天了。”

“可是我在这儿骑在桶上呢，”我喊道，严寒的无情之泪模糊了我的眼睛，“求你们抬头看看；你们立刻就会发现我；我求你们给我一铲煤，你们给我两铲，那我就会欢天喜地啦。所有其余的顾客都已经备好了煤了。啊，但愿我已经听见桶里在劈里啪啦响了！”

“我来了，”老板说，他正要迈开短腿登上地窖台阶，可是他的妻子已到了他的身边，紧紧抓住他的胳臂：“你待着。要是你执意要去，那就让我上去吧。想想你昨天夜里咳嗽多厉害。可是为了一笔生意，而且还只是一笔想象出来的生意，你就忘了老婆孩子，糟蹋你的肺。我去吧。”“那你就告诉他我们库存的品种；我来给你报价。”“好的，”妻子边说边登上巷子。她自然立刻看见了我。“煤店老板娘，”我嚷嚷，

---

①本篇写于1917年初，1921年12月25日与一批奥地利一流作家如穆西尔、韦尔弗等人的作品同时发表在《布拉格日报》的圣诞增刊上。作者拟将其收入《乡村医生》，后又将它抽走。

②基督教摩西十诫中的一诫。

“向你衷心问候；只要一铲煤；就放进这只桶里；我自己把它运回家去；一铲最次的煤。钱当然全数照付，但不是马上，不是马上。”“不是马上”这句话是一种什么样的钟声呀，它多么使人迷惘地和从附近教堂尖塔传来的晚钟声混合在一起！

“他要什么呀？”老板喊。“没什么，”妻子大声应道，“没什么；我什么也没看见，我什么也没听见；只听见钟敲六点，我们打烊吧。天冷得要命；明天我大概还会有不少活儿。”

她什么也没看见，什么也没听见；但是她还是解下围裙，试图用围裙把我扇走。不幸她成功了。我的桶有一匹骏马所具有的一切优点，但它没有抵抗力；它太轻了；一条女人的围裙就能使它飘离地面。

“你这个坏女人，”当她边向店铺转过身去边半蔑视半满足地向天空挥手时，我还回过头去喊了一声，“你这个坏女人！ 我求你给我一铲最次的煤，你却不给我。”说罢我上升到冰山区，永远消失了。

第三辑

短篇小说遗作

1. 一次战斗纪实

（A稿）

人们穿着衣服
在砾石路上晃晃悠悠地
散步在这广阔天空下，
这天空从远处的山冈
伸向遥远的山冈。

一

将近十二点时几个人已经站起来，鞠躬，互相握手，说今晚过得真愉快，然后通过高大的门框走进前厅穿衣。女主人站在房间中央，灵巧地鞠着躬，她的裙子打起不自然的皱褶。

我坐在一张小桌旁——它有三条固紧的细腿——刚从第三只小玻璃杯中抿了一口甜药酒，并在饮酒的同时通观我的小小的糕点储备，这糕点是我自己挑选并堆放好的，因为这糕点的味道好极了。

这时我的新相识向我走来，他对我正在做的事有点儿心不在焉地微微一笑，并用颤抖的声音说："请原谅我来找您。但是直到现在为止我一直和我的姑娘单独坐在隔壁一个房间里。从十点半起，这还没多久嘛。请原谅我告诉您这件事。我们互相并不了解嘛。对不对，我们在楼梯上相遇并互相讲了几句客套话，现在我就已经在对您谈我的姑娘，可是您必须——我请求——原谅我，我按捺不住我心中的快乐，我没办法。并且由于我在这里也没有别的可信赖的熟人——”

他这样说着话。可是我却忧伤地看着他——因为我嘴里的那块果料蛋糕味道不好，我冲着他那张漂亮红润的脸说：“您觉得我值得信赖，对此我感到高兴，但是您把这件事告诉我，这却让我感到悲伤。您自己就会——假如您不是这么糊涂的话——感觉到，向一个独自坐着喝酒的人讲述一个热恋中的姑娘的事，这很不合适。”

当我说完这些话时，他猛地坐下来，把身子向后一靠，垂下双臂。然后他撅起胳膊肘收拢双臂，用相当大的声音自言自语地说了起来：“我们单独在那儿的房间里——我和安妮——我吻了她——吻了她——吻了她的嘴，她的耳朵，她的肩膀——”

几个先生站在近处并猜想这里正在进行一场生动的谈话，他们打着呵欠朝我们走来。所以我站起来并大声说：“好吧，如果您愿意，那我就去，可是现在去登劳棱茨山，这是愚蠢的，因为天气还凉，那儿下了一点儿雪，道路就像溜冰场。可是如果您愿意去，那我就奉陪。”

他先是吃惊地看着我并张开他那嘴唇又厚又红润的嘴。可是随后当他看见已经近在咫尺的那几位先生时，他便笑了笑，站起来说道：“哦，是呀，凉爽的空气会使人感到舒服，我们的衣服在冒热气和烟雾，我也许也有点儿醉了，虽然我没多喝，对，我们先告辞，然后我们就去。”

于是我们走到女主人跟前，当他吻她的手时，她说：“真的，我感到高兴，您的脸今天显得格外快活，平时这张脸总是那么严肃和索然无味。”这些亲切的话语打动了他，他再次吻她的手，她微微一笑。

前厅里站着一个女用人，我们现在第一次看见她。她帮我们穿上外衣，然后拿起一盏小提灯，给我们照亮楼梯。是的，这姑娘长得美。她的脖子裸露着，只是在下颏下系着一条黑丝绒带，当她压低着提灯带领我们下楼的时候，她那穿着宽松衣服的身体优美地弯下。她的面颊绯红，因为她喝了酒，她的双唇半开半闭。

在下面楼梯旁边她把灯放到下面的一个台阶上，有点儿踉跄地朝我这位相识走去，拥抱他吻他，并搂着他不放。当我把一枚钱币放在她手里时，她才慢吞吞地松开胳膊，缓缓地打开小屋门，让我们走进黑暗的夜色中。

在空荡荡、光照均匀的街道上空，一轮明月悬挂在云层稀薄、因而更显辽阔的天空。地上有一层薄薄的积雪。行走时两脚直打滑，所以人们不得不迈小步走路。

我们刚走到室外，我便精神振作起来。我兴高采烈地抬高双腿，轻松愉快地让关节发出喀嚓声，我对着小巷呼喊一个名字，仿佛一个朋友在巷子的拐角处溜走了似的，我一边跳跃一边高高地抛起帽子，然后虚张声势地把它接住。

但是我的相识却无动于衷地在我身旁走着。他低垂着头。他也不说话。

这使我感到惊奇，因为我原本以为，他周围不再有这一伙聚会的人，他会高兴得不得了的；我安静下来。我刚想表示鼓励他，一拍他的后背，羞耻感便袭上我心头，致使我笨拙地抽回我的手。由于我不需要这只手，我便将它插进我的上衣口袋。

于是我们就默默地行走。我注意倾听我们的脚步声并无法理解我竟不可能和我的这位相识保持步调一致。这使我有点儿激动。月色溶溶，人们能看得清楚。不时有人倚在窗口瞧我们。

当我们来到斐迪南街的时候，我发现我的相识哼唱起一首曲子来；哼得相当轻，但是我听见了。我觉得这是在侮辱我。他为什么不和我说话？ 可是如果他不需要我的话，为什么他不让我好好地呆在那儿。我气恼地想起那好吃的甜糕点，因为他的缘故我把它们留在我的小桌上了。我也想起那甜药酒，心里快活了一点儿，可以说几乎高傲起来了。我双手叉腰，以为自己是在单独散步。我参加了社交聚会，解救了一个忘恩负义的年轻人没让他丢脸，现在在月光下散步。一种最自然不过的生活方式。白天上班，晚上社交聚会，夜里在小巷里散步，一点儿也不过分。

然而，我的相识尚还行走在我身后，他发现自己落在了后面时甚至还加快自己的步伐，仿佛这是某种自然而然的事情。但是我却在考虑，我是否要拐进街旁的一条小巷，因为我毕竟没有做共同散步的义务嘛。我能够独自回家，谁也不可以阻挡我。在我的房间里我就可以点着桌上铁架子上的那盏立式台灯，我就可以坐在撕破的东方地毯上的那把扶手椅里。——当我这样盘算好了的时候，我突然感到四肢无力，一旦我不由自主地想到，我又要走进自己的住所，又要在着了色的墙壁间和在地板上孤单地度过一些时刻，这地板在那面挂在后壁上的镶金边镜子里显得有些倾斜。这时我便总是感到这样四肢无力。我的双腿疲倦乏力，我已经拿定主意，我无论如何也要回家上床睡觉，可是这时我却在心中产生疑问，不知现在在离去时我该不该和我的相识打个招呼。可是我太胆小，不敢不打招呼就离去；又太虚弱，不能大声招呼他，所以我站住脚，把身子靠在一堵月光照耀着的房屋墙上并等候着。

我的相识迈着欢快的脚步走来，大概也有一些不安。他大大咧咧，眨了眨眼，把双臂沿水平方向伸出，猛地把他那颗戴着一顶硬邦邦的黑帽的脑袋向上朝我伸过来并且似乎想以此种种显示，他十分赏识我在这里为逗他乐而开的这种玩笑。

我无可奈何，小声说道：“今天晚上真开心。”我边说边尴尬地一笑。他回答：“是呀，您已经看见，女用人是怎样吻我的。”我没法说话，因为我有点哽咽了，所以我就试图像是在吹一支邮车号角，好不致一直不出声。他先是捂住耳朵，随后他就友好而带着谢意地握我的右手。我的这只手一定让他感到冰冷冰冷的，因为他立刻就放开了它并说：“您的手很冷，女用人的嘴唇暖和多了，哦，是的。”我明理地点点头。但是就在我请求亲爱的上帝给予我坚定意志的时候，我却在说：“是呀，您说得对，我们回家去吧，天色已晚，明天一早我要上班；您想想，人们是可以在那里睡觉，但是这样做不合适。您说得对，我们回家去吧。”说罢，我伸手给他，仿佛事情彻底了结了。但是他微笑着接过我的话茬：“是呀，您说得对，一个这样的夜晚是决不可以在床上睡觉度过的。您想想吧，如果人们独自睡在自己的床上，人们会用被子扼杀多少个幸运的想法，人们会在热被窝里孕育出多少个不幸的梦。”他对这个突然产生的想法感到分外高兴，便在我的前胸上——更高处他够不着——使劲抓住我的上衣，并兴冲冲地摇晃我；然后他眯缝着眼睛，机密地说：“您知道吗，您是个怎么样的人，您滑稽可笑。”说着，他开始继续行走，我不知不觉地跟着他走，因为我在琢磨他这句话。

起先我感到高兴，因为情况似乎表明，他猜想我身上有某种东西，这种东西我身上虽然没有，但是由于他以为有所以就引起他对我的重视。这样一种情况使我感到高兴。我感到满意，我没有走回家去，我的相识变得对我很有价值，因为他在众人面前抬高我的身价，我根本不必先去获得这种身价！ 我满怀深情地看着他。我在想象中保护他抵御危险，尤其是抵御情敌和嫉妒的男人。他的生命变得比对我的还更宝贵。我觉得他的脸漂亮，我为他的桃花运感到骄傲，我分享他今晚从那两个姑娘那儿得到的亲吻。哦，这个晚上真快活！ 明天我的相识将与安妮小姐谈话；先是日常事务，这是自然啦，但是随后他突然就会说：“昨天夜晚我和一个人在一起，亲爱的安妮，这种人你肯定还从未见过。他看上去——我该怎样描写呢——就像一根摇摇晃晃的杆子，一个黄皮肤、黑头发的脑壳有点儿笨拙地叉在这根杆子上。他的身上披挂许多块相当小的、刺眼的、淡黄色的布料，昨天这些布料把他的全身盖住，因为昨夜没一丝儿风，它们都平贴在身上。他腼腼腆腆在我身旁行走。你呀，我亲爱的安妮，你是个很会亲吻的人，我知道，你会笑一笑的，你会有点儿害怕，可是我，我爱你爱得神魂颠倒，我喜欢看到他。他也许是不幸的，所以他沉默不语，可是人们在他身旁感到一种幸运的、不停顿的焦虑不安。昨天我简直为自己的幸福而折腰，可是我几乎把你忘记了。我觉得满天星斗的天空的坚硬拱顶仿佛随着他的平坦胸脯的呼吸而升高。地平线显现，在火红的云层下展现出无限风光，它们使我们感到无比幸福。——我的天空，我多么爱你呀，安妮，我觉得你的亲吻比一种美好风光更可爱。我们不要再谈论他了，让我们相爱吧。”

当我们随后缓步登上码头时，我虽然羡慕我的相识得到的亲吻，但是我也欣喜地感受到他面对我时必定会感觉到的那种内心羞愧。

我这样想着。但是当时我的思想混乱，因为莫尔道河[①]和对岸的市区笼罩在一片黑暗中。只有几盏灯亮着，像闪烁的眼睛那样。

我们站在栏杆旁。我戴上我的手套，因为从水面上飘来凉气；然后我无端地叹了口气，一如人们夜晚在一条河前可能会做的那样，我想继续行走。但是我的相识盯着水面，根本就动也不动。然后他还更加走近栏杆，用胳膊肘把胳臂支撑在下面的铁栏杆上并用双手捧着额头。我觉得这种做法愚蠢。我感到冷并把我的上衣领子向上竖起。我的相识伸展四肢并把此时倚在张紧的双臂上的上身靠到栏杆上方。我羞愧地急

---

① 莫尔道河，易北河支流，位于捷克境内。

忙说话，以便把呵欠压下去：“对不对，真是奇怪，恰恰只有夜晚才能使我们完全沉浸在回忆里。譬如现在我就回忆起这件事：有一天晚上我歪斜着身子坐在一条河岸边的一张长椅上。我把脑袋枕在平放在长椅木头靠背上的胳臂上，看见了对岸笼罩在云雾中的群山，听见了有人在河滨旅馆里拉的小提琴的柔和琴声。在两岸上行驶着有时缓缓蠕动着的带闪光烟雾的火车。”——我这样说着并极力试图在这些话的后面编造一些奇特的爱情故事；难免也会有一点儿暴行和永久不变的奸污。

但是我刚说出头几句话，我的相识便冷漠地、只对还在这里见到我感到惊讶地——我这样觉得——向我转过身来并说道：“您看，事情总是这样。当我今天下楼想在不得不参加社交聚会前还作一次晚间散步的时候，我感到奇怪，我的微红色的双手竟然在白色的硬袖口里蹭来蹭去，而且它们蹭得异乎寻常的开心。这时我预料会有奇遇。事情总是这样的。”这句话他已经是在边走边说了，只是顺便说说，作为一种小小的观察。

可是我却很受感动，我心里感到难受，我的瘦长的身材也许会让他感到不愉快，他在我身边也许显得太矮小。这种情况折磨着我，虽然这是在夜晚，我们几乎一个人也没碰上，它折磨得我好苦，致使我尽量弯下我的脊背，让我的双手在行走时触及我的膝盖。但是为了不让我的相识察觉我的意图，我完全只是逐渐地、小心翼翼地改变我的姿势并试图说些关于射手岛的树木和桥灯在河里的倒影的话来转移他对我的注意力。但是他突然一转身把脸转向我并宽容地说：“您为什么这样走路呀？ 您现在完全弯着腰躬着背，几乎跟我一样矮小了。”

由于他善意地说了这话，我就回答说：“也许是这样。可是这种姿势让我感到适意。我的身体相当虚弱，您知道吗，要挺直我的身体，我觉得这太困难了。这不是一件小事；我个头很高——”

他有点儿不相信地说："这只不过是您一时心血来潮。从前您完全直着身子走路，我相信是这样的，在社交场合上您的举止也还过得去。您甚至还跳舞，对不对？ 不跳？ 但是您是挺直身子走路的，这一点您现在也还能做到。"

我坚持不渝地做着拒绝的手势回答说："是呀，是呀，从前我直着身子走路。但是现在您低估我。我知道，什么是好的举止，所以我弯着腰走路。"

但是他觉得这件事不简单，他被自己的幸福感弄糊涂了，不明白我的话的内在联系，只是说："嗯，随您的便吧！"并抬头向磨坊塔上的钟望去，钟上已将近一点。

但是我却在心中暗想："这个人多么冷酷！ 他对我的这番谦恭的话所采取的冷漠态度多么典型和清楚！ 他确实是幸福的，认为自己周围的一切全是自然的，这正是幸福的人的一贯做法。他们的幸福确立一种辉煌的关系。假如我现在跳进河里去了或者假如我在这拱门下的铺石路面上在他面前抽搐得心肺欲裂，那么我就会永远平平和和地适应他的幸福。是呀，假如他一时心血来潮——一个幸福的人十分危险，这是毋庸置疑的——他也就会像一个拦路抢劫的杀人犯那样把我打死。这是肯定的，由于我胆小，我会害怕得连叫喊都不敢叫喊。——天哪！"我心惊胆战地往四下里看了看。在远处一家有长方形茶色窗玻璃的咖啡馆前一个警察在铺石路面上溜达。他的军刀有点儿妨碍他，他把它拿在手里，于是他行走起来就好看多了。当我隔着相当的距离也还听见他在轻轻欢呼的时候，我便确信，如果我的相识想打死我，他是不会来救我的。

但是现在我也知道，我必须做什么，因为恰恰是在面临可怕事件时我会当机立断。我必须溜走。这很容易。现在向左拐向卡尔桥时我能够向右奔进卡尔巷。它弯弯曲曲的，那里有昏暗的屋门和还开张营业的小酒店；我大可不必灰心丧气。

当我们从码头尽头的拱门下走出来时，我高举双臂奔进巷里；然而当我刚来到教堂的一道小门门口的时候，我跌倒了，因为那儿有一道台阶，我没有看见。砰的一声。最近的那盏街灯离得远，我躺在黑暗中。一个胖女人拿着一盏冒烟的小灯盏从对面的一家小酒店里走出来，察看巷里发生了什么事。钢琴弹奏声戛然而止，一个男人完全打开了现在已半开的门。他煞有介事地往一个台阶上吐了一口痰，他一边搔这个女人的胸脯一边说，发生的事反正无关紧要。他们随即转过身去，门又被关上。

当我试图站起来时，我又跌倒。“有薄冰，”我说着并感到膝盖疼痛。但是我却感到高兴，小酒店里的人看不见我，所以我觉得最舒服的事莫过于在这里一直躺到天亮。

我的相识分明独自一直走到桥头了，他不曾觉察我的辞别，因为过了一会儿他才来到我这儿。我没看到他同情地向我弯下身来并用柔软的手抚摩我时露出惊讶的神色。他在我的颧骨上摸来摸去，然后把两个粗粗的手指放在我的低矮的额头上：“您摔伤了吧，是吗？ 有薄冰，得小心才行——您头痛吗？ 不痛？ 啊，膝盖，是这么回事。”他用一种歌唱的声调说话，仿佛他在讲一则故事，而且是一则非常令人愉快的、关于一个膝盖上一种很轻微的疼痛的故事。他也动了动他的胳臂，但是他不想把我扶起来。我把脑袋撑在我的右手上，胳膊肘搁在一块铺路石上，趁我还没忘记急忙说道：“其实我并不知道，我为什么向右跑。可是我看见这座教堂的拱廊下——我不知道，它叫什么，哦，请原谅——有一只猫在奔跑。一只小猫，它有一身光亮的毛皮。所以我才发现了它。啊，不，不是这么回事，请原谅，但是得付出足够的辛劳才能在白天控制住自己。人们睡觉正是为了可以有精力付出这种辛劳，但是人们若不睡觉，那么我们就难免会做出一些没有意义的事情来，但是要是我们的陪伴者们对此大声地表示惊异，那就未免失礼了。”

我的相识将双手插在口袋里，朝空无一人的桥，然后朝耶稣教堂，然后又抬头朝天空望去，天空是晴朗的。由于他刚才没听我说话，所以他忧心忡忡地说：“哟，您为什么不说话呀，我亲爱的；您不舒服吧——您究竟为什么不站起来呀——这里可冷啦，您会着凉的，我们不是还要去登劳棱茨山嘛。”

“当然啦，”我说，“请原谅。”说罢我就独自站起来，但带着剧烈疼痛。我摇摇晃晃，不得不死死盯住卡尔四世的立式雕像，以便站稳脚跟。但是月光不灵敏，使卡尔四世也动了起来。我对此感到惊讶，由于害怕我若不采取平稳的姿势卡尔四世就要倒塌，我的双脚变得有力得多。后来我觉得我的努力无济于事，因为卡尔四世恰恰在我想起我被一个穿一件漂亮白衣的姑娘爱着的时候倒了下来。

我干着无益的事并耽误了许多事。涉及这姑娘的这个想法多么出色！——那月亮真可爱，它也照我；我出于谦逊而想站到吊桥悬索支柱拱顶的下面去，这时我认识到，月亮照耀一切纯粹是一种自然现象。所以我欢快地张开双臂，以便尽情地享受这月亮。——这时我想起了这首诗：

我穿街走巷
像个醉酒的行人
踏着沉重的脚步

我用胳臂随随便便地做着游泳动作，毫无痛苦毫不费劲地朝前游去，这时我的心情便轻松愉快了起来。我的脑袋舒适地沉浸在凉爽的空气中，白衣姑娘的爱情使我既悲伤又高兴，因为我觉得，仿佛我正游泳离开情人并且也离开她所在地区的昏暗的群山。——我记得，我曾一度憎恨过一个幸运的相识，此人现在也许尚还行走在我身旁；我感到高兴，我的记忆力真好，我连这种细枝末节的事都记得住。因为这记忆力得承受许多东西。譬如我一下子就知道了所有这些众多星星的名字，虽然我从来没有学过它们。是呀，都是些奇怪的名字，难以记住，可是这些名字我全知道，知道得一清二楚。我把食指指向天空，大声地一一列举它们的名字。——但是我列举星星的名字列举不了多久，因为我必须继续游泳，如果我不想沉没的话。但是为了让人们以后无法对我说，人人都能在石子路面上空游泳，这不值一谈，我便一纵身越过栏杆并绕着我遇到的每一座圣徒雕像游泳。到了第五座雕像那儿，正当我在石子路面上方从容拍击的时候，我的相识抓住了我的手。这时我又站立在石子路面上并感到膝盖一阵疼痛。我已经忘记了星星的名字，关于那位可爱的姑娘我只知道，她穿一件白衣服，但是我根本就再也记不起来，我曾有过什么理由要相信那姑娘的爱情。我心中对我的记忆力升起一股猛烈的并且十分有根据的怒火和一种恐惧：我可能会失去这姑娘。所以我就使劲地、不停顿地反复叫喊“白衣服，白衣服”，以便至少通过这一个信号保住这姑娘。但是这无济于事。我的相识一边说着话一边向我逼近过来，就在我开始听懂他的话的那一瞬间，一道微弱的白光优美地沿着桥栏杆蹦跳，掠过吊桥悬索支柱，跃进黑暗的巷子里。

“我一直喜欢，”我的相识指着圣女卢德米拉[①]的雕像说道，“左边

① 卢德米拉（Sant Ludmila，约860—921），波希米亚第一位信奉基督教的侯爵夫人，遭到杀害，后被波希米亚人奉若神明。

这位天使的双手。它们无限柔滑细嫩，张开的手指在颤抖。但是从今天晚上起它们对我就无所谓了，我可以这样说，因为我吻手——”说着他拥抱我，吻我的衣服并用他的脑袋碰我的身子。

我说：“是呀，是呀。我相信这个，我不怀疑。”我边说边在他一松开我的手时就用我的手指捏他的小腿肚。但是他没有感觉。于是我就自言自语地说：“你干吗和这个人一起走？ 你不喜欢他，你也不恨他，因为他的幸福就是一个姑娘，而且就连这姑娘是否穿一件白衣服也说不好。所以这个人对你无所谓——再说一遍——无所谓。不过正如事实已证明的，他也没有什么危害。所以你虽然可以继续同他一起去登劳棱茨山，因为你已经在美丽的夜晚上了路，但是你要让他说话，你自己可以按你自己的方式玩耍，这样——你小声说——你也就是最好地保护了你自己。”

二

1. 骑　马

我已经以不寻常的熟练技巧跳上我的相识的肩头，并用我的双拳捶他的后背从而使他轻快地小跑起来。但是当他还有点儿不情愿地跺脚，有时甚至站住的时候，我就好几次用我的靴子踢他的肚子，催他快跑。这一着成功了，我们不断快速前进进入一个地域广大的、但还没建设好的地区的内部，这时天色已晚。

我骑行在一条公路上，这条公路多石并陡峭，但是这正合我意，我让它变得更多石、更陡峭。我的相识一被绊个踉跄，我就一把揪住他的鬃把他提拉起来；他一唉声叹气，我就用拳击他的脑袋。这时我觉得，在这种好心情中的这种晚间骑行对我的身体健康很有益处；为了使他更加狂暴，我让一阵强劲的逆风猛烈地向我们吹来。现在我竟然在我相识的宽阔肩膀上夸张地做跳跃骑行动作，我一边用双手紧紧抱住他的脖子，一边使劲后仰我的脑袋并观看形形色色的云彩，它们比我更虚弱地慢吞吞随风飘走。我欢笑并振奋得发抖。我的上衣敞开并给我以力量。这时我使劲压紧我的双手并装作仿佛我不知道，我这样做会使他窒息。但是对天空，对那些渐渐地被长在路边的树的弯枝遮住的天空，我却做着激烈的骑行动作，说："我有别的事要做，不能总是听谈情说爱的废话。这个饶舌的热恋中的人，他为什么到我这儿来。他们全都幸福，如果别人知道这一点，他们就变得分外幸福。他们以为会有一个幸福的夜晚，所以他们也就已经在为未来的生活感到高兴。"

这时我的相识摔倒，当我检查他时，我发现他的膝盖受了重伤。由于他对我不能再有什么用处，我便让他呆在石子路面上并吹口哨从空中召唤下几只兀鹰，它们顺从地、神情严肃地落到他身上，看守着他。

2. 散　步

我无忧无虑地继续行走。但是因为我作为步行者害怕山路难以行走，所以我让道路变得越来越平坦并在远处终于下降至一个山谷。

石头按我的意愿消失，风停下来并消失在暮色中。我迈着轻快的步伐行进，由于我走下坡路，所以我抬起了头，挺直身体，把双臂交叉在脑后。由于我喜欢松林，所以我在松林中穿行，并且由于我喜欢默默观看布满星星的天空，所以在辽阔的天空星星们为我缓慢、从容地升起，一如它们往常的那样。我只看见一些拉长的云，它们被一阵只在它们那个高度上刮着的风从空中卷走。

我的路对面相当远的地方，大概通过一条河与我隔开着，我让一座高山拔地而起，它的顶峰长满灌木丛与天相接。我还能清楚地看见那些小枝条和最高的桠杈的晃动。这种景象，不管它多么寻常，都让我感到高兴不已，致使我作为一只小鸟儿在这遥远的蓬乱灌木的枝条上晃晃悠悠地忘记让月亮升起，那月亮已经位于山背后，很可能正在为这延误而发怒呢。

但是现在月亮升起前的那道凉光在山上蔓延，月亮突然自己从一处躁动不安的灌木丛后面升起。然而这期间我一直在朝另一个方向观看，当我现在朝正前方看去并一下子看见它，看见它已经几乎在用它的满圆发出光亮，这时我神色黯然地站住，因为我这条下坡路似乎恰恰通向这个吓人的月亮。

可是过一会儿我便习惯了它并审慎地观看，它多么艰难地上升，直至我和它相向走了一大段路后我才终于感到一种适意的睡意，我以为这睡意因白天的劳累而向我袭来，而这劳累我当然再也想不起来了。我闭着眼睛走了一会儿，我一个劲儿大声而有节奏地拍打双手以使自己保持清醒。

可是随后我脚下的路眼看要离我而去，一切像我一样疲惫不堪地开始消失，这时我便急忙使劲爬上路右边的斜坡，以便及时进入那片高大而杂乱的松树林，这一宵我想在那里睡。这急速行动是必要的。群星已经变暗，月亮有气无力地在天空沉没，就像在波涛汹涌的大海中沉没。山已成为黑夜的一部分，公路使人惊恐地终止在我已经向斜坡转过身去的那个地方，而我则听到倒下的树干的轰隆声从树林内部渐渐逼近过来。这时我原本可以立刻躺倒在苔藓上睡觉，但是由于我害怕蚂蚁，所以我就用双腿缠住树干爬上一棵没有风也在摇摇晃晃的树，躺在一根桠杈上，将脑袋贴住树干并匆忙入睡，这时我突然感到一只翘尾巴的小松鼠蹲在桠杈的颤悠悠的末端并摇晃着。

这条河宽阔，喧闹而微小的波浪受到阳光照射。河对岸也是草地，它们然后就渐渐变为灌木丛，人们远远地看到灌木丛后是光亮的果树林阴道，它们通向绿色的山丘。

我为这景象感到高兴地躺下，一面捂住耳朵不听可怕的哭声一面在想，在这里我可以心满意足了。“因为这里人烟稀少、风景秀丽。在这里生活，无需许多勇气。在这里人们将不得不也像在别处那样费心尽力，但是人们将不必与此同时做出优美的举止。将没有这个必要。因为这里只有山和一条大河，而且我还足够聪明，能够认为它们是无生命的。是的，如果我晚上独自踉踉跄跄地走在这向上攀升的青草路上，我将不会比这山更孤独，这是我会感觉到的。但是我相信，这种感觉也还是会消失的。”

我就这样游戏我未来的生活并顽固地试图忘却。我眯起眼睛望着那个呈现一种异常幸福色彩的天空。我已经很久没有看见这样的天空了，我受到感动并回忆起我也曾以为见到这样的天空的那些日子。我放下捂住耳朵的双手，张开双臂并让它们掉进草丛里。

我听见远处有人在低声啜泣。起风了，大量我从前不曾见过的干枯树叶沙沙地飞扬起来。未成熟的水果飞速地从果树上砸到地上。在一座山的后面升起难看的云朵。河浪啪啪作响，让风刮得后退。

我迅速站起来。我心疼，因为现在似乎不可能摆脱我的痛苦。我正想转身离开这个地方，并回复到我从前的生活方式中去，这时我突然产生这样的想法：“真是咄咄怪事，在我们这个时代有教养的人居然还以这样艰难的方式被运送过河。没有别的解释，只能说，这是一种旧的习俗。”我摇摇头，因为我感到奇怪。

3. 胖 子

a. 向风景致词

从对岸的灌木丛里赫然走出四个赤身裸体的男人，他们在肩上扛着一副木制担架。在这副担架上坐着一个取东方人姿势、胖得令人难以置信的男人。虽然他在未开出的路上被人抬着穿过灌木丛，但是他却不推开有刺的树枝，而是坦然地用自己那纹丝不动的身体捅开它们。他那一身起皱的胖肉摊开得十分经心，致使它们虽然盖住了整个担架并且还在两边紧挨着一块浅黄色毯子的边上垂挂下去，但却并不妨碍他。他那颗没有头发的脑袋小且闪着黄色的光。他的脸上现出一个正在思考并且不着意加以掩饰的人的天真表情。有时他闭上眼睛；他又睁开它们时，他的下巴便扭歪。

“这风景妨碍我思考，”他小声说，“它让我的思考摇晃，像水流湍急时的链式吊桥。风景是美丽的，所以应该好好加以观赏。”

“我闭上我的眼睛并说： 你河边的青山，你有滚动的岩石抵御这河水，你是美丽的。”

“但是青山不满意，它要我对它睁开眼睛。”

“但是如果我闭着眼睛说： 山，我不爱你，因为你使我想起了云，想起了晚霞，想起了上升的天空，这都是些几乎会使我哭泣的事物，因为人们永远够不着它们，如果人们让人用一顶小轿子抬着的话。但是诡计多端的山，在你向我展示这情景的时候，你却给我遮住了使我开心的远处景色，因为这美丽远景展示我能到达的地方。所以我不爱你，河边的山，不，我不爱你。”

“但是如果我不睁开眼睛说话，那么它就会像毫不在意我从前的话那样，也毫不在意这一席话。它一向都不满意。”

“我们大可不必只是为了维护它使它对我们保持友好态度，它，它对我们的脑浆有一种乖张的偏爱。它就会把它那锯齿状的阴影投在我身上，它就会默默地把光秃秃的绝壁推到我的面前，我的轿夫就会给路边小石头绊得跌倒。”

“但是不仅山是这么爱虚荣，这么纠缠不休，这么爱报复，一切别的事物也是这样。所以我得睁圆眼睛——啊，我的眼睛好痛——反复地说：

‘是呀，山，你美丽，你那西山坡上的树林让我高兴。——还有你，花儿，对你我也满意，你那粉红色让我心灵愉快。——你呀，青草，你在草地上已经长得又高又壮，使人精神清爽。你呀，奇特的灌木丛，你出其不意地扎人，使我们的思绪跳跃。——但是河呀，我对你多么喜欢，我要让人抬着我涉过你那柔顺的水。’”

当他恭顺地挪动几下身体把这篇颂词大声喊过十遍之后，他耷拉下脑袋，闭着眼睛说：

“但是现在——我请求你们——山、花、草、灌木丛和河，给我一点空间吧，好让我能呼吸。”

这时隐没在云雾后面的四周的群山中出现一阵急促的移动。林阴道虽然固定不变并维护着路面的宽度，但是它们过早地变得模糊起来：天空中太阳前有一片边缘微微透亮的湿云，大地在它的阴影下深深下沉，一切事物都失去其美丽的轮廓。

轿夫的脚步声一直传到我所在的河岸，但是我却看不清他们那张黑暗的四方脸上的任何东西。我只看见他们如何把脑袋歪向一边以及他们如何伛偻着身子，因为这负荷重得出奇。我为他们担心，因为我看得出来，他们累了。所以我紧张地看着他们走进河岸的草丛中，然后迈着尚还均匀的步伐穿过潮湿的沙地，最后他们终于陷入泥泞的芦苇之中，只见后面的两个轿夫更深地弯下腰，以便使轿子保持水平位置。我捏紧双手。现在他们每走一步都不得不高抬双脚，致使他们的身体在这多变的下午的冷风中因流汗而闪闪发光。

胖子安静地坐着，两手放在大腿上；长长的芦苇尖头在前面轿夫身后弹起来时，总是触及他。

越走近河边，轿夫的动作就变得越不规律。有时轿子摇晃不定，就像在波涛上。芦苇丛里的小水洼得跃过或绕过，因为这些水洼也许很深。

有一回野鸭鸣叫着飞起，直插雨云。这时我看见胖子的脸抽动了一下；这张脸很不安。我站起来，急忙笨拙地跳跃几下越过把我和河水隔开的那个多石斜坡。我没注意到这样做有危险，而是一心只想在胖子的仆人们抬不了他的时候去帮助他。我奔跑得很不审慎，致使我到达下面河边时收不住脚，竟不由自主地冲进河中，溅得水花四起，直到水深没膝时才站住。

可是那边仆人们扭曲着肢体已经把轿子抬进水里，他们一面用一只手划水使自己保持在不平静的水面之上，一面用四条毛茸茸的胳臂把轿子高高举起，致使人们看见那异常发达的肌肉。

河水先是拍击下颏，然后没向嘴巴，轿夫们的头向后仰，抬杠落到了肩膀上。河水已经在他们的鼻梁周围荡漾，可是他们还一直不辞辛劳地抬着，虽然他们几乎还没到河中心。这时一个低矮的浪头向前面轿夫的头顶砸下，于是那四条汉子便一声不吭地淹没在水里，他们用他们那野性的手拽住轿子和自己一起下沉。汹涌的河水将一切吞没。

这时夕阳的平淡光芒从大块云彩的边缘散射出来并使地平线上的小丘和群山蒙上美好色彩，而河水和云下的地带则笼罩在模糊的光线中。

胖子慢慢随水流方向转动，被顺流载下，像一尊浅木神像，这座神像已成为多余之物，所以已被人扔进河里。他乘着雨云的倒影驶去。稍带长形的云拉动他，小块的弯腰的云推动他，以致产生重大的动荡，我尚还能够从河水在我膝头以及在河岸石的拍击上觉察到这种动荡。

我迅速地再次爬上斜坡，以便能够陪伴胖子上路，因为我确实喜欢他。也许我能了解到有关这个看似安全的地方的危险性的一些情况。所以我行走在一片狭长的沙土地带上，我不得不首先适应其狭窄，双手插在口袋里，脸呈直角转向河的方向，致使下巴几乎贴在肩上。

岸边石头上蹲着一些温柔的燕子。

胖子说："岸边亲爱的先生，您别试图救我啦。这是水和风的报复；现在我全完了。是的，这是报复，因为我们曾多次进攻过这些东西，我和我的祈祷者朋友，在我们的刀口丁当作响的时候，在铜钹、精美长号和闪亮的铜鼓发出光芒的时候。"

一只小海鸥展翅飞翔穿过胖子的肚子，其速度却并没因此而减慢。

胖子继续讲述：

b. 已开始了的与祈祷者的谈话

有一段时期，我日复一日地走进一座教堂，因为一个我已经爱上了的姑娘晚上在那里跪着祈祷半个小时；这时我就能从容不迫地观看她。

当有一回这姑娘没来、我不情愿地看着那些祈祷的人的时候，一个年轻人引起了我的注意，他的整个瘦削的身躯已扑倒在地上。他时不时地使出浑身的力量抓住自己的头颅并叹息着将它猛击自己搁在石头上的手掌。

教堂里只有几个老妪，她们间或向一侧转动其裹着头巾的小脑袋，以便向那个祈祷者望去。这种注意似乎使他感到高兴，因为每次发作他那虔诚举动之前他都用眼睛扫视四周，看看在一旁观看的人是否很多。

我觉得这种做法不恰当，便决定等他从教堂里出来时叫住他，问问他，他为什么以这种方式祈祷。是呀，我感到恼火，因为我的姑娘没来。

但是一个小时后他才站起来，郑重其事地划了一个十字，一步一停地走向圣水盆。我站立在圣水盆与门之间的道上并知道，我是不会没得到解释就放他过去的。我扭歪我的嘴，每逢我决意要讲话时，我便总是做出这样的准备动作。我一面伸出右腿并把身体重心放在它上面，一面漫不经心地将左腿支在脚尖上；这也给我以坚定意志。

可能是，这个人在往自己脸上洒圣水时就已经在偷眼看我，也许他也已经在从前就忧虑重重地注意到了我，因为现在他出其不意地奔到门口并冲了出去。玻璃门砰地关上。当我随后立刻走出门去时，我再也没看见他，因为那里有几条狭窄的小巷，交通繁杂。

以后的几天里他都没来，但是我的姑娘却来了。她穿一件黑色连衣裙，肩上有透孔的花边——花边里面是半月形衬衣边缘——一个剪裁得漂亮的丝绸领子从花边下端垂下。姑娘一来，我就忘记了那个年轻男子，即使在他后来又定时到来并按他的习惯祈祷的时候，我也不理睬他了。但是他总是急匆匆从我身旁走过，别转着脸。也许这是因为：我总是只能想象他在运动之中，致使即便他站着我也觉得好像他在悄悄地行走。

有一回我回家晚了。尽管如此，我仍然去教堂。我没再在那里找到那姑娘，我就想回家。这时这个年轻人又躺在那里。这件往事现在在我脑海中浮起并勾起了我的好奇心。

我踮着脚尖轻轻地走向门廊，给坐在那里的盲人乞丐一个钱币并躲到他身旁开着的那扇门的后面。我在那里坐了一个小时之久并且也许在脸上露出一副狡猾的神情。我在那里感到舒服并决定要常来。但是在第二个小时我便觉得，为了这位祈祷者的缘故而坐在这里，这真是荒唐可笑。然而我仍在第三个小时怒气冲冲地让蜘蛛在我的衣服上爬，而这时最后一批人则正大声喘着气从教堂的黑暗中走出去。

这时他也来了。他小心翼翼地行走，他的脚在踩下前先轻轻碰触地面。

我站起来，向前跨出一大步并一把抓住这个年轻人的衣领，我一手抓着他的衣领把他推下台阶推到灯光明亮的广场上。

当我们到达下面时，他用一种迟迟疑疑的声音说：“晚上好，亲爱的亲爱的先生，您别对我，对您的极其忠诚的仆人发火。”

“是的，”我说，“我的先生，我要问您一些事，上一次我让您逃脱了，今天您休想逃脱。”

“您是富有同情心的，我的先生，您会让我回家。我是值得同情的，这是真实情况。”

“不，”我对着从一旁行驶过去的电车的嘈杂声叫喊，“我不让您走。我就是喜欢这样的事情。您是我的一个意外捕获物。我庆贺我自己。”

这时他说：“啊，天哪，您有一颗活泼的心和一颗木头疙瘩脑袋。您把我叫做意外捕获物，您一定很高兴呀！ 因为我的不幸是一种摇摆不定的不幸，一种在一个细小的尖端上摇摆不定的不幸，人们一触动这个不幸，这不幸就落在发问者身上。晚安，我的先生。”

“好啊，”我边说边握紧他的右手，“如果您不回答我，我就要开始在这儿巷子里叫喊。所有现在从店铺里出来的女售货员以及所有高兴地期盼着她们的情人将聚拢在一起，因为他们就会以为，一匹拉出租马车的马跌倒了或者发生了类似这样的事。到那时候我就让那些人看您。”

说罢，他哭泣着交替亲吻我的两只手。“我将把您想知道的事情告诉您，但是对不起，我们不如到那边的小巷子里去。”我点点头，我们走过去。

但是他不满足于只有互相远离的黄色街灯的小巷的黑暗，而是带领我走进一所老房子的低矮门廊，走到一盏悬挂在木头楼梯前滴着油的小灯盏下面。

他在那里煞有介事地拿着一块手帕，边将它铺在一个台阶上边说：“您还是坐下来吧，亲爱的先生，这样您问起话来就方便了，我站着，这样我回答起来比较方便。但是您别纠缠我。”

于是我就坐下，我用细长的眼睛向他仰望着说：“您是一个古怪的精神病院住院者，您就是这样的人！ 您在教堂里像什么样子！ 这有多么可笑，令旁观者感到多么难堪！ 人们不得不注视您，人们怎么还能凝神祈祷。”

他把身体紧贴在墙上，他只在空中自由活动脑袋。“您别生气——您干吗要对与您不相干的事生气呀。我举止笨拙时，我就生气；但是如果只是别人态度不好，那我就感到高兴。所以如果我说我祈祷的目的就是要让人注视我，您也就别生气了吧。”

“您这是什么话，”我用对于这低矮的门廊来说响亮得多的声音嚷嚷，但是随后我害怕讲不出话来就减弱了语调，“真的，您这是什么话。是呀，我已经预感到了，自从我第一次看见您，我就已经预感到，您处于什么状态之中。我有经验，我说这是一种陆地上的晕船病，我这话不是说着玩的。这种晕船病的实质就是： 您把事物的真正的名字忘记了，匆忙间便硬是用一些偶然想起的名字取代它们。一味图快，一味图快！ 但是您刚离开那些事物，您就又忘记了它们的名字。田野里的那棵白杨树，您把它叫做‘巴别塔①’，因为您不知道或者不想知道这是一棵白杨树，那棵白杨树又在无名姓地摇晃，您就不得不把它叫做‘醉酒的挪亚’。”

我有点儿感到震惊，他竟说：“我感到高兴，我没有理解您所说的话。”

我气愤地迅速说：“既然您对此感到高兴，这就说明您已经听懂了我的话。”

“我确实已经表明了这一层意思，亲爱的先生，但是您也讲得奇奇怪怪的。”

我把我的双手放在上面的一个台阶上，向后一靠并保持着这种几乎无懈可击的姿势，这种摔跤手的最后搏击的姿势，说：“您有一种有趣的自救方式，这就是您假设别人有您的这种状态。”

接着他就胆子大了起来。他互握双手，以使他的身体得到一种协调，他有些抵触地说：“不，我对所有的人，譬如对您也不做这种事，因为我不能这样做。但是假如我能这样做的话，那我是会感到高兴的，因为那样的话我就不再需要教堂里那些人的注意力了。您知道，我为什么需要它？”

这个问题使我显得笨手笨脚的。可以肯定，我不知道，我以为我也不想知道。我本来也不想到这里来的，这是我当时的想法，但是这个人强迫我听他说话。所以现在我只需摇摇我的头向他表明我不知道，可是我摇动不了我的头。

① 巴别塔：《圣经》中所称的通天塔。

我对面的这个人微微一笑。然后他屈膝弯下腰来并做出一副睡眼惺忪的怪相，说："从来就不曾有过我通过我自己而对我的生活具有坚定信念的时候。因为我只用如此站不住脚的观念理解我周围的事物，以致我总是以为，这些事物曾一度存在过，但是现在它们正在沉没。我总是，亲爱的先生，我总是有一种十分折磨人的乐趣，我要看到事物在其向我显示之前的本来面目。这时它们大概是美丽和平静的。一定是这样的，因为我常常听见人家以这种方式谈论它们。"

由于我沉默不语并且只是通过我面部不由自主的抽搐显示我多么感到不快，他就问："您不相信人们这样说话？"

我以为我必须点头称是，可是我不能这样做。

"真的，您不相信？ 啊，您听着；当我小时候有一次在短时间午睡后睁开眼睛时，我还带着浓浓的睡意便听见我母亲用自然的声音从阳台向下面问：'您在干什么，我亲爱的。天气真热。'一个妇女在花园里回答：'我在外面吃点心。'她们说话不假思索，说得不怎么清楚，仿佛这是在每个人意料之中的。"

我以为我被提问了。所以我用手伸进后面的裤兜并做出我在那里寻找什么的样子。但是我什么也不寻找，而只想改变我的神态，以显示我在参与谈话。这时我说，这件事很奇怪，我不理解这件事。我也补充说，我不相信这件事是真的，它一定是为了达到某个我恰恰认不出的目的而编造出来的。然后我就闭上眼睛，因为我的眼睛痛。

"哦，这是件好事： 您同意我的意见；这不是为了一己的私利：您为了向我说这话而把我拦住了。

"对不对呀，我干吗要感到羞愧——或者说我们干吗要感到羞愧——因为我没挺直身子步履稳重地走路，因为我没用手杖敲击石子路面，没有轻轻触动大声从一旁走过的人的衣服。我不是更有理由可以倔强不屈地抱怨：我作为有着方肩膀的影子沿着房屋蹦跳，有时消失在陈列橱窗的玻璃板里。

“我正在度过的是什么日子呀！为什么一切建造得如此糟糕，以致有时高楼倒塌，人们居然找不到一个外在的原因。于是我就爬过瓦砾堆，问每一个我遇见的人：‘怎么会发生这样的事！在我们的城市里。——一幢新房子——今天已经是第五幢。——您想想吧。’没有人能回答我。

“常常有人倒毙在巷子里。于是所有的商人就打开他们那挂着商品的店门，快步走过来，把死者抬进一所房屋，然后就在嘴角和眼角漾着笑意走出来并说：‘您好——天空灰蒙蒙的——我卖许多块头巾——是呀，战争。’我蹦跳进屋，在我多次胆怯地举起屈指的手之后，我终于敲房主的小窗户。‘对不起，’我客客气气地说，‘一个死人被抬到您那儿了。您让我看看这死人吧，求求您啦。’当他似乎拿不定主意似的摇头的时候，我便用坚定的口吻说：‘对不起。我是秘密警察。您立刻让我看死者。’‘一个死人吗，’现在他问，几乎生气了。‘不，我们这里没有死人。我们是守规矩的本份人。’我打过招呼，走了。

“但是后来当我要横越一个大广场时，我忘记了一切。这一行动的困难使我感到困惑，我常常在心中暗想：‘如果人们由于十足的好大喜功建造这么大的广场，为什么人们不也建一道可以穿越广场的石头栏杆。今天刮西南风。广场上气流很急。市政厅塔楼尖顶在转小圈。为什么拥挤的人群安静不下来？吵吵闹闹的像什么话！所有的窗玻璃都在喧嚷，路灯柱像竹子那样弯曲。柱子上圣母马利亚的外套缠绕，强劲的风扯撕着它。难道谁也没有看见吗？本应在石子路面上行走的男男女女在飘荡。风势稍一减弱，他们便站住，互相说几句话并鞠躬问候。但是如果风势又紧，他们就抗不住这风，大家就同时抬起各自的脚。虽然他们必须牢牢抓住自己的帽子，但是他们的眼神里流露出喜悦的神情，仿佛气候温和着呢。只有我在担惊受怕。”

受到这般虐待的我说：“您从前讲述的关于您母亲和花园里那位妇女的故事我觉得根本没什么奇特的。我不仅听过并经历过许多这样的故事，我甚至还参与过某些这样的事。这件事是很自然的嘛。您以为，要是我在阳台那儿，我会没有说这同样的话，会没有在花园里作出同样的回答？ 一件十分平淡无奇的事！”

我说完这话时，他似乎很幸福。他说，我穿得很好看，他很喜欢我的领带。说是我的皮肤多细腻呀。说是当人们收回坦白承认过的话时，它们就变得最清楚。

c. 祈祷者的故事

然后他在我身旁坐下，因为我变得胆怯起来了，我把头转向一侧给他让出位子。尽管如此，我还是觉察到，他也显出某种尴尬神色坐在这儿，总是试图跟我保持一小段距离，并费力地说：

我过的是什么日子呀！

昨天晚上我参加一个聚会。我在煤气灯光下向一位小姐鞠躬并说：“我真高兴我们已经临近冬天”——正当我鞠着躬说这句话的时候，我气恼地发现，我的右胯骨已经脱臼。膝盖骨也已有些松动。

由于我总是力求说话不丢三落四，所以我就坐下并说：“因为冬季不费力得多；人们可以举止轻快一些，人们说话时用不着这么吃力。对不对，亲爱的小姐？ 但愿我在这件事上说得对。”这时我的右腿给我惹来许多麻烦。因为起初它似乎完全散了架，经过挤压和巧妙地挪移我才渐渐使它大体恢复正常。

这时我听见那位出于同情也已坐下的姑娘小声说：“不，您根本就并不使我感动，因为——”

“请您等一下，”我满意和充满期望地说，“亲爱的小姐，您哪怕只花费五分钟和我说话也是不应该的。您边吃边谈吧，我求您啦。”

说罢，我伸出我的胳臂，从一个青铜小天使举起的盘子里拿出一大串沉甸甸的葡萄，拿着它在空中停留一会儿，随后便将它放在一个蓝边小碟里，我也许不无优雅地把这个碟子递给了这个姑娘。

“您根本不使我感动，”她说，“您所说的话，全都索然无味、不可理解，所以还不是实情。因为我以为，我的先生——为什么您总是叫我亲爱的小姐——我以为，您之所以不关注实情，仅仅是因为实情太费劲。”

天啊，这下我的乐子可大啦！“是的，小姐，小姐，”所以我几乎嚷嚷，“您说得很对！ 亲爱的小姐，您要明白这个道理，这样不期然而然地受到别人的理解，这是一种莫大的快乐。”

“实情对您来说太费劲了，我的先生，因为瞧您这副模样！ 您从头到脚都是用薄纸，用黄色的薄纸剪出来的，很像剪影，您一走路，人们就一定会听见您沙沙作响。所以对您的姿势或意见发火是不公正的，因为您必须随着房间里正好有的穿堂风弯腰曲背。”

“这个我不懂。这房间里闲站着几个人。他们用胳臂抱住椅子靠背或者他们靠在钢琴上或者他们迟迟疑疑地将一只玻璃杯举到嘴边或者他们胆怯地走进隔壁房间，他们在黑暗中碰到一只箱子弄伤了自己的右肩之后，他们便在已打开的窗户旁喘着气想： 那儿是维纳斯，金星。可是我跟这伙人在一起。如果这有什么关联的话，那么我不懂这关联。但是我连这是否有什么关联都不知道。您瞧，亲爱的小姐，在所有这些按照其不明确性而态度如此狐疑不决，甚至滑稽可笑的人当中，似乎只有我配听到关于我的完全明确的说法。为了使这些话也还悦耳动听，您就用嘲笑的口吻说这话，致使显然还留有某种余地，就像透过一所内部已烧毁的房屋的重要墙壁所看到的那样。现在视线几乎不受什么阻挡。人们在白天透过大窗户洞看见天空的云彩并在夜晚看见星星。但是云彩也还常常从苍白的星星身边溜走，星星们构成不自然的图景。——您看好不好，我为感谢您而向您透露，有朝一日所有想活命的人都会具有像我这样的外貌；用黄色薄纸剪成，像剪影一样——如您看到的那样——他们一走起路来，就会听见他们沙沙作响。他们将不会跟现在有所不同，但是他们将具有这样的外貌。甚至您，亲爱的——”

这时我发现这姑娘不再坐在我身旁。她一定说完她的最后几句话后就走了，因为她现在站在离我远远的一扇窗户的窗口，被三个年轻人包围着，他们穿着白色高领衬衫边笑边说着话。

我随即高兴地喝一杯酒，向那位钢琴演奏者走去，他孤身一人正在弹奏一首忧伤的乐曲。我小心翼翼地向他的耳朵俯下身去，为了不致使他受到惊吓；我和着乐曲的曲调小声说：

“劳驾，尊敬的先生，请您现在让我演奏，因为我正想感受幸福。这是一种胜利后的满意心情。”

由于他没理睬我，我就尴尬地站立一会儿，但是随后便压下我的羞怯从一个客人走向另一个客人并漫不经心地说：“今天我要弹钢琴。是的。”

所有的人似乎都知道我不会弹钢琴，但是都为他们的谈话被愉快地打断而友好地笑了。但是我很大声地对钢琴演奏者说：“劳驾，尊敬的先生，请您现在让我演奏，因为我正想感受幸福。这是一种胜利后的满意心情。”这时，他们才完全神情专注起来。

钢琴演奏者虽然停止演奏，但是他不离开他那张褐色长凳并且似乎也没听懂我的话。他叹了口气并用他的长手指遮住自己的脸。

我已经起了一点儿同情心并想鼓励他重新演奏，这时女主人带着一群人走了过来。

“这是一个滑稽可笑的想法，”他们一边大声笑着一边说，仿佛我想干什么有悖常理的事似的。

那姑娘也走过来，轻蔑地看着我并说：“夫人，请您就让他演奏吧。他也许是想给大家助助兴吧。这值得称道。求您啦，夫人。”

大家欢声大笑，因为他们显然和我一样认为这话带着讽刺意味。只有钢琴演奏者一言不发。他低垂着头，用他左手的食指抚摩木头凳子，就好像他在沙子上画画。我的手在颤抖，我把我的双手伸进裤兜，以掩饰这颤抖。我也不再能够清楚地说话，因为我一脸的哭相。所以我不得不这样来选择词句：让听的人听了觉得以为我要哭的想法是可笑的。

“夫人，”我说，“现在我必须演奏，因为——”由于我已经把这理由给忘了，我便突然向钢琴坐过去。这时我又明白了我的处境。钢琴演奏者站起来并体贴入微地从凳子上方跨越而过，因为我挡住了他的去路。“请您熄灭这灯，我只能在黑暗中演奏。”我坐直身子。

这时两位先生抓住凳子，把我远离钢琴向餐桌抬去，一边用口哨吹着一首歌并微微摇晃着我。

大家都露出赞许的神色，那位小姐说道：“您瞧，夫人，他弹得棒极了。我早就知道了。您居然这么担惊受怕的。”

我明白了并郑重其事地鞠了一躬以表谢意。

人们给我倒柠檬汽水，一位涂了口红的小姐拿住杯子让我喝。女主人递给我放在一只银盘里的蛋白甜饼，一位身穿一身白衣的姑娘把这甜饼塞进我的嘴里。一位体态丰满、金发浓密的小姐把一串葡萄举在我的头顶上方，我只需一张口就能咬着，而她则盯住了我的畏怯的眼睛。

由于大家待我都这么好，所以我自然对此感到奇怪：当我又想去弹钢琴时，他们竟一致拦住我。

“现在够啦，”男主人说，迄今为止我一直未曾注意到他。他走出去并立刻又拿着一顶大礼帽和一件紫铜色有花样的外套走回来。“这是您的东西。”

这虽然不是我的东西，但是我不想麻烦他再去查看一下。男主人亲自给我穿上外套，这外套很合身，它紧贴在我瘦削的身子上。一位面目慈祥的女士渐渐地弯下身子从上到下地给我扣好外套的纽扣。

“好吧，再会了，”女主人说，“欢迎您再来。您总是受欢迎的，这一点您知道。”这时所有在场的人都鞠躬，仿佛这十分必要似的。我也试图鞠躬，但是我的外衣紧贴在身上。于是我就拿起帽子，过分笨手笨脚地走出门去。

当我小步走出屋门时，我突然看到天空中的月亮、星星、大穹顶和环形广场上的市政厅、马利亚圆柱和教堂①。

我从容地从暗处走到月光下，解开外衣的纽扣，暖和一下身子；然后我举起双手让夜间的嗡嗡声沉寂下来并开始考虑：

“这是怎么回事，你们装出一副真实的样子。你们想使我相信，我是不真实的，可笑地站在这绿色的石子路上。但是你的天空，你是真实的，这已经是很久以前的事了，而你环形广场则从来也没有真实过。”

“这是真的，你们还一直比我优越，但是仅仅是在我不打搅你们的时候。”

“谢天谢地，月亮，你不再是月亮，但是这也许是我的疏忽：我

---

①本自然段起至本小节结尾也即本小说集《散落发表、未被作者本人收入集子里的短篇小说·1.和祈祷者的谈话》。

称你这个被取名为月亮的为月亮。当我把你称做‘被忘却的色彩奇特的纸灯笼’的时候，为什么你不再这样傲慢？当我把你叫做‘马利亚圆柱’的时候，你为何几乎退缩回去？当我把你称做‘投下黄光的月亮’的时候，我再也看不到你那咄咄逼人的态度。”

“人们思考你们，这对你们没有好处，这似乎是真实的；你们的勇气和健康在消减。”

“天哪，思考者向醉酒者学习，这一堂十分有助于健康！”

“为什么一切都沉寂下来了。我相信，现在不刮风了。这些常常像在一轮子上滚过广场的小房子已经完全夯实——寂静——寂静——人们根本看不见那条平时将它们与地面分开的黑色细线。”

我跑动了起来。我未受阻碍地绕着大广场奔跑了三圈，由于我没有遇见醉酒的人，就没减速、没感到费劲地向卡尔巷跑去。我旁边墙上的影子常常比我本人要小，它也随我一起奔跑，像在墙和路基之间的一条坡路上。

当我从消防队的那幢房子旁边走过时，我听到从小环形路传来喧闹声；当我在那儿拐弯时，我看见一个醉酒的人站在井栏杆的旁边，他平伸着双臂，用穿着木拖鞋的脚跺着地面。

我先站住脚，让呼吸变得平稳起来，然后就向他走去，摘下礼帽，自我介绍道：

“晚上好，高贵的先生，我二十三岁，但是我还没有名字。可是您一定带着令人惊异的、甚至可歌唱的名字来自巴黎这座大城市。法国荒淫宫廷的极不自然的气味围着您。”

“您一定已经用您那染了色的眼睛看见了那些高贵的女士，她们已经站在又高又亮的平台上，嘲弄地转过纤细的腰身，而她们的也在阶梯上摆开的涂色拖裙的末端则尚还在花园沙地的上方。——对不对，身穿灰色的、剪裁粗糙的燕尾服和白裤子的仆人们爬到分布在各处的长杆上，他们用双腿绕住杆子，但是常常将上身后仰和弯向一侧，他们必须用粗绳子把巨大的灰色亚麻布从地上拉起并将其绷紧在空中，因为贵妇人希望有一个有雾的早晨。”

他打了个嗝儿，我几乎大吃一惊地说：“真的，这是真的吗，您，先生，您来自我们的巴黎，来自动荡多事的巴黎，啊，来自这种热情奔放的冰雹天气？”

当他又打嗝时，我不知所措地说：“我知道，这是我的一种莫大荣幸。”

我迅速用指头扣上我的外衣的钮扣，然后我热情而羞怯地说：

“我知道，您认为我不配得到回答，但是如果我今天不问您，那么我就得过一种哭红眼的生活。”

“请问您，如此修饰打扮的先生，人们给我讲述的是真的吗？ 在巴黎有只靠衣服撑门面的人吗，那里有只有华丽大门的房屋吗？ 在夏日里城市上空的天空淡蓝色，只是通过贴紧的白色小云彩，这些全都具有心的形状的小云彩才显得美丽，这是真的吗？ 那里是不是有一座参观者很多的珍奇物品陈列馆，陈列馆里只有树，树上挂着写有最著名的英雄、罪犯和恋人的名字的小牌牌？”

“然后还有这则消息！ 这则显然骗人的消息！”

“对不对呀，巴黎的这些街道突然分岔了；它们不安宁，对不对？并非总是一切全都对头，怎么会是这样呢！ 一旦发生一起不幸事故，人们聚集在一起，从旁边的小街走过来，迈着大城市的步伐，这步伐只稍稍触及石子路面；大家虽然怀着好奇心，但也怀着对失望的恐惧心；他们急促呼吸并向前伸出他们的小脑袋。但是如果他们互相碰着了，那么他们就深深鞠躬并请求原谅：‘我很抱歉——这不是故意的——太拥挤了，对不起，请您原谅——我刚才举动很笨拙——这一点我承认。我的名字叫——我的名字叫杰罗姆·法鲁士，我是在卡柏丹大街上做香料生意的小商贩——请允许我明天请您吃午饭——我的妻子也会非常高兴的。’他们就这样谈着，这时小巷昏昏沉沉的，烟囱的烟尘落在各房屋之间。情况就是这样。也许在一个高雅区的一条热闹的林荫大道上停着两辆马车。仆人们认真地打开车门。八条高贵的西伯利亚狼狗蹦跳下去，吠叫着连蹦带跳地跑过车行道。这时人们说，这是化了装的年轻的巴黎热中时装者。”

他几乎闭上了眼睛。当我沉默时，他把两只手伸进嘴里并扯下颚。他的衣服脏兮兮的。人们也许把他从一家小酒店里扔了出来，而他却对此还懵然不知。

这也许是白天和黑夜之间的这个短暂的、很安静的间歇；这时我们的脑袋令我们始料未及地耷拉下来，这时一切由于我们不观看而在我们不知不觉中寂静无声并随后消失不见。这时我们弯曲着身子单独留下，然后向四下里张望，但再也看不见什么，也不再感觉到空气的阻力，却在内心仍记得：在离我们一定距离的地方有带屋顶的房子，幸好它们的烟囱是方的，黑暗从烟囱泻入房子里，从阁楼泻入各个房间。所幸的是，不管多么令人难以置信，明天将是一个人们将能看见一切的日子。

这时那醉酒的人扬起眉毛，使得在眉毛与眼睛之间闪现出一道亮光并断断续续地解释说：“是这么回事——我昏昏欲睡，所以我将去睡觉——我有一个内兄在文策尔广场旁边——我去那儿，因为我住在那儿，因为那儿有我的床——所以我现在就走——我只是不知道他叫什么名字以及他住在哪里——我觉得，我把这给忘记了——但是这没什么关系，因为我连我是否压根儿有一个内兄都不知道——现在我走——您以为我会找到他吗？”

我当即不假思索地说："这是一定的。但是您从外地来，您的仆人们凑巧不在您的身边。请您允许我给您带路。"

他不回答。于是我就把我的胳臂向他伸过去，让他把我挽住。

d. 胖子与祈祷者的继续谈话

但是我已经作了片刻尝试，企图使自己振作起精神来。我揉擦自己的身体并对自己说：

"是你说话的时候了。你已经感到难堪了嘛。你感到窘迫了吗？等一等！ 你是了解这种境况的。你好好考虑一下！ 周围的人也会等候的。"

"这就像是上星期的聚会。有人在朗读一个抄件上的什么东西。我自己曾根据他的请求抄了一页。当我读到他写的那几页中的这段文字时，我大吃一惊。这是毫无根据的。人们从桌子的三个方面俯下身来看。我哭着起誓，说这不是我写的。"

"但是为什么这与今天的情况相似。现在出现一次受到局限的谈话，这全是你的过错。一切都太平无事。我亲爱的，你努力呀！ ——你会找到一个借口的。——你可以说：'我困倦。我头痛。再见。'快，要快。快让人注意到你！ ——这是什么？ 又是没完没了的障碍？ 你想起什么啦？ ——我想起一个高原，它作为地球的一面盾牌直插广阔的天空。我从一座山上看到这个高原并准备漫游它。我开始唱歌。"

我的嘴唇干燥且不听使唤，这时我说：

"人们不可以换一种方式生活吗？"

"不，"他用探询的口气说，微微一笑。

“但是您为什么晚上在教堂里祈祷？”然后我就问，这时我迄今像在睡梦中支撑过的我和他之间的一切都倒塌了。

“不，我们干吗要谈论这些事。在晚上，没有哪个过独身生活的人承担什么责任的。人们担心某些事。担心肉体也许会消失，担心人们真的会是黄昏时所显示的那样，担心人们没有手杖就不可以行走，担心这也许是件好事：进教堂并呼喊着祈祷以便让人看见、受人注目。”

由于他这样说话并且随后沉默不语，我就从口袋里掏出我的红手帕并弯下腰哭了起来。

他站起来，吻我并说：

“你为什么哭？你身材高大，这个我喜欢，你的手长，它们几乎按你的意愿行事；为什么你不为此感到高兴。你要一直穿深色袖边的服装，我劝你这样做。——不——我在恭维你，可你还是哭？这一生活中的困难你承受得很明智嘛。”

“我们建造其实是无用的战争机器，塔楼，城墙，丝绸帷幕；我们本来可以对此大感惊奇的，如果我们有这个时间的话。我们保持浮动状态，我们不坠落，我们扑扑振翅，虽然我们比蝙蝠丑陋。已经几乎不会有什么人会在一个美好的日子阻止我们说：‘啊，天哪，今天是一个美好的日子。’因为我们已经在我们的地球上被安排好并生活在我们的协调一致的基础上。”

“我们就像雪中的树干。它们表面上只是平放在地上，人们只需轻轻一推就能移动它们。可是不，这一点人们做不到，因为它们同地面牢牢地联结在一起。可是你瞧，甚至连这也只是表面上的。”

思考妨碍我哭泣：“现在是夜间，明天没有人会为我现在说的话而责备我，因为这些话可能是在睡梦中说的嘛。”

于是我就说：“是呀，是这么回事，可是我们方才在说什么呀。我们总不能是在说天空的光线吧，因为我们正站在一个门廊的深处。不——然而我们本来还是可能会谈论它的，因为我们在我们的谈话中不是很独立的吗？ 我们既不想达到什么目标也不想追求什么真实，而是只想开开玩笑，消遣消遣。但是您能不能仍然还是给我再讲述一遍花园里那位妇女的故事？ 这位妇女多么值得钦佩，多么聪明！ 我们举止行为必须以她为榜样。我多么喜欢她！ 另外我遇见了您且这样拦住了您，这也是件好事。和您谈了话，这是我的一大赏心乐事。我听了一些迄今也许有意令我感到陌生的事——我感到高兴。"

他看上去心满意足。尽管接触一个人的身体始终让我感到不好意思，但我还是不得不拥抱他。

然后我们走出门廊来到户外。一些纤细的小云块被我的朋友吹散，连绵不断的星空呈现在我们眼前。我的朋友吃力地行走。

4. 胖子的灭亡

这时一切被速度攫住并坠入远方。河水向下倾泻，想控制自己，也还在碎裂的边缘上波动起伏，但是随后它就呈团块和烟雾状坠落。

胖子无法继续说话，而是不得不旋转并消失在咆哮着迅速坠落的河水中。

已经经历过这么多欢娱的我站立在岸边，看着这情景。"我们的肺该怎么办？"我喊了又喊，"它们若迅速呼吸，它们就会因自身，因内毒而窒息；它们若缓缓呼吸，它们就会因不是可呼吸的空气、因那些气势汹汹的事物而窒息。可是如果它们想寻找自身的速度，那么它们就会死于寻找。"

这时这条河的河岸无节制地延伸，然而我却用我的手心摸到一块在远处显得微小的铁指路牌。这让我感到不是完全可以理解。我个头矮小，几乎比一般的人都矮小，一丛极其快速地摇动的白野蔷薇灌木高出我一头。我看到了这一点，因为这丛灌木片刻之前就在我近旁。

但是，尽管如此，我还是弄错了，因为我的胳臂像一场连绵阴雨的云那样大，只是它们比较急促。我不知道，它们为什么想压扁我的可怜的脑袋。

这脑袋很小，小得像一个蚂蚁卵，只是它有点儿损伤，所以不再圆滚滚的了。我用脑袋作恳求式的转动动作，因为要不然的话我的眼睛的神态是不会被人觉察到的，我的眼睛实在太小了。

但是我的腿，我的不成体统的腿却搁在树木茂密的群山的上空并遮住了乡村里的山谷。我的腿在长，它们在长！ 它们已经高耸入不再拥有风景的空间，它们的长度早已超出我的视力范围。

但是不，不是这么回事——我个头矮小，暂时矮小——我在滚动——我在滚动——我是山上的一次雪崩！ 过路人啊，请行行好，请告诉我，我有多大，请测量一下这胳臂，这腿。

三

“这是怎么回事？”我的相识说，他和我一起离开社交聚会，如今从容地在我身边行走在劳棱茨山的一条路上。“您停一停吧，好让我把这事弄个明白。——您知道吗，我有一件事要办。这真费劲——这个既寒冷而且也明亮的夜晚，但是这情绪恶劣的风，有时它甚至似乎在改变那些槐树的位置。”

园丁小屋的月影横跨在稍许隆起的路面上，点缀着少量积雪。当我看见门旁的长凳的时候，我举起手来指着它，因为我没有勇气等着受责备，所以把我的左手放在胸前。

他厌烦地坐下，并不顾惜他那一身漂亮的衣服；他令我莫名惊诧，他竟用双肘抵住腰并用完全弯曲的指尖顶住前额。

“是的，现在我要说这话。您知道吗，我生活有规律，这无可指摘，一切必须的和受赞赏的事正在做。正如我周围的人和我满意地看到的那样，人们在我与之交往的那一伙人中习以为常的那种不幸不曾把我放过；这种一般的幸运也不克制，我自己可以在小圈子里谈论它。好啊，我还从未真正恋爱过。有时我为这感到惋惜，可我却在需要的时候使用那句俗语。现在我必须说：是的，我在恋爱并且因恋爱而激动无比。我是一个热情奔放的情人，这正是姑娘们所希望的。但是难道我不是本应考虑到，正是这个从前的缺陷使我的情况破例地发生了一种有趣的、一种特别有趣的转折？”

“镇静，千万镇静，”我冷漠并只是想到自己地说，“您的情人是美丽的，这是我不得不听说的。”

“是的，她是美丽的。当我坐在她身旁时，我总是只想：‘这种冒险行为——我真大胆——我作一次海上航行——我喝几加仑的酒。’但是每逢她笑时，她都不像人们期待的那样露出她满嘴的牙齿，而是人们只能看见那黑暗狭窄弯曲的嘴巴的开启口。这看上去奸诈且老态，尽管她在笑时把头朝后仰。”

“我不能否认这一点，”我叹息着说，“大概我也曾看见过这种情形，因为这想必一定是引人注目的。但是不仅是这个。根本就是姑娘的美！每逢我看到一些饰有形形色色的褶裥、皱边和垂悬物的衣服，它们美好地贴在俊美的身体上，我就常常在心中暗想：它们不会长久地保持这种状态，而是会起皱，再也无法熨平，会积上尘土，这尘土积在装饰物里再也去除不掉；没有人会愿意每天将这同一件贵重的衣服早晨穿上，晚上脱下，使自己显得如此悲哀、如此可笑。然而我现在看到一些姑娘，她们确实美丽，显现出诱人的肌肉、小指节骨、紧绷的皮肤和浓密的秀发，却天天穿着这一身朴素的化妆服出现，总是将这张同样的脸放在她们那同样的掌心上，照她们的镜子。只是有时在晚上，她们参加庆祝活动回来得晚了，她们才觉得镜子里这张脸显得憔悴、浮肿、积满灰尘，已经让所有的人看过，几乎不再值得一看了。”

“可是我一路上曾经常常问您，您是否觉得这姑娘美丽，您却总是把身子转向另一边，不回答我的问题。您说吧，您在打什么坏主意吗？为什么您不安慰我？”

我用双脚踏住地上的阴影并殷勤地说：“您无须受人安慰。有人爱着您呢。”我边说边用那块饰有蓝色葡萄图案的手帕放到嘴边捂住嘴，以防着凉。

现在他向我转过身来并把他那张胖脸靠在长凳低矮的靠背上：“您知道吗，一般说来我还有时间，我还一直可以通过一个轻率举动或通过不忠实或通过远走他乡立刻结束这刚刚启动的爱情。因为说真的，我很怀疑，我是否应该坠入这爱河。在这方面什么都说不准，谁也不能指明方向和期限。我若怀着一醉方休的意图走进一家小酒店，那么我就知道，这个晚上我将喝醉酒。可是我现在的情况不可能！ 一周之后我们想和一家友人作一次郊游，如果这不会在心中引起十四天的动荡不安的话。这个晚上的亲吻使我昏昏欲睡，好让我驰骋我的梦想。我抗拒，作一次晚间散步，这时出事了，我内心不住地激烈动荡，我的脸像阵风过后那样一冷一热，我不得不一再地摸我衣袋里的那条粉红色带子，我很为自己担忧，却无法探究这种担忧，并且甚至，我的先生，忍耐您，要在平时我肯定决不会这么长时间地和您说话的。”

我感到很冷，这时白糊糊的天色已近黄昏。“轻率举动，不忠实，远走他乡，凡此种种，全都无济于事。您将不得不自杀，”我说，而且还笑了笑。

我们对面林阴道的另一边有两丛灌木，灌木丛后面的下面是城市。这城市还有点儿灯火。

“好吧，”他喊道并用他那小而结实的拳头敲击长凳，但是他马上又搁下这拳头。“但是您活着。您不自杀。没有人爱您。您没做成什么事。您控制不了下一个时刻。您就这样对我说话，您这个厚颜无耻的人。爱您是没有能力爱的。除了恐惧以外什么也不会使您激动。您看吧，我的胸脯。”

说着，他迅速解开他的外衣、他的马甲和他的衬衫。他的胸脯确实既宽阔又美丽。

我开始讲述：“是呀，我们有时会遭遇这样的执拗的状况。譬如今年夏天我在一个村子里。村子在一条河的边上。我记得很清楚。我常常歪着身子坐在岸边的一张长凳上。那里也有一家海滨旅馆。我常常听见有人拉小提琴。身强力壮的年轻人坐在花园里桌子旁边谈论啤酒、狩猎和冒险奇遇。在对面河岸上是云雾缭绕的群山。”

这时我微微扭歪着嘴站起来，走进长凳后面的草地里，也折断一些积雪的小树枝，然后悄声对我的相识说：“我已订婚，我承认。”

我的相识对我已经站立起来并不感到惊奇：“您已订了婚？”他确实很虚弱地坐在那儿，只是让靠背支撑着。然后他摘下帽子，我顿时便看见他的头发。这头发气味芬芳、梳理整齐，一条清晰的圆形线条呈现在肉囊囊脖子上的脑袋上。这是这个冬季人们喜爱的发型。

我感到高兴，我如此巧妙地回答了他的问题。“是呀，”我自言自语说，“他多么潇洒地带着灵敏的脖子和自由的胳臂在社交场合走来走去。他能够一边无拘束地交谈着，一边带领一位女士穿过一个厅堂。不论是屋前下着雨还是那儿站着一个畏畏缩缩的人或者正在发生别的什么可悲的事，这都不会使他感到不安。不，他以同样优雅的姿态向女士们鞠躬。但是如今他坐在这儿。”

我的相识用一块麻纱手帕擦额头。“请吧，”他说，“请把您的手在我的额头上稍许放一放。我请求您。”当我没有马上这样做时，他合拢双手。

仿佛我们的忧伤使一切变暗了似的，我们坐在山顶上，犹如坐在一间小房间里，尽管我们早些时候就已经觉察到早晨的光和风。我们紧挨在一起，尽管我们根本就并不互相喜欢，但是我们不能互相远离，因为墙壁是按严格规定牢牢划定的。但是我们可以行为可笑，举止不讲人的尊严，因为我们无须在我们头顶上的树枝和我们对面的树木面前感到难为情。

这时我的相识二话没说就从他的口袋里摸出一把小刀，若有所思地打开它，然后像闹着玩儿似的把它刺进自己的左上臂，且不将它拔出。鲜血立刻涌流。他的胖乎乎的面颊苍白无血色。我把小刀拔出来，割开冬外衣和燕尾服的袖管，撕开衬衫袖子。然后向下和向上各奔走了一小段路，以便看看有没有人能够帮助我。所有的树枝几乎耀眼得显而易见且一动也不动。然后我少许吮吸了一下这个深的伤口。这时我想起了园丁小屋。我顺着通往房屋左边山丘草地的窄木梯向上奔去，我匆匆地检查了窗户和门，我怒气冲冲地跺着脚按铃，虽然我立刻就已经看到这屋子没有人居住。于是我检查伤口，伤口微微地流着血。我在雪地里弄湿他的手帕，笨拙地包扎他的胳臂。

“你亲爱的，你亲爱的，”我说，“你为了我而弄伤了你自己。你生活宽裕，为人和善，大白天你可以散步，这时在远处和近处的桌子间或在山丘路上可以看见许多衣着讲究的人。你想想吧，在春天，我们将乘车去果树园，不，不是我们去，这的确令人遗憾，而是你和安妮将高高兴兴地去。哦，是的，相信我吧，我请求你，太阳将最美好地照耀你们所有的人。哦，这是音乐，人们老远就听见马蹄声，用不着担心，这是喊叫声，手摇风琴在林阴道上演奏。”

“啊，上帝，”他说，站起来，靠到我身上，我们行走，“没有人来帮忙。这不能令我感到高兴。请原谅。时间已经晚了吗？ 也许明天早晨我该做点什么。啊，上帝。”

接近高处墙上的一盏路灯亮着，灯光把树干的阴影投到路面和白雪上，而各种树枝的阴影则弯曲而破碎地笼罩着山坡。

（B稿）

1

十二点左右几个人就站起来，鞠躬，互相握手，说是今晚过得很愉快，说罢就穿过高大门框走进前厅穿衣。女主人站在房间中央，灵巧地鞠着躬，而她的裙子则打起不自然的皱褶。

我坐在一张小桌旁——它有三条坚固的细腿——刚从第三只小玻璃杯中抿了一口甜药酒，并在饮酒的同时通观我的小小的糕点储备，这是我自己挑选并码放好的，因为这糕点的味道好极了。

这时我看见我的新相识头发有些散乱、衣衫有些不整地出现在隔壁房间一个门框柱子旁边，但是我想离去，因为这与我毫不相干。而他却向我走过来，他对我正在做的事心不在焉地微微一笑说：

“请原谅我来找您。但是直到现在为止我一直和我的姑娘单独坐在隔壁的一个房间里。从十点半起。哎呀，这真是一个良宵。我已经知道，我给您讲这个，这不合适，因为我们几乎互相不认识嘛。对不对呀，今天晚上我们在楼梯上相遇并作为这同一个家庭的客人交谈了几句话。而现在——但是您必须——我请求——原谅我，我简直按捺不住我心中的快乐，我没办法。并且由于我在这里也没有别的可信赖的熟人——”

我忧伤地看着他——我嘴里的那块果料蛋糕味道不怎么样——并向上冲着他那张漂亮红润的脸说：“您觉得我值得信赖，对此我自然感到高兴，但是您把这件事告诉我，对此我却感到不满。您自己就一定会——假如您不是这么糊涂的话——感觉到，向一个独自坐着喝酒的人讲述一个热恋中的姑娘的事，这多么不合适。”

当我说完这一席话时，他猛地坐下来，把身子向后一靠，垂下双臂。然后他撅起胳膊肘收拢双臂，用相当大的声音自言自语地说了起来：

“我们，安妮和我，刚刚还单独在那里那个房间里。我吻了她——我——吻了——她的嘴、她的耳朵、她的肩膀。我的上帝和主啊！”

几个客人猜想这里正在进行一场比较生动的谈话，他们打着呵欠朝我们移近过来。所以我站起来并大声说：

“那么好吧，如果您愿意，那我就一起去，但我还是认为，现在去登劳棱茨山，这是胡闹。而且天气变冷了，那儿下了一点儿雪，外面的路就像溜冰场。随您便吧——”

他先是吃惊地看着我并张开他那张嘴唇湿润的嘴；但是随后，当他看见那几位已经近在身边的先生时，他便笑了笑，站起来说道：

“哦，是呀，凉爽的空气会使人感到舒服；我们的衣服在冒热气和烟雾；况且我也有点儿醉了，虽然我没多喝；对，我们先告辞，然后我们就去。”

于是我们走到女主人跟前，当他吻她的手时，她说：

“不，我感到高兴，今天您看上去真快活。”

这些亲切的话语打动了他，他再次吻她的手；她微微一笑。我不得不把他拉走。

前厅里站着一个女用人，我们现在第一次看见她。她帮我们穿上外衣，然后拿起一盏小提灯，给我们照亮楼梯。她的脖子裸露着，只是在下颏下系着一条黑丝绒带，当她压低着提灯带领我们下楼的时候，她那穿着宽松衣服的身体弯曲着并一再伸展。 她的面颊绯红，因为她喝了酒，她的双唇在这微弱的、充满整个楼梯间的灯光下颤抖。

在下面楼梯旁边，她把灯放到下面的一个台阶上，朝我的相识走过去一步，拥抱他吻他并搂着他不放。 当我把一枚钱币放在她手里时，她才磨磨蹭蹭地松开胳膊，慢吞吞地打开小小的屋门，让我们走进黑暗的夜色中。

在空荡荡、光照均匀的街道上空，一轮明月悬挂在云层稀薄、因而更显辽阔的天空上。 在冰雪地上人们只可以迈小步行走。

我们刚走到室外，我便显然精神振作起来了。 我抬高双腿，让关节发出喀嚓声，我对着小巷呼喊一个名字，仿佛一个朋友在巷子的拐角处溜走了似的，我一边跳跃一边高高地抛起帽子，并虚张声势地把它接住。

但是我的相识却无动于衷地在我身旁走着。 他低垂着头。 他也不说话。

这使我感到惊奇，因为我曾估计到，如果我把他从社交聚会上带出来，他会高兴得不得了的。 如今我也能安静下来了。 我刚表示鼓励地一拍他的后背，我就突然不再理解他的状况并抽回了我的手。 由于我不需要这只手，我便将它插进我的上衣口袋。

于是我们就默默地行走。 我注意地倾听我们的脚步的声音并无法理解我竟不可能和我的这位相识保持步调一致。 这时空气清澈，我能够清楚地看见他的大腿。 不时有人倚在窗口瞧我们。

当我们来到斐迪南街的时候，我听到我的相识哼起《多拉公主》里的一首曲子来了；哼得相当轻，但是我听得清清楚楚。 这是什么意思？ 他想侮辱我吗？ 于是我立刻做好准备，要放弃这音乐，放弃整个这次散步。 是呀，他为什么不和我说话？ 可是如果他不需要我的话，为什么他不让我好好地呆在那儿，在那儿暖融融地喝甜药酒吃甜食。确实不是我争着要作这次散步嘛。 再者说，我也能独立散步的呀。我刚才参加了社交聚会，解救了一个忘恩负义的年轻人，使其免受羞辱，如今在月光下来回散步。 这也可以嘛。 白天上班，晚上社交聚会，夜里在小巷里，一点儿也不过分。 一种自然得无以复加的生活方式!

然而我的相识尚还行走在我身后，他发现自己落在了后面时甚至还加快自己的步伐。 什么话也没讲，人们也不能说我们是在急行。但是我却在考虑，我是否要拐进街旁的一条小巷，因为我毕竟没有共同散步的义务嘛。 我能够独自回家，谁也不可以阻挡我。 于是我就会看到，我的相识一无所知地从我的巷子口旁边走过。 再见吧，我亲爱的相识！ 一到家我就会觉得我的房间里暖烘烘的，我将点着桌子铁架子上的那盏立式台灯，并且，我一做完这件事，我就可以坐在撕破的东方地毯上的那把扶手椅里。 美好的前景！ 为什么不呀？ 但是然后呢？ 没有然后。 灯将在暖和的房间里点亮，照在扶手椅里我的胸脯上。 唔，然后我将凉快下来并独自在地板上着了色的墙壁间度过数小时，这地板在那面挂在后壁上的镶金边镜子里显得有些倾斜。

我的双腿疲倦乏力，我已经拿定主意，我无论如何也要回家上床睡觉，可是这时我却在心中产生疑问，不知现在离去时我该不该和我的相识打个招呼。 可是我太胆小，不敢不打招呼就离去；又太虚弱，不能大声招呼他。 所以我站住脚，把身子靠在一堵月光照耀着的房屋墙上并等候着。

我的相识越过人行道向我走来，迅速得像是要我接住他似的。 他为某件我显然已忘却的彼此同意的事而眨巴着眼睛。

“什么事，什么事？”我问。

“没什么事，”他说，“我只是想问问您对那个女用人的看法，就是那个在过道里亲吻我的女用人。 这个姑娘是谁？ 您从前见过她吗？ 没有见过？ 我也没有见过。 她压根儿就是个女用人吗？ 她在我们前面下楼的时候，我就想向她问问这些事。”

“她是女用人，而且绝不是头一回当女用人，这一点我从她那双红彤彤的手上马上就看出来了，而当我把钱塞在她手里时，我感觉到了粗糙的皮肤。”

“但是这只证明她已经当差了一些时候，这一点我也相信。”

“在这一点上您可能说得对。 在那儿的灯光下人们无法什么都看清楚，但是她的脸也使我想起我熟人的一个年长的军官女儿。”

“我想不起来，”他说。

“这不应该妨碍我回家；天色已晚，明天早晨我要上班；人们也能在那儿睡觉，但是这样做不合适。”说罢，我和他握手道别。

“嗳，这只手真冷，”他嚷嚷，“我不想带着一只这样的手回家。 您，我亲爱的，您本来也应该让人家亲吻您的，这是一桩憾事，您是能够弥补这个不足的。 可是睡觉？ 在这个夜晚？ 您要干什么？ 您想想吧，如果人们独自睡在自己的床上，人们会用被子扼杀多少个幸运的想法，人们会在热被窝里孕育出多少个不幸的梦。”

“我既不扼杀也不孕育任何东西，”我说。

“可是您让我走吧，您是个滑稽可笑的人，”他最后说。 他同时开始继续行走，我不知不觉地跟着他走，因为我在琢磨他这句话。

我以为可以从这句话中看出，他猜想我身上有某种东西，这种东西我身上虽然没有，但是由于他以为有，所以就引起他对我的重视。 好吧，我没有回家。 谁知道，这个人，他现在在我身边带着在寒冷中冒热气的嘴想着女用人的事，这个人也许有能力在众人面前抬高我的身价，我根本不必先去获得这种身价！ 千万别叫姑娘们让他腐化堕落了！ 让她们去亲吻他挤压他好啦，这是她的义务和权利，但是她们休想把他从我身边劫持走。 如果她们亲吻他，她们也就少许亲吻我一点儿，如果人们愿意的话；有几分用嘴角；但是如果她们劫持他，那么她们就是把他从我身边偷走。 而他是应该永远待在我身边的，永远，谁应该保护他呐，如果不是我的话。 他真愚蠢。 人们在二月告诉他：喂，你到劳棱茨山来吧，他就去了。 如果他现在倒下，怎么办，如果他受凉了，怎么办，如果一个嫉妒者从邮政巷里出来袭击他，怎么办？我会出什么事？ 我会被人赶出这个世界吗？ 这种情况我倒想看看，不，他摆脱不掉我了。

明天他将与安妮小姐谈话，先是日常事务，这是自然啦，但是突然他不再隐瞒，说：昨天，安妮，在夜晚，在我们聚会之后，你知道吗，我和一个人在一起，你肯定还从未见过这个人。 他看上去——我该如何描写他呢——他看上去像一根摇摇晃晃的杆子，上面有一颗黑头发脑壳，他的身体上披挂着许多块淡黄色的小布块，它们把他的全身盖住，因为昨夜没一丝儿风它们全都平贴在身上。 怎么样，安妮，你胃口全倒了？ 哟，那这就是我的过错，那就是我把整个儿这件事讲坏了。 假如你看见过他，那该有多好啊，看到他多么腼腆地在我身旁行走，看到他如何看出我在热恋，这也没有什么难的嘛，看到他为了不打扰我的热恋情绪竟独自在前面走了一大段路。 我相信，安妮，你会稍稍笑一笑的，你会稍稍感到担忧的，可是他的在场让我感到高兴。 因为当时你在哪儿，安妮？ 你在你的床上，非洲不比你的床更远。 但是有时我真的觉得，仿佛繁星密布的天空随着他的扁平的胸部的呼吸在升高。 你以为，我言过其实了吗？ 不，安妮；凭我的心灵起誓，不；凭我的属于你的心灵起誓，不。

我不给我的相识——我们恰恰在弗兰岑码头上迈开头几步——免去最微小的羞愧，这种羞愧是他在讲这种话时必定会感觉到的。但是当时我的思想混乱，因为莫尔道河和对岸的市区笼罩在一片共同的黑暗中。那里亮着几盏灯，像闪烁的眼睛那样。

我们越过车行道，来到河流栏杆处，我们在那里站住脚。我找到一棵树，靠在这棵树上。由于从水面上吹来冷风，我就戴上我的手套，无端地叹气，一如人们在夜晚面对一条河可能会做的那样，但是随后我就想继续往前走。然而我的相识却望着河面，不动弹了。后来他走近栏杆，双腿已经挨上铁杆，把胳膊肘撑在栏杆上并用双手捧着额头。还要怎么着？我感到冷并不得不把我的上衣领子向上竖起。我的相识伸开四肢、后背、肩膀、脖子，并将倚在张紧的双臂上的上身从栏杆上方弯下去。

“回忆往事，对不对？”我说，“是呀，回忆本身就已经很悲哀了，更何况所回忆的事！您不要沉溺于这样的事，这对您毫无意义，对我毫无意义。人们因此而——再清楚不过地——削弱自己现在的地位，却并没有加强从前的地位，且不说从前的地位不再需要加强。难道您以为，我不回忆往事？您回忆一件我回忆十件。譬如现在我就可能回忆起，我曾在某地坐在一张长凳上，是在晚上，也在河岸边。当然在夏天。这是我的习惯：把双腿跷向自己身边并将其搂抱住。我把脑袋枕在长椅木头靠背上，我从那儿观看对岸笼罩在云雾中的群山。一把小提琴在河滨旅馆里奏出柔和的琴声。两岸上行驶着有时缓缓蠕动、带闪光烟雾的火车。”

我的相识打断我的话，他突然一转身，看上去几乎像是他感到惊奇，居然看见我还在这里。“啊，我还可以讲很多很多事情，”我说，没多说什么别的话。

“您想想吧，情况总是这样，”他开了腔。“当我今天下我的楼梯，以便在晚上聚会之前还稍许散一会儿步的时候，我不得不感到惊奇，我的双手竟在硬袖口里蹭来蹭去，而且它们蹭得十分开心。这时我立刻在心中暗想：等着吧，今天要出事。要出事了。”这句话他已经是边走边说并微笑着睁大着眼睛看着我。

我已经把事情弄到这样的地步啦。他可以给我讲这样的事情，还一边微笑着，用大眼睛盯着我。而我，我却不得不克制自己，我没用我的胳臂搂住他的肩膀并吻他的眼睛，以报答他根本用不着我了。但是最糟糕的却是，这也不再能有什么关系了，因为什么也改变不了它啦，我必须走开，无论如何也要走开。

当我还在迅速寻找一个办法，以便至少可以在我的相识身边呆一小会儿的时候，我突然想到，我的修长的身材也许会令他感到不舒服，在他看来他在我身边显得个头太矮小了。这一情况折磨着我，虽然这是在夜晚，我们几乎一个人也没碰上，它却折磨得我好苦，致使我尽量弯下我的脊背，让我的双手在行走时触及我的膝盖。但是为了不让我的相识察觉我的意图，我完全只是逐渐地、小心翼翼地改变我的姿势，试图把他的注意力从我身上引开，甚至把他朝河的方向转动过去并伸出手指给他看射手岛的树和桥灯在河里的倒影。

但是他突然一转身看着我——我还没完全指点完——并说：“哟，这是怎么回事？您完全弯着腰躬着背！您这是干什么呀？”

“完全正确，”我说，脑袋贴在他的裤缝上，为此我也就不能好好抬起头来，“您有敏锐的目光！”

“喔唷！您站起来吧！这种蠢事！”

“不，”我看着近处地面说，“我保持现状。”

“但是这话我还得说，您真会惹人生气。这种毫无用处的停留！您快别胡闹了吧！”

“看您大喊大叫的！在这静静的夜晚，”我说。

“怎么啦，完全是按照您的愿望呀，”他还补充一句，过一会儿他又说：“现在是十二点三刻。”他显然是在照着念磨坊塔钟楼上的时间。

我已经像头发被向上拽起似的站着。我将嘴巴张开着一会儿，以便让激动情绪通过嘴巴离我而去。我理解他，他打发我走。说是他这儿没有我呆的地方，如果这里也许有一个人的话，那么这个人至少就不会被找到。说是顺便说一句，为什么我一味地要待在他身边。不，我只想走开——而且立刻就走——到我的亲戚和朋友们那儿去，他们已经在等候我啦。但是倘若我没有亲戚和朋友，那么我当然就得靠自己一个人的力量摆脱困境（诉苦有什么用！），说是可是我得赶快离开这里。因为在他这儿什么也帮不了我的忙啦，我的高身材，我的好胃口，我的冷手，全都帮不了我的忙。说是但是如果我认为我必须留在他身边，那么这就是一种危险的看法。

“我没有利用您通报的情况，”我说，这也符合实际情况。

“谢天谢地，您终于站直了。我只是说了现在是十二点三刻。”

“这没关系，”我说并把两块指甲伸进我打着寒战的牙齿的缝隙。“我既然不需要您通报的情况，我也就更不需要您作什么解释。因为我无非只需要您的仁慈而已。请您收回您说过的话吧！”

“现在是十二点三刻？好说好说，况且现在早就已经过了十二点三刻啦。”

他抬起右胳臂，颤动手并倾听硬袖口小链条的响声。

现在显然要谋杀了。我待在他身边，而他则就会将这把小刀，这把他已经在口袋里拿着其刀柄的小刀，沿着他的外衣向上移动，然后将它对准我。 很可能他会感到奇怪，这件事多么简单，但是也许会感到奇怪，谁可能知道这一点。 我不叫喊，我的眼睛能挺住多久就盯住他多久。

“嗯？”他说。

在远处一家有茶色玻璃的咖啡馆前面一个警察像一个滑冰者那样在铺石路面上滑行。 他的佩刀妨碍他，他把它拿在手里，现在滑行了一大段路，在结束滑行时他几乎转了一个弯。 终于他还微微欢呼，哼哼着曲调，他又开始擦着地行走起来。

这个警察，这个在离一桩即将发生的凶杀案二百步处只看见和听见自己的警察，才使我产生一种害怕的感觉。 我断定，我反正是完了，不管我是让人给刺死还是逃跑。 但是逃跑并从而使自己遭受麻烦的、亦即更痛苦的死亡方式，这岂不是更好。 我不能马上列举出这种死法的好处的种种理由，但是我可以不以寻找理由来度过留给我的这最后的时刻。 以后会有时间做这件事的，只要我有这个决心，而这个决心我是有的。

我必须逃跑，这容易已极。 现在在向左拐向卡尔桥时我能够向右奔进卡尔巷。 它弯弯曲曲的，那里有昏暗的屋门和尚还开张营业的小酒店；我大可不必灰心丧气。

当我从码头的门拱下走出来时，我高举双臂奔跑进巷里。 然而在神学院教堂一扇小门前我跌倒了，因为我没有料想到那儿有一道台阶。 这产生出一点儿嘈杂声。 最近的那盏街灯离得相当远，我躺在黑暗中。 一个胖女人拿着一盏小灯从对面的一家小酒店里走出来，察看巷子里发生了什么事。 里面的钢琴以较弱的声音继续弹奏，只用一只手在弹奏，因为钢琴弹奏者已经向门转过身去，这扇迄今一直半开着的门被一个上衣纽扣扣得严实的男人完全打开了。 他吐了口痰，然后紧紧搂住这个女人，搂得她不得不举高那盏小灯，以便护住它。“根本没什么事，”他冲着房间里喊，随后两个人便转过身去，走进房间，房门又关上了。

当我试图站起来时，我又跌倒。“有薄冰，”我说并感到膝盖疼痛。 但是我却感到高兴，小酒店里的人没看见我，我能够在这里安安静静地一直躺到天亮。

我的相识分明一直走到桥头，都没觉察我的辞别，因为过了一会儿他才来到我这儿。 我没觉察，当他向我弯下身来——他完全像一条猎狗那样几乎只垂下脖子——并用柔软的手抚摸我时，他露出了惊讶的神色。 他在我的颧骨上摸来摸去，然后把手心按在我的额头上：“您摔伤了吧，是吗？ 有薄冰，得小心才行——您不是自己给我说了这个的吗？ 您头痛吗？ 不痛？ 啊，膝盖。 嗯，这事儿不好办。”

但是他不想把我扶起来。 我把脑袋撑在我的右手上——用胳膊肘搁在一块铺路石上——并说道：“我们又在一起啦。”由于我又有了那种恐惧感，我就用双手抵住他的胫骨，把他推开。“你走吧，你走吧，”我边推边说。

他的双手插在口袋里，朝空巷，然后朝神学院教堂，然后抬头朝天空望去。 最后，附近一条巷子里一辆马车在闲荡，声响很大，此时，他终于想起了我：“哟，您为什么不说话呀，我亲爱的？ 您不舒服吗？ 是呀，您究竟为什么不站起来呀？ 要我找一辆车吗？ 如果您愿意，我去这家小酒店给您弄点儿酒来。 可是您不可以继续躺在这冰冷的地方啦。 我们要去登劳棱茨山的呀。”

“当然啦，”我边说边独自站起来，但感到剧烈疼痛。 我立刻摇摇晃晃，不得不死死盯住卡尔四世的立式雕像，以便站稳脚跟。 但是本来连这也帮不了我的忙，假如我不是想起来，我正受到一个脖子上缠着黑丝绒带的姑娘的爱恋，这爱虽不热烈却忠实。那月亮真可爱，它也照我；我出于谦逊而想站到吊桥悬索支柱拱顶的下面去，这时我认识到，月亮照耀一切纯粹是一种自然现象。所以我欢快地张开双臂，以便尽情地享受这月亮。我用胳臂随随便便地做着游泳动作毫无痛苦毫不费劲地朝前游去，这时我的心情便轻松愉快了起来。从前我居然从未作过这样的尝试！我的脑袋沉浸在凉爽的空气中，恰恰是我的右膝盖行动轻快裕如，我叩打它以示赞扬。我记得，我曾一度不怎么喜欢一个相识，此人大概还一直在什么地方行走；在整个这件事上令我感到高兴的仅仅是，我的记忆力如此之好，以致它连这样的事情也记住了。然而我不可以多想，因为我必须继续游泳，如果我不想过分沉没的话。但是为了让人们以后无法对我说，人人都能在石子路面上空游泳，这不值一谈，我便一纵身越过栏杆并绕着我遇到的每一座圣徒雕像游泳。

到了第五座雕像那儿——我正以觉察不到的拍击使自己保持在人行道上方的位置——，我的相识便抓住我的手。于是我又站立在石子路面上并感到膝盖一阵疼痛。

“我一直，”我的相识用一只手抓住我，用另一只手指着圣女卢德米拉的雕像说道，“我一直赞叹左边这位天使的这双手。您看吧，这双手多么细嫩！真正的天使之手！您见过什么相似的东西吗？您没见过，但是我见过，因为今天晚上我吻了手——”

但是对我来说现在有了走向毁灭的第三种可能性。我不必让别人把我刺死，我不必逃跑，我能够简简单单地扑到空中。他只要去他的劳棱茨山，我不干扰他，我甚至不通过逃跑干扰他。

这时我大声喊叫：“讲这些故事吧！我再也不想听些片言只语啦。您全讲给我听吧，从头到尾。少了我不听，我告诉您。我要知道全部情况。”

当他看着我时，我不再这么大喊大叫。“您可以相信我会保守秘密的！ 您心里有什么事，您就全讲给我听吧。 一个像我这样能保守秘密的听者您还没有遇见过呢。”

我凑近他的耳朵，相当小声地说：“您大可不必惧怕我，这确实是多余的。”

我还听见他笑。

一

我已经——仿佛这不是头一回似的一纵身——跳上我的相识的肩膀并用我的双拳捶他的后背从而使他轻快地小跑起来。 但是当他还有点儿不情愿地跺脚、有时甚至站住的时候，我就好几次用我的靴子踢他的肚子，催他快跑。 这一着成功了，我们相当快地进入一个地域广大的、但还没建设好的地区的内部。

我骑行在一条公路上，它铺满石块并陡峭，但是这正合我意，我让它变得更多石更陡峭。 我的相识一给绊个踉跄，我就揪住他的鬃把他往上一拉；他一唉声叹气，我就用拳头击他的脑袋。 这时我觉得，在这么清新的空气中外出骑行对我的身体健康很有益处；为了使他更加狂暴，我让一阵强劲的逆风猛烈地向我们吹来。 现在我竟然在我相识的宽阔肩膀上夸张地做跳跃骑行动作，我一边用双手紧紧抱住他的脖子，一边使劲后仰我的脑袋并观看形形色色的云彩，它们比我更虚弱地慢吞吞随风飘走。 我欢笑着并振奋得发抖。 我的上衣敞开并给我以力量。 这时我使劲压紧我的双手，这样一来我当然就扼住了我的相识的咽喉。

当天空渐渐被我让在路边长起来的树木的桠杈遮住的时候，我才思索。

“我不知道，”我不动声色地说，“我不知道。 如无人来，那就是无人来。 我对无人使过什么坏，无人对我使过什么坏，但是无人愿意帮助我，纯粹无人。 但是情况却不是这样的。 可惜无人帮助我，一向纯粹无人是好人，我会很愿意（您意下如何？）和一个纯粹无人的团体作一次郊游。 当然去山区，否则去哪儿？ 这些无人如何你拥我挤，这些众多的横伸出或互相挽着的胳臂，这些众多的被细小的脚步分开的脚！ 当然，大家都穿燕尾服。 我们马马虎虎地行走，一阵清风从我们和我们的肢体留出的空隙中吹过。 在山里可以放声高歌。 真奇怪，我们居然没唱歌。”

这时我的相识摔倒，当我检查他时，我发现他的膝盖受了重伤。由于他对我不能再有什么用处，我便并非不情愿地让他呆在石子路面上并吹口哨从空中召唤下几只兀鹰，它们顺从地、神情严肃地落到他身上，看守着他。

二

我无忧无虑地继续行走。 但是因为我作为步行者害怕山路难以行走，所以我让道路变得越来越平坦并在远处终于下降至一个山谷。 石头按我的意愿消失，风势渐渐减弱。

我迈着轻快的步伐行进，由于我走下坡路，所以我抬起了头，挺直身体，把双臂交叉在脑后。 由于我喜欢松林，所以我穿行在这样的松林中，并且由于我喜欢默默观看布满星星的天空，所以在辽阔的天空星星们为我缓慢、从容地升起，一如它们经常的那样。 我只看见少量伸展的云，一阵只在它们那个高度上刮着的风使散步者颇感惊讶地将它们从空中卷走。

我的路对面相当远的地方，大概通过一条河与我隔开着，我让一座中等高度的山拔地而起，它的顶峰长满灌木丛与天相接。 我还能清楚地看见那些小枝条和最高的椏杈的晃动。 这种景象，不管它多么寻常，都让我感到高兴不已，致使我作为一只小鸟儿在这遥远的蓬乱灌木的枝条上晃晃悠悠地忘记让月亮升起，那月亮已经位于山背后，很可能正在为这延误而发怒呢。

但是现在月亮升起前的那道凉光在山上蔓延，月亮突然自己从一处躁动不安的灌木丛后面升起。 然而这期间我一直在朝另一个方向观看，当我现在朝正前方看去并一下子看见它，看见它已经几乎在用它的满圆发出光亮，这时我神色黯然地站住，因为我这条下坡路似乎恰恰伸进这个吓人的月亮。

可是过一会儿我便习惯了它并审慎地观看，它多么艰难地上升，直至我和它相向走了一大段路后我才终于感到一种适意的睡意，而我则以为，这睡意是不寻常的散步引起的疲倦造成的。 我闭着眼睛走了一会儿，我一个劲儿大声而有节奏地拍打双手以使自己保持清醒。

可是随后我脚下的路眼看要离我而去，一切像我一样疲惫不堪地开始消失，这时我便急忙使劲爬上路右边的斜坡，以便及时进入那片高大而杂乱的松树林，我们大概即将面临的这一宿我想在那里睡。

这急速行动是必要的。 群星已在无云的天空变暗，我看见月亮有气无力地在天空，像在一片静止不动的水面那样沉没。 山已成为黑夜的一部分，公路破碎地终止在我已经向斜坡转过身去的那个地方，而我则听到倒下的树干的轰隆声从树林内部渐渐逼近过来。 这时我原本可以立刻躺倒在苔藓上睡觉，但是由于我怕睡在林中地面上，我就爬上——树干在胳臂和腿的圆圈间迅速下滑——一棵树，一棵没有风也在摇摇晃晃的树，躺在一根桠杈上，将脑袋贴住树干并匆忙入睡，这时我感到仿佛有一只翘尾巴的小松鼠蹲在桠杈的颤悠悠的末端并摇晃着。

三

我睡觉并全身心地沉入第一个梦中。我在梦中如此怀着恐惧和痛苦地辗转反侧，致使这梦不堪忍受，但也不可以唤醒我，因为我之所以睡觉，仅仅是因为我周围的世界已经结束。我就这样穿过这个时酣时浅的梦并像得救了似地——逃离了睡眠和梦境——返回我家乡的村庄。

我听见车辆从花园栅栏旁边驶过，有时我已看见它们穿过树叶间微微晃动的缺口。在这炎热的夏天木制轮辐和车杠嘎吱嘎吱响得多厉害！工人们从田地走来并讥笑这是一件可耻的事。

我坐在我们的小秋千架上，我正在我父母的花园里的树木间休息。

栅栏前的嘈杂声不断。儿童们此刻正跑步经过。禾把上以及禾把四周坐着男男女女的运粮车使花坛黯然失色；傍晚时分我看见一位先生拿着一根杖缓缓散步，还看见几个姑娘挽着胳臂向他走来，打着招呼走进旁边的草地。

然后鸟儿们扑棱棱飞起，我目送它们，看着它们一下子上升，直至我不再以为它们在上升，而是我以为我在坠落并紧紧抓住绳子由于虚弱而开始有点儿摇晃。不久已经刮起较凉爽的风，不是飞鸟而是闪烁的星星显现，这时我摇晃得更厉害。

我就着烛光吃晚饭。我常常把双臂搁在木板上，我已经是在疲惫地啃我的黄油面包。有许多孔的窗帘受暖风一吹便鼓起来，有时一个在外面从一旁走过的人用双手抓住它们，如果此人想看清我并和我说话的话。通常蜡烛不久便熄灭，于是在黑乎乎的蜡烛烟雾里聚集起来的蚊子还会闲荡一阵。一个人从窗户那儿问我，那么我就仿佛望着山里或纯粹望着空中似地看着他，而且他对我的回答也并不怎么在乎。

如果随后一个人翻越过窗下墙来报告，说是其他人已经在屋前，那么我自然就叹息着站起来。

“不，为什么你这样叹息？发生什么事了？是一件特殊的、永远无法弥补的不幸事件吗？我们将永远也不能恢复元气了吗？真的一切全完啦？”

什么也没完。我们跑到屋前。“谢天谢地，你们终于来了！——你总是来得太晚！——怎么是我？——就是你，你不愿意一起干，你就呆在家里。——决不怜悯！——什么，决不怜悯？你怎么说话？”

我们用脑袋捅开夜晚。没有白日和夜间。不一会儿我们的马甲钮扣便像牙齿那样互相摩擦，不一会儿我们便保持着同样的距离奔跑得嘴里冒火像热带的动物。像古代战争中胸铠骑士那样跺着脚并悬在高空中，我们互相向着短巷飘下去并在双腿中带着这一助滑力向上朝公路继续飘去。一些人在公路排水沟里行走，他们刚消失在黑暗的斜坡前，他们就已经像陌生人那样站立在上面田间小路上并看下来。

“你们下来！——你们先上来！——好让你们把我们扔下来，我们才不干呢，这么点聪明我们还是有的。——你们想说，你们真胆小。来吧，来呀！——真的是你们吗？还是你们要把我们扔下去？

你们是什么模样呀？”

我们进攻，胸口被碰撞并躺倒在公路排水沟草地上，我们自愿坠落。一切均匀地暖和起来，我们在草地上既不觉得热也不觉得冷，人们只感到疲倦。

如果人们转向右侧，手放在耳朵下，那么人们就很容易入睡。虽然人们抬起下颚想再次挣扎着站起来，但是这样就会掉进一条更深的沟里。后来人们就将胳臂横持于面前，双腿斜飘，想扑向空中并且又一定会掉进一条更深的沟里。人们根本就不想停止做这种事。

人们在最后一条沟里将如何实实在在地彻底伸直四肢睡觉，尤其是伸直膝盖，这一点人们几乎不曾想到；人们像病人似地仰卧着有兴致哭一场。每逢有一个男孩，双肘贴着腰，用黑脚底越过我们头顶从斜坡跳到脚上，人们就眨巴眼睛。

人们看到月亮已经悬挂在相当高处，一辆邮车在月光下驶过。起了一阵微风，人们在沟里也感觉到这阵风，附近的树林开始呼呼作响。这时人们不再很在意一人独处。

“你们在哪里？——你们过来！——大家一起来！——你躲藏什么呀，别胡闹啦！——你们不知道，邮车已过去？——不会的！已经过去了？——当然啦，就在你睡觉的时候，它就已经驶过去了。——我睡觉了？怎么会呀！——你别说啦，人们从你身上看得出来的。——可是我请求你。——你们来吧！”

我们紧挨着一起奔跑，有些人互相握手，人们使劲昂起头，因为是在走下坡路。一个人喊出一声印第安人的战斗口号，我们空前快速地奔跑起来，风在腰间吹动我们跳跃奔跑。什么也阻止不了我们；我们这样奔跑着，以致我们自己在超越时能够交叉双臂并从容地打量四周。

在维尔德巴赫桥上我们站住脚；奔跑得更远的人返回来。下面的河水拍击岸边的石头和树根，仿佛不是已经夜晚了。没有理由可以说明，为什么不是有一个跳到桥栏杆上。

一列火车从远处灌木丛后面驶出来，所有的车厢里全都亮着灯，玻璃已经稳妥地放下。我们中有一个人唱起一首街头流行小调来，可是我们全都愿意唱。我们唱得比火车行驶得快得多，我们摇动胳臂，因为声音不够，我带着我们的声音走进一个拥挤的人群，我们在这人群里感到舒服。如果人们将自己的声音搀和进别人的声音之中，人们就像被一个钓钩钩住了。

我们就这样背对着树林冲着远处旅行者们的耳朵歌唱。村子里的成年人还没睡，母亲们在为夜晚铺床。

已经是时候了。我亲吻站在我身旁的人，只是和三个近旁的人随意握了握手，开始顺路跑回去，没有人喊我。在第一个他们不再能够看见过的交叉路口，我一拐弯，又在田间小路上跑进树林并继续奔跑。我急速穿过大片树林，一会儿是阳光，一会儿是月光，一会儿照在背上，一会儿照在脸上。我径直向南方的城市而去，在我们村里人们这样谈论这座城市：

“那里有人，你们想想吧，他们不睡觉！”

“为什么不睡觉？”

“因为他们不困倦。”

“为什么不困倦？”

“因为他们是傻瓜。”

“傻瓜就不困倦？”

“傻瓜怎么会困倦！”

四

有一段时期，我日复一日地走进一座教堂，因为一个我已经恋爱上了的姑娘晚上在那里跪着祈祷半个小时；这时我就能从容不迫地观看她。

当有一回这姑娘没来、我不情愿地看着那些祈祷的人的时候，一个年轻人引起了我的注意，他的整个瘦削的身躯已扑倒在地上。 他时不时地使出浑身的力量抓住自己的头颅并叹息着将它猛击自己搁在石头上的手掌。

教堂里只有几个老妪，她们间或向一侧转动其裹着头巾的小脑袋，以便向那个祈祷者望去。 这种注意似乎使他感到高兴，因为每次发作他那虔诚举动之前，他都用眼睛扫视四周，看看在一旁观看的人是否很多。

我觉得这种做法不合适，便决定等他从教堂里出来时叫住他，直截了当问问他，他为什么以这种方式祈祷。 因为自我到达这座城市以来我便对什么事都要弄个水落石出，即使现在我只是对我的姑娘没来感到恼火。

但是过了一个小时以后他才站起来，久久地擦去他的裤子上的污物，致使我已经想大声嚷嚷：“够啦，够啦，我们大家看见啦，您有裤子，”我极其认真地划了一个十字，像一个水手那样迈着沉甸甸的步伐向圣水盆走去。

我站在圣水盆与门之间的道上并清楚地知道，我是不会没有得到解释就放他过去的。 我扭歪我的嘴，因为这是作某种讲话前的最好的准备工作；我一面把身体支撑在伸出的右腿上，一面将左腿支在脚尖上，因为这给我以坚强的意志，这是我屡试不爽的。

可能是这个人在往自己脸上洒圣水时就已经在偷眼看我，也许我的目光在从前就已经使他忧虑重重，因为现在他出其不意地奔到门口并冲了出去。我还情不自禁地跨出一大步，想拦住他。玻璃门砰地关上。当我随后立刻走出门去时，我再也没能见到他，因为那里有几条狭窄的小巷，交通繁杂。

以后的几天里他都没来，但是我的姑娘却来了并又在一个侧翼的角落里祈祷。她穿一件黑色连衣裙，肩上有透孔的花边，——花边里面是半月形衬衣边缘——一个剪裁得漂亮的丝绸领子从花边下端垂下。既然这个姑娘来了，我便乐得忘记那个人，即使在他后来又定时到来并按他的习惯祈祷的时候，我也不理睬他了。

但是他总是突然急匆匆从我身旁走过，别转着脸。而在祈祷时他却频频把目光投向我。看上去几乎就像他因为当初我没有和他攀谈而在生我的气，好像他认为，通过那次尝试和他攀谈我已经承担了终于也真的这样做的义务。当我在一次讲道后一直跟随着那个姑娘在半明半暗中和他碰撞时，我以为，我看见他在微笑。

一种和他攀谈这样的义务当然不存在，但是我几乎已经不再渴望和他攀谈。甚至当我有一回奔跑着到达教堂广场，这时已经钟敲七点，那姑娘早已不再在教堂，只有那个人在祭坛栏杆前拼命祈祷，甚至这时我也还在犹豫不决。

我终于踮着脚尖轻轻走向门廊，给坐在那里的盲人乞丐一个钱币并躲到他身旁开着的那扇门的后面。我在那里也许高兴地盼望我想给予祈祷者的惊喜达半个小时之久。但是这持续不了多久。不一会儿我就只还是很懊恼地让蜘蛛在我的衣服上爬；讨厌的是，每逢有人大声喘着气从黑暗的教堂里走出来，我每次都不得不向前弯下身子。

这时他也来了。大钟的响声，这前一会儿已开始的钟声，如我所看到的，对他没有什么好处。 他不得不用脚尖先轻轻碰触地面，然后才真正踩地。

我站起来，向前跨出一大步并且已经把他拦住。“晚上好，”我边说边用手抓住他的领子把他推下台阶推到灯光明亮的广场上。

当我们到达下面时，他在我始终还在后面抓住他的时候向我转过身来，致使我们现在胸口贴着胸口站着。“您从后面把我放开吧！”他说。“我不知道您怀疑我什么，可是我是无辜的。”说罢，他又再说一遍：“我当然不知道，您怀疑我什么。”

“这里既谈不上怀疑也谈不上无辜。 我请您别再谈这些事。 我们互不熟悉，我们相识不久，这种相识还比不上教堂台阶的高度。 如果我们马上就开始谈论我们的无辜，我们会有什么结果。”

“完全同意，”他说。“此外，您说我们的无辜，您这话的意思是，如果我证明我无辜，您同样就得证明您无辜。 您是这个意思吗？”

“不管是这个意思还是别的什么意思，”我说。“可是我之所以和您攀谈，却仅仅是因为我想问您点什么事，您记住这一点！”

“我很想回家，”他边说边微微转了转身。

“这个我相信。 否则我会和您攀谈吗？ 您不可以以为，我是为了您的漂亮眼睛的缘故和您攀谈的。”

“您莫非太坦率了吧？ 嗯？”

“我还得再给您说一遍，这里说的不是这样的事情？ 这里有什么坦率不坦率的？ 我问，您回答，然后就再见。 然后您也就尽管回家好啦，您愿意多快就多快。”

“我们下一会碰头，好吗？ 在适当的时候？ 也许在一家咖啡馆里？ 况且您的未婚妻小姐几分钟前才走开，您还完全可以追上她，她已经等候了这么久啦。”

“不，”我对着从一旁行驶过去的电车的嘈杂声叫喊，“您逃脱不了啦。我越来越喜欢您。您是我的意外捕获物。我庆贺我。”

这时他说：“啊，天哪，您有——如人们所说的，一颗健康的心和一颗木头疙瘩脑袋。您把我叫做意外捕获物，您一定多高兴呀！因为我的不幸是一种摇摆不定的不幸，一种在一个细小的尖端上摇摆不定的不幸，人们一触动这个不幸，这不幸就落在发问者身上。所以：晚安。”

“好啊，”我说，令他感到意外地抓住了他的右手。“您不自愿回答，我就强迫您。我就跟随您，向右和向左，您去哪儿我跟到哪儿，也上楼去您的房间，我将在您的房间里坐下，哪儿有地方就坐在哪儿。毫无疑问，您看着我吧，我已经在忍着啦。可是您怎么会——”我贴近他身边，因为他比我高出一头，我便对着他的脖子说——“可是您怎么会有勇气阻止我这样做呢？”

这时他一边往后退一边交替着吻我的双手并用泪水沾湿它们，“人们不能拒绝您的任何要求。就像您知道我想回家那样，我从前就已经知道我不能拒绝您的任何要求。只是我请求您，我们还是到那边的小巷里去吧。”我点点头，我们走过去。当一辆车把我们分开、我落在后面时，他用双手向我示意，要我赶快跟上。

但是在那里他对巷子的黑暗感到意犹不足，在这巷子里街灯互相隔得远远的并且几乎只安装到头几层房屋的高度，而是他把我带到一所旧屋低矮门廊的一盏小灯下，这盏小灯滴着油悬挂在木头楼梯前。

他将他的手帕铺在一个踩坏的台阶的凹槽上并邀请我坐下：“您坐着问起来方便，我站着，这样我回答起来方便。可是别折磨人！”

既然他如此认真地看待这件事，我便坐下，但是我却不得不说：“您把我带进这个洞穴，仿佛我们在搞什么阴谋似的，而其实我和您只是由于好奇心，您和我只是由于恐惧心而联系在一起。其实我只想问您，您为什么在教堂里这样祈祷。您在那里像什么样子！像一个地道的傻瓜！这多么可笑，让旁观的人感到多么不舒服，让虔诚的人感到多么难以忍受！”

他把自己的身体紧贴在墙上，他只在空中自由活动脑袋：“纯粹是误解，因为虔诚者们认为我的样子自然，其余的人认为它虔诚。”

“我的恼怒驳斥了您的这种说法。”

“您的恼怒——假设这是一种真正的恼怒——只证明，您既不属于虔诚者也不属于其余人之列。”

“您说得对。我说您的举止惹恼了我，这有点儿过甚其词；不，这引起了我的一点儿好奇心，如同我开始时已正确地说过的那样。可是您，您属于什么人之列？”

“啊，这只是使我感到愉快而已：受到这些人的注视，在某种程度上可以说是时不时把一个阴影投在祭坛上。”

“愉快？”我问，我的脸抽紧了。

“不，如果您想知道这件事的话。您别生我的气，我把事情表述错了。不是愉快，这对我来说是需要，需要让这些目光把我紧紧锁住短短一个小时，而围绕着我的这整座城市则——”

“您这是什么话，”我用对于这句简短评论和低矮过道而言太过于响亮的嗓门嚷嚷，但是随后我害怕讲不出话来就减弱了语调，“真的，您这是什么话。现在我确实觉察到，我一开始就料到您处于什么状态。这不是那种发热，这是陆地上的晕船症，一种麻风病？您不这样觉得吗，您纯粹由于激动而不能满足于事物的真实名字，不满足于此，现在极匆忙地把偶然想起的名字倾注在这些事物上。一味图快，一味图快！但是您刚离开它们，您便又忘记了它们的名字。田野里的白杨树，您已经把它称作‘巴别塔’，因为您不想知道这是一棵白杨树，如今这棵白杨树又在无名姓地摇晃，您不得不称它为‘醉酒的挪亚’”。

他打断我：“我为我没有听懂您所说的话感到高兴。”

我气愤地迅速说：“既然您对此感到高兴，您这就表明，您已经听懂了我的话。”

“我不是已经说过的吗？ 人们不能拒绝您的任何要求。”

我把我的双手放在上面一个台阶上，向后一靠并保持着这个几乎无懈可击的、标准的摔跤手姿势说：“对不起，但是这是不真诚的，如果您把我给您的一个回答扔还给我的话。”

接着他就胆子大了起来。 他互握双手，以使他的身体得到一种协调，他有些抵触地说：“您一开始就把关于不真诚的争论排斥在外。 说真的，我最关注的，莫过于给您解释清楚我的祈祷方式。 您知道吗，我为什么这样祈祷？”

他考查我。 不，我不知道并且我也不想知道。 我本来也不愿到这儿来的，这是我当时的想法，但是这个人简直是强迫我听他说话。所以我只需摇摇我的头，一切就万事大吉，但是恰恰这一点我一时间做不到。

我对面的这个人微微一笑。 然后他屈膝弯下腰来并做出一副睡眼惺忪的怪相，说：“现在我终于也可以向您透露，为什么我让您和我攀谈。 出于好奇心。 出于期盼。 您的目光已经安慰了我很久。 我期盼从您这儿得知，这些事物究竟是怎么回事，它们在我四周像下雪似的沉没，而在别人面前则连一只小酒杯都像一座纪念碑那样牢牢站立在桌子上。”

由于我沉默不语并且我的面部只是不由自主地抽搐了一下，他就问：“您不相信别人是这样一种情况？ 真的不相信？ 啊，您听着吧！

当我小时候有一次在短时间午睡后睁开眼睛时，我还带着浓浓的睡意便听见我母亲用自然的声音从阳台向下面问：‘您在干什么，我亲爱的？天气真热！’一个妇女在花园里回答：‘我在外面吃点心。’她们说这话说得不假思索，不怎么清楚，仿佛那位妇女已料到这个问题，我的母亲已料到这个回答。”

我以为我被问了，所以我把手伸进后面的裤兜并装作在那里寻找什么的样子。但是我不找什么东西，而只想改变我的神态，以显示我在参与谈话。这时我说，这件事很奇怪，我不理解这件事。我也补充说，我不相信这件事是真的，它一定是为了达到某个我恰恰认不出的目的而编造出来的。然后我就闭上眼睛，以摆脱这恶劣的光线。

“您看看吧，鼓起勇气来，譬如您是同意我的意见的呀，您由于无私而拦住我，对我说这话。我失去一个希望，得到另一个希望。

“对不对呀，我干吗要为没挺直身子、步履稳重地走路，为没用手杖敲击石子路面，没轻轻触动大声从一旁走过的人的衣服而感到害臊呀。我不是更有理由可以倔强不屈地诉说：我作为有着方肩膀的影子沿着房屋蹦跳，有时消失在陈列橱窗的玻璃板里。

“我正在度过的是什么日子呀！为什么一切建造得如此糟糕，以致有时高楼倒塌，人们居然找不到一个外在的原因。于是我就爬过瓦砾堆，问每一个我遇见的人：‘怎么会发生这样的事！在我们的城市里。——一幢新房子——今天已经是第几幢啦！——您想一想吧！’没有人能回答我。

“常常有人倒毙在巷子里。于是所有的商人就打开他们那挂着商品的店门，快步走过来，把死者抬进一所房屋，返回来，嘴角和眼角漾着笑意，于是就议论开了：‘您好——天空灰蒙蒙的——我卖许多块头巾——是啊，战争。’我急忙进屋，在我多次胆怯地举起屈着指头的手之后，我终于敲房主的小窗户。‘对不起，’我说，‘我觉得，仿佛不久前一个死人被抬到您那儿去了。是不是可以劳您驾，让我看看这个死人呀？’由于他摇摇头，仿佛拿不定主意似的，我就补充说：‘您要当心！我是秘密警察，我要立刻看死者。’现在他不再犹豫不决：‘出去！’他叫喊。‘这群无赖居然已经养成习惯，天天在这里到处乱爬！这里没有死人，也许隔壁屋里有。’我打过招呼，走了。

“但是后来当我要横越一个大广场时，我忘记了一切。如果人们由于好大喜功就建造这么大的广场，为什么人们不也建造一道横越广场的栏杆呢？今天刮西南风。市政厅塔楼尖顶在转小圈。所有的窗玻璃都在喧嚷，路灯柱像竹子那样弯曲。立柱上圣母马利亚的外套缠绕，风撕扯着它。难道谁也没有看见吗？本应在石子路面上行走的男男女女在飘落。风一停，他们就站住，互相说几句话并鞠躬问候。但是如果风势又紧，他们就抗不住这风，大家同时抬起各自的脚。虽然他们必须牢牢抓住各自的帽子，但是他们的眼神里流露出喜悦，对天气无可非议。只有我在担惊受怕。”

随即我便能够说：“您从前讲述的关于您母亲和花园里那位妇女的故事我觉得根本没什么奇特的。我不仅听过并经历过许多这样的事，我甚至还参与过某些这样的事。这件事是很自然的嘛。您以为，要是我夏天在那个阳台上，我会没有问这同样的话，会没有在花园里作出同样的回答？一件十分平淡无奇的事！”

当我说完这话时，他似乎终于平静下来了。他说，我衣服穿得好看，他很喜欢我的领带，说是我的皮肤多细嫩呀。说是当人们收回坦白承认过的话时，它们就变得最清楚。

但是我已经作了片刻尝试，企图使自己振作起精神来。我想迅速说几句话，哪怕只是为了使他的脸从我的脸这儿移开一些。因为他那张脸已经在我上方很近处，致使我必须向后仰，否则我就会和他的额头相撞。 但是眼下我却是张大着嘴一声不响地冲着他的脸笑，然后把眼光移开，直至笑声减弱，再次把眼光移回来，却没办法，不得不立刻重新笑起来并又转过脸去。 这时候我什么想法也没有，只想已经在家里躺在我的床上，面前是墙壁，一切别的东西在背后。

现在这门廊里也热，我的脸热得红扑扑的。 为了让自己的心情稍许轻松一下，我进一步向后仰，一直仰到帽子从我头上落下。 楼梯间拱顶高处绘有浅红色的天使和花卉。 我望着这拱顶并用光手抹去额头和面颊上的汗水。

我还想站起来，用我的全身的重量推开我面前的这个人，打开大门并在外面的空气中呼吸，这是我现在所需要的。 我也站起来了，使劲用鞋跟踢地，他用手心掩着嘴稍稍跳回去一点儿，我抓住木头栏杆并在那里做了一会儿体操，以使自己适应站立，但是个头高大的他，在楼梯上躺了下来，蜷曲身子，又下沉，伸出双腿，在上面的一个台阶上完全伸展开他的双臂，致使他左手的指头在墙上竖起，他右手的指头则敲击楼梯的基座。

我在外部站到栏杆边上并用交叉着的双手堵住我的嘴。 他在一个台阶的棱上慢慢转动他的脑袋，直到他能够正面看着我的脸并随后说道：“您像码头上的一个懒汉站在那里，我则像喝醉了酒似的躺在这儿。”

“这恐怕没这么糟糕吧，”我想，抬起头并说道：“可是您确实很悠闲。”我的嘴唇干燥已极，致使我竟不相信这一点并伸手去摸。

他不搭理我的话茬儿并说道：“从前情况相反，只是我不像您现在这样态度冷漠地站在这儿。”

我仍然说我的：“我说过了，您在这里很悠闲”，在这话的强制下我笑了笑。

“这也许使您感到遗憾吧？”他一下子闭上眼睛说，“如果这使您感到遗憾，那您就打开大门，如您所需要的那样到外面去呼吸空气。”

“您这个家伙！”我嚷嚷——这是一句责备话——，像在击剑中那样虚假地走小步绕着栏杆转，我扑倒在他身边，在他胸脯上哭了起来。

“可是！ 可是！”他说并抚摩我的头发，“您这个傻瓜，我站不起来呀！ 您一定要闷死我呀！ 不，如果您不是傻瓜！”

我继续哭着不知道把我的脸搁在哪儿更好，于是我就让它待在原来的地方。

“您竟没有注意到这一点！”他继续说。“从一开始起我就想使您哭。 没有哪句话我不是怀着这个意图，直至我后来终于几乎放弃了我还会获得成功的希望。 这时我还在最后开了一个玩笑，真的，您使我感到愉快，您哭起来了。 走吧！ 亏您好意思！”

“我不哭了，”我说并望着他，我把下巴撑在他身上，“如果我有一个像您这样的朋友，我就不会哭啦。”但是我还继续哭，因为我不能立刻停止。

“可是这也就愚蠢啦，”他说，为了能够看见我几乎扭伤了的脖子，从我手里拿过我的手帕就擦我的眼睛，“不满还远不是哭的原因吧，可是在这世上哪儿也可以哪怕只是为不满找到一个原因呢！ 就应该维持现状嘛。 对现状可能会改变的这种恐惧恐怕就是我的最大的让步了吧。”

“因为您看——我告诉您——我们建造其实无用的战争机器，塔楼，城墙，丝绸帷幕，我们本可以对此大感惊奇的，如果我们有这个时间的话。 我们保持浮动状态，我们不坠落，我们扑扑振翅，虽然我们比蝙蝠还丑。 已经几乎不会有什么人阻止我们在一个美好的日子说：

‘不，这个美好的日子！’因为我们已经在我们的地球上被安排好并生活在我们的协调一致的基础上。”

说罢，他使劲一击我的后背，我吓了一跳，起立并宁可仍然向他俯下身，双手扶着他的肩膀。“您得多加小心，”他说，哈哈一笑并使我一起发抖。“您已经知道了吗，我们就像雪中的树干？ 它们表面上只是平放在地上，人们只需轻轻一推就能移动它们。 可是不，这一点人们做不到，因为它们同地面牢牢地联结在一起。 可是您瞧，甚至连这也只是表面上的。”

“可是您看，”我说。 这时他猛一抖动把我的手推到一边，我一倒，嘴就压在他的嘴上，立刻得到了一个吻。

“嗯，现在我们走吧，”他说，我们俩都站起来。

“可是您的母亲！”我还在说。“这一定是一位了不起的妇女！ 我有这样一位母亲该有多好！”

“她对我有什么用处啦？ 把这件事忘了吧！”他说并用我的手帕给我拂去外衣上的尘土。

“是啊，还禁止我这个吧！”我说并继续行走了几步，致使他不得不拿着手帕跟随我。

“您想干什么？”他说。“这是一则编造出来的故事。 人们从远处就看出它是编造出来的。”

“我已经知道啦，”我说。

“您什么也不知道！”他说。“您今天晚上该去参加的聚会呢？”

“真的，这个聚会！ 您想想吧，我简直把这个聚会完全给忘了！这种忘性！ 顺便说一句，这种忘性是我身上出现的某种全新的东西。”

“我的功劳！”

“谁说不是！ 您至少会陪我去的吧？ 离这儿不远。 嗯？”

“当然啦。”

“一起上去？ 有请啦！”

“这又不行了。”

“为什么不？ 如果我恳求您呢？ 那就行了，对不对？”

“您先来吧！ 天色已经晚了！”

“我根本就不知道，您不去我是不是会去参加聚会。”

“那么您就来吧！ 来吧！ 真是拿您没有办法，因为这里似乎最令你感到满意了。”

“几乎是的，”我说，咬着下嘴唇并望着他。 他用一条胳臂搂住我的背，打开大门，把我推了出去。

我们就这样离开门廊走到露天。 我的朋友把几缕纤云吹开，致使现在无限的星空呈现在我们眼前。 他相当吃力地行走着，但是不给人以优雅的印象，看上去倒更像一个有病的农夫。 他把他的手搁在我的肩上，像是为了挨近我，但是其实他是想靠着我；我容忍他这样做并且甚至把他的手的指尖继续顺着肩膀向上拉。

在我应邀去的那所房屋的屋前，我和他一起站住脚。

“再见，”我说。

“是在这里吗？”

“是的，这里。”

“不远呀。”

“我说过的嘛。”

2. 乡村婚礼筹备

（A 稿）

爱德华·拉班穿过前厅过道，走进门洞儿的时候，看到天正在下雨。雨下得不大。

就在他面前的人行道上有许多步态各异的人。有时一个人走到前面并横越车行道。一位小姑娘双手向前伸出，捧着一条疲倦的小狗。两个男人互相交谈着，其中一个双手手心向上并有规律地摆动它们，仿佛他托着一个悬空的重物。这时人们看见一位女士，她的帽子上饰着许多缎带、别针和花朵。一个拄着细手杖的年轻人匆匆而过，左手仿佛瘫痪似的平放在胸前。不时走来一些男人，他们抽着烟，吐着垂直的、稍带长形的小烟云。三位先生——其中的两个把轻便外衣搭在弯过来的小臂上——常常从房屋墙根走到人行道边上，观察那儿发生的事情，然后又边说着话边退回去。

透过行人之间的空隙人们看到车行道的排列有序的石子路面。架在细巧、高大轮子上的车辆由伸长脖子的马匹拉着。靠在软垫座位上的人默默看着行人、商店、阳台和天空。每当一辆马车想超越另一辆的时候，这辆超车的马匹们就互相挤压，缰绳就悬摆。这些牲口用劲拽辕杆，马车摇摇摆摆地急速行驶一阵，直至完成绕过前面那辆马车的弧线，马匹们又互相分开，只有瘦长、宁静的头还互相俯就。

几个人迅速向大门走去，在干燥的马赛克路面上他们站住脚，慢慢转过身来。然后他们就看着杂乱无章地落进这条狭窄小胡同里的雨水。

拉班觉得累了。他的嘴唇苍白得像他的厚领带逐渐变淡了的红色，那领带上印有摩尔人图案。那边门墩旁边的那位妇女现在正看着他。

她看得漫不经心，此外她也许只是在看在他面前落下来的雨或者是在看他头顶上钉在门上的一块块小的公司招牌。拉班认为，她的目光中流露出惊奇的神色。“是啊，”他暗自思忖，“要是我能把情况告诉她，她也就根本不会感到惊奇了。人们在机关里超时超量地工作，于是甚至疲劳得过了头，连自己的假期也不能好好享受。但是不管怎么卖力地工作，人们仍还没有资格受到大家友爱相待，在大家的心目中人们反倒成了陌生人了。只要你说‘人们’不说‘我’，那就什么事也没有，人们就可以背诵这则故事，可是一旦你承认这是你自己，那么你简直就会被人鄙视得吓破了胆。”

他放下套着格子布套的手提箱，同时弯下膝盖。雨水已经在车行道边缘成条状奔流，一条条雨水几乎绷紧着向低处的下水道流淌。

但是如果我自己也区分“人们”和“我”，那么我怎么可以埋怨别人呢。他们很可能并非不公正，但是我太累了，没法看清一切。我甚至太累了，没法不使劲走这条去火车站的路，这条短短的路。我为什么不留在城里度这短促的假期，以便休养身体。我真不明智。——这趟旅行会把我弄病的，我明明知道。我的房间一定不够舒适，在乡下不可能会是别的样子。我们也刚进入六月上半月，乡下往往还很凉。虽然我注意多穿衣服，可是我将不得不加入晚间散步人的行列。那里有池塘，人们将沿着池塘散步。我一定会着凉的。而在交谈时我将不抢风头，我将无法把这个池塘和一个遥远的国家里的别的池塘进行比较，因为我从未出门旅行过，至于谈月亮，感受幸福，欣喜若狂地登碎石堆，这种事我年纪太大干不了啦，也好免得遭人耻笑。

人们都略微缩着头走路，他们在头顶上一晃一晃地打着深色雨伞。一辆运货马车也驶了过去，在垫有干草的马车夫座位上一个男人如此漫不经心地伸出双腿，以致一只脚几乎触及地面，而另一只脚则好好地搁在干草和碎布片上。看上去，他仿佛是在一个风和日丽的天气坐在一处田野上。然而他却全神贯注地握住缰绳，使这辆铁杆互相碰撞着的马车得以顺利地穿行于拥挤的人群间。在潮湿的地面上人们看到铁杆的反光弯弯扭扭慢慢地由一排铺路石滑向另一排铺路石。对面那位妇女身旁的小男孩穿戴得像个老葡萄农。他的皱巴巴的衣服在下身形成一个大圆圈，只是在腋下用一根皮带系住。他那顶半球形帽子一直压到眉毛上，一个绒球从帽尖一直垂挂到左耳边。下雨使他感到高兴。他从大门里跑出来，睁大眼睛朝天空望去，想接住更多的雨水。他不时地蹦跳起来，溅起许多水，惹得行人狠狠地责备他。这时那妇女喊他，用手把他拉走；可是他没哭。

拉班吓一跳。天色是不是已经晚了？ 他的外套和上衣都敞着，他便赶紧掏他的怀表。表停了。他懊恼地向身边站在过道稍靠里的一个人问时间。那人正在跟人说话，边说边笑，应了一声："已过四点，"就又掉转头去。

拉班急忙撑开伞，拎起他的箱子。但是当他想走上街道时，他却被几个行色匆匆的女人挡住了去路，他只好让她们先过去。他低头望着一个小姑娘的帽子，它用染成红色的麦秆编成，在波浪形的帽檐上有一个绿色小花环。

当他已经走在地势平缓升高的街上时，脑子里还是刚才的印象。不多会他就忘记它，因为现在他得使点儿劲；这只小箱子对他来说不轻，风迎面吹来，吹得上衣飘扬，把伞架前面部分的铁丝压弯。

他不得不大口喘气；近处一只钟低沉地敲响四点三刻；他在伞下看见迎面而来的人迈着轻快的碎步；被刹住的车轮发出吱吱声，慢慢地转动着；马儿们伸出它们那细长的前腿，像山间的羚羊那样大胆。

这时拉班觉得，他也还会熬过往后十四天这艰难的时光。因为这仅仅是十四天，一段有限的时光罢了，虽然烦恼会越来越大，但是必须苦苦忍受的时光却会减少。而勇气则无疑会增长。所有想折磨我并且现在已经占领了我周围的整个空间的人将完全渐渐地受这些日子的友爱进程的遏制，我无须帮他们哪怕一丁点儿的忙。我可以——这将会显得是自然而然的事——软弱无力，可以寡言少语，可以听凭别人摆布，然而单凭这些流逝的日子一切就一定会变好。

我反正不能像我儿时遇到危险的事情时经常干过的那样去干。我连自己去乡下都不需要，这没有必要。我只派遣我的穿上了衣服的躯体。如果说这个躯体摇摇晃晃走出我的房门的话，那么这摇晃并非表示恐惧，而是表示这躯体的虚无。这躯体趺趺撞撞地下楼，这躯体呜咽着坐车去乡下，这躯体哭泣着在那里吃晚餐，这也都不是心情激动。因为我，我这时躺在我的床上，平展展地盖着棕黄色的被子，任凭从微开着的窗户透进来的小风吹着。

我相信我在床上躺着时有着一只大甲虫的，一只鹿角虫的或者一只金龟子的形态。

在一个橱窗前——湿玻璃后面的小棍上挂着小男士帽——他站住脚，噘着嘴往里瞧。唔，我的帽子还够我假期里戴的，他边想边继续行走，假如没有人因我的帽子的缘故而喜欢我，那就更好。

一只甲虫的硕大形态，是呀。随后我就装出一副冬眠的样子，我把我的细腿贴在我的鼓起的身躯上。我小声说了几句话，这是对我的悲哀的躯体的指令，我的这个躯体紧挨我身边站着并弯着腰。不久我就发布完指令，我那躯体一鞠躬，匆匆离去，他会在我躺着的时候妥善处理一切事务的。

我走到一座敞开着的圆拱形大门前，这大门在一条坡度很大的胡同的高处通往一个四周有许多已经亮着灯光的商店的小广场。在因边上的灯光而显得有些黑暗的广场中央，是一个坐着沉思的男人的低矮纪念碑。人们像细长的遮光板在灯火前移动，由于一个个水坑把全部亮光向远处扩散，所以广场的景象不停地变化。

拉班在广场上往前走，但跳动着躲避来往的车辆，从一块干的铺路石又跳向另一块干的铺路石，高高举起的手中拿着撑开的雨伞，以便看清周围的一切。直到他到达一根路灯灯柱—— 一个电车车站，一根竖立在一个小四方形铺路石上的路灯灯柱附近，他才站住脚。

乡下人们在等着我呢。人们不会有什么担心的吧？ 可是自她下乡以后，我整整一个星期没给她写信了，今天早晨才写。人们最后会把我想象成另一个模样的。人们也许以为，我与人攀谈时会冲过去，然而这不是我的习惯，或者人们也许以为我到达时会与人拥抱，可是这种事我也不喜欢干。如果我试图劝慰她，我就会惹怒她。如果我在试图劝慰她的时候惹怒了她，那该怎么办？

这时一辆敞篷马车徐徐驶过，两盏亮着的车灯后面是两个坐在昏暗小皮椅上的妇女。其中一个向后靠着，用一块面纱和自己的帽子的阴影遮住了脸。而另一个妇女的上身却是挺直的；她的帽子小，边上饰有细羽毛。谁都能看得见她。她微微抿着下嘴唇。

这辆马车刚从拉班身旁驶过，某根灯柱便挡住了这辆马车的副马的视线，然后某个马车夫——他戴一顶大礼帽——在一个出奇地高的驾驭台上被推到女士们的前面，然后她们那驾马车便绕过一所现在颇引人注目的小屋的拐角，消失不见了。

拉班低垂着头目送那辆马车，把伞柄搁在肩头，以便看得清楚些。他把右手的拇指伸进嘴里并用这拇指擦牙齿。他的箱子一侧横倒在地，就在他身旁。

一辆辆马车越过广场从胡同驶向胡同，马的身子像被抛掷出去似的沿水平方向飞去，但头部和颈部的一低一仰却显示出运动的迅疾和辛劳。

有三条街道汇集在这里，人行道上四处站立着许多无所事事的人，他们用小棍子敲击铺石路面。在这一群群人的中间是一些塔形小商亭，女孩子们在里面零卖柠檬水；然后是细杆上的沉重的街钟；然后是胸前和后背上挂着大牌子的男人，牌子上登着用五颜六色字母写成的娱乐广告；然后是搬行李的工人，坐在浅黄色扶手椅上拿着一张晚……[①]

一小群人。两辆横穿过广场驶进向下倾斜胡同的华丽马车拦住了这伙人中的几位先生，可是在第二辆马车后面——在第一辆后面他们就已经怯生生地试图这样做了——他们又同其他人汇集在一起，然后他们和这伙人排成一长列走上人行道并拥进一家咖啡馆的门，悬挂在入口上方的电灯的光线在他们身上一掠而过。

长长的电车车厢在附近驶过，另外几辆模糊而寂静地停在远处街上。

“她驼得多厉害，”拉班这时看着那张照片，心里这样想着，“其实她永远挺不直，也许她的背是圆的。我可得多加小心。她的嘴这么大，下嘴唇无疑是向前努着的，对，我现在也想起来了。还有这身衣服。我对服装当然一窍不通，可是这两只缝得很紧的袖管肯定不好看，它们看上去像绷带。还有这顶帽子，它的帽檐每处都以不同的弯度由脸部往上翘。但是她的眼睛是美丽的，如果我没有弄错的话，她的眼睛是棕色的。大家都说她的眼睛漂亮。”

当一辆电车停在拉班面前时，他周围的许多人带着略微打开的尖顶的雨伞向电车台阶挤过去，他们双手紧贴肩头直挺挺抱着雨伞。腋下夹着箱子的拉班被挤下人行道，重重地踩进了一个看不见的水坑里。车厢

---

① 原文此处缺一页。

里一个孩子跪在长椅上，把双手的指尖按在嘴唇上，似乎是在同此时离去的什么人告别。几个乘客下车，不得不沿着车厢行走几步，才挤出人群。接着一位女士登上第一级台阶，她用双手提着的拖裙刚刚遮住膝盖。一位男士扶住车厢的一根铜杆，抬着头对那位女士说了几句话。所有想上车的人全都着急。售票员喊叫起来。

现在拉班站在等候人群的边上，他转过身去，因为有人喊他的名字。

“啊，莱蒙特！”他一边慢腾腾地说，一边向一个走过来的年轻人伸出握伞的那只手的小指头。

“这就是去见新娘的新郎啊。看上去真是一副热恋的模样，”莱蒙特说，然后合上嘴笑了。

“是呀，我今天去，这还得请你原谅，”拉班说。“我在下午也给你写了信。我本来很想明天和你一起去的，可是明天是星期六，车里会挤满人的，路途远着呢。”

“这没关系。虽然你曾答应过我；可是如果人们是在谈恋爱——我就独自去好啦。”莱蒙特一只脚踏在人行道上，另一只脚踏在铺石路面上，时而用这一条腿时而又用另一条腿撑住上身。——“你现在想上电车；它刚开走。来，我们步行吧，我陪你。还有足够的时间。”

“对不起，现在不是已经晚了嘛。”

“你胆怯，这不奇怪，但是你确实还有时间。我没利用好时间，所以我现在也没遇上吉勒曼。”

“吉勒曼？ 他不是也要住在城外了吗？”

“是的，他和他的妻子，下星期他们要出行，所以我答应吉勒曼今天他下班后同他见面。他想嘱咐我几句关于他们住所设备的事，所以我要和他见面。可是如今我不知怎么迟到了，我料理了一些事务。正当我在考虑我要不要到他们的住所去的时候，我看见了你，首先对你的箱子感到惊奇，就招呼了你。可是现在已经太晚了，不便去拜访人家，这时还去找吉勒曼恐怕是不太可能了吧。”

“当然，这么说这些人就是我在城外将会有的熟人了。吉勒曼太太我还从未见过。”

“她很漂亮。她的头发是金黄色的，生了一场病后现在脸色苍白。她的眼睛最美，是我见到过的最美的眼睛。”

“请问，美丽的眼睛是什么样的，对不对？ 眼睛本身不可能是美的。是眼神吗？ 我从未觉得眼睛美。”

“好吧，我也许有点儿夸张。但是她是一个漂亮女人。”

透过一家平房咖啡馆的窗玻璃人们看见紧靠着窗户绕着一张三面的桌子坐着边读报边吃东西的男人们；一个人把一张报纸放到桌上，他高举着一只小杯子，斜着大眼睛向胡同里张望。在这些靠窗的桌子后面这座大厅堂里的每一件家具和器具都让客人们给遮住了，那些客人三三两两地并排坐着。他们还弯着腰坐在厅堂深处，那里……①

但是这碰巧不是一家令人不愉快的店，对不对。许多人会承担这个责任的，我这样认为。

他们走上一个相当幽暗的广场，这个广场在他们这个临街的一面较前处就开始了，因为对面那个临街的一面继续突起。在广场的侧面——他们沿着这一侧继续行走——有一溜儿鳞次栉比的房屋，从其拐角处两排起先互相远离的房屋向识别不出来的远方延伸，这两排房屋似乎在那里会合。人行道在大多数小房屋边上是狭窄的，人们看不见商店，这里不行驶车辆。一个铁的立架，饰有遮着青草和树叶的女像柱，

① 原文此处缺一页。

在他们走出来的那条胡同的末端附近，它架着几盏灯，这些灯固定在两个水平重叠悬挂着的圆环上。梯形的火焰在塔形宽盖下装配在一起的玻璃板间像在一间小房间里那样燃烧，照亮着不多几步远以内的距离。

“但是现在一定已经太晚了。你向我隐瞒了这一情况，我误了火车。为什么？”

……①

是的，很可能是皮尔克斯霍夫，居然是他。

“我想，这个名字出现在贝蒂的信里，他是铁路上的试用员工，对吗？”

“是的，铁路试用员工，一个令人不愉快的人。等你见过这个又小又粗的鼻子，你就会同意我的看法。我告诉你，你可别和这个人一起走在这单调的田野上。再者说，他已经调走了，我相信，而且希望，下星期他离开那儿。”

“等一下，你方才说过，你建议我，今晚留在这里。我考虑过了，这恐怕不好。我已经写过信，说是我今晚去，他们会等我的。”

“这很简单，你打电报。”

“是呀，这倒也行——可是如果我不去，这恐怕不妙——我也累了，我还是去吧——如果发一个电报，他们还会受惊吓的——干吗这样，我们要去哪儿呀？”

“这么说来确实你还是去的好——我只是有这个想法——我今天恐怕也和你一起走，因为我没睡好觉，这一点我忘了告诉你了。我也就要告辞了，因为我不愿意再陪着你穿过这潮湿的公园，我不是还想去瞧瞧吉勒曼嘛。现在是五点三刻，这时候看望好朋友还是可以的。再见

---

① 原文此处缺两页。

吧，一路顺风，代我向大家问好。”

莱蒙特向右转过身去并伸出手握别，致使他在一瞬间向着他伸出的胳臂走去。

“再见，”拉班说。

走出去一小段后莱蒙特还嚷嚷：“嗨，爱德华，你听我说，你把伞收起来吧，早就不下雨啦。刚才我忘了告诉你了。”

拉班没吱声，收拢雨伞，天空昏暗地笼罩在他头顶上。

拉班心中暗想，哪怕我至少上错一列火车呢。这样我就会觉得，行动已经开始，当我等到事后发现错误再坐车返回这一车站时，那时我就会觉得舒服得多。但是如果那个地方果真像莱蒙特说的那样荒凉，那么这倒不一定是什么坏处。人们就可以更多地呆在房间里，根本就不会确切地知道，其他人全都在哪里，因为附近若有一个废墟，那么人们就会一起散步到那儿去了，一如人们早些时候约好的那样。但是如果是这样，那么人们就一定在期盼这件事，所以我不可以误了这件事。但是如果没有这样的古迹，那么事先也就不会商议，因为人们预料到，如果人们突然一反惯例认为较长途的远足不错，大家很容易就会聚在一起的，因为人们只需派使女到其他人的住所去；那些人正坐在家里写信或读书，听到这个消息会感到高兴的。唔，抵挡这样的邀请并不难。可是我却不知道，我是否能够做到这一点，因为这不像我想象的那么容易，现在我还是独自一人，还能做一切事；还能回去，如果我愿意的话。因为在那里我就没有一个我想什么时候拜访就可以什么时候拜访的人，没有一个可以和我一起作较费力的远足的人，没有一个人会让我看那儿的庄稼的长势或他在那儿经营的采石场。因为就连对老相识我也根本没什么把握。莱蒙特今天不是对我颇友好嘛，他向我说明了一些事，他把一切描绘得如同我将会感觉到的那样。他与我攀谈了并随后陪同了我，虽然他不想从我这儿了解任何情况并且自己还有什么别的事情。可是如今他突然走了，可我没说什么话得罪了他呀。我虽然拒绝在城里过夜，可这却是很自然的呀，这不可能得罪他的嘛，他是一个明白事理的人呀。

火车站钟敲响，五点三刻。拉班站住，因为他感到心跳，然后他沿着公园水池快步走，进入高大灌木丛之间的一条灯光昏暗的小路，来到一个小树边上放着许多空椅的广场上，然后慢慢穿过栅栏缝隙到达街上，横越过这条街，进入火车站大门，片刻过后便找到售票窗口，随即不得不敲了一会儿售票口的铁皮窗。然后售票员探出头来，说是火车就要开了，接过钞票，把所要的车票和找的零钱啪的一声扔在窗口板上。这时拉班想迅速复核一下，因为他以为，他还得找回更多一点钱，但是一个在近处走动的差役却推着他经一扇玻璃门上了站台。拉班一边在那里四下张望，一边向那差役大喊“谢谢，谢谢！”由于他没找到检票员，他就独自踏上最近一节车厢的踏板；他将箱子一级一级向上放，然而自己跟着上去，一只手撑住雨伞，另一只手撑住箱子的把手。他上的这节车厢被他曾站立过的候车室的众多灯光所照亮；某些窗玻璃前——所有的玻璃窗都被推到最高处——显眼地挂着一盏吱吱作响的弧光灯，窗玻璃上的许多雨滴是白色的，不时有一滴滴的雨水在移动。当拉班关上车厢门，坐到一张浅棕色木头长椅的最后一个空着的一小块座位上时，他仍听到站台上传来嘈杂声。他看到许多后背和后脑勺并从它们之间看到对面长椅上的总是向后仰靠的脸。几处地方烟斗和雪茄烟雾缭绕，有时还缓缓拂过一个小姑娘的面孔。旅客们不时交换座位并彼此谈论这一变化或者他们将放在一张长椅上方的一只狭小蓝网套里的行李倒进另一只网套。一根手杖或一只箱子的包有护片的边角伸了出来，就会有人提醒物主。然后这位物主就走过去，把行李重新摆放好。拉班也考虑了一下并把自己的箱子塞到自己的座位底下。

在他左边靠窗户的座位上，面对面地坐着两位先生并谈论着商品价格。“这是外勤推销员，”拉班心中暗想，他呼吸均匀地望着他们。商人派他们下乡，他们遵命，他们乘火车，在村子里他们从一家商店走到另一家商店。有时他们乘马车奔波于各村之间。他们在哪儿都不需长期停留，因为一切事务应该迅速料理，他们总是只需谈论商品。人们能够多么愉快地努力从事一种这么舒服的职业呀。

年纪较轻者猛地从裤子后兜掏出一个笔记本，用迅速在舌头上蘸湿的食指翻阅着，翻到一页时一边将指甲盖在这一页上向下移动，一边读这一页。他抬头看了一眼拉班，他现在谈论棉线价格了，仍还没把脸从拉班身上挪开，就像人们为了不忘记想说的每一句话而定睛望着什么地方那样。他同时使眉毛紧贴自己的眼睛。这半合着的笔记本他用左手拿着，大拇指压在已读过的那一页上，必要时他不费什么劲就可以翻阅此页。这时那笔记本颤悠着，因为他无处支撑这条胳臂，行驶的火车像一把锤子那样敲打着铁轨。

另一位外勤推销员靠在椅背上，仔细听着，按同样的间隔点着头。可以看出他并不赞同一切，以后他将会说自己的看法的。

拉班把空手掌搁在膝头上，他向前弯下身子从旅行者的脑袋间看到窗户并透过这窗户看到一闪而过、又被抛向远方的灯光。这位旅客所说的话他一点儿也听不懂，另外那一位的答话他恐怕也不会听懂的。要想弄懂他们的谈话，恐怕要做很好的准备，因为两位都是从年轻时起就和商品打交道了。但是如果人们曾经常在手里摆弄线团并经常把这线团递给顾客，那么人们就了解这价格并能够谈论它，能够在一个个村庄向我们迎面扑来和迅速掠过的时候、在它们同时转向大地深处渐渐从我们视线中消失的时候谈论它。这些村庄当然是有人居住的，也许外勤推销员正在那里从一家商店走向另一家商店。

车厢另一头的角落里站起来一个高个子男人，他手里拿着纸牌并大声喊道：“嗨，玛丽，你把棉毛衫也一起带来了吗？”“带来了，”坐在拉班对面的那个女人说。她睡了一会儿了，当这个问题把她唤醒时，她答应着，仿佛她是在对拉班说这话似的。“您去容布茨劳赶集，对不对？”活泼健谈的外勤推销员问她。“是呀，是去容布茨劳。”“这一回是一个大集市，对不对。”“对，是一个大集市。”她睡眼惺忪，她把左肘支在一个蓝色行李小包上，她的脑袋沉重地贴在自己的手上，而那只手则压住脸颊的肉，一直压到颧骨上。“她真年轻，”那位外勤推销员说。

拉班从西装马甲口袋里掏出售票员找给他的钱并将它再点一遍。他将每一枚硬币长时间笔直地捏紧在拇指和食指之间，并且也用食指指尖将它在拇指内侧翻过来倒过去。他久久地注视皇帝的像，接着他又注意看那桂冠，看它是如何用丝带打结系在后脑勺的。他终于发现钱没找错，并将这钱放进一只黑色大钱包里。但是当他正想对那位外勤推销员说“这是一对夫妻，您说是吗？”的时候，火车停住了，行车噪音没了，列车员们喊一个地方的名字，拉班一声没吭。

火车如此缓慢地开动，以致人们能够想象车轮的转动，但是它立刻在一个斜坡上向下奔驰，一座桥的栏杆在窗前好像猝不及防地被拆开和被合拢。

此时列车如此急速奔驰，这正合拉班的心意，因为他原本就不想待在前一站。如果那里天这么黑了，如果人们在那里一个人也不认识，如果离家这么远，那么白天那儿也一定极其糟糕。下一站，或者在以前的或以后的或我去的那个村子里，情况会不一样吗？

这位外勤推销员突然提高嗓门说话。路还远着呢，拉班想。“先生，您一定和我一样清楚地知道，这些制造商派人到这些穷乡僻壤，让他们低三下四地来找邋里邋遢的小商贩，您以为他们给他们出的价格会不同于给我们大商人出的价格吗？ 先生，那就让我告诉您吧，完全相同的价格，昨天我才白纸黑字看清楚了。我说这是辛苦活儿。人们压榨我们，在今天这种情况下我们简直根本就没法做什么生意；人们压榨我们。”他又盯住拉班；他并不为自己眼里的泪水感到羞愧；他把左手的指关节压在嘴上，因为他的嘴唇在颤抖。拉班往后一靠，用左手轻捋自己的小胡子。

坐在对面的女商贩醒过来，微笑着用双手抚摩前额。外勤推销员压低嗓门说话。那女人又一次像是要睡觉似的挪正身子，半躺着靠在她的行李包上并叹了口气。她右臀部上的裙子绷得紧紧的。

她身后坐着一个头戴旅行帽的男人，正在读一张大报纸。他对面的那个姑娘，大概是他的亲戚吧，请他——她同时向右肩一低头——打开窗子，因为太热了。他头也不抬地说，他马上就去开窗，可是他还得先把报上的一段文章读完，他指给她看他要读的是哪一段。

那女商贩再也睡不着了，她坐直了身子，朝窗外张望，然后她久久地注视在车厢顶棚上亮着黄色灯光的煤油灯。拉班闭目养神了一会儿。

当他睁开眼来时，看见女商贩正在咬一块抹了棕色果酱的蛋糕。她身旁的小行李包敞开着。那个外勤推销员默默地抽着一支雪茄并不断地装作好像要把烟头上的烟灰弹掉的样子。另一个外勤推销员则用一把小刀的刀尖在一只怀表的齿轮上刮来刮去，刮得人们能听得见这声音。

拉班几乎闭上了眼睛，但他还模模糊糊地看到那位戴旅行帽的先生在拉窗户拉条。一阵凉风吹进来，一顶草帽从一只挂钩上掉下来。拉班相信自己醒了，所以他的面颊才如此凉爽，或者是有人打开房门，把他拉进房间，或者是他不知怎么弄错了，他很快就睡着了。

当拉班现在踩着车厢踏板下车时，那踏板还有点儿颤悠。雨点打在他那张从车厢空气中出来的脸上，他闭上眼睛。——雨点劈劈啪啪地打在车站建筑前的铁皮棚顶上，但是雨落在广阔的土地上时，只是让人们以为听到了一阵徐徐吹拂的风。一个光脚的男孩跑了过来——拉班没看见从哪儿——并上气不接下气地请求拉班让他扛箱子，说是因为天在下雨，拉班却说：是呀，在下雨，所以他将乘坐公共汽车。说是他不需要他。随后那男孩便做了个鬼脸，仿佛他认为在雨中行走并让别人扛箱子比乘车更体面；他立刻转过身去，跑掉了。等到拉班想喊住他时，为时已晚。

人们看见两盏路灯亮着，一个车站工作人员从一扇门里出来。他毫不犹豫地冒雨走到机车跟前，双臂交叉着默默站在那里，直等到火车司机从其栏杆上弯下腰来和他说话。一个服务员被呼唤，走来并被打发回去。列车的某些窗户旁站着乘客，由于他们看到的只是一个普普通通的车站，所以他们的目光无精打采，眼皮合拢着，像在行驶期间那样。一个姑娘撑着一把鲜花图案阳伞从马路那边急匆匆来到站台上，她把撑开着的伞放在地上，坐下并叉开两腿，好让她的裙子快点干，她用手指尖顺着绷紧的裙子抹过去。只亮着两盏灯，看不清她的脸。从一旁走过的服务员抱怨伞下积了水洼了，在胸前把两臂围成一个圆形，比划着这些水洼的大小，随后将双手像往深水里钻的鱼儿那样先后在空中一划，以显示这伞也妨碍了交通。

列车开动，如同一扇长长的推拉门那样渐渐离去，铁轨那一边杨树后面是模糊一片，让人看了心慌意乱。是茫茫暮色还是一片树林，是一个池塘还是一幢已经有人在睡觉的房屋，是一座教堂尖塔还是一个山丘间的深谷；没有人敢去那儿，但是谁又能克制得住自己呢。

当拉班再次见到那位车站工作人员时——他已经在通往自己办公室的台阶前，他走到他跟前并拦住他：“请问，离村子远吗？ 我想去那儿。”

“不远，一刻钟，但是乘公共汽车——眼下正下着雨——五分钟您就到那儿啦。对不起。”

“在下雨。这不是美好的春天，”拉班接口说。

那位车站员工把右手叉在腰上，从这个在胳膊和身体间形成的三角形里拉班看见那姑娘坐在椅子上，她已经把伞收拢了。

“如果现在乘车去避暑地并且要待在那儿，那么人家就必须对此表示抱歉。我原本以为人家会来接我的呢。”他往四下里看了看，好让这话显得可信。

“我担心您会误了公共汽车。它不会久等的。不用谢。就是那儿灌木丛之间的那条路。”

车站前面的街道上没有灯光，只从楼房底层的三扇窗户里透出一束昏暗的光，但是这束光照不远。拉班踮着脚尖走过泥地并叫喊了许多次“车夫”、“喂”、“出租马车”和“我在这里”。但是当他陷入黑糊糊的街道边上几乎是一个接一个的水洼时，他不得不用全脚掌踩着水继续行走，直到突然一个马鼻子触到了他的前额使他精神为之一爽。这就是出租马车，他迅速跳进空无一人的车厢，在车夫座后面靠玻璃窗的座位上坐了下来并蜷曲身子靠在角落里，因为该做的他全都已经做了。因为车夫若在睡觉，那么早晨他就会醒过来，若是他死了，那么新车夫或老板就会来，但是如果这样的事也没发生，那么就会有乘早班火车来的乘客，行色匆匆的人，他们会喧闹一番。现在人们无论如何可以安静了，方才还可以自己把窗帘拉上，人们可以等候车子开动时那猛地一动了。

是呀，在我已经做了这么许多事之后，我明天将到贝蒂和妈妈那儿，这是肯定无疑的了，这是谁也阻挡不了的。但是这是对的并且也是早先就预料到的：我的信明天才寄到。那么我原本还是可以留在城里并在埃尔维那舒舒服服地过上一夜的，而且不必担心第二天的工作，这种担心往往会败坏我的任何兴致。但是现在可好，我的脚全湿了。

他点燃一根从马甲兜里掏出来的蜡烛头，把它放在对面的座位上。现在有了足够的亮光，外面的黑暗使得人们看见了刷成黑色的、没有玻璃板的车厢内壁。人们大可不必马上就想到：车厢底部下面是轮子，前面是套好的马。

拉班使劲在座椅上擦他的两只脚，穿上干净袜子并坐直身子。这时他听见车站那边有人在喊叫。“嗨！”意思是说，马车里如果有乘客，那么就请他应一声。

“有，有，有一个乘客想乘车，”拉班从打开的车门探出身来回答，右手抓住门柱，左手张开着放在嘴边。雨水猛灌进他的领子里。

车夫裹着两只剪开的帆布口袋走了过来，他的车灯的反光跳过他脚下的水洼。他怏怏不乐地开始解释。说是注意，他刚才和莱贝达玩牌，他们玩得正在兴头上时，火车到了。这时他根本不可能来看看有没有人要乘马车，不过他不想骂这个不明白这个道理的人。况且这里是个穷乡僻壤的鬼地方，看不出来这样一位先生到这里来有什么事要干。说是他还相当快地就进了这马车，所以他也就没处可抱怨的啦。说是皮尔克斯霍夫先生——对不起，这是助理先生——现在才进去并说，他看到有一位金发小个子想乘出租马车。说是他于是马上就来询问情况，抑或他也许不是马上就来询问情况。

车灯固定在车辕的顶端，马匹听到一声沉闷的吆喝开始拉动车子，现在被搅动了的车顶棚上的水顺着缝隙滴进车厢。

道路可能崎岖不平，泥浆一定溅到车轮的辐条上，水洼里的积水哗哗地向后在转动的车轮边上形成扇形，车夫往往松弛着缰绳驾驭马。人们能够把这一切理解成对拉班的责备吗？ 许多水洼突如其来地被在车辕上颤悠的车灯照亮，忍受马的踢蹬并在车轮下汹涌地散开。这样的事之所以发生，仅仅是因为拉班乘车去见他的新娘，去见贝蒂，一个有点老气的漂亮姑娘。即使人们愿意谈论此事，谁又会来评价，拉班在这方面有些什么功绩，哪怕他的功绩仅仅是： 他忍受那些当然没有人能公开对他做出的责备。他当然乐意做这件事，贝蒂是他的新娘嘛，他喜欢她，要是她也为此而感谢他，那这就令人恶心了，但总比不感谢好。他常常不由自主地用脑袋去碰撞他靠着的车厢壁，然后他就抬眼看一会儿车顶。有一回他搭放在大腿上的右手滑落下去。但是胳膊肘依然在肚子和腿之间的那个角落里。

出租马车已经行驶在房屋间了，不时有一个房间的灯光照进车厢内部，一个台阶——若要看到它的头几级拉班还非得站起来不可——通向一座教堂，在一座公园大门前燃着一盏火苗很旺的灯，但是一尊耶稣像在一家杂货铺的灯光照耀下只显出黑糊糊的轮廓，现在拉班看见了他的已烧尽的蜡烛，流出来的蜡从座椅上一动不动地向下垂挂着。

当马车在旅店前停住，雨声听来强劲并且—— 一扇窗大概开着——客人们的讲话声也清晰可听见，这时拉班心中暗想，是立刻下车好呢，还是等到老板向马车走来。这座小城市里的习俗怎样，这他不知道，但是贝蒂一定已经谈到过她的新郎，按他的举止的优雅或不佳，她在这里的声誉将随之增辉或受损，他自己的声誉亦然如此。但是眼下他既不知道她现在声誉如何，也不清楚她已对他散布了些什么话，这越发令人不快、使人为难。美好的城市和美好的回家之路。那里若下雨，人们就乘电车驶过湿的砖面路回家，这里却在这辆破车里穿过泥泞来到一家小客店。——那城市离这儿远着呢，哪怕我现在想家想得要死，今天也再也没有什么人能把我送到那儿去了。——眼下我也不会死——但是在那里我的餐桌上将会摆上今晚我想吃的饭菜，盘子右后方放着报纸，左边是灯，在这里人们将给我一道油腻得不得了的菜——人们不知道，我消化能力弱，人们知道了又会怎样——一张陌生的报纸，许多人——我已经听见他们——将会一起读这张报纸，一盏灯要给所有的人照亮。这会是一盏什么样的灯，玩牌够亮的了，可是读报呢？

老板不来，他一点儿也不在乎客人，他大概是个不友好的人。或者他知道我是贝蒂的新郎，这就使他有理由不来迎候我，车夫在火车站让我等了这么久，恐怕也是这个理了。贝蒂不是常常说的嘛，她常常受到好色之徒的骚扰，她不得不摆脱他们的纠缠，也许这里亦然如此。

（B 稿）

爱德华·拉班穿过前厅过道，走进门洞儿的时候，他能够看见，天正在下雨。雨下得不大。

就在他面前不高不低的人行道上许多行人冒雨行走着。有时一个人走到前面并横越车行道。一个小姑娘双臂抱着一条灰色的狗。两位先生在彼此相告什么事情，他们有时转过身来面对着面，然后慢慢地又转过身去，就像打开了的门被风吹动着。其中一个双手手心向上并均匀地上下摆动它们，仿佛他托着一个悬空的重物，要检查其重量。接着人们看见一位身材瘦长的妇女，她的脸像星光闪烁那样微微抽动，她的平顶帽上高耸的叫不上名称的饰物一直延伸至帽檐；她不是故意地，像是有一种法则使然地让所有从一旁走过的人觉得她奇特。一个拄着细手杖的年轻人匆匆而过，左手仿佛瘫痪了似的平放在胸前。许多人是去上班；虽然他们走得快，但是人们观看他们却比观看别人更久，一会儿在人行道上，一会儿在下面，他们的衣着很不合体，对举止行为他们毫不在意，他们受别人碰撞，也碰撞别人。三位先生——其中的两位把轻便外衣搭在弯过来的小臂上——从房屋墙根走到人行道边上，观看车行道上和那一边人行道上的情景。

透过过路人之间的空隙人们先是模糊不清地，然后就清晰地看到车行道上排列有序的石子路面，在轮子上摇摇晃晃的车辆由伸长着脖子的马匹拉动着迅速行驶。靠在软垫座位上的那些人默默看着行人、商店、阳台和天空。每当一辆马车想超越另一辆的时候，这辆超车的马匹们就互相挤压，缰绳就悬摆。这些牲口用劲拽辕杆，马车摇摇摆摆地急速行驶一阵，直至完成绕过前面那辆马车的弧线、马匹们又互相分开，只有瘦长、宁静的头还互相俯就。

一位上了年纪的先生迅速向大门走去，在干燥的马赛克路面上站住脚，转过身来。然后就观看杂乱无章地落进这条狭窄小胡同里的雨水。

拉班放下套着格子布套的手提箱，同时稍稍弯下右膝盖。雨水已经在车行道边缘成条状奔流，一条条雨水几乎绷紧着向低处的下水道流淌。

那位上了年纪的先生随意地站在有点儿靠在木头门扇上的拉班的身旁，并不时地向拉班望去，尽管他这样做还得使劲扭过脖子。然而他这样做却只是出于自然的需要，因为他眼下正闲着无事，至少可以仔细观察一下他周围的一切。他这样毫无目的地看来看去的结果便是，他没有注意到很多东西。譬如他没看到拉班的嘴唇很苍白，同他那领带的完全褪了色的红色相差无几，这条领带上有一种以前颇引人注目的摩尔图案。但是假如他觉察到了这一点的话，那么他也就肯定会在内心对此发出一声喊叫，而这就又不是正确的做法了，因为拉班一向是脸色苍白的，尽管最近一些事情可能把他搞得特别疲倦了。

“这个鬼天气，”这位先生小声说，他虽有意识、却有点儿老态龙钟地摇摇头。

“是呀，是呀，这个时候还要出门，”拉班说并很快站直了身子。

“这天气恐怕不会变好，”这位先生边说边为了在最后一刻再把一切审视一眼而探身向小巷的前面然后向后面然后向天空看了看，“这可能会持续几天，几个星期。我记得天气预报说六月和七月初都没有什么好天气。没有人喜欢这样的天气。譬如我就不得不放弃散步，而散步对我的健康极其重要。”

他随即打了个呵欠，显得神情倦怠，因为他如今已听过拉班的声音，作过这一交谈后对什么也不感兴趣了，连搭理也不爱搭理了。

这给拉班留下了相当深刻的印象，因为是这位先生先和他攀谈起来的，所以他试图稍许炫耀一下自己，即使这根本不会引起对方注意。“说得对，”他说，“在城里人们很容易就可以放弃不利于健康的事。人们若不放弃，那么人们就只能因不好的后果责备自己。人们就会后悔并由此才相当清楚地看到，下一回人们该采取什么态度。如果这件事……”①

“我说这些是无所指的。根本是无所指的，”拉班急忙说，他愿意尽量为这位先生的精神涣散开脱，因为他还想稍稍炫耀一下自己。“一切全都只是先前提到的那本书里的，跟别的书一样，这本书我也是最近在晚上读了的。我通常都是一人独处。当时家庭状况就是如此嘛。但是撇开所有其他情况不谈，一本好书是我在晚饭后最钟爱的了。一向就是这样。最近我在一份广告单上读到某作家的这样一条语录：‘一本好书是最好的朋友’。这话千真万确，是这么回事，一本好书是最好的朋友。”

“是呀，如果年轻的话——，”这位先生说，他这话并无特别的含义，无非是想说天在下雨，雨又下大了，根本没有要停的意思，可是这话在拉班听来，却像是这位年已六旬的先生认为自己还年轻力壮，却不把三十岁的拉班看在眼里，此外，如果可以，他还想用这话来说明，他三十岁时肯定比拉班更明白事理。说是他认为，即使人们没有什么事情可做，譬如像他这么一个老人那样，站在这过道里看下雨，这也是在浪费时间嘛；说是可是如果人们除此之外还用闲扯来消磨时间，那么人们便是双倍地浪费时间。

---

①原文此处缺一页。

这时拉班认为，自一些时候以来，别人对他的能力或意见所说的任何话都不能触动他；他简直是已经离开了他对一切惟命是从的那个地方，所以人家现在不管是反对他还是赞成他，都只是放空炮。所以他就说："我们各讲各的，因为您不想听我要讲的话。"

"请讲，请讲，"这位先生说。

"这不是什么重要的事情，"拉班说，"我只是认为，书籍在任何意义上来说都是有用的，尤其是在人们想不到它们会有用的时候。因为，如果人们打算做一件事，那么那些其内容与这件事毫无共同之处的书籍恰恰就是最有用的。是的，最有用。因为读书的人，他想做那件事，他不知怎么地（哪怕严格来说只有书的作用能使人产生这种激动情绪）激动起来了，他在这本书的刺激下产生了尽是与他的这件事有关的想法。但是由于书的内容恰恰完全无关紧要，所以这不会妨碍他产生那些想法，于是他就带着那些想法遨游这本书，一如从前犹太人遨游红海，这就是我想说的。"

现在拉班觉得这位老先生整个儿给人以一种令人不愉快的印象。他觉得，仿佛他已经挨得特别近了——但是这只是无足轻重的……①

"报纸也是。——但是我刚才还想说，我只是去乡下，只去十四天，我休假，好久以来第一次，再说这也是必要的，尽管如此，譬如一本书——正如已提及我最近读过这本书——对我这趟短途旅行所给予我的教益，比您所能想象到的还多。"

"我听着呢，"这位先生说。拉班不吭声，就这样挺直身子站着，把双手插进外套有些太高的口袋里。

---

①原文此处缺一页。

过了一会儿这位老先生才说:“这趟旅行似乎对您具有特别重要的意义。”

“哟,您看,您看,”拉班说,他又靠到门上。现在他才看到,过道里已经挤满了人。甚至在房屋的台阶前也站着人,一个和拉班一样也在同一个妇女那儿租了一个房间的公务员从台阶上下来时不得不请求那些人给他让路。他越过几个现在全都转向拉班的脑袋向只是用手指着雨的拉班喊“旅途愉快”并重申一个显然从前已许下的诺言:下星期天一定去看望拉班。……①

“有舒适的职位,他也对这个职位感到满意,这是他盼望已久的。他久久地在内心感到喜悦,致使他不需要别人来给自己解闷,可是大家倒都需要他。他一直身体健康。啊,您不说话。”

“我不争辩,”这位先生说。

“您不争辩,可是也不承认您的错误,您为什么坚持这样做。如果您现在还这样清楚地记得这件事,那么我敢打赌,只要您和他谈谈,您就会忘记一切的。您就会责备我,说我现在没更有力地驳倒您。只要他谈起一本书来。对一切美好的东西他马上就兴奋不已。”

---

①原文此处缺一页。

（C 稿）

当爱德华·拉班身穿浅蓝带灰色的外套穿过前厅过道走进门洞儿的时候，他能够看见天在下雨。 雨下得不大。

拉班看了看一座似乎在近处的、相当高的塔楼上的钟，这座塔楼座落在一个深巷里。 一面固定在那上面的小旗在一瞬间被吹拂到钟盘前。 一群小鸟儿飞下来，紧挨着合拢在一起又骤然分开。 过了五点了。

拉班放下他那只套着黑布套的手提箱，把伞靠在一个门墩上并将他的怀表——一只女式表，系在一条狭窄的绕在脖子上的黑带子上——和那只塔楼钟对好了时间，他来回看了几次自己的怀表和那只钟。 他全神贯注地为此忙活了一阵，时而垂脸时而抬脸，不想这世界上的任何别的事了。

最后他把怀表放进衣袋，舔了舔嘴唇，对自己有足够的时间、不必冒雨出门颇感高兴。 他跟前不高不低的人行道上还有许多行人在行走，一些人挨近着沿着一幢幢房屋行走，有些人则撑着伞隔着一定的距离。 一个小姑娘伸出两条胳臂托着一条灰狗，它盯住这姑娘的脸。

两个先生互相交谈着在彼此相告什么事情，他们穿着飘动的外衣有时互相转过身来完全面对着面，其中一个手心向上并上下活动——手指保持不动，仿佛他托着一个悬空的重物，要检查其重量。

然后人们看见一位妇女，她的脸像星光闪烁那样微微抽动，她那顶平顶帽上高耸的叫不上名称的饰物一直延伸至帽檐；她不是故意地、像是有一种法则使然地让所有从一旁走过的人觉得她奇特。 一个拄着细手杖的年轻人匆匆而过，左手仿佛瘫痪了似的平放在胸前。

许多人是去上班；虽然他们挺起胸膛，快步行走，人们还是观看他们比别人更久，他们一会儿行走在人行道上，一会儿像从马车踏板上跳下似的在车行道上继续一蹦一跳，他们到处拥挤，不让任何人先行，所以他们频频受人碰撞，也常碰撞别人。

拉班看见熟人并打了几回招呼，有一回他想与某人攀谈，可是此人没察觉，依然急匆匆地走了过去。

三位先生——两位把轻便外衣搭在弯过来的小臂上，在一位高个子白胡子先生的两边——从房屋墙根走到人行道边上，观看车行道上和那一边人行道上的情景。

一个孩子由家庭女教师领着伸开光着的胳臂迈着小碎步走过；这孩子的帽子，正如每一个人都能看到的那样，由染成红色的麦秆编成，在波浪形的帽檐上有一个绿色小花环。

拉班用双手把这顶帽子指给一位老先生看，这位老先生站在他身旁的过道里躲雨，这雨在一阵狂风的夹带下密集地落下，但是随后就孤单地飘浮着并晃晃悠悠地掉下来。

拉班笑了。 说是儿童穿什么都合身，他喜欢孩子。 如今人们很少和孩子相聚在一起，这不奇怪。 他很少和孩子聚在一起。

那位老先生也笑了。 说是那位家庭女教师大概不会有这样的乐趣。 人们若是上了年纪，人们也就不会立刻就情绪激动。 年轻时人们情绪激动，正如人们在老年时看到的，这没有什么好处，所以人们甚至……

3. 乡村教师（巨鼹）[①]

那些像我这样见了一只普普通通的小鼹鼠都感到讨厌的人，倘若见到那只大鼹鼠，一定会厌恶死的。几年前曾有人在一个小村子的附近见到过那只大鼹鼠，而那个小村子也就此一度出了名。现在那个村子当然早已又为人们所遗忘，和那整个现象一样湮没无闻了。那个现象根本就没有弄清楚，而人们也没有怎么费劲去搞清楚它。当初那些本应过问这件事的人却令人不解地疏忽了它。没有人比较透彻地研究过它，因此它也就被人们忘却了。可是，那些人对无足轻重得多的事情倒是非常操心的。那个村子离铁路线很远，但这无论如何也不能成为他们可以疏忽的理由。许多人出于好奇心远道而来，甚至从外国来到这里，而那些不只应该有好奇心的人反倒不来。是啊，要不是个别的普通老百姓，即那些忙于日常工作而没有喘息机会的人，要不是那些人无私地关心这件事情的话，有关那个现象的传闻很可能就不会传播开去。必须承认，大凡传闻，平常几乎是不胫而走的，这一次简直是凝滞不动了，若不是人们使劲推动了一下，它是不会传播开来的。但是这肯定也不是不去探索这件事情的理由，恰恰是这个现象不也需要加以研究吗？ 可是人们不去研究它，却让那位上年纪的乡村教师写了仅有的那么一篇论述那件事情的文章，那位乡村教师固然是个很称职的人，但毕竟学识有限，根基浅薄，无法对那个现象作出彻底而又适当的描述，更不用说提供说明了。那篇小文章印出来，大批出售给了当初来参观那个村子的人，并且获得了某些好评，但是那位教师心中有数，他知道自己在没有得到任何人支持的情况下所作出的一星半点的努力终究是毫无价值的。如果说他仍然不放松努力，并把这件按其性质看一年比一年更难有结果的工作当作他毕生的事业，那么，这一方面证明了那个现象产生的影响有多么巨大，另一方面也证明了一个不起眼的乡村老教师是多么有毅力，多么忠实于他的信念。但是他却曾遭到过权威人士的非难。他给自己的那篇文章所做的一个小小的增补便是这方面的一个证明。当然，那个增补是几年以后才做的，那时候几乎谁也记不得文中涉及的事情的始末根由了。在那个增补里，乡村教师也许不是用巧妙的言词，而是用诚实的态度，令人信服地控诉了他在那些最不应该不明事理的人身上所见到的那种懵懂无知。他一语中的地数落那些人道：“不是我，而是他们说话像乡村老教师。”他曾专程登门拜访过一位学者，在增补中他援引了那位学者的话。他没有写明那位学者的姓名，但有种种蛛丝马迹，让别人能猜得着那位学者是谁。几个星期前教师就提出要拜会那位学者，并克服了很大的困难，总算可以同那位学者见面了。可是刚一见面他就发现，在他这件事情上，学者囿于一种无法克服的成见。乡村教师按照文章的内容提要作长篇报告，可是，那位学者听的时候却是那么心不在焉。这表现在他假装思索片刻后所说的那番话里：“您那个地方，泥土黑油油的特别肥。嗯，所以那泥土也就给鼹鼠提供了特别丰富的养料，于是鼹鼠就长得出奇的大。”“但总不至于有这么大呀！”教师大声说道，一边用手在墙上比划了两米长；他出于愤慨未免有点儿夸张。“哦，有这么大呀！”学者答道，显然他觉得这件事整个儿都非常滑稽。教师带回家去的就是这样一个答复。他讲到，晚上他的妻子以及六个孩子怎样冒着雪在公路上等候他，他怎样不得不向他们承认，他的希望已经彻底成了泡影。

---

① 本篇作于 1914 年 12 月 16 日至 1915 年 1 月 6 日，没有写完。1935 年首次发表在短篇小说集《一次战斗纪实》中，由布罗德加上《巨鼹》这个标题。

我读到有关学者对教师的态度的消息时，还根本没有读过教师的那篇主要文章。但是我马上决定自己动手去收集、整理我能查明的有关那件事情的全部资料。我不能拿拳头去威吓那个学者,我至少可以用我的文章为教师辩护吧，说得更确切些,我将不过分强调教师是一个正直的人，但要突出教师是个无权无势的人，怀着善良的意愿。我承认，后来我为这个决定而后悔了，因为随后不久我便感觉到，实施这个决定必然会使我陷入一种特殊的境地。一方面，我的影响力也不大，远不足以促使学者改变看法，甚或扭转公众舆论，使之有利于教师。而另一方面，教师准保会看出，我关心的不是他的那个主要的意图，即证实那只大鼹鼠确曾出现过，我关心的是为他的正直的品性辩护，而他却又觉得，他人正直，这是不言而喻的，不需要任何辩护。到头来，我这个本想声援教师的人便会为他所不解，很可能非但帮不了他的忙，自己反倒需要一个新的帮助者，而这样的帮助者多半是不会有的。此外，我下的这个决心，是自告奋勇写一篇有分量的文章。我要让人心服口服，那我就不能援引教师的文章，因为教师本人都未能让人信服嘛。他那篇文章只会使我受到迷惑，所以在我自己的文章完成以前我避免去读它。甚至，我连一次招呼都没跟教师打过。不过，通过中间人他对我所从事的研究也有所耳闻，可是他不知道，我是在顺着他的思路干还是在和他对着干。是啊，他甚至多半还以为是后者呢，尽管后来他矢口否认，我却有证据，证明他曾给我设置过种种障碍。他设置起障碍来很容易，因为我是被迫去重复他已经进行过的研究，因此他总是可以先我一着。不过，这却是对我的研究方法所能作出的惟一公正的指责了，而且是一种不可避免的指责。但是由于我立论严谨，敢于自我否认，那种指责也就显得非常软弱无力了。除此以外，我的文章却没有受到过教师的任何影响，在这一点上我也许甚至过于吹毛求疵，简直就好像迄今为止还没有人研究过这件事情似的，似乎我是第一个听目击者作证的人，是第一个整理那些材料的人，是第一个从中得出结论来的人。后来我在读教师的那篇文章时——那文章的标题很冗长：《一只鼹鼠，其身体之大，前所未见》——我果真发现，在一些关键问题上我们的意见并不一致，尽管我们两人都自以为已经证明了那件主要的事情，即证明了那只鼹鼠的存在。不管怎么说，因为那些意见分歧，我未能建立起我曾竭力希望建立的那种同教师的友好关系。从他那方面几乎产生了某种敌意。他虽然始终对我谦逊而恭顺，但是人们却可以越发明显地觉察出他的真实的心情。因为他认为，我已经完全损害了他和那件事情的利益，我自以为帮了他的忙或者可能帮了他的忙，这说得好听点是天真，其实多半还是自负或诡计呢。尤其是，他不时地指出，迄今为止他所有的反对者不是根本不表示反对就是仅仅在私下或者至少也只是在口头上表示反对，而我竟认为有必要将我全部的反对意见立刻付印。此外，那些尽管只是粗略地、但却是真正研究过那件事情的为数不多的反对者倒是起码要先听听他的，也就是教师的意见，即在这个问题上的权威意见，然后才发表自己的看法，而我却从毫无系统地收集起来的、部分是以讹传讹的资料里引出了结论，这些结论即便基本上是正确的，但必然是既不能令民众信服，也不能令有教养的人信服。可是，在这方面，只要有那么一点不能令人信服的地方，就会带来最严重的后果。

虽然他的这种指责遮遮掩掩，但我很容易就能对此作出答复——譬如我可以说，他的那篇文章才是不可靠到了顶点，但要消除他在其他方面提出的怀疑，这就不容易了，这也就是为什么我一般对他采取克制态度的原因。这就是说，他在心底里认为，我是想毁坏他的名誉，使他当不成第一个公开宣布存在大鼹鼠的人。现在就他个人来说根本没有什么荣誉可言，人家只觉得他可笑罢了，而且觉得这种可笑的人也越来越少了，我当然是不想去争当这种可笑的人。可是另外我曾在我那篇文章的序言里明确宣称过，任何时候教师都应该被认为是那只鼹鼠的发现者——其实他才不是那个发现鼹鼠的人呢；我还声明，只是那种对教师命运的同情心理才促使我撰写了那篇文章。“这篇文章的目的是”——我就是这样过于激昂慷慨地结束我的文章的，但这符合我当时的激动心情——“设法使教师的文章得到应有的传播。这个目的一经达到，我的名字便应该立刻从这件事情中抹掉，因为我只是短暂地、而且仅仅表面地被卷入到这件事情中去的。”所以说，我是直截了当地拒绝更多地参与此事的；仿佛我有什么本事，预先料到了教师的那个令人难以置信的责难似的。尽管如此，他却恰巧在这段文字里找到了为难我的把柄，我不否认，他在所说的话里，说得更确切一点，在他所作的暗示里，似乎有那么一点根据，这是我好几次都已经注意到了的。我也不否认，在有些方面他对我比在他的文章里表现出了更为敏锐的洞察力。他声称，我的序言是口是心非。如果我果真旨在传播他的文章，那为什么不一心一意去研究他和他的文章？ 为什么我不指出那篇文章的长处，即它的雄辩的说服力？ 为什么我不局限于强调指出这个发现的意义并加以阐述？ 为什么我完全置那篇文章于不顾，硬是自己去发现什么新东西？ 不是都已经发现过了吗？ 难道在这方面还有什么需要发现的吗？ 可是如果我果真以为必须再作一次发现，那么为什么我在序言里那么郑重其事地宣布我不曾作过什么发现呢？ 本来把这说成是假谦虚也就可以了，可是不行，这件事性质更为恶劣。他说我贬低这一发现，我让人注意它，目的只是为了贬低它，我研究过它以后便将它搁在一边了。围绕着这件事的纷争也许已经稍稍平静一点了，如今我又在兴风作浪，但同时使教师的处境变得比任何时候都更加困难。为他正直的品性辩护，这对教师有什么意义呢！ 他关心的是那件事情，仅仅是那件事情而已。可是那件事情却让我给出卖了，因为我不理解它，因为我对它估计得不对，因为我不懂得它。它远远超出我的理解力。他坐在我面前望着我，那张年老有皱纹的脸上现出安详的神色，然而只有上述那些意见才是他的真实想法。不过，说他只关心那件事情，这不对，他甚至相当贪图虚荣而且也想捞钱。考虑到他家里人口众多，这也是很可以理解的。尽管如此，他觉得我对那件事情相对来说兴趣极其微小，因此他相信，他不用说什么过分离奇的假话便可以把自己说成是毫无私心的人。果不其然，我在心里对自己说，这个人的这些指责根本上只能归因于他在某种程度上是用双手紧紧抱住他那只鼹鼠，将每一个只是伸着手指头想挨近他的人都说成是叛徒，我这么想的时候，内心一点自我满足的感觉也没有。不是那么回事，他的态度不是用悭吝，至少不是单单用悭吝所能解释得了的，倒不如说那是一种愤慨，是他所作出的巨大努力以及那些努力的毫无成效在他心中激起的那种愤慨。但是也不能一切都用愤慨来解释。也许我对这件事情的兴趣确实太小了。一般人不感兴趣，对此教员已经习以为常，一般来说他对此是感到难过的，但已不再事事都往心里去了。但这里却终于出现了一个用不寻常的方式关心这件事情的人，而居然连这个人也不了解那件事。这一点我根本就不想否认，我这是赶鸭子上架的嘛。我不是动物学家，如果是我自己发现了那只鼹鼠，那么也许我会从内心深处感到振奋，可是那只鼹鼠不是我发现的。一只那么大的鼹鼠肯定是件稀罕事，不过人们也不能要求全世界的人老是把注意力集中在它上面，更何况鼹鼠的存在未曾用确凿的证据加以证实过，人们无法把那只鼹鼠拿出来给人看。我也承认,即使我是那个发现鼹鼠的人，我也决不会像我这样心甘情愿为教师效劳似的去为那只鼹鼠奔走呼喊的。

假如我的文章取得成功，那么我和教师之间的不一致可能很快就消除了。但是文章偏偏又没有获得成功。也许文章写得不够好，说服力不够，我是个商人，撰写这样一篇文章，我力不从心，比教师写一篇文章还感到吃力，尽管就掌握这个领域全部必要的知识而言我远比教师强。对于文章的不成功也还可以另作解释，也许文章发表的时机不利。发现那只鼹鼠这件事，当时都未能引起广泛的重视，如今这件事一方面时间还不算离得太远，人们还不至于完全忘记，所以也不会对我的文章感到十分惊异，可是另一方面，时间却又隔得够久了，原先曾有过的那种淡漠的兴趣已经全然消失。那些压根儿就对我的文章感到担心的人，心想现在大概又该开始为这件枯燥乏味的事情枉费唇舌了，而有些人甚至把我的文章误看成是教师的文章。在一份有分量的农业杂志上登了如下一段话，幸而这一段话登在杂志的末尾并且是用小号字刊印的："又给我们寄来了关于那只大鼹鼠的那篇文章。我们记得，几年前我们就曾对它捧腹大笑过。自那以后，文章的作者没有变聪明，我们也没有变愚蠢。不过，要我们第二回笑，我们可是笑不出来了。我们倒是要问一问我们的教师联合会，一个乡村教师除了追求大鼹鼠以外，是否就没有更有益的事可做的了。"一场不可原谅的误会！ 人们既没有读过那第一篇，也没有读过这第二篇文章，那些先生只是匆忙间偶然看到大鼹鼠和乡村教师这两个可怜巴巴的词儿，便站出来俨然以公众利益代表的身份讲话了。按理说，有许多事情本来是完全可以办好的，但是由于和教师互相缺乏了解，我竟没有办成。我反而试图尽量对他隐瞒那份杂志的事。但是那件事他很快就发现了，他给我寄来一封信，表示愿意在圣诞节期间来看我，我从那封信的一段话里就看出了苗头。信中他写道："世界上的人品质恶劣，而有人却在推波助澜。"他的意思是说，我属于这个品质恶劣的世界，但是我不安于我身上固有的恶劣品质，竟还去给这个世界推波助澜，这就是说，从事活动，把那种普遍的恶劣品质诱发出来，使其得逞于一时。好吧，既然已经作出了必要的决定，现在我就可以心平气和地等待，心平气和地看着他怎样到来，看他怎样比平素更不讲礼貌地默不作声地坐在我的对面，小心翼翼地从他那件古里古怪的棉袄的胸袋里掏出那份杂志，并把它翻开，推到我面前。“我读过了。”我说，一边将那份杂志原封未动地推了回去。“您读过了！”他叹口气说道，他有教师的重复别人答话的老习惯。“我当然不会甘愿忍受这种事情的。”他继续说道，愤激地用指头敲敲那份杂志，一边直愣愣望着我，仿佛我持着相反的意见似的；我想说什么话，对此他大概有所预感；我以为，没有他这话，从其他的迹象上我也一样会看出，他对我的意图常常有一种非常正确的感觉，但不对它让步、不受它迷惑。当时我对他说的话，现在我几乎可以逐字逐句复述出来，因为谈话完毕后我曾马上把谈话内容记了下来。“您请便吧，”我说，“从今天起我们分道扬镳。我相信，对此您既不会感到意外，也不会感到不合时宜。眼前这份杂志上的这段评论不是我作出这个决定的原因，它只不过是最终坚定了我的这个决心罢了；真正的原因在于，我本来以为我出面会对您有利，可是现在我认识到我在各方面都使您受到了损失。为什么会变成这样，这我不知道，对于成功和失败的原因总是可以作多种解释的，不要只寻找那些于我不利的解释。想想您自己吧，把这件事情通盘地细细观察一下，您也是怀着一片好心，但却遭到了失败。这话我不是说着玩的，我说可惜您与我的联系也可算作是您的一个失败，我这话是针对我自己说的。我现在退出这件事，这既不是怯懦也不是背叛。甚至可以说，这样做不是没有内心斗争的；我非常尊敬您的人格，这从我的文章中就可以看出，在某些方面您已经成了我的教师，我都快要喜欢上那只鼹鼠了。尽管如此，我还是往旁边靠靠，您是发现者嘛，不管我怎么做，我都是在妨碍您获得可能获得的荣誉，我在吸引失败并将失败转嫁到您的身上。至少您是这样认为的吧。够啦。我可以接受的惟一处罚，就是我请求您原谅，我在这里向您作的这一番自白，我也可以在公开的场合，譬如说在这份杂志上再作一遍，如果您要求这样做的话。”

这就是我当时所说的话，这些话并不完全诚恳，但是别人却不难从中听出诚恳的心意来。我的这个声音对他所产生的影响与我所预料的大致相同。大凡老年长者对小辈们来说性格上都有某种迷惑性、苦难性，别人在他们身边过着平静的生活，以为彼此的关系毫无问题，别人也了解那些盛行的意见，并且一再得到证实，这种平和的关系是可靠的，认为这一切都是不言而喻的，可是，如果突然间发生了某种决定性的事件而那长期存在的平静应该发挥作用的时候，那些年老长者却像陌生人一样挺身而出，他们持有更加深邃、更加强烈的意见，现在才算正式亮出了他们的旗帜，于是人们怀着惊恐在那旗帜上读到了新的至理名言。这种惊恐主要由于老人现在所说的话确实合理得多，意义更加深远，更加合乎情理,仿佛其不言而喻的程度会增长似的。在这件事情上的极大的欺骗性恰恰在于，从根本上看来，他们现在所说的话正是他们以前一向所说的，而且一般人事先还就是料想不到会是这样。我十之八九已经把他的性情脾气摸透了，所以他现在说的话并不完全出乎我的意料之外。“孩子，”他说，一边将他的手放在我的手上友好地搓着，“您怎么会想到要去参与这件事情的呢？ ——我头一次听说这件事，马上就和我的妻子谈了。”他挪动椅子，坐得离开桌子一点，张开双臂，眼睛望着地上，就好像他的妻子身材十分矮小，在那儿下面站着，他则正在和她说话。“‘这么多年了’，我对她说道，‘我们都是孤军作战，可是现在城里似乎有一个有地位的赞助者在为我们辩护，城里的一个名叫某某的商人。现在我们该感到非常高兴了吧，嗯？ 城里的一个商人非同一般；如果是一个卑微的农民相信我们，说出他的看法，这对我们不会有什么用处的，因为农民干的事总是不正派不体面的，农民说乡村老教师说得对也罢，农民不合体统地啐一口也罢，二者所产生的效果是相同的。如果不是一个而是一万个农民站出来说话，那么，效果可能更坏。城里的一个商人则不然，这样的一个人有着广泛的社会联系，即使只不过是他随便说说的话，也会广为流传，新的赞助者便会来关心这件事，譬如有一个人会说： 我们也可以向乡村教师学习学习的嘛，第二天就会有一大批人交头接耳窃窃私语开了，看那些人的外表，决计料想不到他们会这样的。现在有了资助这件事的资金了，一个人筹款，别人把钱交到他手里，人们认为，必须把乡村教师从村里请出来。他们来了,并不计较我的相貌，把我接走，由于妻子和孩子们舍不得我，人家便把他们也一同接走了。你观察过城里的人吗？ 不停地叽叽喳喳。如果他们在一起排成一行，这叽叽喳喳声便从右到左，从左到右，此起彼伏，不绝于耳。就这样，他们叽叽喳喳地将我们抬上了马车，他们简直连向我们大家点点头打个招呼的时间都没有。坐在车夫座上的那位先生扶了扶夹鼻眼镜，挥动马鞭，我们便乘车走了。大家向那村子挥手告别，那样子就好像我们还在那儿，就好像我们不是坐在他们中间似的。城里有几辆马车向我们迎面驶来，车上的人心情特别焦急。当我们相互靠近的时候，他们从座位上站起来，伸长脖子，想看我们。那个筹款的人总管一切，提醒大家保持冷静。我们进城的时候，已是一支浩浩荡荡的车队了。我们曾以为欢迎仪式已经过去，却不料到了旅馆前面欢迎仪式才刚刚开始。在城里，一人振臂高呼，响应者顿时云集。一人有了忧愁，众人立刻前来相帮。他们互相商量，互相取长补短。并非所有这些人都能乘马车，他们等候在旅馆前面，另外有些人虽然本来是可以乘马车的，但是他们自觉不乘。这些人也在等候。真是不可思议，那个筹款的人多么有魄力。’”

我平心静气地听他说话，在听他说话的时候，我内心变得越来越平静。我把所有我尚还拥有的我那篇文章的文本堆在桌上。只缺了很少几本，因为最近我发出了一封信，要求收回所有寄出去的文本，大多数文本我都收到了。顺便提及，许多方面的人士彬彬有礼地给我来信说，他们完全记不得曾收到过这样一篇文章，万一果真曾寄来过，那么很遗憾，他们准是把它给弄丢了。这样倒也好，归根到底，我图的也不是别的嘛。只有一个人请求我允许他把那篇文章当作稀世珍品留在自己身边，保证遵照我信中的意愿，在今后二十年内不给任何人看。那封信乡村教师根本还没有见过。我感到高兴，有他这一席话，我便可以无所挂虑地把信给他看了。不过，即使没有他这一席话，我也大可不必为此担忧，因为我在信中措辞十分谨慎，丝毫没有忽视乡村教师以及那件事情的利益。信中几句关键的话是这样写的："我请求收回那篇文章，并不是因为我放弃我在该文中陈述的意见或者也许认为其中有些看法错误或者哪怕只是认为那些看法无法加以证明。我的请求有着仅仅是个人的、然而却是无可辩驳的理由；可是我的这个请求决不能说明我对这件事情的态度。我特请注意这一点，得便的话，也请将此意代为传播。"

我眼下还用双手捂住了那封信，说道："因为没有出现这样的结果，您就要责怪我吗？ 您为什么要这样干呢？ 我们不要互相怀着怨恨分手。要看到，您虽然有了一个发现，但是这个发现并不是盖世无双的，因此您所遭的不公正的对待也并不是无与比拟的。我不了解学术界的章程，但是我相信，即便在最顺利的情况下，您也不会受到哪怕只是稍稍近似于您向您那位可怜的妻子所描述的那种接待。如果说我期望这篇文章会有什么效果的话，那么我是以为，也许有一个教授会注意我们，他会委托某一个年轻大学生去调查那件事，这位大学生会找您并用他自己的方法答复查一遍您和我所作的调查结果，末了他会，如果他觉得复查结果值得一提的话——这里应该指出，所有的年轻大学生都疑心很重，那么他就会自己写出一篇文章，对您所写过的内容进行科学论述。然而，即便实现了这个希望，也还是没有取得多大成绩。大学生的那篇文章，为这样一件奇特的事件作了辩护，也许因此就会遭到大家的嘲笑。您从这份农业杂志的这个例子上可以看出，这种事很容易发生，而且科学杂志在这方面更显得无情。这也可以理解，教授们对自己、对科学、对后世肩负着重大责任，他们不能对每个新发现都欣喜若狂。我们这种人在这方面比他们优越。可是我现在不谈这些，我愿意设想，大学生的文章取得成功了，那又会发生什么事呢？ 人们也许会怀着尊敬几次提及您的名字，这多半也会有利于提高您的地位，人们会说：‘我们的乡村教师有眼力。’这儿这份杂志，如果有记忆力和良心的话，就得向您公开道歉，也就会有一个好心的教授设法给您弄到一份奖学金，人们也确实可能会试图调您进城，给您在一所市立国民小学安排一个工作，以便给您提供利用市里拥有的科学资料来进修的机会。但是如果要我直言不讳的话，那么我必须说明，我以为，人们仅仅是试试看而已。人们把您召唤到这里来，您也来了，以一个普通申请者的身份，这样的申请者多着呢，不会有什么隆重的接待，人们和您交谈，赞赏您的真诚的努力，可是同时却也看到，您是一个上了年纪的人，在您这个年龄开始搞科学研究，是毫无希望的。人们看出，您与其说是按计划还不如说是偶然有了您的那个发现，您根本无意于超出这个个别事件的范围以外去作什么进一步的研究。那么，出于这些原因，人们也许会让您留在村里。您的发现当然会有人去继续加以研究的，因为您那个发现并不是那样微不足道，一经受到重视便不会轻易被人忘掉。但是您再也不会听到多少有关那个发现的情况了，您听到的，您几乎都理解不了。每一个新发现将立刻被纳入科学宝库的总体之中，因此在某种程度上也就不再是一种发现了，它便整个地升华了，消失了，人们得有一种经过科学训练的眼力才能将其辨认。有人会将一个新发现同一些我们从未听说过的原理联系在一起，在学术争论中，同这些原理联系在一起的新发现又会被抛到九霄云外去。我们怎么会理解这种事呢？譬如，我们在旁听一次学术讨论会时，以为是在讨论那个发现，而其实讨论的完全是别的事情，下一回我们以为是讨论别的事，不是讨论那个发现，可是讨论的却恰巧正是那个发现。

“您明白这个道理吗？您会留在村里，可以用您拿到的钱稍稍改善一下您家里的伙食和衣着，但是您的发现者的权利就会被剥夺，而且您还没有任何理由对此进行反抗，因为那个发现是到了城里才发挥出真正的效力来的。人们也许决不会对您忘恩负义，人们大概会在作出那个发现的地方盖一个小小的纪念馆，它会成为村子里的一处名胜，您则是掌管钥匙的人，一如科学工业的仆人们惯于佩戴奖章，人们也会授给您一枚佩戴在胸前的小奖章，这样,您连荣誉勋章也有了。这一切都有可能；可是这一切是您所希望的吗？”

他没有正面回答，而是完全正确地反问道：“这么说，您曾力图为我谋求过这些东西的啰？”

“也许是的。”我说，“我当时采取的行动是没有经过认真考虑的，所以现在我也无法明确地回答您。我想帮助您，但是事情失败了，甚至是我所干的事情中失败得最惨的一次，因此现在我想退出，并尽力设法把我所干的事情一笔勾销，就好像我从未插手过那样。”

“那么好吧。”乡村教师说道，一边掏出烟斗装上了一袋烟，他身上所有的衣袋里都装着烟叶子。“您自愿关心过这件吃力不讨好的事情，现在也是自愿退出。这一切都做得完全正确！”“我不是个顽固不化的人。”我说，“您觉得我的建议有什么不妥当的地方吗？”“没有，一点也没有。”乡村教师说道，这时他的烟斗已经冒起烟来。我受不了他的烟叶的那股气味，便站起来，在房间里走来走去。从以前的几次商谈中我已经习惯了乡村教师对我沉默寡言，他一旦来了便不想挪动身子离开我的房间。有时候这曾使我感到十分惊愕；他还想要点什么东西吧，我总是这样以为，并且给他钱，而他通常也都接受。但是他总要待够了才走。通常是在抽完那袋烟以后，他便晃晃悠悠绕着圈手椅转，随后又规规矩矩、毕恭毕敬地将那把圈手椅挪到桌子旁边，从墙角拿起他的那根结节拐杖，热情地握握我的手，走了。可是今天，他坐在那儿一声不吭，我简直讨厌至极。如果一个人，如同我已经所做的那样，一旦向另一方表示了彻底分手的意向，而且对方认为这样完全正确，那么那个人就得尽快处理完那尚需共同一起解决的不多的事务，不要漫无目的一声不吭坐在人家面前，惹人生厌。如果有人从背后看一眼这个固执的小老头儿，看他怎样坐在我的桌子旁边，他一定会认为简直没有任何办法能把这个小老头儿从房间里弄走。

4. 布鲁姆费尔德，一个上了年纪的单身汉[①]

一天晚上，布鲁姆费尔德，一个上了年纪的单身汉，上楼到他的寓所去。这可是一件辛苦事儿，因为他住在七楼。他一边爬楼梯一边想——近来他经常如此，这种孤寂冷清的日子真难挨，现在他简直是偷偷摸摸地爬上这六层楼梯，爬到楼上他那几间空落落的房间里，在那儿又简直是偷偷摸摸地穿上睡衣，点上烟斗，稍稍翻阅一下那份他几年来一直放着的法国杂志，边看边饮一种他自己配制的樱桃酒，半个小时以后终于上床睡觉，上床前还得重新把被子彻底铺过一遍，那个怎么教她也不改的女用人总是随心所欲地把被子往床上一扔就算了事。如果随便有个什么人来做伴，来看看他的这些活动，布鲁姆费尔德一定会非常欢迎。他曾经考虑过他要不要弄一只小狗来养养。这种动物惹人喜欢，尤其是它感恩图报而且忠实；布鲁姆费尔德的一个同事就有一只这样的狗，除了它的主人以外，它跟谁也不亲近，只要有一会儿工夫没看见它的主人，再见到他时它便会立刻大声汪汪叫着迎接他，显然它是以此来表示重新见到它的主人，这位特殊的恩人时的喜悦。养狗当然也有坏处。即使很注意让它保持清洁，它也会把房间弄脏。这是完全不可避免的，因为不能每次带它进房间来以前都用热水给它洗澡，何况这于狗的健康也不利。而房间里不干净，布鲁姆费尔德又受不了，对他来说，房间的干净整洁是某种生活的必需，他每周都要跟在这一点上可惜不很讲究的女用人争吵好几回。由于她耳背，他通常都是一把拽住她的胳臂，把她拉到房间里他认为没有收拾干净的那些地方去。多亏这样严格地要求，他才使他的房间整理得接近于符合他的愿望。可是弄一只狗来，这简直就等于是自愿把迄今为止一直被小心翼翼地抵挡着的污秽引进他的房间里来。跳蚤，那些狗常有的伴侣，也会跟着来了。一旦有了跳蚤，那么，布鲁姆费尔德把他的那间舒适的房间让给那只狗、自己再另找一间的时刻也就不远了。而不干净只不过是狗的一个坏处。狗也会犯病，而且狗病说实在的没有一个人会瞧。狗一生病，便蜷缩在一个角落里，或者一瘸一拐地走来走去，哀鸣，不断地轻咳，疼得喉咙哽噎，你用一条毯子裹住它，对它吹吹口哨，把牛奶罐推到它跟前，简单一句话，你一边照料它一边希望这是一场很快便会见好的小病，而且也确实存在着这种可能，可实际上又往往是一种严重而可恶的传染病。即使那条狗一直没有病，那么将来有朝一日它会衰老，而你又未能拿定主意，及时把那条忠实的狗送掉，于是会有那么一天，你一看到那对泪汪汪的狗眼，便会顾影自怜，想到自己也老了。可是随后你便不得不同那只眼睛半瞎、肺部虚弱、因肥胖而行动迟钝的动物一道受罪，不得不为那只狗从前所带来的快乐而付出高昂的代价。不管布鲁姆费尔德现在多么盼望有一只狗，他还是宁愿再独自一个人爬三十年的楼梯，也不愿意以后受这么一条老狗的连累，这条老狗喘气的声音会比他自己的还要粗，并在他的身边艰难地一级一级往上爬。

就这样，布鲁姆费尔德将继续过独身生活。他倒是没有老处女常有的那种欲望。老处女希望身边有一个隶属于自己的有生命的东西，她可以保护这个生命，她可以对这个生命表示温存，她愿意一直侍候这个生命，因此一只猫、一只金丝鸟或者几条金鱼便能满足她的欲望，使她如愿以偿。如果不能这样，那么侍弄侍弄窗前的花卉她们也会心满意足的。可是布鲁姆费尔德却只愿意要一个做伴的，一头动物，他用不着为

---

①本篇作于1915年2月8日至3、4月间，没有写完。1935年首次发表在短篇小说集《一次战斗纪实》中。

这头动物操多少心，偶尔踢它一脚也没什么关系，在不得已的情况下它也可以在胡同里过夜，可是如果布鲁姆费尔德想它了，它便会立刻又吠又跳，摇尾乞怜，过来听候使唤。布鲁姆费尔德要的就是这样的玩意儿。可是他看出，不蒙受巨大的损失他是养不了它的，所以他只好打消了这个念头，可是他旧习不改，不时地会转悠起这个念头来，今晚也是如此。

他来到楼上，站在他的房门口，从口袋里摸钥匙，这时房间里传出来一阵响声，引起了他的注意。那是一种古怪的吧嗒吧嗒的声音，不过很清晰，很有规则。由于布鲁姆费尔德刚才还想到过狗，因此这声响使他联想起狗的两个前爪轮流拍打地面所发出的那种响声。但前爪不会吧嗒吧嗒响的，那不是前爪。他急忙打开房门，扭开电灯。万没想到他看到的竟是这样一副景象。这简直是变魔术，两个白底蓝条纹小赛璐珞球在镶木地板上交替地跳上跳下；一个球着地，另一个就在高处，它们不知疲倦地玩着这样的游戏。有一回中学做一次有名的电学实验时，布鲁姆费尔德曾看见一些小球类似这样地跳动，这可不是做电学实验。布鲁姆费尔德朝小球俯下身去，想把它们看个真切。毫无疑问，这是普普通通的球，多半球体内部还有几个更小的球，是它们发出了吧嗒吧嗒的声音。布鲁姆费尔德朝空中抓了一把，看看小球是否吊在什么线上，没有，它们完全是在独立运动。可惜，布鲁姆费尔德不是小孩，否则看到两个这样的球他一定会喜出望外的，而眼下，这件事却给他一种不愉快的印象。作为一个不起眼的光棍无声无息地活着，并不是毫无价值的，现在有人——不管他是谁——打破了这个无声无息的状况，给他送来了这两个滑稽的球。

他想抓住一个，但两个球都避开他向后退去并引诱他在房间里跟着球跑。他寻思道，这样跟着球跑实在太蠢了。于是他便站住，在一边望着球，而球在追逐似乎已经停止的时候也在原地停住了。他又想，我还是得设法逮住它们，便又急忙向它们奔过去。它们立刻避开，但布鲁姆费尔德叉开两条腿将它们逼进一个墙角，在墙角那只箱子跟前，他成功地逮住了一个球。那是一个凉丝丝的小球，在他的手心里旋转着，显然渴望逃脱。另外那个球仿佛看到了它的同伴处于困境似的，跳得比原先更高了，但放慢了跳跃的速度，直至它碰着了布鲁姆费尔德的手。它撞击那只手，越跳越快地撞击着，改变着攻击点，由于它对那只能一把将它握住的手无可奈何，于是它便又往高处跳起来，多半是想够着布鲁姆费尔德的脸。布鲁姆费尔德也完全可以把这个球逮住，把两个球都禁锢在某个地方，但此刻他觉得对两个小球采取这样的措施未免太过分。占有这样的两个球，也是件开心的事儿嘛，况且过不了一会儿它们就会疲惫不堪，滚到一个柜子下面安静下来的。可是尽管有这样的考虑，布鲁姆费尔德心里还是在冒火，不由将那只球往地上一扔，真奇怪，那个脆弱、几乎透明的小球竟然没有碎。那两个球随即又做起先前那种低矮的、协调一致的跳跃动作来。

布鲁姆费尔德心平气和地脱衣服，理了理衣箱里的衣服，他一向惯于仔细查看女用人把房间拾掇整齐了没有。有那么一两回，他扭过头去望望那两个球，它们没受到跟踪，现在倒好像跟踪起他来了，它们已经向他这边移动过来，紧靠在他的背后跳动。布鲁姆费尔德穿上睡衣，想走到对面墙根前，从那儿的烟斗架上拿一个烟斗。转身之前他情不自禁向后面踢了一脚，那两个球却很会躲闪，没给踢着。当他绕着烟斗架走时，那两个球立即跟了上来，他趿拉着拖鞋，脚步错乱地走着，但是他每跨出一步，球便几乎不间歇地撞击一下，它们跟他合着脚步呢。布鲁姆费尔德突然转过身，想看看那两个球是怎么回事。可是他刚一转过身去，球便绕到了他的背后，他再转身，球又绕到他的背后，这样重复了许多次。它们像下级随从人员，竭力避免在他面前停住。到现在为止，看来它们只是为了向他作自我介绍，才斗胆在他面前停过，但如今它们已经尽过它们的职分。

到眼前为止，他每逢遇到特殊情况而又没有能力控制局面的时候，总是只有装聋作哑这一个办法。这个办法常常很灵验，通常起码会使局面好转。他现在也采取这个态度，站在烟斗架跟前，噘着嘴挑了一只烟斗，慢条斯理地用准备好的烟袋里的烟叶装烟斗，无动于衷地任凭那两个球在他背后跳跃。可是他还踌躇着不马上走到桌子跟前去，听到跳跃声和着他自己的脚步声发出整齐的节奏，他心里几乎感到难过。他就这样站着，故意磨磨蹭蹭地装烟斗，一面估摸着他和桌子之间的距离。最后他终于鼓足了劲，狠命跺脚，走完了那一段路。他跺得地板咚咚响，根本没有听见球的声音。当他坐下来时，它们在他的圈手椅后面跳跃的声音又清晰可闻了。

桌子上方的墙上，在伸手就可以够到的地方，安了一块木板，木板上放着那瓶樱桃酒，酒瓶四周摆满了小酒杯。酒瓶旁边有一摞法国杂志。(恰好今天来了一期新的，布鲁姆费尔德把新到的杂志拿下来。那酒他全然忘了，他甚至有这种感觉，仿佛他今天只是出于自我安慰才不受干扰地干他往常所干的事，真要读点什么他倒也不想。他一反往常一页一页仔细翻阅的习惯，打开杂志，随便翻到一页，发现有一幅很大的画。他强迫自己仔细看那幅画。画上是俄国皇帝和法国总统会见的情景。会见是在一艘船上进行的。从四周到远处还有许多别的船只，船上烟囱里吐出的烟雾在蔚蓝的天空袅袅上升。两个人，皇帝和总统，急匆匆迈着大步互相迎面走了过来，恰好相互握住了手。皇帝和总统的背后各站着两个显贵。与皇帝和总统的欢快的神色相比，随员们的神色都显得极其严峻，各方随员的目光都一齐望着各自的主子。这个场面显然发生在船只的最高层甲板上，而底下，水手们站在长长的行列里敬礼，这敬礼的水手的行列到了画面的边缘便被切断了。布鲁姆费尔德看着看着便对这幅画产生了更加浓厚的兴趣，随后便把那画挪得稍微远一些，眨巴着眼睛仔细观看它。对于这样伟大壮丽的场面他始终具有很高的鉴赏能力。主要人物这样毫不拘谨、热烈而轻松自如地互相握手，他觉得这很符合实际情况。而随员们——当然都是达官显贵，下面注有他们的名字——在其举止态度上保持着这一历史性时刻的严肃性，这样处理同样也是对的。）

布鲁姆费尔德没有把他所需要的一切都拿下来，而是不声不响坐着，两眼望着那一直还没有点燃的烟斗。他窥测着时机，蓦地，他生机勃发，猛的一下连同圈手椅一道转过身去。但球也保持着相应的警觉，或者是漫不经心地服从着那条支配它们行动的法则，在布鲁姆费尔德转身的同时，它们也换了地方，隐藏在他的背后。布鲁姆费尔德就背对着桌子坐着，手里拿着那只凉烟斗。现在球在桌子下面跳跃，由于那儿有一条地毯，所以声音很微弱。这是一大好处；只有极其轻微而低沉的响声，要非常注意才听得见。而布鲁姆费尔德却十分留神，听得一清二楚。但这只是现在才如此，再过一会儿他多半就一点儿也听不见了。它们在地毯上如此不惹人注意，这在布鲁姆费尔德看来，似乎是球的一大弱点。人们只需垫上一块或者更保险一点垫上两块地毯，它们便几乎无能为力了。当然只是在一定的时间内，此外，它们的存在本身就已经意味着某种力量了。

现在，布鲁姆费尔德倒觉得很可以养一只狗了，这样一只年轻、野性的动物马上就会把这些球制服的；他想象这只狗怎样追逐着用前爪抓球，怎样驱赶它们，怎样追得它们满屋子乱跑，最后终于一口咬住了它们。布鲁姆费尔德不费什么劲便可以在最近弄到一只狗。

但是眼下，那两个球只需要提防布鲁姆费尔德，而他却不想去收拾它们，也许他只是下不了决心。晚上下班回来他累了，正当他需要休息的时候，竟出其不意给他来了这一手。现在他才感到他有多么疲倦。这些球他反正是一定要收拾的，并且很快就会动手，但眼下不会，多半要到第二天才会去收拾它们。如果不带任何偏见看一看整个儿这件事情，那么应该说，这两个球的举止行为是够谦虚的。比如说，它们本可以不时地向前跳跃，露一下面便又回到原处，或者跳得更高些，好撞击桌面板，以补偿被地毯压低的声音。但是它们不这样做，它们不愿意不必要地去惹怒布鲁姆费尔德，它们显然只限于做必不可少的事。不过，这必不可少的事也足以使布鲁姆费尔德对呆在桌子旁边兴味索然。他才在那儿坐了不多几分钟便想去睡觉了。他在那儿不能抽烟，因为他把火柴放在小床头柜上了，这也是他想去睡觉的缘由之一。这就是说，他要抽烟就得去取那火柴，但既然他已经到了床头柜跟前，那还不如待在那儿就势躺下呢。在这个问题上，他也还有一个隐情，原来他以为那两只球一味跟在他背后，并且会跳到床上来的，而他一躺下去便会有意无意地把它们压碎。他不相信球的碎片也会跳的。不平常的事物，也得有个限度。平常，整个儿的球也会跳，尽管不是不停顿地跳，可是，球的碎块是从来都不会跳的，所以在这不平常的情况下也不会跳动。

“起来！”他嚷道，经过这番考虑他几乎任性起来了。他背后带着球，踏步向卧床走去。他的希望似乎就要得到证实，当他故意贴近床的时候，马上便有一个球跳到床上。可是出现了意想不到的情况，另外那个球竟跑到床底下去了。球也会在床底下跳，这种可能性是布鲁姆费尔德完全不曾想到的。他对那一个球感到恼火，虽然他觉得这是多么不公平，因为那个球在床下跳，所以它完成任务也许要比床上的那个球完成得好。现在要看那两个球决定待在哪儿了，因为布鲁姆费尔德不相信它们会长时间分开工作。不一会儿，下面那个球果然也跳到床上来了。现在我要它们的好看了，布鲁姆费尔德心里这么说，兴奋得有些激动了，一把扯下身上的睡衣，急忙躺到床上去。但这时，从床下跳到床上来的那个球偏偏又在往床下跳去。布鲁姆费尔德怀着极度失望的心情简直是瘫倒在床上了。那个球多半只是在床上张望了一下，它不喜欢待在那儿。于是乎，另外那个球也跟着它跳下去，自然也就待在下面了，因为下面更好些。“这一整夜我都得在这儿跟这些鼓手们做伴了，”布鲁姆费尔德心想，咬着嘴唇点了点头。

他郁郁不乐，其实他并不知道那两个球夜里会对他有什么损害。他睡眠一向极好，这点小小的声响他好对付。为了有充分的把握，他根据已经取得的经验在它们下面垫了两块地毯。仿佛他养了一只小狗，现在给它铺了软和的床铺。仿佛那两个球也疲乏了，困倦了，它们也跳跃得比先前低而慢了。每当布鲁姆费尔德跪在床前，用那盏床头灯往床下照时，他有时便以为那两个球永远躺在地毯上不动弹了，因为它们落地时十分无力，滚动一小段距离时的速度也十分缓慢。不过，它们随后又尽责地蹦了起来。如果布鲁姆费尔德第二天一早起来再看那床底下时，他便会发现那儿有两个安静的、不会伤人的儿童球，这种情况也是可能的。

但它们似乎连坚持跳到早晨都不能了，因为布鲁姆费尔德一躺到床上就听不见它们的响声了。他竭力想听到一点动静，他从床上探出身子去仔细倾听——什么声响也没有。地毯起不了这么大的作用，惟一的解释是，两个球不跳了。要么地毯软，弹性不够，它们弹跳不起来，因而暂时停止跳动了，要么就是——这个可能性更大——它们永远也不会再跳了。布鲁姆费尔德满可以起来看看究竟是怎么回事，但他对房间里终于寂静下来感到满意，所以他宁愿躺着，连用目光接触一下那静止下来了的球都不愿意。他甚至连烟也不想抽，一转过身去，马上便睡着了。

可是他并非不受干扰；同往常一样他这一夜也没有做梦，但睡得很不安稳。夜里他无数次被惊醒，误以为有人在敲门。他也肯定知道没有人敲门；谁愿意半夜三更来敲门，敲他的门，敲一个孤独的光棍的门呢。他虽然肯定知道这一点，但是他仍然每次都会惊起，神情紧张地朝房门张望一阵，张着嘴，睁大了眼睛，一绺绺头发在潮湿的额角上抖动着。他想计算出他一共醒过来多少次，所得出的数字很大，弄得他迷迷糊糊，重新睡着了。他自以为知道那敲门声是从哪儿发出来的，敲的不是房门，完全是在别的什么地方敲，但他在睡意蒙眬中想不起来他是根据什么这样推测的。他只知道先有许多微小而可厌的打击声聚集到一起，然后才汇成那巨大而强烈的敲门声。假如他可以避免听到那敲门声的话，那么，那些微弱打击声尽管讨厌他还是乐于忍受的，但由于某种原因现在已经为时过晚，他在这方面无法进行干预，错过了时机，他连话都没有，只是张嘴打着无声的呵欠，他气愤不过，猛然把脸埋在枕头里。这一宵就这样过去了。

早晨，女用人的敲门声把他唤醒了，他用一声舒心的叹息欢迎他平常总是嫌声音小得听不见的轻柔的敲门声，他正想喊“进来”，这时他突然还听见了另外一声急促的、虽然微弱但确实杀气腾腾的敲击声。那是床底下的球。难道它们醒过来了？ 难道它们同他相反，睡了一夜精力又充沛了？“马上就来，”布鲁姆费尔德对女用人喊道，说着从床上坐了起来，但为谨慎起见，他要让两个球待在他的背后的位置上，于是他一纵身跳到了地上，但始终背对着它们。他扭头朝它们望去，这一看不打紧——他简直快要骂娘了。看来那两个球像夜里踹掉讨厌的被子的孩子，这一夜它们一拱一拱地把地毯从床下拱出来了那么一截，它们下面又露出了光光的镶木地板，又可以发出声响了。“回到地毯上去！”布鲁姆费尔德恶狠狠地说道，只是当那两个球由于地毯的作用重新寂静下来的时候，他才喊用人进来。她是一个迟钝的、总是直着身子走路的胖女人。她应声进来把早餐放在桌上，便张罗着打扫起房间来，而这时布鲁姆费尔德却身穿睡衣站在床边，好让那两个球待在床底下。他用目光紧紧盯住女用人，想看看她是否有所察觉。这是不大可能的，因为她耳背。可是布鲁姆费尔德却自以为看见女用人不时地停住脚步，扶住一件什么家具，竖起眉毛在偷偷地听，这一切他都归咎于自己因睡眠不好而引起的精神亢奋。如果他可以使女用人干活干得稍许快一点，他一定会感到高兴的，但她几乎比平时还要慢。她笨手笨脚地抱起布鲁姆费尔德的一堆衣服和靴子往过道里走去，很长时间她都没再进来，只听见传来零星而单调的敲打声，那是她在外面拍打衣服的声音。在整个这段时间里，布鲁姆费尔德不愿意将球引出来，所以他固守在床上，动弹不得，只好眼巴巴地看着咖啡凉下来，而他本来是最喜欢喝热咖啡的。他没有别的事好做，只好盯住垂下的窗帘，窗帘外面晨光熹微。最后女用人终于拍打完毕，道过一声早安，就想走了。但在最后离去之前，她还在门口站了片刻，稍稍翕动着嘴唇，狠命地盯住布鲁姆费尔德看。可是正当布鲁姆费尔德想问她这是什么意思的时候，她却一扭头走了。布鲁姆费尔德恨不得一把拉开房门，冲着她的后背，大骂她是个愚笨痴呆的老太婆。但他随即想了一想他究竟同她有什么过不去的地方，他只觉得事情十分荒唐，她无疑什么也没有觉察到，可是却想装出觉察到什么的模样来。他的思绪多么紊乱！ 而且仅仅由于一夜没睡好觉就成了这个样子！ 他为他没有睡好觉找到了一个小小的原因，那就是昨天晚上他没按自己的习惯去做，既没吸烟也没喝酒。我一不吸烟不喝酒便要睡不好觉，这就是他思考后得出的最后结论。

从现在起他要更加注意身体，他当即从挂在床头柜上方的药包里拿出药棉，往耳朵里塞了两个小棉花球。然后他站起来，跨出一步试了试。两个球虽然跟着他走了，但是他几乎听不见它们的声音，于是他又塞了一个棉花球，便把它们的声音完全消除掉了。布鲁姆费尔德又走了几步，没有发生什么特别不愉快的事。布鲁姆费尔德和两个球，各自都自成一体，虽然他们互为约束，但是他们互不干扰。有一回布鲁姆费尔德转身转得比较快，而有一个球在作相对运动时动作却不够快，仅在此刻，布鲁姆费尔德的膝盖才把它磕着了。这是惟一的意外，除此以外，布鲁姆费尔德就是平心静气地喝咖啡。他饿了，仿佛这一夜他不是睡了一觉，而是作了一次长途跋涉，他用极其清凉的冷水洗了洗身便穿上了衣服。到此刻为止，他一直没有把窗帘拉起来，为了谨慎起见，他宁愿待在昏暗里也不想让陌生人的眼睛看见他的球。但他现在已经做好了出门的准备，万一两个球也敢于跟着他上街——这一点他并不相信，他得想法子不让它们得逞。他想出了一个好主意，他打开那只大衣箱，背对着它。那两个球好像看出他打的是什么主意似的，便留神着不到衣箱里去，布鲁姆费尔德和衣箱之间的每一个空隙它们都充分利用，实在没有办法时就一下子跳进箱里，随即又从黑咕隆咚的箱子里逃了出来。他没有法子把它们从箱沿弄到衣箱里去。它们宁愿渎职，几乎紧贴在布鲁姆费尔德的身边。但是，它们的小花招丝毫也帮不了它们的忙，因为现在布鲁姆费尔德自己后退着跨进了衣箱，这一下它们当然也就不得不跟进去了。它们一跟进去也就决定了它们的命运，因为箱底放着各种小件物品，有靴子、盒子、小箱子，那些东西虽然全都——现在布鲁姆费尔德为此感到惋惜了——放得整整齐齐，但却妨碍那两个球的行动。这时，几乎已将衣箱门随手拉上的布鲁姆费尔德，以多年来未曾有过的敏捷，一下子从衣箱里跳了出来，关上箱子，转动钥匙，当即把两个球锁在了里面。“这下子总算成功了。”布鲁姆费尔德心想，一边抹了抹脸上的汗。那两个球在衣箱里吵闹得多凶啊！ 给人的印象是它们仿佛在拼命了。而布鲁姆费尔德却十分满意。他离开房间刚一踏上那空寂的走廊，精神顿时就为之一爽。他拿掉塞在耳朵里的棉花，听见了屋子里人们醒来的种种响声，心里禁不住地高兴。外面人很少，时间还很早。

女用人的那个十岁小男孩正站在楼下穿堂里那扇矮门的前面，那扇门是通向女用人住的地下室的。那个孩子跟他母亲长得一模一样。一看见孩子的这张面孔便会想起老太婆的丑陋相貌。他，两条罗圈腿，双手插在裤兜里，站在那儿呼哧呼哧直喘气，因为他这个年纪就已经得了甲状腺肿大，呼吸有困难。平时，布鲁姆费尔德一见这个男孩便要加紧脚步赶快走开，尽可能避免看到他那番表演，但今天他简直想待在他身旁不走了。即使这个男孩是由那个女人生到这个世界上来的，而且身上带着母亲的种种标记，可眼下他是个孩子，粗笨难看的脑袋里是天真的稚气，如果你好好跟他谈谈，问他点什么，那么他多半会用响亮的声音天真而恭敬地回答你的。内心经过一番斗争以后，你也就会去抚摩抚摩他的两个面颊。布鲁姆费尔德这样寻思着，但还是从孩子身边走了过去。在胡同里，他发觉天气比他在房间里想象的要好。晨雾在消退，一阵强劲的风吹过，天空露出了蓝色。布鲁姆费尔德感谢那两个球，多亏了它们他才比平时早得多地从房间里走了出来，那份报纸他连读都没读就放在了桌子上。不管怎么说，他因此就赢得了许多时间，现在可以慢慢地走了。真奇怪，自从他把两个球甩掉以后，他很少为它们担忧。只要它们跟在他后面，他就得把它们看作是他所拥有的某种东西，某种在评价他这个人时必须一同加以考虑进去的因素，可是现在，它们只不过是家里衣箱内的一个玩具罢了。这时布鲁姆费尔德突然产生了一个念头，得替那两个球找一个应有的归宿，这样，他也许就能轻易地使它们不再为非作歹。那个男孩子还在穿堂里站着呢，布鲁姆费尔德可以把球送给他，不是借给他，而是明确地送给他，而送给他和下令消灭它们，其意义当然是相同的。即使它们会完好无损，但毕竟是在孩子的手里，比起放在箱子里，身价要低一档。屋里所有的人都会看见那个孩子怎样玩弄它们，别的孩子也会加入进来，一般人都会认为那是供人玩耍的球，不是布鲁姆费尔德的什么终身伴侣，这个意见会变得不可动摇、不可抗拒。布鲁姆费尔德跑回屋里。那个男孩刚刚走下地下室楼梯，在下面正想开门。布鲁姆费尔德只好喊住那个孩子，叫了一声他的名字。跟和那孩子有联系的所有事物一样，他的名字也滑稽可笑。“阿尔弗雷德，阿尔弗雷德！”他喊道。那个孩子迟疑了良久。“你过来呀！”布鲁姆费尔德喊道，“我给你一样东西。”房东的两个小女孩从对面的房门里走了出来，好奇地站在布鲁姆费尔德的左右两边。她们理解事物比那个男孩快得多，不明白为什么他不马上跑过来。她们招手叫他过来，一边用眼睛紧紧盯住布鲁姆费尔德，但揣摩不透阿尔弗雷德究竟会得到一件什么样的礼物。她们为好奇心所驱使，两只脚交替着一踮一踮。布鲁姆费尔德笑她们，也笑那个男孩子。这男孩子似乎终于明白过来，正呆板而迟钝地沿着楼梯走上去。就连他迈步的姿势也跟他的母亲一样，她此时已出现在地下室门口了。布鲁姆费尔德故意大声叫喊，好让女用人也明白他的意思，必要的话还可以监督他执行任务。布鲁姆费尔德说道：“楼上，在我的房间里，有两个很好看的球。你想要吗？”男孩只是撇了撇嘴，他不知道应当采取什么态度，他扭转身，用询问的眼光向下望着他的母亲。但女孩子们立刻围着布鲁姆费尔德跳了起来，并向他要球。“那球你们也可以玩的。”布鲁姆费尔德对她们说道，却等着男孩的答话。他本来可以立刻把球送给女孩子的，但他觉得她们太轻浮，现在他更信任那个男孩子。在这同时，这个男孩子没有跟母亲交换一句话就已从她那儿讨得了主意，并对布鲁姆费尔德再次提出的问题点点头表示同意。“那你注意听着，”布鲁姆费尔德说，他深知自己不会因为送了礼物而受到感谢，对此他毫不介意，“我房门的钥匙你母亲有，你得从她那儿把那钥匙借来，我把我衣箱的钥匙给你，球就在那个衣箱里。拿到球后再好好地把衣箱和房门锁上。那球你就拿去随便玩吧，不用再送回来了。你明白我的意思了吗？”遗憾的是那个孩子没有听明白。布鲁姆费德尔原想把一切都给这个理解力无比迟钝的孩子讲清楚，但正因为如此，他说话重复太多，钥匙、房间、衣箱颠来倒去地讲，弄得那孩子睁大眼睛望着他，好像他不是在干好事，而是在勾引他干坏事。女孩子们倒马上就全听明白了，拥到布鲁姆费尔德跟前，伸手就要拿钥匙。“等一等。”布鲁姆费尔德说道，他在生大家的气了。时间也在流逝，他不能再耽搁下去了。要是女用人说一声她已经听明白了他的意思，会替那孩子把一切都办妥帖的，那该有多好。可是不，她还是一直站在下面门口，像腼腆的耳背女人那样忸怩地微笑，也许是以为布鲁姆费尔德在上面突然喜欢上她的孩子，正在听孩子背乘法口诀呢。可是布鲁姆费尔德却又不能走下地下室楼梯，对着女用人的耳朵大声嚷嚷他的请求，愿她的儿子看在上帝份上使他摆脱掉那些球。他愿意把他衣箱的钥匙交托给这家人一整天，这说明他已经克制住了自己的情感。他自己不带那孩子上楼，不去那儿把球交给他，而是在这儿把钥匙递给他，这并不是他怜恤自己的身体。他总不能在楼上先把球送掉，然后又从孩子手中夺走，因为那两个球会跟在他背后一起走的，这是非常有可能的。他开始重新进行解释，但一见那孩子懵懂的目光便又立刻停下，几乎是神色忧郁地问道：“这么说，你还没听懂我的意思？”一束如此懵懂的目光可以使人失去抵御的能力。它会引诱人说出不愿意说的话，而人们之所以那样，仅仅是为了好用理性去填补空虚。

“我们去给他拿球！”女孩们喊道。她们机灵，她们已经看出，只有通过男孩这个中间人她们才能得到球，但她们还得靠自己让这个中间人起作用。房东的房间里一只时钟敲响了，提醒布鲁姆费尔德抓紧时间。“那你们就把这钥匙拿去吧！”布鲁姆费尔德说道，他刚一伸手，钥匙便从他手里被夺走了。假如他把钥匙给了那个男孩，那他就根本不用这么担心了。“房门钥匙到下面那位太太那儿去拿，”布鲁姆费尔德还说道，“你们拿了球回来，就把两把钥匙交给那个太太。”“知道，知道！”女孩子们说着便一溜烟下楼去了。她们什么都知道，真是无所不知。仿佛布鲁姆费尔德受了男孩理解迟钝的传染似的，现在他自己都不明白，她们怎么会这样快就从他所作的解释中得知这一切情况的。

这时，只见她们已经在下面拉扯女用人的裙子，但不管这多么诱惑人，布鲁姆费尔德却没工夫再去看她们怎样执行她们的任务了，这不单单是因为时间已晚，而且也是由于他不愿意目睹那两个球跑到室外来的情景。他甚至想在女孩子们刚到楼上开房门的时候就走出几条胡同去。他无法预料那两个球后来会怎么样。于是，今天早晨他第二次来到街上。他还看见那个女用人怎样全力以赴抵御女孩们的进攻，那个男孩怎样晃动着那两条罗圈腿跑去帮助母亲。布鲁姆费尔德不理解，像女用人那样的人怎么会在世界上生长、繁殖开来的。

在去他受雇的那家内衣厂的路上，他对工作的思虑渐渐占据上风，压倒了一切其他的杂念。他加快了脚步，尽管那男孩耽搁了他不少时间，他还是第一个来到了办公室。这是一间用玻璃隔开的房间，里面放着一张布鲁姆费尔德用的写字台和两张布鲁姆费尔德手下的实习生用的立式斜面桌。虽然立式斜面桌又小又窄，像是给小学生用的，但是由于这间办公室极其窄小，实习生们还是坐不下，因为假如他们一坐下来，布鲁姆费尔德的圈手椅就没地方搁了。因此，他们就整天趴在立式斜面桌上。对他们来说这当然很不舒服，但这也使得布鲁姆费尔德难于对他们进行观察，他们常常急切地挤到斜面桌跟前，但不是去工作，而是相互咬着耳朵窃窃私语，甚至打瞌睡。布鲁姆费尔德对他们很恼火。他承担着大量的工作，而他们对他的支持却是远远不够的。他的工作是负责处理与在家干活的女工之间的全部贷款往来，那些女工是工厂为制造某些较为上等的衣服而雇佣的。为能判断这项工作有多繁重，就必须对全部情况有比较深入的了解。但是自从布鲁姆费尔德的顶头上司几年前去世以来便再也没有人了解这个情况，因此布鲁姆费尔德就也不能赋予任何人以评判他的工作的权利。譬如工厂主奥托马尔先生就显然低估布鲁姆费尔德的工作，布鲁姆费尔德在厂里二十年所作出的成绩他当然是重视的，这不仅因为他必须重视，而且也因为他尊敬布鲁姆费尔德，认为他是个忠诚、值得信赖的人，但对他的工作他却低估了，因为他认为，这项工作可以比布鲁姆费尔德现在的做法安排得更简单些，因而在各方面也都将更有效些。人们说，奥托马尔之所以很少在布鲁姆费尔德的科里露面，仅仅是为了免得看见布鲁姆费尔德的工作方法而生闲气，这话大概并非不足信。这样受人曲解，布鲁姆费尔德心里当然感到难过，但这是没有办法的事，因为他总不能强迫奥托马尔连续在他自己的科里待上一个月，研究科里要做的种种头绪纷繁的工作，并运用奥托马尔自己以为是更好的办法，而这样一来，势必会把科室搞得一团糟，随后，奥托马尔才会信服布鲁姆费尔德。因此，布鲁姆费尔德就毅然决然按老章程办事。过了很长一段时间以后，有一次奥托马尔到他的科里来了，他吃惊之余仍本着下级人员的责任感勉强试着给奥托马尔解释各种设施的用途，此人听罢低垂着眼睛默默颔首走了。他感到痛心的倒不是受到了这种曲解，他痛心的是，他想到一旦自己退休离职，科里马上会给弄成一团糟，因为他不知道工厂里有谁能顶替得了他，能接替他的职务，并使工厂里的生产接连几个月避免出现最严重的停滞状态。如果上司瞧不起什么人了，那么职员们便会设法尽量比上司更瞧不起那个人。因此，人人都瞧不起布鲁姆费尔德的工作，没有人认为有必要到布鲁姆费尔德的科里去工作一段时期以提高自己的业务能力。如果录用了新职员，也没有人会主动要求到布鲁姆费尔德手下去工作。正因为如此，布鲁姆费尔德的科里就后继乏人了。布鲁姆费尔德只有一名勤杂工相助，一应事务均独自一人料理。当他要求雇一名实习生时，竟交涉了几个星期，嘴皮子都快磨破了。布鲁姆费尔德几乎每天都来到奥托马尔的办公室，心平气和、不厌其烦地给他解释，为什么他那个科里需要一名实习生。之所以需要这样一个人，并不是因为他布鲁姆费尔德想偷闲，他布鲁姆费尔德不想偷闲，他干着繁重的工作，并不打算撂下不干，但请奥托马尔先生想一想，业务日益发达兴旺，所有各科室都相应地扩大了，只有他布鲁姆费尔德的科一直被遗忘了。可是，恰恰在那个科里，工作量增长得多快！ 他刚到那个科里来的时候，奥托马尔肯定记不得那个时代了，那时科里只跟十个左右的缝纫女工打交道，今天有五六十个了。干这样大量的工作，要有人手才行，他布鲁姆费尔德可以保证自己为工作鞠躬尽瘁，但要他完全胜任自己的工作，这样的保证从现在起他可是下不了啦。当然啰，奥托马尔先生从不直截了当地拒绝布鲁姆费尔德的请求，他不能这样对待一个老职工，可是他那种爱听不听的态度，撂下正在提请求的布鲁姆费尔德同别人说话，哼哼哈哈地允诺，几天过后又把一切抛到脑后——这种态度是相当伤人感情的。提出这样的请求不是为了布鲁姆费尔德，布鲁姆费尔德不是个好幻想的人，荣誉和赞扬虽说非常美好，布鲁姆费尔德可以不需要，只要还有一线希望，他就要不顾一切坚持到底，反正他有理，而合理的事情终究是会得到赞赏的，尽管有时要经过很长的时间。就这样，布鲁姆费尔德最后还是要到了两名实习生，不过天晓得是两名什么样的实习生。别人简直会以为，奥托马尔已经看出，他给实习生比不给实习生更能清楚地表示他对那个科的藐视。甚至有可能是这么回事，即奥托马尔之所以这么长时间搪塞布鲁姆费尔德，仅仅因为他在搜罗这样的两名实习生，而且显然在长时间内搜罗不着。现在，布鲁姆费尔德可是有苦也没法诉了，他可以预料到老板会怎么答复他：他不是只要求加一个实习生吗？现在不是给了你两个实习生了吗？这一招奥托马尔干得巧妙至极。当然，布鲁姆费尔德还是诉了苦，但这仅仅因为他陷于困境，万不得已，并不是因为他现在还希望增加帮手。他也不是一味的诉苦，只是遇到合适的机会时顺带诉说两句。尽管如此，在歪心眼的同事中间不久便传开了这样一个谣言：有人曾问过奥托马尔，布鲁姆费尔德在得到了这般出类拔萃的帮手以后还一直在诉苦，是否真有此事？奥托马尔回答说，是的，布鲁姆费尔德还一直在诉苦，但诉得在理。他，奥托马尔，终于认识到这一点，并打算逐步做到有一个缝纫女工就给布鲁姆费尔德配备一名实习生，这就是说总共将配备六十名左右。万一这么多实习生不够用，他将再派人去，他将不停地派人去，直到那座疯人院成为完美无缺的疯人院时为止，须知，布鲁姆费尔德的那个科几年前就已经变成疯人院了。不消说，这种话是惟妙惟肖地模仿着奥托马尔的口吻说的，但他本人决不会用那种口吻说他，即便只是用相似的口吻也不会，对此布鲁姆费尔德并不怀疑。这全是二楼办公室里那帮懒汉编造出来的，他一概不予理睬。假如对于那些实习生他也能这样泰然处之就好了。但他们站在那儿，再也撵不走了。他们是脸色苍白、体质羸弱的孩子。按照他们的材料上的介绍，他们已经过了结束学业的年龄，这实在没法叫人相信。他们显然还需要母亲的照料，连把他们交托给教师家长都不会愿意的。他们自己还不懂得活动身子，尤其是在刚开始的时候，站久了他们便累得不得了。一不注意，他们就会体力不支，伛偻着背，歪斜着身子，站在一个角落里。布鲁姆费尔德试图给他们讲清楚，假如他们老是这样懒散图舒适，他们会落下终身残疾的。差实习生挪挪身子去办点事，是要担风险的。有一回，他差一个实习生去办事，那家伙才挪动几步路，不料由于热心过了头，跑过去时撞在斜面桌上把膝盖都磕破了。当时房间里坐满了缝纫女工，斜面桌上堆满了衣服，但布鲁姆费尔德只好把一切工作都撂在一边，领着那个哭哭啼啼的实习生走进办公室，在那儿给他包扎了一下。但实习生们的这种热心也只是表面文章，他们就像真正的孩子，有时想出出风头，但他们更多的是想，或者说得确切点，他们几乎总是一味的想迷惑上司的注意力，欺骗上司。有一回正是工作最繁忙的时候，布鲁姆费尔德汗水淋漓，急匆匆地从他们身旁经过，发现他们正躲在一捆捆衣服之间换邮票呢。他真想用拳头朝他们的脑袋狠狠揍下去，这对于他们的这种行为是惟一行之有效的惩罚，但他们是孩子，布鲁姆费尔德可不能把孩子打死了。就这样，他继续忍受着他们给他带来的痛苦。本来他设想，在分发活计的时候实习生可以帮他一把。这是桩既紧张又细致的活儿。他曾想，他可以站在中间，站在斜面桌后面，始终可以综观全局，办理登记手续，而实习生们则按照他的命令来回奔走分发所有的活计。他曾设想，不管他监督得多么严格，那么一大堆人还是照顾不过来的，实习生们的悉心协助便能弥补疏忽。他还设想，这些实习生会渐渐积累起经验，不至于仍旧什么小事都依赖他发号施令，终于能自己学会分辨缝纫女工们对活计的需要量和可信赖的程度。就这两名实习生的情况看，他的希望完全是空想。布鲁姆费尔德不久便认识到，他压根儿就不可以让他们去跟缝纫女工说话。因为从一开始起，他们根本不走到有些缝纫女工面前去，他们不是嫌恶便是害怕她们，但他们对另一些缝纫女工则怀有好感，常常迎着她们跑过去，一直跑到门口。她们要什么，他们就给她们送去什么，用一种诡秘的方式把东西塞到她们手里，虽然那些缝纫女工完全有权利接受那些东西。他们在一个空架子上为这些享受优惠的女工搜集各种零头碎布和无用的边角料，但其中也搀有能用的小布头，他们在布鲁姆费尔德的背后欣喜地挥动着那些布头，远远地向她们示意，他们为此而得到的报酬便是嘴里经常有糖果吃。布鲁姆费尔德固然不久便制止了这种胡闹，缝纫女工们一来，他便将他们哄进隔扇围成的小室里。但是他们还一直认为这是一种莫大的不公平，犟头犟脑，故意折断笔尖，虽然不敢抬起头来却不时地大声敲打玻璃板，好让缝纫女工们注意，按照他们的意见，是布鲁姆费尔德让他们遭受这种恶劣的待遇。

他们自己做的事不在理，这一点他们硬是不明白。比如说他们来上班几乎总是迟到半个小时。而布鲁姆费尔德，他们的上司，则从青年时代起就一直认为至少提前半小时上班是理所当然的事情，促使他这样做的不是向上爬的野心，不是过分的忠于职责，只是某种要规规矩矩做人的感觉。因此，布鲁姆费尔德通常得等候一个小时以上才见到他的实习生姗姗而来。布鲁姆费尔德一般都是一边站在工作间斜面桌后面啃着当早饭的小面包，一边结算女工们的小账簿里的账目。不多一会儿，他便专心致志埋头于工作之中了。正当这时候，他突然被吓了一跳，连他的手都颤抖了好一会儿。有一个实习生跌跌撞撞地进来了，仿佛他快要倒下似的，他一只手扶住了什么，另一只手按住直喘气的胸脯——但这一切无非意味着，他是因为迟到了而在道歉，那道歉的话说得可笑之极，布鲁姆费尔德只好佯装没有听见，要不然的话，他非得狠狠揍那个男孩一顿不可。就这样，他只是看了他一眼，伸手指了指那间隔出来的小工作室，就又忙着干他的工作去了。现在人们总可以期望那位实习生体察上司的好意，急忙奔向他的工作岗位上去了吧。可是不，他不慌不忙，踮起脚，一脚在前一脚在后，跳舞似的蹭过去。他想嘲笑他的上司吗？ 倒也不是。这只是害怕和扬扬自得两种感情混杂在一起，人们一般是无法抗拒的。否则下面的事情就无法解释了。今天，布鲁姆费尔德上班要比往常晚得多，但还是在等待了良久以后——他很有兴致检查那些小账本——才透过那个愚蠢的勤杂工用笤帚在他面前扬起的尘土，望见了那两名实习生正悠悠忽忽从胡同里走过来。他们紧紧抱成一团，似乎都有重要的事情要向对方讲述，那些事情即使与厂里的业务有关，那也是一种不合法的关系。他们越走近玻璃门，脚步便放得越慢，其中一个终于已经握住了门把，但不往下压。他们还一直互相讲述着，倾听着，笑着。“给我们的老爷们开门呀！”布鲁姆费尔德举起双手，冲着勤杂工喊道。但当实习生们走进来的时候，布鲁姆费尔德却不想吵架了，也不回答他们的问候，便径直朝自己的写字台走去。他开始算账，但不时抬头看看实习生在干什么。其中的一个似乎很疲倦，正在擦眼睛；他把外套挂到衣钩上以后，便趁势在墙上靠了一会儿。在胡同里他生龙活虎，但一接手工作他便困倦不堪。另一个实习生倒有兴致工作，但只对某些工作有兴致。他向来就希望允许他打扫房间。但这不是他分内的工作，打扫房间是那个勤杂工的事；这位实习生要打扫，布鲁姆费尔德本来倒也没有什么好反对的，实习生愿意干那就让他干去吧！谁也不会比那个勤杂工干得还糟的。但是，如果那个实习生想打扫，那他就应该早一点，在勤杂工开始打扫前就来，因为只有办公室工作才是他的本职，他不应该在上班时间内打扫。如果这个小青年不懂事，那么那个勤杂工，那个肯定不会被厂主安插在别的科而只会安插在布鲁姆费尔德的科的、并且只靠上帝和厂主的怜悯过活的半瞎老人，至少总会随和一些，总会把笤帚交给那个孩子一会儿的，而那个孩子又是笨手笨脚的，过不了一会儿就会失去对扫地的兴致，拿着笤帚去追那个勤杂工跑，劝说他重新去扫地。但现在那个勤杂工似乎恰恰对扫地特别尽职，那男孩刚一走近他，他便用打颤的手把笤帚握得更紧些，他宁可站住不动并停止扫地，从而使大家都注意到那把笤帚是在他的手里。那个实习生不是用言语去请求，因为他害怕似乎正在算账的布鲁姆费尔德，何况一般的言语也没有用，而只有直着嗓门喊叫，那个勤杂工才能听得见。于是乎，那个实习生先轻轻扯了扯勤杂工的袖子。勤杂工当然知道是为了什么事，他把脸一沉，望着那个实习生，边摇头边把笤帚往身边移动，一直移到胸前。这时，那个实习生双手合掌请求开了。当然，他并不希望通过请求达到什么目的，他只是觉得这样请求好玩。另外那个实习生注视着这件事情的经过，边看边吃吃地笑，显然以为布鲁姆费尔德听不见他的笑声，尽管他这样以为是令人不可理解的。那个勤杂工毫不理会这种请求，他转过身去，认为现在又可以平安无事地用那把笤帚扫他的地了。但那个实习生一边搓着双手作恳求状，一边用脚尖一踮一踮地跟着他，又到这边请求了起来。勤杂工不停地跟着跳到他的前面去，这样重复了多次。末了，勤杂工觉得自己已经没有退路了，并发觉这样下去他准保会比实习生先累垮的；只要他稍稍有一点脑子，这一点他一开始就能发觉的。于是，他便寻求别人的帮助，用手指威吓那个实习生，指指布鲁姆费尔德，如果实习生再纠缠不休，他就要去向布鲁姆费尔德告状了。那个实习生认识到，如果他想拿到那把笤帚他就得赶快下手，于是他撕破脸皮伸手去夺笤帚。另外那个实习生也大叫一声，预示该下决心去夺了。勤杂工后退一步，将笤帚顺势一带，没让对方把笤帚夺走。这时，那个实习生也不甘示弱，他张着嘴，眼睛闪闪发光，一个箭步跨向前去，勤杂工拔腿就要逃，但他那两条老腿一个劲儿地打颤，硬是动弹不得，实习生伸手来抢笤帚，虽说没有抓到，笤帚却掉到了地上，对于勤杂工来说，这等于是把笤帚丢了。不过这对于实习生来说，笤帚也是丢了，因为笤帚掉到地上时，他们三个，两个实习生和勤杂工，全都惊呆了，他们心想，这下子准是让布鲁姆费尔德看在眼里了。果不其然，布鲁姆费尔德在他那窗洞口抬起眼睛，仿佛他现在才变得警觉起来似的，他用严厉的审视的目光打量着每一个人，连地上的那把笤帚都不放过。兴许是这沉默延续得太久了，要不就是因为那位肇事的实习生抑制不住要扫地的欲望，总之，他弯下了腰，当然是极其小心翼翼地，好像在捕捉一头动物而不是在抓笤帚似的拿起笤帚，用它扫起地来。但他一见到布鲁姆费尔德跳起身来，并从工作间走出来时，便立即惊恐地扔掉笤帚。“两个人都干活去，不许再瞎闹！”布鲁姆费尔德吼道，一边伸出手指着那两个实习生，要他们回到斜面桌跟前去。他们立即听从了，但他们不是羞愧地低着头，而是直挺挺地旋转着身子从布鲁姆费尔德的身旁过去，一边还盯着他的眼睛，仿佛想以此来阻止他打他们。他们若能凭过去的经验就完全可以知道布鲁姆费尔德原则上从来不打人的。但他们过于胆怯，体会不出来，因此总想维护他们那些或真实或虚假的权利。

5. 桥

我既僵直又冰冷，我是一座桥，我架在一个深渊的上空，这一边钻入的是脚尖，那一边是手，我紧紧咬住了碎裂的黏土。我的上衣的下摆在我的两胁飘动。在很深的地方哗哗流淌着冰冷的鳟鱼小溪。没有哪个旅游者迷途来到这难以通行的山峰，这座桥在地图上还没有标出来。我就这样躺着，等待着；我必须等待；只要不倒塌，没有哪座业已架起的桥能停止行使桥的职能。一天，傍晚时分，是第一个还是第一千个傍晚，我不知道，我的思绪总是一片混乱，总是绕着圈子——夏日傍晚时分，溪水的潺潺声渐趋沉闷，我听见一个人的脚步声！ 向我走来，向我走来。桥啊，伸展你的身躯吧，没有栏杆的桥身啊，做好准备，托住这个托付给了你的人吧，悄悄协调他的不稳的步伐吧，但是他若步履蹒跚，你就露出峥嵘并像山神那样把他抛到岸上。他来了，他用他的手杖的铁尖头敲击我，然后他用它挑起我的上衣下摆并把它们整齐安放在我身上，他用这个尖头插入我的浓密的头发并让这个尖头久久地搁在其中，他大概还一边在远眺四周的景色。但是随后——我正浮想联翩随他翻山越岭——他用双脚一跳跳在我的身躯的正中央。我周身剧痛，战栗不已，完全不知是怎么回事。这是谁？ 一个孩子？ 一个体操运动员？ 一个拦路抢劫者？ 一个自杀者？ 一个诱惑者？ 一个破坏者？ 我转身，要看看他。桥在转身！ 我还没转过身去，这时我就已经倾塌，我就已经被撕破并且被锐利的卵石刺穿，这些卵石曾经一直十分平静祥和地从湍急溪水里注视着我。

6. 猎人格拉胡斯

两个男孩坐在码头围墙上掷骰子，一个男人在一座纪念碑的台阶上挥舞马刀的英雄的阴影下读报。井边一个姑娘把水装进她的水桶。一个水果小贩躺在他的货物旁边，望着湖面。透过无玻璃的门、窗窟窿人们看见两个男人在一家酒店的里面喝酒。老板坐在前面的一张桌子上打盹。一艘小船像被抬过水面似的轻轻滑进小港。一个身着蓝外套的男子登上岸，把缆绳穿进铁环。另外两个身穿缀有银纽扣的深色上衣的男子抬着一副担架走在水手长的后面，担架上一条饰有流苏的大花绸巾下面显然躺着一个人。码头上谁也不管这些新来的人，甚至在他们放下担架、等候还在忙于系缆绳的船主的时候，也没有人走过来，没有人向他们提一个问题，没有人仔细地瞧他们一眼。船长还让一个妇女给耽搁了一会儿，这个女人怀里抱着一个小孩披头散发出现在甲板上。然后他走过来，指了指左边一所临湖而立的淡黄色三层楼房，抬担架人抬起担架穿过低矮、但由细柱子支撑的大门。一个小男孩打开一扇窗户，刚巧赶上看见这一行人消失在楼房里并又急忙关上窗户。这时大门也被关上，这大门用厚重的橡木精心接合成。一群迄今一直绕着钟楼飞来飞去的鸽子这会儿纷纷落在楼房前的广场上。仿佛楼里贮藏着它们的食物似的，鸽子们聚集在大门前。一只鸽子飞到二楼并啄玻璃窗。这是些毛色鲜亮的饲养得很好的活泼动物。从船上来的妇人使劲向它们扔谷粒，它们先是啄食谷粒，然后朝她飞去。一个头戴黑布条礼帽的老头儿从一条通往港口的狭窄的、向下坡度很大的小巷走下来。他神情专注地向四下里张望，一切都使他感到忧虑，看到一个角落里的垃圾堆他顿时便扭歪着脸，纪念碑台阶上有果皮，他走过时用手杖把它们推下去。在柱门旁他敲门，同时他将礼帽拿在戴黑手套的右手。门立刻打开，约莫五十个小男孩在长长的门廊里组成夹道欢迎的行列并鞠躬。船主下楼，欢迎这位先生，领他上楼。在二楼他领着他绕过为简易内阳台所围绕的院子，两个人在男孩们隔着敬畏的距离簇拥下走进楼房后侧一间凉爽的大房间，这所楼房对面不再有楼房，而只看得见一面光秃秃的黑灰色石壁。抬担架的人正忙着在担架两头摆放几根长蜡烛并将其点燃；但是没有因此而产生光亮，无非仅仅是从前静止不动的阴影受到惊动并闪耀过墙壁而已。担架上的布被掀开。那里躺着一个头发和胡子乱糟糟长在一起的男人，皮肤黝黑，像一个猎人。他一动不动地、看似毫无气息地、双目紧闭地躺在那儿；尽管如此，却只有周围的情景才显示出，这也许是一个死人。

这位先生走向担架，把一只手放到躺着的人的额头上，然后跪下并祈祷。船主示意抬担架的人离开房间，他们出去，赶走聚集在外面的男孩们并关上房门。但是即便是这种寂静似乎也还不能使这位先生感到满意，他看了一眼船主，此人会意并从一扇侧门走进隔壁房间。担架上的那个人立刻睁开眼睛，痛苦地微微一笑把脸转向那位先生并说道："您是谁？"那位先生没露出明显惊讶的神色，改变了跪姿站立起来，并回答："里瓦市市长。"担架上的那人点点头，微微一伸胳臂指了指一把椅子，在市长应他邀请坐下后说道："这我早就知道，市长先生，但是在最初的瞬间我总是把一切全忘记了，我觉得天旋地转的，我还是问问的好，虽然我全都知道。您大概也知道我是猎人格拉胡斯。""当然知道，"市长说，"昨天夜里我得到您大驾光临的通知。我们早就睡了。午夜时分我的妻子叫喊：'萨尔瓦多'——这是我的名字——'你瞧窗户上这只鸽子'。这确实是一只鸽子，但大得像一只公鸡。它飞到我身边并说：'明天已故猎人格拉胡斯来，你以全城的名义接待他吧。’”猎人点点头并把舌尖伸出嘴唇：“是的，鸽子飞在我前面。但是市长先生，您认为我应该留在里瓦市吗？”“这个我还没法说，”市长回答。“您死了吗？”“死了，”猎人说，“如您所看到的。在许多年前，但是一定已经是好多好多年前的事了，我在黑森林，这是在德国，追捕一只羚羊时从一处悬崖上摔了下来。从此以后我就死了。”“但是您却也活着？”市长说。“在某种程度上，”猎人说，“在某种程度上我也活着。我的死亡之舟迷了航，一次错误的转舵，舵手的一时疏忽，让我家乡的美景转移了注意力，我不知道是怎么回事，我只知道这一点：我留在了世上，从此我的小舟便一直在尘世的水面上航行。就这样，原本只想生活在山区的我在死后周游世界各地。”“天国没有您的份儿？”市长皱着眉头问。“我一直，”猎人答道，“是在通往上面去的大阶梯上。我在这条漫无边际的露天阶梯上闲荡，忽上忽下，忽左忽右，始终在运动。可是每当我使出全身的劲儿往上腾跃、上面那大门已经向我闪亮的时候，我便在我那条旧的荒凉地搁浅在尘世某条河流里的小舟上醒过来。我觉得，我当初那次死亡根本就是一个可笑的错误。船主的妻子尤丽娅敲门并把我们正驶经其海岸的国家的早晨饮料送到我的担架前。”“命途多舛，”市长举手表示拒绝说，“您对此根本就没有什么过错？”“没有，”猎人说，“我是猎人，难道这是什么过错？ 我被推举当黑森林猎人时，那里还有狼。我埋伏，开枪，命中目标，剥下狼皮，这是一种过错？ 我的工作受到赞赏，我被称作黑森林伟大猎手，这是一种过错？”“我并不负有对这作出评判的使命，”市长说，“不过我也觉得这不是什么过错。可是谁对此负有责任呢？”“船主，”猎人说：

“谁也不会读我在这儿写的东西；谁也不会来帮助我；如果把帮助我作为任务规定下来，那么各家各户的大门就会紧闭，所有的窗户就会关上，大家全都会躺在床上，用被子蒙住头，整个大地就是夜晚的客栈。这倒也好，因为没有人知道我；假如有人知道我，那么此人也不知道我呆在哪儿；假如他知道我呆在哪儿，那么他也不知道该如何在那里留住我；假如他知道该如何在那里留住我，那么他也不知道该如何帮助我。想帮助我的这种想法是一种疾病，必须卧床治疗。

“这我知道，所以我不是为了呼救才写，尽管我在有些时候，像我这样好冲动，譬如恰恰现在，很强烈地想这样做。但是如果我往四下里看一看并弄清楚，我在哪里以及——这个我大概可以断言——我自几个世纪以来住在哪里，那么这就一定足以打消这样的想法了。”

“那么您想留在我们里瓦市？”市长问。“我不想，”猎人微笑道，他把手放到市长的膝盖上，以抵消语气中的讽刺意味。“我在这里。别的我不知道，别的我干不了。我的小舟没有舵，它乘着在死亡的最底层刮起的风行驶。”

7. 中国长城建造时[①]

中国长城的最北端已竣工。工程从东南和西南向前推进并在此地合龙。这种分段修建的方法也在小范围内在这两路修建大军内部，在东路军和西路军内部被实施。具体做法是这样的：二十来个民工组成修建小分队，每一个小分队负责修建约五百米长的一段城墙，邻队在相对应的方向修建同样长度的一段与此段相接。可是在两段城墙合龙后不是在这一千米的末端接着修下去，而是这些民工小分队被派往完全不同的地方去修筑长城。这样自然就留下了许多大的缺口，这些缺口只能逐渐慢慢地填补起来，有的甚至在工程已经宣告完成以后才得以填补。是的，据说有的缺口根本就没堵上。当然这只是一种说法，它可能只是围绕着长城而产生的许许多多传说中的一个，由于工程浩大，这些传说至少对于个人来说是无法用自己的眼睛和自己的尺度去加以验证的。

人们或许一开始就会相信，无论从哪方面看，连在一起的修建方式，或者至少在两大段内连在一起的修建方式要有利得多。按一般流行的和众所周知的说法，修建长城意在防御北方诸民族。可是一座修建得不连贯的长城怎么能起到防御作用。是呀，这样一座长城不仅不能起到防御作用，修建工程本身就处在不断的危险之中。这些孤零零立在荒凉地带的城墙段落很容易一再受到游牧民族的破坏，尤其是因为这些游牧民族出于对长城工程的恐惧而像蝗虫一般以令人难以置信的飞快速度更换他们的住地，并因此对工程进展状况甚至比我们这些修建者更了解。尽管如此，修建工程大概还是只能这样进行，舍此没有别的途径。要想明白这一点，就得考虑到下面这一情况：长城要为今后几百年提供防御，所以最精心的施工，利用所有以往时代和民族的建筑智慧以及修建工人始终怀有的个人责任感便是修建工程的必不可少的前提。虽然可以从民间调用一些没有知识的民工来从事一些低级的工作，为了好报酬愿意出来做工的男人、妇女、儿童；但是要领导四个民工就得有一个有头脑、懂建筑的人；一个能够对工程的关键所在有深切领会的人。效率越高，对人的要求也就越高。这样的人还真有，即使没有长城工程原本需要的那么多，数量却也相当可观。

人们不是草率动工的。在破土动工前五十年，在需要围以长城的全中国，人们就已经把建筑艺术，特别是砌墙手艺宣布为最重要的科学，一切其他技术，只要与此有关，便一概加以赞许。我还清楚地记得，我们在孩提时候，两脚刚刚能站稳，就如何不得不在老师的小园子里用鹅卵石堆砌一道墙，而老师又如何提起长袍，向那堵墙冲过去，当然把一切全都撞翻，然后狠狠训斥了我们一顿工程质量差劲，训得我们号哭着四散跑回到父母身边。一件微不足道的事，但很能反映当时的时代精神。

我很幸运，当我在二十岁上通过初级学校最后一关考试的时候，长城工程刚刚开始。我说幸运，因为许多人，他们较早地通过了他们可以受到的这种教育的最后关口，他们一年一年地无法施展他们的知识，他们头脑里有宏伟的建筑蓝图，却无所事事，潦倒不堪。但是那些终于以施工领班的身份，哪怕是最低级别的，来参加施工的人，他们确实就有所作为了。那是泥瓦匠，他们已经对工程进行过许多思考并且还在继续不停地对此进行思考，随着他们让人埋入土中的第一块石头他们便感到自己同工程融为一体了。但是除了渴望着做一丝不苟的工作以外，这样

① 本篇约写于 1917 年 3、4 月间，显然未写完。《乡村医生》集中收入其中的一个片断，即《一道圣旨》，全篇直到 1931 年由马克斯 · 布罗德编辑问世。

的泥瓦匠当然也迫不及待地想看到这项工程终于圆满竣工。民工不懂这种焦灼的心情，他们只管拿工钱。级别高的领班，甚至中级领班看到工程多方面进展也足以使自己的精神为之一振。可是对低级的、精神上远远高出他们表面上微不足道的任务的人就得另当别论了。譬如你就不能让他们在一个离家几百里、荒无人烟的地方接连几个月，甚至接连几年之久一块一块砌石头；这种辛勤的、然而甚至一辈子都完工不了的工作会使他们绝望，主要是会使他们觉得自己所做的工作没有价值。所以人们就选择了这分段修建的施工方法。五百米可以在大约五年内完成，然后那些领班们通常已筋疲力尽，对自己、对工程、对世界失去了全部信心。所以当他们还处在千米城墙合龙庆典的高昂情绪中时，他们就被派往很远、很远的地方。一路上他们不时看到一段段已完工的城墙耸起，从高一级领班人的驻地旁边经过，接受他们馈赠的荣誉勋章，听到了从各地涌来的新的劳动大军的欢呼声，看到大片树木被伐倒用来做修墙的脚手架，看到一座座山被凿成墙砖，听到虔诚的人在神圣的宗教场所歌唱祈求工程完工。这一切慰平了他们的焦躁心情。他们在家乡住上了一些时日，那里的安闲生活增进了他们的身体健康。所有的建筑者们都享受的声望，人们聆听他们的报告时的笃信和恭敬，质朴、安分的百姓对长城终会完成所怀有的信心，这一切绷紧了心灵的弦。于是像永远怀着希望的孩子，他们告别了家乡，重新投身这项全民工程的心情急不可待。他们假期未满就提前离家上了路，半个村子的乡亲们送出他们很长一段路。一路上到处都是欢送的人群，三角旗，彩旗，他们从未看到过，他们的国家多么辽阔、富饶、美丽和可爱。每一个国民都是同胞手足，就是为他们修建一道保护墙，而同胞们则倾其所有并终身对此感激不尽。团结！ 团结！ 心贴着心，跳起欢乐的舞蹈，热血，不再囿于单个的体内作小小的循环，而是甜甜地奔流、翻滚在广袤的中国大地上。

分段而筑的方法因此也就可以理解了；但是这大概还有别的原因。我这么久地着笔于这个问题，这也不足为怪，这是整个长城建筑的一个核心问题，尽管这初看起来无足轻重。我要介绍并使人领会那个时期的思想和经历，那么恰恰是这个问题我怎么深入探究也不为过。

首先我们大概还得说，当时人们所作出的成就毫不逊色于修建巴别塔，然而在敬神方面，至少按常情判断，则简直与那座建筑完全相反。我之所以提及这点，是因为在该建筑动工之后一位学者写了一本书，非常详尽地作了这些比较。他在书中试图证明，巴别塔并不是由于那些一般人声称的原因没有建成，或者至少在这些已知的原因中没有头等重要的那几个。他的证据不仅由文字记载组成，而且他声称也曾亲自作过实地调查并发现，巴别塔的建造失败并且必然会失败在地基薄弱。在这方面，我们的时代当然要比那个早已逝去的时代优越得多。几乎每一个受过教育的人都是专业泥瓦匠，在打地基问题上是懂行的。但是这位学者却根本不朝这个方向去论证，而是断言，只有长城才会在人类历史上第一次给一座新巴别塔提供牢固的地基。就是说先建城墙，后建塔。这本书当时人手一册，但是我承认，我至今还一直不甚明白，他是怎样设想这座塔的建造的。长城，它连一个圆圈都没形成，而是只不过是一种四分之一圆或半圆，它充当得了一座塔的地基吗？ 这只能是指精神方面的。可是长城是干什么用的呢，这长城可是某种实实在在的东西，是千千万万人的生命和辛劳的成果呀？ 在这部著作中干吗要画出建塔的——当然是模模糊糊的——图样并提出人们应该如何把民众的力量凝聚在这个新的强大工程中的具体建议呢？

当时——这本书只是一个例子——人们的头脑十分混乱，也许之所以如此，恰恰是因为这么多的人试图尽可能会聚到一个目标上。人的天性，归根到底是轻率的，像附着在表面的尘土，受不了束缚；如果它自己束缚自己，那么它很快就会开始拼命挣脱束缚并把城墙、锁链和自己向四面八方撕裂。

可能领导层在决定分段修建时也不是没有顾及到这些甚至与修建长城相悖的想法。我们——我在这里以许多人的名义讲话——其实是在揣摩最高领导层的指示时才认识了我们自己并发现，无论是我们的书本知识还是我们的常识都不足以使我们胜任我们在整个伟大工程中所承担的小小职务。在领导层的办公室里——它在何处，谁坐在那里，我问过的人中，过去和现在都没有人知道——在这间办公室里，人类的一切思想和愿望都在盘旋，而一切人类的目标和成功则以相反的方向盘旋。但是神界的光辉却透过窗户照在领导的画着图纸的手上。

所以有主见的观察者怎么也无法理解，领导人若是真心愿意竟会不能克服那些跟连在一起的修建方式相对立的困难，那么就只能得出这个结论了：领导存心要分段修建。但是分段修建只是一种权宜之计，不切合实际需要。那么结论就是：领导想要某种不切合实际需要的东西。——奇怪的结论！——没错，但是这一结论从另一方面看却也有某些道理。今天谈论这些事也许没有什么危险了。当时这是许多人的，甚至优秀人物的秘密原则：设法竭尽你的全力去理解上边的指示，但是有一定的限度，到了这个限度你就别思考啦。一个非常明智的原则，在一个后来经常重复出现的比喻中它还得到进一步的解释：不是因为这可能对你有害而让你停止思考，而且也根本不能肯定这对你有害。人们在这里根本就既不能说有害也不能说无害。事情之于你犹如之于春天的河流。河水上涨，烟波浩淼，更有力地滋养着两岸广阔的土地、保持着它自己的本性而继续流入大海，和大海更加门第相当，更加受到大海欢迎。——你考虑领导的指示就是要想得这么远。——但是随后河水溢出河岸，失去轮廓和形态，减缓向下流动的流速，试图违反自身的天职在内陆形成一个个小海，毁坏田地，可又不能长久这样泛滥下去，而是又汇流进自己的两岸，甚至在随之而来的炎热季节里干涸枯竭。——你可别对领导的指示想得这么远。

这个比喻在长城修建期间可能曾经是异常贴切的，但是对于我现在的这份报告来说它却充其量只受到有限的重视。我的研究仅仅是一种带有历史性质的；从早已消散了的雷雨云层里发不出闪电了，所以现在我可以对分段修建寻找一种比当时使人知足的更深层次的解释。我的思维能力给我设定的范围相当狭小，而这里要涉及到的领域却无限广阔。

这座长城是防御谁的呢？ 防御北方民族。我是中国东南部地区人。没有哪个北方民族能威胁到我们那儿。我们从古人的书中读到有关他们的情况，他们按其本性犯下的种种残暴行径令我们在我们的平静的园亭里发出喟然长叹。在画家们的合乎事实的图画上我们看到那一张狰狞的脸，张得大大的嘴巴，龇着满嘴的獠牙，眯缝着的眼睛似乎已经在对猎物垂涎欲滴，眼看嘴巴就要来撕裂、咬啮那猎物了。孩子不听话，我们就让他们看这些画，他们马上就会哭着扑到我们的怀里。但是更多的关于这些北方民族的情况我们也就不知道了。见是我们没有见过他们，我们若是待在我们的村子里，我们就永远不会见到他们，哪怕他们骑着他们的烈马向我们疾驰过来——这个国家太大，他们到不了我们这儿，他们就会烟消云散的。

既然如此，那么我们为什么离乡背井，辞别双亲，离开哭泣的妻子，待学的孩儿，开到遥远的城市去接受培训，我们的思想甚至飞得更远到了北方的长城？ 为什么？ 去问领导吧。他们了解我们，他们，他们担着极大的忧虑，他们知道我们的情况，知道我们是小本经营，看见我们大家一起坐在低矮的茅屋里，家长晚上带领全家人做的祈祷令领导满意，或许领导不喜欢它。如果允许我对领导有一个这样的想法，那么我就得说，依我看领导层从前就存在，他们不聚会，不像那些高级官吏，由于一场美好的晨梦的激发，心血来潮匆匆召集一次会议，又草草作出决定，当晚就击鼓将居民从床上催起，去执行那些决议，哪怕只是张灯结彩为了纪念一个昨天向他们显灵的神明，第二天，彩灯刚熄灭，就在一个黑暗的角落里殴打他们。领导层确实自古有之，造长城的决定同样也是古已有之。无辜的北方民族，他们以为自己是修建长城的肇因者，值得尊敬的、无辜的皇帝，他以为，是他下了旨修建长城。我们修长城的人知道不是这么回事，我们不吭声。

当初在修长城期间以及自那以后直至今天我就几乎完全致力于比较民族史的研究——有些问题只有用这个方法才能触及要害，我在研究过程中发现，我们中国人有某些无比清晰的民间的和国家的机构，又另外有一些无比不清晰的。研究它们的原因，尤其是后一种现象的原因，曾对我产生过，如今还一直对我产生着吸引力，而修筑长城则也同这些问题很有关系。

不管怎样，帝国制度是我们的一个最不清晰的机构。在京城，在宫廷侍臣中，在这方面是有一些清楚的认识的，尽管这些清晰认识也是假象多于真实。在高等学堂教国家法和历史的老师也声称对这方面的事情了如指掌，能把这些知识传授给学生。人们越向下到低级别的学校，对自己知识的怀疑便理所当然地减少得越多，而浅薄的知识则掀起山一样高的波涛，冲击着不多几个几百年来已深入人心的信条，这些信条虽然丝毫不曾失去其永恒的真理，但是在这种烟雾弥漫中也永远模糊不清的了。

但是在我看来，关于这帝国制度的情况人们该去向百姓打听，因为这帝国制度的最后支柱就在百姓中间嘛。不过在这里我又只能谈我的家乡。除了土地神以及一年四季为了供奉他们而进行的种种丰富多彩的祭祀仪式外，我们就只惦记着皇上了。但是不是当今皇上，或者倒不如说，我们本来是会惦记当今皇上的，如果我们认识他，或者对他有所了解的话。我们当然——这是我们怀有的惟一的好奇心——一直为求了解某些这方面的情况，但是说来也奇怪，几乎不可能了解到什么情况，从足迹遍及许多地方的香客那儿了解不到，在附近的村庄了解不到，在远方的村庄了解不到，从不仅航行在我们的小河上、而且也航行在神圣的大江上的艄公们那儿也了解不到。人们虽然听了许多，但从中却什么也推断不出。

我们的国家是如此之大，任何童话也想象不出它有多辽阔，连天空也几乎遮盖不住它——京城只是一个地点，皇宫只是一个小地点。而这样一个皇帝却又很大很大。可是那活着的皇帝跟我们一样是一个人，像我们那样躺在一张卧榻上，这卧榻虽然度量得绰绰有余，但毕竟总还是窄的、短的。跟我们一样，他有时伸展四肢，他很疲倦的时候，他就张开他那线条柔和的嘴巴打哈欠。可是我们——在几千里以外的南方——怎么知道这些事呀，我们都快要到西藏高原了呀。但是此外即使我们得到什么消息，这消息也总是来得太晚，早已失去时效了。皇帝周围总是聚集着一大批光辉而又阴暗的廷臣——侍仆和朋友的衣服中藏着恶毒和敌意，这股同帝国抗衡的力量，每时每刻都处心积虑要用毒箭把皇帝从他的秤盘上射落下来。帝国是不死的，但皇帝个人会跌倒，坠落，甚至连整个皇朝最终也会毁灭，挣扎着咽下最后一口气。老百姓永远不会知道这些争斗和痛苦，他们就像来迟了的人，像乡下佬那样站在挤满了人的小巷巷尾，静静地嚼着带来的干粮，而这时在前方远处市场广场中央正在处决他们的君主。

有一个传说很能表达出这种关系。皇帝——据说是——给你，给你这个可怜的臣仆，给你这个躲避皇帝的光芒标记卑微地逃至遥远的远方的幻影，皇帝在弥留之际恰恰给你下了一道圣旨。他让使者跪在床前，附耳悄声对他下了这道圣旨；他非常重视这道圣旨，他让使者在自己耳边把它复述了一遍。他点了点头，以示所说无误。当着给他送终的满朝文武大臣们的面——所有碍事的墙壁已拆除，在宏丽嵬嵬的露天台阶上，帝国的巨头们围成一圈伫立着——当着所有这些人的面他打发走了使者。使者立即上路；一个强壮的、一个不知疲倦的人；他一会儿伸出这只胳膊，一会儿伸出那只胳膊，在人群中开路；他一遇到阻力，便一指胸口的太阳标记；他也就顺利前进，谁也不会像他这样顺当的。但是人群众多，他们的住所没有尽头。要是出现空旷的场地，那么他就可以飞奔，不久你就会听见他的拳头响亮敲击你家大门的声音。但事实却不是这样，他白费力气了；他仍一直在奋力穿越内宫的屋舍；他将永远穿越不过去；即便他穿越过去了，这也无济于事；他还得奋力冲下阶梯；即便他冲下阶梯了，这也无济于事；这些庭院还得一一跨过；庭院之后还有第二座环形宫殿；然后又是庭院和台阶；又是一座宫殿；如此重重叠叠，几千年也走不完；即便他终于冲出最外边的那座大门——但是这是决计不会发生的事情——他面前也才是国都，世界的中心，堆满了全城的沉积物。没有人穿过这里，而且还带着一个死人的旨意。——可是夜幕降临时你却坐在你的窗口并梦想得到这道圣旨。

我们的百姓完全就是这样看待皇帝的，这样毫无希望而又充满希望。百姓不知道，哪个皇帝在当朝，甚至对于朝代的名称都还存在着疑问。在学校里要挨次学习许多这样的知识，但是在这方面的普遍的无把握状况是如此之强烈，以致连最优秀的学生也会感到没有把握。早已死去的皇帝们在我们的村子里被认为还在位，只还活在歌谣中的那个皇帝不久前居然发了一道诏书，由神职人员在祭坛前宣读。我们最古老历史上的几场大战现在才打响，邻居一脸激动冲进你家告诉你这个消息。皇帝的嫔妃们，糜费无度，与奸刁廷臣们勾勾搭搭，野心勃勃，贪得无厌，纵欲恣肆，一再犯下累累罪行。年代过得越久远，这一切情形被渲染得越可怕，终有一天村民们会悲痛欲绝地得知，几千年前一个皇后如何大口吮吸她丈夫的鲜血。

老百姓就这样对待已往的统治者，可是他们却把当今的君主掺和进死人行列中。如果有朝一日，一生中遇上那么一回吧，来了一个大臣，他来巡视本省，偶尔来到我们村，代表当权者提出某些要求，审查税单，去学校听课，向神职人员询问我们的行为举止，然后在上轿之前将所有这一切归纳一番，向被赶拢来的全体村民作长篇训诫，这时所有人的脸上便掠过一丝笑意，一个人偷偷向另一个人望去并向孩子们俯下身去，好不让这位大臣看到自己的神态。怎么啦，人们暗自在想，他像谈一个活人那样谈一个死人，这个皇帝早已死了，王朝已灭亡，这位大臣在取笑我们，但是我们装作什么也没察觉，好不至于得罪他。但是我们只真正服从当今的皇上，因为一切别的都是犯罪。在匆匆离去的大臣的轿子后面，某个被人任意从已经倒塌的票箱里挖出来的人跺着脚晋升为一村之长。

与此相似，我们这里的人一般很少遭遇到国家变革、当代的战争。我在这里想起了发生在我青年时代的一件事。在一个邻近的、但是不管怎么说还是很远的省份爆发了一场起义。原因我记不得了，这在这里也并不重要，起义的原因在那里天天都会产生，那都是些激动不安的民众。有一回一个在那个省行乞的乞丐把一张起义者的传单带到我父亲的屋里。那天正好是一个节庆的日子，家里挤满了宾客，神职人员坐在居中并仔细研读那张传单，突然大家都哈哈大笑了起来，传单被大家撕碎，那个反正已得到丰厚馈赠的乞丐被推搡着赶出房间，大家散去，各奔东西。为什么？ 邻省的方言跟我们的很不一样，这种情况也表现在书面语言的某些形式上，它们在我们听来颇有一种古风的味道。那位神职人员刚读了两页，人们就已经下了结论了。老掉牙的东西，早就听说过了，痛苦早已忘怀。虽然——我记得好像是这样——乞丐的身上无可辩驳地体现出那种可怕的生活，可是人们却笑着摇摇头，不想再听什么。我们这里的人就是这样准备着来抹杀当代的。

假如人们想从这样的现象中得出我们实际上根本就没有皇帝的结论，那么也就离真实情况不远了。我必须一再地说： 也许没有比我们南方百姓更忠诚于皇上的百姓了，可是这种忠诚对皇帝没有什么好处。虽然在村口的小柱上蹯踞着那条神龙并自古以来就一直对着京城方向喷火以示效忠——但是对村民们来说京城本身比来世还要陌生得多。真有一个村子，那里的房屋鳞次栉比，遮盖着田野，从这里望京城比从小冈峦望去还遥远，在这些房屋间白天和黑夜都有人磕头碰脑地挤在一起。 让我们感到比想象这样一座城市更容易的是，相信京城和皇帝是一码事，像一片云，一片随着时间的推移在阳光下安闲变化着的云。

这样一些看法的结果便是一种在一定程度上自由的、放纵不羁的生活。并不是伤风败俗，在我众多的旅行途中我还从未见到过像我家乡那样纯洁的道德风尚。——但确实是一种不受当今法律约束的生活，一种只听从自远古时代流传给我们的智慧和警诫的生活。

我不一概而论地断言，在我们省的一万个村庄里，或者甚至在中国所有五百个省里情况都是这样。但是根据有关这个题目我所读过的许多文献资料以及我自己的观察——特别在修建长城时人力资源给有同情心的人以机会，去遨游几乎一切省份——根据所有这一切我也许可以说，存在着的关于皇帝的看法跟我的家乡的看法时时处处都有一个共同的基本特征。现在我决不认为这种看法是一种美德，正相反。虽然这种看法主要是政府的过错，这个政府在地球上这个最古老的国家迄今没有能力，或者顾此失彼而疏忽了使帝国的机构形成一个如此明白易懂的体系，致使这些机构的影响力一直可以直接和不断地达到帝国最遥远的边境。但是，另一方面，这里的民众也有一种在想象力或信仰力方面的弱点。民众未能用一切生动和现实的手段使帝国从京城的沉思中惊醒，并将其拉进自己臣民的胸怀，臣民们不要别的，只盼着有朝一日能感受到这种接触并沉醉于其中。

这种看法确实不是一种美德。尤为引人注目的倒是：这种弱点似乎是我们的民众的最重要的联合手段之一；是的，如果人们可以这样大胆措辞的话，这简直就是我们赖以生存的根基。在这里详细说明一种责难的理由，不意味着震撼我们的良知，而是糟糕得多，意味着震撼我们的双腿。所以我暂时不想深入研究这个问题。

8. 叩击庄园大门①

那是在夏天，一个炎热的日子。回家路上我和我妹妹一起从一座大院的门旁走过。我不知道，她是故意胡闹敲击院门呢，还是因为心不在焉或者只是用拳头恐吓一下，根本就没有敲打院门。离向左拐弯的公路边一百步远处是一个村庄。我们不认识这个村庄，但是从第一所房屋里就有人出来向我们招手，态度友好，但又像是警示，自己似乎也非常惊恐，吓得弯着腰。他们指着我们刚从其旁边走过的那座院落并提醒我们注意敲击院门的事。说是大院主人将控告我们，马上就会开始调查。我很镇静，并且也安慰我的妹妹。她很可能根本就没有敲击，而假如她敲了的话，恐怕世界上哪儿也不会因此而要打一场官司的吧。我也试图向我们周围的人说明这一点，他们注意地听完我的话，但没发表任何看法。后来他们说，不但我的妹妹，我作为兄长也将被控告。我点点头笑了笑。我们大家回头朝大院望去，就像人们观看远处的一团烟雾并等待着冒出火苗来。果不其然，不久我们便看见有骑马者进入大开的院门，尘土腾起，蒙住一切，只有高高的长矛的尖头闪闪发光。这支部队刚消失在大院里，便似乎立刻就掉转了马头，向我们驰来。我催促我妹妹快跑，说是一切由我单独来了结，她拒绝把我一个人撇下，我说她至少应该换换衣服，穿一件好一点的衣服来见这些先生。她终于听从我的劝告并走上了长长的回家之路。这时骑马者们已经到了我们身边，一边从马上下来一边就打听我的妹妹，有人胆怯地回答，说是她眼下不在此地，但是过一会儿她会来的。他们几乎以冷漠的态度对待这个回答，至关重要的事情似乎是，人们找到我了。主要是两位先生，法官，一个机灵的年轻男人和他的寡言的助手，人称阿斯曼的。他们要我进入农舍。慢慢吞吞地摇晃着脑袋，拨动着裤背带，我在先生们的犀利目光注视下迈开了步子。我几乎还在以为，一句话就足以使我，这个城里人，就能甚至光荣地摆脱这帮乡下人的纠缠了。但当我跨过这农舍的门槛后，先已跳入并已在等候我的法官说："我同情这个人。"可是毫无疑问的是，他这句话不是指我现在的状况，而是指我将会遭遇到的命运。这间房间不像农舍更像一间单人牢房。大石头铺地，深灰色无装饰的墙壁，一个铁环砌在了什么地方的墙里，房间中央是一个既像木板床又像手术台的东西。

除了这监狱里的空气，我还能尝出别的空气的味道吗？ 这是一个重大问题或者倒不如说假如我有获释的希望的话，那么这就会是一个重大问题。

① 本篇约写于 1917 年 3、4 月份，1931 年问世，题目为马克斯 · 布罗德所加。

9. 邻　居[1]

我的商号完全压在我的肩上。前室是两位小姐管打字和记账，我的房间有写字台、钱箱、咨询桌、安乐椅和电话机，这是我的全套工作设备。一目了然，操作简便。我年轻，我的业务活动繁忙，我不抱怨。我不抱怨。自新年起一个年轻男人便把隔壁空着的一小套住房毫不犹豫地租走了，我不明智地犹豫了这么久没租它。也是一个房间带前室，但是此外还有一间厨房。房间和前室我倒是需要的，我那两位小姐有时已经觉得负担过重——可是厨房对我来说有什么用途呀。都是这一小小犹豫的过错，我才让人从我这儿夺走了这套住房。如今这个年轻人坐在那儿。他叫哈拉斯。他究竟在那儿干些什么，我不知道。门上只有“哈拉斯，布雷奥”的名牌。我了解了一下情况，人们告诉我，说这是一家和我的商号相似的商号，人们并不能直截了当地告诫别提供贷款，因为这是一个奋发努力的年轻人，此人的事业也许有前途，不过人们也不能直截了当地就建议提供贷款，因为看样子现在他没什么钱。普普通通的答复，人们什么也不知道时给予的那种答复。有时我在楼梯上遇见哈拉斯，他一定总是有极紧急的事要办，他简直是从我身旁一闪而过，我还根本没有仔细瞧上他一眼，住所钥匙他已经拿在手里准备好，一瞬间他开开门，他像一只耗子的尾巴那样溜了进去，而我则仅仅是又站立在“哈拉斯，布雷奥”牌子前面，我见到这块牌子的次数已经比它理应受到的多得多。这薄得不得了的墙壁，它们显露这个诚实工作的人，却掩饰这个不诚实的人。我的电话机安装在将我与我的邻居隔开的那堵墙壁上，然而我只是把此作为特别具有讽刺意味的事实而强调指出，即使电话机装在对面的墙上，人们在隔壁住所里也会什么都听见的。我戒掉了打电话时称呼顾主名字的习惯，但是当然可以从独特而不可避免的谈话用语中猜出名字，这是不需要多大的聪明才智就能做到的事。有时受话口贴着耳朵，受到不安情绪的刺激，我用脚尖绕着电话机跳舞，却还是无法阻止秘密被泄露出来。因此在打电话时我的商务决定自然也就显得缺乏自信，我的话语声哆哆嗦嗦。我打电话的时候哈拉斯在干什么？ 如果我想说得很夸张——可是为了弄明白情况人们必须常常这样做，那么我可以这样说：哈拉斯不需要电话机，他利用我的，他把他的长沙发移到墙边并偷听，而我却在电话铃响时必须奔跑过去，听取顾主的愿望，作出重大的决定，做大量说服工作，但是尤其是在整个过程中不由自主地通过房间墙壁向哈拉斯报告情况。也许他根本就不等到谈话结束，而是在听到谈话中使他了解到足够情况的相关段落后便站起身来，按他的习惯闪身掠过城市；我还没把听筒挂上呢，他也许就已经在抵制我了。

---

①本篇见之于《八开本笔记本》的第二本，这一本所标日期是1917年5、6月，该作发表于1931年。

10. 杂　种①

我有一头奇特的动物，一半像小猫，一半像羊羔。它是我父亲的一件遗物，但是到了我的时代它才发育成长起来，从前它羊羔的成分多于小猫的成分，但是现在两者一样多了。属于猫的成分的是头和爪，属于羊羔成分的是大小和形态，属于两者共有成分的是不安地颤动着的柔和的眼睛，柔软并紧贴在身上的皮毛，既跳跃也潜行的动作，在窗台上阳光下它蜷缩成一团并呜呜叫，在草地上它像疯了似的奔跑而且简直捉不住，见了猫它就逃，羊羔它要攻击，在有月光的夜晚屋檐水槽是它最钟爱的路，咪咪叫它不会，耗子它厌恶，在鸡舍旁边它能躺着接连暗中守候几小时，但是它还从未乘机杀害过一只鸡。我用甜牛奶喂它，这对它很有益，它大口大口地将牛奶经由它那一嘴的食肉动物牙齿吮吸进自己肚中。孩子们当然觉得它非常好玩。星期天上午有客来访，我把这头小动物抱在怀里，左邻右舍的孩子们围着我站着。这时提出了种种稀奇古怪的问题，谁也回答不了这些问题。我也不费这个神，而是不作进一步解释仅仅出示我的所有物而已。有时孩子们带来了猫，有一回他们甚至带来了两只羊羔；但是与他们的期望相反地没有出现相认的场面，动物们用动物的眼光平心静气地相互打量并显然互相接受其存在为神圣的事实。

在我的怀里这头动物既没有恐惧感也没有追捕欲。贴在我身上它感到舒服至极。它忠于把它抚育成长的家庭。这大概并不是什么非凡的忠诚，而是这样一头动物的真正本能：这头动物在地球上虽然有无数的姻亲，但也许没有一个同血缘的近亲，所以它觉得它在我们这里受到的呵护是神圣的。

有时我禁不住要笑，它在我身上嗅来嗅去，在我两腿间钻进钻出，简直不想离开我。它不满足于既是羊羔又是猫，它几乎也还想当一条狗。——有一次，一如人人都可能会遭遇到的那样，我在生意场上和一切与此有关的事情上连连碰壁，我心灰意懒地躺在家里的摇椅里，膝上躺着这头小动物，当我偶然向下看的时候，我发现眼泪正从它那大胡须上滴下。这是它的眼泪，还是我的眼泪？ 这只心灵像羔羊一样纯洁的猫也有人的虚荣心？ 我从父亲那里只继承了几件东西，可是这件继承物倒是可以拿得出手的。

它身上有两种不同的骚动，猫的和羊的，尽管这两种骚动完全不同。所以它的那张皮对它来说太紧了。——有时它跳到我旁边的椅子上，用前爪搭在我的肩上，把嘴伸到我的耳旁，好像要说什么，随后它真的身体前倾，直视我的双眼，为了观察它传递的消息对我产生了何种印象。为了讨它喜欢，我装出听懂了的样子，点了点头。——然后它就跳到地上，跳跳蹦蹦地四处乱跑了起来。

也许屠夫的刀子是这只兽的解脱，但是既是传家宝，就不得以刀斧相加。所以必须等待，等它寿终正寝，尽管它有时像用有理智的人的眼睛盯着我，要我采取理智的行动。

---

① 本篇的情况与上篇相同。

11. 日常的困惑[①]

一件日常的琐事，忍受它是一种日常的困惑：A 要同邻村 H 的 B 拍板一笔生意。他到 H 去洽谈，分别用十分钟走完了去和回来的路，在家里夸耀这一特别快的速度。第二天他又去 H，这一回是要最后拍板；由于这件事预计要花费好几个小时，所以 A 一大早就出了门。尽管所有枝节情况至少在 A 看来跟前一天完全一样，可这一回他去 H 却用了十个小时。当他晚上精疲力竭地到达那里时，人们告诉他，说是 B 由于 A 未到已经恼怒地在半小时前到 A 的村里去找 A 了；他们原本一定会相遇的呀。人们建议 A 等候，说是 B 一定立刻就会回来。可是 A 怕生意泡汤，却立刻动身并急忙赶回家。这一回他没特别注意时间，简直是在一眨眼间就走完了这段路。他在家里得知，B 一大早，还在 A 离去前就来了，说是他甚至在大门口碰到了 A，提醒他有这笔生意的事，但是 A 却说，他现在没有时间，他现在必须马上离去。说是尽管 A 的行为令人难以理解，B 还是留了下来，以便等候 A 回来。说是他虽然已经多次询问 A 回来了没有，却还一直呆在楼上 A 的房间里呢。对现在还能见到 B 并向他说明一切满怀着喜悦，A 急忙跑上楼去。就在他快要到达楼上的时候，他绊倒了，扭伤了筋；他疼得几乎昏了过去，甚至叫不出声来，只在黑暗之中哀泣，他听见并看见，B，不清楚是在远处还是就在他身边，怒气冲冲踏着沉重的脚步走下楼去并终于消失不见了。

---

① 本篇于 1917 年 10 月 21 日写进《八开本笔记本》第三本，1931 年问世，标题为布罗德所加。

12. 有关桑丘·潘沙的真相[①]

桑丘·潘沙——顺便提一下，他从未吹嘘过这件事——在这些年里，在黄昏和夜晚时分在身边放上一大堆骑士和强盗小说，从而成功地把他的魔鬼——后来他给这魔鬼取名为堂·吉诃德——从自己身上引开，致使这个魔鬼随后就无端地做出种种荒唐的行为，而由于缺乏一个原本应该是桑丘·潘沙的预定目标，这些荒唐行为因此就不伤害任何人。桑丘·潘沙，一个自由自在的人，或许是出于某种责任感吧，沉着冷静地跟随堂·吉诃德闯荡江湖，从中获得了巨大和有益的乐趣，直到寿终正寝。

① 本篇于 1931 年问世，标题为布罗德所加。

13. 塞壬们的沉默[①]

就连有欠缺的、甚至是幼稚的手段也可以用来救人，下面是这方面的一个明证。

为使自己免受塞壬[②]们的诱惑，奥德修斯[③]用蜡塞住自己的耳朵并让船员把自己牢牢地绑在桅杆上。当然自古以来所有的旅行者（除了那些在远处就已经受到塞壬引诱的人）原本也可以采取类似的措施，但是全世界都知道，这种办法不可能奏效。塞壬们的歌声穿透万物，绝对穿透得了蜡，而受诱骗者的激情则足以崩碎铁链和桅杆且绰绰有余。但是这一点奥德修斯没考虑到，虽然他对此也许已经有所耳闻，他完全相信那一小团蜂蜡和那一捆铁链；怀着对自己的小手段的天真的喜悦，他朝着塞壬们驶去。

然而塞壬们却有一种比她们的歌声更为可怕的武器，那就是她们的沉默。虽然没有发生过什么人逃脱她们的歌声的事，但是这种事也许尚可想象，而逃脱她们的沉默却绝无可能。那种用自己的力量战胜了她们的感觉，那种由此而产生的忘乎所以的狂妄自大，这是人间的任何力量都抗不住的。

当奥德修斯来时，这些强有力的女歌唱家确实没有歌唱，这也许是因为她们认为只有沉默尚还能对付这个敌手，也许是因为一味只想着蜡和铁链的奥德修斯那一脸喜悦的神态让她们忘了歌唱了吧。

可是奥德修斯呢，姑且就这么说吧，他没有听见她们的沉默，他以为，她们在唱，他采取了防护措施所以才听不见。他先是匆匆瞥见她们的脖子的转动，那深呼吸，那满含泪水的眼睛，那半启开的嘴，却以为这是唱咏叹调需要的，这咏叹调在他四周响起，只不过就是他没听见罢了。但是不久一切便从他那凝视远方的目光中消退，塞壬们简直从他视野中消失，而恰恰就在他离她们最近的时候，他不再感知她们的存在。

而她们，比以往任何时候都更美，却伸展并转动身躯，让那可怕的头发在空中飘拂，将爪子绷紧在岩石上，她们不再想引诱，她们只还想尽可能长久地捕捉住奥德修斯那一对大眼睛的反光。

假如塞壬们有意识的话，她们当时就被消灭了，而如今她们却依然还在，只不过奥德修斯却从她们手中逃脱了。

此外还留传下一则有关这件事的补遗。据说，奥德修斯诡计多端，活像一只狡猾的狐狸，连命运女神都难以看透他的心思，也许他真的——虽然这已经无法用正常人的理智去理解——已经察觉到塞壬们的沉默并在某种程度上只是假意向她们和众神们演出这场戏以掩护自己过关。

---

①本篇写于1919年10月23日，1931年首次问世，标题为布罗德所加。
②Sirens，希腊神话中半人半鸟的女海妖，以美妙歌声诱杀经过的海员。
③Odysseus，荷马史诗《奥德赛》的主角，拉厄耳忒斯和安提克勒亚之子。

14. 普罗米修斯[①]

普罗米修斯的传说有四种：按照第一种，他把众神出卖给了人类，所以他就被锁在高加索山崖，而众神则派鹰来啄食他每日新生的肝脏。

按照第二种，普罗米修斯在鹰嘴的不断啄食下痛楚万分，便越来越深地挤缩进山崖，最后与山崖融为一体。

按照第三种，经历了数千年的岁月他的背叛被忘却，众神们忘了，鹰忘了，他自己忘了。

按照第四种，人们厌倦了这件已变得毫无根据的事，众神厌倦了，鹰厌倦了，伤口因厌倦而愈合了。

留下了那座无法解释的山崖。——传说试图解释这无法解释的事。由于传说是在真实的基础上产生的，所以传说又只得以不可解释告终。

---

① 本篇写于 1918 年 1 月 17 日，1931 年首次问世，标题为布罗德所加。

15. 城　徽[①]

起初，建造巴别塔时一切还算井然有序；是呀，也许太注重秩序了，人们过多地考虑到了路标、译员、人员住宿和交通线路，就仿佛人们要自由自在地干上好几百年呢。当时甚至流行这样一种看法：造塔造得怎么慢也不为过；大可不必过分夸大这种看法，人们根本就会吓得不敢打地基的。因为人们这样陈述理由：整个工程的核心是造一座通天塔。除了这个想法以外，其他一切都是次要的。这个想法，其伟大意义一旦被悟到，便不再会打消掉；只要有人，就也会有将这座塔建成的强烈愿望。但是在这方面人们不必为未来而担忧，相反，人类的知识在增长，建筑艺术已经取得了进步并且还将继续取得，一项工作，我们现在需用一年，一百年后也许用半年就可做成，而且还更好，更坚固。为什么今天就要拼死拼活、竭尽全力呢？ 只有当人们可以希望在一代人的期间建成此塔，这样做才会有意义。但这是绝无可能的。这倒是有可能的：下一代人凭着完美的知识觉得上一代人干的活差劲并将拆毁已建成的部分，以便另起炉灶。这样的想法让人泄气，人们关心造工匠城甚于关心造塔。每一个地区的人都想有最好的住地，因此而产生了纷争，乃至发生流血冲突。这些冲突无休无止；头领们就有了一个新的理由：由于缺乏必要的集中，这座塔应放慢建造速度，或者还不如等全面实现和平后再修建。但是人们并不仅仅在冲突中度过时光，在间歇中人们美化城市，这样一来人们却又引发了新的嫉妒和新的冲突。第一代人的时光就这样消逝了，但是往后的几代没跟哪一代有所不同，只是伎俩在不断提高，冲突的欲望在不断增强而已。况且，第二代或第三代就已经认识到修建通天塔的荒谬，但是大家已经互相紧密联系在一起，离不开这座城市了。

所有这座城市里产生出来的传说和歌谣都充满了对一个预言要到来的日子的渴望，在这一天这座城市将被一只巨拳连击五次而碎成齑粉。所以这座城市的市徽上也有拳头。

---

① 本篇写于 1920 年秋末，1931 年问世，标题为布罗德所加。

16. 海神波塞冬[①]

波塞冬坐在自己的办公桌前，伏案计算着。管理各海域给他带来没完没了的工作。他原本可以得到助手的，要多少就可以得到多少，他也确实有许多助手，但是由于他对自己的工作很认真，一切他都要重算一遍，所以助手们也就帮不上他什么忙。不能说他喜爱这工作，他干这工作其实仅仅是因为这工作托付给了他，他确实曾经常常，如他自己所说的，谋求得到一份“美差”，但是，每当人家向他提出种种建议的时候，事实便总是表明，什么工作也不如他迄今做着的这份差事那样让他称心如意。给他找一份别的工作也着实不易。总不能把某个特定的海域分配给他吧；且不说，这里的计算工作也不是小了，而是琐碎了，伟大的波塞冬始终只能得到一个占统治地位的职位呀。如果人们给他提供一个水域以外的职位，那么这种想法就会引起他的反感，他的神圣的呼吸就会紊乱起来，他的坚强的胸膛就会起伏难平。再者说了，人们也不把他的牢骚当回事；如果一个大人物发脾气，那么人们就得装出在绝无希望解决的事情上向他让步的样子；没有人想到要真正解除波塞冬的职务，自古以来他就是被选定当海神的，一切必须照旧。

在人们的想象中，他总是手持三叉戟驾车乘风破浪，对此他时有耳闻，这最让他生气，他对自己的职务心怀不满也大多应归咎于此。实际上他坐在这儿大洋的深处，算个不停，偶尔造访一下朱庇特便是他单调生活的惟一调剂。其实，他回来时通常都是火冒三丈。所以他几乎不曾见过大海，只是在急急忙忙升向奥林匹斯时匆匆一瞥而已，穿海越洋更是从未有过的事。他经常说，他在等世界末日的来临，那时或许还会出现片刻的宁静，他或许就可以在查阅完最后的账目后快速地作一次小小的巡视。

① 本篇约写于 1920 年秋，1936 年首次问世，标题为布罗德所加。

17. 集 体[①]

我们是五个朋友，有一次我们从一幢房子里鱼贯而出，一个先出来并站到大门旁边，然后第二个出来，或者更确切地说，像一只水银小球似的轻巧地从门里滑出来并站立在离第一人不远处，然后是第三个，然后是第四个，然后是第五个。最后我们全都站成一排。人们注意上了我们，指着我们说："这五个人现在从这幢房子里出来了。"从那以后我们就生活在一起，要是没有第六个人不断搀和进来的话，我们会平平安安过日子的。他没有做任何有害于我们的事，但是我们讨厌他，这就让我们够受的了；我们不想要他，他干吗闯进来呀？ 我们不认识他，不想接纳他加入我们一伙。我们五个从前也互不相识，也可以说，我们现在也彼此不认识，但是我们五个能办到和容忍得了的事，那第六个人办不到，容忍不了。此外我们是五个，我们不想成为六个。这种不断地聚集在一起究竟有什么意义呀，即便是我们五个聚在一起也没有什么意义嘛，可是既然我们已经在一起了，那就在一起吧，可是我们不想要一个新的社团，恰恰基于我们的经验。可是我们该怎样让这第六个人明白这一切呢，长篇解释就几乎会意味着接纳进我们的圈子，我们宁可什么也不解释，也不接纳他。不管他怎么撅嘴，我们都用肘推开他，但是不管我们怎么推开他，他还是又来了。

---

① 本篇约作于 1920 年秋，1936 年问世，标题为布罗德所加。

18. 夜[①]

沉入夜色之中。就像人们有时低头陷入沉思那样，完全沉入夜色之中了。四周的人在睡觉。一种小小的装模作样，一种无害的自我欺骗：他们睡在屋子里，睡在结实的床上，睡在坚固的屋顶下，伸展四肢或蜷缩着躺在床垫上，穿着衣服，盖着被子。其实他们像当初有一回以及像后来在荒郊野外那样聚在一起了，一个露天营地，一大群人，一支大军，一群民众，在寒冷的天空下在寒冷的大地上，倒在了他们从前站立过的地方，额头压住胳臂，脸朝着地，安静地呼吸着。你在守夜，是守夜人中的一个，挥舞着从干树枝堆捡出来的燃烧着的柴枝从而发现了你身边的那个人。你为什么守夜？ 说是得有一个人守夜。得有一个人守着。

---

① 本篇约写于 1920 年秋末，1936 年才随着布罗德编纂的《卡夫卡全集》首次问世，标题为布罗德所加。

19. 拒　绝[①]

我们这个小城不在边境，远不在边境，它离边境还远着呢，也许这个小城里还没有人到过那儿，不仅要穿越荒凉的高原，而且还要穿越辽阔、肥沃的地区。只要想到一部分路程，人们就会变得疲倦，比这段路更长的路程压根儿是不堪想象的。沿途还有一座座大城市，比我们这座小城大得多。十座这样的小城，并排放在一起，另外再塞进十座这样的小城，还抵不上这些巨大和狭窄的城市中的一座。就算你在去那儿的途中不迷路，你也一定会在这些城市里迷路的，这些城市大得很，所以要避开它们是不可能的。

但是，如果人们压根儿可以比较这样的距离的话——这情形，就好像人们说，一个三百岁的人比一个二百岁的人年纪大，那么比到边境更远的，比到边境还要远得多的，是从我们这小城到首都的距离。我们有时还得到有关边境战事的消息，可是首都的事我们却几乎一无所知，我当然是指我们这些平民百姓，因为政府官员当然有很好的与首都联系的渠道，每隔两、三个月他们就能得到那儿的一个消息，至少他们是这么说的。

如今这事就怪了，而且它一再让我重新感到惊讶：从首都发来的一切指令，我们在我们这个小城里一概都乖乖地服从。几百年来就一直不曾有过市民自发要求的政治变革。在首都高官们互相交替，甚至连一个个王朝都消灭了或废黜了，新的王朝开始了，在上个世纪甚至首都本身都被毁掉了，在远离它的地方建立了一座新的都城，后来这座都城也被毁掉，旧都城又重建了起来，然而这对我们这座小城不曾有过什么影响。我们的大大小小官吏一直都好好的，高级官员来自首都，中级官员至少是外地人，低级官员是我们本地人，一直都是这样，我们对这感到满足。最高长官是税务长，他有上校军衔，大家也这样称呼他。今天他是一个老人，但是我已经认识他好几年，因为我小时候他就已经是上校，起先他擢升得很快，但是随后他似乎止步不前了，管管我们这个小城市他的级别绰绰有余，更高的级别在我们这里会根本消受不了的。每逢我试图想象他的模样，我都会看见他坐在他那幢位于市场广场上的房屋的阳台上，向后靠着，嘴里叼着烟斗。他上方的屋顶上飘扬着帝国国旗。阳台的两边晾晒着衣服，这阳台很大，有时小型军事操练也在那儿举行。他的孙儿、孙女们，身穿漂亮的丝绸衣服，在他周围玩耍，他们不可以到下面的市场广场上去玩，别的孩子们不配与他们为伍，但这广场毕竟对他们有吸引力，他们就至少将脑袋从栏杆之间伸将出去，每逢那些孩子在下面争吵，他们在上面也跟着一起争吵。

这位上校统治着这座城市。我相信，他还从未向谁出示过一份赋予他这种权力的文件。他大概也没有这样的文件。也许他真的是税务长。但是这就是一切了吗？ 这就使他有权在所有行政管理部门发号施令了吗？ 他的职务对于国家来说是很重要，但是对于市民来说这不是最重要的事。在我们这儿人们几乎有这种印象，这就好像这些人在说："既然你已经拿走了我们拥有的一切，你就连我们这些人也一起收走了吧。"因为他确实没有夺取统治权，他也不是暴君。自古以来就一直是这样的，税务长是最高官员，上校没辙儿，只好跟我们一样顺应这一传统。

但是尽管他生活在我们中间并不怎么太摆架子，他跟普通市民却是有某些完全不一样之处的。每当一个代表团前来向他面呈一个请求，他

① 本篇约写于 1920 年秋末，标题为布罗德所加。

总是像世界之墙那样站立在那里。他身后没有什么人，人们简直会以为听见那儿有几个声音仍在悄悄说话，但是这可能是错觉，他却示意整个事情已经结束。人们一定曾在这样的接见场合见过他。小时候我曾亲身经历过一回，当时一个市民代表团请求他提供政府资助，因为最贫穷的市区在一场大火中完全被烧毁了。我的父亲，钉马掌匠，在居民中颇有声望，是代表团成员，他带我去了。这没有什么特别的，这样的场面人人都争先恐后要去看，人们几乎辨别不出谁是代表谁是看热闹的；由于这样的接待通常都在阳台上举行，所以也有人从市场广场爬上梯子并从栏杆上观看上面的事态发展。当初是这样安排的：大约四分之一的阳台留给了他，其余的部分站满了看热闹的人。几个士兵监视一切，他们也形成一个半圆形围绕他站着。其实一个士兵就足可以应付一切事务了，我们是很畏惧他们的。我不清楚，这些士兵是从哪儿来的，反正从远道而来，他们全都彼此很相像，他们完全用不着穿制服。他们都是些矮小、不强壮、但身手敏捷的人，他们身上最引人注目的是那一口简直将嘴巴塞得太满的牙齿和他们的细长小眼睛的某种不安颤动的闪光。因此他们就成了引起孩子们恐惧的人，不过倒也是孩子们的一种乐趣，因为孩子们经常愿意受这一口牙和这些眼睛的惊吓，受过惊吓后就拼命跑开。这一童年时代的恐怖印象大概在长大成人后也不消失，人们至少心有余悸。当然也还有别的引人注目之处。这些士兵讲一种我们完全听不懂的方言，而且一点儿也不习惯于我们的方言，因此他们身上就有了某种封闭的、令人难以接近的特性，这倒也符合他们的性格，他们十分安静、严肃和呆板，他们不做任何真正坏心眼的事，但有一种坏心眼却几乎叫人无法忍受。譬如一个士兵走进一家商店，买一样小物件，站住了靠在柜台上，听人交谈，大概听不懂，但看来好像他听懂了，自己不吭一声，只是凝视着那个说话的人，然后又凝视那些倾听谈话的，而他的手则一直放在挂在他腰带上的长刀的柄上。这简直可恶，人们失去了闲谈的兴致，商店里的人离去，等到商店里空无一人时，这士兵才走人。如今只要这些士兵一出现，我们的生性活泼的民众也安安静静的了。当初的情况也是这样。上校像在所有隆重场合那样笔挺地站着并用那双向前伸出的手握着两根长竹竿。这是一个旧习俗，它大致是说：他这样支撑法律，法律这样支撑他。如今每个人都知道，在阳台上等待着他的将会是什么，可是人们却惯于一再重新受惊吓，当初那个被指定说话的人也不想开口说话，他已经站在上校对面，但后来他丧失了勇气，他又找到种种借口又挤回到人群中去了。往常也找不到愿意讲话的合适人选——倒是有几个不合适的人自告奋勇，这是一种大的困惑，人们向各色市民、知名的演说家派出使者。在整个这段时间里上校一动不动站在那儿，只是在呼吸时他的胸脯明显下陷。倒并不是他呼吸困难，他只不过是呼吸得极其清晰罢了，譬如就像青蛙那样呼吸，只不过就是青蛙总是那样呼吸，而此时这种呼吸就异乎寻常了。我从大人之间钻过去并从两个士兵之间的空隙久久地观察他，直到一个士兵用膝盖把我推开。在这期间，那个早先被指定发言的人敛一敛神，在两个市民的紧紧搀扶下他讲起话来。令人感动的是，在作这个严肃的、描述这场大灾难的演说的时候他总是微笑着，一种无比谦卑的微笑，它徒劳地竭力要在上校的脸上哪怕只引出那么一丝反光来。最后他陈述请求，我想，他只是请求免去一年的税款，但是也许也还请求低价出售皇家森林里的木材。然后他跟除上校、士兵们和几个官员以外的所有其他人一样深深一鞠躬并一直保持着这鞠躬的姿势。孩子觉得这滑稽可笑：在阳台边沿梯子上的人爬下几级梯子横木，好在这关键的间歇时间里不让人看到自己，并且只是不时好奇地紧贴着阳台地面窥探过去。这持续了一会儿，随后一个官员，一个矮个儿，走到上校跟前，试着踮起脚尖向他凑近上去，听到还一直除了深呼吸外一动不动的他对自己耳语了几句，一拍巴掌，所有的人应声直起了腰，这位官员当即宣布："请求已被拒绝。你们走吧。"一种有目共睹的松了一口气的感觉在人群中弥漫开来，大家蜂拥着出去，对那位简直已经又变成和我们大家一样的人的上校，几乎没有什么人特别注意的了，我只看见，他确实精疲力竭地松开手中的竹竿，竹竿倒地，他躺倒在官员们搬来的一把靠背椅上并急忙把烟斗塞进嘴里。

整个这样的事件不是个别现象，普遍都是这样的情形。虽然有时会有小小的请求被满足的情况，但是随后就好像上校以有权势的私人身份擅自做了这件事，这简直还得——当然不是特意，但按气氛的需要——对政府保密。在我们的小城里上校的眼睛，就我们所能判断的来看，也是政府的眼睛嘛，但是这里是有区别的，这是一个完全探究不了的区别。

不过在重大事情上市民们总是一定会遭到拒绝的。而同样令人感到奇怪的是，人们在某种程度上没有这种拒绝还对付不过去，而且这种参观和接受拒绝完全不是什么形式上的事。人们一再精神抖擞、神情严肃地前去，然后又离开那儿，即使谈不上感到振奋和喜悦，但也决不是失望和厌倦。我无须向任何人打听这些事情，我像所有的人一样在自己内心感觉到这一点。连探询这些事情的内在联系的某种好奇心我都没有。

不过据我观察，有某个年龄段的人对此不满，这是一些大约在十七岁至二十岁之间的年轻人。是些年轻小伙子，他们不能远远地就预感到这个最不重要的想法的影响，一个革命的思想的影响力他们就更预感不到了。而不满情绪则恰恰在他们之中滋生。

20. 关于法律问题[①]

我们的法律不是大家都知道的，它们是一小批统治我们的贵族的秘密。我们深信，这些古老的法律被严格地遵守着，但是按照自己不知道的法律受人统治着，这却是某种极其令人痛苦的事。我在这里想到的，不是解释法律的种种不同的可能性，也不是如果只是个别人、不是全民族可以参与解释会带来的负面影响。这些负面影响也许根本就不是很大。这些法律已经十分古老，人们已经对它们做了几百年的解释工作，这种解释大概也已经成了法律了。解释法律的种种可能的特权虽然始终还存在，但是已经大大受到限止。此外，贵族显然没有理由受个人利益影响对法律作出不利于我们的解释，因为法律从一开始就是为贵族制定的，贵族置身于法律之外，似乎正因为如此法律就只交到了贵族的手里了。这里面当然有智慧——谁怀疑这些古老法律的智慧呀？ 但是对我们来说也有痛苦，也许这是不可避免的。

再者说了，连这些虚假法律其实也只能是被推测出来的。法律存在着并作为秘密托付给了贵族，这是一种传统，但是这仅仅是并且也只能仅仅是古老的、因其古老而可信的传统罢了，因为这些法律的性质也要求对其存在保密。但是如果我们这些老百姓自远古以来就密切注视贵族的这些行为，拥有我们的祖先对此所做的记录，认真地继续做了记录并以为在无数的事实中看出某些能让我们推断出这种或那种历史使命的方针，如果我们试图按照这些经过极其缜密的筛选和整理而得出的结论为目前和将来作出一点儿安排——那么这一切都靠不住，并且也许只是一种智力游戏，因为我们在这里试图去竞猜的这些法律也许根本就不存在。有一小伙人，他们确实持有并试图证明这一看法：如果存在一种法律，那么这法律只能是“贵族的所作所为就是法律”。这伙人只看到贵族的专横行为并摒弃民众的传统，依他们看这些传统只会带来微小和偶然的好处，而通常却会带来严重的害处，因为它们使民众对即将来临的事件产生一种错误的、虚假的、导致轻率的安全感。这种害处不容否认，但是我们的绝大多数民众却认为其原因在于：传统还远远不够；还必须对它进行更加深入的研究；而且它的材料看似浩如烟海其实还是太少；还得再过几百年它才会够用。澄清目前这种昏暗前景的，只是这一信念：传统和对传统的研究在某种程度上可以舒口气画上句号的时候有朝一日终将到来，一切都将变得清清楚楚，法律只属于民众，贵族消失不见。这可不是怀着对贵族的憎恨说的，根本不是的，没有人这样。其实是我们憎恨我们自己，因为我们还没被人认为可以享受法律。所以其实是那一伙在某种意义上很有诱惑力的人，是他们不相信有真正的法律，他们的人数一直这样少，因为他们也完全承认贵族和贵族存在的权利。

其实这只能用一种悖论来表述：一个既摒弃对法律的信仰也摒弃贵族的派别原本可以立刻得到全体民众的支持，但是这样一个派别不可能形成，因为没有人敢摒弃贵族。我们就生活在这把刀子的刀刃上。有一回一个作家曾对这作了如下总结：加在我们身上的惟一的、看得见的、确实无疑的法律是贵族，我们要从我们自己身上剥夺掉这惟一的法律吗？

---

①本篇写于 1920 年秋末，1931 年首次发表，标题为布罗德所加。

21. 征　兵[①]

征兵常常是必要的，因为边境战火从未停止，征兵以下述方式进行：

发布了这样的指令：某城区的全体居民，男人、女人、儿童，在某一天一概得待在自己的住所。往往到了中午时分，负责征兵的年轻贵族才出现在城区的入口处，一队士兵，步兵和骑兵，自破晓时分起就已等候在那儿了。这是一个年轻人，瘦削，个头不高，柔弱，不修边幅，神情疲倦，心神不定，像一个不断打着寒战的病人。他谁也不看，就用一条构成他的全副装备的鞭子发出一个信号，几个士兵便向他走过来，他就走进第一所房屋。一个熟知本市区全体居民的士兵宣读这户居民的名单，通常全家人都在，已经在客厅里站成一排，眼睛齐刷刷看着这位贵族，仿佛他们已经是士兵了似的。但是有时也可能会少一个人，而且短少的总是男人。在这种情况下，谁也不敢找借口，更不敢撒谎，人们沉默不语，人们低垂下眼睑，人们在这所房屋里违犯命令造成的压力人们几乎忍受不了啦，但是这位贵族的沉默态度却使全家人不敢挪动一步。这位贵族发出一个信号，简直说不上是点一点头，只有从眼神上才可看出这信号，两个士兵就寻找起短缺的人来了。这根本不费什么劲。他决不会在屋外，他决不会真的想逃避服兵役，只是由于害怕他才没有来，但是阻止他到场的也不是怕服役，压根儿就是不敢露面，这道命令对他来说简直太厉害了，厉害得让人胆战心惊，凭自己的力量他来不了。但是他并不因此而逃跑，他仅仅是躲了起来，如果他听见这位贵族在屋里，他大概也还会从藏身之地蹑手蹑脚地走出来，悄悄溜到客厅门口并立刻被走出来的士兵抓住。他被带到贵族面前，这位贵族用双手握住鞭子——他太虚弱，用一只手他什么事也干不了——痛打这个人。这不会怎么打痛他的，然后他一半由于筋疲力尽，一半由于厌恶而扔下鞭子，挨打的人就得拾起鞭子并把它递给他。这时他才可以归入其余人的队列；顺便说及，几乎可以肯定的是，他将不会被接受入伍。但是也会发生这样的情况，而且次数更多：站在这儿的人超出了名单上的人数。譬如有一个陌生的姑娘，看着这个贵族，她是外地人，也许来自乡下，征兵把她吸引来了，有许多妇女，对于这样一种外地征兵的诱惑力——本地的征兵有着一种完全不同的意义——她们抗拒不了。说来也奇怪，如果一个女人受到这种诱惑，这并不被人认为是什么丢脸的事，相反，在某些人看这是某种妇女们必修的功课，这是一种她们为自己的性别偿付的债务。过程也始终都是一样的。姑娘或妇女听说某地，也许很远，在亲戚或朋友的家乡正在征兵，她就请求家人准许她去，家人同意，这种事情是拒绝不得的，她穿上最好的衣服，显得比平时更加高兴，但也显得安详和亲切，不在意得像她平时也可能的那样，在所有的安详和亲切的后面落落寡合得像一个完全陌生的女人：这个女人正要去自己的家乡，此时不再想到任何别的事情。在要进行征兵的那一家里她受到了不同于一个寻常客人的接待，全家人都奉承她，她得参观这一家的所有房间，得从所有的窗户向外探望，如果她把手放到谁的头上，其意义就胜过父亲的祝福。当这一家人准备应征的时候，她得到了最好的位置，这就是门口的那个位置，她在那儿既可以最清楚地被贵族看到，也可以最清楚地看到贵族。但是她这份殊荣只享受到贵族进来之时。从贵族进门之时起她简直就黯然失色。他不注视她，也不注视别人，即便他把目光对着某人，此人也不觉得自己受到注视。这一点她未

---

① 本篇作于 1920 年秋末，标题为布罗德所加。

曾料到，或者还不如说，这一点她一定料到了，因为情况不可能跟这不一样的，但是驱使她来到这儿的，也不是对相反情况的预料，那仅仅是某种现在当然行将结束的东西。她感到无比羞愧，这种羞愧也许是我们的妇女往常从来不会感觉到的，现在她才真正觉察到，她挤进来参加了一次别人的征兵活动，当士兵宣读过名单，她的名字没有出现并出现了片刻寂静，她便战战兢兢、弯腰弓背从门口溜出去，背上还挨了士兵一拳。

如果多出来的是一个男人，那么此人就一门心思只想着要一起被应征，虽然他不是这个家里的人。这也是毫无希望的事，从来也没有这样一个多出来的人被征召入伍过，将来也决不会发生这样的事。

22. 考　试[1]

我是一个仆人，可是我没有活儿可干。我胆子小，不往前挤，连和别人挤到一个行列里也不想，但是这只是我没有活儿可干的一个原因，也可能是这同我的没有活儿可干毫不相干，总之主要的事情是，没有人叫我干活，别人被叫过并且没有比我更刻意地谋求过这件事，甚至连被叫去当差这样的愿望都不曾有过，而我至少有时是很强烈地怀有这样的愿望的。

所以我就这样躺在仆役寝室里的木板床上，仰视天花板上的横梁，睡着了，醒过来并又睡着了。有时候我去那边的一家卖酸啤酒的酒店，有时候我已经由于恶心而倒掉了一杯这样的啤酒，但是随后我又喝了。我喜欢坐在那儿，因为我可以从那扇关着的小窗户后面朝我们那幢房屋的窗户那边望过去，而不会被人发现。人们在那里看不到多少，我以为，对着这街道这一边的，只是楼道的窗户，而且那些楼道不是通往主人住所的。但是也可能是我搞错了。有一回有一个人没等我问他就曾这样断言过，而且房子正面的普遍印象也证实了这一点。那些窗户很少被打开，若是打开了，那这便是一个仆人干的，然后他就靠在窗台上，以便向下看一会儿。在那些楼道里他是不会被人意外撞见的。再者说了，我不认识这些仆人，这些经常在楼上干活的仆人睡在别的地方，不睡在我的房间。

有一回我走进酒店时，我的观察哨位上已坐着一个客人。我不敢仔细朝那边看，在门口就想马上扭头离去。但是那客人唤我过去，原来他也是一个仆人，我曾在什么地方见过他，但迄今一直未曾和他说过话。

“你为什么要走开？ 坐过来喝一杯吧！ 我付钱。”我就坐下。他问我一些事，但是我答不上来，甚至我连那些问题都听不懂。所以我就说："现在你也许后悔邀请我了吧，我这就走人，"说罢，我就要站起来。但是他从桌面上伸过手来，将我按下："待着吧，"他说，"这只是一次考试。谁不回答问题，谁就通过了考试。"

① 本篇约写于 1920 年秋末，1936 年首次发表，标题为布罗德所加。

23. 兀　鹰[①]

有一只兀鹰在啄我的脚。它已经把靴子和长袜撕开，现在它已经在啄裸露的脚了。它总是猛地啄一下，然后就不安生地绕着我飞几圈，再继续啄我的脚。一个男子从一旁经过，驻足观望了一会儿，随后就问，我为什么容忍这只兀鹰。“我手无寸铁，”我说，“它一来就啄，我当然想赶走它，甚至试图掐死它，可是这头畜生力气大得很。它都想扑到我脸上来啦，所以我宁可奉献我的双脚。现在我的脚几乎已经被撕烂了。”“您竟能忍受这般折磨，”那男子说，“砰的一枪，那兀鹰就完蛋了。”“是这样吗？”我问，“您能帮这个忙吗？”“好啊，”男子说，“我得回家拿我的枪。您还能等半个小时吗？”“这个我不知道，”我说，并因疼痛而僵直地站了一会儿，随后我就说：“无论如何，请您试试吧。”“那好吧，”男子说，“我快去快回。”兀鹰在谈话期间平心静气地倾听着并让目光在我和男士之间游移。现在我看出来它全听明白了，它腾空而起，身子向后绷紧，以求获得足够的冲力，随后便像一个标枪投手那样将它的鹰嘴深深插进我的嘴中。我一边向后倒下，一边释然地感到，兀鹰正无可挽救地淹死在我那填满一切沟壑、淹没一切堤岸的血泊中。

---

① 本篇约写于 1920 年秋末，1936 年首次问世，标题为布罗德所加。

24. 舵　手[①]

“我不是舵手吗？”我喊道。“你？”一个来历不明、身材高大的男子边问边用手揉了揉眼睛，好像在驱散一个梦。在这黑暗的夜色中，我一直站在舵旁，头顶上是光线昏暗的提灯，现在这个人来了，想把我推到一边去。由于我不肯离开，他就一脚踏在我胸口上并将我慢慢往下踩，而我则还一直紧紧握住舵轮把柄不放，在倒下去时完全扭转了舵轮。可是那人当即抓住舵轮，把好舵，却把我推开。但我很快便明白过来，便奔到通向水手室的舱口，大声叫喊：“船员们！　同伴们！　快来呀！　一个陌生人把我从舵旁赶开啦！”他们慢慢过来，从船梯爬上来，一个个摇摇晃晃、疲惫不堪、身材高大。“我是舵手吗？”我问。他们点点头，可是目光只注视着那个陌生人，他们围着他站成半圆形，而他却以命令的口吻说：“别打扰我！”他们便聚集在一起，向我点点头，便又顺着船梯走了下去。这是些什么人！　他们有脑子吗，抑或他们只是吧嗒吧嗒浑浑噩噩地行走在这大地上？

① 本篇约写于 1920 年秋末，首次发表于 1936 年，标题为布罗德所加。

25. 陀　螺①

一个哲学家总是在孩子们玩耍的地方闲荡。他一看见一个男孩拿着一个陀螺，他就暗中窥视开了。陀螺刚一转动，哲学家便盯住它，要抓住它。孩子们吵吵嚷嚷，设法不让他接近他们的玩具，对此他毫不理会，他一旦在陀螺还在转动时抓住了它，他就喜上眉梢，但只高兴一小会儿，随后他就把它扔到地上，扬长而去。因为他认为，悟解了任何一样小事物，譬如哪怕只是一个转动着的陀螺，就足可以悟解一般的事物。所以他不研究重大问题，他觉得这不经济。如果真的悟解了零星小事，那么也就悟解了一切，所以他只研究旋转的陀螺。每当做好了旋转陀螺的准备工作，他就有了成功的希望，而一旦陀螺旋转起来，在他上气不接下气跟着它跑时他的希望就得到证实，但是当他随后把这块愚蠢的木头拿在手里时，他便觉得恶心，他迄今一直没听见、现在突然传入他耳朵的孩子们的叫喊声把他赶走，他就像一只在一条笨拙的鞭子抽打下的陀螺那样跌跌撞撞。

---

① 本篇约写于 1920 年秋末，1936 年随着布罗德编纂卡夫卡全集方首次问世。

26. 小 寓 言[①]

“哎哟，”老鼠说，“这世界一天天越变越狭小了。起先它十分辽阔，辽阔得让我害怕，我跑呀跑呀，我高兴地终于看到远方左右有墙了，但是这些长长的墙很快合拢，致使我已经在最后一个房间里了，那儿角落里放着捕鼠器，我跑进这捕鼠器。”——“你只需改变奔跑的方向，”猫边说边一口咬住它。

---

① 本篇成稿于 1920 年秋，1931 年首次问世，标题为布罗德所加。

27. 回　家①

我回来了，我穿过门厅，向四周看了看。这是我父亲的旧院落。院子中间是小水坑。破旧的、不能再用的农具，交错地乱堆在一起，堵住了通向顶楼楼梯的道路。那只猫潜伏在楼梯的扶手上。一块破布，有一回玩耍时缠绕在一根棍子上了，在空中随风飘荡。我到家了。谁会来接待我呢？ 谁等候在厨房门后？ 烟囱在冒烟，一定在煮晚餐用的咖啡了。你感到亲切，你觉得在家里了吗？ 我不知道，我很不踏实。这是我父亲的房子，但每样东西都冷冰冰的，好像每一样东西都在忙着自己的事情，这些事情我部分已忘记，部分从未知晓过。我对它们能有什么用，对它们来说我算是什么，即使我是我父亲这个老农夫的儿子。我不敢敲厨房门，我只从远处偷听，我只站着从远处偷听，这样就不会让人当场发现我在偷听。由于我从远处偷听，所以我什么也听不见，我只听见或者也许自以为只听见轻微的敲钟声，童年时期留下的回忆。厨房里正在发生什么事，那是坐在那儿的人的秘密，他们对我保守这个秘密。你在门外迟疑越久，你就变得越陌生。如果现在有人开门并问我什么，那会怎么样呢。那我岂不自己就像一个想保守自己的秘密的人了。

① 本篇约写于 1920 年秋末，1936 年首次问世，标题为布罗德所加。

28. 起　程[①]

我吩咐把我的马从马厩里牵出来。仆人没有听懂我的话。我就自己走进马厩，给马上鞍子并骑上马。我听见远方响起号角声，我问他这是什么意思。他什么也不知道，而且什么也没听见。在门口他拦住我并问："主人，你去哪儿？""我不知道，"我说，"只是离开这儿，只是离开这儿。不断地离开这儿，只有这样我才能达到我的目的地。""那么你知道你的目的地吗？"他问。"知道，"我回答，"我说过了呀：'离开这里'，这就是我的目的地。""你没带干粮，"他说。"我不需要，"我说，"路途十分漫长，途中我若得不到什么东西，我一定会饿死。干粮救不了我的命。所幸的是，这是一次真正非同寻常的旅行。"

① 本篇约作于1922年春，1936年首次问世，标题为布罗德所加。

29. 代 言 人[①]

很难肯定，我是否有代言人，我无法了解有关此事的任何详情，所有的面孔都是拒绝的表情，大多数人，向我迎面走来的以及我在过道里一再遇到的，看上去都是胖胖的老妇人，她们系着深蓝色和白色条纹的、遮住整个身体的大围裙，抚摩着自己的肚皮，笨拙地来回转动着。我根本都无法得知我们是否在一幢法院大楼里。有些情况说明是，许多情况说明不是。撇开一切细枝末节不谈，最让我觉得像在一个法院大楼的是一片隆隆声，它不停地从远处传来，说不清它来自哪个方向，它充斥各个房间，人们简直会以为它来自四面八方，或者看来更正确，你偶然站立的那个地方正是发出这隆隆声的地方，但是这肯定是一种错觉，因为这声音来自远方。这些过道，狭窄，架设了简单的拱顶，徐缓蜿蜒，有稍加装饰过的高高的门，甚至它们似乎就是为这深深的寂静而设计的，那是一座博物馆或一座图书馆的过道。但是如果这不是法院，那么我为什么在这里物色一个代言人？ 因为我到处找代言人，哪儿都需要代言人，其他地方比法院更需要代言人，因为人们相信，法院根据法律作判决。若是人们认为法院在这方面不公正或草率从事，那么大家就没法活了，人们必须相信法院，相信它会自由地运用法律的威严，因为这是它惟一的任务，但是在法律自身中一切都是控告、辩护和判决，一个人的独立干涉是罪恶行为。但是一个判决所依据的事实情况就又另当别论了，这种事实情况建筑在一定的调查的基础上，调查亲戚和陌生人，调查朋友和敌人，在家庭和公众中调查，在城市和乡村调查，简言之，到处调查。这就急切需要代言人，大量代言人，最优秀的代言人，一个紧挨着一个，一道活的墙，因为代言人按其本性是不怎么活跃的，可是这些起诉人，这些狡猾的狐狸，这些敏捷的黄鼠狼，这些看不见的小老鼠，他们无孔不入，穿行在代言人的大腿间。当心啊！ 所以我来这儿了，我搜集代言人。但是我还没找到一个，只有这些老妇人来了又走了，永不停歇；假如我不找，我就会昏昏入睡。我没有找对地方，可惜我无法摆脱我没找对地方的这种印象。我必须到一个有形形色色的人聚会的地方去，这些人来自各个地方，来自各个阶层，来自各行各业，各个年龄段，我得有机会，可以从一大群人当中谨慎地挑选出合适的人，友好的人，对我有判断力的人。也许一个大的年市最适合干这件事了。可是我却在这些过道里转悠，这里只能见到这些老妇人，而且也见不到许多，总是这同样的几个，而且即便这不多的几个，不管她们动作多缓慢，我也总是逮不着，她们从我身边溜走，像雨云一样飘过，忙忙碌碌不知道在干什么。我究竟为什么急匆匆盲目走进一幢房屋，不读一读大门上方的牌子，立刻就到了过道里，顽固不化地粘牢在这里，我简直根本就记不起来，我什么时候在这所房屋的前面待过，什么时候爬楼梯上去的。但是我不可以走回头路，耽误的这些时间，这样承认走错了路，这会让我忍受不了的。怎么？ 在这短暂、匆促、伴随着一片焦灼的隆隆声的一生中跑下一道楼梯？ 这是不可能的。分配给你的时候很少很少，你失去一秒，就是失去了你的全部生命，因为你的全部生命并不更长，它始终只跟你失去的时间一样长。所以如果你已经开始走上一条路，那你就继续走下去吧，不管出现什么情况，你只能成功，你不会有危险，也许你最后会摔倒，但是假如你迈出头几步后就转身往回走并跑下楼去，那么你就会一开始立刻就倒下，而且不是也许，而是完全确定无疑。所以如果你在这过道里什么也没找到，那么你就打开这些

---

① 本篇约写于 1922 年春，1936 年首次问世，标题为布罗德所加。

门，如果你在这些门的后面什么也没找到，那么还有新的楼层，你在楼上什么也没找到，别着急，你就登上新的楼梯。只要你不停止攀登，梯级就不会终止，在你攀登的双脚下它们会向上生长。

30. 一条狗的研究[①]

我的生活发生了多大的变化而其实却并没有发生什么变化！每逢我现在回首往事，回忆我还生活在狗类中间，分担它们的一切忧伤，是狗们的一个成员的岁月，我便往往会在仔细一看时发现，这里有些事情一直就不对头，存在着一个小小的断裂处。在参加令人崇敬的大众性活动时，一种轻微的不快便会袭上我心头，有时即使在朋友的圈子里，不，不是有时，而是很经常，只要一看见我喜欢的另一条狗，只要看上一眼，用某种新的眼光看上一眼，我便会感到尴尬、惊恐、无奈，乃至绝望。我试图在一定程度上劝慰自己，听我吐露过心事的朋友们帮助我，于是出现了较为平静的时期——在这段时期，那些惊异的事情虽然并不缺少，但却受到较为冷静的对待，被较为沉着地纳入生活之中，也许使我感到悲伤和疲倦，但是此外却也使我作为一条虽然有点冷漠、拘谨、胆怯、工于计算，但总的说来还是循规蹈矩的狗存在下来了。没有这些休养生息的时间，我如何能够活到我现在安享的高龄，我如何能够获得我用以观察我青年时代灾祸并忍受老年时代灾祸的宁静心境，我如何能够从我的——诚如我所承认的——不幸的，或者说得更谨慎些，不是很幸运的资质中得出这些结论并几乎完全按照它们去生活。离群索居，寂寞孤独，只是做着我的毫无指望、但对我来说不可或缺的小小研究，我就这样生活着，但并不因为远离我的民众而失去了对它们的了解，常常有消息传到我的耳边，我时不时地也告诉人家关于我自己的情况。大家尊重我，不理解我的生活方式，但并不因此怪我。即使我时不时看见在远处走过的年轻的狗——我几乎无法依稀想起它们的童年的那新一代的狗——也不拒绝恭敬地向我问候。

不可忽视的是，尽管我有着这些显而易见的独特之处，我却绝对不是变种。我考虑——我有时间、兴趣和能力来考虑——狗类的情况根本就是不可思议的。除了我们这些狗类之外，周围还有许多种生物，可怜的、低微的、沉默的、只会叫几声的生物，我们狗类中的许多狗研究它们，给它们起了名字，试图帮助它们、教育它们、优化它们，如此等等。只要它们不试图来打扰我，它们对我便是无所谓的，我彼此混淆它们，我不理会它们。但是有一点太显眼了，我不可能不注意到：与我们狗类相比，它们太不团结了，它们拘谨、沉默，带着某种敌意地互相擦肩而过，只有最共同的利益才能够把它们稍许在表面上联系在一起，即使出于这种利害关系也往往只会产生仇恨和纷争。我们狗类则相反！可以这么说吧：我们大家全都严格地生活在惟一的一个群体里，全都一样，尽管我们通常因无数深刻的、随着时间的推移而产生的差别而很不相同。全都在一个群体里！我们迫切要求彼此相同，什么也不能阻止我们满足这种迫切的要求，我们所有的法律和机构，不多的我还记得那些以及无数的我已忘却的那些，盖源出于对我们有能力获得的最大的幸福、对温暖的共同生活的向往。但是如今这里的情形却是相反。据我所知，没有哪种生物像我们狗类这样居住得如此分散，没有哪种生物有着如此众多的，根本难以一目了然的等级、特性、职业方面的差异。我们，愿意团结在一起的我们——在感情过于激昂的时刻我们也一再能够排除万难做到这一点——恰恰是我们彼此远离地生活着，从事着特有的、往往是已经为同类所不理解的职业，遵守着不是狗类的规章制度。是的，甚至是针对狗类的规章制度。这是些多么棘手的事情，是些

---

① 本篇写于 1922 年春，1931 年由马克斯 · 布罗德编辑出版，标题为马克斯 · 布罗德所加。

我们宁可不去提及的事情——我也理解这种观点，甚于理解我自己的观点——不过却是些让我完全沉溺于其中的事物。为什么我不像别的狗那样行事，为什么我跟我们的狗群和睦相处并默默忍受妨害和睦的事，把这当作大结算中的小误差而忽略不计，而总是趋向幸福连接的事物，不趋向一再不可抗拒地把我们拉出狗群圈的事物。

我回想起我青年时代的一件事，我当时处在一种快乐之极、无法解释的骚动不安状态之中，这种状态大概每一条狗儿时都经历过，我当时还是一条很年轻的狗，一切都令我满意，一切都与我有关联，我认为，我周围正在发生一些重大的事情，我是指挥这些事情的头目，我必须为它们摇旗呐喊，我若不为它们奔走呼叫，不为它们晃动我的身形，它们就会停滞不前、奄奄一息，嘿，孩子们的幻想，随着岁月的流逝正在烟消云散。但是当初这些幻想是强烈的，我完全为它们所左右，而且后来也确实发生了什么不寻常的事，似乎证明那些狂热的期望是正确的。其实这并不是什么不寻常的事，后来我相当经常地见过这样的以及更奇特的事，但是当初它给我留下了强烈的、最初的、不可磨灭的、对许多后来的印象起决定性作用的印象。事情是这样的：我遇到了一小群狗，更确切地说，我不是遇到它们，是它们向我走来。当时我已经在黑暗中奔跑了很久，怀着对重大事情的预感——一种预感，可是它却容易落空，因为我总有这种预感——我在黑暗中奔跑了很久，漫无目的地奔来跑去，对一切视而不见、听而不闻，纯粹是受到了不明确的渴望的引导，突然停住，觉得这里正是合适的地点，抬头一看，发现此时已是大白天，只是有一点儿阴沉沉的，一切充满了起伏涌动、使人陶醉的气味，我狂吠几声欢迎这天的早晨，这时——仿佛是我把它们召来了似的——随着一声我还从未听见过的可怕的喧闹声，不知从哪个黑暗角落里突然冒出来七条狗。倘若我没有看清楚它们是狗并且是它们自己带来了这喧闹声——虽然我没能弄清楚它们是如何制造出这喧闹声的——我早就逃之夭夭了，但是既然如此，我就站住没动。当时我对只赋予狗类的创造性的音乐天赋几乎还一无所知，这种音乐天赋对我的缓慢形成的观察力而言，在此之前自然也一直没注意到。因为我从婴儿时期起就已经一直被音乐所包围，音乐对我来说是一种不言而喻、不可缺少的生活要素，没有任何东西强迫我把它和我的通常的生活分开，人们仅仅是试图用暗示，用与儿童的理解力相称的暗示向我指明过这一情况，所以那七个大音乐家就尤其令我吃惊，简直是给了我沉重的一击。它们不说话，它们不唱歌，它们大体上几乎是强忍住愤怒地沉默着，但是它们却像变魔术似的从寥廓的空间里变出音乐来。一切都是音乐——它们的爪子的一起一落，头部的某些转动，它们的一动一静，它们彼此之间所取的姿势，它们互相在一起围成轮舞那样的圆圈——比方说一条狗把前爪搭在另一条的背上，然后它们按顺序排列好，让第一条狗直立着承受所有其他的狗的重量，抑或它们以其贴近地面行进的身躯构成曲里拐弯的图形并且从不搞错，就连最后那条狗也从不搞错，那条狗还有点儿不稳当，并不总是马上和别的狗衔接上，在起调时有几分动摇不定，但是只是在与别的狗的高度稳当相比显得不稳当并且即便是在大得多的、甚至彻底的不稳当的情况下也不会对别的狗、对了不起的大师们坚定地保持节奏造成任何妨害。但是我几乎看不见它们，我几乎全都看不见它们。它们已经显现了，我已经在内心把它们当作狗欢迎了，我虽然被它们所带来的喧闹声搞懵了，但是它们确实是狗，跟我和你一样的狗，我出于习惯观察它们，像观察我在路上遇到的狗那样。我想接近它们，互致问候，它们也近在咫尺，是狗，虽然比我年长得多并且不是我这种长毛的、毛茸茸的类型的狗，但在身高和形态上也并没有太多异样之处，其实还是很相似的，许多这样类型或相似类型的狗我都认识。但是就在我还沉浸在这样的思考之中的时候，音乐渐渐增强了，完全将我攫住，把我从这些名副其实的小狗们身旁拉开，并且，完全违背自己的意愿，竭尽全力抗拒着，仿佛感到痛心似的号叫着：我研究不了任何别的东西，只可以研究这音乐，这音乐来自四面八方，来自高处，来自低处，来自各处。这音乐把听者置于中心位置，倾泻听者，压倒听者，还用极微弱的声音吹出号声，让你觉得它近在咫尺，又好像离得很远。我又被释放了，因为我已经太疲惫、太筋疲力尽、太虚弱，再也听不了了，我被释放开看着这七条小狗列队，它们跳跃，面露不悦之色，但我还是想呼唤它们，想向它们求教，想问它们，它们究竟在这里干什么——我是孩子，我以为我任何时候都可以向任何狗发问——可是我刚要张口，我刚感觉到和那七条有着良好的、亲近的狗缘，它们的音乐又响起来了，弄得我昏头昏脑，让我仿佛感到我自己是乐师中的一个似的转圆圈儿。而其实呢，我只是它们的牺牲品。这音乐把我抛过来扔过去，尽管我一个劲儿告饶。它终于使我免遭它们那奇特的力量的控制，它把我挤进一堆乱七八糟的木料中，那个地方周围堆放着一堆木料，我竟一直没发现。那堆木料现在把我紧紧围住，把我的头按下并给我——尽管那儿空地上音乐还在吼叫——略微喘息一下的机会。说真的，我感到惊讶的与其说是这七条狗的艺术——这艺术对我来说不可思议，但也完全为我的能力所不能及——倒不如说是它们那种完全、公开地听凭其创造之物摆布的勇气和它们那种没有让它把自己摧垮而泰然忍受它的力量。然而我现在从我的藏身洞穴里作仔细观察时却发现它们活动时并不怎么泰然，而是很紧张，这些看似动作十分稳当的腿每走一步都不停地颤抖，可怕地抽搐。它们用近乎绝望的目光彼此凝视，而那一再不听使唤的舌头则立刻又从嘴里松弛地耷拉下来。不可能是担心不成功，才使它们这么激动的吧？谁敢于做这样的事，完成了这样的事，谁就不会感到害怕——怕什么呀？谁强迫它们干它们在这里所干的事了？我再也不能克制自己，尤其是由于莫名其妙地觉得它们需要帮助，所以我就冲破一切喧闹大声和急促地把我的问题向外喊出去。可是它们——不可思议！不可思议！——它们不回答，装出一副仿佛我不在场的样子。狗们，根本不理睬同类的呼唤，这违背良好的道德准则，不论对于最小的狗还是最大的狗这都是决不可以原谅的。难道它们不是狗？可是它们怎么会不是狗呢？现在我仔细听去明明甚至还听见它们互相鼓励、彼此促使对方注意困难、警告别出差错的轻微呼唤声，我明明看见被大多数狗呼唤的最后面那条最小的狗在频频斜着眼向我这边看来，就好像它很想回答我，却克制自己，因为这是不允许的。可是这为什么不允许，为什么我们的法律无条件地一直要求做到的事这一回做不到了呢？我心里感到愤愤不平，我几乎忘记了音乐。这里的这些狗们违犯法律。不管它们是多么了不起的魔术师，它们也得守法呀，这一点我这个孩子都已经很懂得。我从这里还发现更多的事。它们确实有理由沉默，假如它们是出于负疚感而沉默的话。因为它们如何举止行为，这一点我只顾听音乐而一直没注意，它们全然不顾羞耻，这些可耻的狗们做着最可笑和最不正经的动作，它们笔挺地用后腿走路。呸！见鬼！它们光着身子并风骚地展示自己的裸体。它们为此而自鸣得意，而它们一旦受良好的本能驱使把前腿放下，它们就会大吃一惊，仿佛这是个错误，是个本性上的错误，于是就又迅速地抬起腿来，它们的目光似乎在为它们不得不中断了一会儿它们的邪恶行径请求原谅。世界颠倒了吗？我在哪儿？究竟发生什么事了？为了我自己的生存的缘故我在这里再也不可以迟疑了，我挣脱将我团团围住的木料堆，猛一下蹿出来，就要冲向狗群，我这个小学生必须当老师，必须使它们明白，它们在干什么？必须阻止它们继续干罪恶的勾当。“这些老狗，这些老狗！”我一个劲儿重复着。但是我刚脱身，我和这群狗只还隔着二三跳的距离，便又是那喧闹声，是它把我控制住了。也许我本可以凭借我的激情抵御住这种已经为我所熟悉的喧闹声的，如果不是在那虽可怕但也许可以被战胜的洪亮喧闹声中还响起一个清晰、严谨、一直保持不变、简直是从遥远的远方不变地到达的声音。那声音是喧闹声中真正的旋律，它迫使我屈服了。啊，这些狗们奏的音乐有多大的诱惑力呀。我进行不下去了，我再也不想劝导它们，让它们继续叉开它们的腿、犯罪作孽并诱惑别的狗犯悄悄旁观的罪吧，我是一条微不足道的小狗，谁能要求我担此重任呀？我表现得比我的实际年龄更幼小，我呜咽起来，倘若随后这些狗们征询我的意见的话，我也许就会以为它们做得对。顺便提一下，这种情况延续没多久，它们便带着一切喧闹声和一切亮光消失在它们先前从中冒出来的黑暗中了。

正如我已经说过的，整个儿这件事没有任何异乎寻常之处，在漫长的一生中一条狗会遇到某些断章取义地并从孩子的眼光来看比这还要奇特得多的事情。顺便说及，我当然也可能会——正如这个确切的词语所表述的——“讹传”，那么情况便是：七个乐师曾在这里聚会，在寂静的早晨奏乐。一条小狗迷迷瞪瞪地走过来，一个讨人嫌的听者，它们徒劳地试图用特别吓人的或庄严的音乐把这位听者赶走。它用提问扰乱它们，那它们，已经单单由于这条陌生狗的在场就已经受到了相当扰乱的它们也还要遭受这种纠缠并回答提问从而进一步加深这种纠缠吗？即使法律要求回答一切提问，一条这样微不足道的、闯了过来的狗有什么好值得重视的呢？也许它们根本不理解它，它汪汪叫着提出的问题它们听不懂。抑或也许它们听懂它的提问了并自我克制作了回答，但是它，这条小狗，这条不习惯音乐的小狗，不能把答话和音乐分开。至于说后腿嘛，也许它们确实破例地只用后腿走路，真是罪过呀！但是它们单独在一起，七个亲密无间的朋友，共守相聚，在某种程度上可以说是私下聚会，在某种程度上可以说是完全单独在一起，因为朋友相聚不是公众场合，而在没有公众的场合一条好奇的在街上乱跑的小狗也是制造不出公众来的，可是在这种情况下岂不就是好像什么事情也没发生了吗？情况不完全是这样，但也差不了多少，而做父母的则应该教育自己的孩子少在外面到处乱跑并宁可沉默和尊敬长辈。

如果达成这样的共识，那么事情就了结了。不过，对于大狗们来说了结了的，对于小狗们来说还没了结。我四处奔走，讲述和提问，控告和研究，想把大家都带到发生这一切事情的那个地方去，想指给大家看，我在哪儿站立过，那七条狗在哪儿待过，它们在哪儿以及如何跳舞和奏乐，并且，假如不是每条狗都甩开我、嘲笑我而是有哪条狗和我一起来了，那么我也许就会冒天下之大不韪，也试图用后腿站立，以便形象地把这一切解释清楚。唔，狗们对一个孩子所做的一切事都见怪，但是最终也会原谅孩子所做的一切事的。但是我却保持住了这种孩子的天性并在这期间变成了一条老狗。如同我当初没完没了地大声谈论那个如今已被我大大看淡了的事件，将其分解为各个部分，用在场者的观点去衡量它而不顾及我所处的那个群体，只是一直在思考这件事。我完全和每一条别的狗一样觉得这件事讨厌，但是我——这就是区别——却恰恰因此而想彻底地通过调查研究解决这件事，以便终于又可以腾出眼光去观察普通、平静、幸福的日常生活。在往后的日子里，我完全和当初一样工作，尽管采取的方法少了一些孩子气——可是这区别不是很大——而且我今天也不再这样坚持了。

可是事情是从那场音乐会开始的。我不抱怨这件事，这是我的天生的性格，是它在这里起作用，没有那场音乐会它也一定会另找展露的机会的。只是这件事来得这么快，这在从前有时让我感到遗憾，这使我失去了一大部分我的童年时光，某些狗能够延长其年轻狗的幸福生活达数年之久，但对我而言，只有短短的不多几个月。不去管它了。有比童年时代更重要的事情呢。在老年，经过了艰苦生活的锤炼，也许会有更多的儿童般的幸福向我招手，一个真正的孩子恐怕未必有力量承受这么多的幸福，而我却将会有这个力量。

当初我用最简单的东西开始做我的研究，材料不缺，可惜，正是材料过多，使我在黑暗的时刻陷于绝望。我开始研究狗类以吃什么为生。可以说，这当然不是一个简单的问题，自远古以来我们一直在研究它，它是我们思考的主要对象，在这个领域里的观察、试验和观点是数不尽的，这已经成为一门科学，它规模宏大，不仅超越个别狗的理解力，而且也超越了所有学者狗们的全部理解力。哪条狗也承受不了它，只有全体狗类才能承受之，而且即使全体狗类也只能勉为其难地、不完全充分地承受之。它那早已被占有的陈旧知识一再老化，必须非常艰难地加以补充，我的研究工作的种种困难和几乎无法满足的条件就更不用提了。请不要对这一切进行辩驳，这一切我都知道，随便哪条普通狗都知道，我不想涉足于这门真正的科学，我对它怀有应有的敬畏之情，但是我充实不了它，我缺乏知识、勤奋、沉静，——特别是近几年来——尤其也缺乏那种胃口。我将食物囫囵吞枣地咽下去，但是那最微不足道的、前期的、有秩序的、农业方面的研究对我并不重要。在这方面，一切科学的精髓，母亲让婴儿断奶走上生活之路所说的“尽你所能把裤子尿湿吧”这条小小的规则足够我用的了。这里不是的确几乎包容了一切吗？从我们的祖先起就已经开始了的研究还要添加什么举足轻重的内容？细节、细节，一切多么不可靠。可是只要我们是狗，这条规则就会存在。它涉及我们的主要食物。当然，我们还有别的辅助手段，但是在不得已时以及如果年景不是太糟糕的话，我们还是可以靠这种主要食物生活的，这种主要食物我们在地上找到，但是土地需要我们的水，以吃我们的水为生，只是因为付出了这个代价土地才给我们食物。不过，有一点也不可忘记，这就是通过某些咒语、歌唱、动作我们能够加快这种食物的出现。但是在我看来这就是全部内容。从这方面来看，对这件事原则上没什么可说的了。在这一点上我与狗类的大多数是一致的，所有在这方面的异端邪说我都避之惟恐不及。说真的，我并不是要显得自己特殊，常有理，我能够和我的同类们意见一致，我就感到高兴，情况就是这样的。但是我自己的行动却朝着另外的方向进行。亲眼目睹的现象告诉我们，若按科学的规则对土地进行灌溉和耕作，土地就会给我们提供食物，而且会按同样为科学完全或部分地确证了的法则所要求的那样的质量、那样的数量、那样的方式、那样的地点、那样的时刻。这一点我承认，但是我的问题是："土地从哪儿收取这些食物？"对于这个问题大家一般都装听不懂，至多回答我说："你若不够吃，我们就分给你一点。"请重视这个回答。我知道：把已经得到的食物分而食之，这不是我们狗类的美德。生活艰难，土地容易龟裂，科学积累了丰富的知识，但相当缺乏实际成果。谁有食物，谁就留着它。这不是自私，而是相反，是狗的法则，是全体狗类一致通过的决议，产生于自私心理的克服之中，因为拥有食物者总是少数嘛。所以那个回答："你若不够吃，我们就分给你一点。"是一句惯用语、一句玩笑话、一句戏言。这一点我没有忘记。但是对我尤为重要的是，当初我带着我的问题浪迹天涯的时候，大家并没有因此而嘲笑我，大家虽然还一直不给我吃的——你叫它们从哪儿马上搞得到吃的呢——恰好偶然有，饥肠辘辘的自然也无暇顾及别的同类了，但是它们那么说还是认真的，有的时候我也确实得到一小点儿，如果我相当快地赶到，把它抢夺过来的话。它们怎么会这样特别对待我、体谅我、优待我的呢？是因为我是条瘦弱的狗，营养不良并且太不为食物操心了吗？但是有许多营养不良的狗在到处乱跑，只要有可能，连最粗劣的食物大家也要从它们的口中夺过来，常常不是出于贪欲，而往往是从原则出发。不，大家优待我，我无法用具体事例来证明这一点，我只是对此有明确的印象而已。那么是我的问题让大家感到高兴，大家认为我的问题特别聪明吗？不是，大家并不高兴，全都认为我的问题愚蠢。然而只可能是那些问题，是它们引起了大家对我的注意。就好像，大家宁可做出这令人难以置信的事，拿食物堵住我的嘴——大家没这样做，但是大家想这样做——也不愿容忍我的问题。但是要是那样的话，大家也就可以更便捷地把我赶走并不容许我提问了。不，大家不愿意这样干，大家虽然不愿意听我的问题，但是恰恰由于我的这些问题大家就不愿意把我赶走。不管我如何受到嘲笑，被当作愚蠢的小动物对待，被推来推去，这实际上却是我的声誉最鼎盛的时期，后来再也没有出现过类似的情形，我到处通行无阻，不受任何阻拦，在粗暴对待的幌子下我实际上受到了奉承。而一切只是由于我的问题，由于我的无辜，由于我的研究欲。它们想以此麻痹我，不用暴力，几乎怀着爱意使我离开一条错误的道路，离开这样一条道路。这条道路的错误性质如此无可非议，以致可以允许它们使用暴力？也有某种敬意和恐惧在妨碍它们使用暴力。当初我就已经对这种情况有所预感，今天我清楚地知道，比当初这样做的狗们清楚得多地知道，这是真的，它们曾经想诱使我离开我的道路。这事没成功，适得其反了，我的注意力加强了。情况甚至向我表明，那是我，是我想引诱别的狗类，而且我的引诱事实上在一定程度上是成功的。在狗类的帮助下我才开始理解我自己的问题。每逢我譬如问：土地从哪儿收取这食物——难道我操心的，如可能有的表面现象那样，是土地吗？难道我操心忧虑的是土地吗？一点儿也不是，一如我很快就认识到的那样，我完全不操那份心，我只操心狗们，根本不操心别的什么。因为除了狗还有什么？在这寥廓、空旷的世界上除狗之外我还能呼唤谁呀？一切知识、所有问题和所有答案的总和均包含在狗类中。但愿我们能使这种知识发生效用，但愿我们能将它揭示出来，但愿它们所知道的并不比它们所承认的、比它们向自己承认的多得多。就连最健谈的狗通常也比放最好的食物的位置更难于接近。你围绕你的同类转悠，你贪婪得涎沫盈口，你用自己的尾巴拍打自己，你提问，你请求，你号叫，你撕咬并达到了——并达到了你不费什么劲也会达到的目标：亲切的倾听、友好的触摸、光荣的嗅闻、热烈的拥抱，我的和你的吠叫融合为一体，一切都是为了这个目标，一种迷醉、忘却和发现。但是狗类们首先想达到的这个目标：知识的供认，这个目标一直达不到。在狗们已经把诱惑推进到极致的情况下，对这个请求，对这个或无声或有声的请求作出回答的，充其量也只不过是麻木的神情、乜斜的目光、耷拉着眼皮的无神的眼睛而已。这跟当初的情况没有多大区别，当初我作为孩子呼唤那几条奏乐的狗而它们则沉默不语。

于是你可能就会说：“你抱怨你的同类，抱怨它们在重大问题上沉默不语，你声称，它们知道的情况比它们承认的多，比它们在生活中愿意承认的多，而这种隐瞒——个中的原因和秘密它们自然也还一同隐瞒着——则毒化生活，使你难以忍受这生活，你必须改变或放弃这种生活。这有可能，可是你自己就是一条狗，也了解狗的情况，那你就有话直说吧，不要只是用提问的形式，而是说出答案来。如果你把这说出来，谁会抵制你？狗类们就会随声附和，仿佛它们就等着这一刻似的。于是你就有了真实的话、明白的话、坦诚相告的话，你要多少就会有多少。被你背地里说得一无是处，这种低微生活的顶盖就会敞开，我们全都会一条狗挽着一条狗地升入高度的自由之中。如果最后这一点做不到，如果情况比迄今的更糟糕，如果完整的真理比一半的真理更不堪忍受，如果事实证明沉默者作为生活的维护者是有理的，如果我们尚有的一线希望会变成彻底的绝望，那么把话说出来，这样的尝试还是值得一做的，因为你不愿意过允许你过的这种生活。那么，你为什么指责别的狗沉默不语而你自己却沉默不语呢？”回答很简单：因为我是一条狗。和别的狗完全一样，本质上也性格内向、抗拒自己的问题，纯粹由于害怕。严格地讲，至少自我长大以来，难道我之所以向狗类们提问，是为了让它们回答我吗？我有如此愚蠢的期望？我看着我们的生活的根基，料到它们的深度，看着工匠建筑，从事它们那不可捉摸的工作，我还会一直期待：鉴于我提的问题，这一切会被完成、被毁坏、被放弃？不，我真的不再期待这样的事了。我了解它们，我和它们有血缘关系，我的血管里流着它们那可怜的、一再年轻的、一再渴望的血。但是我们不仅拥有共同的血液，而且也拥有共同的知识，不仅拥有共同的知识，而且也拥有共同的打开知识大门的钥匙。没有其他的狗我就没有这一切，没有它们的帮助我就不可能拥有这一切——含有最高贵骨髓的铁骨只有所有的狗用所有的牙齿一起咬才对付得了。这当然只是一个形象的譬喻，是夸张了的。假如所有的牙齿跃跃欲试，那么它们就不必咬啦，骨头便会自动打开，骨髓便会流出来听凭最弱小的狗去享用。如果我停留在这个譬喻的范围内，那么我的意图、我提的问题、我做的研究便自然都是瞄准了某些了不起的事物的。我要迫使所有的狗参加这一聚会，要在它们做好了准备的压力下让骨头自动打开，然后我就要把它们打发走，让它们去过它们喜欢过的生活，然后便独自、绝对地独自啜饮这骨髓。这听起来阴森森的，几乎就是，仿佛我不只是要以吃一块骨头的骨髓为生，而是要以吃狗类自身的骨髓为生。不过，这只是一个譬喻。这里所谈的骨髓不是食物，是与之相反的东西，是毒物。

我想我提的问题只是还在折磨我自己，我要用四周惟一尚还在回答我的沉默来激励我自己。这种状况你将忍受多久？ 狗类，如你通过你的研究使你自己已越来越意识到的那样，沉默不语并将永远沉默不语，你将忍受多久？这是超越所有个别问题之上的我的真正的切身问题。这个问题只向我提出，不累及别的狗。可惜我能够比回答个别问题更容易地回答这个问题。我大概将会一直忍受到寿终正寝之时，晚年的宁静越来越抗得住这些不安宁的问题。我大概将会默默无声地、为沉默所环绕着、近乎安详地死去并且我将对此泰然处之。像是恶意安排好了似的，我们狗类得到了一颗值得赞赏的强壮的心脏，一只不会过早衰竭的肺，我们顶住一切问题，乃至自己的问题。沉默的堡垒，这就是我们。

近来我越来越频繁地在考虑我的生活，寻找我也许犯下了的、重大的、贻害无穷的错误，却不能找到它。我一定犯过这种错误，因为假如我没犯过这种错误，通过一辈子诚实劳动依然没达到我想达到的目标，那么，这就证明了，我想达到的目标是不可能达到的并且从中将生出完全绝望的情绪来。看看你这一生所做的事吧！最初是研究这个问题：土地从哪儿为我们收取食物？一条年轻的狗，从根本上讲自然渴望享受生活乐趣，可我却放弃了一切享受，回避一切娱乐，把头埋在两腿之间抵御诱惑并开始工作。这不是学者的工作，无论从学识、方法还是从意图上看都不是。这大概是错误，但是它们不可能是重大的错误。我才疏学浅，因为我很早便离开母亲，很快便习惯于独立生活，过着自由自在的日子，而过早的独立生活是有碍于系统性学习的。但是我见多识广，和不同种类和职业的许多狗交谈过，自以为对一切事物理解得不坏，把单个的观察联系得不坏，这多少弥补了学识的不足，但是此外，独立性对学习可能不利，对我的研究却有某种好处。就我的情况而言，独立性尤其必要，因为我不能够遵循真正的科学的方法，亦即不能够利用前人的成果并和同时代的研究者们建立联系。我完全依靠自己，一切从零开始，从这种令小狗喜悦、然后却令老狗极其沮丧的意识开始：我将偶然画上的句号也必将是最后的句号。我确实是这么孤零零地从事我的研究吗？现在这样并且历来就是这样？既是又不是。无论过去还是现在，无论在什么地方，不可能会没有一条狗处于我这样的境地。我的情况不会糟糕到如此程度。我与其他狗类在本质上并无多大区别。每条狗都和我一样好问，我也和每条狗一样好沉默。大家都好问。若非如此我通过我的问题也只能引起极轻微的震动，我有幸常常怀着喜悦，自然是夸大的喜悦看到那种震动。假如我不是处于这样的情况，我能做的肯定要少得多。我好沉默，这一点可惜无须特别的证明。我原则上跟每一条别的狗没有什么不一样，所以尽管有着种种意见分歧和反感，每条狗基本上还都承认我，我也不会用别的方法对待它们。只有各成分的组成是不一样的，这个区别对单个的狗来说很大，对狗类来说却无关紧要。那么难道说这些总是存在的成分的组合在过去和现在的范围内，就从不产生相似于我的组合的结果？那么如果大家要把我的组合称之为不幸的话，那种组合岂不是还要不幸得多？这恐怕是和所有其余的经验背道而驰的。我们狗类从事着最奇妙的职业。假如你没有这方面最可信赖的消息，你就决不会相信有这样的职业。在这方面我最喜欢想到气狗的例子。当我第一次听说有这么一种狗时，我笑了，我怎么也不肯相信。怎么？据说是一种最小种类的狗，个头不比我的头大多少，到了老龄时也不长大。这种狗，当然身体虚弱，看上去形态不自然，不成熟，梳理得过分精细，没有能力正经八百地跳一下，据说这种狗通常在高空中移动，但是并不做可以看得见的工作，而是休息。不，要我相信这样的事情，我认为这简直是滥用一条年轻狗的无先入之见的特性。但是此后不久我从别的方面听到了有关另一条气狗的情况。它们联合起来愚弄我吗？ 但是后来我看见了奏乐狗，从这时候起我便认为一切都是可能的，没有什么偏见限制我的理解能力，最荒唐的谣传我尽可能地探个究竟、紧追不放，我觉得在这荒唐的生活中最荒唐的事比富有意义的事更有可能发生并且对我的研究特别有用。气狗也是这样。我听说许多有关它们的情况，我虽然直至今天还没见过一条气狗，但是对于它们的存在我早已坚信不疑，而且在我的宇宙观中它们拥有重要的位置。跟大多数情况不一样，在这种情况下首先引起我深思的自然不是艺术。真是奇妙，谁能否认这些狗有能力在空中飘荡呀，在对此表示惊异这一点上我与狗类是一致的。但是就我的感觉而言，比这神奇得多的是这种荒谬，这些狗类的沉默荒谬。一般来说，根本不对这种荒谬进行解释，它们飘荡在空中，它们依然在飘荡，生活按其常规继续进行，狗们间或谈到艺术和艺术家，如此而已。但是为什么，十分善良的狗类呀，这些狗为什么飘荡呀？它们的职业有什么意义？为什么从它们那儿得不到一句解释的话？为什么它们飘荡在那上空，让作为狗类的骄傲的腿萎缩，脱离养育自己的土地，不播种却收获，据说甚至还靠损及狗类利益吃得特别好？我可以自夸地说，通过我的问题我使这些事受到了一点儿关注。它们开始说明理由，开始收集一种根据，它们开始了，不过它们却也并不超越这个开端。但毕竟有所行动。虽然没有显示出真相——这一点永远做不到——但是揭示出了某种谎言的深刻迷惘。我们的生活中的一切荒谬现象，尤其是最荒谬者都可以得到解释。当然不充分——那是天大的笑话——但是足以抵挡不愉快的问题。还是拿气狗作例子：它们不像狗们起先可能以为的那样傲慢，其实它们特别需要别的狗的帮助，你设身处地为它们着想，你就会理解这一点。这件事它们既然不能公开地干——这样干会违背保守秘密的义务——所以它们就必须设法以某种别的方式寻求对它们的生活方式的谅解或者至少把注意力从它那儿引开，让大家忘却它——据说，它们为此而采取了一种几乎不堪忍受的喋喋不休的方式。它们总是有话要谈，不是谈它们的哲学思辨——它们能够不断地进行这样的思辨，因为它们已经完全不做体力劳动——便是谈它们从它们的高空位置上所进行的观察。虽然它们的智力并不是很出众——过着这样的放荡的生活，这是不言而喻的——它们的哲学跟它们的观察一样没有价值，科学几乎不能应用这种哲学中的什么东西并且根本就不依靠这些粗陋的辅助资料，尽管如此，如果你问这些气狗究竟要干什么，你将会一再地得到这样的回答：它们为科学作出许多贡献。“这是对的，”你接茬说，“可是它们的贡献没有价值，是累赘。”进一步的回答便是耸肩膀、转移话题、恼怒或嘲笑，过一会儿，如果你又问，你就会再次获悉，它们在为科学作贡献，而最后，如果对方马上又被问及并且不是很自我克制，那么对方就会回答同样的话。也许这也是一件好事：不过分固执并顺从，承认业已存在的气狗的生存合理性。这不可能，但可以容忍。可是不可以提出更多的要求，这样做会太过分的，可是还是提出了更多的要求。你被要求容忍不断涌现的新气狗。你根本就清楚，它们来自哪里。它们会通过繁殖增加成员吗？难道它们还有这样做的力量吗？它们无非只是一张漂亮的皮罢了，它们还有什么可繁殖的？即使不可能的事也可能发生，它会在什么时候发生呢？你总是看到它们独自待在空中，怡然自得，纵然有时下到地面走走，那也只是倏忽瞬间，扭扭捏捏走上几步并始终严格地独来独往而且沉浸于据称它们怎么努力也摆脱不掉的思考之中，至少它们这样声称。如果它们不繁殖，那么可以想象会有狗们自愿放弃平地生活，自愿当气狗并牺牲种种舒适条件和某种熟练技巧而选择那气垫上的这种荒凉生活吗？这是不可想象的，繁殖和自愿结合都是不可想象的。但是现实情况表明，新气狗始终都有。从中可以得出这样的结论：即使这些障碍似乎是我们的智能所无法克服的，一种业已存在的狗类，不管它多么特殊，也是不会灭绝的，起码不会轻易灭绝，不会在没有哪个种类的狗进行了有效抵抗的情况下就灭绝。

如果这适用于像气狗这样的一种怪癖、无意义、奇特已极、无生活能力的狗，那么我岂不是就必须认为这也适用于我这种狗？可是我从外表上看根本不奇特，一副普普通通的样子，至少在这里、这一带是很常见的，没有任何特别出众之处，没有任何特别可鄙之处，在我的青少年时期以及部分壮年时期，我没懒懒散散，我常常活动身体，我甚至是一条相当漂亮的狗。我的正面形象尤其受到赞赏，细长的腿、漂亮的头部姿势，而且还有我那一身灰白黄色的、只在毛发尖蜷曲的毛，都特别好看，这一切都还并不奇特，奇特的只是我的性格，但是正如我决不可以忽略的那样，这种性格也是由一般的狗性引起的。既然甚至连气狗也不永远孤孤单单，在偌大的狗类世界的一些地方一再出现，并且它们甚至一再凭空得到新的后代，那么我也能够满怀信心地认为，我不是无可挽救。不过，我的同类们想必都有一种特殊的命运，它们的存在决不会对我有明显的帮助，就凭我将几乎永远认不出它们来，它们就不会对我有帮助。我们是受到沉默压迫的那些狗，是由于迫切需要大量新鲜空气而想冲破这沉默的那些狗。别的狗似乎在沉默中感到舒服，虽然这只是一种假象，就像我看到的奏乐狗那样，它们表面上平平静静地奏乐，但是其实内心很激动，而这种假象却是强烈的，狗们试图对付它，它对任何攻击不屑一顾。我的同类们有什么办法？它们的还是要活着的尝试情况怎样了？情况可能各不相同。年轻的时候我曾试着看我的问题是否会奏效。我也许可以跟那些爱发问的狗交往，这样我也就有我的同类了。有一阵子，我也曾怀着自我克制试着这样做过。怀着自我克制，因为我关心的主要还是那些应该作出回答的狗。那些不断地拿我不能回答的问题来打搅我的狗让我感到讨厌。况且，年轻时谁不喜欢发问，我应该如何从那众多的问题中把对路的问题找出来？一个个问题听起来大同小异，重要的是意图，但是意图是隐蔽的，常常连提问者也不知道。况且，发问是狗类的一个特性嘛，大家七嘴八舌胡乱提问，那样子，就好像要用胡乱提出的问题抹去对路问题的痕迹似的。不，在提问的小狗中我找不到我的同类，在沉默者中，在老狗中——我现在就是一条这样的老狗——我同样也找不到。但是这些问题究竟要达到什么目的，我的这些问题都落空了，也许我的同类们比我聪明得多并使用完全不同的卓越的手段，去忍受这种生活，诚然，我可以主动添上一句，这些手段也许在万不得已时会帮助它们，安慰它们，麻痹它们，起变异的作用，但是大体上同样软弱无能，跟我的手段一样。因为，不管我怎么翘首期盼，我也见不到一个成果。我害怕，我将不是从成功上，而是从所有别的事情上认出它们来。可是我的同类们究竟在哪里？是呀，这是悲叹，这正是我所悲叹的。它们在哪里？无处不在又处处不在。也许我的邻居就离我三跳之遥，我们常常互相呼叫，它也到我这儿来，可我不去它那儿。它是我的同类吗？我不知道，我虽然从它身上看不出任何这样的迹象，但是这是可能的，这是可能的。但是没有什么比这更难以相信的了。如果它在远处，我就可以轻而易举地借助种种想象发现它身上某些让我感到亲切而又起疑心的特征，但是如果它随后站在我面前，我的全部臆想就显得十分可笑。一条老狗，比几乎还不到中等个儿的我还要矮小一些，棕色、短毛、疲倦地耷拉着脑袋、步履蹒跚，此外由于一种疾病，它的左后腿还有点儿瘸。很久以来我就没跟别的狗像跟它这样亲近地交往，我为我尚可忍受它而感到高兴，当它离去时，我就从后面向它叫喊些最合意的话，不过不是出于爱，而是生我自己的气，因为如果我跟随它，我就又会只觉得它拖着后脚和过于矮小的臀部一瘸一拐走路那副模样讨厌已极。有时我觉得，每逢我无意识地称它为我的同类时，我仿佛都是想嘲笑我自己。在我们的交谈中它也没显露出任何同类的迹象，虽然它聪明并且对于我们这里的状况而言，相当有教养，我可以从它那儿学到许多东西，可是我是在寻找聪明和教养吗？我们通常闲谈些本地的问题，因孤独而在这方面变得更有洞察力的我惊异地发现，即便是一条普通狗，即便是在一般来说并非太不利的情况下，为了勉强维持生活并保护自己免遭最大的通常的危险，需要有多少智慧呀。科学虽然提供了各种规则，但是哪怕只是肤浅和粗略地理解它们也谈何容易。而如果你已经理解了，那么，要把它们应用在本地的具体情况上，这才真叫难呢——在这方面几乎是谁也帮不了忙，几乎每时每刻都会出现新任务，每一小块新的土地都会有其特殊的任务，说是它已经在什么地方做好了长期安排，它的生活如今在一定程度上自行运转，谁也不能对自己下这样的断言，就连需求简直是在一天一天减少的我也不能。所有这些绵绵无尽期的辛劳——为了什么目的呀？ 无非只是为了使自己越来越深地陷于沉默之中并且可以再也不会被哪个同类拽拉出来。

大家常常赞颂狗类在各个时期的普遍的进步并且大概主要是指科学的进步。当然，科学在前进，这是不可阻挡的，它甚至在加快前进的步伐，越来越快，可是这有什么可赞颂的呀？这就好像你之所以赞颂某条狗，是因为它随着年龄的增长而变老，死亡也就越来越快地临近。这是一个自然的，而且也是可憎的过程，我觉得它毫无可称道之处。我只看到衰败，但是我并不是认为过去的一代代的狗在本质上更好，它们只是更年轻，这是它们的一大优点，它们的记忆力还不像今天这样负担过重，还比较容易让它们开口讲话，尽管谁也没做到这一点，这种可能性是比较大的，正是这种比较大的可能性，使我们在倾听那则古老但实际上却单纯的故事时激动不已。有时我们听见一句暗示就几乎要跳起来，我们感觉不到几百年之久压在我们身上的重负。不，不管我对我的时代多么有意见，早先的一代代的狗并不比近代的更好些，在某种意义上它们甚至坏得多、虚弱得多。诚然，当时奇迹也不是随意掠过大街小巷任人随便撷取，但是狗们还没有像今天这样——我找不到别的词来表达——狗性十足，狗类的内部组织还比较松散，真话在当时原本还是能够施加影响，能够规定结构，改变结构的，能够按每条狗的愿望更改身材，能够使其转向反面的，而且那句话是存在的，至少在近处，在舌尖上滑动，每条狗都能获悉它。今天它到哪儿去了，今天你搜肠刮肚也找不到它。我们这一代也许是失落的一代，但是它比当初的那一代更无辜。我们这一代的迟疑我能够理解，如今这也根本不再是迟疑了，这是对一个一千夜前所做的、被千遍忘却的梦的遗忘，谁愿意偏偏为了这第一千遍的忘却而生我们的气呢？但是即便是我们的祖先的迟疑我也以为我是理解的，我们也许也不会按别的方式行事，我几乎想说：我们是有福的，不是我们呀，不是我们必须承担罪责，我们反倒可以在一个已被别的狗搞得昏暗不堪的世界上带着几乎是无罪的沉默奔向死亡。当我们的祖先误入歧途时，它们大概几乎没有想到这是一条无尽头的迷津，它们确实还看到了十字路口，不管什么时候返回都是容易做到的事。如果说它们迟疑着没返回的话，那也只是因为它们还想享受片刻狗生活。这还根本不是什么固有的狗生活，可是这已经就让它们觉得美不胜收了，以后还不知会变得多美呢，至少还得等一会儿吧，所以它们继续瞎跑。它们不知道，我们在观察历史进程时能够预感到什么，不知道心灵的变化早于生活，它们开始享受狗生活时必定已经有了一颗相当老狗性的心灵了。而且它们离出发点根本不像它们感觉的那么近，或者说不像它们那沉醉在一切狗的欢乐中的眼睛告诉它们的那么近。今天谁还能谈论青春。它们是真正年轻的狗，但是遗憾的是它们惟一的雄心壮志是要变成老狗，这倒是一件它们不会办不到的事情，这是此后的各代狗都可以证明的，是我们这代，最后的这代最为有力地在证明着的。

所有这些事情我当然都不跟我那位邻居谈，但是每当我坐在、坐在它这条典型的老狗的面前，或者将嘴埋入它的毛皮中——这毛皮已有一丝剥落下来的毛皮有的那种气味——和它谈论那些事情是毫无意义的，和任何一条别的狗谈也毫无意义。我知道交谈将会如何进行。它不时会提出一些小小的不同意见，最终它会同意——同意是最好的武器——事情算是被埋葬了，可是干吗要费劲先把它们从坟墓里挖出来呀？尽管如此，也许依然有一种超越单纯言语的更深刻的与我那位邻居的共识。我一直这样断言，虽然我没有这方面的证据，也许只是受一个简单的错觉的迷惑，因为它很久以来是我与之交往的惟一的一条狗，我不得不跟它做伴。“你也许是以你的方式表明你是我的志同道合者吧？你感到羞愧，因为你一事无成？瞧，我也是这样的遭遇。我独自待着时就号叫，来吧，两条狗在一起更甜蜜。”有时我一边这样想，一边目不转睛地望着它。它并没垂下目光，但是从这目光中也推断不出什么来，它两眼直愣愣地看着我并感到奇怪，不知道我为什么沉默不语并中断了我们的谈话。但是也许恰恰这目光正是它的发问方式，而我则令它失望了，一如它令我失望那样。在我年轻的时候，倘若当时没有别的问题让我感到更重要，倘若我不自我满足，我也许就会大声问它了，也许就会得到一种无力的同意，比沉默不语的今天更少的同意。可是不是大家都这样沉默不语吧？什么阻止我相信：大家都是我的志同道合者。我不只是偶尔才有一条共同搞研究的狗，哪怕它已经随同其微不足道的研究成果一起被埋没和被遗忘，我再也不能穿过以往时代的黑暗和当代的拥挤获得它的消息。我真想还不如一直将所有的狗当作同类，尽管它们全都按它们的方式发愤努力，全都按它们的方式徒然无成效，全都按它们的方式沉默不语或狡诈地喋喋不休，这正是毫无起色的研究所造成的后果。可是若是这样的话我也就根本无须离群索居，可以从容不迫地待在狗群中间，就大可不必像一个淘气的孩子那样从成年者的行列中挤出去，那些成年者和我一样也想挤出去呢，可是那些成年者的智能却让我感到迷惑，因为它们的智能在告诉它们：谁也出不去，一切的拥挤全是愚蠢的。

这样的想法显然是受了我的邻居的影响，它使我迷乱，使我忧郁。它自得其乐，至少是它在它那个圈子里时我听见它叫喊和唱歌，让我感到厌烦。也许我这样做就对了：连这最后的交往也放弃。不再沉湎于含糊的梦幻。因为每一种狗类交往，不管你以为自己多么老练，都会不可避免地制造出这种含糊梦幻。我要把我剩下的不多的时间专门用于我的研究。它下一回来时我就躲起来装睡，并且一直这样做下去，直到它不来为止。

我的研究也出现了混乱，我放松努力，我感到疲乏，从前我兴奋地奔跑，如今只能没精打采地慢吞吞行走。我回忆我开始研究“土地从哪儿收取我们的食物”这一问题的那个时候。诚然，当初我生活在民众之中，向狗类最密集的地方挤过去，想让它们全都成为我的工作的见证，我认为这种见证甚至比我的工作还重要。由于我还期待着某种普遍的影响，所以我自然获得一种大的激励，这种激励如今对于我这个孤独者来说已是一去不复返了。但是当初我是如此强壮，以致我所做的那些事如今都闻所未闻，违背我们的全部原则，当初的每一个见证者如今回忆起那些事来一定会觉得那都是些阴森可怕的事。我发现向来追求无限专门化的科学在一个方面有一种奇怪的简单化倾向。科学告诉我们，土地主要是提供我们的食物的，然后，在提出了这个前提之后，科学便提出了可以以最佳方式最大量地获取各种食物的方法。诚然，土地提供食物，这是对的，是毋庸置疑的，但是事情没像通常描述的这么简单，简单到无须作任何进一步研究。不妨就只举每天一再发生的最普通的事件为例吧。倘若我们完全无所事事——我现在已经几乎就是这样——在草草耕作过土地后就蜷曲身子等待结果，那么我们固然会在土地上找到食物，但是这却并不是惯例。谁哪怕只是对科学保持了一丁点不偏袒的态度——这种不偏袒态度自然少有，因为科学所涉及的范围越来越大——谁就会即使根本不作特别观察也能轻易发现，后来在地上的食物的主要部分是从上面落下来的，我们各自按照我们的灵巧程度和欲望的大小甚至在食物触地前就接住了其中的大多数。我这样说绝不是反对科学，土地也自然地提供这种食物的嘛。至于土地是否从自身中取出一部分食物，又从空中呼唤下来另一部分食物，这也许就不是什么本质的区别。在这两种情况下，土地耕作均属必要，科学既然已作了这样的确认，大概也就不必再研究区别了，因为常言道："口中有食，问题解决。"不过我觉得，科学以隐蔽的形式至少部分在研究这些问题，因为科学有两个获取食物的主要方法，即固有的土地耕作法和以咒语、舞蹈和歌唱形式出现的补充性精致化工作法。我从中发现了一种虽不充分、但却相当清晰的、与我的区分相符的二等分。在我看来，土地耕作有利于获取两种食物，所以依然永远不可或缺，但是咒语、舞蹈和歌唱却较少涉及较狭义的地上食物，而是主要用于把食物从上面取下来。传统支持了我的这种看法。这里，民众似乎在不知不觉中以及在科学不敢反抗的情况下纠正着科学。如果如科学所希望的那样，那些仪式只服务于土地，使之有力量从空中取下食物，那么，那些仪式就得合乎逻辑地在土地上进行，一切就得向土地低声相告，向土地表演跳跃，向土地表演舞蹈。据我所知科学也没有任何别的要求。奇怪的是，民众的一切仪式都朝向天空进行。这并不违反科学，科学并不禁止这样做，它将这方面的自由给了农夫，它在创立其学说时只想到土地，只要农夫贯彻它的针对土地的学说，它就满意了，但是依我看科学的思路其实应该有更多的要求。而我，从来也没有深入了解过科学的我，则完全不能想象，学者们如何能够容忍这样的事情发生：我们的民众竟一下子激情满怀地向上呼喊咒语，向空中哀唱我们的古老的民歌和表演跳跃舞，仿佛它忘记了土地，要永远向上摆荡似的。我以强调这些矛盾为出发点，不管按照科学的学说，收获季节何时来临，我都把自己的活动完全局限于土地上，我一边跳舞一边扒土，我扭转脑袋尽可能挨近土地。后来我给嘴挖了个坑并对着这个坑歌唱和吟诵，以便只让土地听到，任何别的狗，不管在我旁边还是在我上面，都听不到。

研究成果微不足道。有时我得不到食物，就在我眼看就要欢呼我的发现的时候，食物却又来了，就好像狗们先是被我的特殊的表演搞糊涂了，但是现在看清了它带来的好处，所以乐意放弃要我叫喊和跳跃的要求。食物常常甚至比从前还更丰盛，但是随后却也就又完全没有食物了。我以年轻狗身上迄今不曾有过的那种勤奋，详尽开列了我所做的全部试验的清单，以为在有些地方找到了一种可以把我引向深入的迹象，可是随后这迹象又渐渐模糊不清了。在这方面，我在科学上的准备工作做得不充分，这无可置疑地也妨碍了我的工作。我如何可以担保譬如食物没有来不是因我的实验，而是因不科学的土地耕作引起的？如果是这样，那么我的全部结论便都是无根据的。在某些条件下我原本可以完成一项几乎完全精确的实验的，假如我完全不靠土地耕作——一方面光凭朝上方做的仪式便使食物从天而降，另一方面又凭单纯的土地仪式使食物不来的话。我也做过这样的尝试，但是没有坚定的信念和完善的实验条件，因此，根据我的不可动摇的看法，至少是某一种土地耕作法始终都是必要的，并且即使对此不以为然的公然唱反调者们说得对，这一点也无法证明嘛，因为土地的浇灌在匆忙中进行并且在一定限度内不可避免。另一个确实有些怪癖的实验我比较好地做成功了，它引起了一些轰动。在通常的从空中截获食物之后，紧接着我便决定，虽然让食物从上掉下来，但是也不去截获它。为此每逢食物来时我便总是往空中轻轻一跳，但是总是精确计算好，使我这一跳够不着那食物。这食物通常都漠然而毫无生气地落到地上，我就愤怒地向它扑过去，不只是因饥饿，而且也因失望而愤怒。但是在个别情况下却会发生某种异样的事，某种真正古怪的事，食物不掉下来，而是跟随着我在空中活动，食物追踪饥饿者。这种情况为时不久，只一小会儿，然后它就要么落下要么完全消失或者——这是最常见的情况——我的贪欲提前结束这个实验，我就把食物吃光。不管怎么说，当初我毕竟是幸福的，狗们在我的周围窃窃私语，它们变得不安和警觉起来，我发现我的朋友们比以往更理解我的问题了，在它们的眼睛中我看到了某种寻求帮助的闪光，虽然这也许只不过是我自己的目光的反光而已，我没有任何别的愿望，我是满意的。后来我才知道——别的狗与我一同获知——这个实验在科学上早已被描述过，比我所描述的更为成功，虽然由于难以做到实验所要求的自我控制的缘故早已不能再做了，但是由于据说它在科学上没有什么意义也不必重做。说是它只证明了大家已经知道的情况，即土地不仅垂直而且也斜着甚至螺旋式地从空中收取食物。于是我停止了试验，但是我并不气馁，我还太年轻不会气馁的，相反，我反倒因此而受到鼓舞要去成就我这一生中也许最伟大的事业。我不相信我的实验在科学上贬值了，可是信念在这里没有什么用处，只有证据才有用。我就是要提出这个证明，我也要借助这个证据充分说明这个原本有些怪癖的实验，将它置于研究的中心。我要证明，当我避开食物时，不是土地把食物斜着拉下去，而是我，是我吸引它跟在我后面。诚然，这个实验我无法进一步扩大，一边看着眼前的食物，一边进行科学实验，这是无法长期坚持的。但是我要另辟蹊径，只要我能坚持下去，我就要彻底绝食，当然也要避免见到任何食物，避免任何诱惑。如果我这样深居简出，闭上眼睛躺着不动，日日夜夜，既不为拾起也不为截获食物操心，并且如果如我不敢断言、但隐隐希望的那样，不采取任何其他的措施，只凭借不可避免的不合理化的土地浇灌和默默念诵咒语、吟唱歌曲(我想免去舞蹈，以免削弱自己的身体)，食物就会自己从天而降并且没为土地操心食物就会来敲打我的牙齿，让我张口吃下去——如果发生这样的事，那么科学虽然没有被驳倒，因为它对例外情况和个别情况相当有灵活性，但是幸好没有这么多灵活性的民众会有什么说法呢？因为这也不是历史上流传下来的那种例外情况嘛：一条狗由于身体上的疾病或意志消沉拒不准备寻找、接受食物，然后狗类就联合起来齐声念咒并从而使得食物偏离通常的途径直接落入病狗的口中。而我却是精力旺盛，身体健康，胃口特好，以致我整天不想别的只想食欲，不管你信还是不信，我是自愿禁食，我自己有能力让食物掉下来并且也愿意这样做，但是也不需要狗类的帮助并且甚至最坚决地禁止它们这样做。

我在一片偏僻的灌木丛里给自己找了一个合适的地方，在那里我听不到有关食物的交谈、吧嗒吧嗒的咀嚼声和啃骨头的声音。我又一次吃了个饱，随后便躺下。我想尽可能闭着眼睛度过这一整段时间。只要不来食物，这对我便始终意味着黑夜，这种情况可以延续好几天好几个星期。这期间我当然——这是一大难点——只可以少睡觉或者最好根本不睡觉，因为我不仅得念咒语把食物召唤下来，而且还得多加留神，别因睡过头而错失了食物的到来，可是另一方面睡眠又很受欢迎，因为睡着了比醒着更能耐久地忍受饥饿。由于这些原因我便决定小心谨慎地分配时间并多次睡觉，但每次总是只睡一小会儿。我通过如下办法做到这一点：睡觉时我总是将头枕在一根嫩弱的树枝上，它一会儿就折断，从而把我弄醒。我就这样躺着，或睡或醒，或做梦或默默地独自哼唱。起先一切都平安无事，来食物的那个地方也许不知怎么还没觉察我在这里抵制食物的通常的进程，所以一切太平无事。略微使我的努力受到干扰的是，我担心狗儿们会惦念我，很快就找到我并对我采取某种措施。第二件担心的事是，虽然从科学上来说这土地不肥沃，可是单凭浇灌土地也会产出所谓的意外食物，它们的气味会诱惑我。不过暂时并没有发生任何这样的事，我能够继续忍受饥饿。除了这些担心以外，我目前内心感到从未有过的平静。虽然我在这里其实是在从事废除科学的工作，可是我的内心却感到愉快，感到几乎是尽人皆知的从事科学工作的人的那种平静。我在梦幻中获得了科学的谅解，我的研究在其中也有一席之地，一些说法在我听来很令我鼓舞，什么不管我的研究多么成功，并且尤其是取得大成功之后，我也绝不会不为狗的生活效力呀；什么科学对我情有独钟，科学本身将对我的结果作出解释并且作出这一诺言本身就已经意味着诺言的履行呀；什么我一方面迄今在内心感到自己已受排斥并像一头野兽那样冲击我的民众的围墙，另一方面却会极荣耀地被大家接纳呀；什么所盼望的聚集在一起的狗身体的暖意将围绕我流动呀；什么我将会身不由己地在民众的肩上晃动呀。第一次绝食的奇特效果。我觉得我的成绩是如此之大，以致我出于感动和自怜在那宁静的灌木丛中哭了起来，这当然不是很可以理解，因为如果我希望得到应得的报酬，我又为什么哭呢？大概仅仅是因为哭着舒服吧。我总是只在感到舒服时才哭，所以哭的次数相当稀少。哭过后很快也就事过境迁。随着饥饿的加剧，美丽的憧憬渐渐消逝，没过多久，在一切幻想和一切感动迅速离去之后，我便孤零零完全只和在腹中灼燃的饥饿相伴。“这是饥饿。”当初我无数次地对自己这样说，就仿佛我要使我相信饥饿和我还一直是两码事并且我可以像甩掉一个讨厌的同类那样甩掉它，但是我们已痛苦之极地连为一体。如果我向自己解释说：“这是饥饿。”那么，其实是饥饿，是饥饿在说话并以此来取笑我。一个恶劣透顶的时期！我一想起来就不寒而栗，当然不只是由于我当初所经受的痛苦，而首先是因为我当初尚未大功告成，因为我若想有所建树就还得再次经受这种痛苦，这是由于我今天还认为绝食是我最后和最强有力的研究手段。绝食是行之有效的途径，最高成就只有通过最高效率才可取得，如果说它是可以取得的话。而这最高效率在我们这儿就是自愿绝食。所以每逢我仔细考虑那些时期——为了我的生活我乐意勾起对往事的回忆——我就也仔细考虑我面临的时期。看来你必须耗费一生的时间才能从一个这样的试验中恢复过来，自那次挨饿后我已经度过了我的整个壮年时期，但是我还没有恢复元气。 下一次开始绝食时我也许会比以前更坚定，因为我更有经验了，对试验的必要性认识更透彻了，但是我的体力弱了，根子还在当初，至少我光是在等待熟知的恐怖事件出现的过程中就会变得虚弱。我的减退了的食欲将对我于事无补，它只会使这个试验贬一点儿值并且大概会迫使我把绝食的时间拉得比当初原本必须的更长。对于这些和另外一些前提，我相信自己是清楚的，在这段漫长的时间间歇期里并不曾缺乏预备性试验，常常尝够了挨饿的滋味，但尚未走向极端，青年时代的那种狂放不羁的攻击欲自然永远一去不复返了。当初它就已经在绝食的过程中渐渐消失。某些考虑折磨着我。我觉得我们的祖先在威胁我。我虽然认为它们——即使我不敢把这话公开说出来——对一切负有责任，这种狗生活应归咎于它们，并且我能够轻易用反威胁来回敬它们的威胁，但是它们的知识令我折服，它来自我们不再知道的源泉，所以它们的法规——尽管我急于与之作斗争——我也决不会直截了当地去违背的，我只是钻我对之有一种特殊嗅觉的那些法规的空子而已。关于绝食，我引用那次著名的谈话，在那次谈话中我们的一位智者说出了想禁止绝食的意图，随后第二位智者提出这样的问题进行劝阻："谁会绝食呀？"于是第一个智者就被说服并收回了这个禁令。但是如今又产生了这样的问题："绝食不是本来就是禁止的吗？"绝大多数评论家对此作否定答复，认为绝食是准许的，赞同第二位智者的看法，不担心一种错误的评论会导致严重的后果。这一点我在开始绝食前就已经了解清楚了。可是现在，我饿得缩成一团，已经有些精神错乱，不断求助于我的后腿，还绝望地在它们上面舔着、啃着、吮吸着，一直向上延伸至肛门。就在现在这个时候，我觉得对那次谈话的一般性解释是完全错误的，我诅咒这种评论学，我诅咒我受到了它的误导，这次谈话所包含的内容自然不只是惟一的一项绝食禁令，这是一个孩子也一定看得出来的。第一位智者想禁止绝食，第一位智者所期望的，已经实现，绝食被禁止了，第二位智者不仅同意它的看法，而且甚至还认为绝食是不可能的，这是在第一道禁令上又附加上第二道禁令，对狗性自身的禁止。第一位智者承认这一点并收回了这道明确的禁令，这就是说，在阐明了所有这些情况之后它要求狗们采取理智态度并禁止自己绝食。所以这是以一道三重禁令取代一道通常的禁令，而我则违反了这道三重禁令。纵然为时已晚，现在我本来至少还是可服从并停止绝食的，可是在痛苦之中也涌动着一种继续绝食的诱惑，而我则贪婪地追随它，像追随一条陌生的狗。我欲罢不能，也许我也已经太虚弱，站不起来了，无法躲进有狗居住的地区去了。我在林中落叶上辗转反侧，睡觉我是不能再睡了。我到处都听见喧闹声，在我迄今的一生中一直沉睡的世界似乎因我的绝食而苏醒了，我以为我永远也不再能够吃东西了，因为我一吃东西势必就会使这自由自在喧闹着的世界又沉寂下来，而这一点我恐怕是做不到的了。最大的喧闹声我自然是在我的肚子里听见的，我常常把耳朵贴在肚上并且一定睁大了惊愕的眼睛，因为我几乎无法相信，我听到了什么。由于情况变得太糟糕，我便突然感到一阵眩晕，使我作了毫无意义的拯救的尝试，我开始嗅食物，我久已不曾吃过的珍馐、我儿时的美味。是的，我甚至闻到了母乳的芳香。我忘记了我的要抵御气味的决心，或者说得更正确些，我没忘记这个决心，带着这个决心，仿佛这是这个决心的一个分决心似的，我拖着脚吃力地走向四面八方，总是只走出去几步，边走边嗅，仿佛我只是为了提防食物才想寻找它。我什么也没找到，这并不令我失望，食物在这儿呢，只是它们总是离我几步远，还没走到那儿我的腿就支撑不住了。不过我同时也知道，这儿根本就什么东西也没有，我挪动这小小的几步仅仅是由于害怕我最终会昏倒在一块我再也离不开的地方。最后的希望破灭了，这是最后的诱惑呀，我会悲惨地在这里死去，我要研究什么呀？孩子般幸福时期的孩子式的实验而已。此时此地情况严峻，研究本可以在这里证明其价值的，可是哪里有这种研究？这里只是一条无可奈何伸嘴向空处咬去的狗，虽然在不知不觉中拼命急促地、不停地浇灌着土地，但是从它对杂乱无章的咒语的记忆里再也搜罗不出片言只语来了，就连新生婴儿钻进母亲怀里时吟诵的那首小诗也寻觅不着。我觉得，我仿佛在这里不是跟兄弟们隔着咫尺之遥，而是离大家无限遥远，而且仿佛我其实并非死于饥饿，而是因孤独而死。显而易见的是，没有谁关心我，地下没有，地上没有，空中没有，我死于它们的冷漠，它们的冷漠说：它要死了，就让它这样死去吧。我不是同意了吗？我不是说了同样的话了吗？我不是曾经期盼过这种孤独的吗？没错，你们这些狗们，但不是为了在这里这样死去，而是为了向那边的真实世界走去，走出这个谎言的世界，在这个谎言世界里我们从谁那里也了解不到真实情况，从我这儿也了解不到，我是个土生土长的谎言公民。也许真实情况并不是太遥远，我也不是像我想的那么孤独，并没有被别的狗抛弃，而只是自暴自弃，抑郁而死。

然而我并不像一条神经质的狗以为的那样匆匆地死去。我只是昏厥而已。当我醒过来并抬起眼来时，一条陌生的狗站在我面前。我不觉得饿，我很有力气，我认为我的骨节很有弹性，虽然我并未试着站起来做试验。其实我没看到什么不平常的东西，一条漂亮的、但并非太不寻常的狗站在我面前，这我看见了，没有任何别的东西，然而我却以为在它身上还看到了更多的东西。我身下有血，最初我想，这是食物，但是我立刻发现，这是血，是我吐出来的。我把目光从血上移开并转向那条陌生的狗。它瘦削、长腿、棕色，间或有些白斑点，探究的目光炯炯有神。“你在这儿干什么？”它说，“你必须离开这儿。”“我现在不能走。”我说，没作进一步解释，因为我该怎样向它解释这一切呀，而且它也似乎行色匆匆。“请走吧，”它说，一边不安地交替着抬腿。“别管我，”我说，“走开，别管我的事，别的狗们也不管我的事。”“我是为了你的缘故而请你走开。”它说。“不管你出于什么原因，”我说，“我不能走，我想走也走不了。”“不见得吧，”它笑道，“你能走。正因为你似乎太虚弱，我才请求你现在慢慢地离去，你若迟疑不决，以后你就必须快步奔跑着离去了。”“这是我的事，你别管。”我说。“这也是我的事。”它说，它对我的执迷不悟感到伤心，但是显然已经愿意暂且让我留在这里，却想趁此机会和我亲热。要是在别的时候我也许会乐得容忍这条漂亮的雄狗的，但是当时，我不理解，我突然感到恐惧。“走开！”我大声叫喊，因为我不能用别的办法自卫。“我不管你啦，”它边说边慢慢向后退去，“你真不可思议。难道我不中你的意？”“你走开，别打搅我，就中我的意了。”我说，可是我对我自己却不再如我要让它相信的那样有把握。我用我的通过绝食而变得敏锐起来的知觉在它身上看到或听到了不知什么东西，它刚刚萌生，它增长，它趋近，并且我已经知道，这条狗有把我撵走的力量，尽管它现在还无法想象我如何才能站立起来。我怀着越来越强烈的欲望看着它，它听了我的粗暴的答话只是轻轻地摇了摇头。“你是谁？”我问。“我是打猎的。”它说。“你为什么不愿意让我待在这儿？”我问。“你妨碍我，”它说，“你在这儿，我就不能打猎。”“你试试，”我说，“也许你还是能打猎的。”“不，”它说，“很抱歉，无论如何你必须走开。”“你今天就别打猎了吧！”我央求。“不行，”它说，“我必须打猎。”“我必须走？ 你必须打猎？”我说，“全都是‘必须’。你懂吗？ 为什么我们必须做这做那？”“不懂，”它说，“可是这也没有什么要懂得的呀，这是不言而喻的、自然而然的事情。”“不见得，”我说，“你对必须把我撵走感到抱歉，可是你还是要这样做。”“正是如此。”它说。“正是如此，”我恼怒地重说了一遍，“这不是回答。你比较容易放弃什么，放弃打猎呢，还是放弃把我撵走？”“放弃打猎。”它毫不犹豫地说。“既然如此，”我说，“这里就有一个矛盾。”“什么矛盾？”它说，“你这条亲爱的小狗，难道你真的不明白我为什么必须吗？难道你不明白这不言而喻的事？”我不再吭声，因为我发现——这时新的生命力突然在我心中闪现，一如恐怖给予的那种生命力——我从也许除了我以外谁也发现不了的不可思议的细节上发现，这条狗开始从胸腔深处唱起歌来了。“你要唱歌了。”我说。“是的，”它神情严肃地说，“我就要唱歌了，待一会儿，现在还没开始唱。”“你已经开始唱了。”我说。“没有，”他说，“还没有。可是你准备好听吧。”“我已经听见啦，虽然你否认。”我用颤抖的声音说。它不吱声。当初我以为认出了某种在我之前没有哪条狗曾获悉过的东西，至少在传说中对此没有细微的暗示，我急忙怀着无限的恐惧和羞愧把脸埋在我面前的那摊血中。我以为我发现那条狗已经在唱歌，可它自己还不知道，更有甚者，那歌声离开了它，按自身的规律在空中飘荡并越过它的上空，仿佛跟它毫不相干，只是冲我，冲我这边而来。——今天我当然否认所有这样的认识并把它们归因于我当时精神过度受刺激，但是即便这是个错误，这个错误也有某种伟大之处，是我被从绝食期拯救到这个世界来的惟一的一个现实，尽管它只是表面上的现实，但它至少表明，在完全失去自制的情况下，我们能够做出些什么事来。我确实完全失去了自制。在通常情况下我就会得重病，动弹不了，但是似乎被那条狗即将接受为自己旋律的那种歌声，我无法抵御。它越来越强，它的增强也许没有限度，现在它就几乎已经让我震耳欲聋。但是最糟糕的是，这声音似乎只是为了我的缘故而存在，这个庄严崇高得让森林沉默下来的声音似乎只是因我而存在。我是谁？竟敢还一直待在这里并在它面前大模大样躺在我的污血里？我哆哆嗦嗦站起来，低头看了看自己，这副狼狈相我怎么走得了呀，我还在这样想着呢，就已经在那歌声的驱赶下欢蹦乱跳地飞奔了起来。对我的朋友们我什么也没讲，刚到达朋友们身边时我原本大概会什么都讲了的，但是那时我太虚弱了，后来我又觉得这件事没法告诉它们。我忍不住所作的一些暗示在交谈中消失得无影无踪。身体上，我在不多几个小时后便恢复正常。精神上，我至今还留有后遗症。

我把我的研究扩大到狗音乐上。在这个领域里科学肯定也不是无所作为。如果我消息灵通的话，音乐科学也许比那门食物科学更广博，无论如何更有坚实的根据。这一点可以通过如下事实得到解释：在这个领域里可以比在那个领域里更不动感情地进行工作，这个领域更多的是涉及纯粹的观察和系统化，而那个领域则首先涉及具体的结论。与此相关联的是，对音乐科学的尊敬大于对食物科学的尊敬，但前者从未能够像后者那样深入民众的内心。我在听到树林里的那个声音之前，我也面对音乐科学比面对任何另一门科学更感陌生。虽然与奏乐狗的经历已经使我对它有所领悟，但是我当初还太年轻。哪怕只是稍加涉猎这门科学也不是一件容易的事，它被看作是特别艰难的，它孤傲不群。虽然在那几条狗那儿音乐也曾是首先最引人注目的，但是我觉得比奏乐更重要的是它们的缄默的狗性，我也许根本就哪儿也找不到跟它们的可怕的音乐相类似的音乐，我倒是很可能会忽略它，但是它们的本性我却从那时起到处在所有的狗身上碰到。但是要深入了解狗的本性，我觉得研究食物最合适并且可以不走弯路达到目的。也许我这个看法不对。不过，介于这两门学科之间的一个边缘学科却已经在当时就引起了我的怀疑。这就是关于把食物召唤下来的歌唱的学说。在这里大大妨碍了我的又是对音乐科学我也从未认真深入了解过，我在这方面连一直特别为科学所鄙夷的半吊子也远远算不上。这一点我必须时刻记住。在一个学者面前我只怕是连最简单的科学考试也很难通过，我有这方面的证据。撇开已经提及的生活状况不谈，造成这种状况的原因当然首先在于我在科学上的无能、想象力贫乏、记性不佳，尤其是没有能力时刻把握住科学的目标。这一切我都公开承认，甚至还怀着某种愉快的心情。因为我觉得我在科学上的无能的更深层的原因是一种本能并且确实不是坏的本能。如果想夸口的话，我可以说，恰恰是这种本能摧毁了我的科研能力，因为这恐怕确实至少是一种很奇怪的现象：我，在肯定并不是最最简单的普通的日常生活事务中表现出一种可以过得去的理解力的我，即使不能理解科学，但却对学者很理解——这从我的成果上可以得到检验——的我居然一开始就没有力将爪子抬高到哪怕是科学的第一个台阶上去。也许恰恰为了科学的缘故——但不是为了今天所从事的这门科学，而是为了另一门科学，为了一门最后的科学——这种本能让我把自由看得高于其余的一切。自由！ 当然，自由！ 今天可能得到的这种自由，是一种发育不健全的产物。但是这毕竟是自由，毕竟是一种财产……

31. 夫　妇[①]

当前生意普遍不好做，乃至有时我在办公室里有一点空余时间，我就自己拿起样品袋，亲自上门拜访顾客。而且我早就打算去一趟 N 那儿，从前我跟他一直有商务往来，但是去年这种往来由于我不知道的原因几乎中止了。出现这样的错乱其实也根本不一定非得有什么正经八百的原因。在今天的动荡不稳的局势下，一件无谓的事儿、一种情绪往往就决定一切，一件无谓的事儿、一句话，同样又可以使整个事态恢复正常。但是到 N 那儿去还得费一点儿周折；他是一个老人，最近病病歪歪的，纵使他还把商务掌控在自己手中，但他本人几乎不再去商号；有事要和他洽谈，就得去他的住所，这样的商务活动人们喜欢推迟。

可是昨晚六点后我还是上路了；这时当然已不再是会客时间，但是此行并非是社交性的，而是商务性的。我很走运，N 在家；我在前厅听人说，他和他妻子刚刚散步回来，现在正在他儿子的房间里，他儿子不舒服，躺在床上。我被邀请也去那儿；起先我迟疑，但是后来想尽快结束这次不愉快造访的愿望占了上风。于是我仍穿着大衣，戴着礼帽，手提样品袋，穿过一间昏暗的屋子，被引导到一间灯光暗淡的房间，那里已有几个人聚集在一起。

也许是本能的反应吧，我的目光一下子就落到一位我十分熟悉的商行代理人身上，此人有时候是我的竞争对手。这么说来他已经抢先悄悄溜上来了。他舒舒服服紧挨病人的床旁坐着，就仿佛他是医生似的；他穿着他那件漂亮、敞开、鼓起的大衣大模大样地坐在那里；他的傲慢到了无以复加的地步；病人大概也有类似的想法，他两颊泛着淡淡的发烧红晕躺在那儿，不时瞟他一眼。顺便说及，他已经不再年轻，这儿子，他跟我年龄相仿，蓄着一部短短的、因病而有些蓬乱的络腮胡子。老N，大个子，宽肩膀，但因不知不觉地恶化的病情而消瘦得令我吃惊，弯着腰站也站不稳了，还像他刚才来时那样身穿皮大衣站在那里并对他儿子喃喃地说些什么。他的妻子，矮小而衰弱，但极其活跃，即便只是在涉及他的时候——我们这些旁人她几乎没看见，她正在给他脱皮大衣，由于两人的身高差别这件事还颇有些困难，但最终还是办成了。顺便说一句，也许真正的困难在于N很急躁，心神不定地不断伸手去摸靠背椅，皮大衣脱下后他妻子也迅速把靠背椅给他推了过去。她自己拿起那件几乎将她隐没的皮大衣，抱着它走了出去。

这时我觉得我的机会终于来了，或者不如说，它没有来并且在这里或许也永远不会来了；如果我压根儿还想尝试什么的话，那么就得马上进行，因为我觉得这里洽谈生意的条件只会变得越来越糟。但是像这位代理商看来打算的那样永远赖在这里，这不是我的行事方式；再者说了，我根本就没把他放在眼里。于是我便开门见山说出我的来意，虽然我注意到N这时还想和他的儿子说说话。可惜我一说话激动起来——这种情况很快就会出现，在这间病房里会出现得比平时更早——我就习惯站起来，而且在说话时还来回踱步。在自己的办公室里无可厚非，但在别人的家里就有点叫人讨厌了。可是我控制不住自己，尤其是因为我缺了惯常要抽的香烟。嗯，每一个人都有自己的坏习惯，与那位代理商相比我还算好的。譬如人们对这该有什么说的呀：有时他突然地、完全出乎意料地戴上他那顶放在膝头并在那里慢慢来回移动的帽子；他虽然立刻又将它摘下，仿佛这是一时疏忽似的，但还是已经将它在头上戴了一会儿了，而且这样的动作他不时地一再重复着。这样的举止可真正

---

①本篇写于1922年末，1931年首次问世，标题为布罗德所加。

称得上是不可容忍的了。我不受这影响，我来回踱步，心无旁骛，并不理会他，但是有的人也许就会被他所表演的帽子把戏弄得不知所措。反正一激动起来我不仅没理会这样一种干扰，而且根本就没注意到任何人，我虽然看到正在发生的事，但是只要我话没说完，或者只要我没听到异议，我便不去理会它。譬如我就这样分明注意到，N 接受能力很弱；双手扶着扶手，他感到不适地来回扭动身子，不抬眼朝我看，而是眼神中流露出一片茫然，他神情呆滞，仿佛我的话他一句也没听进去，他甚至根本就没感觉到我在场。这种整个儿的、不会给我什么希望的病态举止我虽然看到了，但还是继续讲下去，就好像我实指望通过我的话、通过我提供的优惠条件——我自己对我所作出的让步，对没有人要求我作出的这些让步感到吃惊——最终又会使一切恢复平衡。我隐约地看到那位代理商终于停止摆弄他的帽子，把双臂交叉地放在胸前：这令我感到某种满足；我的论述部分就针对他的，这些话似乎狠狠地刺痛了他的计划。我本来也许会在由此而产生的快感中滔滔不绝地讲下去的，如果不是那迄今一直被我当作次要人物而冷落了的儿子突然在床上半支起身子并用拳头发出威胁要我停止讲话的话。他显然还想说什么，表示什么，但没有足够的力气。起先我以为这是高烧性谵妄，但当我不由自主地随即把目光转向老 N 时，我才明白过来。

N 睁着目光呆滞、眼皮肿胀、只有在这几分钟里还听候使唤的眼睛坐在那里，身子哆嗦向前倾出，仿佛有人抓住或敲击他的脖颈儿似的，下嘴唇，简直是整个下颏都克制不住地耷拉下来，完全露出了牙龈，整张脸都脱了形；他还在呼吸，尽管艰难，但是随后他便如获解脱似的倒向靠背，闭上眼睛，他的脸上还掠过某种剧烈挣扎的神情，然后就全都完了。我迅速向他奔过去，抓住那只毫无生气耷拉下来的、冰冷的、使我毛骨悚然的手；它已脉息全无。这样看来，全完了。当然啦，一位老人。但愿我们不要死得比这艰难。可是现在有多少事要做！ 匆忙之中该先做什么呢？ 我环顾四周寻求帮助；但是儿子用被子蒙住了头，人们听见他不住地哭泣；代理商，冷漠得像青蛙，死死地坐在N对面两步远的椅子上，显然打定了主意什么事也不做，干等着时光流逝；就我，只剩下我还要做点什么事，现在马上要办这件最棘手的事，就是要以某种让人受得了的方式，以一种世界上没有的方式，把这个消息告诉他的妻子。我已经听见从隔壁房间里传来急促的、踢踢踏踏的脚步声。

她带来了——她还一直穿着上街时穿的衣服，她还没有时间换衣服——一件在炉子边烤暖了的睡衣，她想现在给她丈夫穿上它。“他睡着了，”她看到我们如此安静，便摇摇头笑道。说罢，她怀着天真无邪者的无限信任，拿起我刚才怀着厌恶和畏惧抓住过的同一只手，像做着夫妇间亲昵小游戏那样吻它——我们三个旁观者简直看得目瞪口呆！ ——N动了，大声打哈欠，让妻子给自己穿上睡衣，带着气恼和嘲弄的神情听任妻子柔声责备自己散步时间长，过于劳累。他还奇怪地说什么是因为有点感到无聊，向我们对他的入睡作出了另样的解释。说罢他就暂且上床躺到他儿子的身边，以免在去别的房间的途中着凉；他的头就枕在儿子脚边妻子急忙拿过来的两个枕头上。经历了先前发生的事情后我不再觉得这有什么奇特的了。这时他要来了晚报，毫不顾及客人地拿起报来，但还不读，只是时不时边看一眼报纸边以一种惊人的商人的洞察力对我们的建议说一些相当令人不愉快的话，与此同时他还用空着的那只手不住地做着轻蔑的手势并咂着舌头，以示我们的商人习性使他觉得嘴里的味道不好。代理商按捺不住了，说了一些不合时宜的话，在他的粗鲁的意识中他大概甚至觉得，在发生了这一切之后这里必须建立某种平衡，可是他的方式方法无疑是最行不通的。我则赶快告辞，我几乎感激这位代理商；要不是他在场，我就下不了离开此地的决心。

在前厅我还遇见了 N 太太。看到她那瘦小的体态我若有所思地说，她有点儿像我的母亲。由于她保持沉默，我便添上一句：“也可以这样说：我母亲能创造奇迹。我们毁坏了的东西，她可以修复。我在童年时代就失去了她。”我故意说得特别慢、特别清楚，因为我猜想这位老妇人耳背。可是她分明是耳聋，因为她前言不搭后语地问：“我丈夫的气色吗？”而且从几句告别的话中我发现，她把我跟那位代理商混淆了；我完全相信，不然她会更加亲切一些的。

随后我就下楼。下楼比先前上楼更艰难，而且连上楼也不是件容易的事。唉，多么不成功的商务洽谈呀，这副重担我还得继续背负下去。

32. 算 了 吧[①]

一大清早，街道清洁，空无一人，我去火车站。当我对着塔楼上的大钟对我的表的时候，我发现时光已经比我以为的晚了许多，我必须急忙赶路，这一发现造成的惊吓使我认不清路了，我还不十分熟悉这座城市，幸好近处有一个警察，我向他跑过去，上气不接下气地向他问路。他微微一笑道："你想从我这儿打听到路？""是呀，"我说，"因为我自己找不到路了。""算了吧，算了吧，"说着，他猛一扭身转过脸去，就像想独自偷着乐的人那样。

① 本篇约写于 1922 年末，1936 年首次问世，标题为布罗德所加。

33. 论 譬 喻①

许多人抱怨说，智者们的话一再只是譬喻，但在日常生活中却派不上用场，而我们惟独只有这种日常生活。智者说“到那边去”，但是他并不是说人们应该到街的那一边去，这一点我们毕竟是能做到的，如果这段路值得一走的话，他是在说某种传说中的那边，某种我们不知道、他也无法进一步说明、因此在这里对我毫无帮助的东西。所有这些譬喻其实都只想说，不可理解的东西是不可理解的，而这我们是已经知道了的。但是我们每天孜孜以求的却是别的东西。

有一个人接茬说：“你们为什么抗拒？ 你们按照这些譬喻行事，你们自己就变成了譬喻，从而也就不必每天煞费苦心了。”

另一个说：“我敢打赌，这也是一个譬喻。”

第一个说：“你赢了。”

第二个说：“但是可惜只在譬喻上赢了。”

第一个说：“不，在实际上；在譬喻上你输了。”

---

① 本篇写于 1922 年至 1923 年之间，1931 年首次问世，标题为布罗德所加。

34. 地　洞[①]

我造好了这个地洞，它似乎造得很成功。从外面看，其实只能看见一个大的孔洞，但是这个孔洞实际上跟哪儿也不相通，走不了几步人们便碰到天然的坚硬岩石。我不想夸口说是故意设了这么一个计谋，这其实是多次施工尝试失败后某一次尝试所留下的残余，但是最后我觉得还是不填没这一个孔洞的好。当然，有的计谋过于周密，结果反而坏了事，这一点我比任何人都更清楚，而用这个孔洞来让人们注意到这里可能存在某种值得探索的东西，这无疑也是勇敢的举措。但如果谁以为我胆小，仅仅是由于胆怯才造我的地洞，那他就看错我了。大约离这个孔洞一千多步远处，覆盖着一层可掀开的苔藓的地方，便是地洞的真正入口，它搞得如此安全，世界上所能采取的安全措施也不过如此了，没错，会有人踩到苔藓或把它踩塌，我的地洞就会暴露出来，哪个好事者——不过，应该强调的是，干这样的事也得要有某些并非稀松平常的能力——就会闯将进来并将一切永远毁掉。这个我心里是有数的，我这一生即便处在现在这样的顶峰状态也几乎没有一个完全宁静的时刻，盖着苔藓的那个幽暗地方是我的致命之所在，在我的睡梦中，常常有一头野兽用贪婪的鼻子在那儿嗅来嗅去。也许有人会认为，我满可以把这个入口堵死，上面覆以一层薄薄的硬土，下面填上松软的浮土，这样我就用不着费多大气力，便可一再重新获得出路。但那是不可能的事，正是因为小心谨慎我才要有一个可以让我立刻出洞的出口，正是因为小心谨慎我才要甘冒生命危险——可惜这是常有的事。这一切都是相当辛苦地计算出来的，而机敏头脑本身的欢乐则有时就是继续计算的惟一原因。我得有一个可以让我立刻出洞的出口，就算我很警惕，难道我就不会受到完全突如其来的袭击吗？ 我安安静静地住在我家的最里层，与此同时敌人却正从某个方向慢慢地、悄悄地钻孔凿壁向我逼近。我不想说他的嗅觉比我更灵；也许我们彼此一样互不了解。但有些不顾死活的盗贼，他们不管三七二十一把地洞乱掘乱挖一通，而由于我的地洞极大，所以说不定他们会在什么地方发现我的某条通道。诚然，我在自己家里自有谙熟所有通道和方向的长处。盗贼会很容易地成为我的牺牲品和美餐。但是我正在衰老，有许多人比我更强壮，我的敌人又多不胜数，可能就会有我逃脱一个敌人后又落入另一个敌人魔掌这样的事情。啊，什么事不可能发生呀！ 但是，不管怎么说，我得确保在什么地方有一个容易到达的、完全敞开的、我根本不必再费什么事就可以出去的出口，这样就不至于在我没命地挖掘不管有多薄的土层时突然——上苍保佑我！ ——感到后腿被追踪者牙齿咬住了。威胁我的不仅是外面的敌人。在土地内部也有这样的敌人。我还从未见到过他们，但是传说讲到他们，我对他们坚信不疑。那是土地内部的生物；连传说也无法描述他们。即便谁已经成了他们的牺牲品了，也几乎没见过他们；他们来了，你听见自己所在的下面的泥土——他们生活的世界——中有他们的爪子抓东西的响声，这时你已经就完了。遇到这种场合，与其说你在自己家中，还不如说你在他们家中。即便是那条通道也不能帮助你逃脱他们，那条通道大概根本救不了我，而是只会毁了我，但是它是一种希望，没有它我就活不下去。除了这条大道以外，还有一些极狭窄的、相当安全的小道，它们使我与外界保持联系，向我提供可自由呼吸的空气。这些小道是鼹鼠筑成的，我因势利导把它们引进

---

①本篇写于 1923 至 1924 年间，即住在柏林期间，此时作者已病重，结尾丢失。1924 年作者结集最后一个短篇集《饥饿艺术家》时，该篇未被收入，故直到 1931 年才由布罗德编辑问世。

了我的地洞。它们也使我有可能嗅得很远并从而给我提供保护。也有各色各样的小动物经由这些途径来到我这儿，供我食用，致使我不离开地洞就可以进行一些小小的狩猎活动，以维持某种简朴的生活；这当然是很宝贵的。

但是我的地洞的最大优点是安静。诚然，这种安静是虚假的。它会突然一下子被打破，一切就会告终。但是这种安静暂时还在。我可以接连数小时缓慢爬行在我的通道里并一味地只听到有时某一只小动物发出的窸窣声，不一会儿这小动物也就在我的牙齿间安静下来了，或者听到泥土掉落的沙沙声，它告诉我什么地方需要修缮了；除此之外，地洞里一片寂静。树林中的空气飘拂进来，既暖和又清凉。有时我惬意地伸展身子，在通道上打起滚来。当秋天到来的时候，有一个这样的地洞作为安身之所，这对于一个渐入老龄的人来说，真是一件美不胜收的事。我在每隔一百米远的地方把过道扩建成一小块圆形地，在那里我可以舒舒服服地蜷缩起来，暖和暖和身子，休息休息。在那里我甜甜蜜蜜地睡上一觉，这是平和的睡眠，知足的睡眠，有一个家的目的已达到的睡眠。我不知道，这是否是故已有之的习惯，抑或即便是这所房屋也有种种危险强烈到足以唤醒我：我常常有规律地从酣睡中惊醒并倾听又倾听这一片白天和黑夜不变地笼罩在这里的宁静，宽慰地微微一笑，舒展肢体沉入更为香甜的梦乡。可怜的无家可归的漫游者，在马路上，在树林里，至多钻进一堆树叶或在一群同类中栖身，难逃天地间的种种厄运！我躺在这里一个各方面完全有保障的地方——在我的地洞里这样的地方有五十多处——并在瞌睡和昏迷不醒之间消磨我任意选定的时光。

缜密地考虑到了极端危险的情况，不见得会受到追踪，但可能会受到围困，主场地并不完全坐落在地洞的中央。其他一切也许不是体力而是一种紧张的脑力劳动，而这个土堡却是我使尽浑身力气的艰巨体力劳动的成果。好几次我身体疲乏不堪绝望地要放弃一切，翻过来仰卧着并诅咒这地洞，艰难地走出去并听任地洞敞开着。我之所以能这样做，是因为我再也不愿意回去了，直到几小时或几天后我才悔悟地返回，几乎要对地洞的完好无损引吭高歌并怀着发自内心的喜悦之情重新干起活来。土堡工程不必要地增加了困难（“不必要地”是说，地洞从这无效劳动中并未得到真正的益处。），这是因为恰恰按计划应设置场地的那个地方土质相当松且有砂粒，简直得要夯实那儿的土层，才能建造起美丽的大穹顶圆形场地。可是从事这样一项工程我却只能依仗我的额头。我没日没夜连续成千上万次地用额头撞击土层，我撞得额头流血了，我就高兴，因为这就表明墙壁开始坚固起来了，人们将会向我承认，我用这样的方法当之无愧地建成了这个土堡。

我在这个土堡中贮藏我的食物，一切在洞内抓获而目前还不需要的以及一切从洞外捕猎带回来的，我全都堆放在这里。 这块地方很大，半年的食物都放不满它。所以我可以将它们任意铺开，在它们之间漫步，玩弄它们，悦目于其量之大，赏心于其味之杂，并且对现有的存货总是能够一目了然。而且我也可以随时进行重新排列，根据不同的季节作出必要的安排，制定相应的捕猎计划。有这样的时候：洞里的食物十分充足，我不愁没吃的，因而对在这里出没的小动物根本不予理会，不过从别的理由出发进行考虑，这样做也许是欠慎重的。经常性的防御准备工作使得我对利用地洞作这样的用途的看法有了变化或进展，当然是在小范围内。于是有时我就觉得以土堡为防御基地是危险的，地洞的结构多样性也给我提供了多种多样的可能性，我觉得将存粮稍加分散，利用某些小场地来分批贮藏，似乎更为周到些。于是我就决定每隔三个场地设一个储备粮站，或者每隔四个设一个主粮站每隔两个设一个副粮站，如此等等。或者为了起迷惑作用我干脆划出几条道路不堆放存粮，或者我完全突如其来地，各按其通往主要出口所处的位置选定不多几个场地。不过每一个这样的新计划都要求作出艰巨的搬运工作，我必须做新的计算，然后就来回搬东西。当然啰，我可以不慌不忙、从从容容地干，把好东西衔在嘴里搬运，想在什么地方歇一歇就在什么地方歇一歇，这根本就不是什么糟糕的事。比较糟糕的是，有时候，通常在从睡梦中惊醒之时，我觉得目前的这种分贮法完全失算了，会招致重大危险，必须立刻迅捷而不顾困倦地纠正过来；于是我急忙就走，快步如飞，我就没有时间做计算啦；我要实施一个新的、十分详细的计划，不由自主地咬住碰到嘴边的东西，拖呀，背呀，喘息着，呻吟着，跌跌撞撞，只要任意改变一下目前这种我觉得极度危险的状况，我就会感到心满意足。直至我完全清醒渐渐醒悟过来，我几乎不理解这一仓促行动，深深地吸了一口曾被我自己扰乱的我的家宅和平的气息，返回我的卧所，因新获得的疲倦而立刻入睡并在醒来时嘴里叼着一只耗子作为已经几乎显得像梦一样的夜间劳作的无可辩驳的证据。此后又有一些时候，我觉得还是把所有的食粮集中放在一个场地上最为妥当。将食粮贮藏在小场地上对我会有什么好处呀？ 那里压根儿放不下多少东西，不管你把什么东西放到那儿，它都会挡路，也许有朝一日还会妨碍我防御，妨碍我奔跑。此外，这虽然愚蠢，但却是真的：如果你不是看到所有食粮在一起并从而仅仅看一眼便知道你拥有什么，自信心就会受到损伤。分放成这么多摊，许多东西不会因此而丢失吗？ 我不能老是在纵横交错的通道上奔跑，以便看看，是否一切安然无恙。分散贮藏的基本想法是对的，但是其实只有在你有好几个我的土堡这样的场地时，这种想法才是对的。好几个这样的场地！ 没错！ 但是谁能建成它们呢？ 在我的地洞建造的总计划中现在也增添不进去了。但是我还是愿意承认：这是地洞的一个缺陷，这就好比任何东西你如果只有一份，那就总会有缺陷。我也承认，假如我有这种良好的意愿的话，那么在整个地洞建造期间我就会朦朦胧胧、但足够清晰地意识到这一建好几个土堡的要求，我没有按这一要求去做，我感到自己太虚弱，胜任不了这种艰巨劳动；是的，我感到自己太虚弱，简直没法去具体想象这种劳动多么必不可少，我不知怎么的以同样的朦朦胧胧的感觉聊以自慰，凭这种感觉平时不够用的东西，在我这种情况下有朝一日将会例外地、恩赐似的够用，这大概是因为天意特意要保护我的前额，保护这夯锤吧。所以如今我就只有这一个土堡，但是这一个这一回会不够用的这种朦胧感觉已经渐渐消失。不管怎么样吧，我得满足于这一个，那些小场地顶替不了它。所以当这种想法在我心中成熟起来时，我就又开始把一切从小广场搬回到土堡去。所有场地和通道都空出来了，看到土堡上大量的肉类堆积起来并把混杂在一起的许多种气味远远传送到最外面的通道，其中的每一种气味都以其独特性质而令我心醉神迷，我从老远就能把它们一一分辨出来：于是我就会在一些时期内感到一丝慰藉。随后就往往会出现特别平和的时期，这时我就把我的卧所从外围慢慢地、一步一步地往里移，沉浸于越来越浓郁的气味之中，我再也忍耐不住了，在一个夜晚扑向土堡，从肉堆里挑出我爱吃的上等品，扎扎实实地、如醉如狂地饕餮大嚼了一番，塞饱了肚子。幸福而危险的时期；谁善于利用这时机，谁不必冒什么风险就能轻易消灭我。在这方面，短缺第二个或第三个土堡也起着有害的作用，是这了不起的、无与伦比的集中堆放，是它引诱了我。我试图采取各种措施抵御这一诱惑，分散储藏在小场地上也是一项这样的措施，可惜它跟别的类似的措施一样因匮乏而导致更大的贪欲，这贪欲压倒理智，任意改变防御计划以达到自己的目的。

在这样的时期之后，在作了必要的修缮之后，为了凝聚精神，我习惯于巡视地洞，并常常，哪怕只是在较短的时间内，离开地洞。随后我自己觉得长时间惦记着地洞的这一惩罚太严厉了，但是短时间内出外走动走动的必要性我还是认识到的。每逢我走近出口时，我总有一种庄严感。在居家过日子的时期里，我躲开它，甚至避免涉足通往它那儿的那条通道的最后几个小岔道；到那儿去转悠也根本不是什么容易的事，因为我已经在那里建筑了一套完善的、小规模的迷津暗道；我的地洞从那儿起始，当时我还不敢指望可以按我的计划建成这地洞，我半游戏似的从这个小犄角干起，最初的劳动的喜悦就这样在那儿的一项迷津建筑工程中宣泄了出来，当时我觉得这一建筑是一切建筑的巅峰之作，但是今天我可能更为正确地把它评价为气派太小的、与整个建筑不怎么相配的东拼西凑起来的小玩意儿，它在理论上虽然也许精致——这里是进入我家的入口，当时我这样讥讽地对看不见的敌人说并已经看见它们全体都窒息在这入口迷津里——，其实却是一种墙壁太单薄的小玩意儿，它恐怕难以抵御一场严重的进攻或一个作垂死挣扎的敌人。我因此就要改建这一部分吗？ 我迟迟不作出决定，大概要维持这种现状了吧。且不说改建需要我付出辛勤的劳动，而且这活儿也是人们能够想象得出来的最危险的活儿。当初，我开始造地洞时，我能够在那里比较从容地干活，风险并不比别的什么地方大多少，但是今天这等于几乎是要故意把这个世界的注意力引到整座地洞上来，今天再也不可能这样做了。我几乎感到高兴，也存在着对这项处女工程的某种敏感嘛。一旦有敌人大规模来犯，哪种入口构造能救我呀？ 入口可以迷惑，转移视线，折磨来犯者，这个入口万不得已时也可以这样做。但是一场真正大规模的进攻我就得试着立刻用整个地洞的全部手段以及身体和心灵的全部力量去应对——这是不言而喻的。所以这个入口也可以留着。这个地洞毕竟有许多天然生成的弱点，虽然它还留下了这个由我亲手造成的，即便事后才、但确实清楚认识到了的缺陷。当然这一切并不是说，这个毛病不是时不时地、或者也许持续不断地令我感到不安。如果说我通常在散步时躲开地洞的这一部分，那么这主要是因为一看见它我就不舒服，因为我不想总是察看地洞的一个缺陷，如果这个缺陷已经深深盘旋在我的意识中的话，那么上面入口处的这个毛病是消除不了的了，可是只要避免得了，我不去看它总是可以的呀。只要我朝出口方向走去，哪怕我和出口还隔着过道和场地，我就会认为已经陷入一种莫大危险的氛围之中，我有时觉得，仿佛我的皮变薄了，仿佛不久我只能光溜溜、赤裸裸地站在那儿，此时此刻会受到我的敌人们的吼叫的迎候。没错，其实这个出口本身就会产生出这样的感觉，这种家室保护作用失却的感觉，但是也是这座入口建筑，是它格外使我苦恼。有时我梦见我把它改建了，彻底改变了它，飞快地，用巨大的力量在一夜之间，神不知鬼不觉地，如今它是不可攻破的了；发生此事的这一觉是我睡得最香甜的一觉，我醒来时，我的胡子上还闪烁着欢乐和宽慰的泪珠。

所以我外出时也得克服这个迷津在肉体上给我造成的痛苦，而当我有时在我自己建造的这个迷津中片刻间迷路，这件作品似乎一直力求还要向我，向对此早有定论的我，证明其存在的理由的时候，这既令我气恼，同时又令我感动。但是随后我就在我有时任其滋生的苔藓盖的下面——这么久我一动不动，蛰伏在家——与其余的林中土地连生在一起了；如今只要用脑袋一拱，我就在异乡外地了。这个小小的动作我很久都不敢做，若不是我又得克服这入口迷津，那么今天我一定会不这样做，会又踱回去的。怎么？ 你的家受到保护，自成一体。你过着宁静的日子，暖暖和和，吃得好好的，你是主人，无数通道、场地的至高无上的主人，这一切但愿你不会愿意牺牲，但却要在某种程度上放弃，你虽然有信心重新赢得它，但你还是要冒险，冒极大风险赌一把吗？ 这样做会有正当的理由吗？ 不，做这样的事不会有什么正当的理由的。

但是随后我还是小心翼翼地掀起陷落活门并到了外面，小心地将它盖上并尽快地奔离这个会暴露地洞的地方。

但是其实我不是在户外，虽然我不再蜷缩在各条通道里，而是在空旷的森林里奔跑，感到我的体内有一股新的力量，可以说在地洞里是没有它活动的天地的，连土堡里也没有，即便这土堡大出十倍来也不会有。外面的伙食也更好，狩猎虽然更难，且少有成功，但是无论从哪方面来说成果都是比较大的，这一切我不否认并且懂得如何领略并享受它们，至少跟任何一个别人一样懂得，但也许比他们强得多，因为我狩猎时不像流浪汉那样轻率和绝望，而是意图明确，从容不迫。我也并不是注定要过野外生活并听任其摆布，我知道，我的时间有一定限度，我不必无休止地在这里狩猎，而是在一定程度上，如果我愿意并且厌倦了这里的生活，有人就会召唤我，我将抗不住此人的邀请。所以我是能够充分领略并无忧无虑地度过这里的这段时光的，其实是，我原本是能够的，可是实际上却不能够。我太放心不下地洞了。我很快就跑离了入口，但是不久我就回来。我给自己寻找一个合适的藏身之处并一连几天几夜——这一回是从外面——守望我的家宅的入口。让人家去说这愚蠢吧，这使我感到一种难以言表的高兴，而且这让我感到放心。于是我在睡觉时就觉得，好像我不是站在我的家宅的前面，而是站在我自己的前面，好像我幸运地能够在酣睡的同时机警地守护着我。我有一定的长处，我不仅能在睡眠的无助和轻信状态中看到夜的幽灵，而且同时也能在完全清醒的现实状态中用沉着的判断力来对付这些幽灵。我发现，奇怪的是我的情况不像我以前常常认为的以及我下洞回家时大概又将会认为的那样糟糕。在这方面，大概也在别的方面，但尤其在这方面，这些离洞出游确实是不可或缺的。没错，我十分小心谨慎地把入口选在了稍远处——然而，根据一周来的观察所得，那儿的交通还是十分繁忙，但是也许在所有可以居住的地方情况根本就都是这样。而选在一个往来频繁的地方则由于川流不息的交通，这大概甚至比选在冷僻的地方更好，在冷僻的地方反而会有精明的入侵者慢慢找来。这里有很多敌人，敌人的帮凶则更多，但是他们也互相争斗并这样争斗着从地洞旁边奔跑而过。在整个这段时间里我没见过谁在靠近入口的地方探寻，这对己对敌都是一种幸运，因为要不然我就一定会因担忧地洞而不顾一切地扑向他的喉咙。诚然，也有兽类会来，我不敢待在它们附近，只要估计到它们在远处，我就不得不逃之夭夭，我不可能确切地说出它们对地洞是什么态度，但是我不一会儿就回来，发现它们之中没有一个在场，入口也完好无损，我也就完全放心了。有一些平安的时期，在这种时候我几乎在心中暗想：世界对我的敌意也许已经停止或平息了吧，或者地洞的威力把我从迄今为止的毁灭性战斗中解救出来了吧。地洞的保护作用也许比我已往所想象的或者在地洞内部敢于想象的还要大。事情到了这种地步：我有时产生一种幼稚的愿望，压根儿就不想再返回到洞里，而是在入口附近住下，专门以观察入口打发我的日子并不断看到若是我在洞中它能多么可靠地保护我，并且把这看作我的一件幸事。唔，幼稚的梦想很快就被惊醒。我在这里观察到的是一种什么样的安全保障？ 我可以凭我在地洞外获得的经验来评定我在地洞内可能有的危险吗？ 难道我的敌人能正确地嗅到我不在地洞内？ 他们对我肯定有几分嗅觉，但没有充分的嗅觉。充分嗅觉的存在不常常是正常危险的前提吗？ 所以我在这里所作的只是半拉尝试，很不彻底的尝试，适合于安慰我并通过虚假的安慰而极度地危害我。不，我不是像我自己以为的那样在观察我的睡眠，其实，还不如说，那是我，是我在睡觉，而坏蛋却醒着。也许这个坏蛋就在那一伙中间：那一伙漫不经心地从入口旁边溜达过去，跟我没有什么不一样，始终只是查看明白，门是否还完好无损并等着他们去攻击，他们只是从一旁走过，因为他们知道洞主不在洞里，或者因为他们根本就知道他天真地埋伏在附近的灌木丛中呢。于是我就离开我的观察地并厌倦了户外生活，我觉得，仿佛我可以，现在和将来都可以不再在这里学习了。我想告别这里的一切，下到地洞里去并永远也不再回来，让这些事物顺其自然，不用无用的观察去阻挡它们。可是由于我这么久一直在观察入口上方所发生的一切事态变化，因而身体各部位变得柔弱无力了，所以现在要实施这个本身简直可以引起轰动的下洞过程并且不知道在四周在我背后以及随后在又嵌入的活门之后会发生什么事，这对我来说是一件痛苦的事。我先是试着在有暴风雨的夜晚把猎获物快速扔进去，这似乎是成功的，但是这件事是否真的成功了，要等我自己下到洞里后才会显示出来，但太迟了。所以我不这么干，不进洞。我挖一条试探沟，当然是在跟真正的入口隔着足够远的距离之处，它不比我自己的身体长，也由一个苔藓盖封住。我爬进这条沟，随即把沟盖上，小心翼翼等候，计算出一天中长短不一的各个不同时刻，随后就掀开苔藓，爬了出来，记下我的各种观察。我取得了正、反两方面的各种经验，但是我没找到一种下洞的普遍规律或万无一失的方法。所以我还没有下到真正的地洞中去并为不久就不得不这样做而感到绝望。我离作出这样的决定的时日已不是很远：到远方去，重新开始过往日那种前景暗淡的生活，这种生活根本无安全可言，它只是一大堆不可区别的危险，所以就不会让人家看清楚并惧怕单个的危险，一如在我的安全的地洞和别样的生活之间所作的比较所不断教导我的那样。没错，这样一种决定简直是一种彻头彻尾的愚蠢行为，只会由徒然自由自在地生活得太久引起；地洞尚还属于我，我只需迈出一步，就安全了。我摒除了一切怀疑，在大白天径直向洞门跑去，以便一准儿将它掀起，但是我还是不能这样干，我冲过洞门，故意扑进一片荆棘丛中，以惩罚自己，惩罚一种我不知道的罪过。不过随后我还是不得不最终承认我做得对，要下去而不把我拥有的最宝贵的东西舍弃，哪怕只是一小会儿舍弃给周围的、地上的、树上的、空中的活物，这确实是不可能做到的事情。危险不是一种想象出来的危险，而是一种现实存在的危险，被我激起了兴致跟随着我的，不一定都是固有的敌人，这很有可能是任意一个小小的无辜者，某个讨厌的小生物，它好奇地尾随我并从而成了我的敌人的向导，也不见得非得是这样，也许这是，而这种情况并不比别的情况少糟糕一些，在某些方面这甚至是最糟糕的——也许这是某个我的同类，一个建筑物的行家里手，某个森林同道，一个和平爱好者，但却是个粗野的无赖，不营造就要居住。要是现在它来了，要是它带着肮脏的贪欲发现了入口，要是它忙乎起来了，要掀开苔藓，要是苔藓给它掀开了，要是它挤进了洞口并在洞中到了我的面前竟然刹那间出现了它的屁股的地步，要是发生这一切情况，那么我最终就会一声咆哮不顾一切地从后面向它扑上去，咬住它，咬烂它，撕碎它并喝干它的血并立即把它的尸骸塞进别的猎物之中。 但是主要是，这是最重要的事，我终于又在我的地洞里了，这一回甚至很想欣赏一下这迷津，但先要把苔藓盖盖上头顶并安心休息，我认为，我就可以这样度过我生命中的全部余生了。可是谁也没来，我仍然只得光靠我自己。一个劲儿地只是在琢磨事情的困难方面，我从而也就失去了我的许多恐惧心理，就外表看我也不再躲避那入口了，绕着圈子围着它转悠成为我的赏心乐事，那情形几乎就好像我是敌人，是我在窥伺着顺利突入的良机。要是我有一个我可以信得过的、可以被我安排到我的观察哨上去的同类，那么我就会放心地下洞去。我就会和它，和我信得过的这个同类约定，要它在我下洞时以及在此后的一长段时间里仔细观察形势，一有危险征兆就敲苔藓盖，没有情况就不敲。这样一来，我头顶上的事就彻底解决了，不留下任何尾巴，至多只留下我那位亲信。因为如果他不要求得到回报，他会连至少看一看地洞也不要吗？ 要自愿让什么人进入我的地洞，这实在很是让我为难。我是为我，不是为来访者造了这地洞的，我相信，我将不会让他进洞；即便是以他使我能进入地洞作为交换条件，我也不会让他进去。但是我之所以根本不可能让他进去，是因为我要么就得让他独自进去，而这却是绝对无法想象的，要么我们就得同时下去，而这恰恰就会使得他给我带来的在我后面进行观察的好处成为泡影。那么信赖会怎么样呢？ 面对面时我信赖他，如果我没看见他，如果苔藓盖把我们隔开，我还能信赖他吗？ 如果同时进行监视或者至少能够同时进行监视，那么信赖一个人，这就比较容易做到，从远处信赖某个人也许甚至都是有可能的。但是从地洞内部，亦即从另一个世界去完全信赖外面的某个人，我以为，这是不可能的。但是这样的怀疑还根本没有必要，只要这样一想就够了： 在我下洞之时或以后生活中的所有这些偶然事件都可能阻碍这位亲信去履行自己的义务，而他的最微不足道的受阻都可能会给我造成不可估量的后果。不，总而言之可以说，我无须抱怨我孤孤单单，没有一个堪与信赖的人。我肯定不会因此而丧失什么利益，大概只会避免遭受损失。但是信赖我却只能信赖自己和地洞。这一点我本该早一点想到的，我本该为我现在苦苦思索着的这些事采取一些预防措施的。这在开始造地洞之时至少部分是有可能的。我就得这样来铺设第一条通道：让它有两个彼此间隔距离适当的入口，这样我就得不可避免地费尽周折通过一个入口下去，迅速经由这条起始通道跑至第二个入口，稍稍掀起一点那儿那个必定为此目的而相应设置的苔藓盖并试图从那里观察了几天几夜的情况。这看来是惟一切实可行的方法了。两个入口虽然使危险增加一倍，但是在这里我大可不必有这种顾虑，因为其中的一个入口只当作观察哨用，可以造得很窄小。于是我沉醉于技术研究，我又一次做起一座完美地洞的美梦，这让我稍稍放下一点心，我闭着眼睛心醉神迷地看到了清晰的和不太清晰的可以悄悄进出地洞的可能途径。

当我这样躺着并想着这些事时，我对这些可能途径给予很高评价，但认为这只是技术上的成就，不是实实在在的好处，因为这种不受阻碍的钻进钻出，这算什么呀？ 这预示着心神不定，缺乏自信，卑污的欲念，这些都是坏的特性，它们由于地洞还会变得坏得多，因为这地洞存在着，你只要完全向它敞开心扉，它就能注入安静。不过现在我在洞外并在寻找一种返回的可能途径；因为必要的技术设施就会很受欢迎。但是也许也不会那么很受欢迎。如果你只把它视作一个洞穴，一个你希望可以尽可能安稳地爬进去的洞穴，那么这岂不就是一时紧张恐惧而大大低估了地洞了吗？ 没错，它也是或者将会是这么一个安稳的洞穴，而如果我想象我处在一种危险之中，那么我就会咬紧牙关并用尽全部意志的力量要求地洞不为别的什么，只是供我救生用的洞穴，我就会要求地洞尽可能圆满地完成这个明明白白提出来的任务，而每一项别的任务我都愿意豁免它。但是如今情况是这样的：地洞在实际上——人们在极大的困境中认识不到这种实际情况，甚至在岌岌可危之时你也得先努力获得这种认识——虽然给予许多安全保障，但这种安全保障根本是不够的，难道什么时候地洞里会完全没有忧虑了吗？ 那是另一种更为骄傲的、内容更丰富的、常常被大大抑制住了的忧虑，但是它们的消蚀作用跟外面生活引起的忧虑的消蚀作用是一样的。假如我仅仅是为了自己的生活保障才建了这个地洞，那么我虽然没有受骗，但是大量工作和事实上的安全保障之间的关系，至少就我能感受到的安全保障并能从中受到的益处而言，是一种对我并不有利的关系。承认这一点是极为痛苦的，但是必须这样做，正是由于那儿的入口，它现在拒不接纳我这个建造者和洞主，简直对我别别扭扭的。但是地洞确实不仅是一个救命的洞穴。当我站在土堡里，周围是堆得高高的肉类贮藏品，脸对着那十条从这里伸展出去的通道，每一条都特别与总体场地相应地或降或升，或直或曲，或宽或窄，全都均匀地寂静和空落，每一条都准备着以自己的方式把我继续引向那众多的场地，这些场地也全都寂静和空落——这时我的安全观念淡薄了，这时我分明知道，这里是我的土堡，是我用抓刨和啃咬、踩踏和碰撞战胜了坚硬的土地建成的，我的土堡，它无论如何也不能归任何人所有，它彻头彻尾是我的，所以我最终能够在这里平静地从我的敌人那里也接受致命的伤害，因为我的血就会渗透在我的这块土地里，就不会丢失。除此之外，那种度过了美好时光的感觉也是不一样的：我习惯半平和地睡着、半高兴地醒着，在这些过道里度过这些时刻，在这些无比精确地为我计算好的过道里，让我可以舒畅地伸展身子，孩子般地打滚，矇矇眬眬地躺着，甜甜蜜蜜地睡着，幸福地长眠于此。而那些小场地，一个个我都了如指掌，尽管闭上眼睛我也能根据墙壁的形状把它们辨别得一清二楚，它们安全和温暖地拥抱我，这是任何一只鸟儿在自己的巢里都得不到的。而一切，一切都寂静和空落。

但是既然如此，那么我为什么踌躇呀，我为什么害怕入侵者甚于害怕我也许会再也见不着我的地洞呀。唔，幸好这后者是不可能的事，根本没有必要通过思考使我弄清楚地洞对我意味着什么；我和地洞完全同属一个整体，所以不管多么害怕我都可以从从容容地在这里住下，根本不必试图强令自己打消一切顾虑打开入口，我无所事事地等候着，这就完全足够了，因为没有什么东西能把我们长久分开，最终我肯定会用某种方式下去的。可是，话又说回来了，到那时还会经过多少时间，在这段时间里会发生多少事情，这儿上面和那儿下面？ 如何缩短这段时间并立刻着手做必要的事，这就全取决于我了。

如今，我已经累得没有能力进行思考，耷拉着脑袋，行走不稳，半睡半醒，与其说在行走不如说在摸索，如今我慢慢靠近入口，徐徐掀开苔藓，缓缓下去，由于精神涣散而不必要地长久地让顶盖敞开着，然后想起这疏漏，又上去把盖合上，可是为什么要上去呢？ 只要把苔藓盖拉上呀，好吧，我就又下去，于是我终于把苔藓盖拉上。只有在这种情况下，只有在这种情况下我才能做这件事情。——于是我就躺在苔藓下面，躺在猎获物堆垛上，周遭是血水和肉汁，可以睡上所盼望的这一觉啦。没有什么东西打扰我，没有谁跟踪我，在苔藓上方，至少到现在为止，似乎平安无事，即使不是平安无事，我以为，我现在也不能进行观察耽误时间；我已经换了地点，从上面的世界进入我的地洞，我立即感觉到此番变动的作用。这是一个新的世界，它给予新的力量，在上面感到疲惫不堪，在这里却不觉得疲惫。我旅行了一趟回来了，因旅途劳顿而极度疲倦，但是再次见到老住所，等着我去做布置工作，迅速地、至少草草地巡视各个房间，但首先是赶紧冲往土堡，这一切把我的疲倦变为不安和焦急，这情形，就仿佛在走进地洞的这一瞬间我酣睡了一大觉了。第一桩活儿是很费劲的，我得全力以赴：通过狭窄而墙壁单薄的迷津搬运猎获物。我竭尽全力向前推进，这也还行，但我觉得进度太慢；为了加快速度我从肉垛上拉回一部分肉块，然后从它们上面越过去，从它们的中间穿过去，于是我面前便只有一部分了，这时把这一部分往前搬就比较容易了，但是我在这狭窄的通道里大量的肉堆中间，即使我孤孤单单的，要通过这些通道也并非总是一件容易的事，所以我很可能会在我自己的这些贮藏品中窒息身亡，有时我就只能连吃带喝以免受肉堆的挤压。但是运输成功了，我在不太长的时间内完成了这项工作，迷津已被拿下，我舒了口气站在一条正规的通道上，通过一条联结支线把猎获物搬到一条专为这类情况设置的中心通道，它以很大的坡度向下通往土堡。这下再没有什么活儿要干的了，这下全部东西都几乎自动向下滚动和流动。终于到达我的土堡！　我终于可以休息了。一切都没有变，似乎没发生什么大不了的灾祸，我第一眼就看到的这些小破损很快就可修复，只还剩下长途漫游各条通道，但是这不费什么劲，不过是像和朋友闲聊一阵而已，一如我在旧时常做的那样，或者——我还根本不怎么老，但是对许多事情的记忆已经完全模糊了——一如我所做的，或者一如我听说常发生这样的事。现在我故意缓慢地开始漫游第二条通道，在我见过了土堡之后，我就有了无尽的时间——在地洞内部我总是有无尽的时间——，因为我在那儿所做的一切事情都是好的和重要的并在一定程度上使我得到满足。我开始漫游第二条通道，中途中止巡视，转向第三条通道并由它把我引回土堡，不过这样我就又得重新巡视第二条通道，我就这样玩耍似地干活，增加工作量并暗自好笑、自得其乐并让这么多的工作完全搞懵了，但就是不罢休。你们这些过道和场地以及尤其是你——土堡——的这些问题，我是为了你们才来的，我曾经认为我的生命毫无价值，因为我长期愚蠢地因它而发抖并推迟返回到你们身边。现在，我在你们身边，危险关我什么事。你们是我之中的一分子，我是你们之中的一分子，我们是连在一起的，我们会有什么事呀。让上面那批家伙蠢蠢欲动，准备用嘴巴拱穿苔藓好啦。如今地洞以其沉默和空旷也在欢迎我并支持我所说的话。——但是这时一种懒洋洋的情绪向我袭来，在一个我最喜爱的场地上我微微蜷曲身子，我还远没有把一切都视察完毕，但是我也还要继续视察下去直至完毕，我不想在这里睡觉，我只是经不住诱惑作了这样的像是要睡觉的安排，其实我是要看一看，在这里睡觉是否还一直像从前那样安稳。睡安稳了，可是我却挣脱不了啦，我在这里沉沉入睡。

我大概睡了很久。从最后自动消散的睡意中我才醒过来，这睡意一定很淡了，因为一阵就其本身而言几乎听不见的嘶嘶声唤醒了我。我立刻明白了，这个小东西，被我看管得太不严，受到我太多的宽容，趁我不在不知在什么地方钻出了一条新路，这条路与一条老路相接，空气在那里受阻隔并产生这嘶嘶声。这是一批何等不知疲倦、埋头苦干的家伙，他们的勤劳多么讨厌！ 我得先在我的通道的墙壁上仔细倾听，通过挖试探沟确定骚扰的地点，然后才能消除这响声。再者说了，这条新沟，如果它以某种方式与地洞的状况相称，它就可以作为新的通风道也受到我的欢迎。但是对这些小东西我现在要备加注意，决不姑息它们。

由于我对这样的检查工作训练有素，所以这不会耽搁很久，而且我立刻就可以开干，虽然还有别的活儿要干，但是这桩活儿是当务之急。我的所有通道里都应该安安静静的。此外，这种响声相对来说是无害的，我来的时候根本就没有听见它，虽然它肯定已经存在，我得先在家里重新安顿下来，才会听见它，这在某种程度上只有用主人的耳朵才听得见。而这种响声根本就不像往常那样经常可以听见，它有很大的间歇，这显然源出于气流受到阻滞。我开始检查，但是我找不到下手的地方，我虽然挖了几条沟，但只是随便乱挖一通；当然没有任何结果，大量挖掘工作以及更大量的填平和平整工作全都白费劲。我根本没接近发生响声的地点，这声音一成不变地每隔一定的间歇响起，时而像嘶嘶声，时而又像尖叫声。嗯，我也可以暂且不去管它，它虽然很烦人，但对我认定的响声的来源地几乎是无可怀疑的了，这响声决不会增强，相反，——当然，迄今我还没有这么长时间地等待过——这样的响声随着时间的推移在这些小钻子不断钻探的过程中会自行消失，而且，撇开这一点不说，一个偶然事件往往会使你轻易就发现骚扰的踪迹，而有计划有目的的寻找却会长久不能奏效。我就这样安慰自己，宁愿徜徉于各条通道并造访各场地，其中的许多造访者我连见还没再见过一面呢，并且在这其间总是在土堡稍稍转一转，但是我安不下心来，我得继续寻找。许多时光，许多时光，我本可以使用得更好，都让这帮小家伙给耗费掉了。在这类事情上吸引我的，通常是技术问题，譬如我按照这响声——我的耳朵有分辨其一切细微差别的才干——很具体地想象出响声的起因，于是我就很想弄清楚，实际情况是否与这相符。理由很正当，因为只要这方面没有得出可靠的结论，我就也不能觉得自己是安全的，即使问题仅仅在于要知道，顺着一堵墙掉下来的一粒沙子将会滚向何处。更何况是一种这样的响声，这是在这方面的一件绝非不重要的事情。但是重要也好，不重要也罢，不管我怎么费劲地寻找，我就是什么也找不着，或者不如说，我找到的东西太多。这一定恰恰就发生在我那个最喜欢的场地上，我一边这样想着，一边相当远地从那儿走开，几乎走到通往下一个场地的道路的中间，整个儿这件事其实是开玩笑，好像是我想证明并非只是我最喜欢的这个场地给我制造了这一骚扰，而是也有从别的方面来的骚扰，我笑嘻嘻地开始倾听，但是很快就收住了笑容，因为千真万确，同样的嘶嘶声这里也有。这没有什么嘛，有时我这样以为，除了你谁也不会听见它的，不过现在我倒用训练有素的耳朵听得越来越清楚了，虽然其实到处都有这完全一样的响声，一如我通过比较可以确信的那样。这声音也不加强，这一点我听得出来，我不必紧贴着墙壁，在过道中间就听得出来。然后我就压根儿得费很大劲，得专心致志，才能时不时与其说是听见不如说是猜到一个声音的气息。但是正是这种在所有各处都始终不变的状况大大扰乱我了，因为这跟我最初的猜测一致不起来。假如响声的原因我猜对了，那么它就会以最大的强度从某个可以找得到的地方传播开去，就一定会越来越弱。但是如果我的解释不对，那么这又是什么响声呢？ 还存在有两个响声中心的可能性，有可能我到现在为止只在远离中心之处倾听，我接近其中的一个中心，虽然这个中心的响声增强了，但是由于另一个中心的响声在减弱，对于耳朵来说总的结果始终都是相似的。每逢我仔细倾听，我都几乎以为——哪怕只是很模糊地——辨别出了符合这新的猜想的声响差别。无论如何我也要扩大试探地段，比我迄今所做的扩大得多得多。所以我顺着通道往下走直到土堡并开始在那儿倾听。——真奇怪，同样的响声这里也有。唔，这是不知什么微不足道的动物挖掘而发出的一种响声，这些动物肆无忌惮地利用了我不在家的这时光，他们无论如何也绝对不会有什么针对我的意向，他们只是忙乎着他们的活儿罢了，只要没有什么障碍物挡住他们的去路，他们就保持既定的方向不变，这一切我都知道，尽管如此，他们竟敢直逼土堡，这还是让我感到不可思议并使我不安、扰乱了我的对于工作十分必要的心智。在这方面我不想区分：是这种毕竟是重要的、土堡所处的深度，是土堡的广阔的范围以及与它相适应的强劲的气流吓退了挖掘者呢，或者干脆就是土堡的这个事实通过不知哪些信息渠道传达到他们那迟钝的意识中了？ 反正迄今我没在土堡四壁发现过什么挖掘的痕迹。虽然有大量动物受到强烈气味的吸引来到这里，在这里我有我的固定的猎区，但是它们从上面什么地方挖到我的通道里，然后就虽然惴惴不安，但受到强有力的吸引，还是顺着通道跑了下来。但是如今它们也在这些通道里钻孔。假如我至少完成了我青少年时期和壮年时期的那些最重要的计划，或者说，假如我有力气完成那些计划就好了，因为这样的意愿并不是没有呀。我的心爱的计划之一便是使土堡和它四周的泥土分开，这就是说，让土堡墙壁只保留一个大约与我的身高相当的厚度，但在土堡外围（不包括一小块可惜无法与泥土分开的地基）造一个大小与墙壁相等的空穴。我曾一直，而且大概不无道理地，把这个空穴设想为我能想到的最美好的逗留地。悬挂在这个拱形上，向上攀缘，向下滑行，翻滚并又着地，简直是在土堡的躯壳上玩所有这些游戏，没有真正在它的室内；能够避开土堡，能够让眼睛休息一会儿不去看它，把看见它的欢乐推迟至一个晚一些的时刻而又不必惦记着它，而是简直用爪子牢牢抓住它，如果只有那一条通往那里的普通的公开通道，这是万万做不到的；但是尤其是能够看守它，这就补偿了看不见它的内部这一缺憾，要是让在逗留土堡还是空穴之间作选择的话，那我一定选择空穴作为我的终身寓所，我只要可以永远在那里来回溜达并保护土堡。然后墙壁里就不会有响声了，就不会有厚颜无耻的家伙一直挖掘到土堡这儿来了，然后那儿的安宁就有了保证，我就会是它的守护者；我就不必颇不情愿地去倾听小动物们的挖掘声，而是可以欣喜地倾听某种我现在完全听不到的声音：土堡上宁静的沙沙声。

但是所有这一切美好的事物如今毕竟全都不存在，我得干我的工作，我几乎要为我的工作如今也和土堡直接有关而感到高兴，因为这激励着我。情况越来越清楚地表明，我必须全力以赴地去做这项工作，这项起初看起来微不足道的工作。现在我细听土堡的墙壁。不管我在哪儿听，在高处和低处，在墙壁上或在地面上，在各入口处或在内部，到处，到处都是这同样的声音。这种长时间倾听断断续续的响声需要耗费多少时间，付出多少心血。只要愿意，我就可以得到一丝慰藉，用来自己欺骗自己：在土堡里，只要耳朵一离开地面，由于土堡面积大所以就不同于各通道，我就根本听不见任何声音。只是为了休息，为了冷静思索我才常常做这些试验，使劲倾听，为什么也没听见感到高兴。但是此外，究竟发生了什么事？ 面对这个现象我最初的一些解释完全不顶事。但是提供给我的一些别的解释我也不得不拒绝。你可能会认为，我听见的正是那些小家伙自己在干活时发出的声音。可是这就会与所有的经验有矛盾；凡是我从未听到过的，虽然它总是存在着，我也不会突然开始听见。我对骚扰的敏感性也许在地洞里与年俱增了，但是听觉并不是变得更灵敏了。你听不见它们的声音：这正是那些小畜生们的本质特征。否则我会容忍它们吗？ 冒着饿死的危险我也会把它们铲除掉的。但是也许——这个想法也在我头脑中滋生——这是一种我还不认识的动物。这是可能的呀。虽然我已经相当长久和仔细地观察这儿下面的活动，但是世界是丰富多彩的，不愉快的意想不到的事从来就不短缺。但是这恐怕不是一头单个的动物，这多半是一大群，它们突然侵入了我的地盘，一大群小动物，它们虽然——因为它们根本就是可以听得见的——高居于那小东西之上，但是只超过那小东西一点点，因为它们干活的声音本身是很轻微的。所以可能是陌生的动物，一群在漫游途中的动物，它们只是途经此地，它们惊动了我，但是它们很快就会行进完毕。所以我本来是可以等待的，不必干多余的活儿。但是如果这是陌生动物，为什么我见不到它们呢？ 我已经挖了许多个坑，想逮它一只，但是我一只也没找到。我想到，这也许是极小极小的动物，比我知道的动物小得多，只有它们发生的响声倒是比较大的。所以我就检查挖出来的泥土，我把泥块抛向空中，让它们砸碎，但是其中没有噪音制造者。我渐渐认识到，我用这样随机挖的小坑不会取得任何效果，这样做我只是翻开我的地洞墙壁的泥土，匆匆忙忙这里挖挖那里掘掘，没有时间去填塞一个个孔洞，许多地方已经堆满了泥土，它们阻碍交通，挡住视线。不过这一切都只是对我偶然有所妨碍，我现在既不能漫游也不能四面张望，我常常会干着活就在哪个孔洞里小睡一会儿，一只爪子抓入上面的泥土，刚才我在半睡半醒中就曾抓下那儿的一把泥土。我要改变我的方法。我要对着发生响声的方向挖一条正规的大沟，在我不受种种理论的影响找到真正的噪声原因之前，我决不停止挖掘。然后我就要在我力所能及的情况下消除这个根源，如果力不从心，我至少也要掌握确实情况。这种确实情况将给我带来安慰或绝望，但是不管情况会怎么样，是这样还是那样；这都将会是无疑的和合理的。这个决定使我感到舒适。我觉得我迄今所做的一切全都操之过急；回到家里心情激动，还没有摆脱上面世界的忧愁，还没有完全融入地洞的安宁平静，因我不得不这么久惦记它而变得敏感起来了，凡此种种让我因一个如前所承认的奇特现象而使自己失去了一切理智。怎么了？ 一阵轻微的嘶嘶声，只隔了很长的间歇才听得见，一件微不足道的小事，我不想说我可以习惯于它；不，习惯我是习惯不了的，但是我可以观察它一段时间的呀，大可不必急着采取什么简直是针锋相对的措施嘛，这就是说，这就是说，我可以每隔几个小时好好听一听并耐心地记下结果，但不要像我这样，把耳朵沿着墙壁移动并几乎一听到有点什么动静就掘开泥土，不是为了真正要发现什么，而是为了做点什么与内心不安相符合的事。我希望，现在这种情况会有所改变。可我也又不希望这样—— 一如我闭着眼睛，对我自己极为恼怒地承认的，因为不安仍还完全像几个小时以来那样在我心中颤动，若不是我受到理智的抑制，我大概就会巴不得在随便什么地方，不管在那儿听没听到什么，痴呆、执拗地，只是为了挖掘而挖掘起来，几乎就像那个小东西，那个不是完全没有意义的挖掘，只是为了啃泥土而挖的小东西。合情合理的新计划既吸引我，又不吸引我。这个计划无懈可击，我至少提不出什么异议，据我理解，它一定会达到目的。尽管这样，我还是基本上不相信这个计划，正因为不相信，所以我根本不担心实行计划可能会有的灾祸，我根本不相信会有什么可怕的结果；是的，我觉得，自从第一次出现这响声我就已经想到要这样坚持不懈地挖掘，只是因为我对此不信任，才迄今一直没付诸实施。尽管如此，我当然还是要开始挖掘的，我没有别的办法，但是我不会马上就开工，我会把这项工作稍稍推迟一下。如果理智应该重新受到尊重，那么它就应该充分受到尊重，我将不会以全副精力投入此项工作。无论如何我要先弥补我的乱挖给地洞造成的损失；这要花费不少时间，但是这是必要的；如果这条新沟真的会通往一个目的地，那么它大概会变长，而如果它不通往目的地，那么它将会没有尽头，不管怎样，这项工作意味着较长时间远离地洞，不是像上面世界那样糟糕的远离，如果我愿意，我就可以中断这项工作，回家去看看，即使我不这样做，土堡的空气也会吹拂到我这儿并在我干活时围住我，但是这仍然意味着离开地洞和听任某种命运摆布，所以我要把地洞整治好了再走，不可留下话柄，说是我，为地洞的安宁而斗争的我，自己破坏了这种安宁并且没有立刻恢复它。就这样，我开始把泥土扒回到孔洞里，一项我十分熟悉的工作，我已经几乎是不知不觉地干过无数次了，特别是最后这道夯实和抹平工序——这绝不是自夸，确实是实情——我能够干得非常出色。可是这一回我却犯难了，我精神太涣散，我一再地干着干着就把耳朵贴在墙上倾听，满不在乎地让我身子下面刚挖上来的泥土纷纷扬扬又落回到斜面。最后的要求注意力更加集中的美化工作我就根本干不了啦。难看的鼓包、碍眼的裂缝留下来了，更不用说，从整体来看，一道这样修补过的墙壁，其旧日的活力说什么也不会再现的了。我试图这样安慰自己：这只是一种临时性的工作。等我回来时，又恢复了安宁，那时我就最终把一切都修补好，这一切瞬间就能办好。是呀，在童话里什么事都进行得飞快，这种慰藉也是一个童话。还是现在立刻就做完美的工作的好，比一再中断，在通道上漫游并确定新的声音来源地要有益得多，这确实很容易，因为只要在随便什么地方停下来听一听，仅此而已。我还在作另外的无用的发现。有时我觉得这声音好像没了，它作长时间的间歇，有时一阵这样的嘶嘶声我漏听了，自己耳朵里发出太强烈的嗡嗡声，于是两个间歇合并成一个，我一时间就以为这嘶嘶声永远结束了。我不再继续倾听，我一跃而起，全部生活为之改观，仿佛泉源打开了，从中流出了地洞的安静。我小心翼翼，不急着去检验这个发现，我寻找某个我信得过的伙伴好向他透露这个发现，因此我直奔土堡而去，由于我全身心地出现了新的活力，我便想到，我已经很久没吃过任何东西，我便从半填没在泥土中的贮藏品中随便拽出一些并胡乱吞咽起来，我边吃边跑回那个不可思议的发现的地点，起先我只想稍带着，只想边吃边匆匆地再次确认一下这件事，我仔细听去，但是这匆匆倾听却立刻显示出我大错特错了，那儿远处明白无误地响着嘶嘶声。我把食物吐出来，想把它踩进地里去，我回去干我的活儿，却根本不知道要干哪样活儿；随便哪儿，在似乎有这个必要的地方，这样的地方有的是，我机械地干起什么活来，就好像只不过是监工来了，我就得做做样子蒙他。但是我刚这样干了一小会儿，可能就会发生我发现新情况这样的事。这响声似乎增强了，当然没有增强很多，在这方面总是只有细微差别，但还是增强了一点儿，耳朵分明听得出来。而这种渐强似乎是一种渐近，比我听见这渐近还要清晰得多的是我简直看见了这声音渐渐走近过来的步伐。我从墙上跳回去，试图一眼就看清这一发现将会引起的种种可能后果。我有一种感觉，仿佛我本来就从未把地洞布置得可以防御进攻，这个意图我是有的，可是与一切生活经验相反，我觉得受到进攻的危险绝不会有，所以布置防御也就大可不必——或者不是绝不会有（这怎么可能呢！），但在级别上远远低于确保一种和平生活的设施，我因此在地洞里处处给这类设施优先权。许多东西原本是可以朝着那个方向建起来的，而且并不会妨碍基本计划的实施，这件事以一种不可理解的方式被耽误了。在所有这些年里我好运连连，好运宠幸了我，我曾经是忐忑不安的，但是幸运之中的忐忑不安无关宏旨。

现在首先要做的事，其实恐怕就是要仔细察看地洞的防御和种种可进行防御的可能性，制订一个防御计划和一个附属的营造计划并随后就像一个崽子那样朝气蓬勃地干起活来，这倒是必不可少的工作，现在做这工作，顺便说及，当然是太迟了，但是这可能是必不可少的工作，可不要去随便挖一条大的试探性沟了，这样的沟其实只有这一个目标：把我的全部精力毫无防御意义地用在寻找险情上，傻乎乎地担心险情很快就会自行找上门来。我突然不理解我从前的计划了。从前很好理解的计划我现在一点儿也理解不了了，我又把工作撂下，也不监听了，现在我不想再发现有什么声音在增强，我发现得够多的了，我撂下了一切，只要我把内心的矛盾平息下去，我就可以满足了。我又让我的通道把我引开，进入越来越远的、还没见过的、我的前爪还根本没碰过的通道，我一来那里的宁静便苏醒并笼罩住我，我不久留，匆匆穿行过去，我根本不知道我在找什么，大概只是拖延时间吧，我迷了路，一直来到迷津，我很想贴在苔藓盖上听听，如此遥远的事物，对于此刻来说如此遥远的事物勾起了我的兴趣。我逼近上去倾听。静悄悄一片；这里多美呀，那里谁也不过问我的地洞，大家都有自己的事，和我没有关系的事，我干得多麻利，才做到了这一点。这里在苔藓盖上现在也许是紧靠我的地洞的独一无二的场所了：我可以在这里白费劲地接连倾听数小时之久。——地洞里情况的一种彻底倒转，昔日的危险之地成了和平之乡，而土堡却被卷进了世界及其种种危险的喧闹之中。尤为糟糕的是，其实这里也不和平，这里没有任何变化，宁静也好，吵闹也罢，危险一如既往潜伏在苔藓的上方，可是我对危险已变得感觉迟钝了，我太过于专注我的墙壁里的这嘶嘶声了。我专注于此了吗？ 它变强了，它步步逼近了，我却逶迤穿过迷津，躺在这儿在苔藓下休息，这情形几乎就好像我已经把这个家托付给这位发嘶嘶声者了，只要在这儿有一点儿安宁，我就心满意足了。 托付给这位发嘶嘶声者？ 难道我对响声的来源有了明确的新的看法了？ 这声音来自那小东西正在挖的水沟吧？ 这不是我的明确的看法吗？ 这个看法我似乎还没有放弃。如果它不是直接，也是以某种方式间接来源于那些水沟。而如果它和那些水沟根本没有关联，那么一开始大概根本就没法作出任何猜测，我就得等候，一直等到我也许找到原因或者原因自己显露出来。诚然，猜测嘛，我现在也还可以玩弄，譬如不妨可以说，远处某地渗水了，我觉得是尖叫声或嘶嘶声，其实可能是一种潺潺声。但是且不说我在这方面根本没有什么体验——我起初找到的地下水已立刻被我引开，这沙土地里从此没再来过地下水，撇开这个不谈，嘶嘶声就是嘶嘶声，是不可以作潺潺声的新解的。但是所有这些对安宁的警告有什么呀，想象力不愿意停息，我确实还是认为——在自己面前否认这一点是没有意义的，这嘶嘶声发自一头动物，不是许多头，不是小动物，而是惟一的一头大动物。这种说法有某些难以令人信服之处。这声音到处都可以听见，而且总是一样的强度，此外白天和黑夜都颇有规律。没错，起初我还一定会倾向于认为是许多头小动物，但是由于我原本在挖掘时是必定会找到它们的，而我却什么也没找到，所以就只剩下假设存在这头大动物了，尤其是因为这种似乎与这一假设矛盾的情形，都只是些并非使这头动物不可能存在、而是只是使这头动物变得危险得不堪设想的事情。仅仅是因此缘故我才反对这个假设。我不这样自己欺骗自己。这个想法我已经盘算了很久：这声音之所以甚至可以传出去很远的距离，是因为这头动物干得飞快，它在泥土中迅速掘进，就像一个散步者在户外过道上行走，大地在它挖掘时为之震颤，即使它已经过去，那余震和工作本身的响声也在远处汇成一片，而我，仅仅听到这行将消逝的余音的我，则听到它到处都一样。还有就是，这头动物不是朝我走来，所以这响声不变，倒不如说有一个计划，这计划的意义我看不透，我只是猜想，这头动物——我这样说绝不是要断言它知道我的情况——在绕着我转圈子，自我观察它以来，它大概已经绕着我的地洞转了几圈了。这嘶嘶或呼哧的声音引起我许多思考。如果我以自己的方式刨和扒，那么这听起来就完全不一样。我只能这样来解释这嘶嘶声：这动物的主要工具不是它的爪子，它也许只用爪子做些辅助性的活儿，它的主要工具是它的嘴或者它的鼻子，这嘴和鼻子，除了力气极大以外，当然也比较尖利。它大概就只猛烈一撞就把鼻子钻进地里并扯出来一大块，在这段时间里我什么也听不见，这是间歇期，但是随后它就吸气进行新的撞击。这种吸气，这必定是一种撼动大地的嘈杂声，不只是由于这头动物的力量，而且也由于它的急如星火、它的劳动热情，于是我就把这嘈杂声听作轻微的嘶嘶声。不过它的不停歇地干活的能力还是让我感到完全不可思议；也许这些小间歇也包含作一次短暂休息的机会，可是真正的大休息似乎还不曾有过，它日以继夜地挖掘，总是保持着同样的力度和朝气，心头牢记着它的有待迅速实施的计划，实现这个计划的能力它完全具备。嗯，我真没料到我会有一个这样的对手。但是除了它的这些怪癖以外，现在却只在发生某种我原本一直会担心的事，某种我原本一直应该采取措施预防的事：有人正在靠近过来！ 可是怎么会在这么长的时间里一切进行得平平静静、和和美美的呢？ 谁控制了敌人的行动路线，让它绕道避开我的洞穴？ 为什么我这么久一直受到保护，现在又如此大受惊吓呢？ 比起这一个危险来，这些日子里我一直思虑着那一个个小危险又算得了什么！ 我作为地洞的拥有者希望对每一个可能的来犯者占有优势了吗？ 正是作为这件宏大和敏感的作品的拥有者，我深知自己对任何比较严重的攻击都没有防御能力。拥有它的幸福娇惯了我，地洞的敏感性使我变得敏感了，它受到的伤害使我痛心，就好像是我受到了伤害。正是这一点我原本就应该预见到的，我应该不仅为我自己的防御着想——我自己多么轻率和徒劳地做了这件事——，而且也要想到地洞的防御。尤其是要事先筹划好，让地洞的单个分部，尽可能多的单个分部，在受到攻击时通过必须在最短时间内可以做到的填土掩埋可以跟受威胁较少的分部分割开来，而且分割用的泥土量和达到的分割效果都要恰如其分，好让攻击者根本料想不到，在这后面才是真正的地洞。还有，这种填土掩埋一定得做到不仅可以掩蔽地洞，而且也可以埋葬来犯者。我没有为这样的事做一丁点儿的准备工作，在这方面没做，根本就没做任何事，我轻率得像一个孩子，我做着孩儿的游戏度过了我的成年岁月，甚至盘算危险时我也只是在戏耍，我误了事了，没有真正想到这些真正的危险。警告是从来也没有缺乏过。

堪与现在这种情形相比的事当然没有发生过，但在建洞初期还是有过类似的事情的。主要区别恰恰就在于：那是地洞初建时期……当时，简直是个小徒工，我还在铺第一条通道，迷津的设计才大体有了轮廓，一个小场地我已经挖出，但是在大小规模和墙壁处置上却完全失败了；总之，一切都在起始阶段，这根本就只能算作试验，算作某种一旦不耐烦了没有多大遗憾就可以立即报废的东西。那时发生过这样一件事：有一次工间休息——我这一生中工间休息一直太多，我躺在我的土堆间，突然听见远处的一个响声。我年纪轻轻的，听到了没感到害怕，反倒很好奇。我撂下活儿，竖起耳朵倾听起来，不管怎么说我是在听了，我没有跑到上面的苔藓下面去，可以在那里躺着舒展四肢，可以不必倾听。至少我在听着呢。我分明可以辨别出这是一种挖掘的声音，像我的挖掘声，听起来微弱一些，但是其中有多少应算在距离的账上，这一点我没法知道。我急切地期待着，但此外是冷静和沉着的。也许我是在一个别人的地洞里吧，我这样想道，这地洞的拥有者正朝着我挖过来呢。假如我断定这个想法是对的，那么我也就迁走了，到别处造洞去了，因为我从来都没有占领欲，也不好斗。可是话又说回来了，我还年轻，还没有洞穴，我还能冷静和沉着。事态的进一步发展也没使我感到多大的不安，只不过就是这种情况不容易说清楚。如果在那儿挖掘的此公真的向我这边推进，因为他听见我在挖掘了，那么，如果他如同现在事实上发生的那样改变方向，也就不好断定他是否正在做这件事，因为我通过我的工间休息使他失去了判断自己的路线的一切依据，或者说得更确切些，因为他自己改变了自己的意图。但是也许我根本就搞错了，他从来就没有直接针对过我，不管怎么说，这声音反正还加强了一阵子，就仿佛他在逼近过来，我这头幼崽当初也根本就不会对突然看到这位挖掘者从地下冒出来感到不满，但是并没有发生这样的事，从某一个时刻起这挖掘声开始变弱了，他越来越微弱，就好像这挖掘者渐渐偏离了他的最初的方向，及至他一下子突然完全中断，好像他现在已打定主意朝一个完全相反的方向挖并径直地离我而去移向远处了。我还静静地听了很久，才又干起活来。唔，这一次警告够清楚的了，但是我不久便忘记了它，这一警告对我的营造计划几乎没产生什么影响。

在当初和今天之间隔着我的壮年时期；但是现在这情形看上去不就像这之间什么也没隔着吗？ 我还一直在作一次长时期的工间休息并贴在墙上倾听，而这位挖掘者则在最近改变了自己的意图，他来了个向后转，他旅行回来了，他以为，在此期间他已经给我留下了足够的时间，做好接待他的准备。但是就我这方面来说，一切准备工作做得比当初少，偌大的地洞毫无防御设施，而如今我已不再是个小学徒工，而是一个老建筑师了，我身上还留存的那点力量已无法支撑我作出决断，但是不管我有多老，我都觉得我巴不得比我的实际年龄更大些，大到我可以不用再从苔藓下的卧榻上起来才好。因为实际上我在这里忍受不住，我会起来并仿佛我在这里不是满怀宁静而是充满新的忧愁似的又奔进下面的窝里。——事态最后是怎样的呢？ 嘶嘶声变弱了吗？ 不，它变强了。我随便找了十个地方听了听，发觉我显然搞错了，嘶嘶声依然如故，丝毫没变。那儿没有任何变化，人家在那儿从从容容，超越时间，但是这里每一个瞬间都在摇撼着倾听者。我又长途跋涉回到土堡，我觉得四周的一切都激动不安，似乎在看着我，旋即也似乎立刻又把视线移开，不想干扰我，可又竭力要从我的表情上看出保卫家园的决心。我摇摇头，我还没有这样的决心。我也不去土堡，不想在那里实施什么计划。我从我曾想挖试探沟的那个地方的旁边走过，我再次检查那个地方，这本来可以是一个好地方的，这条沟原本可以向着有大多数小气孔的方向伸展开去的，这些小气孔原本可以大大减轻我的工作，也许我甚至根本就不必挖得很远，根本不必向声音发源地挖过去，也许原本在通气孔上听听就足够了。但是没有一个想法坚定到足以鼓舞我进行这一挖掘工作。这条沟会使我获得确切情况吗？ 我已经到了根本不想有确切情况的地步。我在土堡里挑了一块上等的去皮红肉并带上它爬进一个泥土堆里， 只要这里压根儿还有真正的宁静，那么那里无论如何也是安静的。我舔着吃着这块肉，一会儿想着这头陌生的动物，它正在远方走自己的路，一会儿又想到，只要还有可能，我就要尽情享用我的贮藏食品。这后一点大概是我有的惟一可实施的计划。而且我也试图猜出这头动物的计划。它是在漫游途中，那么和它取得谅解也许是可能的。如果它果真在朝我这边突破，我就给它一些我贮藏的食品，它就会继续往前走。会的，它会继续往前走的。在我的土堆里我当然可以做各种梦，也会梦见互相理解，虽然我分别知道这样的事是不会有的，虽然我知道，在我们彼此看见的那一瞬间，甚至只要我们彼此料到对方就在附近，我们就会根本分辨不出谁更早谁更晚，立刻拼命带着一种新的别样的饥饿，即使我们本来肚子就饱饱的，张牙舞爪向对方猛扑过去。一如往常，现在在这里这样做也完全正当，因为谁哪怕是在漫游途中会因为这地洞而不改变自己的旅行和未来计划呢？ 但是也许这头动物在挖它自己的洞穴，那我就根本休想会有什么互相理解了。即便这是一头如此奇特的动物，以致它的洞穴可以容忍另一个洞穴为邻，我的地洞可无法与另一个洞穴为邻，起码一个可以听得见的邻洞它是容忍不了的。不过这头动物如今似乎离得很远，哪怕只要它还继续后撤一点点，这响声大概也就会消失了吧，也许随后一切还都会像昔日那样好转，于是这就只是一种虽恶劣、但舒适的体验，它会激励我作出种种改善；要是我得到安宁，危险不是迫在眉睫，那么我确实还是有能力去从事种种堂而皇之的工作的。也许这头动物鉴于它凭其精力而似乎具有的种种巨大可能性放弃将其地洞朝我的地洞方向扩展并转向另一方面为此谋取补偿。这当然也不是可以通过谈判，而是只能通过这头动物自己的智力或通过我这方面发出的强制才可以谋得。这头动物是否知道我以及知道些什么，这在两方面都将具有决定性的作用。我对此思考得越多，我便觉得这头动物越有可能根本就已经听见我了，即使我觉得不可想象，这也是有可能的，它通过别的途径得到了有关我的某些消息。但是它大概没听见过我，只要我对它一无所知，它就根本不可能曾经听见过我，因为我在这里一直静悄悄的，没有比再次见到地洞更寂静无声的了，随后，当我作探索性挖掘，它大概原本可以听到我的，虽然我挖掘起来很少发生喧闹声；但是倘若它听到我了，我也一定会对此有所察觉的呀，它至少会不得不常常停工来倾听——但是一切依然如故。……

35. 副 检 察 官[①]

……如果说到追逐怪胎，那么区法官当然就是第一个目标，这已经令人厌倦。但是生他的气是没有意义的。所以副检察官也不生他的气，他只对把一个这样的人放到一个区法官位置上的愚蠢行为生气。愚蠢行为要进入司法程序啦。就副检察官个人情况而言，这是很令人遗憾的：他只担任一个如此低的职务，可是即便当上地方法院最高检察官也许也满足不了他的真正的愿望。他得当上一个还要高得多的检察官，才能哪怕只是对他目睹的一切愚蠢行为进行有效的起诉。他的确不会屈尊起诉区法官，他在他那高高的起诉人席位上将会连认也认不出他来的。但是他将会在周围建立起一种如此美好的制度，致使区法官将无法在其中存在，致使在谁也没有碰他的情况下他的双膝会打起哆嗦来，他最终将不得不灭亡。于是也许也就是时候了，可以将副检察官本人的这个案件从内部的对公职人员违法乱纪行为的惩戒法庭移进公开法庭。于是副检察官就不再亲自参与，他就会根据不可抗拒的力量打碎给他带上的镣铐并且就可以自己来审判他们。他设想，一个有权势的人物在审理案件之前悄悄对他说："现在你心满意足了。"开庭的时候，被控告的惩戒法庭陪审员自然撒谎，咬紧牙关撒谎，像在法庭上受到控告的人那样竭尽全力地撒谎。但是一切都经过精心筹划，致使事实本身摆脱一切谎言并在旁听者面前自由地、如实地展现出来。有很多旁听者，在法庭的三面，只有法官席是空着的，人们没看见法官，法官们拥挤在平时供被告站立的窄小地方并试图在空荡荡的法官席前答辩。只有检察官，从前的副检察官自然在场并且在其通常的位置上。他比平时镇静得多，他只是时不时点点头，一切像钟表那样准确地、按部就班地进行。现在，在案件摆脱了所有的申请诉状、证人证言、审理记录、判决协商和判定理由之后，人们才认清这案子原来简单已极！事情本身发生在大约十五年前。副检察官当时在首都，他是个公认的能干的法律学家，很受他的上司们的喜爱并且甚至已经有希望不久击败许多竞争者成为第十检察官。第二检察官对他怀有特殊的好感，让他代理自己处理一些甚至并非完全不重要的事务。在一桩小小的亵渎君王公案中情况也是如此。一个店员，一个并非没有文化的、很关心政治的人在一家小酒店里在半醉酒的状态下手里拿着酒杯说出了一句侮辱国王的话。邻桌一位大概醉得更厉害的顾客作了举报，他昏昏沉沉地可能以为，他这是做了一件大好事，立刻跑去找了一个警察并喜气洋洋地微笑着同他一起返回，把此人交给了警察。后来他当然至少在最主要的部分坚持自己的证词，另外这亵渎君王罪一定十分清楚，因为没有一个证人能够完全否认这一罪名。但是这句亵渎君王的原话却无法不无疑问地被断定，最有理由的是这一设想：被告举起酒杯对着一幅挂在墙上的国王画像并曾说了“那上面你这个无赖”。这一亵渎的严重性之所以得到减轻，仅仅是由于被告当时部分地处于对自己的行为不能负责的状态，以及由于他和“只要小灯还亮着”这句歌词不知怎么地结合在一起说了这句亵渎的话并因此而模糊了这一声叫喊的意义。关于这声叫喊与这首歌之间的联系是一种什么性质的联系，每一个证人都有不同的看法，举报人甚至断言，唱了歌的是另一个人，不是被告。给被告造成极大困难的，是他的政治活动，它无论如何使以下这一点显得十分可信：即便在完全清醒的情况下并怀着充分的信念他也是喊得出这句话来的。副检察官很清楚

---

①此篇及以下各篇均选自1994年费舍尔（Fischer）出版社校勘本手稿版《一次战斗纪实》和《中国长城建造时》。

地记得——他曾十分频繁地思考过那些事情——他几乎怀着热情着手受理那一控告，这不仅是因为审理一宗亵渎君王案件是很光荣的，而且也因为他由衷地憎恨这个被告和他的案件。这是一个热衷于搞政治的人，一个商店店员的诚实职业满足不了此人的要求，大概是因为这个职业无法向他提供大吃大喝的钱财吧，这是一个长着一个巨大下颏的人，这下颏在一种强劲的肌肉系统的带动下也作着巨大的运动，这是一个天生的群众集会上的演说者，他甚至高声怒骂预审法官，遗憾的是在这一案件中的这位预审法官是一个神经质的、情绪激动的人。预审，副检察官出于对这案件的兴趣经常出席旁听的这预审，是一场无休无止的争吵。一会儿预审法官，一会儿被审讯者跳起来，一个人对另一个人大声吼叫。这对预审结果当然产生了不利的影响。副检察官要将诉状建立在这些结果的基础上，就必须做许多工作并具有敏锐的感觉，才能使控告足以令人信服。他接连干了好几个通宵，但非常乐意。当时是美好的春宵，副检察官住在底层的那所房屋有一座小小的两步路宽的屋前小花园，副检察官干累了或者起伏的思潮要求平静和凝聚，他就翻窗进入小花园，在那里来回踱步或者闭着眼睛倚在花园栅栏上。当时他不顾惜自己的身体，他将整个诉状反复修改了好几遍，有些部分修改了一二十遍。此外，为准备审判累积起来的材料几乎多得不计其数。“上帝保佑我能够领会并使用所有这些材料”是这些个夜晚中他的持续不断的请求。他认为随着诉状本身的完成他的工作只结束了最微不足道的一小部分，所以他不把第二检察官在仔细审阅后把起诉书还给他时说的那句赞词看作奖赏，而是只看作鼓励；而这句赞词却是重要的，况且它出自一位严格的、寡言少语的人之口。这句赞词是这样说的：“这个本子，我亲爱的同道，不仅包含诉状，它十之八九也包含您的第十检察官任命书。”副检察官在他后来的各种呈文中常常重说这句赞词，却未能促使第二检察官记起这件事来。当初副检察官听了这句赞词谦逊地沉默不语，这时第二检察官还添上一句："您相信我吧。"副检察官坚毅和镇定地走进主审法庭。法庭上没有哪个人像他这样熟悉这桩诉讼案的全部细微之处和各种关联。辩护人没什么了不起的，是一个副检察官颇为熟悉的、总是喊叫却没有敏锐感觉的小人物。在这一天他肯定一丁点儿的好斗的精神也没有，他辩护，因为他必须辩护，因为这涉及他的政党的一个党员，因为也许可以有机会发表长篇激情独白，因为党报对这个案件有点儿重视，但是要使他的当事人胜诉，这个希望他却没有。副检察官还记得，他是如何在审讯开始前不久脸上带着艰难压抑下去的微笑看着这个辩护人的；这个辩护人根本就没有能力自控，他把他的桌子上的一切扔得乱七八糟，从他的文本中撕下纸来，立刻像一阵风似地在这些纸上写满了笔记，这时他的两只小脚在桌子下面格格作响；他每时每刻都在无意识地用胆怯的动作抚摩自己的光头，仿佛他在那里寻找什么伤口。他似乎是一个与副检察官不相称的对手。当他在审讯一开始就蹦了起来，用难听的尖叫声提议审讯公开举行时，副检察官几乎慢慢腾腾地从座位上站起来。一切都这么清楚，都仔细考虑过了，这情形就好像周围所有的人都在插手一个属于他单独一个人的案件，一个他按其性质可以不用法官、辩护人和被告加以了结的案件。他同意辩护人的提议，他的态度之出乎意料之外犹如辩护人的态度在情理之中。但是他解释他的态度，在他作解释的时候法庭上一片寂静，静得他简直以为他是在空无一人的法庭上同自己说话，倘若不是许多双眼睛从四面八方盯着他，仿佛它们要把他吸过去似的。他的话令人信服，这一点他立刻觉察到了。法官们伸长脖子并吃惊地互相对视，辩护人直挺挺靠在他的椅子上，好像副检察官这个人现在刚从地下冒出来；被告紧张得摩擦他那一嘴的大牙，在拥挤的旁听席上人们牢牢攥着手。他们认识到，一个人把整个与他们有着这样或那样微弱关系的事件从他们手中夺走了并将其变为自己的不可剥夺的财产。每一个人都曾以为可以列席一宗亵渎君王诉讼案，如今人们却听到，副检察官在遇到第一个提议时就用不多几句话像略微提及次要事情那样轻描淡写地谈及亵渎……

36. 中国人来访

我苍老，身体肥胖，罹患轻度心脏病。午饭后我一只脚搁在地板上躺在床榻上，并读一部历史作品。女仆进来，两个指头压在尖尖的嘴唇上通报一位客人来访。“是谁呀？”我问，在等着喝下午咖啡的时候要接待一个客人我颇感恼火。“一个中国人，”女仆说，一边猛地转过身去压下一阵笑声，以免给门口的客人听到。“一个中国人？ 找我？ 他穿中国人服装吗？”女仆还一直强忍住笑地点点头。“把我的名字告诉他，问问他是否真的要找我，在左邻右舍中我都是默默无闻的，更何况在中国了。”女仆悄悄走到我身边，轻声说道：“他只有一张名片，上面写着，他请求受接待。他不会说德语，他说一种听不懂的语言，我不敢从他手里把名片接过来。”“让他进来，”我喊道，在我因心脏病而常常陷入的那种激动状态中把书扔在地上并诅咒女仆的笨拙。我站起来并伸直在这间低矮房间里势必会吓着每一个来访者的我那巨大的身躯，向门口走去。果然中国人几乎没有看见我，他立刻就又无声地溜了出去。我仅仅追到过道里，就小心翼翼地拽住此人的丝绸腰带把他拉了进来。这显然是一个学者，个头儿矮小，身体虚弱，戴角边眼镜，蓄着稀疏的、硬邦邦的灰黑色山羊胡子。一个和善的小人儿，垂着脑袋，眯缝着眼睛微笑。

37. 一个有虚荣心的年轻大学生

一个有虚荣心的年轻大学生对艾伯尔费德的马案件很感兴趣，并仔细阅读和思考了所有有关这个题目的出版物，他决定要自己负责做这方面的试验。他从一开始就以完全不同的方式，并按自己的意见比他的前任们更无比正确地处理这个案件。然而他的资金却不足以使他能够大规模地做试验，而如果他为做自己的试验而想购置的第一匹马证实是固执倔强的——即便使极大的劲工作，这也要在几个星期后才能被确定——那么他就在相当长的时期内没希望开始做新的试验啦。然而他却并没因此而感到过度害怕，因为按照他的方法任何一种固执倔强都能够被克服。不管怎样，他按自己的小心谨慎的天性，完全有计划地计算了他所需的花费和他能筹措到的资金。他上大学所需的紧巴巴的生活费的金额，迄今一直由他的父母——外省的穷店员，按月给他寄来，这一接济他今后也不打算放弃，虽然他理所当然地必须放弃父母从远方满怀巨大希望关注着的他的这一学业，如果他想在现在他将踏入的这个新的领域获得期待中的巨大成功的话。要父母理解这些工作或者甚至鼓励他这样做，这是不可能的，所以不管这多么令他感到难堪他也不得不向他们隐瞒自己的意图并使他们仍然以为他继续按部就班地在从事他迄今的学业。对他的父母的这一欺瞒行为只是他为了有利于此案而愿意承担的牺牲之一。父母给的钱无法抵补他的工作预计所需的巨大花费。所以大学生就想从此将迄今一直花在学业上的白天的大部分时光用来从事家教活动。但是大部分的夜间时间却用在真正的工作上了。不只是由于他因其自身的不利的外在情况被迫这样做，大学生才挑选夜晚的时间给马授课，他想引入马课之中的那些新的原则也由于种种原因而促使他晚上授课。按他的意见，哪怕马的注意力的一丁点儿分散对于授课也是一种无法弥补的损失，在夜晚他就可以尽可能地不受这方面的侵害。人和动物在夜间醒来并工作时有的那种感受刺激性是在他的计划中明确要求了的。他不像别的专家们那样怕马的野性，他反而要求这种野性，他甚至想制造它，但不是用鞭子，而是用他不间断在场和不间断授课的刺激手段。他声称，在正确的授马课过程中可能不会有零星的进展，说是最近各色马爱好者们大肆炫耀的零星进展要么无非是教育者主观想象的产物，要么——这更糟糕——无非是永远不会取得一种总体上的进展的明显标志。他自己最要提防的莫过于取得零星进展了，他觉得在小小的计算技艺中获得成功便以为已经有所成就了的他的前任们的满足感是不可理解的，这就好像人们在教育儿童时一开始就一味地向儿童灌输一至十的两数乘法表，根本就不管这孩子对整个人类世界是瞎的、聋的和无感觉的。这一切是如此愚蠢，他有时觉得其他马教育者们的错误是如此显眼得可怕，以致他随后甚至对自己产生了怀疑，因为这几乎是不可能的：一个个人，况且是一个没有经验的个人，推动这个人前进的仅仅是一种未经审查过的、然而却是深切并简直是狂热的信念，这个个人是对的，所有的行家全错了。

38. 祖父的讲述

我在已故君王莱奥五世时代是弗里德里希公园陵墓看守。我当然不是立刻就当上陵墓看守的。我还完全清楚地记得，我是如何作为君王牛奶场的供差遣的童仆第一次在晚上把牛奶送往陵墓看守室的。“噢，”我想，“去陵墓看守室。”有谁清楚地知道，什么是陵墓？ 我当过陵墓看守，理应知道，可是其实我并不知道。你们在听我讲述的故事，你们在最后将会认识到，即便你们自以为知道什么是陵墓，你们也不得不承认，你们不再知道了。可是当时我还不怎么在意这件事，而是只是很一般性地对被派往陵墓看守处感到骄傲。就这样，我立刻提着我的牛奶桶在雾中顺着草地上的路，往弗里德里希公园奔跑而去。在金色的栅栏门前我拍去我短上衣上的尘土，擦了擦靴子，抹去桶上的湿气，然后就按铃并把额头贴在栅栏条上急切地等候着，看现在将会发生什么事。看守人小屋似乎在一个小山丘上的灌木丛中，一束灯光从一扇正在开启的小门中透出。在我报了来由并出示奶桶以作证明之后，一位老妪打开大门。然后我就必须走在前面，可是得走得和这位老妪一样慢，这是很不舒服的，因为她在后面拉住我并为了喘气在这段短短的路上停了两次。上面在门旁的一张石凳上坐着一个巨人般的男人，叠着双腿，双手交叉在胸前，脑袋后仰，他把目光凝注在他眼皮底下的灌木丛上，它挡住了他远望的视线。我不由得以疑惑的目光看着这妇人。“这是土耳其奴隶，”她说，“你不知道吗？”我摇摇头，又惊奇地看了此人一眼，尤其是他那顶高高的羔羊皮帽，但是随后我就被老妇人拉进屋里。在一间小房间里一张整整齐齐码放着书籍的桌旁坐着一个身穿睡衣、满脸胡子的老先生，他从立地灯的灯罩下向我看来。我当然以为没走对地方，便转过身，想从这个房间里走出去，但是老太太堵住了我的去路并对那位先生说："新来的送奶童。""小宝宝，过来，"先生说并笑了笑。于是我就坐在他的桌子旁边的一张小板凳上，他把他的脸凑近我的脸。可惜由于他的友好举动我变得有点儿莽撞了，我说：……

39. 在 阁 楼 上

孩子们有一个秘密。在阁楼上一个成年人再也摸索不进去的堆满整整一个世纪破烂货的很深的角落里，律师的儿子汉斯发现了一个陌生人。他坐在一只竖着靠在墙边的木箱上。他看见汉斯时，脸上既没现出恐惧也没现出惊讶，而是只有麻木的表情；他以清澈的眼神迎着汉斯的目光。一顶羔羊皮大圆帽深深盖住了他的脑袋。一部粗壮的髭须硬邦邦伸开。他身穿一件褐色宽敞大衣，一条像一匹马的马具似的厚实皮带将这大衣束住。怀里放着一把无光泽刀鞘短弯刀。脚蹬装有靴刺的长统靴，一只脚搁在一个翻倒的酒瓶上，另一只搁在地板上的脚有点儿直竖起来，脚跟和靴刺插进了木头。当此人向汉斯慢慢伸过手来时，汉斯大喊一声“走开！”远远地奔进阁楼较新的部分，在晾在那儿的衣服湿漉漉地打在他脸上时才站住脚。但是随后他立刻又返回。那个陌生人带着几分轻蔑地撅着下嘴唇坐在那里，一动也不动。汉斯小心翼翼地悄悄接近，试探这种静止不动是否是诡计。但是这陌生人似乎真的不怀任何恶意，他极其软弱无力地坐在那里，纯粹由于软弱无力而几乎让人觉察不到地点了点自己的头。就这样，汉斯大着胆子将一块尚还隔在他和陌生人之间的破旧炉子挡板推开，完全走近过去并最终甚至碰了碰他。“你身上尘土真多！”他吃惊地说并抽回他那只给弄黑了的手。“是呀，尘土真多，”陌生人说，此外就再没说什么。这是一种与众不同的发音，在余音缭绕中汉斯才明白他的话的意思。“我是汉斯，”他说，“律师的儿子，你是谁？”“原来这样，”陌生人说，“我也是汉斯，叫汉斯·施拉格，是巴登州的猎人，内卡尔河边上的阔斯伽腾人。不是什么新鲜事儿。”

40. 遗　产

汉斯和他父亲之间一向存在着的那种不和在母亲死后猛烈爆发，致使汉斯退出父亲的商店，去了国外，立刻像是在不留意间接受了一个在那里偶然提供给他的小职位并如此成功地避开了不管是经由信件还是通过熟人的与父亲的一切联系，以致通过将遗产事宜告知他的律师的信件他才得知父亲大约在他启程后两年心脏病发作去世的消息。虽然汉斯被指定为惟一的继承人，但是这笔遗产负担着过重的债务和捐助，所以据他初步估算，除了父母的住宅，他能得到的几乎所剩无几。这并不多：一所普通的二层老宅，但是汉斯很依恋这所宅子，父亲死后在这里异国他乡也没有什么再可以让他留恋的了，而清理遗产的诸多事务却急切有待他回去料理，所以他立刻料理完毕并不繁杂的有关事宜，便启程回家。当汉斯驶近父母老宅前时，已是十二月一天的深夜，一切为白雪所覆盖。等着他到来的房屋主管在他女儿搀扶下从门里走出来，这是一个身体虚弱的老人，曾给汉斯的祖父当过差。人们互致问候，不过并不很热烈，因为一直只把这位房屋主管看作他童年岁月的一个头脑简单的暴君，而老人现在向他走近过来时所显现的那种恭顺则颇令他感到难堪。他告诉跟在他身后提着行李上陡而窄的楼梯的女儿，尽管她父亲已得到捐助，但他的境况和收入将不会有丝毫改变。女儿流着泪表示感谢并承认，说是这就使她父亲心头的一块石头落了地，这是自已故老爷去世以来几乎一直让他寝食不安的一大心病。这番谢意方始让汉斯意识到，这笔遗产给他带来并可能还会继续带来多大的麻烦。所以他分外高兴地期盼着能独自待在他那间昔日的小房间里，怀着这样的预感他轻柔地抚摩那只雄猫，它作为旧时的第一个纯真记忆从他身旁掠过。但是这时汉斯不是被领进按他信中指示应该已经为他准备好了的他的房间，而是被领进父亲从前的卧室。他问为什么这样做。因扛行李还在喘着粗气的姑娘站在他面前，在这两年里她长高了，长结实了，她的目光异常清澈。她请求原谅。说是因为汉斯的叔父台奥多尔住在他的房间里了，人们不想去打扰这位老先生，尤其是因为这个房间大一些，也舒适一些。叔父台奥多尔住在宅子里，这对汉斯来说是新闻。

41. 角 斗 沙 场

有时候这种事情的原因往往几乎无法猜想到：最伟大的斗牛士选择一座偏僻小城市的衰败角斗沙场作为自己的战场，这座角斗沙场的名字马德里的观众几乎没有听说过。一座角斗沙场，荒废了几个世纪，这里是杂草丛生的草地，儿童们的游玩场所，那里是光秃的石头遍布，蛇和蜥蜴的栖息地点，上面边缘地带早已铲平，周围是各家各户的采石场。角斗沙场现在只是一小块盆地，几乎容纳不下五百人。没有附属建筑物，尤其没有厩，而且最糟糕的是，铁路还没延伸到此地，从最近的火车站下来后三小时行驶马车，七小时步行。

42. 猎人格拉胡斯[①]

“这是怎么回事，猎人格拉胡斯，你几百年一直坐这艘旧的小船？”

“已经一千五百年。”

“一直在这艘船里？”

“一直在这条小艇里。小艇是正确的名称。你不了解船舶吗？”

“不了解，今天，自从我知道你，自从我上了你的船，我才关心这件事。”

“不要辩解。我也来自内陆国家。不是航海者，不想当航海者，山和森林是我的愉快，而现在——最年老的航海者，猎人格拉胡斯是水手们的保护神，猎人格拉胡斯受到见习水手绞着双手礼拜，在有暴风雨的夜晚这见习水手在桅楼里吓得心惊胆战。你别笑。”

“我会笑吗？ 不，真的不会笑的。我心扑扑跳地站在你的舱房门前，我心扑扑跳地走了进来。你的和善的天性让我感到有点儿放心，但是我决不会忘记，我是谁的客人。”

“没错，你说得对。不管怎么样，我是猎人格拉胡斯。你不想喝点这酒？ 这牌子我不知道，但是它甜甜的、浓浓的，船主供给我好吃好喝。”

“现在，对不起，别让我喝，我太烦躁不安。也许以后，如果你容许我在这里呆这么久的话。船主是谁？”

“小船的占有者。这些船主都是些了不起的人。可是我不理解他们。我不是指他们的语言，虽然我自然也常常听不懂他们的话。但是这只是次要的。学语言我在几个世纪里已经学够了，我能在祖先和今人之间当翻译。但是船主们的思路我不理解。也许你能给我解释解释。”

“我没有多大把握。我怎么可以给你解释什么，与你相比我几乎连个牙牙学语的婴儿都不如呀。”

“不是这么回事，绝不是这么回事。如果你举止更具有男子汉气概一些，更自信一些，那你就帮了我一个大忙。我要一个鬼影来作什么客。我一口气把它从舱口吹到外面的海上。我需要各种解释。你在外面漫游，你能给我作出这样的解释。但是如果你在这儿我的桌子旁边打哆嗦并由于自我欺骗而忘记你所知道的少量的情况，那么你就立刻给我走开。我这是实话实说。”

“这话倒也是。在某些方面我确实比你强。我将设法克制自己。你问吧。”

“好啊，很好，你在这方面过甚其词了并自以为有某些优势。你只需正确理解我。我是和你一样的人，但比你多焦急了几个世纪，因为我比你年长了几个世纪。我们是想谈谈这些船主。你注意。你喝点酒，这样你就会增强你的智力。别怕。使劲喝。还有整整一船的货呢。”

“格拉胡斯，这是一种上等的好酒。愿船主健康长寿。”

“可惜他今天已经死了。这是一个好人，他安详地长眠了。有良好教养的、已长大成人的孩子们在他垂危时站立在他的卧榻旁，妻子昏倒在床的脚端，但是他临终前想到的是我。一个好人，一个汉堡人。”

“我的天哪，一个汉堡人，你在这儿南方居然知道他已经死了。”

“怎么？ 我怎么会不知道我的船主什么时候死。你的头脑真简单。”

---

①本篇选自《八开本笔记本》第四本，读者不妨对照第三辑中的《猎人格拉胡斯》来读。

“你想侮辱我？”

“不，根本不想，我违心这样做。但是你不应该这么大惊小怪的，你也别再喝酒了。但是船主们的情况如下：这条小艇本来不属于任何人。”

“格拉胡斯，一个请求。先简明扼要地告诉我，你的情况究竟怎么样。老实说吧：我一点儿也不知道。对你来说都是些不言而喻的事情，你一贯的做法就是，你以全世界都知道这些事情为先决条件。但是如今人们在这短暂的人生——生命是短暂的，格拉胡斯，你要明白这个道理——在这短暂的人生中人们就已经忙得不可开交，自己要活，还要养活一家人。尽管猎人格拉胡斯很令人感兴趣——这是真心实意的话，不是阿谀奉承——人们却没有时间惦念他，打听他或者甚至关心他。也许在生命垂危时吧，像你的汉堡人，这我不知道。那儿那个勤奋的人也许生平第一次有时间舒展四肢，于是风华正茂的猎人格拉胡斯闯入他的闲暇的思绪之中。但是除此之外，正如所说的：我对你一无所知，我因做生意来到这港口，看见这条小艇，跳板已经放好，我走过去——但是如今我很想知道一些你的事情的来龙去脉。”

“啊，来龙去脉。老一套，老生常谈。所有的书里都充满了这些老生常谈，在所有的学校里老师们都把这画在黑板上，孩子在怀里吮奶时母亲做着这样的梦——你如今坐在这里向我打听来龙去脉。你一定度过了一个终日浪荡的青年时代。”

“有这个可能，正如这是每一个青年所特有的那样。但是我以为，你若到世界各地少许走一走，这对你也许会很有好处。尽管你会觉得这可笑，在这里我几乎自己也对此惊异不已，但是情况就是这样的，你不是全市谈话的话题，不管人们在谈论多少事情，你不在其中，世事按常规进行，你在作你的航行，但是直至今天我一直都没看出，你们交叉驶过了。”

“这是你的观察，我亲爱的，别人作了不一样的观察。这里只有两种可能性。要么你不说你所知道的有关我的情况，你这样做有某个明确的意图。在这种情况下我直言不讳地告诉你：你走上了邪路。但是要么：你以为你确实记不得我了，因为你把我的故事误看成另一则故事。在这种情况下我只告诉你：我是——不，我不能，人人都知道的事，偏偏还要我给你讲！这是很久以前的事了。你去问历史学家。他们在自己的书房里张大着嘴看见这早已发生过的事并不停地描述它。你去他们那儿，然后再回来。这是很久以前的事啦。我这个满盈的脑袋里怎么装得下这样的事。”

“等等，格拉胡斯，我将减轻你的困难，我来问你。你是哪儿出生的？”

“出生于黑森林，这是众所周知的。”

“当然，黑森林人。大约四世纪你曾在那里打过猎。”

“哎哟，你知道黑森林？”

“不知道。”

“你确实根本就什么也不知道。舵工的小孩儿知道得比你多，可不是吗，知道得比你多得多。谁把你卷进来的。这是一种厄运。你开始时的谦虚确实是太有根据了。你是个微不足道的人，可我还让你大量喝酒。你居然连黑森林也不知道。我在那里打猎打到二十五岁。倘若不是羚羊诱惑了我——喏，如今你知道啦，我就可以当健康长寿的猎人啦，但是羚羊引诱我，我坠崖，撞上岩石而身亡。别再问了。我在这里，死了，死了，死了。不知道，我为什么在这里。当初被装载上这艘死亡之船，这是按规矩办事，一个可怜的死人，三下四下把我裹好，像裹每个死人那样，为什么对猎人格拉胡斯要搞例外呀，一切均按部就班地进行，我伸直四肢躺在船里……”

43. 红彼德

我们大家都认识红彼德，半个世界的人都认识他。但是当他到我们的城市里来作一次客座演出时，我决定进一步认识他，亲自去见见他。不难受到接见。在人人都圆通世故一味渴望在极近处看见著名人士呼吸的大城市里这可能有某些困难，可是在我们的城市里人们满足于在剧院正厅座位上赞叹令人赞叹的东西，所以迄今为止我是，如同旅店服务员告诉我的，惟一的一个通知拜访他的人。经纪人布森瑙先生极其友好地接待我。我没有料想到他居然是一个十分谦逊、几乎畏畏缩缩的人。他坐在红彼德的套间的接待室里吃炒鸡蛋。尽管是上午，他却已经身穿晚礼服坐在那儿，这是他在演出场合出头露面时穿的礼服。他一看见我这个无足轻重的陌生客人，他就跳起来——这个最高勋章拥有者，驯兽者之王，各名牌大学的名誉博士，他跳起来，和我握手，要我坐下，用桌布擦干净匙并无比亲切友好地把它敬给我，要我把炒鸡蛋吃完。我的婉言谢绝他不接受，竟然要亲自喂我。我费力安慰他，把他连同盘子和匙一起推回去。“您来了，您真客气，”然后他带着强烈的外国腔说，“确实很客气。您也来得正是时候，并非总是，可惜红彼德并非总是能够接待客人。他讨厌常常看到人；于是不管是谁，他一概不见人，连我，连我也在一定程度上只可以和他商谈商务上的事，在舞台上。但是演出一结束我就得立刻走人，他独自回家，把自己关在房间里并往往这样一呆就呆到第二天晚上。他的卧室里总是有满满一大篮子的水果，在这种情况下他就以吃水果为生。但是我，我当然不可以不管他，我总是租住对面的套间并在窗帘后面观察他。”

“我在这里这样坐在您——红彼德的对面，听您说话，为您的健康干杯，真的——不管您是不是把这理解为恭维，但是这只不过是实际情况——我就完全忘记您是一头黑猩猩。渐渐地，当我强制自己从想象回到现实中来时，这一双眼睛才又向我表明，我是谁的客人。”

“是呀。”

“您变得这么安静了，为什么呀？ 刚才您还就我们的城市对我说了惊人地正确的意见，现在就这么安静了。”

“安静？”

“您哪儿不舒服吗？ 我要不要把驯兽师叫来？ 也许您习惯在这个时刻进餐吧？”

“不，不。也已经好啦。我也可以告诉您那是怎么回事。有时我会对人感到很厌恶，厌恶得我几乎忍不住要呕吐。这当然跟个人毫不相干，跟您的亲切友好的举止毫不相干。这是针对所有的人的。这也一点儿也不奇怪，譬如要是您经常和猴子生活在一起，那么不管您如何自我控制您也一定会有类似的感情爆发。另外，使我感到如此厌恶的，其实也并不是别人的那种气味，而是我已经染上并且搀和着我古老家乡气味的那种人的气味。请您自己闻一闻吧！ 这儿胸脯上！ 把鼻子深一点伸进皮毛！ 深一点，我说的。”

“可惜我没能嗅到什么特别的味道。一个保养照管得很好的身体的寻常气味，此外没什么别的气味。当然啰，城里人的鼻子在这里不是权威性的。您自然嗅到从我们身旁飘拂过千百种气味。”

“从前，我的先生，从前。已经过去了。”

“既然您自己开了头了，我就大胆提个问题： 您究竟在我们中间生活多久啦？”

“五年，到八月五日就满五年啦。”

“了不起的成就。在五年内就摆脱猴性并快马奔驰经历了整个人类的发展过程。这确实还没有人做到过。在这条跑道上您完全是孤零零的。”

“我知道这了不起，有时候我理解不了这个。但是在平心静气的时刻我没有这样感情洋溢的看法。您知道我是如何被逮住的吗？”

“有关您的印刷品，我全都读过。您是被射伤，然后被逮住的。”

“是的，我中了两枪，一枪在这儿面颊上，伤口当然比现在的伤疤大多了，一枪在臀部下面。我会脱下裤子，让您也看看伤疤。这儿是弹着点，这是决定性的严重伤口，我从树上掉下来，当我醒过来时，我在中层甲板中的一只笼子里。”

“在笼子里！ 在中层甲板上！ 如果人们听您自己讲述，那么人们对那些材料就会有不同的读法，不同的理解。”

如果人们亲身经历过的话，我的先生，那人们的读法和理解就会又不一样。直到那时为止我一直不曾知道，这意味着什么： 没有出路。那不是四面墙壁的栅栏笼子，而是只有三面墙壁钉住在一只木箱上，木箱构成第四面墙。整个笼子低矮极了，我都不能站直，它狭窄极了，我连坐也没法坐。我只能屈膝蹲在那儿。我愤怒得不想看见任何人，所以一直面对着木箱那一面，我就这样哆嗦着膝盖日夜守候在那儿，后面的栅栏条勒进我的身体。人们认为在早期这样保管野生动物是有好处的，而我则按我的经验不能否认，就人的意思而言情况确实就是这样的。但是当时我还毫不介意人的意思。我面对着木箱。掰开木板条，咬穿一个窟窿，挤进一个缺口，这个缺口其实还几乎不到一指宽，你一发现便失去理智高兴得欢呼号叫起来。你想去哪儿？ 木板后面是森林……

44. 我的两只手

我的两只手开始一场战斗。它们啪的一声合上我读过的那本书并将它推向一边，让它别碍手碍脚的。它们向我敬礼并任命我为裁判员。它们顿时就把指头互相交叠在一起，它们顿时就已经在桌子边上奔驰起来，分别按一只手或另一只手，时而向右时而向左。我目不转睛地看着它们。既然它们是我的手，那么我就得当一个公正的法官，否则我自己就会背上一个错误的裁决的黑锅。可是我的工作不容易，黑暗中在掌心间使出种种花招，这些花招我决不可以不予以理会，所以我把下巴贴在桌子边上，这下什么也逃不脱我的眼睛啦。我一生都偏爱右手，可是对左手也并不怀有恶意。然而假如左手曾说过什么，我本来是会立刻停止这种滥用的，我本来就是个好说话的、正直的人嘛。可是它不吭声，从我身旁垂下去，当右手在街上挥舞我的帽子的时候，左手胆怯地探摸我的大腿。对于现在正在进行的战斗来说，这是一种蹩脚的准备动作。左手腕呀，长此下去你怎么对抗得了这只强有力的右手？ 你的少女似的手指头怎么顶得住另外五个指头的钳夹？ 我觉得这不再是一场战斗，而是左手的自然毁灭。它已经被逼入桌子的最远的左边角，而右手则像一个机器活塞在左手上有规则地上下摆动着。假如我在这一困境中不是产生了这个解救危难的想法： 这是我自己的两只手，它们在这里进行战斗，我猛一拉就能把它们轻轻地互相拉开并从而结束战斗和困境——假如我没有产生这个想法，那么左手就会折断后被抛离桌子，然后右手也许在一阵胜利者的狂喜中就会像五头的冥府看门狗那样甚至扑向我的注意观战的脸。可是这两只手现在叠在一起，右手抚摩着左手的手背，而我这个不诚实的裁判员则对此点点头。

45. 每一个人都有自己的独特性

每一个人都有自己的独特性并有能力按其独特性行事，但是他必须喜爱自己的独特性。据我所知，不管在学校还是在家里人们都在竭力消除独特性。人们因此而减轻教育工作的负担，也使孩子们生活得松快些，不过这孩子必须事先忍受强制所带来的痛苦。譬如人们决不可能用一种仅仅局限于这个男孩的论证就使一个晚上正在读一篇扣人心弦的小说的男孩领会，他必须停止阅读并上床睡觉。假如人们在这样一种情况对我说，时间已经晚了，我会看坏眼睛的，明天早晨我会睡过头，会起不来床，这种差劲、愚蠢的故事不值得这样去读，那么，我虽然不能明确地驳倒这种说法，但是之所以不能，其实仅仅是因为这一切连值得思考的边儿都够不着。因为一切都是无限的，或者渐渐演变为不确定性，致使这种不确定性可以与无限性等量齐观，时间是无限的，所以它不会太晚，我的视力是无限的，所以我不会看坏眼睛，甚至夜也是无限的，所以不必为早上起不来床而担忧，而书籍我不按愚蠢和聪明来区分，而是按它们是不是吸引我，而这本书吸引我。当时我不会这样表述这一切，但是这却产生了这样的结果：我一个劲儿请求允许我继续读从而使人讨厌或者我决心在得不到允许的情况下也继续读。这是我的独特性。人们压制这种独特性，他们关掉煤气，让我点不着灯；人们解释说：大家都睡了，所以你也必须去睡觉。这情况我看到了并且不得不相信它，虽然这是不可理解的。谁也不像孩子们愿意实行这么多的改革。但是除了这种在某些方面值得称道的压制以外，这里，跟几乎到处一样，还有一种刺激，一种任何关于普遍性的引证哪怕只是消减也消减不了的刺激。因为我仍然相信，恰恰在这个晚上世界上谁也不像我这样喜欢读书。关于普遍性的引证暂时不能驳倒我的这种看法，这尤其是因为我看到，人们不相信我有这种抑制不住的阅读的欲望。只是渐渐地并在很久以后，也许已经在这种欲望减弱了的时候，这样一种信念才在我心头油然而生：许多人有同样的阅读的欲望，但却克制住了。但是当时我只觉得自己受了冤屈了，我伤心地去睡觉，于是憎恨的情绪开始滋长，它们决定了我在家里的生活并从这里出发在某一个方面决定了我的整个一生。禁读虽然只是一例子，但却是一个颇具代表性的，因为这一禁令影响深远。人们不承认我的独特性；但是由于我感觉到它了，我就不得不——在这方面很敏感地并且总是警惕地——认为这种对我的态度是一种判决。但是如果人们已经判决了这种公开表露出来的独特性，那么那些由于我自己认为它们是一种小不正当行为而加以掩藏的独特性就势必要糟糕多了。譬如我晚上读了小说，虽然我还没有完成第二天要交的学校作业。就其本身而言这也许作为失职行为是某种很恶劣的事，但是对我来说这涉及绝对评价，我只看重相对评价。但是面对这一评价这种疏忽并不比长时间读小说本身更糟糕，特别是由于这种疏忽的后果因我对学校和权威人士的巨大恐惧心理而大大受到限制；我有时因读小说而耽误了的，凭着我当时很好的记忆力我在早晨或在学校里轻而易举就补回来了。但是主要的事却是，我用自己的方法使我的长时间读小说的独特性会遭到的判决延伸到被掩藏起来的失职行为的独特性上并由此而取得了这个最令人沮丧的结果。这情形就好像是，某人被一条不会打痛人的荆条碰了一下以示警告，而此人却将这条编织物拆开，将一个个荆条的尖头引向自身并开始按自己的计划刺和抓自己的内心，而这时那只别人的手却还一直平心静气地握着荆条手柄。但是如果说即使在当时这样的情况下我也还没有重重责罚自己，那么如今无论如何可以确定无疑的则是：我从未从我的独特性中得到那种真正的、最终表现为持久自信的好处。出示一种独特性的后果反倒是：我不是憎恨压迫者，便是认为这种独特性不存在，两种也能虚情假意地结合在一起。但是如果我掩藏一种独特性，那么后果就是：我憎恨我自己或我的命运，把自己看作坏人或该诅咒的人。这两类独特性的关系随着岁月的推移在表面上发生了很大的变化。我越走近向我敞开的生活之门，已出示的独特性就越多。但是这并没有使我得到解脱，被隐瞒的东西的总量没有因此而减少。通过细致的观察可以发现，永远不可能一切全都承认，甚至从往昔看似彻底坦白承认的事情中后来还显示出内心的根源。但是即使情况不是这样——在我没有中断经历过的整个精神状态的松弛的情况下，一种隐蔽的独特性便足以深深地震撼我，使我作了种种其他的调整还是到处都不能稳住脚跟。但是还有更糟的。即使我没有保守什么秘密，而是把一切远远地抛离自己，致使我完全干净地站在这儿，即便这样，我也会立即又被旧时的混乱充满心胸，因为依我看这秘密没有完全被看出，被评估，因此通过公众被重新还给我并在最近被展示出来。这不是错觉，而只是一种特殊形式的认识：至少生活着的人中间谁也摆脱不掉他自己。如果譬如某人向一位朋友承认自己吝啬，那么此人在这一刻在这位朋友，在一位权威的评判人面前似乎就从吝啬中解脱了出来。至于朋友如何对待这件事，他是否否认吝啬的存在或者提供人们如何才能够摆脱吝啬的建议或者他是否根本就维护吝啬，这在此时此刻都是无所谓的。也许连朋友会因为这一供认而宣布绝交也不是十分重要的。重要的倒是，人们也许不是作为悔过的，但作为诚实的罪人向公众说出了自己的秘密并希望通过此举重新获得美好的和——这是最重要的——自由的童年时代。但是人们只是获得了一种短促的愚笨和晚得多的辛酸。因为某处在悭吝人和朋友之间的桌上放着钱，这悭吝人必须把这钱搂到自己身边，他越来越快地将手向那边移动过去。在一半的路程上这供认的作用虽然越来越弱，但是尚还起着解脱的作用，在半道以后就不然了，相反地，这供认就只照亮那只向前运动的手。供认的作用只有在行动之前或之后才有可能是有效的，行动不让任何东西与自己并存，对于那只搂钱的手来说没有言语或悔意解脱，要么行动，即那只手必须被消灭，要么人们必须在吝啬中……

附　录

1. 布雷齐亚观飞机

1909 年 9 月 9 日的《布雷齐亚岗哨》激动万分地报道说：我们在布雷齐亚还从来没有见过这么多的人，连举办大型赛车时也没见过，来自威尼斯、利古里亚、匹埃蒙、托斯卡那、罗马，甚至来自那不勒斯的外国人，来自法国、英国、美国的达官贵人们云集在我们的各个小块地方，我们的各家饭店、私人寓所的所有角落：各种物价急剧上涨，没有足够的运输工具可以把这么多的人送往机场；机场上的餐厅可以为两千人提供出色的服务，在这成千上万人面前它们无能为力了，恐怕得要出动军队来保护各家餐馆啦；五万人整天站立在便宜的座位上。

当我的两个朋友和我读到这一消息时，我们心头同时泛起信心和担心。信心：因为哪儿人群拥挤，哪儿的民主气氛就会十分浓郁，哪儿根本就没有位置，你也就不必去找位置啦。担心：担心意大利举办这类活动的组织能力，担心那些将为我们操心的委员会，担心铁路，《布雷齐亚岗哨》居然会褒扬铁路晚点四小时。所有的期望都是虚假的；所有对意大利的印象在家里立刻以某种方式掺和在一起，变得模糊，人们无法相信它们。

还在我们驶入布雷齐亚火车站的黑色窟窿，听到那里的人仿佛地面着了火似的呼喊着的时候，我们就神情严肃地互相告诫：不管发生什么事，我们都要待在一起。我们不是怀着一种敌意到达的吧？

我们下车，上了一辆几乎快要散了架的马车，马车夫心情很好，我们穿过几乎空荡荡的街道驶往委员会宫殿，那儿的人对我们内心的恶意并不在意，仿佛它并不存在似的；我们获知所需的一切信息。指定给我们的住处乍一看上去是我们曾见过的最肮脏的，但是这件事很快就不再显得过分严重了。一种肮脏，它已然存在，大家已然不再谈论；一种肮脏，不再改变，已经在当地扎下了根，几乎可以说使人的生活更本分、更尘世；一种肮脏，老板急忙从这肮脏的客栈奔出来，怀着自豪感，对我们毕恭毕敬，不断地活动着两个胳膊肘，并用双手（每一个指头一种致意）在他脸上反复抹出新的阴影，一个劲儿地弯腰鞠躬，我们大家后来在飞机场上，比如在加布里埃尔·德·阿农齐奥①身上就重新认出这种弯腰鞠躬的姿势；在这种情况下，谁还会对这种肮脏心存什么芥蒂呢？

飞机场在蒙特奇阿利，乘坐驶往曼图阿的当地火车不到一小时便可抵达。这条地方铁路在普通公路上保留了一段轨道路段，一列一列火车在这个路段上不高出、不低于其他交通工具，谦虚地开过去，行驶在几乎闭着眼睛在飞扬的尘土中骑自行车的人们中间，行驶在全省的完全不能用的马车中间——他们想载多少乘客就载多少，竟然还行驶快速，真是让人不可思议——行驶在庞大的汽车中间，它们高兴得忘乎所以，简直是一刻不停地按着喇叭，在快速行驶中这喇叭声简单而迟钝地重复着。

有时一个人会完全失去希望，担心乘坐这种可怜的火车再也到不了飞机场。然而周围的人们在欢笑，左边和右边都有人冲着列车里面笑。我被挤到一个大块头的身边站在一个平台上，这个大块头叉双腿站立在两节车厢间的缓冲器上，沐浴在从微微晃动的车厢顶上落下的煤烟和灰尘里。列车两次停住，等候一列迎面开来的列车，等候得如此耐心和长久，仿佛它只是在等候一次偶然的会见。几个村庄从一旁缓缓移过，墙

---

①加布里埃尔·德·阿农齐奥（Gabriele d'Annuzio，1863—1938），意大利作家、政治家。

上不时可见上次赛车的醒目海报，路边的花草全都因染上灰白尘土油腻色彩而弄得面目全非。

由于不能再往前开了，列车终于停了下来。一队汽车同时刹车。透过飞扬的尘土我们看见不远处飘着许多面小旗，还有一群牛挡住了我们的路，它们失去了控制，在坡地上跌跌撞撞，简直是要闯进汽车里去了。

我们到了。在飞机场前面还有一个大广场，广场上坐落着一些让人捉摸不透的小木屋，我们怎么也没想到这些小木屋上居然写着这样的字： 车库、大型国际小吃部，等等。

非同寻常的、在他们的小车子里吃得发了胖的乞丐向我们伸出胳臂挡住我们的去路，仓促之中人们真想从他们头顶上跳过去。我们超过了许多人，也被许多人超过，我们仰望天空，关注着这里的天空。谢天谢地，还没有一架在飞！ 我们并不躲闪，居然没被辗压。在数千辆车辆中间和后面意大利骑兵迎面跑来。秩序和事故看来同样是不可能会有的。

在布雷齐亚的一天夜晚，我们想尽快到达某条我们认为相当远的街上。一位马车夫要三个里拉，我们还价两个。马车夫不肯，仅仅出于友好他才向我们描述了去这条街的简直远得可怕的距离。我们开始为我们的还价感到羞愧。好吧，三个里拉。我们上车，车子转了三圈穿过几条小胡同，就到了要去的地方。奥托，比我们俩更强硬，他宣布他绝不能为一分钟的路程付三个里拉，说是一个里拉就绰绰有余，这儿就是一个里拉。天色已晚，小街上阒无一人，马车夫身强力壮。他立刻来了劲儿，仿佛争论已持续了一小时了似的： 什么？ ——你说这是欺诈。——这是想到哪儿去啦。——讲好了三个里拉的，就得付三个里拉，付三个里拉，要不然就等着瞧吧。奥托：“拿出价目表来，要不然就叫警察！”价目表？ 这里没有价目表。——坐马车哪儿还有什么价目表！ ——这是商量好了的一次夜间行车的价钱，他说不过如果我们给他两个里拉，他也就可以让我们走人。奥托吓唬他：“价目表，要不然就叫警察！”几声叫嚷和一番寻找后一份价目表被掏了出来，那上面只有一片污渍，别的什么也看不见。所以我们达成了一个里拉五十分的协议，马车夫便在这条他无法掉头的小街上继续行驶，不但怒气冲冲，而且也心情忧郁，我总是这么觉得。因为可惜，我们的态度是不对的；在意大利是不可以这样行事的，这样做在别处也许是对的，在这里就不对啦。哦，仓促之中谁考虑这个！ 没有什么好惋惜的，人们没法在一个短暂的飞行周内变成意大利人的嘛。

但是我们不会让悔意扫了我们在飞机场上的兴致的，这样做只会又生出新的悔意来，我们满怀着在这里的阳光下有时会突然将我一个一个攫住的激动心情与其说走进不如说大步蹦跳进飞机场。

我们从飞机库旁边走过，它们幕布紧闭伫立在那里，就像流动喜剧演员的封闭舞台。在机库山墙尖三角面上耸立着飞行员们的名字，它们遮住了飞行员们的飞机，在这上方是他们家乡的三色旗。我们读到这样一些名字：科比安奇、卡格诺、卢吉尔、库尔蒂斯、莫歇尔（一位三叉戟驾驶员，穿意大利颜色的衣服，他信任意大利的颜色甚于信任我们的），安查尼、罗马飞行员俱乐部。布雷里沃特呢？ 我们问。布雷里沃特，在整个这段时间里我们一直惦记着他，布雷里沃特在哪儿？

卢吉尔，一个矮个儿，鼻子引人注目的人，只穿衬衫，在他的机库前的一块用篱笆围起来的空地上走来走去。他在忙碌着什么，不清楚什么事，他挥动胳臂，强烈活动着双手，边行走边各处触摸自己身上，派遣他的工人去机库幕布的后面，叫他们回来，把所有的人从自己身边挤走，自己走了进去，而他的妻子则在不远处茫然凝视这一片炎热，她穿一件紧身白色外衣，一顶小黑帽紧紧贴住头发，双腿在短裙里微微叉开，活脱一个小脑瓜里装满了生意经的商人妇。

库尔蒂斯独自一人坐在邻近的机库前。透过撩开了一点儿的幕布可以看到他的飞机；这架飞机比人们所说的大。当我们从一旁走过时，库尔蒂斯正将《纽约导报》高举在面前，读一页顶端的一行；半小时后我们又从一旁走过，他已然手持着这一页的中间了；又过了半小时他已经读完这一页并读起新的一页来了。他今天显然是不想飞行了。

我转过身去，看见这片广阔的原野。它如此之大，以致原野上的一切都显得孤零零的：我们身旁的目标杆，远处的信号杆，右边某处的起飞弹射器，一辆委员会的汽车，它带着在风中绷紧的小黄旗在原野上画过一个弧形，在扬起的尘土中停住，然后又行驶起来。

一片人造荒原已经在这里，在一块几乎是热带的土地上形成。意大利的达官显贵们，巴黎的珠光宝气的贵妇们以及成千上万的其他的人全都聚集在这里，眯缝着眼睛一连许多个小时望着阳光照耀下的荒原。在这个场所没有任何通常在体育场地上可增添情趣的东西。没有赛马场的漂亮栏架，没有网球场的白色斑纹线，没有足球场的鲜嫩草地，没有汽车和自行车赛车道的上下石头道。只有一队五彩缤纷的骑手在一下午两三次小跑着横越过平地。在尘土中马蹄是看不见的，均匀的阳光直到下午的五点一直没什么变化。为了不让平原上的景致受到任何干扰，也没演奏音乐，只有廉价位置上的人群的口哨声试图满足耳朵和焦灼心灵的需求。而我们后面高价看台上的那些人则可能与那空旷的平原无差别地交融成一体了。

在木栏杆的一边许多人彼此紧挨着站在一起。“多小啊！”一伙法国人如同叹息似的叫喊。发生什么事了？ 我们挤过去。可是就在机场上，离得很近的地方，停放着一架确实涂着浅黄色的小飞机，有人在为它做飞行前的准备工作。这时我们也看见了布雷里沃特的机库，看见了它旁边的他的学生雷布兰克的机库，它们建在机场本身的场地上。我们马上认出靠在飞机一翼的边上站着的是布雷里沃特，他睁大着眼睛严密监视着他的机械师，看着他们怎样检查引擎。

他要驾驶这么一个小玩意儿上天？ 在这方面与水打交道的人比如说就好办得多。他们可以先在小水坑里，然后在池塘里，然后在江河里练，很久以后他们才敢下海，对于这里的这个人来说只有一个大海。

布雷里沃特已经坐在自己的驾驶舱里，用手握住某一个操纵杆，但对机械师们的行动还不加干涉，就好像他们是太过于勤劳的孩子似的。他慢慢地朝我们看过来，又把目光移向别处，但始终神情专注。现在他要飞了，再自然也不过了。这种自然的感觉连同那种同时存在的、普遍的异乎寻常的感觉，使他有了这种姿态。

一个工人抓住螺旋桨的一个翼片，拧紧螺旋桨，使劲拽着，猛拉了一把，我们听见某种像一个壮汉睡觉时喘气的声音；但是螺旋桨不动了。又试了一次，试了十次，有时螺旋桨立刻就停住，有时它好不容易转了几圈。问题出在引擎上。新的劳作开始，观众们比忙不迭地干着活的人更感疲乏。在引擎的四面八方上抹了油；暗处的螺丝被旋开和拧紧；一个人跑进机库，取来一个备件；这备件又不适用；他急忙奔回去，蹲在机库地面上用一把锤子在两腿间加工这个备件。布雷里沃特和一位机械师，机械师和雷布兰克互换位置。一会儿这个人一会儿那个人扯拉螺旋桨。但是引擎一点儿也不给情面，像一个学生，人们总是帮助他，全班都提示他，不行，他就是不会，一再卡住，一再卡在同一个地方，就是不行。布雷里沃特一声不吭地在他的位置上坐了一阵；他的六个同事站立在他四周，一动也不动；大家似乎全都在做梦。

观众们可以松一口气往四下里看一看了。布雷里沃特的长着一张慈爱脸庞的年轻妻子走过来，两个孩子跟在她身后。如果她的丈夫不能飞，这就会不合她的意，而如果他飞，她就会感到害怕；此外，对现在的气温而言她的一身漂亮衣服未免厚重了一点。

螺旋桨又在被拧紧，也许比先前好些了，也许也未必；引擎在一片噪音中运转了起来，仿佛另换了一个；四个人倒着扶住飞机，四周无风，转动的螺旋桨的气流把这些人的工作服吹得鼓了起来。听不见说话的声音，似乎只有螺旋桨的噪声在指挥，八只手放飞这架飞机，它长时间地从泥土块上奔跑过去，就像一个笨手笨脚的人行走在镶木地板上。

作了许多次这样的尝试，全部尝试都非故意告终。每一次尝试都把观众的情绪鼓动起来，使他们登上草椅，在草椅上伸开胳臂保持平衡，同时表示希望、恐惧和欢乐。在休息期间意大利的达官贵人们沿着看台走动。人们互致问候，鞠躬，相互认出，一阵拥抱，在通往看台的阶梯上走上走下。人们互相指点着莱提佳·萨渥亚·巴波拿公爵夫人、博吉斯公爵夫人，一位面容呈深黄葡萄色的上了年纪的贵妇人，莫洛西尼侯爵夫人。马尔采洛·博吉斯向所有贵妇而实际上又没向哪个贵妇献殷勤，从远处看他似乎有着一副清晰明了的面容，但在近处看他的面颊完全异样地闭合在嘴角上方。加布里尔·达能乔，矮小体弱，看上去羞怯地在委员会最重要的委员之一肯特·奥多弗雷迪面前跳舞。普契尼强健的面孔从看台越过栏杆张望着，脸上长着一个堪称酒糟鼻的鼻子。

但是这些人你只有在寻找时才会看见，否则到处看见的一概都是穿现代时装的高个子女士。她们喜欢行走不喜欢坐着，一坐下来她们的衣服就显得不合身。所有的脸，蒙着亚洲式的面纱，掩映在淡淡的雾霭中。上身宽松得使整个形体从后面看显得有些畏畏缩缩；如果这样的女士们显得畏缩，就会给人一种像是不正经的、心神不定的印象。紧身胸衣深藏不露，几乎碰不着；腰围似乎比一般的宽，因为一切都窄；这些女人喜欢让人搂抱得低一些。

迄今只有雷布兰克的飞机展示过了。这时轮到曾在布雷里沃特驾驶下飞越过运河的飞机了；没有人提及此事，这件事大家都知道。一段长时间的间歇，布雷里沃特已飞上天，人们看见机翼上方他那笔直的上身，他的双腿深深陷入成了机器的一部分。太阳已经倾斜，阳光从看台华盖下穿过，照亮滑动的机翼。大家抬头向它望去，没有哪个人的心中还为别人留有余地。他飞了一小圈，然后就几乎垂直向我们降落下来。大家都伸直脖子看着飞机如何摇摆，被布雷里沃特控制住并且甚至爬高。发生什么事啦？ 在上面离地面20米处一个人让一个木架卡住了，抗拒着一个自愿承担的看不见的危险。可是我们却完全被推向后面并身不由己地站在下面，看着这个人。

一切都顺利。信号杆同时显示，风变得更为有利了，库尔蒂斯将为获得布雷齐亚的大奖而飞。是这样吗？ 人们刚就此事交谈上几句，库尔蒂斯的引擎便轰鸣起来，人们刚一望过去，他就已经飞离我们，飞越过在他面前扩大的平原，飞向此刻才似乎上升的远方的森林。他长时间飞越那一片片森林的上空，消失不见，我们看着那一片片森林，不看他。在房屋后面，天知道哪里，他在跟先前一样的高度上出现，朝我们快速飞来；他上升，我们就看见机翼的下平面黑乎乎倾斜，他下降，上平面便在阳光下闪闪发光。他绕着信号杆转，漠不关心地向欢迎的喧闹声掉过头来，笔直朝他来的方向飞去，旋即又变得既小又孤单。他这样飞了五圈，在四十九分二十四秒内飞了五十公里，赢得了三万里拉的布雷齐亚大奖。这是一个完美的成绩，但是说到底每一个人都认为自己有能力取得完美的成绩，取得完美的成绩似乎不需要什么勇气。就在库尔蒂斯独自在森林上空飞行的时候，就在他的大家都认识的妻子在为他担惊受怕的时候，大家都几乎把他给忘记了。到处都只在抱怨：卡尔德拉拉不飞了（他的飞机破裂了），卢吉尔修理他的座机，两天之久还没修好。佐迪亚克，这个意大利导向气球始终还没来。关于卡尔德拉拉的失事流传着如此光彩的传闻，以致人们愿意相信，国家的爱将比他的座机更可靠地使他升空。

库尔蒂斯还没结束自己的飞行，三个飞机库里的引擎兴高采烈地发动起来了。风和尘土从相反的方向碰撞在一起。两只眼睛不够用了。人们在自己的座椅上转动，摇晃，扶住了一个什么人，请求原谅，有一个人摇摇晃晃，拽住了另一个人，得到感谢。意大利秋天的傍晚开始了，机场上不再一切都清晰可见。库尔蒂斯结束了自己的凯旋飞行从一旁走过，他微笑着摘下便帽，却没向观众这边投来一瞥，就在这时，布雷里沃特开始作一次小小的盘旋飞翔，先前大家就相信他有这个能力的嘛！ 人们不知道，他们是在为库尔蒂斯喝彩，还是在为布雷里沃特或者是现在正驾驶着又大又重的飞机插入天空的卢吉尔喝彩。卢吉尔手握操纵杆坐着，就像一位男士坐在一张写字台前，人们可以在他背后顺着一架小梯子去他那儿。他转着小圈上升，飞越布雷里沃特，使布雷里沃特成为他的观众并不停地上升。

如果我们还想坐上车的话，现在就得赶快离开这儿；已经有许多人从我们身旁挤过去。人们知道，这只是一次试飞；由于时光已近七点，这次飞行不再正式记录在案。司机和侍者们伫立在机场的前院指着卢吉尔，马车夫们站在机场前分散在各处的众多马车上指着卢吉尔；三列满当当直到最后一个车厢缓冲器上都站满人的火车因卢吉尔而不动弹。我们幸运地得到了一辆车，马车夫在我们前面蹲下（马车夫的高座是没有的）；终于又成了独立自主的人了，我们乘车出发。马克斯发表了很正确的看法： 可以并且也应该在布拉格举办类似的活动。他认为，不一定非得是飞行比赛，尽管即使是这种比赛也值得一办，不过邀请一位飞行员，这肯定是一件轻而易举的事情，没有哪个参加者会有什么好后悔的。事情简单得很；现在莱特兄弟在柏林飞。人们只需劝说这些人稍稍绕点道。我们两个听着没吭声，因为首先我们累了，其次我们也没什么好说的。道路在旋转，卢吉尔出现在如此高的空中，以致人们认为，他的位置很快便只能按马上就安在已经染上黑色天空中的星星来确定了。我们不停地转过身去；卢吉尔还在爬高，而我们则终于踏上了归途。

2. 致父亲[①]

最亲爱的父亲：

你最近曾问过我，为什么我声称我在你面前感到畏惧。像以往一样，我不知道该怎么回答你，这一部分正是出于我对你的畏惧，一部分则是因为要说明这种畏惧的根源牵涉到非常多的细节，在谈起它们时我只能把握一半左右。假如我试图在此书面回答你，答案将是很不完整的，因为在写下来时这种畏惧及其后果也会使我在你面前产生心理障碍，因为素材之大已远远超出了我的记忆和理解力。

在你的眼里事情总是显得非常简单，至少你在我面前和不加区别地在其他许多人面前是这么说的。你大体上觉得是这样的：你一辈子艰苦工作，为你的孩子们，首先是为我牺牲了一切，结果我得以过上“花天酒地的”生活，有充分的自由可以选择学习专业，丝毫不必为吃饭问题担忧，也就是根本无须有任何忧虑；你并不为此要求我们感恩，你是知道“孩子们的感恩心情”的，但我们至少得做出某种迎合姿态，一种同情的信号；我不是这样，反而从来就躲着你，躲进我的房间，躲在书本里，躲在疯疯癫癫的朋友们那儿，躲在偏激的思想中；我从来没有同你坦率地交谈过，我没有去教堂站到你的身边去，在弗兰岑斯巴德我从来没有去看过你，除此之外，也从来没有家庭观念，对商店和你的其他事情漠不关心，我把工厂套在你的脖子上，然后扬长而去，对奥特拉我支持她的固执，我从不为你哪怕动一下小指头（甚至从来没给过你一张戏票），却为了朋友什么都干。如果你把你对我的评价加以归纳，就会显示出，虽然你没有指责我下流或恶毒（也许我最近这次结婚意图是个例外）[2]，但分明在说我冷淡形同陌路，忘恩负义。你这样责备我，好像那是我的责任，好像我只要转一下方向盘就可以使一切都改观似的，而你对此连一点责任都没有，要有就只有一点，也就是你对我太好了。

你这类习以为常的描述只在一点上我认为是对的，那就是，我也相信，你对我们之间的隔阂是完全没有责任的。但我也同样是完全没有责任的。如果我能说服你承认这一点，那么虽然不可能会产生一种新的生活，对此我们俩都已经是太老太老了，但可能会出现一种和平，不会终止你的没完没了的指责，但会使之温和下来。

奇怪的是，你好像多少预感到了我想要说些什么。比如你在不久前对我说过："我一直是喜欢你的，虽然表面上我对你的态度不像其他父亲习惯做的那样，但这正是因为我不像其他父亲那样会装腔作势。"父亲，整个说来，我从来没有怀疑过你对我的善意，可是我认为你这个说法是不对的。你不会装腔作势，这是对的，但从这个理由出发断言其他父亲装腔作势，那么这不是赤裸裸的、无须进一步讨论的自以为是，就是（依我看真是这么回事）一种隐蔽的表达，认为我们之间总有什么不正常，而你参与了这种情况的造成，但却是没有责任的。如果你真是这么认为的，那么我们的看法就是一致的了。

我当然不是说，我仅仅是在你的影响下才变成现在这样的。这么说就太夸大其词了（而我甚至很喜欢这种夸大其词）。非常可能，即使我

---

①这是卡夫卡于1919年11月写给父亲的一封超级长信，实际上是一篇有关社会学、伦理学、儿童心理学、教育学和文学的论文，一篇向资产阶级价值观念和意识形态宣战的檄文。其观点鲜明，文笔犀利，具有很高的思想和文学价值。卡夫卡曾托母亲转交此信，但母亲阅后恐得罪父亲，退还给了他。

②这一年（1919年）卡夫卡曾和一位名叫尤利叶·沃里切克的姑娘热恋过一阵，同年秋天卡夫卡打算与她结婚，但因女方出身低微遭到父亲的激烈反对，终于告吹。

是在一点都不受你影响的情况下长大的，我兴许也不会成为你所希望的那种人。那样我可能会成为一个性格懦弱的、谨小慎微的、犹疑不决的、内心不安的人，既不是罗伯特·卡夫卡，也不是卡尔·赫尔曼，但总之是同我现在这样完全不同的一个人，我们可能会相处得非常好。如果有你作为我的朋友、头头、叔叔、祖父，甚至（尽管那样我会更加犹豫呢）作为我的岳父，我都会很高兴的。但正是作为父亲，你对于我来说是太强大了，尤其因为我的哥哥们很早就死了，而妹妹们隔了很久才来到人世，我不得不一个人承受第一次冲击，对此我的力量是太弱了。

比较一下我们俩：用非常简短的话说，我是一个带有一定的卡夫卡根系上的略韦[①]，推动我的不是卡夫卡家族的生活意志、经商意志、占领意志，而是略韦家族的马刺，它显得比较神秘、羞怯，促使我跑向别的方向，甚至经常停止对我的戳刺。而你却是个真正的卡夫卡，强壮，健康，胃口好，有支配力，能说会道，自满自足，有优越感，有韧性，沉着果断，有鉴别人的能力，有一定的慷慨大度，但也带着与这些优点共生的所有缺点和弱点，有时你的情绪起落，有时你的突然暴怒使你的弱点立即暴露出来。就你的世界观而言，你也许并不是个百分之百的卡夫卡，把你同菲利普叔叔、路德维希叔叔、亨利希叔叔相比就能看出这一点。这是个奇怪的现象，我在这里也并不能看得很清楚。他们全都比你更快乐，更精神饱满，更无拘无束，更逍遥自在，而不像你这么严肃（在这一点上我受到了许多你的遗传，并把这种遗传因素管理得太好了，不过我的本质中却没有你所具有的那些平衡力量）。但是另一方面，你也经历了各个不同的时期，在你的孩子们，尤其是我，给你带来

① 卡夫卡的母亲原姓略韦。 母亲出身富有的、有知识的家族，而父亲出身贫穷的劳动家族。

失望之前，在家庭空气因而给你带来压抑之前（如果有外人来，你就表现得不一样了），你也许曾经是比较愉快的。而现在你也许又愉快些了，因为孙儿孙女们和女婿又把你的孩子们（也许瓦莉除外）所不能给予你的那种温暖给予了你。无论如何，我们是那么不一样，这种不一样又使我们互相间都对对方构成危险，以致如果人们能够事先估计到我这个慢慢长大的孩子和你这个成人之间将怎么相处，就会想，你会一脚把我踩到地底下去，使我一点都不能露出地面的。这种事没有发生，活的东西会怎么样是难以估计的，但也许事情更糟糕。而我不断地请求你别忘了我从来就没有一丝一毫认为你有什么过错。你就这样影响着我，就像你必然会做的那样，不过你应该停止认为这种影响毁了我是我的恶意的表现。

我曾是个腼腆的孩子；但我当然也像其他孩子一样是执拗的；当然母亲也很宠我，但我不能相信，我是特别难以操纵的；我不相信，一句亲切的话，一次默默的握手，一道善意的目光不能使我顺从人们对我的一切要求。而你其实是个善良的、心肠软的人（下面的话并不能否认这一点，我将谈到的仅仅是你对孩子施加影响的现象），但并不是每一个孩子都有韧性和毅力去长时间地寻找，直到找到善意所在。你只会像对你自己那样对待孩子，用力量、咆哮和暴怒，而你也觉得这种方法很适用，因为你想要把我造就成一个强有力的、勇敢的小伙子。

最初那些年中的你的教育方法我今天当然不可能凭直接经验加以描述，但可以从后面那些年经历的反思中和你对待菲利克斯①的方法中想象得出。现在我们越来越清楚地看到，你那时比今天年轻，因而比今

① 卡夫卡的妹妹艾莉的儿子。

天更精力充沛、更具野性、更纯朴、更无所顾忌，而且你完全被商店业务拴住了，一天到晚几乎就不在我面前露面，因此你给我的印象反而更强烈，这种印象几乎从未平淡下来，化习惯为自然。

最初几年里我记住的只有一件事。你可能也还记得。有一天夜里我不停地要水喝，不过不是出于渴，而可能一部分是为了要惹恼你，一部分是为了寻乐。在一些强烈的威胁不生效后，你把我从床上拽起来，抱到阳台上去，关紧了门，让我独自一人穿着衬衣在那儿站了一阵子。我不想说这是不正确的做法，也许当时除了这样没有办法使夜间的安静得到恢复。但我想要以此说明你的教育方法及其对我的影响的特点。自那以后，我当然是听话了，但这事却给我造成了一种内心的伤害。以我的天性，我根本无法把我认为很自然的那次荒唐的要水的哭闹同极其可怕的被抱出去这件事联系在一起。许多年后我还经常惊恐地想象这么个场面：那个巨大的人，我的父亲，审判我的最后法庭，会几乎毫无理由地向我走来，在夜里把我从床上抱到阳台上去，而我在他眼里就是这样无足轻重。

当时这件事还只是个小小的开端，但这种经常笼罩在我心头的无足轻重的感觉（从另一个角度看这当然也是一种高尚的、有益的感觉）在很大程度上是从你的影响中产生的。我需要一点儿鼓舞、一点儿亲昵、一点儿走自己路的自由，但你却拧歪了我的道路，当然是出于好意，希望我走另一条道路。可是我却没有去走那另一条路。比如，当我一本正经地敬礼并行军式地走路时，你就鼓励我，但我并不是未来的士兵；或者当我大口大口地吃饭时，或甚至还能喝一喝啤酒时，或唱起并不理解的歌时，或模仿你习惯的讲话腔调时，你总是鼓励我，但这一切都与我未来无关。很能说明问题的是，直到现在你也只有在你自己对事情本身也产生热情时，只有当事情关系到你的自我感觉，而这感觉受到我的伤害（比如通过我的结婚意图）或者在我身上受到伤害（比如当培帕[1]辱骂我）时，你才会鼓励我去干什么事情。这时你勉励我，把我的价值告诉我，指出我肩负的重任，把培帕批得一无是处。且不论以我现在的年龄，鼓舞已经对我起不了作用，而且在不是主要牵涉到我的事情上对我进行鼓舞，于我又有什么帮助呢?

当时那样做就好了，当时我倒是很需要鼓励的，而且是无处不需要。仅仅你的体魄那时就已经压倒了我。比如我常想起我们常在一个更衣室里脱衣服的光景。我又瘦，又弱，又细；你又壮，又高，又宽。在更衣室里我已经自惭形秽，而且不仅是对你，而是对全世界，因为你在我眼里是衡量一切的标准。然后我们走出更衣室，去人们面前亮相，我牵着你的手，作为一副小小的骨头架，光着脚站在木板上站都站不稳，怕水，又没有能力模仿你的游泳动作。你出于好意，但真的使我深深羞愧地不断做给我看，那时我绝望极了，而我在所有方面的坏的经验在这样的时刻出色地合成了交响乐。我觉得最舒服的时候是，有时你自己先脱了衣服，我得以一个人留在更衣室里，尽可能拖延到公众面前去献丑的时间，直到你最后亲自来看看是怎么回事，并把我赶出更衣室。我为你似乎没有觉察我的困境而感激你，而且我也为我父亲的体格感到自豪。直到今天，我们俩之间仍然存在着类似的差别。

与这个差别相适应的还有你精神上的统治权威。你以自己的力量单枪匹马奋斗到这么高的位置，因此你对自己的见解抱有无限的信任。这一点对童年时代的我还不像后来对正成为成人的年轻的我那样耀眼炫目。你坐在靠背椅上统治着世界。你的见解是正确的，其他任何见解都是发病的、偏激的、癫狂的、不正常的。你的自信之强，使得你的思

---

① 培帕，卡夫卡的一个亲戚。

想根本不必前后一贯，也照样永远是正确的。还可能出现这种情况：你对一件事根本就没有观点，这就导致对这件事可能产生的任何观点统统都是错误的。比如你可以骂捷克人，然后骂德国人，然后骂犹太人，而且不是有所选择，是什么都包括在内，到最后除了你以外没有一个人未被骂到。你在我心中产生了一种神秘的现象，这是所有暴君共有的现象：他们的权力不是建立在思想上，而是建立在他们的人身上。至少我觉得是这样。

但你在我面前显得常常是有理的，真是令人吃惊，在谈话中自不待言，因为我们几乎就不谈什么话，而在现实中竟也是这样。但这并不是什么特别不可理解的事情：我的一切思想都处在你的压力之下，那些与你的思想不一致的思想同样如此，而且尤其突出。所有这些似乎与你无关的思想从一开始就带上了等待你即将说出的判断的负担；要想忍受住这个负担，直到完整地、持续地形成这种思想，几乎是不可能的。我这里说的不是那些高层次的思想，而是童年时代任何小的举动。只要是对任何一件事感到高兴，心里只想着它，兴冲冲地回到家里，把这事说出来，回答就会是一声嘲讽的叹息、一个摇头的表示、一个手指敲桌子的动作："世面我见得多呢"或"你最好把你的烦恼告诉我"或"我的脑袋可不是这么给脸的"或"这对你有什么用"或"这也算回事吗"。当然，你在烦扰和辛劳中生活着，自然不能要求你对小孩子的每件小事都抱以满腔热情。问题也并不在这里。问题的症结是：出于你那与孩子截然相反的天性，你始终如一地给孩子带来这种失望，再加上这种天性的对立通过物质的堆积不断加强，以致最后甚至在你偶然同我的看法一致时，这种对立仍然带着习惯的惯性继续发挥威力，以致孩子的失望最终已不再是寻常生活中的失望，而由于它是由你那决定一切的自身造成的，触及到了核心。勇气、决心、信心和对这对那的愉快都不能坚持到底，只要你表示反对，或只要能够估计到你可能会反对，一切便都告吹；而我做任何事情时几乎都能够估计到你可能会反对的。

无论牵涉到想法或人都是如此。只需我对一个人有一点兴趣（就我的天性而言，这种情况并不多），你就会毫不考虑我的感情、毫不尊重我的评价地对这个人破口大骂、诬蔑、丑化。比如像伊地语演员略韦这样的天真无辜的人就遭到这样的命运。你还从未见过他，就用一种可怕的方式（我已忘了是何种方式）把他同虫相比。你还经常在谈到我所喜欢的一些人时，脱口而出地用上那个关于狗和跳蚤的谚语[①]。关于那位演员我记得特别清楚，因为我曾经用自己的话把你对他的说法记录下来："我的父亲这样说我的朋友（他根本就不认识他），只是因为他是我的朋友。当他指责我缺乏孩子的爱和感恩之情时，我完全可以据此加以反驳。"我始终觉得不可理解的是，你对你的话和论断会给我带来多大的痛苦和耻辱怎么竟会毫无感觉，好像你对你的威力竟是一无所知似的。我的话当然也经常会伤害你，但我总是会意识到的，它使我痛苦，可我就是控制不住自己，没法不说出来，说的时候我就已经后悔不迭。但你却是毫无顾忌地把你的话抛出去，你什么人都不怜惜，说出时不怜惜，过后也不，人们在你面前可以说是完全失去了防卫能力。

可是这就是你的全部教育方法。我相信，你有一种教育天才；你的教育对一个像你这种类型的人很可能会是有效的；他会看得出你对他说的话中的理智所在，从而对其中别的因素不必关心，安安静静地照此行事就是了。但对于我这个孩子，你对我吼叫的一切都不啻是天谕神示，我绝不会忘记它，它成了我判断世界的最重要方法，尤其是判断你自己的最重要方法。你在我身上可以说是完全失败了。我童年时主要在吃

---

① 这句谚语是："和狗一起睡觉的人总是满身跳蚤。"

饭时同你在一起，所以你给我上的课一大半是关于吃饭时的行为的课。凡是端上桌子的东西，都必须吃光，对伙食的好坏不可以说三道四——可你自己经常认为菜没法吃，并称之为“饲料”，说那头“牲口”（指女厨师）把它给弄坏了。因为你不是由于特别饿就是由于特别喜爱某个菜而不管烫不烫，总是迅速地、大口大口地吃个精光，所以孩子也必须快吃，饭桌旁笼罩着阴沉沉的寂静，只有一些训诫不时打破这种寂静。“吃完再说话”，或“快一点，快一点，快一点”，或“你看，我早就吃完了”。骨头不可以咬碎，你却可以。醋不可以咽下去，你却可以。关键要把面包切好切齐，但你拿着一把滴着汤汁的刀来切却无所谓。必须当心别让残食落在地上，但你的脚底下却落得最多。坐在饭桌旁只可以一门心思地吃饭，但你却修剪指甲，削铅笔，用牙签挖耳朵。父亲，请别误解我的意思，这些本来都是完全不足称道的小事，只是由于这个对我来说具有极大权威的人自己并不遵守他给我规定的条条，这些小事才给我造成心理阴影。这么一来，世界在我眼中就分成了三个部分，一个部分是我这个奴隶居住的，我必须服从仅仅为我制定的法律，但我又（我不知原因何在）从来不能完全符合这些法律的要求；然后是第二个世界，它离我的世界极其遥远，那是你居住的世界，你忙于统治，发布命令，对不执行命令的情况大发雷霆；最后是第三个世界，其他所有的人全都幸福地、不受命令和服从制约地生活在那里。我永远蒙受着耻辱，或者我执行你的命令，这是耻辱，因为它们只对我起作用；或者我不服从，这也是耻辱，因为我怎么可以不服从你呢？ 或者我无法执行，因为我比如说不具备你的力量、你的胃口、你的技巧，尽管你是把这作为毫无问题的事向我提出的；这无疑是最大的耻辱。以这种方式活动着的不是孩子的想法，而是孩子的感觉。

假如我把我当时的处境同菲利克斯的处境加以比较，情况也许就更清楚些了。你对待他的态度同对我是相似的，甚至对他用了一种特别可怕的教育方法，如果他在吃饭时在你看来弄脏了什么，你就不光像那时对我说的那样，说："你这个大蠢猪"，而且还要加上一句："一个地地道道的赫尔曼"，或者"跟你父亲一模一样"。但这也许（在此顶多只能说"也许"）对菲利克斯确实没有多大伤害，因为对他来说你只不过是个特别重要的外祖父，但你对他并不具有你当时对我所具有的全部意义；再说菲利克斯的秉性是沉着的，现在已有些男子汉的气质，一个雷鸣般的吼声也许能使他吃惊，但不会长时间地抑制他的情绪，但更重要的是，他同你在一起的时间相对来说要少得多，他也受到其他影响，对他来说你只是个亲爱而又滑稽的人，他从你这里可以有所选择地接受。你对于我却不是滑稽的，我没有选择余地，必须照单全收。我也不可能表示任何不同意见，因为你从来就不可能对一件你不同意、或仅仅不是由你的意思产生的事情平静地发表议论，你的发号施令的性格不允许你这么做。近年来你把这归咎于心情紧张，我不知道你是否有过什么时候不是这样的，顶多你是把心情紧张看成了一种更严厉地施行统治的手段了。因为统治的思想窒息了所有由其他想法产生的反驳论点。这话当然不是谴责，而只是确定一个事实。比如对奥特拉，你习惯这么说："根本没办法跟她讲话，一开口她就冲着你暴跳如雷。"但事实上她根本就不会暴跳，你把事与人搞混了；是事情冲着你暴跳如雷，而你听都不听人家说什么，马上就对此事做出了决定；要是事后再向你解释，只会更激怒你，因为从来就没有人能说服你。这时只能听到你这么说："你想怎么干就怎么干好了；我随你的便；你算是长大了；我是不需要再对你说什么了。"而这些话是带着一种充满愤怒的、可怕的、沙哑的言外之音说出来的，而且还是百分之百的先入之见。我今天对这种言外之音的害怕之所以不像童年时代那样浑身发抖，是因为童年时那种绝对的负疚感已部分地被我们俩同样可怜的认识所取代。

由于不可能进行平心静气的交往，于是另一个其实很自然的后果产生了：我把讲话的本领荒疏了。不错，本来我也成不了伟大的演说家，但是正常的流畅的人类语言能力我总还是掌握得了的吧。你很早就禁止了我讲话，你那“不许顶嘴”的威胁和为此而抬起的手从来就一直陪伴着我。在牵涉到你的事情时，你总是个出色的演说家，而我得到的只是一种断断续续、结结巴巴的讲话方式，但就是这样，你还是觉得过分了，最终我沉默不语了，首先是出于抗拒心理，再就是因为我在你面前既不能思想也不能讲话。由于你是我的真正教育者，这一点在我生活的所有方面都产生了广泛的影响。如果你认为我从来不服你，那真是个奇怪的误会。跟你所想的和指责我的不同的是，“总是一切相反”真的不是我在你面前所持的生活准则。恰恰相反：假如我对你不那么听话，你也许会对我满意得多。应该说，你的一切教育措施都不折不扣地得到了贯彻；我从未想过要逃出你的掌心；以现在的我而言（当然要撇开生活的基础及其对我的影响不谈），我是你的教育和我的服从的产物。但尽管如此，这么一个产物却使你深感不快，你甚至无意识地否认这是你的教育成果，原因是：你的手和我这块料互相之间形同陌路。你说：“不许顶嘴！”是想压服我这儿令你不快的反对力量，但你这句话的力量对我来说却太强大了，我太听话了，于是我完全闭了嘴，蜷缩在你面前，而只有在我离你很远，在你的力量至少不再能直接达到的地方，我才敢动弹一下。可是你站在面前，于是一切在你看来都是“相反”的，而其实那些只不过是你的强大和我的孱弱的理所当然的结果罢了。

你在教育中运用得效果特别好的，至少在我身上从未失效过的语言手段是：斥骂、威胁、讥讽、冷笑，还有（这是奇怪的）自责。

我记不起你曾经直接用骂人的字眼骂过我。这也没有必要，你拥有那么多其他手段，再说在家里的谈话中，尤其在店里，你的骂人的字眼在我身边层出不穷，落在其他人头上，我这个小男孩有时几乎被他们震得麻木了，没有理由不把他们同我自己联系起来，因为你骂的那些人肯定不比我坏，而且你对他们的不满肯定并不超过对我的不满。这里你那谜一般的无辜和不可侵犯又显示了出来，你骂人时从来不会疑虑、踌躇，而你却谴责别人骂人的行为，并加以禁止。

你用威胁来加强斥骂的威力，这就对我也直接运用了。使我感到恐惧的比如有："我要把你像条鱼一样撕碎"，尽管我知道，此后并不真会出现什么可怕的事（童年时我当然并不知道这一点），但它几乎与我对你的巨大力量的想象相符，我认为你也确有能力这么做的。可怕的还有，你吼叫着围着桌子跑，做出要抓住谁的样子，很明显你并不想抓住他，但最后总是像那么回事地碰到他，而母亲则最终做出救他的样子。在孩子的眼里，生命由于你的慈悲才又一次得以存在，并作为无功受赏的你给的礼物而继续下去。这方面也包括因不听话而引起的威胁。假如我开始做一件你不喜欢的事，你就用失败来威胁我，由于对你的见解的敬畏是如此之甚，以致失败（即使也许在相当一段时间之后才会发生）成了无法遏止的事。我失去了做自己的事的自信。我动摇不定，疑惑不已。我年龄越大，你能够拿出证明我的无价值的材料也就越多；渐渐地，你在有些方面还真是说对了。我又要留神不能断言仅仅由于你我才变成这样的了；你只是强化已经存在的因素，但你强化得很厉害，因为你在我眼里是非常强大的，并为此而动用了一切力量。

你在教育中特别喜欢讥讽，它也最能表达你在我面前的优势。你的训诫常以这样的形式出现："你就不能这样和这样干吗？ 这样你是不是认为已经做得太多了？ 你当然是没有时间来做啰"，等等，每提出这么一个问题，总伴随以恶意的笑和恶意的表情。人们在还不知道做了件错事之前，在一定程度上已经受到了惩罚。令人气愤的还有指桑骂槐，也就是说连直接受到恶意训话的资格都被取消了。比如你表面上对母亲讲话，但实际上是冲着坐在一旁的我来的，如："这事当然不能要求儿子先生去做了"，等等。(这种话的后果是，有母亲在旁，我就不敢直接向你问话，后来习惯成自然，我连直接问你的念头都不会产生了。对于孩子来说，向坐在你旁边的母亲问你的情况，危险要小得多，比如问母亲："父亲好吗？"这样就防止了任何答复可能会带来的震惊。）当然，有时人家[1]会非常赞同最刻薄的讥讽的，也就是说，如果牵涉到的是别人，比如艾莉，我有好多年一直生她的气。当几乎每次吃饭时都这么说时，对于我来说堪称是恶毒和幸灾乐祸的节庆："那个胖姑娘喜欢坐在离桌子十米远的地方。"然后你生气地坐在你的椅子上，毫无喜悦或带感情色彩地、像个死敌般地夸张地模仿她那不合你胃口的坐相。这种动作或类似的动作你经常重复，事实上你这么做能达到的目的非常之少。我认为原因是，对一件事耗费怒火和生气与事情本身是格格不入的，人家不会感觉到，这种怒火不仅仅是由于坐得离桌子太远这样的小事造成的，而是它早在这之前已经存在，程度也那么深，只不过偶然地把这件事当成了导火线。由于人家确信，无论如何总会出现一个导火线的，人家便对事情的进展不十分在意，再说人家在不断的威胁之下脑子也变迟钝了；至于不会挨打，这一点人家渐渐放心了。人家变成了一个闷闷不乐的、精神涣散的、不听话的孩子，老是想逃跑，多半是一种内心的逃遁。你是这样地受着折磨，我们是这样地受着折磨。当你咬牙切

---

① 德语中第三人称 man（人们、人等）这个代词有时也可以用于第一人称，这以下几个"人家"都指卡夫卡自己。

齿地、带着咕噜咕噜的喉音笑着，第一次向孩子描述地狱景象时，你习惯于痛苦地说（最近收到一封来自康士坦丁堡的来信时你也是这么说的）：“那里是一个社会！”你的论点是完全正确的。

你的公开诉苦（这是经常发生的事）同你对你的孩子们的态度是很不相称的。我承认，我童年时（当然是稍大一些时）丝毫无法感受和理解，你怎么竟会需要别人的同情。你无论在哪个方面都是巨人，我们的同情或甚至帮助对你又有什么用处呢？ 你本来必然是蔑视这种同情或帮助的，就像蔑视我们一样。所以我不相信你的诉苦，总想找出潜在其后的某种秘密意图。后来我才懂得，孩子们确实给你带来了很多痛苦。但当时，这些诉苦如果换个地方就会得到一种纯真的、坦率的、毫无顾虑的、随时准备加以伸手援助的反应，但它们在我的心目中却只是再清楚不过的教育和压抑手段，它们本身并未强烈地显示出这种功能，但它们具有一种有害的副作用： 孩子习惯于对恰恰应该认真对待的事情不能非常认真地对待。

所幸还有例外的时候，这多半是，当你默默无言地忍受着痛苦，用爱和善良的力量来战胜一切对立现象，并立即产生了感人的力量之时。这种时候是罕见的，但确实是美妙的。比如当我以前在炎夏正午时分饭后在店里看到你疲倦地打瞌睡时，你那胳膊肘支着台子的样子；或者当你星期天风风火火地赶到避暑地来看我们；或者当母亲一次重病时你紧紧抓住书橱，全身在抽泣中发抖；或者当我最近那次得病时，你蹑手蹑脚地走到奥特拉的房间来看我，站在门槛上，只探进脖子来，看看躺在床上的我，因怕打扰我而只用手势向我问候。在这种时刻，人们就会扑倒在床上，幸福得哭起来，而且现在我写到这里也禁不住又哭了起来。

你也有一种特别美的、但很罕见的微笑方式，这是一种静静的、满意的、赞许的微笑，它能使它的接受者深感幸福。我不记得童年时这种微笑是否曾赐予过我，但很可能有过这种事，因为你为什么要拒不给我这种微笑呢，我那时在你眼里是无辜的，并且是你的莫大的希望所在。再说从长远看这种亲切的印象只能造成这样的后果：我的负罪意识扩大了，世界在我眼中变得更不可理解了。

我宁可要那些真实的、持久的东西。为了在你面前显示我还是有点能力的，还有一部分是出于一种报复心理，我很快就开始对我在你身上发现的一些小小的可笑之处进行观察、搜集和夸张。比如你很容易被那些多半只是好像地位很高的人弄得眼花缭乱，并总是津津乐道着他们的事情，如某个皇室顾问或类似的人物（另一方面，你，我的父亲，你竟认为你的价值需要这样一些毫无价值的证明，并以它们来炫耀自己，这类事情也是使我难过的）。或者我观察你对那些不正经的讲话方式的偏爱，你最喜欢大声地说出它们来，并为此开怀大笑，就像你说的是什么特别出色的言论似的，但实际上那只是些庸俗的、小小的不正经话（当然这同时又是你的生命力之令我自惭形秽的表达）。这类观察当然多的是；我为此感到愉快，这些观察给了我窃窃私语和寻求乐趣的机会，有时你发现了这一点，对此十分恼怒，认为这是恶毒、不尊重，但请相信我，这对于我只不过是一种自我维持的不中用的手段。这是些玩笑，就像是人们对天神和国王们所散播的那种玩笑，这种玩笑是含着最深的敬意的，这种敬意不仅使开玩笑的人深受约束，而且可以说这些人已成了这种敬意的一部分。

而且你同我对你的做法一样，也在寻找一种反击手段。你经常指出，我的日子是怎么好得太过分了，我受到的待遇是怎么好。这是对的，但我不相信这一点在我过去的处境中给过我什么真正的帮助。

确实，母亲对我好得无以复加，可是这一切对我来说是同跟你的关系联系在一起的，这是一种不好的联系。母亲无意中扮演了狩猎中哄赶者的角色。一旦你的教育在某种未必真实的情况下使我产生了抗拒心理、反感甚至仇恨（这些因素本可迫使我自立的），母亲便以温柔体贴、谆谆劝诫（在童年的思想杂乱中她是理智的象征）、说情把那些因素消弭于无形之中，于是我被赶回了你的圈子，而本来我也许可能会突破这个圈子的，这无论于你于我都有好处。或者就是这样：谅解无法达成，而母亲只是在你面前悄悄地保护着我，私下给我些东西，允许我做什么事，于是我在你面前又变成了怕见天日的东西，成了骗子、知罪者，由于自身的毫无价值，这个人连到他认为是他的权利的地方去，也要偷偷摸摸。当然我渐渐习惯于在这些偷偷摸摸行进的途中，也顺便寻找些即使在我看来也是我无权得到的东西。而这么做又扩大了我的负罪意识。

确实，你几乎从未真正地打过我。但是那种吼叫、你涨红的脸、那种迅速解下裤子背带放在椅背上备用的动作，在我眼里几乎比打更可怕，就好像是要把人吊起来似的。如果他真的被吊上绞架，他接着就死去了，从而一了百了。可是如果他不得不亲身经历上绞架的一切准备活动，直到套圈在面前晃动时才得知他被宽恕了，那么他将一辈子摆脱不了这个阴影。而且，那么多次我听到你明明白白地表明我应该挨打，但总是在最后关头由于你的仁慈而逃脱了这种命运，一种强烈的负罪意识自然越积越深。无论我从哪个方向走来，都进入欠你的罪疚之中。

你一直这样指责我（有时面对我一人，有时当着其他人的面，你对后一种场面的侮辱性压力毫无感觉，你的孩子们的事从来是公开的事情），说我由于你的劳作而得以在充满安宁、温暖、应有尽有的环境中生活。我还记得你的一些话，他们显然在我大脑中刻下了沟纹，如：“我七岁时就不得不拽着小车走村串户了”；“我们大家挤在一个小房间里睡觉”；“有山芋吃我们就高兴死了”；“多少年我因为冬装单薄，腿上的伤口裸露在外面”；“我还很小的时候就不得不到皮谢克的商店里去做事了”；“家里没有给我任何东西，就连当兵时也不例外，可我还得寄钱回家”；“但尽管如此，尽管如此，父亲对我来说总是父亲。今天有谁知道这一点！孩子们知道什么！谁都没受过这份罪！今天有哪个孩子懂得这些吗？”换一种环境，这些叙述满可以成为非常出色的教育手段，它们可以鼓舞孩子们，增强孩子们的信心和力量，去顶住父亲曾艰苦地经历过的同样的磨难和饥寒。但这根本不是你的本意，你努力的结果已使环境完全变了样，像你做过的那样，通过同样的方式来显示自己才干的机会已不复存在。只有通过暴力和巨变才会产生这样的机会，人们必须闯出家门才行（前提是：人们有这么干的决断力和力量，而且母亲也不用其他手段横加阻挠）。但这一切绝非你之所愿，你把这种行为称为忘恩负义、偏激、不听话、背叛、发疯。你一方面用事例、叙述往事和揶揄来引诱人，另一方面却严厉地绝对禁止别人这么做，否则，比如说你（撇开一些次要情况不谈）对奥特拉的屈劳冒险[①]应是极其欣赏的。她想到农村去，你就是从那里来的；她想要经受劳动和贫困的考验，这些都是你经历过的；她不想享受你的劳动成果，你就是脱离了你父亲而孤身奋斗的。这是些那么可怕的意图吗？距离你这个榜样和你的教导就那么远吗？好吧，奥特拉的意图最终是失败了，也许变得有点好笑，搞得太兴师动众，她为她的父亲考虑得也不多。但这难道完全是她的过错吗？这不也是环境的过错，尤其是你对她这般疏远的过错吗？她在商店里时（就像你后来说出来想让自己相信的那样）对你不像后来在屈劳时那么疏远吗？而且你难道没有力量（当然

① 卡夫卡的小妹妹接受了一份在屈劳的田产，并在那里经营。卡夫卡曾一度住在那里养病。

你必须首先说服你自己去这么做）通过鼓励、出谋划策和监督，也许甚至仅仅通过容忍，使这次冒险产生某种非常好的结果吗?

谈完这些经历之后，你总是习惯用酸涩的玩笑说我们的日子过得太好了，但这种玩笑从一定程度上看并非玩笑。你当时必须靠艰苦奋斗得来的东西，我们轻而易举地从你手中拿来，但那种为外在生活进行的斗争你是很早就在进行了，这种斗争当然也免不了要把我们卷进去，只是要比你晚，也就是说在进入成人年龄后才以孩子的力量去斗争。我的意思并不是说，这么一来我们的处境与你相比就是绝对不利的，可以说它们是相等的（当然这里并未将基础条件加以对比）；我们的不利之处仅仅在于我们无法以我们的磨难吹嘘自夸，也不能像你利用你的磨难所做的那样以此压得别人低声下气。我并不否认，我是有可能从你那伟大的、成就非凡的劳动果实中得到享受，加以利用，并为讨取你的欢心，利用它们继续开拓的，但我们对这种做法却是异化了的。我能够享受你的给予，但只能是怀着自惭、疲乏、孱弱、负罪感来享受。所以为此一切我只能以乞丐的方式表示感谢，却不能以行动来感谢。

整个这种教育的最直接外露的结果是：我躲避着能使身在远方的我联想到你的一切。首先是那商店。尤其在童年时代，那时它只是一个街头小店，它使我很愉快的是，它是那么活跃，晚上有灯光照明，人们看到、听到的甚多，不时可以帮个手，显示自己，但最重要的是欣赏你那些伟大的商人才干，你怎样售货，怎样接待人，开玩笑，不知疲劳，遇疑难情况马上就知道该作何决断，等等；还有比如你怎样包装或打开一个箱子，这是一场值得一看的戏剧，而且一切从整体而言无疑并不是最差劲的儿童学校。可是由于你渐渐在各个方面都给我带来恐惧，而且在我眼里商店和你重叠了起来，于是商店在我心目中不再是舒服的了。那里一些最初在我眼里是自然而然的事情，开始使我痛苦，令我羞愧，尤其是你对商店职工的态度。我不知详情，也许这种态度在大多数商店中都是一样的（比如在保险总公司中，对待职工的态度就十分相似，我辞职时对那里的经理说的也许不完全符合实际，但也不完全是编造，我说我无法忍受那里的骂人，尽管这种待遇从未冲着我来；我在这方面有一种痛苦的敏感，这是在家里就已形成了的），但其他商店如何，童年时的我是毫不关心的。可我在店里看到的却是你在吼叫、怒骂、暴跳如雷，我当时认为全世界都不会有类似的情景。而且不仅是骂人，还有其他粗暴手段。比如看到你如何把你平时不希望与其他商品搞混的正品猛一下从柜台上撸到地上——只有你愤怒时的丧失理智可以稍稍为你开脱，——然后命令店员捡起来。再如你对一个身患肺病的店员常说这样的话："他死了算了，这只病狗。"你把职工称为"受雇的敌人"。他们确实是这种人，但还在他们成为这种人之前，你在我心中似乎已成了他们的"雇主敌人"了。在那里我也受到了伟大的开导：你也会做出不公正的行为；我在自己身上并未马上发现这种现象，于是我身上积聚起越来越多的犯罪感，这种感觉使我觉得你是对的；但根据我那后来有所改变、却又改变不大的孩子观念，那里是一些陌生人在为我们劳动，因此而不得不始终生活在对你的恐惧之中。当然我这些话是夸大了的，这是因为我认为你对那些人心灵的影响同对我的影响一样可怕。如果他们真像我所想的那样，那么他们也许根本无法生存下去，但由于他们是有着多半很出色的神经的成年人，他们可以毫不费力地把咒骂从身上抖掉，以致最终咒骂给你带来的伤害比给他们带来的要多得多。但我对这个商店却无法忍受，它太逼真地使我联想起与你的关系了：完全撇开企业主的利益，撇开你的统治欲不谈，仅仅作为商人，你已比所有在你手下学艺的人高明得多，以致他们的任何成绩都不能使你满意；同样，你也必然永远对我不满意。所以我不得不被划入职工一边，此外，由于我至少出于害怕而不能理解，人们怎么能这样骂一个陌生人，因此，出于害怕，我仅仅从自身安全考虑，也要在我觉得已是怨怒深积的职工和你与我们的家庭之间居间调停，以求得相互谅解。为此目的，取通常的、正直的对待职工的态度已经不够了，甚至更谦逊的态度也不够，而是我应该低声下气，不仅是抢先问好，而且要尽可能阻止对方回报我的问好。即使我这个无足轻重的人在下面舔他们的脚，也不足以弥补你这个主人在上面对他们的大砍大劈。我在这里与人们之间的这种关系的影响超越了商店的范围而伸向未来（与此有点相似的，但并不像我这样的危险、深入的现象，比如表现为奥特拉对与穷人交往的偏爱，她那使你如此恼火的同女佣们和其他人促膝而谈的行为）。说穿了，我几乎畏惧这个商店，当然，还在我上中学之前，它早就不是我的事业了，上中学后，我离它就更远了。而且它在我看来也是我的能力所无法应付的，因为就像你所说的，它把像你这样的人都搞得筋疲力尽，焦头烂额。于是你试图（现在我想起这事觉得它既令人感动又令人羞愧）从我对商店、对你的事业的那种使你深感痛苦的反感中提炼出一点儿甜味来，你的做法是扬言我没有做生意的意识，而是头脑里怀着更崇高的思想等等。母亲当然对你强加于我的这种解释感到高兴，即使是我，由于我有虚荣心，且处境不佳，所以也愿让这种说法来影响我。但如果使我离开商店（我现在，但也仅仅是现在，真正地、确实地恨着它）的仅仅是，或主要是“更高的思想”，它就会以别的办法表达出来，而不是让我平静而又害怕地游过中学和法学学习阶段，直到最终在公务员的办公桌旁登岸。

如果我要逃离你，我就必然也要逃离家庭，甚至包括母亲在内。人们虽然永远可以在她那里得到保护，但必然是在与你有关的前提下。她太爱你，太忠实于你了，以致在孩子的斗争中她未能成为一股独立的、持久的精神力量。这可以说是孩子的一种正确的直觉，因为母亲随着岁月的流逝与你结合得更紧密；一方面，她在有关她自己的事情上始终美妙地、温柔地、在本质上不伤害你的前提下维护着她自身最低限度的独立性，但另一方面，她一年比一年更彻底地（与其说出于理智不如说出于感情）对你关于孩子们的论断和裁决盲目地加以接受，尤其在奥特拉这一无疑是重大的事件上。当然，人们永远记得，母亲在家庭中的位置是多么痛苦，多么吃力。她为商店、为家务辛苦操劳，家里每个人每病一场她都比病人多受一倍的罪，但这些与她在我们和你之间的中间位置上所受的折磨简直不可同日而语。你对她一直是爱的、关心的，但你又像我们一样，给她的体贴少之又少。我们毫无顾忌地对她轰击，你在你那边这么干，我们在我们这边这么干。这是一种方向偏转，人们心中并不怀恶意，想着的只是你同我们、我们同你的斗争，但却在母亲头上大吼狂叫。 像你那样为了我们的缘故而折磨她（当然你是毫无过错的），并不是为教育孩子而作出的积极贡献。这种做法甚至为我们本来无法在她面前自圆其说的行为做了辩护。她为了你在我们这里和为了我们在你那里受了多少折磨啊，这还没有把那些被你言之有理地称为对我们的娇惯的情况计算在内，当然，这种“娇惯”有时只是对你的体系的一种默默的、无意识的“反示威”。自然，如果母亲没有从对我们大家的爱和这种爱所带来的幸福感中汲取忍受这一切的力量，她就无法承受这一切。

妹妹们仅在一定程度上是我的同路人。在与你的关系中最幸运的是瓦莉。她与母亲的关系最亲近，因此也没费多大劲就建立起与你之间的亲近关系。你见到她就联想到母亲，所以也比较亲切地对待她，尽管她身上卡夫卡血统的因素很少。可是也许正是这样才容忍于你；在没有卡夫卡素质的人身上，即使是你也无从要求有这种素质；在那儿，你也不会有对我们其他人的那种卡夫卡血统淡化的感觉，那种必须强力挽救、不使素质失落的感觉。再说你对在女人们身上体现出的卡夫卡素质从来就不是特别喜欢的。要不是我们其他这些人有所干扰，瓦莉同你的关系也许甚至会更亲切些。

艾莉几乎是完全成功地从你的圈子中突围出来的惟一例子。在她小时候，我最想不到能做到这一点的就是她。她那时是个迟钝的、疲倦的、胆怯的、乏味的、知罪的、过于谦卑的、恶毒的、懒惰的、贪吃的、小气的孩子，我简直不想看到她，根本不愿同她搭讪，她太使我联想到我自己了，她与我处在同样教育的魔力之下，情况太相似了。尤其是她的吝啬使我厌恶，因为我的吝啬也许比她有过之而无不及。吝啬是大不幸的最可靠的标志之一；我对一切都感到无把握，以致我实际拥有的仅仅是已攒在手中或含在口中或至少快要达到这种地步的东西，而处于相似处境中的她恰恰总是最喜欢把我快要拿到的那些东西拿走。但这一切都改观了：她年轻时（这是最重要的）便离开了家，结了婚，有了孩子，她变得快乐、无忧虑、勇敢、慷慨、不自私、充满信心。几乎令人难以置信的是，你竟然没有发现这一变化，没有给予它应有的评价，你对艾莉的恼怒自来存在，不加更改，它使你眼花，看不见这一变化；不过这种恼怒现在已不再那么现实，因为艾莉不再与我们住在一起。此外，你对菲利克斯的爱和对卡尔的喜欢使这种恼怒隐退了下去。只有盖尔提[1]有时还要遭到它的袭击。

关于奥特拉我几乎不敢写；我知道，写奥特拉，就等于拿写这封信所希望达到的效果开玩笑。在一般情况下，只要她没有陷入困境中或危险中，你对她只有仇恨；你自己对我承认过，照你看，她总是故意给你

① 艾莉与卡尔·赫尔曼结婚后，生有两个孩子：菲利克斯和盖尔提。

制造痛苦和烦恼，一旦你为了她的缘故而痛苦，她就感到满足和高兴。这就是说她是一个魔鬼了。这是多么深刻的隔阂啊，你与她之间的隔阂必定是比你与我之间的更甚，否则就不会出现这么大的误解。她离你这般遥远，远得你几乎看不到她，于是在她的位置上你以为见到的是取而代之的一个幽灵。这种非常复杂的情况我也不能完全洞察，但那里无疑是个像略韦那样的形象，用最好的卡夫卡家族的武器装备着。在我们之间没有存在过真正的斗争；过去的斗争，都很快就被解决了；残存的只有逃亡、痛苦、悲哀、内心斗争。但你们俩永远处在斗争状态中，永远精力充沛，永远力量无穷。这是一幕既雄壮、又无望的场景。首先你们俩一定是挨得很近，因为直到今天奥特拉在我们四兄妹中仍然是你与母亲的婚姻和连接你和母亲的力量的最纯的体现。我不知道是什么使你们失去了父女间的和睦之乐，我只是几乎相信，你们关系的发展同我这里的情况是相似的。你这边是你的本性的专横，她那边是略韦血统的固执、敏感、正义感、不安，而这一切则是由对卡夫卡血统力量的意识支撑着的。当然我也影响过她，但几乎不是出于我的有意的行为，而是通过我的存在这一简单的事实。而且她是作为最后一员出生，进入已经形成的权力关系中来的，可以根据那些众多的、现存的材料来构造她自己的判断。我甚至可以设想，她的内心本质曾有一度摇摆不定，不知她是投入你的怀抱好，还是投入你的对手们的阵营中好，显然你错过了某种机会：你把她推了回去；而你们（如果可能的话）本来是满可以成为出色的、和睦的一对的，这样我虽然会失去一个同盟者，但看到你们俩这样，我的损失便得到了充分的补偿，你也会由于至少在一个孩子身上得到了完全彻底的满足而朝着有利于我的方向变化。在今天看来这一切只是梦想，奥特拉和父亲之间没有关系，她必须单独寻找她的道路，就像我一样；但由于她的信心、自信、健康、无所顾虑这些素质都比我强，所以她在你的心目中也比我更坏，更离经叛道。我是明白这一点的；你对她的看法不会是别的什么样的。甚至她自己也有能力用你的目光来看她自己，共同感受你的感觉，并对此（不是绝望，绝望是属于我的）十分悲伤。你似乎怀着反感看到我们经常在一起，我们窃窃私语，开怀大笑，你还不能听到提起你。你感到我们是胆大妄为的阴谋集团，奇怪的阴谋家。你当然从来就是我们的谈话和思考的主题之一，但我们坐在一起，真的并不是想要想出什么对付你的办法来，而是为了以全副精力，以幽默，以严肃，以爱、抗拒、愤怒、反感、服从、负罪感，以脑袋和心脏的一切力量来详细研讨那在我们和你之间晃悠的可怕的诉讼，谈一切细节，一切方面，利用所有机会，无论相距远近都来共同谈透这个问题。在这场诉讼中你总是声称自己是法官，但实际上，至少在绝大多数情况下（我在此不把门关死，以防出现我当然也可能造成的失误），你同我们一样，是既弱小而又诚惶诚恐的一个当事人。

从你的教育方法所产生的影响的整体上看，它有个很能说明问题的例子，那就是伊尔玛。一方面她是个外来人，到你的店里来时已经是成年人，同你之间主要是主仆关系，也就是说是在一种已有抗拒力量的年龄才部分地受到你的影响的；另一方面，她也是你的一个亲戚，她对你的尊重是对她父亲的兄弟的尊重，所以你对她的威力远远超过一般上司的威力。尽管如此，尽管她那包容在弱小躯体中的禀赋是那么能干、聪明、勤劳、谦逊、可信赖、不自私、忠实，尽管她将你作为叔父来爱戴，作为上司来钦佩，尽管她在以前和以后的其他工作岗位上都工作得很好，但她在你眼中却不是一个很好的职工。她在你面前（当然也是在我们的影响下）的地位相当于孩子的位置，而你的天性的塑造力在她的面前是如此之大，以致在她身上（当然只是在你面前，但愿这些未给这孩子带来更深的折磨）逐渐产生了健忘、疏忽大意、辛酸的幽默，甚至产生了一点抗拒心理，假如她有抗拒的能力的话。我在此还没有把这些因素算进去，她体弱多病，而且并不很幸福，并有沉重的家务压在她身上。你同她那种举一反三的关系被你归纳成了一句话，这句话在我们心中已成经典语言，它几乎是亵渎神明的，但恰恰能很好地证明你所持的待人方法是无罪的："这个伪善的信徒给我留下了一大堆臭狗屎。"

我还可以描述你的影响所及的其他圈子和反抗你的影响的斗争，但写这些我就没把握了，有的地方也许还是虚构。再说，你从来都是离商店和家庭越远，你就越和气、越迁就、越客气、越体贴人、越关心人（我说的也包括表面上），这就像一个君主，一旦出了他的国家的边界，就没有理由仍然摆出暴君的架子来，于是，只能和善地同最低贱的人打交道了。确实，你在弗兰岑斯巴德拍的集体照中总是那么伟岸而又愉快地站在一些闷闷不乐的小人物中间，犹如一个巡访的国王。你的孩子们本来显然也可以从中获益的，只是他们必须在童年时就有能力（而这是不可能的）认识到这一点。比如我就不应该始终在一定程度上居于你的影响的最里面、最严格、最牢固联结的圈子之中，可惜我就是这么做了。

这么一来，我并非仅仅失去了家庭观念，就像你指出的那样；相反，我对家庭还是有观念的，但这种观念主要的成分是不利于（当然是永无止境的）解脱你的内心愿望的。与家庭之外的人际关系在你的影响下也许受害更深。你的想法是完全错误的，你认为我对其他人出于爱和忠诚什么都干，而对你和家庭出于冷漠和背叛则什么都不愿干。我愿不厌其烦地再重申一遍：换一种环境，我可能也会成为一个怕交际的、胆小的人，但在那种环境中，比我到达现在的境地所走过来的路还得多走一段长长的、黑暗的道路。（至此，在这封信中我避而不谈的相对来说还不多，但现在和将来我将不得不对一些事避而不谈，那些事要我对你和对我自己承认，是我所难于启齿的。我之所以说这些，是为了使你不要以为，在什么地方出现整体图像模糊不清的现象，必是我缺少证据的表现，恰恰相反，是因为一些证据能使图像鲜明刺眼得令人难以忍受。要找到一个中间途径确非易事。）这里只需回忆一下以前的事就可以了：我在你面前失去了自信，换来的是一种无穷无尽的负罪意识。（想起这种无穷无尽时，有一次我在描述一个人时说得很正确："他担心羞耻将在他身后继续存在下去。"）我不能突然间摇身一变，当我同其他人相遇在一起时，我在他们面前会陷入更深的负罪意识之中，因为正如我前面说过的，我必须弥补在商店里你把我牵连进去的他们犯下的罪过。此外，你对任何我所交往的人总有令人不快的言论当着人面或背地里说出来，而这也是我必须向当事人求得原谅的。你在店里和家里教我对大多数人不能信任（你能举得出一个在童年时对我有重大意义的、而没有至少一次被你说得体无完肤的人来吗？），奇怪的是这并未给你带来多少心灵负担（你确有足够的承受力，再说这种行为事实上也许只是统治者的一种标志），这种不信任在我这小人物的目光中从未得到证实，因为我到处看见的都是遥不可及的出色的人。到头来，这种不信任变成了我对自己的不信任，变成了对其他所有人的永无止境的害怕。在这方面我无法把自己从你的影响下解放出来。你在这方面之所以会误会，原因也许是，你对我的人际交往其实一无所知，却不信任地、妒忌地（我难道否认过你是对的吗？）估计，我离开家庭生活圈子，必然会在别处寻找补偿，因为要我在外面像现在这样生活是不可能的。此外，恰恰在我的童年时代，就这方面而言，我对我的判断有所怀疑，从而得到了一定的自我安慰；我对自己说："你一定是太夸大了，在你的感觉中，你过分地把小事看成了大的特例，这是青年时期的普遍现象。"可是以后随着我对世界观察的视野的扩大，我几乎失去了这种安慰。

我在你身上找不到多少获得拯救的希望，在犹太教中同样找不到多少。这里本来是应该有获救的希望的，但本来可能性更大的是：我们俩在犹太教中相逢，甚至我们意志一致地从那里出发。但我从你那儿得到的又是什么样的犹太教啊！随着岁月的流逝，我对它先后采取了三种姿态。

孩提时代，我同你一样，为我到教堂中去得不多、不持斋戒等原因而责备我。我认为我这些行为不是对我自己，而是对你不公正，同时，无所不在的负罪意识又一阵阵地穿透我的身心。

后来，作为青年人，我不明白，你自己对犹太教持可有可无的态度，却为什么会指责我不努力去追求（像你所说的，仅从虔诚出发也该如此）一种与你相类似的可有可无。据我所见，那真是一种可有可无态度，一种开玩笑，甚至连开玩笑都谈不上。你一年中到教堂去四次，在那里与其说是接近于那些认真信教的人，不如说更接近于那些满不在乎的人，你耐心地走形式地做完祷告，有时你竟然能抽闲向我指出祷告书上正读到了什么地方，使我深感惊讶；此外，只要我在教堂里（这是主要的），我想转悠到哪里就可转悠到哪里。在那漫长的好多个小时中我不停地打呵欠和打瞌睡（我想，后来我只有在上跳舞课时才感到这么枯燥过），并不断尽可能在那里的一些小小的变化中寻找欢乐，比如人们打开约柜，这总使我想起游艺射击棚，在那里若有人击中黑心，一扇小门就会打开；所不同的是，那些出来的总是些有趣的东西，这里出现的却永远是一些无头的木偶。此外，我在那里心中总是怀着许多畏惧，不仅是因为那里有许多人，我将与他们有更接近的接触，而且也是因为你有一次曾顺口说道，人们也有可能会把我叫上去朗读《托拉》①的。为

---

① 犹太法典。

此我战栗了好几年。除此之外，我的枯燥烦闷未受到什么值得一提的干扰，顶多是巴尔朱茨弗经，但它只要求可笑的熟记，也就是说只要达到一种可笑的考试标准即可；再就是与你有关的一些小小的、不太重要的插曲，比如你被叫上去朗读《托拉》，而你出色地经受住了这个在我的感觉中完全是社会活动性质的事件；或者是你被留在教堂中参加悼灵典礼，而我被打发走，于是在我心中，显然是由于被打发走和无任何深深的关心这些因素，产生了一种几乎不曾为我意识到的感觉：这件事办得不太地道。——这是在教堂里的情况。在家里，敬教的行为更是稀少，仅局限于那第一个塞德尔晚上，这个晚上一年较之一年更成了一幕充满痉挛的笑的喜剧，当然这一幕是在正在长大的孩子们的影响下产生的（你为什么会顺从于这种影响？因为是你造就了这种影响）。这些就是提供给我的信仰素材；在这之外顶多还能加上你那伸出的手，让我读《百万富翁富克斯的儿子们》，他们在崇高的宗教节日里与父亲一起进入教堂。至于如果不是尽快把这些信仰材料抛弃，就要用这些材料做些好事，我可就不知该如何下手了。

再往后一些，我对问题的看法就不同了，我懂得了你为什么认为我在这方面也背叛了你。你从那小小的、犹太聚居区的村镇中来，确实曾带来了一些犹太教的东西，但本来就不多，在城市和军队里又失落了一些。尽管如此，青春时的印象和回忆还勉强可以凑成一种犹太生活，尤其因为你不需要这类帮助，你生于一个非常强大的家族，宗教上的疑虑如果不是同社会上的疑虑混杂得难分难解，那么你，你的人格就几乎不可能被动摇。事实上，引导你一生的信仰是：你相信一个特定的犹太人的社会阶级的观念是绝对正确的，由于这些观念是你的本性的组成部分，于是你便产生了对你自己的信念。这里面确还有足够的犹太教，但要把它继续传给孩子就太少了，当你传下来时，它已经几乎滴完了最后的一滴。其中有一部分是不可流传的青年时的印象，一部分是你那令人生畏的本质。同时，可不可能使一个出于满心害怕而观察得非常仔细的孩子理解：你以犹太教的名义、以相应的满不在乎的态度搞的那些全不相干的事情有着崇高的意义。这些不相干的事情对你来说意味着对以往的年头的小小的回忆。尽管你想把它们传给我，但由于它们连对你都失去了自身价值，于是你只有靠说服或威胁来这么做。一方面，这么做是不会成功的；另一方面，由于你根本认识不到你在这方面的虚弱的处境，你自然会由于我看上去顽固不化而大动肝火。

这一切并非单独的现象，从崇尚虔诚的农村拥入城市的过渡的一代犹太人中，有相当一部分都是这样的。这是自然而然产生的现象，只不过它在丝毫不乏尖锐性的我们的关系上又加上了一重痛苦的尖锐性。在这一点上，你虽然应该像我一样相信你的无辜，但应该通过你的本质和时代环境来解释这种无辜，而不是用外在因素来解释，比如说你其他工作和操心的事太多，以致你无法抽身来干这件事云云。你惯于用这种方式，把你无可置疑的无辜转化为对其他人的不公正的谴责。你最近读了富兰克林的青年时代回忆录。我确实是故意给你读的，但不是像你开玩笑地说的那样，是为了关于素食的一小段，而是为了让你读读那里描述的作者与他的父亲之间的关系和这本本来就是写给他的儿子的回忆录中所表达的作者和他的儿子之间的关系。我在此不想具体举例了。

我从你在最近几年的行为中得到了对你的犹太教观念的一个迟到的证明。在这些年中，你感觉到我比以往更多地从事于犹太人事业了。由于你从一开始就对我的一切活动、尤其是对我产生兴趣的方式甚为反感，在这里你的反感自然也一样存在着。但尽管如此，人们却可以抱着一线希望，等待你对此作为例外看待。这里活动着的正是与你的犹太教同根的犹太教，因此也有可能成为连接我们之间关系的纽带。我不否认，如果你对一些事情表现出兴趣，就会使这些事情在我心中变得可疑。我根本就没打算说我在这方面要比你好。但现在的问题根本不是检验谁好谁差。经过我的中介作用，犹太教在你眼中变得讨厌了，犹太文献成了不可卒读的东西，它们“使你厌恶”。——这也许意味着，你坚持认为，只有你在我童年时向我展示的犹太教是惟一正确的，此外再没有别的犹太教形式。但你坚持这一点，却几乎是不可想象的。这样，那种“厌恶”（且不论它首先针对的不是犹太教，而是针对我来的）只能意味着，你无意识地承认了你的犹太教和我所受的犹太教教育是虚弱的，你绝不愿旧话重提，并对所有回顾报之以毫不掩饰的仇恨。此外，你从消极方面出发对我的犹太教的高度的估计是非常夸张的。首先，我的犹太教中充满了你的诅咒；其次，人际的根本关系对于它的发展有着关键的作用，就我的情况而言，这种关系能使犹太教的发展走上绝路。

你对我的写作和与之有关的、你不知道的各种因素所持的反感倒是比较正确的。在这方面，我确实独立地离开你的身边走了一段路，尽管这有点让人联想起一条虫，尾部被一只脚踩着，前半部挣脱出来，向一边蠕动。我在此获得了一些安全，得以松口气。你一开始就对我的写作产生了反感，这种反感却例外地受到我的欢迎。你对我的书的欢迎方式已为我们所熟悉，它虽然伤害了我的虚荣心、我的抱负：“放在床头柜上！”（每当有书送来时，你多半正在打扑克。）但实际上我感到舒服，这种舒服感并非仅仅产生于突然生出的恶作剧的想法，并非仅仅产生于关于我们之间关系的观点得到新的证实，而引起的我心中的快乐，这种舒服感其实也完全是自发的，因为你这句常说的话响在我耳中犹如“现在你自由了”。 当然这是一种误解，我没有获得，或最乐观地说还没有获得自由。我写的是关于你的事，我在那里发泄的仅仅是在你怀里不能发泄的。这是有意拖延的与你的告别，只不过，这种告别虽然是由你逼出来的，但却是朝着由我选定的方向发展着。但这一切是多么微不足道啊！ 说到底，这事之所以还值得一提，是因为它发生在我的生活中，若在别处我便会根本就看不到；还有一个原因是，它在我童年时作为预感，后来作为希望，再后来作为绝望笼罩着我的生活，而且——这是做得到的，当然又是以你的形象出现的——是它指使我做出了一些小决定。

比如职业选择。当然，你以你那宽宏大度的、甚至可以说是宽容忍让的方式，在这方面给了我充分的自由。自然你在这方面是遵照对你具有制约力的犹太人中产阶层通常的教子方式行事的，或至少是根据这一阶层的价值观念行事的。最终，在此起作用的还有你对我个人的一个误解。也就是说，你一贯就是从做父亲的自豪，从对我本身存在的无知，从联系回溯到我的孱弱这些方面出发，认为我是特别勤奋的。童年时，你认为我在不断地学习，后来又不断地写作。这种看法与事实相距何止千万里。如果说我学得很少，并一无所成，那么夸张的程度倒要轻得多；如果说多年来我以中等的记忆力、不算太差的理解力毕竟把一些东西留在了脑子里，这也并不奇怪，但无论如何，与在一种特别无忧无虑、平静祥和的生活中所付出的时间和金钱相比，尤其是与我认识的几乎所有人相比，在知识上、尤其是在知识的打基础问题上的全部收获那真是少得可怜。这些收获是微不足道的，但我觉得这是可以理解的。自我有思考能力以来，我就对精神存在的维护问题怀着极深的忧虑，以致其他一切于我全是无所谓的。我们这儿的犹太中学生往往很古怪，我在这儿常常看到一些不可思议的事。以我这么个奇想迭出、但多半寒气逼人的孩子，怀着冷冰冰的、几乎不加掩饰的、不可摧毁的、像孩子般不知所措的、近乎可笑的、像动物般感到满足的淡泊冷漠心态，我还从来没有在别的人身上看到过。当然它也是防止我因恐惧和负罪意识而产生神经崩溃的惟一保护工具。我心里只有对我自己的关心，但这种关心却是以各种截然不同的方式表现出来的。比如对我的健康状况的担忧；这种担忧很容易出现，不时产生对消化、落发、脊骨弯曲等的小小的担心，这种担心害怕上升而形成无数层次，直到以一次真正的疾病而告终。由于我对任何事情都感到不安，每时每刻都需要证实我的存在，我没有任何本来就属于我的、属性无可置疑的、归我一个人独有的、惟我可以调动的所有物。由于我实际上是个被剥夺了继承权的儿子，所以我当然对最接近的物体，即自己的身体也感到无把握了；我越长越高，但不知该怎么对待我增加着的高度，负担太沉重了，背脊因而弯曲；我几乎动弹不得，更何谈做体操，于是我永远是孱弱的；我把我仍可支配的一切都视为奇迹，比如我那良好的消化；仅这种心态就足以使我失去它良好的消化，于是通往所有忧郁的道路全部毫无阻挡地展现在我面前，直到在想要结婚的超人的紧张压力下（这个问题我后面还要说到）血从肺里涌出，逊伯伦宫中的寓所对此也是有相当一部分责任的——我之所以需要这个寓所，是因为我需要它用于我的写作，所以它（写作）也应该在这封信中得到描述。也就是说，不像你一直认为的那样。这一切都是由工作过度造成的。有几年我在健康状况很好的情况下在长沙发上荒度的时间比你在一生中荒废的更多，我这么说是把所有患病时的养病时间计算在内了。每当我极其匆忙地离开你时，多半是为了到我的房间里去躺下睡一觉。我的整个工作成绩无论在办公室里（在那里，偷懒不是非常引人注目的，而且由于我的畏惧心理，偷懒也是有限度的），还是在家里都是微不足道的；如果你能全面地了解一下，必会感到震惊。也许我的素质根本就不是懒惰的，但是我无事可干。在我生活的地方，我被抛弃了，被宣判了，被打倒在地；为逃往别的地方我虽然使出了浑身解数，但这不是工作，因为这是一件不可能办到的事情，除个别小的例外之处，我的力量是远远不够的。

在这种情况下我获得了选择职业的自由。但我还有能力去利用这种自由吗？我还能相信我有获得一种名副其实的职业的能力吗？我的自我评价之取决于你的看法，远远基于取决于其他因素，如一次外在的成功。一次成功只是对一个瞬间的强化，没有其他作用，但另一方面，你的重量却越来越重地压下来。我曾以为我是永远通不过小学一年级学习的，但却成功了，我甚至得到了一笔奖学金；我想我必然通不过升中学的考试，但又成功了；我想这回我在中学一年级非被淘汰不可，不，我没有被淘汰，我仍然是一次又一次成功地向前走。但由此产生的并不是信心，相反，我始终坚信（从你那拒绝的表情中我更得到了证明），我成功得越多，结局就越惨。我脑子里经常出现教师大会的场面（中学只是个最完整的例子，但对付我的形势在哪里都差不多），如果我通过了一年级，他们就在二年级集会；如果我通过了二年级，他们就在三年级集会；以此类推。他们开会的目的是审查这一奇怪的、骇人听闻的案例，探讨我这个最无能、至少最无知的人怎么竟会溜进了这个年级，由于现在大家的注意力都集中在了我身上，这个年级当然会马上把我排除掉，从而使所有摆脱了这场噩梦的正义者弹冠相庆。——带着这种设想生活对于一个孩子来说是不轻松的。在这种情况下我又怎么会对上课感兴趣呢？谁又有能力在我心中激发出关心课堂的火花来呢？课堂使我感兴趣的情况（不仅仅是课堂，而是在这个关键性的年龄中我周围的一切）就像小小的正常的银行业务使一个侵吞公款的银行职员感兴趣的情况，他还在职，由于担心被发现而发抖，但还必须一如既往地处理银行业务。除头等大事之外，其他一切都显得那么渺小、遥远。这样的情形持续到中学毕业考试，我真的是在一些地方要了些手腕，才通过了它；然后这种情形停止了，我自由了。我本无选择职业的自由，我知道，在我面前，一切与头等大事相比都是无足轻重的了，就像中学里所有的教学素材在我心中的分量一样，主要的事情是：找一个在不太伤害我的虚荣心的情况下最能允许我这种无所谓的态度存在的职业。那么法学是最顺理成章的。出于虚荣心和荒谬的希望而进行的一些小小的相反的尝试，比如两周的化学学习，半年的德语学习，它们只是加强了那种基本看法。于是我学起了法学。这意味着，在每次考试前的几个月内，我在神经高度紧张的情况下，精神上靠吃食木粉度日，这种木粉在我之前已为千万张嘴巴咀嚼过。但从某种意义上说，我吃得津津有味，在某种意义上正如以前的中学生活和以后的职员职业，因为这一切完全与我的处境相符。不管怎么说，我在此显示了令人吃惊的先见之明，还是小孩子时，我已对学习和职业有了相当清楚的预感。在这方面我并不期待什么救星，对此我早就放弃了获救的希望。

但在我的婚姻的意义和可能性上，我却没有显示出任何先见之明；这场我一生中至今最大的灾祸几乎是完全出乎意料地突然降临在我的头上。孩提时的我是慢慢发育成长着的，外表上这些事情在我心中是完全被撇在一边的；当时根本看不出，这方面正酝酿着一场旷日持久的、事关重大的、甚至是最艰难困苦的考试。事实上结婚的图谋变成了最了不起的、最有希望的自救尝试，尝试是惊心动魄的，其失败当然也是惊心动魄的。

由于在这个地方我一切都失败了，所以我担心我也不能够把这些结婚意图解释清楚。然而我这封信的成败是取决于这方面的解释之成败的，因为，一方面在这些尝试中集中着我所能支配的所有正面力量，另一方面所有反面的力量也怒气冲冲地会聚在这里，也就是我描绘成你的教育的副产品的那些因素，如虚弱、缺乏自信、负罪意识，这些因素在我和结婚之间划出了一条警戒线。我之所以很难做出解释，是因为我在那么多日夜中反复深思，掂量一切，以致我现在看到的景象使我也觉得杂乱无序，无所适从了。只有你那照我看来对事情的全盘曲解使我的解释任务轻松了些？ 稍微纠正一下一种彻底的误解似乎并不算太难。

首先你把各次结婚的失败归纳在我其他方面的失败的系列之中；我对你这种看法本来并无异议，但前提是，你必须接受我迄今为止关于失败的解释。它确实属于这个系列，但这件事的意义你却低估了，你低估得如此之甚，以致当我们相互谈论时，其实说的却是完全不同的事。我敢说，你一生中没有发生过任何一件事情，其对你的意义像结婚尝试对我的意义这么大。我并不是说，你没有经历过这样意义重大的事情，恰恰相反，你的生活比我的要丰富得多，操心得多，紧迫得多，但正因为如此，你身边没有发生这样的事情。就好比是有个人要走五级较低的台阶，而另一人只需走一级，但这一级至少对他来说同前面的五级加起来一样高；第一个人不仅将走上这五级，而且还将走上其他的几百级、几千级，他将度过的是伟大而紧张的一生，但他走过的台阶中没有一级像第二个人的那一级，高高的、竭尽全力也不可能走上去的那一级台阶有着那么大的意义，他走不上这一级，自然就谈不上继续行进了。

结婚、建立一个家庭、接受所有将要来到的孩子，并在这个不安全的世界上维护他们的生命，甚至还对他们略加引导，这些依我看是一个人所能做到的最高境界。至于那么多人成功地完成了此事，并不足以引为反证，因为第一，事实上并没有许多人成功；其次，这些不太多的人并不是“做”出来的，而只不过是“发生”在他们身上；这虽然还不是那种最高境界，但终究是非常伟大的，非常可敬的（尤其因为“做”和“发生”是很难黑白分明地加以区分的）。而且归根结底需要达到的也不是那种最高境界，而只需达到一种离之尚远的、但却是正当的接近状态；没有必要飞到太阳上去，但应该爬到地球上一块纯净的地点，只需那里不时有太阳照耀，使人得到一些温暖即可。

我对此有何准备呢？ 准备之差到了极点。从迄今为止的事态发展中已可看到这点。但只要是在对某一具体问题上有所直接准备或对普遍的基本条件有所直接创造的情况下，你表面上并未做很多干涉。其实也只能如此，因为这里起决定作用的是普通血统的等级风俗、民族风俗和时代风俗。你在这些场合当然也插手了，但不多，因为这种干涉的前提只能是很强的相互信任，而我们俩之间很久以来就缺乏在关键时刻的这种信任了，我们不很愉快，因为我们的需求是完全不同的；深深吸引我的事情一定是无法使你动心的，反之亦然；在你那里是无咎可指的事，在我这儿就是罪疚，反之亦然；在你那儿毫无后果的事情，对我来说也许就是我的棺材盖。

我记得有一天晚上同你和母亲散步，走在今天的州银行附近的约瑟夫广场上时，我开始愚蠢地、大言不惭地、自视高明地、骄傲地、冷静地（这是不真实的）、冷漠地（这是真实的）、结结巴巴地——我同你说话时多半是这样的——谈起有趣的事来，责备你不让我知道，直到同学们发现并估计我处在很大的危险的边缘时，才由他们对我说（在此我以我的方式恬不知耻地撒了谎，意在表现得勇敢，因为由于我的胆小怕事，我对所谓“很大的危险”并无准确的了解），最后我却暗示说，所幸我现在已知道了一切，不再需要别人为我献策了，一切都很好了。重要的是，不管怎么说我至少是开始谈论这件事了，因为我认为至少谈谈此事很有意思，再就是出于好奇心，最后还有个因素，即想以某种方式为某件事向你报复。你的应付办法十分简捷，这是与你的素质相符合的，你仅仅大体上这么说，如果我想不担风险地进行这类事情，你也许可以为我出个主意。也许我正是想诱你做出这样的答复，它同我这个喂饱了肉和其他好东西、但肉体上无所作为的、永远与自己搏斗着的孩子的性欲是一拍即合的。可是这个答复却仍然严重地损伤了我外表的羞耻心，或者我认为我的羞耻心一定是遭到了伤害，以致我（尽管这是违背我的意愿的）再也无法同你谈这个问题了，以致我高尚而放肆地中断了这次谈话。

评价你当时的这个回答是不容易的，一方面它具有某种不言而喻的性质，某种原始性质；另一方面，就这教诲本身而言，从现代的角度看也是无可置疑的。我不记得当时我多大了，但肯定不会比十六岁大多少。对这么一个年轻人来说，这毕竟是个很奇怪的答复，而我们俩之间的差距也在这里表现出来，这是我第一次从你那里获得的、直接的、牵涉到广泛的生活内容的教诲。其根本性质当时已经沉入我的心底，但很久以后才浮现在我的意识中，那就是：你为我出主意的那种事情在你看来，而且也在我当时看来，是世界上最肮脏的。至于你打算防止我在肉体上把这种污秽带回家去，这是次要的，你这样做无非是为了保护你，保护你的家。主要的是，你置身于你的建议之外，你是个丈夫，一个纯洁的男人，所处位置高出这类事情。这一点当时通过下面这个因素而更尖锐化了：我也觉得婚姻是可羞可耻的，所以我就不可能把我就婚姻听到的一般情况延伸到我的父母身上。这么一来，你就更纯洁，更高高在上了。要说你在结婚前也给自己出过类似的建议，我觉得是完全不可能的。这么算下来，你身上就分明没有一丁半点尘世的污秽了。但你却用几句直截了当的话把我推到这种污秽中去，仿佛我命该如此。如果这个世界仅仅是由我和你组成的（这是个我几乎相信的假想），那么世界的纯洁就到你为止，而由于你出的主意，世界的污秽从我开始。你这样地看待我，这是无法解释的，只有旧的罪孽和你的极深的藐视才可能是原因所在。而这事又一次给了我的内心最深处以打击，而且是沉重的。

这里也许最清楚地显示了我们俩的无辜。A 给 B 一个坦率的、与他的人生观相符的、不太美的、但却是今天在城市里很有普遍意义的、也许能防止健康受损的建议。这个建议对于 B 在道德上没有多大鼓舞力量，但他难道就不能随着岁月的推移逐渐从这种损伤中摆脱出来吗？再说，他并不是非听从这个建议不可的，何况仅仅在这个建议中也看不到促使 B 的整个未来世界行将崩溃的因素。但事情偏偏还是这样发生了，原因仅仅在于：你是这个 A，我是这个 B。

这种双方的无辜我之所以能看得一目了然，是因为大约二十年后在完全不同的情况下我们之间又发生了一次类似的冲突，作为事实，它是可怕的，但就其本身而言，却是无害得多，因为，还有什么东西能给我这个三十六岁的人带来什么伤害呢？我指的是在我告诉你最后那次结婚意图后，我有几天心情紧张，在其中的一天，你对我发表了一通小小的言论。你大体上是这么对我说的："她可能穿上了一件精心挑选的上装，布拉格的犹太女人是懂得这一套的，那么你当然就下决心要娶她了，而且想尽可能地快，一星期后，明天，今天。我不懂你是怎么回事，你毕竟是个成年人了，住在城市里，却只知道看到一个女的就马上跟她结婚。难道就没有其他可能性了吗？要是你害怕，我可以陪你去。"你讲得更详细，更清楚，但我记不起细节了，也许当时我的眼前也有点模糊了，几乎是母亲使我更感兴趣些，她虽然完全同意你的看法，但还是从桌上拿起什么东西，并以此为借口走出了房间。

你几乎从来没有比这次用言语对我的侮辱更深的了，也从来没有更清楚地表示出你的蔑视。当你二十年前对我说类似的话时，从你的眼睛里甚至还看得出对一个早熟的城市青年的一点敬意，依你看来他可以被毫无周折地引导上生活之路。今天若从这个角度看，只能使轻蔑的程度显得更甚，但当时开始踏上征途的这个年轻人一开始就陷在那里动不了了，在你眼里，他今天没有增加丝毫经验，而只是减少了二十年年华。我为一个姑娘所作的决定在你看来毫无价值。你始终（无意识地）压制着我的决断力，现在却（无意识地）自以为知道它有多少价值了。你对我在其他方面所作的自救尝试一无所知，所以你对引导我进行这次结婚尝试的思路也就一点都不知道，于是你必须猜我的思路，从你对我的整体看法出发，猜测的结果便是最可恶的、最生硬的、最可笑的了。你毫不迟疑地以这种方式把它说出来。你这么做给我带来的耻辱，在你眼里是与我通过结婚会给你造成的耻辱不可比拟的。

你可以以我那些结婚尝试为依据来回答我，而且你已经这么做了。在我两次解除了与 F 的婚约，两次重新订约之后，在我把你和母亲白白地拽到柏林去参加订婚仪式和其他一些事情之后，你当然不能够十分尊重我的决定了。这一切都是真实的，但却是怎么产生的呢?

两次结婚尝试的基本思想是完全正确的：建立一个家庭，获得独立。这个思想是为你所同情的，但它在实际上却出现了出乎意料的结果，就像那个儿童游戏，一个人抓着另一个人的手，甚至使劲压着，同时却喊着："喂，走啊，走啊，你为什么不走呢?"当然，在我们的情况中，事情复杂化了，那句"走啊"你从来是发自内心的，但同样是从来如此的：你在不知不觉的情况下，仅仅是由你的天性制约着，抓着我，或说得更准确些，把我压在下面。

两位姑娘虽说都是偶然的选择，但都是选得非常好的。你竟会相信，我这个胆小的、踌躇的、多疑的人是心血来潮地决定要结婚的，比如由于被一件女上装迷住而心血来潮；这又一次证明了你对我彻头彻尾的误解。两次婚姻本来都会是理智的婚姻，可以这么告诉你，我曾经日日夜夜地竭尽我的思维力量来考虑计划，第一次长达数年，第二次长达数月。

两位姑娘中谁也不曾使我失望，而是我使她们俩失望。我对她们的看法一如既往，今天仍同当初想要同她们结婚时一样。

也不能说，我进行第二次结婚尝试时忽视了第一次尝试的经验教训，也就是说变得掉以轻心了。情况是完全不同的，正是以前的经验在第二次尝试中（它比第一次更有希望）给了我希望。 细节我在此就不加详述了。

为什么我没有结婚呢？ 这里当然像所有地方一样，有种种障碍，但生活就是由越过这些障碍组成的。最重要的，可惜超脱了具体事例之外的障碍却是： 我精神上实际上没有结婚的能力。这一点表现在： 从我决心结婚的那一瞬间开始，我就再也无法入睡了，脑袋日夜炽热，生活已不成其为生活，我绝望地东倒西歪。造成这种现象的主要原因并不是担忧，虽然与我的忧郁和迂腐相应地有许多忧虑伴随着我，但它们并不是关键因素，它们虽然把像蛆虫对付尸体那样的工作完成得很出色，但对我的思想起着决定性影响的是其他一些因素。那就是集恐惧、懦弱、自卑于一体的无所不在的压力。

我想进一步做番解释： 在我的结婚尝试中，两种似乎是截然相对的因素激烈地在我与你的关系之中碰撞，比其他任何场合都更激烈。结婚当然是对最充分的自我解放和独立的担保。那样我就会有个家庭，这是我心目中人力所及的最高点，也是你所达到的最高点；那样我就与你平等了，一切旧的、新的耻辱及暴政将永远成为历史。这可真不啻为美妙的童话世界，但其中却大有可置疑之处。所获太多了，要获得这么多是不可能的。这就犹如有个人被囚禁了，他不仅怀着逃跑的意图（这也许是有可能实现的），而且还要同时把这座监狱改建成一座避暑行宫。但如果他逃跑了，他就无法改建；如果他改建，他就无法逃跑。如果我想要在我所处的与你的关系中获得独立，我就必须做某种同你毫无关系的事情；结婚虽是最伟大的事，并赋予人以最可敬的独立性，但它同时也与你有着最密切的关系。所以要想从这里脱身，是某种接近狂想的东西；几乎每一次尝试都会因而受到惩罚。

但也正是这种密切的关系在一定程度上诱惑我去结婚。我之所以把我们之间可能产生的、你对其理解之深甚于任何现象的平等想得这般美妙，是因为那时我将成为一个自由的、知恩图报的、无罪的、正直的儿子，而你会成为一个毫不郁闷的、不粗暴的、有同情心的、心满意足的父亲。但要达此目的，就必须将一切已发生的事情抹去，也就是说，必须把我们自己抹去。

以我们现在这种状况看，结婚算是与我无缘了，它正是你最堪称独领风骚的领域。有时我突发奇想，觉得在打开的世界地图上，你正四脚八叉地躺着。于是我感到，只有那些你的肢体未曾盖住或尚够不到的地方才是我的生活可以插入的空地。根据我对你魁梧身材的遮盖面的设想，留给我的地方是不多的，那些有限的地方也不是很令人鼓舞的，尤其是婚姻并不在其中。

仅这个比较就足以证明，我绝不是认为你通过你的例子把我从婚姻领域驱逐出去，就像从商店中驱逐出去一样。尽管情况从很多方面看确实像是这么回事，但实际上并非如此。我从你们的婚姻中看到的是一场在许多方面堪称楷模的婚姻，在忠诚、互助、儿女数量这些方面都堪称楷模。甚至在儿女们长大成人并不断破坏和平宁静之后，这场婚姻仍不为所动，依然如故。我对婚姻所抱的崇高概念也许正是由这一例证引出的；至于对结婚的要求会使我晕眩，是有其他原因的。这些原因存在于你同孩子们的关系之中，这封信从头到尾谈的就是这种关系。

有一种看法认为，对结婚的恐惧心理有时是这么来的：人们害怕自己对父母犯下的罪过，将来会由子女来施还在自己身上。这种看法对我的案例没有多大意义，因为我的负罪意识本是由你而来，充满了独特性，这种独特性是这种意识折磨人的本质的一部分，重复它是不可想象的，无论如何我必须承认，如果我有这么一个愚蠢、迟钝、乏味、堕落的儿子，我会受不了的，假如没有别的办法，我会逃走，迁居，就像你在我一旦结婚后想做的那样。你这种想法也参与影响了、促成了我的无能力结婚现象。

这方面重要得多的是我为自己而生的恐惧。这点可以这样理解：我已经说过，我通过写作和与此有关的事情做了些小小的独立尝试、逃亡尝试，获得了微乎其微的成功，但这些尝试将无所进展，许多事情已经向我证明了这一点。尽管如此，守护它，不让任何我能挡得住的危险，甚至不让任何产生这种危险的可能性接近它，乃是我的义务，或不如说是我全部生命的寄托。婚姻就是这么一种危险，当然也可能是最大的促进，但对我来说，它可能是一种危险这一点便够了。如果它真的成为一种危险，我该怎么办呢？ 我又怎么能够怀着对这种危险的也许无法证实的、但却也是无法反驳的感觉继续过这种婚姻生活呢？ 虽说在这种感觉面前我可以犹豫三思，但最终的结果却是无疑的，我必须放弃。关于手上的麻雀和屋顶上的鸽子的比较用在这里并不很贴切。我手中一无所有，而屋顶上应有尽有，而我必须（这是斗争形势和生活欲望所决定的）这样一无所有。我在职业选择上的情况也是如此。

但最重要的结婚障碍是那已无法消除的信念： 对于赡养家室乃至照管家室来说，我在你身上看到的品质缺一不可，各方面的无一例外，好的和坏的，就像它们有机地在你身上组合成的那样——强有力和对他人的嘲弄、健康和一定程度的无所节制、说话天才和知识欠缺、自信和对其他任何人的不满、高于世俗和专制粗暴、识人经验和对大多数人的不信任，再就是一些没有任何反面作用的优点，如勤奋、韧性、专注、无所畏惧。相比之下，所有这些品质我都没有，或只有很少一点，凭这么一点我就想要结婚吗？ 何况我看到，即使是你，也必须在婚姻生活中艰苦搏斗，在孩子们面前甚至落于失败的境地，不是吗？ 这个问题我当然不曾明确地想过，因而也不曾明确地答复过，否则寻常的思索便可使它迎刃而解，并使我看到别的男人，他们与你不同（就近即可举个与你截然不同的人为例： 里查德叔叔），但却也结了婚，并至少没有因此而崩溃，仅这些就相当说明问题了，对我来说正是完全足够了。但我并未提出那个问题，而是从小经历着它。我并不是遇到婚姻关系才检验自己，而是每逢一件小事都检验一下；在每件小事面前你都以你的榜样和你的教育（这我已试着描述过）使我充分认识我的无能，在每件小事上符合实情的并证明你有理的，自然在最大的事上——亦即婚姻——更是极其符合实情的。在进行结婚尝试之前，我是像个商人一般成长起来的，这个商人虽然怀着忧虑和恶兆预感，但从不做细账，糊里糊涂地过着日子。他偶然有些小赢利，但由于这是罕见的，他在想象中不断对这些赢利百般爱抚、沾沾自喜，越想越多；但除此之外，他每天却不断地亏着血本。一笔一笔都记在了账上，但从不结算。现在可到了非结算不可的关头了，这个关头就是结婚尝试。这里需要计算的数目十分巨大，以致简直连一点儿有过赢利的迹象都看不出来，一切汇成了一笔大亏损。现在要是结婚，那不是非发疯不可了吗！

我至今与你共同度过的生活大致讲完了，这种生活的未来前景如何呢？

你若注意看一下我对你畏惧的根由，你就会回答说：“你声称，我简单地以你的罪责来解释我与你的关系，那是图省事，但我认为，尽管你表面上花了很大力气，但实际上并不很费劲，这事例反而使你大为得益。首先你也拒不承认负有任何罪过和责任，在这方面我们的做法是一样的。我那样坦率地、一如心中所想地认定你单独负有全部罪责，而同时你却打算表现得‘特别聪明’和‘特别温柔’，并宣布我也是无罪的。当然后面那点你只是似乎做到了（你的意图也不外于此），而在品质和天性、对立和绝望这些方面尽管有种种‘说法’，但字里行间却透出这么一层意思——我是进攻者，而你干的一切都是自卫。现在你通过不正当的手段得到的已经够多的了，因为你证实了三点，第一，你是无罪的；第二，我是有罪的；第三，你纯粹出于慷慨胸怀，不仅要原谅我，而且多多少少还想证明，并且想要使自己相信，我也是无辜的（当然这是不符合事实的）。这些于你本来应该够了，但却还不够。你满脑子塞着的是完全依靠我生活的想法。我承认，我们在相互斗争，但世上有两种斗争，一种是骑士式斗争，这是两个自立的对手间的相互较量，各自为政，胜败都是自己的事；另一种是甲虫的斗争，这甲虫不仅蜇人，而且还吸血以维持生命。这是真正的职业战士，这就是你。你在生活上是不能干的；但为了把这一点解释得舒服、无须忧虑、无须自责，你证明是我夺去了你的所有生活本事，并塞进了你的口袋里。你对你在生活上不能干又何必担心呢？反正我有责任，你尽管放松四肢，无论肉体上还是精神上，任我拽着穿过生命之河。一个例子，当你最近想要结婚时，你同时不想结婚（这点你已在信中承认），但为了不多花自己的精力，却希望我帮助你结不了婚，也就是说，使我认识到这一结合将给予我的姓氏以‘耻辱’，因而禁止你们结婚。但我根本没有往这方面想。首先，我在这方面永远不想成为‘阻止你获得幸福’的绊脚石；其次，我绝不愿听到我的孩子对我发出那样的指责。我克制了自己，给你以做出婚姻决定的自由，但这么做对我又产生了什么益处呢？一点都没有。反感，我对这场婚事的反感也许阻止不了它，而且反而成为促使你娶那位姑娘的因素，因为这么一来，‘逃亡尝试’（你是这么表达的）将是万事俱备了。而我即使允许你结婚，也无法阻止你的指责，因为你在此证实，无论如何我都对你的结不成婚负有责任。但实际上你在这方面，以及其他诸方面，对我来说什么也未曾证明，只证明了我的所有指责都是对的，这些指责中还缺少一个特别合乎情理的指责，即说你不正直、阿谀逢迎、寄生的指责。我想不至于搞错，即使这封信也是你靠我过寄生生活的一个明证。”

我的回答是，首先，这一大段插话（一部分是反对你的）并不真是你说的，而是我写的。你对别人的不信任还没这么严重，还不像我的自我不信任那么严重，我的自我不信任是在你的教育下养成的。我不否认这段插话具有一定的合理性，它也为表明我们之间关系的性质作出了一些新的贡献。在现实中，事物间的关系当然不会像我的信中所证明的那样，生活并非仅仅是磨砺耐心的游戏；但这段插话对此做了一些矫正，这一矫正我既不能、也不愿详加阐释了，我认为通过这一矫正，情况已表达得非常接近事实了，使我们俩都能得到一些安慰，使我们的生与死都变得轻松起来。

弗兰茨

3. 卡夫卡生平和创作年表

1883 年　7 月 3 日，生于布拉格（当时的奥匈帝国领地波希米亚王国首都）。父母均为犹太血统，经营妇女用品批发商店。三个妹妹分别叫艾莉（1889 年生）、瓦莉（1890 年生）和奥特拉（1892 年生）。三姐妹后来均死于法西斯集中营。卡夫卡最喜欢他的三妹。

1889—1893 年　就读于肉市附近的大众小学。成绩很好，亦肯听话。

1893—1901 年　就读于公立德语高级文科中学。末期开始接触斯宾诺莎、达尔文、尼采、赫贝尔（19 世纪德国戏剧家）等人著作。爱好文学，与鲁道夫 · 伊洛韦、奥斯卡 · 波拉克结交（后者后来成为美术史家，一战中死于战场）。

1901—1906 年　就读于布拉格德语大学，前两学期学习日耳曼语文学，后转学法律。1902 年暑期去里波赫和特里施，在舅舅乡村医生西格弗里德家度假。开始结识终生挚友马克斯 · 布罗德。阅读德国哲学家、心理学家弗兰茨 · 布伦塔诺的著作，参加“卢浮尔社”活动。

1903 年　热心于写作，写诗和小说，寄给波拉克，但均未留下。7 月，通过法制史的国家考试。

1904 年　与波拉克友谊结束，而与布罗德关系日益密切。爱读歌德、福楼拜、陀思妥耶夫斯基的作品。写作上受霍夫曼斯塔尔启发。1904—1905 年，写成第一批作品，题为《一次战斗纪实》。定期与奥斯卡 · 鲍姆、马克斯 · 布罗德和费利克斯 · 维尔奇聚会。1905—1906 年，在楚克曼特尔过暑假。

1906 年　获“法学博士”学位，自 10 月起在布拉格法院“法律实习”一年。写出后来收入《观察》的短篇故事《拒绝》等。

1907 年　由舅舅推荐进通用保险公司临时供职。写出《乡村婚礼筹备》（一译《乡村婚事》）以及后来《观察》中的某些篇目。家庭住址由采特纳尔街迁至尼克拉斯大街。

1908 年　7 月起，进劳工工伤事故保险公司就职（直到 1922 年 7 月因病被迫提前退休）。先后在双月杂志《许培里昂》上发表后来收入《观察》的八篇作品。

1909 年　与马克斯 · 布罗德和奥托 · 勃罗德赴里瓦（意大利一小城）度假。在布雷齐亚观赏飞机试飞，并写成一篇散文《布雷齐亚观飞机》，9 月底，在《波希米亚》上发表。

1910 年　又在《波希米亚》杂志发表五个短篇小说。5 月起，开始记日记，一直坚持到 1923 年。开始与犹太伊地语剧团来往。参加“凡塔”社。

1911 年　出差波希米亚的弗里德州和爱兴贝格。8 月，与马克斯 · 布罗德赴意大利湖滨度假，并游览巴黎、苏黎世等地。10 月，犹太伊地语剧团再次演出于布拉格，与该团演员依恰克 · 略韦结为友好，不顾父亲反对，屡屡迎至家中款待。又写出后来收入《观察》的几篇作品。

1912 年　年初写《失踪者》（又名《美国》）头几章初稿。7 月，与布罗德一起去德国历史文化名城、歌德与席勒故地魏玛旅游，而后去哈茨山的天然疗养胜地容波恩。8 月，辑成第一部短篇小说集《观察》（于 12 月出版）。同月 13 日，在布罗德家中认识费莉丝 · 鲍尔小姐。同月 20 日给她写了第一封情书。两天后一个通宵写出了第一个短篇名作《判决》，作为给费莉丝的献礼。从9月至翌年1月，完成了《失踪者》头七章。10月起，开始与费莉丝频繁书信来往。11月中旬至12月上旬，写出又一名篇《变形记》。12月，首次参加了在布拉格举行的公开朗诵会，朗诵了自己的新作《判决》。

1913年　复活节期间去柏林与费莉丝会面。4月，去特洛亚做园艺工作。5月间，第二次去柏林，出版《司炉》（《失踪者》第一章），在布罗德编辑的《阿卡迪亚》年鉴上发表《判决》。6月，向费莉丝求婚。9月，去维也纳、威尼斯、里瓦。写《瑞士女人》。

1914年　复活节去柏林。6月1日，在柏林与费莉丝订婚。7月21日，解除婚约，去波罗的海旅游。同月28日第一次世界大战爆发。8月初，动笔写《诉讼》（一译《审判》），在比莱克街为自己租了一个房间。10月，写出短篇小说《在流放地》（一译《在流放地》），写出《失踪者》的最后一章《俄克拉荷马的露天剧场》。年底，完成《乡村教师》（又名《巨鼹》）、《梦》等短篇作品。与格蕾特·勃洛赫女士相识。

1915年　1月，与费莉丝再度见面。2月起，写作《布鲁姆费尔德，一个上了年纪的单身汉》。3月，移居长街。赴匈牙利旅行。10月，获冯塔纳奖（由卡尔·施泰恩海姆授予）；在德国表现主义月刊《白色书页》上刊出《变形记》，并于次年由莱比锡的库尔特·沃尔夫出版社出版单行本。

1916年　为头痛和失眠所苦，于5月份获得三个星期疗养假，与费莉丝一同去波希米亚疗养胜地玛丽恩巴德度假。9月底，《判决》由库尔特·沃尔夫出版社出版单行本。11月，第二次参加在德国慕尼黑举行的公开朗诵会，朗诵《在流放地》。11月底，移居阿尔希密斯腾街。致力于写《乡村医生》以及后来收入同名集子中的某些篇章，如《在剧院顶层楼座》、《视察矿山》、《最近的村庄》、《十一个儿子》、《杀兄》等。

1917 年　除写出《乡村医生》集中的另一些短篇如《新律师》、《家长的忧虑》、《豺狗和阿拉伯人》、《致某科学院的报告》等外，还写了《猎手格拉胡斯》、《中国长城建造时》、《桥》、《邻居》、《叩击庄园大门》等。从这年初至下一年上半年，写了八本所谓“八开本笔记本”，其中包括大量的短小的小说、随笔、杂感、格言等。此外，3 月，搬至逊伯伦宫居住。7 月，与费莉丝第二次订婚。9 月，确诊为肺结核，迁居屈劳与三妹奥特拉在一起。12 月，又与费莉丝解除婚约。

1918 年　在屈劳。夏天回布拉格。去鲁姆堡。9 月，去图尔璃。10 月底，捷克共和国独立。11 月初，第一次世界大战结束。本月起因重感冒难愈，去雪莱森疗养，在那里认识了尤利叶 · 沃里采克。

1919 年　继续在雪莱森。春天起重回布拉格。5 月，《在流放地》出版。夏天与尤利叶订婚。9 月，《乡村医生》与《在流放地》一样亦由库尔特 · 沃尔夫出版社出版。11 月，与尤利叶结婚的打算遭父亲反对；又去雪莱森。撰写《致父亲的信》。结识闵策 · F。

1920 年　写箴言式的内心独白《他》。结识后来成为《卡夫卡谈话录》作者的古斯塔夫 · 雅诺施。自 4 月起去梅兰疗养。开始与他的作品（《司炉》）的捷克文译者密伦娜 · 耶申斯卡通信，很快进入热恋。6 月 29 日，从梅兰回布拉格途经维也纳，与密伦娜共度四日。随后与尤利叶 · 沃里采克解除婚约。《乡村医生》出版。夏、秋在布拉格。写出多篇短小作品，如《城徽》、《海神波塞冬》、《集体》、《夜》、《拒绝》、《关于法律问题》、《考试》、《征兵》、《兀鹰》、《舵手》、《小寓言》、《陀螺》、《回家》等，生前均未发表。12月起在玛特里亚莱（塔特拉）写信与密伦娜分手。与医学院学生、犹太人罗伯特·克洛普施托克结识，后成为好友。

1921年 在玛特里亚莱。秋天又回布拉格。写出《起程》、《代言人》、《最初的忧伤》等短篇作品。

1922年 2月，在施宾德勒缪勒疗养。接着回布拉格。7月1日，退休。6月底至9月中旬，住在普拉那三妹家（在波希米亚森林附近）。1月至9月，写《城堡》，其间，春天写出《饥饿艺术家》，夏天写出《一条狗的研究》。12月，写出《夫妇》、《算了吧》、《论譬喻》等短小作品。

1923年 在布拉格。6月，赴位于波罗的海海滨的缪里茨疗养。7月，与多拉·迪曼特小姐结识。接着去雪莱森三妹家。9月，由布拉格赴柏林，与多拉生活在一起。10月，写成《小妇人》。冬季写作《地洞》。

1924年 健康状况恶化。3月，回布拉格。写出最后一篇短篇小说《女歌手约瑟芬或耗子似的听众》。4月，维也纳大学附属医院诊断为喉结核。随后由多拉和克洛普施托克陪同住进维也纳市郊的基尔林疗养院。5月，写信给多拉父亲，要求娶其女儿为妻，遭拒绝。在病榻上逐字逐句校完短篇集《饥饿艺术家》的清样，泪流满面。6月3日，心脏停止跳动。6月11日，安葬于布拉格犹太人公墓。不久，最后一个短篇集《饥饿艺术家》出版。

1925 年　长篇小说《诉讼》出版。

1926 年　长篇小说《城堡》出版。

1927 年　长篇小说《失踪者》出版。（以上三部长篇小说均由马克斯·布罗德一一整理出版。）

1931 年　由布罗德整理编纂的遗稿集《中国长城建造时》出版。

1934 年　由布罗德整理编纂的遗稿集《在法的大门前》出版。

1935—1937 年　马克斯·布罗德第一次编纂的《卡夫卡全集》六卷本出版。

1950—1958 年　马克斯·布罗德第二次编纂的《卡夫卡全集》九卷本出版。

图书在版编目(CIP)数据

变形记——中短篇小说集/[奥]卡夫卡(Franz Kafka)著;张荣昌译.
—上海:上海译文出版社,2012.8(2025.5重印)
(卡夫卡小说全集)
ISBN 978-7-5327-5807-4

Ⅰ.①变… Ⅱ.①卡… ②张… Ⅲ.①中篇小说—小
说集—奥地利—现代②短篇小说—小说集—奥地利—现代
Ⅳ.①I521.45

中国版本图书馆CIP数据核字(2012)第016826号

Franz Kafka
DIE VERWANDLUNG
——Erzählungen
Fischer Taschenbuch Verlag

变形记——中短篇小说集
[奥]卡夫卡 著 张荣昌 译
责任编辑/裴胜利 装帧设计/张志全

上海译文出版社有限公司出版、发行
网址:www.yiwen.com.cn
201101 上海市闵行区号景路159弄B座
山东韵杰文化科技有限公司印刷

开本 890×1240 1/32 印张 18 插页 5 字数 369,000
2012年8月第1版 2025年5月第14次印刷
印数:39,501—42,500册

ISBN 978-7-5327-5807-4
定价:74.00元